明代词人群体和流派

张仲谋 著

Copyright © 2020 by SDX Joint Publishing Company.
All Rights Reserved.

本作品版权由生活·读书·新知三联书店所有。
未经许可，不得翻印。

图书在版编目（CIP）数据

明代词人群体和流派/张仲谋著．—北京：生活·读书·新知三联书店，2020.9
ISBN 978 – 7 – 108 – 06859 – 0

Ⅰ.①明⋯ Ⅱ.①张⋯ Ⅲ.①词（文学）–诗词研究–中国–明代
Ⅳ.① I207.23

中国版本图书馆 CIP 数据核字（2020）第 078071 号

责任编辑	胡群英
装帧设计	刘　洋
责任校对	陈　明
责任印制	宋　家
出版发行	生活·讀書·新知 三联书店
	（北京市东城区美术馆东街22号 100010）
网　　址	www.sdxjpc.com
经　　销	新华书店
印　　刷	三河市天润建兴印务有限公司
版　　次	2020年9月北京第1版
	2020年9月北京第1次印刷
开　　本	635毫米×965毫米 1/16 印张 28
字　　数	372 千字
印　　数	0,001 – 3,000 册
定　　价	78.00 元

（印装查询：01064002715；邮购查询：01084010542）

目　录

绪　论 ··· 1

第一章　论明初遗民词派 ··· 1

　　第一节　元遗民概念辨证 ··· 1
　　第二节　明初遗民词派的主要成员 ······································· 6
　　第三节　明初遗民词派的地域文化背景 ······························· 10
　　第四节　明初遗民词派的创作倾向 ······································ 18
　　第五节　明初遗民词派的艺术风格 ······································ 28

第二章　论明代吴门词派 ··· 32

　　第一节　吴门词派的文化背景 ·· 33
　　第二节　吴门词派的主要成员 ·· 39
　　第三节　吴门词派的价值取向 ·· 47

第四节　吴门词派的创作特色……54
第五节　吴门词派与《江南春》唱和……64

第三章　论明词中的台阁体……80

第一节　台阁体词风溯源……80
第二节　明代台阁体词人述要……89
第三节　台阁体词的题材与主题……93
第四节　台阁体词的基本特征……104

第四章　《苏武慢》与理学体……108

第一节　《苏武慢》与《鸣鹤余音》……108
第二节　明代前期的群体追和……116
第三节　追和《苏武慢》的词史意义……120

第五章　杨慎的艳词创作及其词史意义……126

第一节　杨慎艳词的题材类型……127
第二节　杨慎艳词的创作策略……134
第三节　杨慎艳词的艺术特色……141
第四节　杨慎艳词创作的词史意义……147

第六章　论晚明艳词派……150

第一节　艳词派的前驱……152
第二节　艳词派兴起的理论基础……159

第三节 从晚明"拟艳"词看明人的艳词观 ············ 179
第四节 艳词派的主要成员 ···························· 190
第五节 艳词派的创作特色 ···························· 226

第七章 晚明柳洲词派考论 ································ 243
第一节 柳洲词派的形成 ······························ 244
第二节 前期柳洲词派成员考述 ························ 247
第三节 柳洲四子 ····································· 256
第四节 柳洲、云间异同论 ···························· 275

第八章 晚明地域词人群体分布考察 ························ 288
第一节 宋元明三代词人分布之比较 ···················· 289
第二节 晚明江南五府之词人群体 ······················ 293
第三节 晚明地域词群与词坛格局 ······················ 319

第九章 晚明清初家族词人群体考察 ························ 325
第一节 晚明清初家族词人群体考述 ···················· 326
第二节 家族词人群体之地域分布 ······················ 405
第三节 家族词人群体中的女性词人 ···················· 410

主要参考书目 ·· 414
后　记 ·· 422

绪　论

本研究主要基于三重背景：一是《全明词》《全明词补编》相继出版，明词作者与作品已大致见底，明词的全面研究已具备了一定的文献基础；二是明词研究经过近二十年的快速发展，已经历了围观泛览、宏观扫描的初始阶段，下一步如何"转型升级"、深入细化，是摆在明词研究团队面前的新课题；三是我个人自一九九七年投身明词研究，先后完成出版《明词史》（人民文学出版社2002年初版，2015年修订版）、《明代词学通论》（中华书局2013年版）、《明代词学编年史》（与王靖懿博士合著，高等教育出版社2015年版），就我个人的学术历程而言，也需要自我超越。鉴于上述三重背景与思考，我希望通过本专题的研究，推动明词研究的"转型"，即：从面上的宏观概览转向局部的精雕细刻；从初始阶段的泛览式、插话式、即兴式的"临时起意"或"见猎心喜"，转向沉潜的聚精会神的攻坚克难；从时代社会文化的粗放把握转向文本细读与艺术探索。要深入细化，就要加强一系列的专题研究，分时段、分地域、分专题、分群体和流派，都是选择特定块面或切口的可行方式。本书试图从群体和流派的研究视角对明词作一次清理考察，系统勾勒出明代词史上具有较大成就或影响的词人群落与词学流派，使原本看上去一片混沌的明代词坛显出主次分明、群落清晰的格局，为更进一步的细化研究提供新的坐标谱系。关于晚明郡邑词群、家族词群的统计分析，既有利于揭示明代后期的词坛格局，对清初词学复兴、流派蔚起的局面亦构成一种见微知著的诠释性背景与数据支撑。

一

任何一项开拓性研究都会遇到难题与挑战。我原本以为自己对于明词已有相当的积累，对此研究也应该是驾轻就熟，然而当研究真正展开时，我才发现我对其难度的估计是很不充分的。

难点在于，这方面几乎是一张白纸，没有任何可资借鉴生发的材料。首先，缺乏相关研究之借鉴。近年来，词学界在清词流派研究方面取得了很大成绩。除了过去关注较多的阳羡词派、浙西词派、常州词派之外，其他如柳洲词派、吴中词派、梅里词派、临桂词派等等，也都各有研究与撰述。这种关于流派的专题研究，在完成一项专题研究的同时，往往也会带动一个词坛块面的总体观照，带动一个词人系列的系统清理。这对于推动词学研究由面上的宏观研究向中观、微观层面的深化细化，具有重要作用。遗憾的是明词研究还没有发展到这一步。敏锐好学的姚蓉教授虽然早着先鞭，已于数年前出版了专著《明清词派史论》（广西师范大学出版社2007年版），但她其实是从明清之际的云间词派切入的，于明代词坛的词人群落触及甚少。

其次，缺少前人说法之借鉴。文学流派虽然是一个现代的学术概念，但在唐宋以来的文学史上，文学流派却早已是一种客观的存在，而且就某些较为突出的情形而言，前人已有不少相关的表述。所以现代学者关于古代文学流派的研究，往往是先对前人相关论述作系统清理，从前人诗话、词话中"打捞"一些可资利用的提法，加以整合、引申、生发，使碎片系统化，把虚的说法坐实，从而勾勒出某些文学流派的基本性状轮廓。我们看较早的如梁昆《宋诗派别论》（商务印书馆1939年版），近年著作如刘世南先生《清诗流派史》（台北文津出版社1995年版)、刘扬忠先生《唐宋词流派史》(福建人民出版社1999年版)等等,就可以发现,每一个诗派、词派的发掘、勾勒、认可、定名,大都是以古人的一点说法为依据或因由的。即使古人的说法不无偶然或率意,但是有那么一点说法就可谓师出有名,渊源有自,没有这一点说法就似乎是撮摩虚空,自我作古,师出无名,就难以得到人们的认可。

也正因为这是一项开创性、建设性的工作,所以人们提到明代词坛,初始印象就是一团混沌的状态。明人汲汲于以诗文成名,故其诗文流派往往出于有意经营,前七子、后七子,甚或八子、十子,层见而迭出。盖明代文人,多自命不凡,稍有才气,便顾盼自雄,不甘人下,于是呼朋引伴,拉帮结派,各立坛坫。有的文学流派立基于某种哲学、文学或美学思想,价值取向不同,故自然成派;而有的则是为派而派,不甘人后,故宁愿为偏裨而自领一队,虽有招牌,中实枵然。相比之下,明人于词仍未能摆脱小道末技的看法,故虽有喜好而不甚矜重,随手涂抹,而不指望靠词成名,所以明代词坛基本处于一种散漫自为的状态。如今要想破其混沌,凿破七窍,寻流溯源,逼近考察,从而勾勒出某些潜隐而实存的群体流派,确实不是一件容易的事。

然而我也一直在告诫自己,要顺其自然,尊重客观史实;不能去"硬做",为流派而流派。虽然我们承认,群体流派的涌现在某种程度上标志着文学的兴盛,但文学流派并非越多越好。比如说,唐诗与宋词中严格意义的流派并不多,明代的诗派与清代的词派数量皆远过于唐诗宋词,而这与一代文学的价值认定显然是两回事。有鉴于此,我在拙著《宋词欣赏教程》第四章"风格与流派"中,就专门讨论过"宋词流派的泛化"现象,而且认为刻意为文"硬凑流派"是没有必要的。[1]在明词流派研究的探索阶段,矜慎从事比好大喜功应是更为可取的心态。

---

[1] 张仲谋:《宋词欣赏教程》(修订版),南京大学出版社2015年版。

二

假如不囿于明词，而从明清词流派研究来看，前辈学者不仅早着先鞭，而且在流派观与方法论两方面，都为我们指示了切实可行的研究路径。

比如，关于文学流派的认识，以前是有分歧的。我个人感觉，在刚过去不久的二十世纪，前后期两代学人对文学流派的认知是有所差别的。举要而言，前期学者注重的是历时性的传承，后期学者更强调共时性的群体宗风。二十多年前我在撰写关于浙派诗的博士学位论文时，曾经看过钱萼孙（仲联）先生早期的一篇论文《清代江浙诗派概论》（刊于《国学年刊》1927年第一期），而且钱先生并不像我们现在探讨文学流派那样去分析其宗主、群从、创作主张等等，仅是把清代江浙地区稍有名气的诗人，从前到后依次论述而已。而且不仅钱仲联先生是如此，民国学人谈及文学或学术流派亦往往如此。按流派之本义原是指江河的支流。许慎《说文解字》曰："派，别水也。"左思《吴都赋》曰"百川派别"，郭璞《江赋》曰"源二分于崌崃，流九派乎浔阳"，皆取支流别派之本义。据此而言，老一辈学者所言之派，倒是更接近其本义的。而在当代学术话语体系中，人们言及流派，虽然并不排斥历时性的源流相继，但更看重的却是共时性的群体会同。如《中国大百科全书》（中国文学卷）在解释"文学流派"时说："文学发展过程中，一定历史时期内出现的一批作家，由于审美观点一致和创作风格类似，自觉或不自觉地形成的文学集团和派别，通常是有一定数量和人物的作家群。"[1]应该说，这是当代才形成的文学流派概念，与前辈学者的说法用法是颇有区别的。

近数十年来，随着文学流派研究的深入发展，关于文学流派的认识已渐趋一致。在这里，我想引录先师严迪昌先生在其《阳羡词派研究》

---

[1]《中国大百科全书·中国文学》，中国大百科全书出版社1986年版，第952页。

引论部分的一段话：

> 流派是运动着的实体，其形态可能是松散的或是紧密的。但一个文学流派的构成并为人们所认同，必须具备这样一些条件和因素：（一）要有一面足资号召或卓有权威性的旗帜，也即需要有一个盛名四扬、成就卓绝的具有强大凝聚力的领袖人物为宗主；（二）在这领袖人物周围聚合起一个创作实践异常活跃，颇著影响的人数可观的作家群落；（三）这个作家群落尽管各自有一己独擅的艺术风采和个性特色，但从群体形态上却有着较为一致的共同追求的审美倾向；（四）群体性的艺术观念或大体相近的审美主张，集中体现于类似流派宣言式的选本或作品总集中。[1]

严先生这一段话，用词精准，概括力强，为我们探讨文学流派提供了可资借鉴的框架标准。当然，因为严先生是基于清代的阳羡词派、浙西词派及稍后的常州词派来归纳概括的，也许只有明清时期标准的或成熟的文学流派才能同时满足这样四个要素。严先生显然已经洞察不同时期不同流派的差异性，所以在拟定这一流派概念的同时，也作了补充阐释："不同的历史阶段，流派现象殊有差异，不能划一以规矩，机械地定方圆。"[2] 这是非常开明通达的学术观念，也为我们认定文学流派留下了必要的弹性空间。以严先生总结的流派概念去绳衡明清诗派或清代的词派，大都若合符契；而以此来测试本书所论列的明代词派，则第二条（作家群落）、第三条（共性特点）大都具备，而第一条（宗主）、第四条（选本）则多付阙如。我想，对于明词这样一种处于边缘化状态的文体而言，有一定理论参照而不拘泥，应是我们考察明词流派时应有的实事求是的

---

[1] 严迪昌：《阳羡词派研究》，齐鲁书社1993年版，第4页。
[2] 严迪昌：《阳羡词派研究》，齐鲁书社1993年版，第5页。

态度。

研究明代词学流派,晚明尤其是明清之际的词坛当然是引人注目的特定时空,而地域性与家族性更是研治明清文学不可忽略的两大特点。明清的文学流派大都为地域性流派,无论是诗派、词派抑或曲派,例皆如此。尤其值得关注的是郡邑词选与词派兴衰的对应关系。严迪昌先生曾在《清词史》中指出:"清代地方词选、词征之属特多,除本书已提到的《柳洲词选》《荆溪词初集》《西陵词选》等外,先后尚有《松陵词选》《梅里词辑》《海曲词钞》《白山词介》以及《笠泽词征》《国朝常州词录》等数十种。这类乡邑词的汇录征集,是清词发展过程中越来越浓重表现地域和氏族群体性特点的反映,所以是考察清代词史的一宗非常可观的辅助材料。"[1] 严先生是由丹阳贺氏(裳)家族词人群体与《曲阿词钞》引入上述话题的。这种由具体个案指向通博、指向规律的学术思维,植根于学殖深厚的学术敏感性,是人文学科研究与创新的可贵素质。

吴熊和先生自二十世纪九十年代开始从事"明清之际词派"的系列研究,已完成的三篇论文——《〈柳洲词选〉与柳洲词派》《〈西陵词选〉与西陵词派》《〈梅里词辑〉与浙西词派的形成过程》,均已收入《吴熊和词学论集》。吴先生的这些论文,不仅解决了相关词选与词派的一些具体史实问题,尤其难得的是在视野与方法上给我们提供了有益的启示。这种启示表现在两个方面,一是郡邑词集与地域性词派的关系。吴先生指出:"编辑郡邑词选与汇刻郡邑词集,是清初出现的一种新风气。研究明清之际的词派,不能光靠若干名家专集。这些词派往往百十成群,藏龙卧虎,然而或仅吉光片羽,并非人各有集。存人存词的责任,便由嗣后的郡邑词选承当起来。一部完备的郡邑词选,就是跨越明清两代、历时

---

[1] 严迪昌:《清词史》,人民文学出版社2011年版,第316页。

数十年的一个郡邑词派的结集，包括中期结集或最终结集。"[1]这种郡邑词选与朱彝尊编选的《词综》或张惠言编选的《词选》不同，《词综》《词选》分别是浙、常二派开宗立派的基础，亦正是如严迪昌先生所说"类似流派宣言式的选本或作品总集"；而这种郡邑词集，则是为地域性词派"立此存照"的作品文档，是展示流派阵容、体现创作实绩的载体。吴熊和先生三篇论文的拟题方式，皆有借词选考察词派的意味，亦正是基于这种认知。

吴熊和先生给我们的第二个启示，是明清易代前后词史词派的连续性。吴先生认为，明清易代与以往朝代多有不同："不仅没有打断原来文学发展的链条，推迟其进程，反而使它在这场沧桑巨变中触发或激活了新的生机。"所以他主张："在文学上，尤其在词史上，有必要把天启、崇祯到康熙初年的五十年间，作为虽然分属两朝，但前后相继、传承有序的一个相对独立的发展阶段来研究。"具体到明清之际词派的形成与发展，吴熊和先生说："清初的一些词派，其源概出于明末。"这些词派，"兼跨明清，一波两浪，前呼后应"[2]，构成了明清易代前后词史发展的特殊景观。我想，吴熊和先生所说"其源概出于明末"的"一些词派"，不仅包括他已经论列的柳洲词派、西陵词派和浙西词派，当然也包括严迪昌先生早已作专题研究的阳羡词派，以及人们所熟知的云间词派，甚至是后来才逐渐成形的吴中词派、常州词派等，考镜源流，其胎息孕育，亦可追溯到晚明时期。本书虽然以明代词坛为主要研究范围，但基于吴熊和、严迪昌二位先生的启示影响，实际不排除从清词流派向上作逆向观照的动因。本书于明代前中期词坛的群体流派有所论列，但重点放在晚明时期，这既是由明代词学的客观情况所决定的，同时亦与重点考察那些"兼跨明清，一波两浪"词学现象之动机不无关系。因为一些区域

---

[1] 吴熊和：《吴熊和词学论集》，杭州大学出版社1999年版，第404页。
[2] 吴熊和：《吴熊和词学论集》，杭州大学出版社1999年版，第371—372页。

性的词人群体尚不足以言流派，所以本书后二章以"地域词人群体"与"家族词人群体"为题总摄之，这对于考察明清之际词学的发展走向，应具有一定的背景铺垫作用。

三

本书论列的是明代词史上的"四派""二体"。"四派"，即明初遗民词派、明代前期吴门词派、晚明艳词派、晚明柳洲词派；"二体"，即明代前期的台阁体和因《苏武慢》群体追和而形成的理学体。体与派意近而有别，大概称派则偏重于成员构成，称体则偏重于体式风格，故前人往往体派并称。至于论杨慎一章，实际是将之作为晚明艳词派之前驱来看待的，因为文字量较大，故裁出另为一章。后二章关于晚明地域词群、家族词群的考述分析，意在为明清之际词坛上渐成气候的地域性、家族性两大特点提供数据支撑。现把有关"四派""二体"各章主要内容观点简述如下。

关于明初遗民词派，我尝试把由元入明的遗民词人作为一个特殊群体或流派来作整体观照。此派主要创作活动在元末至明初洪武年间；主要成员有谢应芳、倪瓒、梁寅、邵亨贞、郯经、顾瑛（一名阿瑛，字仲瑛）、王逢、舒頔、钱霖等人。按照传统的判断标准，他们入明之后不再出仕，当然应属元人或元遗民，但他们入明之后还活了相当一段时间，甚至比刘基、杨基、高启等明初词人活得更长，而且其词作往往可以系年，因仿钱谦益《列朝诗集》"甲前集"之例，成为明初词坛上一个特殊的词人群落。这些遗民词人多隶籍于江南松江与苏州一带，因为此处为张士诚故地，故入明之后备受压抑。在他们入明之后的词作中，有阅历沧桑的忧患飘零，有力求超脱、忘情世事的野逸自放，也有刻意显示殷顽姿态的高老生硬，以及历代遗民诗文中常见的铜驼荆棘之悲。特殊的时代背景与感情基调，使之形成沉郁顿挫、梗概多气的艺术风格，这和后来弥漫于明词的嘻乐风调形成极大的反差。

明代前期的吴门词派，其主要成员为沈周、祝允明、唐寅、文征明，而以徐有贞、吴宽、史鉴、杨循吉、陈淳等为外围人物。这实际是一个文化流派，一个涵盖了文学、艺术等多个分支的区域性的文化流派。论书法则称吴门书派，论绘事则称吴门画派，论文学则称吴门诗派或吴门词派，它们实际都是以这同一个文人群体为基本阵容，不过论绘画会加上仇英、陆治、钱谷，论书法会加上李应祯、王鏊，论诗文则加上蔡羽、王宠而已。多种人文艺术的兼擅与互动，既是这一文化流派的最大特色，也是造成某种艺术形式左右逢源、转益多师、互动互渗、出新变化的内在原因。如果没有书画艺术的专长，像未入仕途的沈周、唐寅，以及短期出仕又辞官还乡的祝允明、文征明等人就不会活得那么潇洒。从另一面来说，如果没有在诗文词曲方面的文学造诣，他们的书画艺术也不会有这么深厚的文化底蕴。而且，集多种人文技艺于一身，也潜在影响着他们的人生观念与价值取向，从而让他们在出处、辞受之际，能表现出更为潇洒的人生姿态与创作风度，并因而塑造了一个与往古有别的全新的文人群像。

关于晚明艳词派，我个人认为，不仅一代有一代之词，抑且一代有一代之艳词。明代社会进入万历年间以后，伴随着思想解放的风潮，文学艺术方面艳情小说、戏曲及时调民歌的影响，艳词派乃应运而生。其代表性词家有吴鼎芳、顾同应、董斯张、施绍莘、单恂、徐石麒（坦庵）、彭孙贻、沈谦等人。以年代论则在万历以至清初顺康之际，以地区看则以吴中地区即苏州、常州、湖州、松江、嘉兴、杭州一带词人为主。此派的兴起以王世贞《弇州山人词评》为理论基础，以杨慎、高濂等人为前驱，以清初吴绮、董以宁、邹祗谟诸家为后进，在词史上具有重大影响。虽然同为艳词，晚明艳词却体现出与宋代迥然不同的审美趣味。宋代艳词重在情，晚明艳词偏于趣。宋代艳词言情恳挚，深沉婉曲，虽是写男女之情，却每可拟于人生理想之追求或永恒企慕之境界；明代艳词偏重描绘女性的性感体态，言语间每有傻角小生猎艳之意。宋代艳词绮艳而偏于感伤，晚明艳词则多科诨喜剧意味。世俗化、喜剧化、民歌化，或可称为晚明艳词的基本特色。而晚明艳词的特色，在一定程度上亦可视为"明体词"的特色。

晚明柳洲词派亦可称前期柳洲词派，在江南地区"兼跨明清，一波两浪"的诸家词派中，柳洲词派兴起较早，且因为有《柳洲词选》为文献载体，比较容易界定。它是以嘉善几个文化大族魏氏、钱氏、曹氏等宗族词人群体为骨干，由纯粹本邑词人构成的一个郡邑词派。根据词人生卒行状及词作系年，在前后期共约二百家左右词人中，属于前期柳洲词派者至少有五十五家。作为前期柳洲词派的代表人物，"柳洲四子"在崇祯八、九年之间一次性推出各人词集，其中包括王屋《草贤堂词笺》《蘗弦斋词笺》（共存词六百四十七首）、钱继章《雪堂词笺》（存词七十六首）、吴熙（亮中）《非水居词笺》（存词一百六十七首）、曹堪（尔堪）《未有居词笺》（存词三百零九首），此四家词选的统一推出及陈龙正《四子诗余序》，或可看作前期柳洲词派形成的标志。前期柳洲词派与云间词派同时而略早，不宜视为云间之附派。两家差异亦甚为明显。就创作主体的人格形象来说，云间词人更多文人气、才子气，风流倜傥，才华艳发，而前期柳洲词派之先驱如陈龙正、曹勋、钱继登诸人，则多刚方之士，有儒者气象；以词作题材主题而言，云间多"春令"之作，伤别念远，含情凄楚，柳洲则虽有少量艳词而不主一家，尤多写自然风物；以词作风格来看，云间词类不出乎"绮怨"，柳洲词则以"清越"为主导风格。在前期柳洲词派的各家作品中，"清"字或可引申细分为清淡、清雅、清疏、清空、清秀、清越，但无不以"清"字为词根，实即以"清"字为主调。

关于明词中的台阁体，由过去偏重诗文的考察拓展到词学领域。台阁体文学是中国文学史上一种规律性、周期性出现的文学现象，一般来说，大都发生在国祚较长的王朝前期，在第二、三代帝王当政的时候。明代永乐至成化年间,诗文方面有台阁体,词坛上亦有台阁体,不是另有一班人马,而是同一个台阁文人群体对各种文体的渗透与制控。台阁体词人主要有杨士奇、杨荣、黄淮、胡广、陈循、倪谦、邱濬,以及藩邸词人周宪王朱有燉和曾为皇帝的朱高炽、朱瞻基。他们继承了宋代柳永、大晟词人和南宋时馆阁词人的路数与风格,述恩礼盛事,咏节庆祥瑞,多选择《满庭芳》《清平乐》等吉祥喜庆的调名,采用曲终奏雅的结构模式、雍容和乐的艺术风格,在调名、结构与意象修辞等方面均呈现为一种"格式化"效应。铺陈祥瑞,歌时颂圣,不胜惶恐中带着做作而夸张的激动,以及知恩图报的效忠之辞,是台阁体词的典型特征。

关于《苏武慢》与理学体,是从特定角度所作的词调史研究。在词史上,对于某些名家名篇的群体追和,不仅会构成词的传播与接受的独特现象,也会不约而同地强化某一词调独特的表现功能。《苏武慢》在两宋时期犹为普通词调,使用频率不高,亦无独特的调性特点。元代全真道士冯尊师作《苏武慢》二十首,主旨是述"遗世之乐"与"修仙之事"。嗣后经元代后期大文人虞集追和十二首,《苏武慢》遂成经典。检索《全明词》和《全明词补编》,明人所作《苏武慢》凡二百三十四首,在明词用调频率上居第三十二位。尤其是在明代前期,凌云翰和作十二首,林鸿八首,姚绶十二首,林俊十四首,祝允明十二首,夏言十四首,刘节十四首,皆为追和虞集之作。这不仅仅是选调用韵的技术性问题,也意味着创作旨趣的"选边站队",追和虞词就意味着对虞集词作主题取向的认可与继承。《苏武慢》以四四六句法为主旋律,散行中见整饬,给人步调从容、抑扬中节之感。明代前期对《苏武慢》的群体追和,呈现出大体统一的文化倾向,即一方面是冯尊师组词中原有"仙家活计"的消弭淡散,一方面是向邵雍、司马光等"伊洛渊源"或"理学体"诗风的靠拢回归,同时又从游仙诗、田园诗、自寿诗等有所借鉴,遂形成一种闲适旷达、知足常乐的稳定的调性风格。

四

"却顾所来径,苍苍横翠微"(李白《下终南山过斛斯山人宿置酒》)。经过四年的艰苦跋涉,经过一千多个日夜的青灯黄卷、焚膏继晷,这一课题研究基本完成,终于如释重负。从个人感觉来说,比较令人欣慰的或体现在以下三个方面。

其一,立足史实与文本解读,大胆探索,谨慎求证,第一次提出明代词史上"四派""二体"之说,并初步勾画出每一个群体或流派的时空边界与基本轮廓。其中如明初遗民词派、明代前期吴门词派、晚明柳洲词派,每一个词派的成员构成、主题倾向、主导风格,都是比较确凿而清晰的。虽然此后在成员的增减与基本概念的提炼打磨等方面仍可能会有调整,但作为基本论断应该是能立得住的。"台阁体"与"理学体",介于风格与流派之间,所以前之两宋,后之清代,亦同样可有"台阁体"与"理学体",这是与流派不同处。相对而言,唯有"晚明艳词派"之说,时空跨度较大,边缘亦不够清晰,称为一派,或不无勉强。但我想,提出这一概念供词学同道相与论析、批评指正,之于推动对晚明词风以及"明体词"的讨论认知,还是有好处的。

所谓"立足史实",就是不能主观臆断,强为之说,为流派而流派。比如我在早年撰写《明词史》时,曾经提过"永乐词坛三体论",即台阁体、理学体和打油体。但在进一步考察时发现,所谓"打油体",其实是宋代已有、清代亦有的一种俳谐词风,虽然在明代前期不乏其例,却并非某一特定群体的作风。不同时代、不同词群中人,在年齿老大、自寿自省、自排自解之时,都可能写下一些打油之作。所以在本书中,我就没有再去坚持这一提法。又比如在词学与创作两方面成就甚大的杨慎及其追随者,在词史上也有相当的影响,在2017年广州的明代文学国际学术研讨会上,作为杨慎研究专家的雷磊教授也极力劝说我把杨慎作为一个词派的都头领。后来我经过反复考量,感觉杨慎个人在明词发展进程中具有承前启后的重要影响,也是"明体词"形成的一个里程碑式的人物,但在他身边(主要是贬谪云南时期)的一些追随者如"杨门六学士"或"杨门七子",虽然在滇云藉藉,却大都不长于词。其中张含、杨士云各存词六首,又诗人同道中薛蕙存词一首,后进追随者中朱日藩存词二首。这些围绕在杨慎身边的人存词既少,亦无从考察其风格路数,所以关于杨慎词派的学术假设,事实证明是不成立的。

所谓"立足于文本解读",就是把词学论述与词的创作结合起来,尤其看重创作实践与理论标榜的契合度。因为有二十年明词研究的积累,对《全明词》《全明词补编》尤其是有所成就的名家词通读不止三五遍,相关论述就不只是依赖词话、词籍序跋等史料,更有对全部明词长期品读记诵积累的感性认识。这就确保对各个体派的论述不至于悬空或隔膜,而是落实到具体的词人词作。

其二,务本求实,力求在扎实的文献基础上展开批评论断。尽管此前已有《明词史》和《明代词学通论》等相关课题与著述的积累,但由宏观考察到细部刻画,本研究仍必须坚持考论结合、论从史出的原则与方法。比如词作系年,就不是仅据词题或附注所能解决的。如明初遗民词人王逢,《全金元词》录其《如梦令·菰村赋赠》(檐笀数株松子)一首,单从这首词看不出写作时间,然据倪瓒《清閟阁集》卷九《题画卷》后"附王梧溪跋"云:"予谢病将还乡圫,道谒梁侍郎、顾先生祠,就宿宝云禅舍。是夕,王仲冕相与论心,久之而去。明日,过仲冕,见先友倪幻霞画,且获观王容溪、张贞居二公诗词。适仲冕征赋菰村,亦为长短句一阕。衰惫之余,一时清兴,殊洒然也。(其词云云),梧溪老人王逢,时年六十有五。"王逢既提到"先友倪幻霞"(倪瓒别号为幻霞子),可知那时倪瓒已卒;而末署"时年六十有五",可知王逢其跋及词作于洪武十六年(1383)。又如谢应芳《水调歌头·中秋言怀》(战骨缟如雪)一首,本无写作年月,但谢应芳于洪武十三年有同调词"牙齿豁来久"一阕,词前小序云:"洪武九年秋,余卜居千墩,尝作《水调歌》。今也人事乖违,欲还故土,故复和前韵,以述其情,并以留别吴下诸友,时十三年六月初也。"从小序所说与用韵情况可知,《水调歌头·中秋言怀》一词正是洪武九年中秋卜居千墩时所作。

关于词作文字校订,如《全金元词》收录虞集《苏武慢》十二首,第七首上片为:"忆昔坡仙,夜游赤壁,孤鹤掠舟西过。英雄消尽,身世茫然,月小水寒星火。何似渔翁,不知今古,醉傍蓼花然火。梦相逢、羽服翩跹,未必此时非我。"自《全金元词》问世以来,并无异说。然"月小水寒星火"一句似通非通,且与下一韵句重复同一个"火"字,按说是不合义例的。现在把明代追和《苏武慢》者如凌云翰、姚绶、林俊、祝允明、夏言、邵圭洁等人词遍检一过,此一韵位皆以"大"字叶韵,然后知《全金元词》所收虞集此词"月小水寒星火"之"火"实为"大"字之误。其中"大"字在传统韵书中属"去声二十一箇",与其他韵字所用的"上声二十哿"可以通叶。据后人唱和之词来校订原词之误,此当为典型案例。

其三,运用文化学的批评方法,突破词之一体或文学的局囿,以开放的眼光来解读词学现象。比如谈到吴门词派,就不限于论词,而是把它看成一个涵盖文学、艺术等多个分支的区域性的文化流派。它以地域文化为基础或底色,向各个文化分支渗透延伸,从而形成多姿多彩的文化景观。称画派、书派、诗派、词派,不过各得其一个侧面而已。而多种人文艺术的兼擅与互动,既是这一文化流派的最大特色,也是造成某一种艺术形式左右逢源、转益多师、互动互渗、出新变化的内在原因。

又如分析《江南春》唱和的文化意味,认为吴地文人之所以选择倪瓒的《江南春》(是倪瓒而不是别的诗词名家,是倪瓒的《江南春》而不是他的其他作品)来作为群体追和的范本,主要是出于两种考虑,一是倪瓒人格形象的感召力,二是"江南春"题目的包容性。如果说沈周、祝允明在追和《江南春》时是怀着景仰追怀之心奔着倪瓒的名头去的,那么后来则是以倪瓒—沈周—文征明为三点一线，俨然构成一种家法、一种传统、一种师承关系，同时也是一种精神、一种价值取向、一种美学原则。于是《江南春》就不再是一首简单的诗词作品，而俨然成了倪迂、白石翁传下来的精神衣钵，一种价值体系的载体或象征物了。其次，从题目来说，"江南春"同样具有"拎起"或"勾勒"的功能。"江南"既是一个地理概念，也是一个人文概念；"江南春"不仅是写江南的自然风物，同时也是江南文化的载体或符号。江南文人拥有足够的文化自信，希望不仅在自然物产方面甲天下，在文学艺术上也能成为四海之内的文化高地。在这种心理与文化背景下，吴地文人对《江南春》的群起唱和，就无异于通过"选边站队""集体发声"的方式，昭示着这一"江南文化共同体"的存在，同时也表现了吴地文人拥江南文化以自重，宁作偏裨、自领一队的文化姿态。从这个意义上说，《江南春》唱和本身的水平高低也许并不重要，重要的是它标示着江南区域文化的崛起以及对主流文化的挑战。

五

由于时间迫促和精力所限，还有一些值得探讨的问题未及展开。比如晚明艳词与"明体词"的关系问题，就是一个既有难度也很有价值的课题。"明体词"与艳词固不可等同，但"明体词"的特色，或曰明词的"异量之美"，主要体现在晚明时期的艳词创作。把这两个词学范畴与词学现象结合起来把握推求，应有助于"明体词"的破解与阐释。又如晚明以至清初，在苏州及其周边之吴江，拥有一个密度极大且成果突出的词人群体。较早者如葛一龙、吴鼎芳，稍后者如徐籀、尤侗、徐增、沈雄，女性词人如徐媛、吴绡、沈宜修，皆为知名词人。或因缺少宗主式人物，或为云间词派所掩，向来未被视为词派，然作为一个高密度聚集的地域性词人群体，又有《松陵绝妙词选》和《笠泽词征》等文本载体，仍有研究的空间与必要。

因为这是一项开创性的研究,所以关于明词群体流派的发掘勾勒、认定命名以及流派的内涵特色等等,一定会有诸多不妥或不实之处。这里提出一些不成熟的看法,一些有待学界扬榷的"未定之论",其实是想作为讨论的基础或批评之鹄的,诚愿词学研究的同道们批评指正。

第一章　论明初遗民词派

在本章中，我们想尝试把那些由元入明的遗民词人，如谢应芳、倪瓒、梁寅、邵亨贞等人，作为明初词坛一个特殊的群体来作整体观照。这些词人多为江南苏州、松江、杭州一带的文人，他们词中表现出的对元朝故国承平时代的怀念，以及对待朱元璋新政权的疏离心态，是其所处的特定历史文化背景有以致之。他们与彼时的遗民诗人、遗民文人原属于同一个群体，只不过他们同时亦长于词作，而且其词又多写故国承平之思、黍离麦秀之感，无论是政治倾向还是风格情调，在明初词坛都构成一种特异的存在，故称群体或称流派皆无不可。

第一节　元遗民概念辨证

一般来说，"遗民"概念常和"华夷之辨"有着潜在的联系，所以我们耳熟能详的往往是"宋遗民""明遗民"，而很少提到或听到"元遗民"的说法。然而很少提到并不等于没有，如果破除成见，逼近历史细节来看，元遗民群体事实上是存在的。胡适在其《建国与专制》一文中提出，中国的民族观念往往以汉族为中心："我们读宋明两朝的遗民的文献，虽然好像都不脱忠于一个朝代的见解，其实朝代与君主都不过是民族国家的一种具体的象征。不然，何以蒙古失国后无人编纂元遗民录？何以满清失国后一班遗老只成社会上的笑柄而已？"[1]这或许也是一种有意无意的忽略。因为在民国之初，汪精卫（兆铭）之兄汪兆镛就曾编过《元广东遗民录》二卷（有番禺汪氏1922年自刻本）；张其淦既编有《明代千遗民诗咏》初、二、三编，亦有《元八百遗民诗咏》（今有台湾明文书局1991年印行本）；陈遹声编有包括宋元明三代遗民诗在内的《遗民诗选》。这几位都是逊清遗老，而这几部著作更是有意泯除民族之异而突出其遗民身份。就当代学者而言，台湾著名文学史家龚鹏程曾"拟编"一本《偏统文学史》，基本思路就是要"颠覆现有文学史的论述成规，来寻找新的论述脉络"，而其中有一节就叫"元遗民文学"。[2]龚鹏程先生能够注意到"元遗民文学"，自是别具只眼，而这种研究论述仍只能入"偏统文学史"，也表明在正统的即传统的文学史观中，所谓"元遗民文学"尚未得到认同或进入学术视野。

在这里，我们想把那些由元入明的遗民词人，作为一个特殊的词人群体或流派来作整体观照。其中包括布衣韦带、年高德劭的谢应芳，黄冠野服、混迹编氓的倪瓒，结庐石门山、人称"梁五经"的梁寅，自比陶潜、以疾辞聘的舒頔，博通经史、青溪野处的邵亨贞，风流豪爽、广交文士的顾瑛，隐居乌泾、坚卧不起的王逢，以及钱霖、钱应庚兄弟等人。这些人过去一直被视为元代文学家，而与他们基本同时代的宋濂、刘基等人，因为入明后为达官显宦，则历来被视为明人而毫无争议。对于身处易代之际的文人来说，以"不仕"或"不试"（不出仕、不应科举）为出处标准来判断其朝代归属，原是一种约定俗成的规则。我们并不想去刻意改变谢应芳等人的朝代归属，但把他们入明之后的词作列入明词史的考察范围，亦是同样顺理成章。这个遗民词人群体中的很多

---

[1] 胡适：《建国与专制》，载《胡适全集》卷二十一，安徽教育出版社2003年版，第691页。
[2] 龚鹏程：《文学史的研究》，载《构建与反思：中国文学史的探索学术研讨会论文集》，辅仁大学中国文学系、中国古典文学研究会主编，学生书局2002年版。

人，与其他的明初词人相比，在入明之后活了更长的时间，或写了更多更好的词作。高启入明后六年便死于非命，刘基入明后活了八年，杨基活得稍长一点，超过了十年。而谢应芳、邵亨贞、梁寅等人，入明后还有二三十年的创作时间。而且，他们有不少词作可以明确系年，足证它们是入明之后的作品。如果把这些写于洪武年间（1368—1398）乃至更后的词作随其主人一概划入元代词史范围，至少对于明初词坛的整体观照而言是不完整的。所以我们主张把论人与论词区别对待，把谢应芳诸人视为元代词人，并不影响我们把其入明之后的词作列入明词史的考察范围。

事实上，明清以来的一些史学或文学文献的处理方式，已经为我们提供了借鉴。现代史学家朱师辙就曾经说过："《明史·儒林传》之范祖幹、叶景翰、何寿朋、汪师道、谢应芳、汪克宽、梁寅、赵汸、陈谟，《文苑传》之杨维桢、钱惟善、胡翰、苏伯衡、戴良、王逢、丁鹤年，皆元遗民也，何尝以入《明史》为不安？"[1]又如钱谦益《列朝诗集》之"甲前集"所收的"席帽山人王逢""九灵山人戴良""铁崖先生杨维桢""黄鹤山樵王蒙""云林先生倪瓒"等等，当然也都是元遗民诗人。在王逢小传的最后，钱谦益有一段话，实际如同"甲前集"所收元遗民诗人之序引。其文曰："呜呼！皋羽之于宋也，原吉之于元也，其为遗民一也。然老于有明之世二十余年矣，不可谓非明世之逸民也。故列诸甲集之前编，而戴良、丁鹤年之流，以类附焉。"[2]钱谦益毕竟老于文字，他只更动了一个字，就把元之"遗民"与明之"逸民"统一起来了。《列朝诗集》的这种体例具有一定的示范意义，邓之诚《清诗纪事初编》于甲、乙、丙、丁四编之前特设"前编"，以收录明遗民诗人，不知是否受了钱谦益的影响。邓之诚《清诗纪事初编·序》云："沧桑诸老，若概以清人目之，彼不任受也。

---

[1] 朱师辙：《清史述闻》，生活·读书·新知三联书店1957年版，第143页。
[2] 钱谦益：《列朝诗集小传》，上海古籍出版社1959年版，第14—15页。

然入清已三四十年,其诗皆作于清时,今采清事,自不能以其明人也而屏之,因别为前编以示微意。"[1]钱谦益目之为"甲前集",邓之诚曰"前编",都是既加收录又微示区别,皆可谓用心良苦。既然这样一些重要著述的体例已为人们普遍接受,本章在考察明初词坛时不去刻意回避谢应芳、邵亨贞等遗民词人,亦可谓顺理成章之举了。

研治元遗民文学,又往往会遇到一种出于阅读期待的质疑或挑战。明王朝开国时,上距南宋之灭亡不及百年,我们总会想当然地认为,元朝国祚既短,又是少数民族主政,故由元入明,正可谓久假当还,文人们应该在感情上更容易归顺,即使称不得翘首期盼,至少也应是顺其自然。而事实并非如此。以研治元诗史著称的杨镰先生曾这样写道:"有个奇怪的现象,那就是在元明之间,至少在旨在推翻元朝统治的'叛乱'一开始,在江南区域,诗人们几乎是一边倒地倾向于异族建立的元朝。"[2]其实,如果抛开"夷夏之大防"的传统观念,这本来是不足为奇的。因为每当易代之际,文人们总是以忠于故国旧君为价值取向,何独一到元明易代就让人觉得奇怪了呢?而且,江南文人,尤其是苏州、松江、杭州一带的文人,与其说是倾向于元朝故国,毋宁说是对朱元璋新建立的明王朝怀有戒心,因为这一带原为张士诚故地,不管诸文士是否曾为张士诚所用,至少他们在朱元璋新朝开国时是不受待见的。高启、杨基等"吴中四杰"入明后迭遭迫害,实与此背景相关。而谢应芳、倪瓒、邵亨贞等遗民文人对明王朝的疏离心态,亦是由他们所处的特定历史文化背景导致的。

与此相关联的另一种阅读意外是,明初的元遗民根本不避讳提及那些忠于大宋王朝、不认可元朝统治者的宋遗民,反而会引为同道而自励自勉。如倪瓒《题郑所南兰》诗云:"秋风兰蕙化为茅,南国凄凉气已

---

[1] 邓之诚:《清诗纪事初编》,上海古籍出版社1984年版,卷首第3页。
[2] 杨镰:《元诗史》,人民文学出版社2003年版,第531页。

消。只有所南心不改,泪泉和墨写离骚。"其景仰心折之情,油然可见。又如著名文人张丁(孟兼)曾在洪武二年(1369)为谢翱《登西台恸哭记》作注,这应该不仅是一般的文字工作或文献整理,而是一种具有政治宣示意味与文化心理暗示的举动,所以竟有二三十位文人为之题跋。也许是开国之初文网未密,朱元璋对这种借前代遗民酒杯浇自家块垒的文化现象竟未曾注意,这对于张孟兼及其众多题跋者来说也算是非常幸运的了。

宋遗民与元遗民虽然处于不同的历史时空,但这两朝的遗民前后相承,时代相接,彼此相去确实太近了,以致他们生命中曾有一段交叠的时光。宋遗民中生卒年代可考者如李珏(1219—1307)、谢枋得(1226—1289)、刘辰翁(1232—1297)、邓剡(1232—1303)、朱嗣发(1234—1304)、颜奎(1235—1308)、赵淇(1239—1307)、汪宗臣(1239—1330)、赵文(1239—1315)、汪元量(1241—约1317后)、林景熙(1242—1310)、陆纪(1247—1315)、仇远(1247—1328后)、张炎(1248—1319后)、谢翱(1249—1295)、王炎午(1252—1324)、陆深(1260—1344)等,与元遗民皆可谓前后相望。而那些生年较晚且得享高寿的宋遗民,不少人已进入十四世纪,那时已是元代中期了。再看明初遗民词派中人,谢应芳生于1296年,倪瓒生于1301年,梁寅生于1303年,舒頔生于1304年,邵亨贞生于1309年,皆处于十四世纪初年。这就是说,当这些后来的元遗民出生时,宋遗民中有相当一批老寿者都还健在;于是这前后相继而相望的两代遗民,生命中竟有一段重叠交集的时光,这或许也可说是元明朝代更迭的一种特有的文化景观。

再从宋遗民策划开展的一些重要文化活动来看,《乐府补题》的五次唱和活动大约在南宋覆亡之初的至元十五年至十六年(1278—1279),"月泉吟社"之征诗与评点在至元二十三年至二十四年(1286—1287),而谢翱《登西台恸哭记》写于至元二十七年(1290)。联系谢应芳、倪瓒、梁寅、舒頔、邵亨贞这些人的生年时代来看,可知《乐府补题》与《月泉吟社诗》的结集,也都在这些元遗民们出生之前不久,而且他们很可能就是这些唱和诗词的新生代的读者呢!

宋、元遗民词人之间,还有一些前后蝉联的过渡式人物,最典型的就是陆行直。陆行直(1275—?)字季道,一字辅之,号壶天,吴江人。据记载,行直尝从张炎游,"深得奥旨制度之法",著《词旨》一卷。其卒年不详。然而就是这个陆行直,早年曾是宋遗民张炎的朋友,晚年又是元遗民邵亨贞的朋友。邵氏《江城梅花引》小序云:"陆壶天、钱素庵二老相会,皆有感怀承平故家之作,索予次韵,而不及当道作者,盖俯念草木之味也。"这里所谓"感怀承平故家",虽不能断定作于入明之后(因为元末战乱时已有一些文人作此感慨了),然而后面所谓"不及当道作者",却使人想见此应为入明之后所作,因为若在元季,与当道来往与怀念承平故国是不矛盾的。那时陆行直若还在世,也已经九十余岁了。陆行直今存唯一词作《清平乐·重题碧梧苍石图》,小序中先引张炎(叔夏)《清平乐》(候蛩凄断)词,然后曰:"此友人张叔夏赠余之作也。余不能记忆,于至治元年仲夏二十四日,戏作碧梧苍石,与冶仙西窗夜坐,因语及此。转瞬二十一载,今卿卿、叔夏皆成故人,恍然如隔世事,遂书于卷首,以记一时之感慨云。"至治元年为公元1321年,二十一载之后则为至正二年(1342)。那时陆行直六十八岁,比他晚一辈的邵亨贞也已三十四岁。由此可见,元遗民之于宋遗民,不仅时代相接,前后相望,其思想感情与词学衣钵,亦在同步作薪火相传。而且,宋遗民词人所写的怀念故国旧君的作品,很可能成为未来元遗民的启蒙读物。这就是元遗民词人成长的特殊语境。

第二节 明初遗民词派的主要成员

在明初数以百计的元遗民中,有词作传世的不过二十余人。有些文人,从与他们往来唱酬的其他文人的记载或词作序跋中,可以知道他们曾经写过词，但如今在《全金元词》或《全明词》中却不见只字。还有些词人，其词作无法准确系年，亦无法推断其词究竟作于元代后期还是入明之后。至于王蒙、凌云翰、刘炳诸人，虽然不无遗民心态，论者或宽泛划入"文化遗民"之列，然而毕竟曾经接受过明朝官职，亦不宜入于遗民之中。把以上种种疑似情况剥离之后，能够归入明初遗民词派的不过十人左右而已。兹依年齿先后考述如下。

谢应芳（1296—1392），字子兰，号龟巢，武进（今江苏常州）人。平生潜心性理之学，以道义名节自励。元顺帝至正初，隐居白鹤溪上，建居室名"龟巢"，并以为别号。江浙行省荐任衢州清献书院山长，未就职。元末兵乱，避兵吴中，吴人争相延致为塾师。曾与昆山顾瑛玉山草堂诗酒觞咏之会。入明时已七十三岁，乃徙居芳茂山。一度参与修撰郡志。晚年学行益劭，达官缙绅路经武进，必至其家相访。一室萧然，布衣韦带与之接谈。明洪武二十五年去世，享年九十七岁。著有《龟巢稿》二十卷，卷十二为词，《彊村丛书》辑为《龟巢词》一卷，词凡五十二首；又据道光间谢兰生刊《龟巢稿》辑为《补遗》一卷，词十三首。《全金元词》《全明词》皆据《彊村丛书》本录其词六十五首。

倪瓒（1301—1374），字元镇，号云林，无锡（今属江苏）人。家饶资财，多聚古鼎名琴，藏书数千卷。在元代后期，其家之清閟阁与昆山顾瑛的玉山草堂，同为江南文人雅集之所。至正初，忽散其财，弃家隐居于五湖三泖间。自称"懒瓒""倪迂"等。张士诚召之不出。晚岁黄冠野服，混迹编氓。其画与黄公望、吴镇、王蒙并称"元四家"。洪武七年（1374）卒，年七十四岁。著有《清閟阁集》十二卷。词有江标辑《宋元名家词》本《云林词》一卷。《全金元词》录其词十七首。《全明词》录词三十一首，然其中《凭阑人》《殿前欢》《水仙子》《折桂令》《小桃红》等十首实为曲，又《江南春》一首、《竹枝》三首亦非词，故当以《全金元词》所录为当。

梁寅（1303—1389），字孟敬，新喻（今江西新余）人。家贫力学，屡应乡试不利。后至元间就馆建康，以荐授集庆路儒学训导，仅二年即辞归。元末兵起，隐居课徒。明洪武初，征入京修述礼制，书成辞还。结庐石门山，四方从学者甚众。学者称"梁五经"，又称石门先生。洪武二十二年卒，年八十七。著有《新喻梁石门先生集》十卷，词附。《彊村丛书》辑为《石门词》一卷，据吴昌绶校唐鷟庵抄本，词三十三首。《全金元词》据嘉靖刊本《石门集》卷上入录，并以光绪刊本《石门集》及《彊村丛书》本校订，共三十九首。赵尊岳《明词汇刊》（又称《惜阴堂汇刻明词》）本《石门词》及《全明词》所录为四十首，而其中《折桂令》一首实为散曲。《全明词补编》复从《文翰类选大成》辑得《西江月·临终作》一首。

舒頔（1304—1377），字道原，号贞素，又或题华阳逸者，绩溪（今属安徽）人。后至元三年（1337）辟贵池教谕，秩满调丹徒。至正十年（1350）转台州路儒学正，道阻不赴，归隐山中。朱元璋军定徽州，交章礼聘，以疾辞。晚年筑草庐为读书之所，名曰贞素斋，以明自守之志。洪武十年（1377）卒，年七十四。著有《贞素斋集》八卷，词存集中。《彊村丛书》辑为《贞素斋诗余》一卷，凡二十二首。《全金元词》删去其中曲调《折桂令》《朝天子》共三首，实存十九首。

舒逊（生卒年不详），字士谦，号可庵，绩溪（今属安徽）人，舒頔弟。頔以诗文名家，舒逊及其弟舒远皆从之游，兄弟唱和，花萼相辉。有《可庵搜枯集》一卷，附于其兄《贞素斋集》之后。存词五首，《彊村丛书》辑为《可庵诗余》一卷。其《临江仙·偶成》有"人生七十古来稀"之句，知其寿亦过七十岁。其文有《祭贞素兄终七文》，知其卒年当在洪武十年之后。

邵亨贞（1309—1401），字复孺，号清溪，原籍浙江淳安，后至元中随祖父邵桂子寓居华亭（今上海松江），遂为华亭人。尝为松江府学训导。明洪武元年（1368），其子邵克颖得罪系狱，亨贞亦受牵连。与元明间曲家郏经（仲义）、钱霖（素庵）、钱应庚（南金），诗人钱惟善（思复）、王逢（原吉），画家曹知白（云西）等交往唱酬。建文三年（1401）卒，年九十三。著有《野处集》四卷,《蚁术诗选》八卷,《蚁术词选》四卷。他是明初遗民词派的中坚,存词多达一百四十余首,其中可准确系年、可确定作于入明之后的词较多。《蚁术词选》有明隆庆六年(1572)汪稷校刊本、王鹏运《四印斋所刻词》本。

郯经(生卒年不详),字仲义,或作仲谊,号玩斋,又号观梦道士、西清居士,扬州海陵(今江苏泰州)人。元至正间乡贡进士,为平江路儒学录。明初时曾为浙江省考试官。后居杭州,以吟咏自适。与邵亨贞、顾瑛、钟嗣成等交好。著有杂剧《西湖三塔记》《玉娇春》等四种。有《观梦集》《玩斋稿》,今皆不传。《全元散曲》有《蟾宫曲·题〈录鬼簿〉》一首,《全元文》收其《青楼集序》文一篇。杨镰从清宫所藏钱选(舜举)画《红白莲花图》后辑得其词《齐天乐·题钱舜举红白莲花图》一首。小序云:"填《齐天乐》谱,赋吴兴钱舜举所画红白荷花,录呈词社诸名胜指教。维扬仲谊上。"词后署:"洪武丙辰八月六日,钱塘东城写。"词后钤印三:"巢民、郯仲义、龟溪渔者。"洪武丙辰为洪武九年(1376)。又据其小序,在当时杭州似有一个以元遗民为成员的词社。

钱霖(生卒年不详),字子云,松江(今属上海)人。博学工文章,游名公卿间。天历、至顺间(1328—1333)弃俗为黄冠,更名抱素,号素庵。晚居嘉兴,筑室于鸳鸯湖上,名曰藏六窝,杨维桢为作《藏六窝志》,因自号泰窝道人。徐再思散曲《折桂令·钱子云赴都》云:"赋河梁渺渺予怀,今日阳关,明日秦淮。鹏翼风云,龙门波浪,马足尘埃。"王起(季思)先生主编《元明清散曲选》据此推测他"明初曾应朱元璋的征召到南京去"[1]。然而各种文献中并无其出仕明朝的记载。著有曲集《醉边余兴》,词集《渔樵谱》,均佚。杨维桢为作《渔樵谱序》,称其词有寄闲父子之风。所谓"寄闲父子",即南宋词人张枢、张炎是也。其词今仅存三首,见《全金元词》。

---

[1] 王起主编:《元明清散曲选》,人民文学出版社1988年版,第138页。

钱应庚（生卒年不详），字南金，钱霖弟，亦长于词，与邵亨贞唱和甚多。杨镰《元代文学编年史》称应庚死于元明乱离之际。[1]《全金元词》存其词六首。

王逢（1319—1388），字原吉，号梧溪子，晚号席帽山人，江阴（今属江苏）人。元至正间，作《河清颂》，台臣荐之，以疾辞。张士诚据吴，据说用王逢之策，北降于元以拒明。明太祖灭士诚，欲辟用之，坚卧不起。隐居上海乌泾，自号最闲园丁。洪武二十一年（1388）卒，年七十。著有《梧溪集》七卷。《全金元词》录其《如梦令·菰村赋赠》一首，据其题跋可知作于洪武十六年（1383）。邵亨贞《蚁术词选》中有《齐天乐·次韵王原吉龙江别业》等，知其词多有散佚。

陶宗仪（约1316—1403后），字九成，号南村，黄岩（今属浙江）人，寓居松江。少试有司，一不中即弃去。务古学，无所不窥。出游浙东、西，师事张翥、李孝光、杜本。元季寓居松江，著书授徒，累辞辟举。筑室曰南村草堂，因以为号。广搜古籍，尤多精抄本。王蒙为作《南村草堂图》。洪武初累征不就，王蒙为作《濯足小像辞有序》，宋濂为作《送陶九成辞官归华亭序》。晚年应聘为教官。永乐元年（1403）犹存。著有《辍耕录》三十卷，《南村诗集》四卷，诗词合集《沧浪棹歌》一卷，其中存词六首。周泳先《唐宋金元词钩沉》辑为《南村诗余》一卷。

第三节　明初遗民词派的地域文化背景

明初遗民词派是一个颇具地域性的文学流派。除了遗民身份的社会性之外，我们更为看重的是其独特的地域文化特征。在这一词派中，邵亨贞及钱霖、钱应庚兄弟均为松江人，陶宗仪寄寓松江，王逢隐居于毗邻松江的上海乌泾，倪瓒为无锡人，晚年寄迹于所谓"五湖三泖"间，

---

[1] 杨镰：《元代文学编年史》，山西教育出版社2005年版，第580页。

五湖或泛指吴中一带,三泖则往往特指松江。其他几位词人中,谢应芳为武进人,舒頔、舒逊兄弟为徽州绩溪人,除了占籍江西新余的梁寅稍偏,其余词人皆属传统的江南地区,用现在的说法叫"长三角"地区或杭、嘉、湖地区,或者用吴熊和先生的说法叫"环太湖文化区"。

从元明之际的特殊历史方位来看,松江与吴中一带有两个最值得关注的特点。

其一,这里为张士诚故地。张士诚于至正十六年(1356)定都平江(今苏州,至正二十七年(1367)为朱元璋所灭,盘踞吴中十余年,苏州、松江及太湖地区皆在其势力范围之内。据钱谦益编录《国初群雄事略》记载,张士诚颇以礼贤下士著称。该书卷六曰:"士诚据吴,颇好士。"卷七曰:"士诚迟重寡言,欲以好士要誉,士有至者,不问贤不肖,辄重赠遗,舆马居室,无不充足。"卷八又曰:"伪周据吴日,开宾贤馆以致天下士,其陪臣潘元绍以国戚元勋,位重宰相,虽酗酒嗜杀,而能礼下文士,故当日出于仓卒之际,而一时文章书字,皆极天下之选。"同卷又曰:"盖张氏据有浙西富饶地,而好养士,凡不得志于前元者,争趋赴之,美官丰禄,富贵赫然。"[1]如此再三申说,可见钱氏虽口称"伪周",实有歆羡表彰之意。此与焦竑《玉堂丛语》卷七称张士诚"开府平江,文士响臻"八字,适可互相印证。对于那些拒绝征聘的文士,如杨维桢、秦裕伯、陶宗仪等人,张士诚亦不予追究,听凭他们来去自由。因为这样一些宽简优裕的政策环境,张士诚这样一个"以操舟运盐为业"的粗人,能够受到三吴地区文人的认可与支持,也就不奇怪了。

然而也正因为如此,朱元璋在历时一年有余才攻下平江之后,对张士诚羽翼之下的三吴文士及巨室故家的报复也是极为苛刻的。方孝孺《采苓子郑处士墓碣》所谓"当是时,浙东西巨室故家,多以罪倾其室"[2],

---

[1] 钱谦益:《国初群雄事略》,中华书局1982年版,第154、184、206、242页。
[2] 方孝孺:《逊志斋集》卷二十二,明正德十五年刻本。

吴宽《莫处士传》所谓"皇明受命，政令一新，富民豪族，划削殆尽"[1]，都是以朱元璋平吴之后的报复举措为背景的。据《明太祖实录》记载，吴元年十月，朱元璋军队攻下平江，为惩罚苏州士绅对张士诚的支持，"乙巳，置苏州卫指挥使，徙苏州富民实濠州"[2]。洪武三年六月，又从苏、松、杭、嘉、湖五郡徙四千余户往临濠。[3]类似的说法，在谈迁《国榷》、查继佐《罪惟录》诸书中皆可寻得印证。

这里所说的濠州或临濠，是朱元璋的老家。洪武二年十月，诏以临濠为中都。而在洪武初年迁徙临濠的，不仅有三吴地区的富室巨族，还有那些朱元璋恶其余胥的三吴文人。以富室而兼文人风雅主持的顾瑛，洪武元年三月被流放临濠，次年二月即病死在那里。《元诗史》的作者杨镰先生敏锐地指出："流放地临濠在明初的社会生活中占有相当大的份额。流放临濠，很长时期都是文人士子的噩梦，民间有许多有关的传说。"[4]

明王朝前期对于文士的摧残戕害，在历朝历代都是最为突出的。如果说文人们最为怀念的是宋代，那么最为憎厌乃至诅咒的应该就是明代，尤其是明初。赵翼《廿二史札记》卷三十二"明初文士多不仕"条说，"明初文人多有不欲仕者"，而"文人学士，一授官职，亦罕有善终者"。例如：

> 宋濂以儒者侍帷闼十余年，重以皇太子师傅，尚不免茂州之行，何况疏逖素无恩眷者！如苏伯衡两被征，皆辞疾，寻为处州教授，坐表笺误死。郭奎参朱文正军事，张孟兼修史成，仕至佥事，傅恕

---

[1] 吴宽：《匏翁家藏集》卷五十八，《四部丛刊初编》。
[2] 《明太祖实录》卷二十六，吴元年十月乙巳条。
[3] 《明太祖实录》卷五十三，洪武三年六月辛巳条。
[4] 杨镰：《元诗史》，人民文学出版社2003年版，第519页附注。

修史毕，授博野令，后俱坐事死。高启为户部侍郎，已放归，以魏观上梁文腰斩。张羽为太常丞，投江死。徐贲仕布政，下狱死。孙蕡仕经历，王蒙知泰安州，皆坐党死。其不死者，张宣修史成，受官，谪驿丞。杨基仕按察，谪输作。乌斯道授石龙令，谪役定远。此皆在《文苑传》中。当时以文学授官，而卒不免于祸，宜维桢等之不敢受职也。[1]

赵翼所举各例，不过是明初较为著名的文人而已。以洪武年间胡惟庸、李善长、蓝玉三大狱而言，被处死的官员及牵连得罪者多达四百人。如著名画家文人王蒙，史称其坐胡惟庸案被杀，而最后认定的"犯罪事实"只是他曾经在丞相胡惟庸府上作过画。《元诗史》的作者杨镰先生不禁感慨道："这样的罪名连以'莫须有'为岳飞定罪的秦桧等也未必敢于认定，只有朱元璋能'拿得出手'。"[2]其他如高启应邀为苏州太守魏观重建府衙撰《上梁文》，因其中用"龙盘虎踞"四字而被腰斩；徐贲虽官至河南布政使，却因过境部队告他"犒劳不时"而下狱，不久瘐死狱中；杨基出任山西按察使，亦以事罢免，谪服苦役，最后即死于工所……事实上，朱元璋对于王蒙、高启、徐贲、杨基这些文人之所以特别严苛，必欲置于死地而后快，除了对文人的忮刻偏见之外，应该和他们同为吴地文人有关。

检点相关材料，明初文人被谪临濠的，有确切记载的有以下数人。洪武元年，被贬临濠的有吴县杨基（孟载）、武进徐贲（幼文）、永嘉余尧臣（唐卿）、昆山顾瑛，洪武二年有松江夏文彦（士良），洪武五年有长洲申屠衡（仲权），洪武六年有山阴唐肃（处敬），江阴张宣（藻仲）。这些人基本上都是苏州、松江一带人。余尧臣籍贯永嘉，而寓居吴中（吴

---

[1] 赵翼著、王树民校证：《廿二史札记校证》，中华书局1984年版，第741—742页。
[2] 杨镰：《元诗史》，人民文学出版社2003年版，第732页。

县）。张宣是邵亨贞的女婿。夏文彦、申屠衡则是邵亨贞的密友。观此，则邵亨贞入明之后的情怀郁结就是很自然的了。此数子中，杨基、徐贲、余尧臣三人，明确说是因为曾入张士诚幕而被谪居临濠的。

顺便说明一下，关于杨基诸人谪居临濠的情况，诸书每有误解。其实曰濠州，曰临濠，曰钟离，实际是一回事。临濠即濠州，府治在钟离（今凤阳县临淮镇）。杨基有《梦绿轩》诗记其谪居临濠事，小序中云："余与徐君幼文，同谪钟离，结屋四楹，幼文居东楹，余居西楹……"又徐贲由临濠归苏州，友人高启有诗，题为《徐记室谪钟离归后同登东丘亭》。这两处所说的钟离都是指临濠。至于不用临濠而用钟离，或因后者字面更为古雅之故也。在明初诸人诗文中，谪徙临濠往往有不同的表述。如顾瑛谪临濠一事。《明史》本传称："及吴平，父子并徙濠梁。"《元书》本传称："明初，以元臣（按即顾瑛长子顾元臣）为元官，例徙临濠。"顾瑛诸友人中，谢应芳《龟巢稿》卷四《祭顾玉山》诗曰："挈家赴临濠，星言去程速。"袁华《耕学斋诗集》卷六有诗作《分题得南武城送顾仲瑛之濠梁》。顾瑛《玉山逸稿》卷四《登虎丘有感》诗后跋语云："仆将发濠梁，因登虎丘……"稍后之吴宽则往往称临濠为"中都"。《匏翁家藏集》卷五十一《跋桃源雅集记》云："玉山在国初，以其子元臣为元故官，从诏皆徙居中都。"又同本集卷十三《题元顾仲瑛玉山佳处卷后》诗云："栩栩百年真梦境，濠梁还见旧题铭。"句后注曰："仲瑛后迁中都，家于庄子观鱼台旁，题其屋曰梦蝶。"这几种说法之中，濠梁本来最不正规，如果说临濠、濠州、凤阳、钟离皆为此地之本名，濠梁则只能说是别称。但既然庄子早有濠梁观鱼之辩，顾瑛又有梦蝶庵，吴宽此处称濠梁还是颇为切题的。

其二，在元末近二十年的战乱中，松江、苏州一带基本保持着浓郁的人文氛围与优裕的生活环境。虽然在至正十六年丙申（1356）正月，昆山顾瑛的玉山草堂亦被乱兵占据，二月至四月，松江城内更发生了苗人之乱，但总起来看，在近二十年的战乱中，这一带还是相对安定的。

苏松一带是典型的江南水乡。元明时期的文人,描绘这一带的自然风貌,常用的概念有两个:一个是五湖三泖,一个是九峰三泖。明代周忱《与行在户部诸公书》云:"苏、松乃五湖三泖积水之乡。"所谓五湖,一般认为是指今太湖及其附近的长荡湖、射湖、贵湖、滆湖;三泖则指松江西的泖湖,具体又分为上、中、下三泖。至于称"九峰三泖",则主要指松江地区。因为三泖固在松江之侧,九峰则是松江境内十几座小山丘的总称。杨维桢《干山志》有云:"华亭地岸海,多平原大川,其山之联络于三泖之阴者十有三,名于海内者九。"这就是九峰三泖的具体解释。

关于松江的人文传统,邵亨贞在为钱应庚所作《一枝庵记》中有精彩表述。其文曰:

> 云间为濒海下邑,因九峰三泖之胜,而置官司焉。迹其可考者,晋陆士衡、陈顾野王而下,人才辈出,民俗殷富。逮唐宋间,几与列郡抗。以五代南渡之乱,民不知兵,生聚五百余年,至宋末而盛剧矣。宋社既迁,名家巨室,罔不与国同休戚者。贵游子弟,华颠野服,欷歔乔木之下,彷徨离黍之间,相望于宽闲寂寞者,百年于兹矣。[1]

这里末数句笔端带有感情,实际不啻为元末明初遗民生活之写照。这种"五湖三泖"或"九峰三泖"的地理风貌,一方面孕育了江南文人的精神气质,同时又化为他们的山水诗、山水游记的题材与意象,化为"元四家"王蒙、倪瓒、吴镇等人画幅间山水连绵、云烟氤氲的江南气象。这就不仅是一种外在于人的自然风景,还是江南文人精神的栖息地与寄植体。

和其他地方不同,江南的富家巨室往往也是青箱世家,所以很多家饶资财的富豪同时也是江南区域文化中的风雅主持。最为著名的所在当

---

[1] 邵亨贞:《野处集》卷一,《景印文渊阁四库全书》,台湾商务印书馆。

然是昆山顾瑛的玉山佳处。王鏊《姑苏志》卷五十四顾瑛小传中写道:

> ……年三十始折节读书,益购古书名画彝鼎秘玩,筑别业于茜泾西,曰玉山佳处,日夜与客置酒赋诗其中。四方文学之士若河东张翥、会稽杨维桢、天台柯九思、永嘉李孝光,方外之士若张伯雨、于彦成、琦元璞,与凡一时名士,咸主其家。其园池亭榭之盛,图史之富,与夫饩馆声伎,并鼎甲一时。而才情妙丽,与诸公亦略相当。风流文雅,著称东南。[1]

这里所说的"园池亭榭之盛,图史之富,与夫饩馆声伎",或可视为元明时期江南文人雅集的三个共性条件。"园池亭榭之盛"是说居停环境之美,"图史之富"是说文化内涵与氛围,"饩馆声伎"则是说物质享受。顾瑛能够吸引众多知名文人前来而成为风雅盟主,与他这种经济实力当然不无关系。

据杨镰先生考证,顾瑛的玉山雅集,从至正初年(1341)一直延续到至正二十五年(1365),虽然其间时有断续,但总起来看是前后相续的。画家张渥以至正八年戊子(1348)二月十九日的诗人雅集为依据作《玉山雅集图》,杨维桢复以此图为本撰《雅集志》,文中生动再现了当年玉山雅集的盛况:

> 冠鹿皮,衣紫绮,坐案而伸卷者,铁笛道人会稽杨维桢也。执笛而侍者,姬为翡翠屏也。岸香几而雄辩者,野航道人姚文奂也。沉吟而痴坐,搜句于景象之外者,苕溪渔者郯韶也。琴书左右,捉玉麈从容而色笑者,即玉山主者也。姬之侍,为天香秀也。展卷而作画者,为吴门李立。傍侍而指画,即张渥也。席皋比,曲肱而枕

---

[1] 王鏊:《姑苏志》卷五十四,《景印文渊阁四库全书》。

石者,玉山之仲晋也。冠黄冠,坐蟠根之上者,匡庐山人于立也。美衣巾束带而立,颐指仆从治酒者,玉山之子元臣也。奉肴核者,丁香秀也。持觞而听令者,小琼英也。一时人品疏通俊朗,侍姝执伎皆妍整,奔走僮隶亦皆驯雅,安于矩矱之内。觞政流行,乐部皆畅。碧梧翠竹与清杨争秀,落花芳草与才情俱飞。矢口成句,落毫成文。花月不妖,湖山清发。是宜斯图一出,一时名流所慕尚也。[1]

此图中所绘文人只有九人,然而钱谦益《列朝诗集小传》"甲前集"所列"玉山草堂饯别寄赠诸诗人"凡三十七人;顾瑛编集的《玉山草堂雅集》,收录参与雅集唱和的诗人更是多达七十余家,诗二千余首。以诸书互参,可以想见当元末时期,虽然战乱频仍,江南文人还是活得颇为滋润的,至少与入明之后的凛冽肃杀相比,那时文士们的思想精神要宽松潇洒得多。

又如松江籍著名画家曹知白,其家园林亦是江南文人雅集之地。曹知白(1272—1355),字又玄,一字贞素,号云西,华亭(今上海松江)人。至元中曾任昆山教谕,旋弃去。又曾北上大都,不久辞归,隐于华亭长谷中。长于画山水,师法李成、郭熙。传世画作有《寒林图》《疏林幽岫图》等。贡师泰所作《贞素先生墓志铭》称其"晚益治圃,种花竹,日与宾客故人以诗酒相娱乐,醉即漫歌江左诸贤诗词,或放笔为图画,掀髯长啸,人莫窥其际也。四方士大夫闻其风者,争内屦愿交"[2]。邵亨贞《题钱素庵所藏曹云翁手书龙眠述古阁序文》中亦云:"追思翁康强时,幅巾野褐,扶短筇竹,招邀文人胜士,终日逍遥于嘉花美木、清泉翠石间,论文赋诗,挥麈谈玄,援琴雅歌,觞咏无算,风流文采,不减古人。"[3]陶宗仪《曹氏园池行》诗云:"翁之交游皆吉士,赵邓虞黄陈杜

---

[1] 此文出处不同而文字小异,此据《玉山名胜集》卷二杨维桢撰《雅集志》,《景印文渊阁四库全书》第1369册17B。
[2] 贡师泰:《玩斋集》卷十,《景印文渊阁四库全书》。
[3] 邵亨贞:《野处集》卷二,《景印文渊阁四库全书》。

李。"[1]这里提到的诸位文人吉士,应是指赵孟頫、邓文原、虞集、黄公望、杜本、李孝光(陈氏不知所指何人),其中赵孟頫、邓文原年辈稍早,其余几位则是与曹知白同时代的著名文人。邵亨贞、倪瓒、王蒙、杨维桢等也都是曹知白园林中的常客。

此外,元代后期苏、松一带的文人聚会,见于记载的还有嘉兴濮乐闲的聚桂文会(参见杨维桢《东维子集》卷六《聚桂文会序》)、松江吕良佐的应奎文会(参见《全元文》一二二九卷吕良佐《应奎文会序》),以及在苏州狮子林举行的文人聚会(参见李祁《云阳集》卷六《师子林诗序》)等。由是可见,《明史·张简传》中所谓"当元季,浙东、西士大夫以文墨相尚,每岁必联诗社,聘一二文章巨公主之,四方文士毕至,燕赏穷日夜,诗胜者辄有厚赠"[2]确实是当时社会风尚的写照,而这种风气,尤以苏、松一带为盛。

第四节　明初遗民词派的创作倾向

历朝历代的遗民各各有其独特的历史背景,而遗民文学的创作主题总是相近的。譬如沧桑之感、故国之思,以及伤逝感旧、隐居避世等等,都是遗民文学中常见的主题。而黍离麦秀、荆棘铜驼,则是遗民文字中最常见的意象,抚今追昔、追忆及闪回,则是遗民文学中最常见的思维方式及表现手法。所有这些,在明初遗民词派的作品中都有所表现。

一、沧桑之感

尽管历史上的王朝更替、沧桑变化早已成为周期性的重复现象,但是只有身经易代的文人才能更深刻地感受这一点,也只有他们才会对这

---

[1]　陶宗仪:《南村诗集》卷一,《景印文渊阁四库全书》。
[2]　张廷玉等:《明史·文苑传·张简传》,中华书局1974年版。

个前人早已表现过多次的主题那么执着，不断地用自己的切身感受去为这一历史规律增添一些更丰富、更细腻、更具个性或生活质感的细节。明初遗民词中，表现沧桑之感最为警切的要数倪瓒的《人月圆》（伤心莫问前朝事）。这一首词我们将在下一节来讨论，现在让我们先来看邵亨贞的一首《江城子》。词前小序云："癸丑岁季夏下浣，信步至渔溪渔氏庄，暑雨初霁，夕照穿林，与吴野舟坐绿树间。适行囊中有松雪翁所书《江城子》，逸态飞越，不忍释手，因依调口占，以寄清兴。古人云：人生百年间，大要行乐耳。卒章以此意为消忧之勉云。"其词如下：

疏云过雨漏斜阳，树阴凉，晚风香。野老柴门，深隐水云乡。林下草堂尘不到，亲枕簟，懒衣裳。　　故人重见几星霜，鬓苍苍，视茫茫。把酒欷歔，唯有叹兴亡。须信百年俱是梦，天地阔，且徜徉。

按：癸丑岁为明洪武六年（1373），邵亨贞是年已六十五岁。吴野舟其人未详，邵亨贞《蚁术诗选》中有《次韵吴野舟见寄》诗，可以想见他是邵亨贞的朋友，野舟当为其字。二老相对"叹兴亡"，可以想见吴野舟也是一位遗民。松雪翁即元代著名书画家赵孟𫖯。其《松雪斋集》中有《江城子·赋水仙》一首，但与邵氏所作用韵不同。想来赵孟𫖯所书《江城子》或非己作。邵亨贞入明后，其亲友或被杀或被贬，屡受打击。所以尽管他在元代并未出仕，入明后仍有沉落之感。"把酒欷歔，唯有叹兴亡"一句，把改朝换代的打击与悲慨均处理到幕后去了。其《江城梅花引》词小序云"陆壶天、钱素庵二老相会，皆有感怀承平故家之作"，可见遗民相会，感怀承平与慨叹兴亡都是不可避免的话题。

更值得品味的是谢应芳《忆王孙·和熊元修苏州感兴》二首：

铜驼泪湿翠苔茵，落地花如堕玉人。可是东君不惜春。问花神，海变桑田几度新。

齐云一炬起红烟,顷刻烟销事已迁。折戟沉沙月烂船。问祈连,安得河清亿万年?

熊元修名进德,字元修,上饶(今属江西)人。据谢应芳《龟巢稿》各卷中酬唱篇什可知,他是与谢应芳往来唱酬较多的诗友。《元诗选》癸集、《元诗纪事》卷二十四皆录其《西湖竹枝词》二首,极有风致。《忆王孙·苏州感兴》为熊进德原唱,谢应芳词为和韵之作。谢应芳另有《满庭芳·熊元修席上次韵》,可知熊进德亦能词,然而《全金元词》《全明词》均未见其作品。

这两首词,从字面来看,曰铜驼,曰海变桑田,似乎也是感慨王朝的兴替。但题目是"苏州感兴",不是"洛阳怀古",所以铜驼也好,"落地花如堕玉人"隐指石崇爱姬绿珠也好,皆是借喻。第二首"齐云一炬"云云,足证这两首词并不是为元明代兴而作,而是因张士诚的覆亡而生发感慨。朱元璋攻灭张士诚,事在元至正二十七年丁未(1367)。据《明史纪事本末》卷四载,张士诚有齐云楼,及败,乃驱其群妾侍女登楼,令养子辰保纵火焚之。张士诚被明军擒获,不久被杀。作为一个割据一方的霸主,张士诚从至正十三年(1353)起兵,至二十七年兵败被杀,前后十余年,让吴中一带文人亲身经历了一个小王朝"其兴也勃焉,其亡也忽焉"的兴衰过程。谢应芳与马玉麟、陈基等人不同,他没有入张士诚幕府,谈不上故主之谊,但他对张士诚的覆亡不无同情与悲悯。然而不管成王败寇,元末长达二十年的战乱毕竟结束了,所以第二首词还是以海晏河清的祈望作结,这也反映了久困战乱的民众的心声。

二、伤逝感旧

这是对承平时代美好时光感怀的一种替代形式。朋友、爱人,那些和承平时光联系在一起的人物，一旦随风飘逝，都会勾起词人的感伤。所以他留恋的与追怀的，不仅是个体的人，还有与人共处共生的那个时代。先来看倪瓒的两首词。《太常引·伤逝》：

> 门前杨柳密藏鸦，春事到桐花。敲火试新茶。想月佩、云衣故家。　苔生雨馆，尘凝锦瑟，寂寞听鸣蛙。芳草际天涯。蝶栩栩、春晖梦华。

又《江城子·感旧》：

> 窗前翠影湿芭蕉，雨潇潇，思无聊。梦入故园，山水碧迢迢。依旧当年行乐地，香径杳，绿苔绕。　沉香火底坐吹箫。忆妖娆，想风标。同步芙蓉，花畔赤栏桥。渔唱一声惊梦觉，无觅处，不堪招。

这两首词，一题"伤逝"，一题"感旧"，其实意趣相通。《太常引》说月佩云衣，说锦瑟，都在暗示逝者是一位美丽的女性；而《江城子》一篇"忆妖娆，想风标"，感念的当然也是一位女子。这位女子可能是词人当初爱恋过的人，同时也是他魂牵梦萦的美好往昔的象征物。倪瓒词多写梦，十七首词中"梦"字凡八见。其他几例如《清平乐·在荆溪作》"望断溪流东北注，梦逐孤云归去"，《柳梢青·赠妓小琼英》"黛浅含颦，香残栖梦"，《南乡子·东林桥雨篷梦归》"篷上雨潺潺，篷底幽人梦故山"，《江城子·满城风雨近重阳》"亲旧登高前日梦，松菊径，也应荒"，都写得极富情韵。倪瓒的词又喜欢用追忆的手法，无论是听雨打芭蕉，还是"寂寞听鸣蛙"，都会勾起他对往昔的怀念。《江城子·感旧》词末尾"渔唱一声惊梦觉"，极富表现力。宋代陈与义《临江仙》词曰"古今多少事，渔唱起三更"，陆游《初秋骤凉》诗云"沧波万顷江湖晚，渔唱一声天地秋"，都是对渔唱诗意的发掘与表现。倪瓒显然于此别具会心，所以不仅在《人月圆》词中有"惊回一枕当年梦，渔唱起南津"的名句，此处又变化而用之。仿佛这一声渔唱，有如深山古寺的暮鼓晨钟，不仅惊醒了残梦，也点醒了人生，见得往日的繁华旖旎，同归于空幻寂灭。所以这两首词，一以蝶梦春晖作结，一以渔唱惊梦收尾，皆有点参禅悟道的意味。

再来看邵亨贞的一首《满江红》。小序云："己酉九日，雨中家居，忆夏士安、颐贞、蒙亨叔侄，唐元望、元泰、元弘昆季六人，皆常年同萸菊者，一载之间，惧罹患难，各天一方，信笔纪怀，有不胜情者矣。"其词云：

> 风雨重阳，凭谁问、故人消息。记当日、承平节序，佩环宾席。处处相逢开口笑，年年不负登山屐。是几番、扶醉插黄花，乌巾侧。　　诗酒会，成陈迹。山水趣，今谁识？奈无情世故，转头今昔。冰雪关河劳梦寐，芝兰玉树埋荆棘。对西风、愁杀白头人，长相忆。

按：己酉为明洪武二年。夏士安、颐贞、蒙亨诸人，据何庆先《夏文彦与元代松江的夏氏义门》一文[1]，夏士安应该就是《图绘宝鉴》作者夏文彦（字士良）的弟弟夏文德（字士安），而夏颐贞则是文彦之兄文举（字士贤）的儿子，蒙亨是颐贞的兄弟辈，其兄弟均以卦象取名。松江夏氏在元代后期为东南望族。杨维桢《东维子文集》卷十三有《知止堂记》，曰："云间老人夏谦斋氏……名其燕处斋之堂曰知止。……老人去世已五十年，兵燹来，堂毁去。其四叶孙颐贞犹能力护赵文敏所书之额，登于北山新堂，不忘先也。贞力学有仕才，丁时艰而不仕，知进退出处者也。"[2]然而这样的江南望族，正是朱元璋新政权重点打击的对象。查《明

---

[1] 载陈建华主编：《历史文献》第八辑，上海古籍出版社2004年版。
[2] 杨维桢：《东维子文集》卷十三，《四部丛刊》。

通鉴》诸史书,往往多征伐事,至于夏士安叔侄与唐元望兄弟在洪武二年遭遇何种患难,则不得而知。但联系洪武初年东南文人遭际,可以想象他们不是死于天灾,而是毁于人祸。此六人中有流落他乡者,故曰"各天一方";有盛年而逝者,故曰"芝兰玉树埋荆棘"。在诗人笔下,重九本是一个重要而富于诗意的节日。邵亨贞《蚁术词选》中屡屡及之。如乙巳重九有《摸鱼子》,小序云:"甲辰(1364)季秋,与夏颐贞同在吴门,屡有登山之兴,久雨不果。重阳日,友人罗仲达以节物为具,同席数人,意颇欢适。乙巳(1365)九日,在九山之东泗水上,酒阑散步,夕阳依依,冈峦在望,兴怀往事,不能无述。未知明年又在何处,驹隙如驰,行乐能几,所谓难逢开口笑也。"又次年即丙午(1366),重阳前二日,邵亨贞有《满江红》,中云"乱世可堪逢节序,身闲犹有余风度"。这些都是所谓"常年同萸菊者"的注脚。如今改朝换代,又是重九,岂料当时诗酒聚会者多罹患难,或登鬼箓,或流落异乡,这自然会让老迈的词人触景伤情。本来已入大明新朝,而词人仍在追忆"当日承平节序",这是对故人故国的追思,当然也显示了对新朝政权的疏离与否定。

三、隐逸避世

先来看席帽山人王逢的一首词。王逢是典型的元遗民,他的《无题》诗十三首表达了强烈的故国旧君之思。钱谦益《列朝诗集小传》曰:"前后无题十三首,伤庚申之北遁,哀皇孙之见俘,故国旧君之思,可谓至于此极矣。谢翱之于亡宋也,西台之记,冬青之引,其人则以甲乙为目,其年则以羊犬为纪,庾词隐语,喑哑相向,未有如原吉之发抒指斥,一无鲠避者也。"[1]又其《梧溪集》卷四《得儿掖书时戊申岁》诗云:"客梦躬耕陇,儿书报过家。月明山怨鹤,天黑道横蛇。宝气空遗水,春程不

---

[1] 钱谦益:《列朝诗集小传》"甲前集",上海古籍出版社1959年版,第14页。

见花。衰容愧耆旧，犹语玉人车。"[1]戊申岁即大明王朝开国的洪武元年，而"月明山怨鹤，天黑道横蛇"二句，几乎可以说是对新朝的诅咒。明初文网高张，受害者极多，而王逢《梧溪集》中有如此悖谬之语，乃得寿终正寝，亦可谓百密一疏。

王逢词今仅存一首，即《全金元词》所录《如梦令·菰村赋赠》：

> 檐耸数株松子，村绕一湾菰米。鸥外迥闻鸡，望望云山烟水。多此。多此。酒进玉盘双鲤。

这首词原出于《铁网珊瑚》卷十四，朱彝尊、汪森编《词综》卷三十三加题作《菰村赋赠》。单从这首词是看不出写作时间来的，然此词实出于倪瓒画后之跋语，因而可推知为入明以后作。倪瓒《清阁集》卷九有《题画卷》一则，其文曰：

> 无锡王容溪先生尝赋《如梦令》云："林下一溪春水，林上数峰岚翠。中有隐居人，茅屋数间而已。无事，无事，石上坐看云起。"高房山尝绘之为图。贞居诗云："歌此芙蓉窈窕章，山阴茅宇日凄凉。不是笔端天与巧，落割云山与侍郎。"今亡已夫。余戏用其意为图赠仲冕。辛亥春倪瓒。[2]

此文之后有"附王梧溪跋"云：

> 予谢病将还乡垅，道谒梁侍郎、顾先生祠，就宿宝云禅舍。是夕，王仲冕相与论心，久之而去。明日，过仲冕，见先友倪幻霞画，

---

[1] 按："犹语玉人车"，"语"字或作"话"，此据《知不足斋丛书》本《梧溪集》卷四。
[2] 倪瓒：《清阁集》卷九，西泠印社出版社2010年版。

且获观王容溪、张贞居二公诗词。适仲冕征赋菰村,亦为长短句一阕。衰惫之余,一时清兴,殊洒然也。(其词云云),梧溪老人王逢,时年六十有五。

按:倪瓒跋语中提到的高房山,即元代著名画家高克恭(1248—1310),房山为其号;张贞居即元代著名诗人张雨,道号贞居子。王容溪,其名不详,容溪当是其字或号。因为高克恭卒于元至大三年,其画既是据王容溪词意而作,可知王氏当为元代前期词人。《全金元词》不明其时代,乃与王逢词并系于元末,不妥。王逢词中既提到"先友倪幻霞"(倪瓒别号幻霞子),可知那时倪瓒已卒;而末署"时年六十有五",可知王逢其跋及词作于洪武十六年。这首词受王容溪原作影响,亦可能与倪瓒画意有关,其用笔飘逸,设色淡雅,显示了词人冲和恬淡的心态。与写"月明山怨鹤,天黑道横蛇"时相比,时光淘洗,年岁渐长,当年的圭角、意气已不复现,剩下的只是一种超然世外的情调了。

又如陶宗仪《念奴娇·九日有感,次友人韵》:

黄花白发,又匆匆佳节,感今怀昔。雨覆云翻无限态,故国寒烟荆棘。杜老飘零,沈郎瘦损,此意天应识。划然长啸,不知身是孤客。　　呼酒漫被清愁,玉奴频劝,两脸添春色。眼底平生空四海,倦拂红尘风帻。戏马台荒,龙山人老,往事休追惜。山林无恙,也须容我高展。

这也是一首重阳感旧之词。据昌彼得《陶宗仪生年考》[1],陶宗仪生于延祐三年(1316),则其入明时五十余岁。此词作年不可确考,但据"黄花白发""故国寒烟荆棘"等语,或当作于入明之后。因题称"次友人韵",

---

[1] 昌彼得:《陶宗仪生年考》,载《陶宗仪研究论文集》,浙江人民出版社2006年版。

我就遍检与陶宗仪往来唱酬者之词,试图找到原唱者,然而竟未有用《念奴娇》词调者。唯邵亨贞《满江红》(风雨重阳),与此韵部同,邵氏词作于洪武二年,不知有关系否。两首词的思致也大体相似,都是"感今怀昔",以往日承平九日聚会之乐,反衬如今的凄凉冷落。这在陶宗仪存留不多的词中应属佳作。虽然说"飘零""瘦损",说"孤客""清愁",词却充满着一种旷放豪迈之气。词中用了不少前人成句,如"划然长啸"出苏轼《后赤壁赋》,换头处也让人想到姜夔《翠楼吟》中"仗酒祓清愁,花销英气"。又"戏马台荒"用南朝宋武帝刘裕九日在戏马台大会宾客事,"龙山人老"用孟嘉与桓温于九日登荆州龙山风吹落帽故事,这都是重九诗词中常用的典故。然而陶宗仪能够用潜在的气韵,把这些典故意象组织起来,构成一种浑成的境界。结尾处感慨今昔的伤感情结调整为一种超然世外的人生姿态,亦与邵亨贞的悲伤情调有别。

　　遗民词的今昔之感,尤其表现在那些节令词里。其中最突出的节令是元夕,即元宵节。元夕在宋元时期是非常重要的节日,或称为中国古代的狂欢节。它把风俗民情与社会文化融为一体,因此很容易成为遗民记忆里难忘的风景。比如在孟元老《东京梦华录》、吴自牧《梦粱录》中,关于元宵节的描写都是重头戏。这里让我们来看一看邵亨贞的三首元夕词。其中一首写于洪武元年,另外两首写于洪武五年。先来看洪武元年写下的《水龙吟·戊申灯夕,云间城中作》:

　　　　兵余重见元宵,浅寒收雨东风起。城门傍晚,金吾传令、遍张灯市。报道而今,依然放夜,纵人游戏。望愔愔巷陌,星球散乱,经行处、无歌吹。　　太守传呼迢递,漫留连、通宵沉醉。香车宝马,火蛾面茧,是谁能记。犹有儿童,等闲来问,承平遗事。奈无情野老,闻灯懒看,闭门寻睡。

这是大明王朝开国后的第一个元宵节,可是邵亨贞这位遗民词人的笔下却氤氲着一派凄凉萧瑟气象。虽然有"金吾传令""纵人游戏",可是战乱之后的松江城内,散乱的星球(绣球灯)更反衬出光景之悲凉。下片暗转,用往日承平时代的元宵景象与上片形成对照,是所谓"两两相形"的写法,亦犹今日电影常用的"闪回"手法。从"太守传呼",到"火蛾面茧",都是过去的"梦华录",然后用"是谁能记"括住,接下来又借儿童来问"承平遗事"进一步点醒。歇拍处"奈无情野老"云云,正见出词人眷恋往昔之多情,以及对于新政权的不感兴趣。邵亨贞虽然不像席帽山人王逢那样对于刚刚建立的朱明王朝直言诋詈,其对立情绪却是显而易见的。

再来看邵亨贞于洪武五年所写的两首《虞美人》。词前小序云:"壬子岁元夕,与邾仲义同客横泖,义约予偕作词,纪节序。予应之曰:'古人有观灯之乐,故形之咏歌,今何所见而为之乎?'义曰:'姑写即景可也。'夜枕不寐,遂成韵语。时予有子夏之戚,每无欢声,诘朝相见,而义词竟不成云。"其词曰:

客窗深闭逢三五,不恨无歌舞。天时人事总悽然,只有隔窗明月似当年。　老夫分外情怀恶,无意寻行乐。眼前触景是愁端,留得岁寒生计在蒲团。

无情世事催人老,不觉风光好。江南无处不萧条,何处笙歌灯火做元宵。　承平父老头颅改,就里襟怀在。相逢不忍更论心,只向路旁握手共沉吟。

按:壬子岁即洪武五年,邾仲义即邵亨贞的密友邾经,横泖即松江。子夏之戚,犹言殇子之痛。邵氏之所以"分外情怀恶",殇子之痛当然是重要原因,但大背景则是入明以后的种种严酷现实。大明王朝开国已经五年,可是词人看到的不是百废俱兴的欣欣向荣,而是"江南无处不萧条"。

末二句"相逢不忍更论心,只向路旁握手共沉吟",似乎反映了明初文网高张的政治环境。谈迁《国榷》卷五曾言:"闻国初严驭,夜无群饮,村无宵行,凡饮会口语细故辄流戍。即吾邑充伍四方,至六千余人,诚使人凛凛,言之至今心悸也。"谈迁是浙江海宁人,其说虽不可尽信,但以之与邵亨贞词对读,两者是可以相互印证的。

和邵亨贞词意趣相通的是舒頔的一首元夕词。舒頔的词无法考证其创作年代,但其词中情调与邵亨贞词作非常相似。而且词调也是《虞美人》,词题为《闻邑云台烟火花灯,老倦不复往观》。其词曰:

> 纷纷儿女看灯去,千点摇红树。翠鳌山倚紫云堆,记得年时,老子也曾来。　　硫硝结缚通仙技,光焰千般异。今年老子懒来看,手弄梅花,和月倚阑干。

这里所记的不知是哪一年的元宵节,想来应是在入明之后。舒頔也是邵亨贞词中所说的"承平父老"一辈人,虽然其词中所写的元宵灯火比邵氏笔下要热闹得多,但冷淡的心情彼此相同。一个是"无意寻行乐",一个是"老子懒来看";一个说"只有隔窗明月似当年",一个说"记得年时,老子也曾来",都显示了遗老的今昔之感以及对新政权的疏离心态。而且一首词中两度以老子自称,也显示了一种老气横秋、白眼箕踞的殷顽形象。

第五节　明初遗民词派的艺术风格

历代遗民文学的基本风格是大体相似的。虽然有宋元明清等时代之别,有诗词歌赋的文体小异,但作为遗民,他们都有共同的主题、相通的思维取向,乃至不断传承的话头与意象。比如黍离麦秀之感、荆棘铜驼之悲、沧海桑田之慨、故国旧君之思,这些都是历代遗民文学的共性特征。对于明初的元遗民来说,虽然失去的是少数民族政权,取而代之的是汉族政权,他们并没有因此而减少对于故国旧君的留恋。尤其是因为这些遗民多出于张士诚故地的五湖三泖间,在明初往往受到朱元璋政权的猜忌与打击,所以入明之后大都没有好心情。虽然他们敢怒而不敢言,但块垒在心,总会自觉不自觉地流露于作品之中。他们的词中,有阅历世变、看穿一切的旷达诙谐,有刻意显示自我殷顽姿态的高老生硬,也有力求超脱、忘情世事的野逸自放,还有元末近二十年战乱造成的忧患飘零之感。然而,明初遗民词派的主要特色,仍是沉郁顿挫、梗概多气的艺术风格。再加上刘基、刘炳、张肯等由元入明的词人也都有一些风格相似的作品,遂使明初词坛颇有厚重之感。尤其是在永乐以后那些台阁体、打油体词风的反衬之下,明初词坛的大气与厚重殊为难得,在此后的明代词坛不可复见,直到明清易代之时才重新接续上这一传统。

让我们来看一下遗民词的几首代表作。先来看倪瓒久负盛名的《人月圆》:

> 伤心莫问前朝事,重上越王台。鹧鸪啼处,东风草绿,残照花开。　怅然孤啸,青山故国,乔木苍苔。当时明月,依依素影,何处飞来。

这首词无法准确系年,但词中曰"前朝",曰"故国",或当作于易代之后。越王台,当指越王勾践所筑的台榭,在浙江绍兴会稽山。这首词和金代词人吴激的同调名篇有相似之处,即多用前人成句。清人许昂霄《词综偶评》指出,此词上片夺胎于唐人窦巩《南游感兴》:"伤心欲问前朝事,惟见江流去不回。日暮东风春草绿,鹧鸪飞上越王台。"实际窦巩诗亦从李白《越中览古》"宫女如花满春殿,只今惟有鹧鸪飞"二句化出,而倪云林剪裁用之,妙在熔铸变化如己出。陈廷焯《白雨斋词话》卷三评曰:"风流悲壮,南宋诸巨手为之亦无以过。词岂以时代限耶?"况周颐《蕙风词话续编》卷一则以此词下片与李煜《浪淘沙》"晚凉天净月华开。想得玉楼瑶殿影，空照秦淮"相比，谓其"同一不堪回首"。总起来看，这首词篇幅简短而气象阔大，语句清简而富于表现力，这也是后来的明词所难以企及的。像倪瓒这样的贵介公子，又是一个以书画见长的艺术气质浓厚的文人，一般来说也就只能写一些清浅流易的题画诗而已，如果不是遭逢桑海，他不可能写出这么感情深挚、精光四射的佳作来。和吴激感怀家国的《人月圆》一样，这样的杰作也是妙手偶得，可遇而不可求的。

再来看谢应芳洪武九年所作《水调歌头·中秋言怀》一首：

战骨缟如雪，月色惨中秋。照我三千白发，都是乱离愁。犹喜淞江西畔，张绪门前杨柳，堪系钓鱼舟。有酒适清兴，何用上南楼。　　掇金甲，驰铁马，任封侯。青鞋布袜，且将吾道付沧洲。老桂吹香未了，明月明年重看，此曲为谁讴。长揖二三子，烦为觅莼羹。

这首词本无系年，但谢应芳于洪武十三年有同调词"牙齿豁来久"一阕，词前小序云："洪武九年秋，余卜居千墩，尝作《水调歌》。今也人事乖违，欲还故土，故复和前韵，以述其情，并以留别吴下诸友，时十三年六月初也。"从小序所说与用韵情况可知，以上所录之词正是洪武九年中秋卜居千墩时所作。此为历来中秋词中变格别调，月明本是佳景，但在词人看来，那是由于战乱白骨的映照。老杜《滕王亭子》诗"清江锦石伤心丽"，陆游《沈园》诗"伤心桥下春波绿"，与此异曲同工，均可见伤心人别有怀抱。

再来看邵亨贞洪武三年冬所作《渡江云》。词前小序云："庚戌腊月九日，与郏仲义同往江阴。是夕泊舟无锡之高桥。乱后荒寒，茅苇弥望，朔吹乍静，山气乍昏复明。起与仲义登桥纵目，霜月遍野，情怀恍然。口占纪行，求仲义印可。"其词曰：

>朔风吹破帽，江空岁晚，客路正冰霜。暮鸦归未了，指点旗亭，弭棹宿河梁。荒烟乱草，试小立、目送斜阳。寻旧游、恍然如梦，展转意难忘。　　堪伤。山阳夜笛，水面琵琶，记当年曾赏。嗟老来、风埃憔悴，身世微茫。今宵到此知何处，对冷月、清兴犹狂。愁未了，一声渔笛沧浪。

这首词无论是小序还是词本身，都逼近白石风味，吴梅所谓"合白石、玉田之长，寄烟柳斜阳之感"，此词可为显例。朔风冰霜，江空岁晚，刻意营造清空荒寒的意境，也揭示了词人冷寂苍凉的心态。使词人感伤的不仅是往昔美好时光的一去不返，还有入明后挚友的不幸遭际。"山阳夜笛"用向秀《思旧赋》典故，把现实之惨酷处理到幕后去了。词人在此前一年重九所作《满江红》小序中提到的夏士安、颐贞、蒙亨叔侄，唐元望、元泰、元弘昆季六人，"一载之间，俱罹患难"，应是邵亨贞闻笛思旧的背景。也许，只有到这一辈充满疏离心态的遗民逝去，到明王朝培养的一班御用文人成长起来，那种歌功颂德的台阁体才能形成气候罢。

第二章　论明代吴门词派

　　本文所说的"吴门",与通常所说的"吴中"不是一个概念。"吴门"概念小,主要指苏州市区,即当时的吴县和长洲二县,稍微扩大一点,也不过是算上周边的吴江县。相比之下,"吴中"要大得多,一般泛指春秋时吴国之地,或作为后来吴郡或苏州府的别称。明代苏州府辖吴县、长洲、常熟、吴江、昆山、嘉定六县,以及与县平级的太仓州。而吴郡包罗范围更广,不仅包括现在隶属江苏的苏(州)、锡(无锡)、常(州)、镇(江),连上海、湖州、杭州亦包括在内。这就和现在通常所说的"长三角"地区差不多了。

　　吴门词派的主要成员为沈周、祝允明、唐寅、文征明,而以沈贞、徐有贞、吴宽、史鉴、杨循吉、陈淳等为外围人物。熟悉明代文化尤其是吴文化的人一眼就可看出,这和吴门画派、吴门书派,以及诗史上的吴中诗派,差不多就是同一个文人群体。是的,在明代前中期的苏州,无论是文学中的诗文词曲,艺术中的书画印鉴,以及藏书、考古、文玩、鉴赏,几乎都有一个以这些文人为骨干的群体或流派。论绘事则称吴门画派,论书法则称吴门书派,论文学则称吴门诗派或吴门词派,基本阵容都是这一群体。不过论画会加上仇英、陆治、钱谷,论书法会加上李应祯、王鏊,论诗文则加上蔡羽、王宠等人而已。统而观之,毋宁说这是一个文化流派,一个涵盖文学、艺术等多个分支的区域性的文化流派。

它以地域文化为基础或底色，向各个文化分支渗透延伸，从而形成多姿多彩的文化景观。称画派、书派、诗派、词派，不过各得其一个侧面而已。而多种人文艺术的兼擅与互动，既是这一文化流派的最大特色，也是造成某一种艺术形式左右逢源、转益多师、互动互渗、出新变化的内在原因。比如说，如果没有书画艺术之专长，像未入仕途的沈周、唐寅以及短期出仕又辞官还乡的祝允明、文征明等人就不会活得那么潇洒；而从另一面来说，如果没有在诗文词曲等文学方面的造诣，他们的书画艺术也不会具有这么深厚的文化底蕴。而且，集多种人文技艺于一身，不仅对其文学或艺术创作产生了影响，同时也潜在影响着他们的人生观念与价值取向，从而让他们在出处、辞受之际，在人生姿态与创作风度等各个方面，重塑了一个与往古有别的全新的文人群像。考察明代的文化、文学与艺术，对这样一些传承中的新变，应该给予充分的关注。

第一节　吴门词派的文化背景

吴门词派是一个具有鲜明区域特征的文学流派。它的形成，与其所处的特定的历史方位，即明代前期苏州的地缘政治及文化背景密切相关。具体来说，可以分为以下三个方面。

其一，苏州在明初是朱元璋重点打击的区域，这种创巨痛深的文化记忆，是造成吴地文人政治疏离心态的重要背景。

苏州是朱元璋的老对手张士诚十五年盘踞之地，旷日持久，屡攻不下，所以一旦天下底定，朱元璋迁怒于人，殃及池鱼，对苏州一带士人百姓采取了很多惩罚性措施。比如迁富室巨族到中都临濠，加重苏州及松江一带的赋税等等。《明史·食货志》载："初，太祖定天下官、民田赋……惟苏、松、嘉、湖，怒其为张士诚守，乃籍诸豪族及富民田以为官田，按私租簿为税粮。而司农卿杨宪又以浙西地膏腴，增其赋，亩加二倍。故浙西官、民田，视他方倍蓰，亩税有二三石者。大抵苏最重，松、嘉、湖次之，常、杭又次之。"[1]又郑若曾《苏松浮赋议》中写道："我太祖高皇帝乘乾御宇，定天下田赋，官田起科每亩五升三合五勺，民田每亩三升三合五勺……嗣因张士诚负固坚守，苏、松久攻不下，怒民附寇，遂没豪家，征租私簿，准作税额，一时增加，有一亩征粮至七斗以上者。于是苏州府共计二百八十余万石，松江府共计一百三十余万石，并着令苏、松人不得官户部。洪武七年，知民弗堪，诏苏、松、嘉、湖等府，田如每亩起科七斗五升者减半。"[2]按：郑若曾（1503—1570）为嘉靖时期苏州府属昆山人。此处言之凿凿，当可据信。一般民田每亩三升三合五勺，十升为一斗，则苏州一亩地征粮至七斗以上，相当于其他地方田赋的二十倍。朱元璋因张士诚而迁怒于苏、松一带百姓，下手也未免太狠了些。又吴门词派的外围人物吴宽，在其《匏翁家藏集》卷五十七《先世事略》中回忆说："洪武之世，乡人多被谪徙，或死于刑，邻里殆空"，"道里萧然，生计鲜薄"。[3]又同书卷五十八《莫处士传》中云："吴自唐以来，号称繁雄，……皇明受命，政令一新，富民豪族，划削殆尽。"[4]吴宽作为大明王朝的子民与官员，在这里用了皮里阳秋的写法，在"皇明受命，政令一新"的颂美之下，揭示了朱元璋对苏州百姓的歹毒举措。其他如明初苏州文人的惨痛遭际，就更是我们耳熟能详的了。以著名的"吴中四杰"来说，高启于洪武七年因为苏州知府魏观作《上梁文》而被腰斩；杨基入明后曾三受贬谪，最后一次谪为输作，洪武十一年卒于工所；徐贲于洪武十三年在河南布政使任上，坐王师过豫时犒劳不时，下狱而死；张羽于洪武十八年坐事谪岭南，中途召还，知不能免，投江自尽。当然，明初文人横遭迫害致死者极多，且各地人都有，但苏州、松

---

[1] 张廷玉等：《明史·食货志》卷二，中华书局1974年版。
[2] 郑若曾：《郑开阳杂著》卷十一，《景印文渊阁四库全书》。
[3] 吴宽：《匏翁家藏集》卷五十七，《四部丛刊》。
[4] 吴宽：《匏翁家藏集》卷五十八，《四部丛刊》。

江一带文人被祸者尤多,应该说不是偶然的。

以上史实,虽然发生在明初洪武年间,但对相去未及百年的吴门文人来说,已经构成了不可抹去的精神创伤。比沈周生年更晚的吴宽记得,沈周更可能从其祖父沈澄那里得闻其详。而时代更晚的文征明则是沈周的弟子,在追随其师学书学画的同时,这些年代并不久远的吴门掌故应是他们重要的谈资。所以,吴门文人对于科举仕途的淡漠表现,对于主流政治文化的疏离心态,与苏州士人百姓在明初的不受待见自然不无关系。

其二,明代前期苏州经济的复苏,与苏州文化消费市场的繁荣,为吴门文人中职业艺术家的生存发展,提供了良好的社会基础。

尽管经过元末割据战争的破坏,以及明初朱元璋的重点打击,苏州的社会经济一度跌入低谷,然而毕竟拥有良好的自然条件,人也格外聪明活络,故发展至天顺、成化年间,苏州一带重新成为国内最为繁华富庶的地方。明人王琦《寓圃杂记》卷五"吴中近年之盛"条写道:

> 吴中素号繁华,自张氏之据,天兵所临,虽不被屠戮,人民迁徙实三都、戍远方者相继,至营籍亦隶教坊。邑里潇然,生计鲜薄,过者增感。正统、天顺间,余尝入城,咸谓稍复其旧,然犹未盛也。迨成化间,余恒三四年一入,则见其迥若异境。以至于今,愈益繁盛,闾檐辐辏,万瓦甓鳞,城隅濠股,亭馆布列,略无隙地。舆马从盖,壶觞罍盒,交驰于通衢。水巷中光彩耀目,游山之舫,载妓之舟,鱼贯于绿波朱阁之间,丝竹讴舞与市声相杂。凡上供锦绮、文具、花果、珍羞奇异之物,岁有所增。[1]

王琦生当成化、弘治时期,亲身经历了苏州由衰落走向繁华的过程。实

---

[1] 王琦:《寓圃杂记》卷五,中华书局1977年版,第42页。

际张士诚在此称王时,苏州的经济尚未遭到太大的破坏,朱元璋平吴之后才是苏州厄运之始。当时迁徙吴中富室到上、中、下三都,所谓中都即朱元璋老家临濠。这一段实际是说,明初数十年间是苏州一劫,直到正统、天顺年间才稍稍恢复,而至于弘治间达到繁华境地。很明显,沈周、吴宽一辈人,正经历了苏州由衰落到繁华的发展过程,而这一时段也正是吴门词派的形成期。

苏州地区的经济发展,同时为文化繁荣提供了物质基础,苏州在全国率先形成了较为成熟的文化消费市场。尽管沈周《南乡子·遣兴》词中有"天地一痴仙,写画题诗不换钱"的说法,但据明代李诩《戒庵老人漫笔》、李日华《味水轩日记》等书记载,明代的书画市场是颇为活跃的。或许沈周的词句应该从反面来理解,写画题诗换钱乃是正常的交易,而不换钱才是个案行为,所以叫"痴仙"。因为名人字画价值不菲,所以又衍生出专门作伪的行当,即所谓"苏州片",专指明清时苏州文物市场上的作伪之画。在吴门词人中,家境较为贫寒的唐寅,就完全是依靠出卖书画为生的。其广为传诵的《言志》诗云:"不炼金丹不坐禅,不为商贾不耕田。闲来写幅青山卖,不使人间造孽钱。"[1]也只有在这种社会背景下,艺术家才能以"润格"为生业,才能改变以往依托豪门的江湖清客身份,成为职业书画家。也只有在这种情况下,多才多艺的文人才能不为五斗米折腰,既不必以仕代耕、卖卜教馆,还能有尊严地活着。当然,这都是以苏州地区经济文化的繁荣为前提的。假如在西北的穷乡僻壤间,祝允明、唐寅纵然多才,亦将无以为生。因为那里的百姓不可能拿出几两银子来买一幅字画。在他们看来,装点自家窑洞,让婆姨剪点窗花贴

---

[1] 陈田:《明诗纪事》丁签卷十一,上海古籍出版社1993年版,第1305页。按:此诗异文颇多,他本"幅"或作"就"。在周道振、张月尊辑校《唐伯虎全集》(中国美术学院出版社2002年版)中,此诗系据晚明江进之《雪涛小书》辑入,见于"补辑卷第四,七言绝句",总题作"题画一百十三首",并无"言志"之题。其中一二同,三四句作"兴来只写江山卖,免受人间作业钱"(见该书第434页)。上海古籍出版社2013年版周道振、张月尊辑校《唐寅集》与此同(见该书第442页)。

在门窗上就足够了。

其三，苏州自成一体的文化格局、浓郁的艺术氛围，为吴门词派的形成提供了得天独厚的人文环境。

苏州旧为水乡泽国，文化开发并不算早。检点唐代以前的文化名人，苏州人所占甚少。然而唐宋以来，其经济、文化骎骎然日进，至于明清两代，则词人辈出，在全国的文化版图上，具有举足轻重的地位。钱谦益《石田诗钞·序》论沈周有云：

> 其产则中吴，文物土风清嘉之地；其居则相城，有水有竹，菰芦虾菜之乡；其所事则宗臣元老，周文襄、王端毅之伦；其师友则伟望硕儒，东原、完庵、钦谟、原博、明古之属；其风流弘长，则文人名士，伯虎、昌国、征明之徒。有三吴、西浙、新安佳山水以供其游览，有图书子史充栋溢杼以资其诵读，有金石彝鼎法书名画以博其见闻，有春花秋月名香佳茗以陶写其神情。烟云月露，莺花鱼鸟，揽结吞吐于毫素行墨之间，声而为诗歌，绘而为图画，经营挥洒，匠心独妙。[1]

钱谦益的家乡常熟，属苏州府辖县，其所居虞山拂水山庄，与沈周所在的苏州城北之相城甚近，故以乡先贤视之。这一段话分析沈周成长成才的自然与文化环境，充满景仰追怀的感情色彩，对乡邦风土文物尤多自豪意味。牧斋为文，有时不免逞才使气，铺排夸张。如春花秋月、烟云月露，各地皆有，实不独吴中或相城所独擅；又所谓菰芦虾菜之属，亦属无谓。牧斋不过引譬连类，信手牵带，借节奏为声情，以资其鱼龙曼衍之文势耳。然而吴门所难得者，尤在于其人文环境。周忱（谥文襄）、王恕（谥端毅）为朝廷命官，先后巡抚江南，因为长期驻节苏州，故与

---

[1] 钱谦益：《初学集》卷四十，《四部丛刊初编》。

当地闻人多有交往。至如杜琼（东原）、刘珏（完庵）、刘昌（钦谟）、吴宽（原博）、史鉴（明古），以及唐寅（伯虎）、徐祯卿（昌国）、文征仲（征明）等人，或为沈周父执辈，或为挚友，或为弟子，确实与沈周关系密切。因为同在吴门，彼此相去不远，吴门词派中人往往有着纵横交错的姻亲、师友关系。比如沈周和史鉴是儿女亲家，史鉴之子史永龄为沈周的女婿；祝允明的外祖父是书法家徐有贞，岳父为书法名家李应祯。至于师友关系就更为普遍。以文征明而言，沈周、史鉴为其师，祝允明、唐寅、王宠、都穆以及陈淳（道复）的父亲陈钥（以可）皆为其友，而陈淳又是他最得意的弟子。

因为彼此交好，气味相投，苏州城又不大，所以常有文酒诗会。这种颇类文艺沙龙的聚会切磋，构成了吴门文人成长的小环境。文征明《题希哲手稿》中写道：

> 右应天乡倅祝君手稿一轴。诗赋杂文共六十三首，皆癸卯、甲辰夏作。于时君年甫二十四，同时有都君元敬者，与君并以古文名吴中。……又后数年，某又与唐君伯虎亦追逐其间，文酒唱酬，不间时日。于时皆年少气锐，俨然皆以古人自期。[1]

这是文征明回忆年轻时与祝允明、都穆、唐寅等彼此交流唱酬的情况。"癸卯"为明成化十九年（1483），又"后数年"则约当弘治元年（1488）前后，是年祝允明二十九岁，唐寅与文征明十九岁，都穆三十一岁。如果以他们的父执辈徐有贞、李应祯、沈周、吴宽等为吴门词派的前驱，那么这年轻的一代可以说是吴门词派的中坚了。

文征明有不少诗，长题如小序，从中往往可以看到吴门文人时相聚会的场景。如《冬日杨仪部宅燕集，会者朱性甫、朱尧民、祝希哲、邢

---

[1] 文征明撰、周道振辑：《文征明集》卷二十三，上海古籍出版社1987年版，第563页。

丽文、陈道复及余六人,分韵得酒字》;又如《三月既望,同吴次明、蔡九达、陈道复、汤子重、王履约、履仁泛舟石湖,遂登治平,以"天朗气清,惠风和畅"为韵,分得"朗"字》。这种指字为韵的唱酬聚会实际如同结社,只不过他们没有给加上个"姑苏社"或"葑门社"的名号而已。

又如朱存理《题松下清言》中记云:"僦居松下,日录过客之谈,曰《松下清言》。松之下所过客,远自西郭至者曰杨君谦,曰都玄敬,曰祝希哲,曰史引之,曰吴次明,近自东西邻而至者曰尧民。……今吾与客之所谈者,又不过品砚、借书、鉴画之事而已。"[1]朱存理字性甫,就是广为流传的"万事不如杯在手,百年几见月当头"二句诗的作者,也是吴门文人群体中一位活跃而好事的人物。在沈周、祝允明、文征明等人的诗文集中,他的身影时常可见。以此片段与文征明的记载相印证,可以看出吴门文人的日常生活及兴趣所在,亦可见出吴门风雅的文化氛围。

第二节 吴门词派的主要成员

文学流派应是由大致处于同一历史空间、具有相同或相近文学倾向的文人群体组成。根据这一认识,关于吴门词派成员的辨识与界定,主要可以从以下三个方面来考虑。其一是地域因素,即以当时苏州市区吴县、长洲二县及周边吴江县为主。其二是时间因素,即大致处于同一个历史时段。所以如明初的高启、杨基诸人,或是年代较晚者如文彭(1498—1573)、文嘉(1501—1583)、袁袠(1499—1548)诸人,皆暂不列入。其三是思想观念与文学倾向因素。如王鏊、周用及吴子孝诸人,虽然处于同一时空,而出处态度与文学趣味多有不同,似不属于同一文人圈子,亦不宜列入。兹依据上述认识,把吴门词派的主要成员叙录如下。

---

[1]朱存理:《楼居杂著》,《景印文渊阁四库全书》。

沈周（1427—1509），字启南，号石田，又号白石翁，长洲（今苏州市）人。以画名家，与唐寅、文征明、仇英合称"明四家"。其诗学白居易、苏轼、陆游，亦卓然名家。其《自述次人韵》诗云"独怜诗是吾家物，但有竹为君子乡"，显示了他对诗的重视与自负。其字仿黄庭坚，在吴门书派中亦有一定地位。尤工于绘画，《丹青志》称其画"为当代第一"，张丑《清河书画舫》推其为明代画学的"广大教化主"。诗词非所留意，然而才情洒落，自写天趣，亦可谓"教外别传"。景泰间，郡守以贤良荐，辞不应，终生不仕。《明史》入《隐逸传》。有《石田先生集》十一卷，明万历四十三年（1615）陈仁锡刻本。其词有赵尊岳《明词汇刊》本《石田诗余》，凡二十八首。《全明词》另辑其词九首（含《江南春》四首），《全明词补编》复辑得九首，合为四十六首。因为后起的同类型的吴门文人如祝允明、唐寅、文征明等，皆比他晚一辈，所以无论是就吴门画派还是就吴门词派来说，沈周都是导夫先路、开宗立派的人物。

祝允明（1460—1526），字希哲，因枝指而自号枝山或枝指生，长洲（今苏州市）人。其祖父祝颢，字维清，号侗轩，明正统四年（1439）进士，官至山西布政司左参政。工书法，有《侗轩集》。外祖父徐有贞，亦工书法。岳父李应祯，尤为吴门书派中坚人物，祝允明、文征明皆从其学书。祝允明少有才名，与徐祯卿、唐寅、文征明并称"吴中四才子"。然科场不利，自成化十六年（1480）二十一岁时起五次赴应天乡试，弘治五年（1492）始中举人。其后七试礼部而不第，直到正德九年（1514）五十五岁时谒选，得授广东兴宁知县。正德十六年（1521）六十二岁时弃官归里。《明史》入《文苑传》。能诗文，尤以书法名世。有《怀星堂集》三十卷，明万历四十年（1612）刻本。赵尊岳《明词汇刊》裁其词三十六首为《枝山先生词》一卷，《全明词》据录，另辑补其《江南春》一首；《全明词补编》复从《兰皋明词汇选》辑其词二首，合为三十九首。另据黄裳先生所藏明刊本《枝山先生柔情小集》[1]，其中有《生查子》诸篇，为以上诸书所未收，想来其词尚有辑补之余地。王世贞《艺苑卮言》卷五评祝允明诗，称其"如盲贾人张肆，颇有珍玩，位置总杂不堪"[2]。其词的成就则更在其诗之下。盖其以书法名世，真行狂草，皆臻妙境，文字乃其余事耳。吴门词人本有率性自然的一面，而祝允明和唐寅属于把这一特点夸张成缺点的一极。又其《祝子罪知录》卷九有一段完整的论词文字，其反对"顽嚚粗戆，细屑破碎，儇浮褊躁"之词，不为无见。这也是吴门词派诸家唯一的论词文字。然而就其词作而言，实不免"儇浮"之病，盖其能知之而未能行之耳。

唐寅（1470—1524），字伯虎，又字子畏，号六如居士，吴县（今苏州市）人。弘治十一年（1498）举应天乡试第一，故世称"唐解元"。次年会试时，因科场案下狱，被革黜，遂绝意于科举仕进，漫游各地名山大川，并致力于绘画。长于山水及人物，与沈周、文征明、仇英合称"明四家"。其诗词乃绘画之余事。钱谦益《列朝诗集小传》称："伯虎诗少喜秾丽，学初唐，长好刘、白，多凄怨之词，晚益自放，不计工拙，兴寄烂漫，时复斐然。"[3]此处所谓"不计工拙，兴寄烂漫"，颇能道出唐寅诗词的特点，明清画家诗词亦往往如此。祝允明为作《唐子畏墓志并铭》，称其于应世文字诗歌不甚措意，奇趣时发，或寄于画。又称"子畏为文，或丽或淡，或精或泛，无常态，不肯为锻炼功"，皆切合唐寅创作特点。然而诗词不衫不履中，自见才气与性情；秾丽与俗艳相兼，亦可见其才子气与荡子气。其别集版本既多且杂。清嘉庆六年（1801）长沙唐仲冕辑有《唐伯虎全集》，卷四为词曲。其中存词二十三首，赵尊岳《明词汇刊》裁为《六如居士词》，《全明词》据录，《全明词补编》另录其词二首，

---

[1] 黄裳：《关于〈枝山先生柔情小集〉》，收入《来燕榭文存二编》，生活·读书·新知三联书店2011年版。
[2] 王世贞：《艺苑卮言》，见丁福保辑《历代诗话续编》，中华书局1983年版，第1033页。
[3] 钱谦益：《列朝诗集小传》丙集，上海古籍出版社1983年版，第297页。

合为二十五首。

文征明（1470—1559），初名壁（或作璧），字征明，后以字行，更字征仲，号衡山居士，长洲（今苏州市）人。弘治初年，与都穆、祝允明、唐寅等倡导古文辞。钱谦益《列朝诗集小传》以为"其才少逊于诸公，而能兼撮诸公之长"[1]。从沈周学画，从史鉴问学。自弘治八年（1495）二十六岁时始赴应天乡试，到嘉靖元年（1522）五十三岁，凡十二次应乡试而不中。嘉靖二年，以林俊、李充嗣荐于朝，以岁贡生应吏部试，授翰林院待诏，故后世称为"文待诏"。嘉靖五年辞官归家，从此以诗文书画为生业。当祝允明、唐寅诸家凋谢之后，以其清名长德，主吴门风雅三十余年。其子文彭长于书，文嘉长于画，皆得其一体。其弟子中陈淳、王谷祥、陆治、钱谷、陆师道等，皆卓然为名画家。故吴门画派自沈周创始，文征明承前启后，实为中坚，著有《甫田集》三十六卷，有明刻本。今有周道振辑校本《文征明集》，上海古籍出版社1987年版。诸书存词凡五十首。《四库全书总目》于《甫田集》云："征明秉志雅洁，其画细润而潇洒，诗格亦如之。"其"雅洁"二字，亦可移用于其词。

除以上四家之外，吴门词派尚有诸多绕前捧后的外围人物，此处一并加以介绍。

徐有贞（1407—1472），初名珵，字元玉，后改今名，号天全翁，吴县（今苏州市）人。宣德八年（1433）进士，正统中，官侍讲，因言南迁事，见恶朝列。以复辟功，官至兵部尚书，兼华盖殿大学士，封武功伯。尝诬杀于谦、王文，中外侧目。后为石亨构陷，贬谪云南。亨败，得放归。晚年优游里中，俨然吴中风雅领袖。徐有贞是一个颇为复杂的人物。其人品不足道，然而其学问广博，诗文兼擅，善书法，尤精行草。他又是祝允明的外祖父，故论吴门书派者，往往以之为先导。沈周、史鉴等皆从其游。其《武功集》五卷，有《四库全书》本。《全明

---

[1] 钱谦益：《列朝诗集小传》丙集，上海古籍出版社1983年版，第305页。

词》据《鸡窗丛话·武功词翰》录其词八首,《全明词补编》复从《逸老堂诗话》卷下辑录其词二首。其词水平一般,然或因其书法精妙,多写吴中风景,又多抒写其晚年旷达闲适旨趣,故颇受吴门词家推重。沈周有《满江红·题徐武功自书词后》,又《水龙吟·和武功先生韵》,对徐有贞其人其词,多所肯定。吴宽《跋天全翁词翰后》云:"长短句莫盛于宋人,若吾乡天全翁,其庶几者也。翁自赐还后,放情山水,有所感叹不平之意,悉于词发之。既没,而前辈风流文采,寥寥乎不可见已。明古旧为翁所知,爱得此数篇示予。光福舟中,酒酣耳热,相与歌一二阕,水风山月间,有不胜其慨然者矣。"徐有贞《水龙吟·游灵岩》(佳丽地是吾乡)一首,长达一百七十五字,与《词律》《词谱》所列诸体俱不合,或称作《水龙吟慢》,实际可能是徐有贞不遵矩度、自由突破之"创调",而祝允明、俞弁、王世贞等重内容而轻格律,故盛称之。总起来看,徐有贞之出处为人,与沈周诸人气类有别,然由其吴门先达的地位来看,晚年既喜为词,又多写吴中风物名胜,故此处以吴门词派的外围人物视之。

史鉴(1434—1496),字明古,号西村,吴江(今属江苏)人。隐居不仕,与徐有贞、沈周、吴宽等交游。又与沈周为儿女亲家,其子吴永龄即为沈周女婿。留心往世之学,平生于书无不读,尤熟于史学。王恕巡抚江南时,闻名延见,访问时政,指陈利病,王恕深服其才。以法书文物收藏鉴赏知名。吴宽《隐士史明古墓表》云:"家居甚盛,水竹幽茂,亭馆相通,如入顾辟疆之园。客至陈三代秦汉器物及唐宋以来书画名品,相与鉴赏。好着古衣冠,曳履挥麈,望之者以为仙也。"[1]在吴门文人群体中颇负时望。钱谦益《列朝诗集小传》称:"弘、正之间,吴中高士,首推启南,次则明古。"[2]沈周《石田集》有《史明古曾约同游今已化去》

---

[1] 吴宽:《匏翁家藏集》卷七十四,《四部丛刊初编》。
[2] 钱谦益:《列朝诗集小传》丙集,上海古籍出版社1983年版,第291页。

诗曰"生死隔尘空旧约，江山如此欠斯人"，亦表现了对史鉴人品风致的高度评价。其《西村集》八卷，有明嘉靖八年（1529）其曾孙史璧刻本；又有二十八卷本，为清初抄本，其卷十三为词。赵尊岳《明词汇刊》本裁为《西村词》，然所录仅三十五首，顺序亦多有不同。《全明词》据本集移录，凡五十八首。词中多观舞、观剧及赠妓之作，如《卖花声·观天摩舞》《喜迁莺·观舞料峭》《踏莎行·观观音舞》，又赠妓、赠歌者之词多达十三首，可知他是一个会生活的"玩家"，其生存方式似早开晚明"山人"样态。名为隐士，其生活却丰富多彩，使人想象其生活如此惬意，热官不做也罢。就词而论，其文字功力较深，亦无科诨俳谐之病，在吴门词派属于水平较高的词人。其清疏类韦庄，俊逸近小晏，虽未能至而得其仿佛。周铭《松陵绝妙词选》卷一评曰："西村词如远山凝黛，苍翠欲滴，而韶秀之中，气骨自具。"陈廷焯《云韶集》卷十二评史鉴《临江仙》（秋水芙蓉江上饮）一首曰："笔力清劲，骨韵都高，此清真、白石化境也。不谓于明代见之。一快。"[1]明代词人中，能得到清人尤其是陈廷焯如此高评价的实不多见。

吴宽（1435—1504），字原博，号匏庵，长洲（今苏州市）人。成化八年（1472）举进士第一，授翰林院修撰，侍东宫。累官至礼部尚书，谥文定。《明史》有传。有《匏翁家藏集》七十七卷，明正德三年（1508）吴奭刻本，《四库全书》简称为《家藏集》，存词三十四首，赵尊岳《明词汇刊》裁为《匏翁词》。吴宽生活年代与沈周大致同时，对于吴门的后进文人而言，他和沈周正代表着两种人生范式。钱谦益《列朝诗集小传》云："吴人屈指先哲名贤，缙绅首称匏翁，布衣首推白石翁，其他或少次矣。"[2]盖吴人自永乐之后，逐渐从洪武年间的政治阴影中走出，中高第为达官者渐多，因而与沈周、史鉴、唐寅、张灵、朱存理、朱凯、王

---

[1] 陈廷焯：《云韶集》卷十二，清同治十三年稿本。
[2] 钱谦益：《列朝诗集小传》丙集，上海古籍出版社1983年版，第275页。

宠等布衣处士一队人出处有别。吴宽虽然为官三十余年，却与沈周、史鉴、祝允明、唐寅、文征明等家乡文人一直保持着密切的联系，彼此书信来往、诗词唱酬甚多，在文学观念与审美趣味上亦多相通之处。他对于沈周、史鉴等人放旷优游于"体制"之外的艺术人生，能够理解、欣赏甚至不无歆羡，这也在一定程度上突破了他缙绅身份的限制，从而与那些优游林下的吴门文人道通为一了。而且吴宽不仅工诗词，亦长于书法。他平生"最好苏学，字亦酷似长公"。由人品向慕到诗词作风，皆心摩手追，风味逼肖。如其词《浣溪沙·喜晴》："把笔欲题山宛转，枕书高卧鸟绵鸾"，以"鸟绵鸾"对"山宛转"，便似东坡诗法家数。他的书法学苏而不囿于苏，王鏊《吴宽神道碑》称其"作书姿润中时出奇崛，虽规模于苏，而多所自得"[1]。所谓"姿润中时出奇崛"，亦与苏轼《和子由论书》诗"端庄杂流丽，刚健含婀娜"趣味相似。书画相通，吴宽诗词中亦颇多题画之作。陈田《明诗纪事》选录其诗三十余首，其中题画诗过半。其词中如《阮郎归·题修竹士女图》《阮郎归·题倦绣士女图》《重叠金·题宫人二景》等，也都显示了他对于绘画艺术的浓厚兴趣与鉴赏能力。以词题画，实际是词、书、画三种艺术的融通与叠加。总之，鉴于吴宽的缙绅身份以及词的创作情况，他也就只宜列入吴门词派的外围人物了。

杨循吉（1456—1544），字君谦，号南峰，吴县（今苏州市）人。成化二十年（1484）进士，授礼部主事，因不惯酬应，弘治元年（1488）即托病致仕。诸书或称其因病辞官，乃囿于表象。文震孟《姑苏名贤记》卷上载：

（循吉）最不喜者，人间酬应，因谢病归。久之，复除原官。弥月，再乞告吏部，格不可："郎病已，安得复病？"先生恚曰："吏

---

[1] 王鏊：《震泽集》卷二十二，《景印文渊阁四库全书》。

部难吾弃官耶?"遂乞致仕。[1]

弘治元年(1488)辞官时,杨循吉不过三十一岁,乃结庐支硎山下,以读书著述为乐。与沈周、史鉴、赵宽、祝允明、朱存理等人交往唱酬。又钱谦益《列朝诗集小传》载:"正德庚辰,武庙幸南都,问伶臧贤:'南人有善词曲者乎?'贤以君谦对。武庙立召之,命赋《打虎曲》,称旨。每扈从,辄在御前承旨,为乐府小令。然不授官,与优伶杂处。君谦耻之,谋于贤,为请急放归。"[2]按:正德庚辰(1520)时,杨循吉已六十三岁。试想其年轻时即不惯酬应,老来却使其与俳优共处,杨循吉当然是不堪忍受的。有《松筹堂集》十二卷,为循吉自定诗文集,存词十四首。《全明词》益以和倪瓒《江南春》一首,共十五首。其词多长调,自然抒写,不加雕琢。《松筹堂集》卷四有《朱先生诗序》,其中云:"余观诗不以格律体裁为论,惟求能直吐胸怀,实叙景象,读之可以谕,妇人小子皆晓所谓者,斯定为好诗。其他饾饤攒簇,拘拘拾古人涕唾,以欺新学生者,虽千篇百卷,粉饰备至,亦木偶之假线索以举动者耳,吾无取焉。"[3]这种创作主张与吴门词派是完全相合的。

陈淳(1483—1544),字道复,号白阳山人,长洲(今苏州市)人。在吴门词派或吴门画派中,陈淳行辈稍晚。其祖父陈璚(1440—1506),官至南京都察院左副都御史,与沈周、吴宽、王鏊等过从甚密。其父陈钥(1464—1516),字以可,与文征明私交极厚,文征明《甫田集》卷二十九有《陈以可墓志铭》,述其生平行状皆亲切生动。陈淳少从文征明游,以书画擅名,亦能诗词。其写意花鸟与徐渭并称"白阳青藤",在绘画史上有很高地位。一生未仕,有《陈白阳集》十卷,明万历四十三

---

[1] 文震孟:《姑苏名贤记》卷上,《四库全书存目丛书》影印本。

[2] 钱谦益:《列朝诗集小传》丙集,上海古籍出版社1983年版,第281页。

[3] 杨循吉:《松筹堂集》卷四,《四库全书存目丛书》影印本。

年（1615）由其五世孙陈仁锡付刻，中有"诗余"凡二十五首。《全明词》盖以其末一首《黄莺儿》为曲，删去。然而其中《踏莎行》春、夏、秋、冬四首，已见《六如居士集》，当为唐寅作。又其中《眼儿媚》（薄情煞去奈渠何）为刘基词，《桃园忆故人》（玉楼深锁薄情种）为秦观词。可以想见该集中混入他人之作颇多。钱谦益《列朝诗集小传》中称"其集出俗子搜访，凡猥不足观"[1]，或即指此本。

第三节　吴门词派的价值取向

"吴门词派"之成立，当然是因为吴门词派中人彼此之间有着一些相同、相近、相通的因素。在这诸多因素中，诸如同时、同地以及互相之间的交往唱酬等等，犹为外在的因素，即使是词的创作方面的某些共同特点似乎仍在其次，而作为前提的、深层次的决定因素，是他们拥有相同或相近的价值取向。这种价值取向可以说是一种文化性格，一种人生姿态，一种感情倾向，或一种智慧风貌，同时也是他们在诗词书画各种载体上所体现出来的艺术个性之共有的人生哲学背景。

尝试言之，吴门词人的价值取向，主要包括四个方面的内容。一是对于王朝政治与主流文化保持一定距离的疏离自放心态；二是对于科举仕途不那么热衷，并在必要时葆有敢于割舍的勇气与自信；三是敢于蔑视礼法规矩，对隐逸自适的生活情趣有着热烈而执着的追求；四是在诗词书画创作上体现出来的信手挥洒、陶情自得的创作态度。

很明显，这四个方面是紧密联系且相互依存的。明初苏州文人受到摧残压抑，创巨痛深，形成明代前期吴门几代文人对于政治与主流文化的疏离自放心态。应该说，这并不是吴门文人主动的选择，而是朱元璋、朱棣父子的乖戾忮刻、为渊驱鱼的结果。稍后随着苏州一带经济的恢复

---

[1] 钱谦益：《列朝诗集小传》丁集，上海古籍出版社1983年版，第475页。

与繁荣，随着吴中文化消费市场的形成与发展，吴门文人隐居自适的生活理想成为可能，这些拥有一技之长的文人，仅凭书画艺术也能维持其起码的乃至体面而优裕的生活方式，遂在以仕代耕的传统模式之外另辟一途，成为一群前所未有的职业化的文人艺术家。因为可进可退，所以在面临仕与隐、出与处的抉择之际，他们就可以任性，可以不在一棵树上吊死，不再把科举仕途当成唯一出路，因此也就不必屈己求人，违心从俗。因为职业艺术家一般被视为现代的社会现象，所以在阅读欣赏这些吴门文人的"行为艺术"及其诗词书画的时候，我们也会或多或少体验到一些"现代意味"。

吴门词人的这种价值取向，是在其开宗立派者沈周的导引启示下形成的。

沈周的祖父沈澄（1376—1463），字孟渊，工诗文，重礼义，绝意仕途，以高隐为乐，喜着道服，寄情觞咏。永乐初曾以贤才征赴京师，不久引疾归。故吴宽为沈周之父撰《隆池阡表》中云："盖沈氏自征士以高节自持，不重仕进，子孙以为家法。"[1]他与陈汝言为好友，而陈汝言与元末明初画家文人王蒙、倪瓒友善。沈澄受其熏陶，亦善书画鉴赏。吴门画派与王蒙、倪瓒的精神渊源，亦于此可见薪火相传之迹。沈澄有二子，长子沈贞（1400—1482），字贞吉，为沈周伯父；次子沈恒（1409—1477），字恒吉，即沈周之父。二子皆工诗善画，亦皆秉承父训，终身未仕。

沈周有两位画学业师，其老师同时也是他的父执辈。一位是杜琼（1396—1474），字用嘉，号鹿冠道人，晚居东原，人称东原先生，吴县（今苏州市）人。郡守曾两次荐举，皆辞而不受，在乡里以教授生徒和卖画为生。一般认为他是开吴门画派先河的人物，沈周与其父沈恒皆曾从之学画。另一位是刘珏（1410—1472），字廷美，号完庵，长

---

[1] 吴宽：《匏翁家藏集》卷七十，《四部丛刊初编》。

洲（今苏州市）人。正统三年（1438）中举人，景泰三年（1452）授刑部主事，天顺三年（1459）五十岁时即弃官归家。于屋后小圃叠石为山，引流种树，筑亭其上，号"小洞庭"。日与宾客徜徉其中，饮酒赋诗。刘珏不仅为沈周画学业师，且有通家之谊，沈周的姐姐即嫁与刘珏长子，所以两家关系极为密切。上海博物馆藏有杜琼、刘珏、沈周所画山水册页，凡五幅。第一幅"脱屣名区"，为杜琼作；第二幅"芳园独乐"，为沈周作；后三幅"颐养天和""放歌林屋""游心物表"，为刘珏作。这是他们师生合作的艺术品。据顾麟士《过云楼续书画记》，此册页当是为徐有贞（天全翁）庆寿之作。[1]因沈周《石田集》中有《寿武功伯徐先生》七律十首，各以四字为题，可知此册应为残卷，原作当为十幅。

沈周从小生活在这样一种不求仕进、雅好书画的家族文化氛围中，又受杜琼、刘珏这些父执师长的影响和熏陶，所以对他来说，那种不求仕进、放旷自适的性格的形成，几乎是自然而然的。文征明《沈先生行状》载：

> 景泰间，郡守汪公浒欲以贤良举之，以书敦遣。先生筮《易》，得《遁》之九五，曰："嘉遁，贞吉。"喜曰："吾其遁哉！"卒辞不应。[2]

按：明代景泰年号仅有七年（1450—1456），沈周那时才二十多岁，却以自己的仕途前程系于一卦，这在其他士子是不可想象的。而在其他家族，即使年轻人有这种天真的想法，家族中人也一定会极力干预。可是那时沈周之父沈恒、伯父沈贞，以及他的师长辈杜琼、刘珏都还健在，

---

[1] 顾麟士：《过云楼续书画记》，江苏古籍出版社1999年版，第32页。
[2] 文征明著、周道振辑校：《文征明集》，上海古籍出版社1987年版，第595页。

竟无一语相劝者。可以想见，他们也是赞成或至少是默认沈周这一决定的。

在沈周的示范引领之下，吴门词派中人对于科举仕途，往往显得比较矜持或淡漠，或者说不太热衷。祝允明于正德九年（1514）谒选为官，正德十六年（1521）弃官归里，在官仅七年时间。唐寅于弘治十一年（1498）参加应天府乡试，得中解元，本来应该是前途无量的，然而次年参加进士考试时，因科场舞弊案株连，取消名籍，从此绝意仕途，专以卖书画为生。其《言志》诗所谓"闲来写幅青山卖，不使人间造孽钱"，与其说是恃才傲物，毋宁说是恃才自适。相比之下，文征明算得上一个在传统的书香门第里成长起来的文人，所以他才会在科举道路上坚持那么长时间。他从弘治八年（1495）二十六岁时开始参加应天乡试，嗣后一直到五十三岁，十二次应试皆名落孙山。嘉靖二年（1523）因林俊、李充嗣等举荐，以岁贡生诣吏部试，授翰林院待诏，故后人呼为"文待诏"。然而他也只在北京挨过了三年，就毅然辞职还乡了。

当然，我们在强调吴门词人的疏离心态或野逸个性时，或有必要说明，这种疏离其实是有条件亦有限度的。现代人既远离当时科举仕途的文人生态，又刻意突出这些才子文人不受羁束的一面，本来意在美化，其实已自觉不自觉地偏离历史真相了。如《中国词学大辞典》中祝允明小传云："弘治五年（1492）举于乡，官至应天府通判，未几致仕。玩世自放，往往出名教外。"这几句话本来并无虚构，却因简化紧缩而致偏斜，仿佛祝允明根本未把科举仕途当回事，做官时间不长便弃官回乡了。而事实是，他自成化十六年（1480）二十一岁时赴应天乡试，先后五应乡举、七试礼部，直到正德九年（1514）五十五岁时才下决心不再应试，乃谒选得授广东兴宁知县。正德十一年因拙于催科，秋税后期，被夺俸，正德十六年（1521）迁应天府通判，其职责竟是专督财赋，因为当道弃其长而用其短，于是才"未几致仕"。可见这个"未几"，是指到应天府通判任上之后不长的时间,而他在广东兴宁知县任上已近七年,距其中举之时更是已近三十年了。可知一个大而化之的"未几",说得轻巧,却掩映了半生的坎坷荣辱。

又如文征明,《中国词学大辞典》述其仕履,亦仅言其"正德末、嘉靖初,以岁贡生荐试礼部,授翰林院待诏,三年即辞归",亦似乎着意渲染其高蹈不仕的一面。而事实是,文征明自弘治八年(1495)二十六岁赴应天乡试起,一直到五十三岁,十二次应试而未举。其《金陵客楼与陈淳夜话》诗云:"最是世心忘不得,满头尘土说功名。"正德十二年(1517)作《除夕感怀》诗云:"人生百年恒苦悭,一举已废三十年。"可知今人"三年即辞归"的轻松语调,亦遮蔽了文氏太多求仕的奔波与苦辛!

文征明任职翰林院待诏,与李白当年的供奉翰林颇为相似。这种名目说起来好听,仿佛清要华贵之职,实际官职与地位甚低。据《明史·职官志》,翰林院"待诏六人,从九品,不常设。待诏掌应对"。从九品,在封建社会九品十八级的吏治系统里是最低的一级。然而在文氏家族看来,毕竟已经进入仕途,而且是在天子身边的翰林院,所以在千里之外苏州城内这个诗礼传家的文氏家族里,文征明的叔父文森闻讯赋诗庆贺,诗题为《征明侄荐授翰林兼修国史喜而赋诗寄之》:

> 红烛高烧夜着花,阿咸闻荐入金华。
> 银鱼悬佩通仙籍,紫阁趋随草制麻。
> 太史名传司马氏,东山屐倒谢玄家。
> 书来深慰家庭庆,奕世恩光未有涯。

看了这首诗就知道,像苏州文氏这样的文化家族,亦实在是未能免俗。银鱼紫阁,通仙趋圣,说得好像是平地青云、一步登天了。其实文森应该知道,所谓待诏,不过是皇帝偶尔顾问之闲官而已,与唐宋时的翰林待诏已不可同日而语了。我想文征明一定不好意思把这首诗拿给翰林院的同僚们传阅；当然也一定是他给家里写信吹嘘过了，他叔父才会这么来祝贺并加以勉励。也许文征明心里清楚这个待诏究竟有多少斤两，但他更清楚地知道在他身上承载了太多的家族梦想，所以他必须稍加吹嘘，以此慰藉那些翘首盼望的老人的殷切之情。

当然，我们这里一方面是想纠正或澄清一些有意无意的误解，说明吴人亦未能免俗，未能忘情于仕途功名；但另一方面也必须承认，不仅像早一辈的沈周那样不求仕进殊为难得，像祝允明、文征明、杨循吉这样感觉官场稍不如意便毅然辞官归里，像唐寅那样敢于"破罐子破摔"，与科举仕途乃至整个上流社会一刀两断的，也还是其他地方所少见的，是多数文人难以做到的。之所以难以做到，一方面是其所在地域缺乏吴文化中那种旷达自适的人文氛围，更不具备苏州一带成熟的文化市场，同时也因为他们不具备吴门文人那样的书画艺术造诣，假如不走以仕代耕之途，他们将无以为生。所以思来想去，他们只能委曲求全，隐忍不发。这样"环比"下来，就反衬得吴门文人高蹈不仕、放达自适的价值取向更加突出了。

关于文征明辞官翰林的背景与原因，比他稍后的何良俊在其《四友斋丛说》中曾有记载：

> 衡山先生在翰林日，大为姚明山、杨方城所窘。时昌言于众曰："我衙门中不是画院，乃容画匠处此耶？"惟黄泰泉佐、马西玄汝骥、陈石亭沂，与衡山相得甚欢，时共酬唱。乃知薰莸不同器，君子小人固各以其类也。然衡山自作画之外，所长甚多，二人只会中状元，更无余物。故此数公者，长在天地间，今世岂更有道着姚涞、杨维聪者耶？此但足发一笑耳。[1]

---

[1] 何良俊：《四友斋丛说》卷十五，中华书局1959年版，第125页。

按：姚涞（？—1537），字维东，号明山，慈溪（今属浙江）人。明嘉靖二年（1523）癸未科状元。杨维聪（1500—？），字达甫，号方城，顺天固安（今属河北）人。正德十六年（1521）辛巳科状元。何良俊这里关于姚涞的说法实出于误传误记。朱彝尊《静志居诗话》卷十一"姚涞"目下曾力辨其误，认为姚氏当文征明去官之日，"躬送至张家湾，赋十诗送别，比之巍巍嵩华"。又其《赠衡山文先生南归序》对文征明称美备至，其中云："自唐承隋蔽，设科第以笼天下士，爵禄予夺，足以低昂其人。于是天下风靡，士无可称之节者，几八百余年。然犹幸有独行之士，时出其间，以抗于世，而天下文人亦罔不高之。求之唐则元鲁山，于宋得孙明复。二子岂有高第显位为可夸哉？徒以其矫世不涅之操，好古自信之志，足以风励天下。而一时名流，皆乐为之称誉焉耳。"[1]姚涞此文以人品誉望平抑高第显位，既切合文征明非进士亦非举人的身份，亦唯有曾中状元的姚涞可以如此慨乎言之。另外据董其昌《跋文征明永锡难老图》："衡山在翰林日，为龚用卿、杨维聪所窘。"[2]故或以为何良俊误龚为姚。龚用卿（1500—1563），字鸣治，号云冈，福建怀安人，为嘉靖五年（1526）丙戌科状元。

其实，辨别以巍科卑视文征明的是姚涞还是龚用卿并不重要，这甚至不是文征明辞官的主要缘由。我们看他集札中的诗句，如《遣怀》："敢讳画师呼立本，终惭狗监荐相如。"《潦倒》："北土岂堪张翰住，东山常忆谢公情。"《丙戌十月十日致仕出京》："白发岂堪供世事，青山自古有闲人。"《马上口占谢诸客》："解却朝衫别帝州，一竿烟水五湖舟。"《某比以笔札逋缓应酬为劳且闻有露章荐留者才伯贻诗见戏辄亦用韵解嘲》："青山应笑东方朔，何用俳优辱汉庭。"又其离京归家途中所作《感怀》诗云："三十年来麋鹿踪，若为老去入樊笼。五湖春梦扁舟雨，万里秋风

---

[1] 朱彝尊：《静志居诗话》卷十一，人民文学出版社1990年版，第315页。
[2] 周道振、张月尊：《文征明年谱》引，百家出版社1998年版，第367页。

两鬓蓬。远志出山成小草，神鱼失水困沙虫。白头博得公车召，不满东方一笑中。"这些诗句中的思想倾向是相当一致的。他知道自己的麋鹿本性不适于官场，他后悔三年前的白头应诏、老入樊笼，他不愿做这种"俳优畜之"的翰林待诏，他思念故乡吴中的青山与扁舟……看他在官时的那种郁闷与焦灼，与夫谢官后得其所哉的欢忭开怀，可以想象，文徵明的辞官乃是出于其本真性情，而决不是针对某人的意气用事。

第四节　吴门词派的创作特色

吴门词派中人大都以书画艺术为专攻领域，而以余事作词人，然而由于他们个性卓荦、才情烂漫，其词亦自有特色。举大略小，求同存异，吴门词派的创作特色主要表现在以下三个方面。

一、题画词创作的突出成就

这里的"题画词"取其宽泛概念，既包括写在画卷上的严格意义的题画词，也包括因画而作的咏画词。题画词在宋代犹为六义附庸，与爱情词、咏物词等题材类型相比数量甚少。据统计，《全宋词》中的题画词有一百余首。[1] 明词的辑录编集工作虽然还在继续进行，但据《全明词》和《全明词补编》统计，明代题画词已达六百八十余首。所以，把题画词的创作看成明词的特色之一亦不为过。而吴门词派在题画词的创作上，应该说具有发凡起例的示范意义。

吴门词派的题画词，单单依据词题判断是不够的。如沈周《石田词》

---

[1] 因为统计口径不同，各家统计数字或有出入：苗贵松《宋代题画词简论》(《常州师范专科学校学报》2004年第2期)统计说有六十余家一百六十余首；吴文治《宋代题画词论说》(河北大学2005年硕士学位论文)说共有一百二十余首；刘继才《论宋代题画诗词勃兴的原因及其特征》(《沈阳师大学报》2008年第1期)说有一百三十余首，而他所著《中国题画诗发展史》(辽宁人民出版社2010年版)则说有一百六十余首。

中，标明题画者有十一首，实际还有一些"潜在的"题画词。如《卖花声》（斜日映江皋），虽无词题，却有词跋云："右调《卖花声》一阕，以补图之不足。八十二翁沈周。"按：《卖花声》即《浪淘沙》，又名《谢池春》。从沈周跋语可知，这是一首地道的题画词。所谓"补图之不足"，是从构图或章法布局的需要来说的。在画家自题其画的诗词中，有的是重在内容，词与画互补，力图用文字表现"画不出"的意蕴；有的则是重在形式，以文字去"填满"或"压住"，求得构图的完整或平衡。因为跋语中自称"八十二翁"，可知这首词作于正德三年（1508），一年后沈周就去世了。

文征明词，《全明词》及《全明词补编》遗佚尚多，往往可以据画学文献拾补。如其《渔父词》十二首，乃是因元代吴镇（仲圭）《渔父图卷》而作，显然应为广义的题画词。又如《柳梢青·和杨无咎补之题画梅词》四首，小序云："补之梅花，固无容赞，其词亦清逸，此四段尤余所珍爱。旧藏吴中，屡得见之，今不知流落何处。闲窗无事，遂仿佛写其遗意，每种并录俚语于左，以志欣仰之私，非敢云步后尘也。"若是仅看词题，此四首词只是追和杨无咎梅词而已。然而据小序可知，"仿佛写其遗意"，乃是据杨无咎原词而画梅；"并录俚语于左"，则是指自己所写的四首题画词。

又如陈淳《白阳词》中，第一首《临江仙》，无题，其词曰：

> 花叶亭亭浑似采，坐闲凉思横秋。几回相盼越娇羞。翠罗仍卷袂，红粉自低头。　　前辈风流犹可想，丹青片纸还留。水枯花谢底须愁。只消浮大白，何必荡扁舟。

据上海博物馆收藏陈淳《商尊白莲图轴》，此亦为题画词。画面左上角题"波面出仙妆，可望不可即。熏风入坐来，置我凝香域。道复。"右下角即题此词，词后小字曰："余旧尝作此纸，既题绝句，既数日，复持来，索书《临江仙》其上，又漫为书之。庚子春日，道复重志。"按："庚子"

为嘉靖十九年（1540），陈淳是年五十八岁。

前曾述及，陈淳《白阳词》中，往往误收他人词作，然而从其流传画作中仍可辑出一些散佚词作。如北京市文物局所藏陈淳《桃花竹石》扇面，上面即有一首《眼儿媚》：

东风吹入武陵时，花发不禁持。粉腮融酒，薄罗舒翠，国色仙姿。　　多情一见魂应断，脉脉许谁知。伤心最是，门中笑面，观里幽期。

此为题画（扇）之作。"东风吹入武陵时"，用陶渊明《桃花源诗并序》之意，所谓"武陵人捕鱼为业""忽逢桃花林"云云，用以与画面中桃花相切。又歇拍处"门中笑面"，是用唐崔护《题都城南庄》"人面桃花相映红"，仍是围绕桃花渲染。如果是一首单行的词，或应加题作"咏桃花"或"桃花扇面"之类，否则"武陵""门中"云云，就不可索解了。正因为原作是题在画上，桃花直观可见，画与词相互生发，所以就不必加题了。

二、以自我为中心的陶情自娱

吴门词人大都有着相同相近的创作风度。诸家之中，除文徵明较为注重规矩、格调，其余大都偏于任性与自适。《四库全书总目》于沈周《石田诗选》提要中评其诗，曰"挥洒淋漓，自写天趣""不雕不琢，自然拔俗"；明王宠撰《明故承直郎应天府通判祝公行状》中说祝允明"简易佚荡，不耐龈龈守绳法。或任性自便，目无旁人"[1]；顾璘《国宝新论》评唐寅"托兴歌谣，殉情体物，务谐里耳，罔避俳文"[2]；杨循吉《朱先

---

[1] 祝允明著、孙宝点校：《怀星堂集》附录，西泠印社出版社2012年版，第644页。
[2] 唐寅著，周道振、张月尊辑校：《唐伯虎全集》附录，中国美术学院出版社2002年版，第542页。

生诗序》称"余观诗不以格律体裁为论,惟求能直抒胸怀"[1]。凡此种种,从中提取其"最大公约数",可以说,吴门词人大都具有任性自适的创作态度。无论是书画艺术,还是诗词创作,在这一点上是相通的。

与唐宋词中"代言体"居多,"男子而作闺音"的情况不同,吴门词人作品中抒情主人公往往就是词人自身。他们的创作旨趣不是为人的,而是为己的;不是为了兴观群怨,而是为了自适自娱。在他们的词中,除了少数篇什仍在化装表演一般去"赋得"相思离别,多数词是在展示词人自己的生活世界,表现他们的志趣、情感乃至牢骚。这种情况在沈周词中表现得最为突出。如《南乡子·遣兴》:

> 天地一痴仙,写画题诗不换钱。画债诗逋忙到老,堪怜。白作人情白结缘。　无兴最今年,浪拍茅堂水浸田。笔砚只宜收拾起,休言。但说移家上钓船。

又如《一剪梅·题画》:

> 此老粗疏一钓徒,服也非儒,状也非儒。年来只为酒糊涂,朝也村沽,暮也村沽。　胸中文墨半些无,名也何图,利也何图。烟波染就白髭须,生也江湖,死也江湖。

又《鹧鸪天·自遣》:

> 头发毵毵积渐凋,诗逋画欠未勾消。大都教我生劳碌,一半因他解寂寥。　山澹澹,水迢迢,门前秋色自天描。清风尽许奚囊括,明月还凭柱杖挑。

---

[1] 杨循吉:《松筹堂集》卷四,《四库全书存目丛书》影印本。

其他摘句如《鹊桥仙·题钓图》："翛然青竹,佳哉白叟,满地斜阳疏柳。西风短发不胜吹,刚剩得、红颜残酒。"《念奴娇·和杨君谦雨晴韵》："孤抱纂诗,微酡带酒,播弄斜阳下。"《卖花声·与许国用》："茅屋少人踪,满地残红。君来方怪酒尊空。一味清谈聊当饮,尽慰衰翁。"这些差不多都是沈周的自画像。这里不再有唐宋词中常见的刻红剪翠、相思离别,而代之以词人自我酡颜老翁形象和山野情趣,词人所着力展现的也不再是女性化的绮怨,而是自具风骨的旷达自适。连续读之,可以大致还原其生活场景与内心世界。

唐寅与祝允明词中亦多自我形象的描绘,但他们更具有才子气,也更加任性和张扬。他们仿佛在刻意蔑弃传统,向上流社会调侃,所以不吝把自己漫画化,打猛诨出,破罐子破摔。本来是醇酒妇人,文人所不免,但他们写酗酒狎妓,有时不免流于淫亵。祝允明《一剪梅》词曰:"爱煞三生杜舍人";另一首《鹧鸪天》词又说:"梦想三生杜紫薇"。可知晚唐的风流才子杜牧,正是祝允明最为崇拜的偶像。作为一个不乏才情的文人,他既不羡李、杜、苏、辛,也不羡陶潜、王维,而是在历代文人队中一眼觑定杜牧之,一个与温八叉、柳三变可归为一队的浪子文人,这在过去是很少见的。而祝允明却不吝一再标榜,仿佛他人在弘治、正德年间,却已预开晚明文人风气了。至如唐寅《一剪梅》"春来憔悴欲眠身",《如梦令》"昨夜八红沉醉"之类,其实不是风流倜傥而是纵欲颓唐,就不免格调低下了。

文征明词中的自画像便是另一番气象。文征明的祖父文洪为举人而曾官教谕,父文林为成化八年(1472)进士,官至温州知州;叔父文森为成化二十三年(1487)进士,曾官知县。这是一个循常规应举为官的家族,与相城沈周那种隐逸自适的家族文化有明显不同。又征明乃力学成才,与其他诸子的恃才纵放不同。所以他的词中所呈现的"自我"形象,乃是一个娴雅、有品位、重格调的士子形象。如《风入松》:

近来无奈病淹留，十日废梳头。避风帘幕何曾卷，修然处、古鼎香浮。兴至闲书棐几，困来时覆茶瓯。　新凉如洗簟纹流，六月类清秋。手抛团扇拈书册，无情绪、欲展还休。最是诗成酒醒，月明徐度南楼。

又如《青玉案·写怀》：

　　老去无营心境净，白发不羞明镜。世事从渠心不定，小馆停云，山房玉磬，自与幽人称。　春色恼人浑欲病，把菊无由驰赠。吴楚江山云月夐，清真逸少，风流安石，想见人清莹。

这两首词呈现了文征明的生活环境，同时也揭示了他的精神境界。前一首词中所描绘的古鼎香浮、闲书棐几、茶瓯竹簟、团扇书册，应该都是其停云馆、玉磬山房中的物事景象。又前一首词中的修然、闲书、新凉、清秋、徐度，以及后一首词中的净、幽、夐、清等字眼，渲染出一种清、静、闲、雅的情趣与格调。这样的生活既远离官场的奔竞与污浊，又隔断了尘世的喧闹与琐屑。文征明通过他精心设计的庭院书房，以及词中字面意象的选择与打磨，为自己构筑了一个幽闲恬静的精神家园。

　　文征明词中亦颇有"戏作"。如《蝶恋花·屡挑以可不应，闻花已谢，再寄谑语》《江神子·陈氏牡丹盛开而不速客，戏作此词》《风入松·戏柬陈以可》三首词，都是以词代柬，与其好友，即陈淳（道复）之父陈钥（以可）往来调笑的。但我们看其词中字句，并无多少诙嘲戏谑的成分。如"十年一觉扬州梦，还应费多少相思"之类，在长于刻红剪翠的词中，几乎算不了什么。如此稍欠庄雅，便视为"戏谑"，适可见文征明心目中的词体规范是以雅洁为原则的。

　　当然，作为吴门词派中人，文征明词中也时常会出现纵情任性的主题动机。如《风入松·石湖夜泛》：

> 轻风骤雨展新荷，湖上晚凉多。行春桥外山如画，缘山去，十里松萝。满眼绿阴芳草，无边白鸟沧波。　夕阳遥听竹枝歌，天远奈愁何。渔舟隐映垂杨渡，都无系、来往如梭。为问玉堂金马，何如短棹轻蓑。

又《庆清朝慢·春游》：

> 天朗气清，惠风和畅，胜游何似山阴。春光自来堪恋，一刻千金。兰舟初泛画桥，春水一篙深。烟霏处，离离浅草，冉冉遥岑。　且此傍花随柳，柳阴系马，花外嘤幽禽。扰扰蜂粘柳絮，蝶绕花心。为问朱衣车马，何如我白发山林。新月上，竹枝风动，环佩清音。

这两首词机杼一致，甚至可以说是采用了同一种创作模式，都是用大半篇幅写身临其境的景色风物，然后到结尾处归入一种得其所哉的自乐自适。我疑心这两首词都写于文徵明从京城辞官回乡之后不太长的时间，因为只有这样才容易产生玉堂与山林的比较思维，才容易产生乍离网罟、得其所哉的庆幸心理。后一首词开头，"天朗气清，惠风和畅"，看上去便觉眼熟，接下来"胜游何似山阴"则进一步点醒，词人是因暮春踏青，想到了千载之前的兰亭集会。事实上文徵明曾专门画过一幅《兰亭修禊图》，这不仅是一种绘画题材的选择，而是出于一种风雅人格的追怀向慕。"为问玉堂金马，何如短棹轻蓑"与"为问朱衣车马，何如我白发山林"，句法字眼的高度一致，实际是在强调同样的主题动机。另一首《风入松·咏盆中金鱼》："较他玉带高悬处，恩波浩、沧海无稽。一段江湖真乐，只应我与鱼知。"句法虽然不同，也是在表现同样的生活理想。庄子于濠上观鱼，文徵明于盆中观鱼，都从鱼身上看到了自己，水中都映照出自己的内心活动。因为我们记得沈周《鹊桥仙·题画》中的"金坞虽深，冰山虽厚，不似破船能久"，乃知文徵明虽然在字句修辞方面更为文雅,而在精神意趣上还是与乃师一脉相承的。

三、轻浅俊快的艺术风格

吴门词人大都以词为书画、诗文之余事,往往任性挥洒,不耐琢磨。因为毕竟多才,所以有妙手偶得之处,或有俊语快语。但他们不会日锻月炼,累日苦吟,闭门觅句,反复推敲,所以他们的作品或不乏可读之作,却少有精深华妙之篇。轻浅俊快自是一种风格,但从反面来说,亦往往直白、浅俗,缺少顿宕含蓄。处理得好便是特点,把持不住便成缺点。当然,这不仅是词风问题,吴门词人的诗风亦往往如此。钱谦益《列朝诗集小传》称沈周是"才情风发,天真烂漫",评唐寅是"不计工拙,兴寄烂漫",又引顾璘语评祝允明是"巨细精粗,咸贮腹笥,有触斯应,无问猥鄙",足证此数子皆有凭才气为诗而不喜雕琢的特点。同时亦可知他们对待诗词是一样的态度,并非作诗则用全力,写词则信手涂抹。再扩大范围来说,在明清两代画家诗词中,这种特点也是一种普遍存在。

以下试各选一首词以见一斑。沈周《鹧鸪天·咏春柳》:

> 媚在轻柔袅娜中,几枝斜映驿亭红。微烟啅雀金犹嫩,细雨藏鸦绿未浓。　　攀傍岸,折随风,管人离别有何功?开花更是无聊赖,一朵西飞一朵东。

这首词为《鹧鸪天》一组四首之一,四首词分别题为"咏春水""咏春草""咏春柳""咏春莺"。既用同一词调,词题亦复同构,想来应是出于统一构思的联章体,亦可能是春景四条屏的题画之作。这首词浅而不率,谐而不俚,既得浏亮轻快之俊爽,又不致信手涂抹之病,虽无深湛之思,在吴门词派中亦应属上品。尤其是"微烟啅雀"四字,称得上妙手偶得的"词眼",既写出春来嫩黄杨柳轻浅如烟的韵致,又活画出鸟雀啁啾穿梭往来之状,既富有画意又富于动感,非常具有表现力。

又如祝允明《凤衔杯》：

> 石头城里少年游，莫愁歌、夜馆晨楼。回头吴门烟月隔吟眸。三百里，帝王州。　诗似海，酒如油，有青山、处处堪留。只怕秣陵今日不宜秋，风紧黑貂裘。

这首词应该是祝允明年轻时的作品，他自成化十六年（1480）二十一岁时去南京参加应天乡试，直到弘治五年（1492）三十三岁时得中举人，所以词中的这位在石头城里漫游的少年，应该就是祝允明自己。南京为六朝古都，虽然自永乐以后即迁都北京，但作为陪都，又是应天乡试贡院的所在之地，其繁华气象犹在。这里有来自各地的少年书生，有秦淮河畔的夜馆晨楼（说穿了就是妓女聚居的秦楼楚馆），诗酒风流，堪称明代的销金锅。歇拍处用《战国策》所载苏秦故事。苏秦受赵国重托，去说服秦国和赵国结盟。结果"书十上而说不行，黑貂之裘敝，黄金百斤尽，资用乏绝，去秦而归"。这里所谓"秣陵今日不宜秋"，实际正如说"长安米贵，居大不易"，祝允明应是囊中羞涩，纵然有才，在秦淮河畔也不受待见了。以词而论，这首词在祝允明《枝山词》中当属佳作。想来祝允明那时还比较年轻，于人生事业等等犹存希冀，所以无论是立身还是词章，都不像后来那般疏狂放荡。这首词的文字意象比较雅洁，词中呈显的是俊逸风流的少年才子，与后来那个恃才放荡、不修边幅的祝枝山的形象相比，形成了较大的反差。

又如唐寅《一剪梅》：

> 雨打梨花深闭门。孤负青春，虚负青春。赏心乐事共谁论。花下销魂，月下销魂。　愁聚眉峰尽日颦。千点啼痕，万点啼痕。晓看天色暮看云。行也思君，坐也思君。

《一剪梅》这个词调,在宋代多有佳作,如李清照"红藕香残玉簟秋",蒋捷"一片春愁待酒浇",都是脍炙人口的名篇;而到了明代瞿佑、李昌祺、唐寅、祝允明等人这里,或因为叠句叠韵,过于轻快,几乎成了具有打油意味的俳调了。唐寅这首词的首句"雨打梨花深闭门",乃借自宋代李重元的名作《忆王孙》。李重元以其为词之结句,是把暮春风雨与种种闲愁一股脑儿地关在门外,是代闺中人作自排自解;唐寅以之用于首句,则是"以扫为生",仿佛以整个李重元词作为一个典故或背景,特意从最令人伤情处切入。"青春"原有二义,一指自然界阳春光景,一指人的青年时光。此处两个"青春",亦似分指二义,即孤负(辜负)这良辰美景,虚负这锦瑟华年。谢灵运《拟魏太子邺中集诗序》云:"天下良辰、美景、赏心、乐事,四者难并。"春天即良辰美景,青春作伴乃赏心乐事。如今有花有月,而情人不在,所以是两端皆虚负了。这首词或可视为"代言体",即词中抒情主人公不是唐寅自己,而是一位伤春念远的女性。闺怨本来是阴翳郁积的,可是我们读唐寅这首词,却是轻快流宕的,这对于传统的闺怨词来说,几乎是一种解构。好在它虽然轻浅俊快,却不至于俚俗打油,在唐寅词中也算得上可读的佳作。

又如文征明《满江红》:

漠漠轻阴,正梅子、弄黄时节。最恼是、欲晴还雨,乍寒又热。燕子梨花都过也,小楼无那伤春别。傍阑干、欲语更沉吟,终难说。 一点点,杨花雪。一片片,榆钱荚。渐西垣日隐,晚凉清绝。池面盈盈清浅水,柳梢淡淡黄昏月。是何人、吹彻玉参差,情凄切。

《满江红》词调,过去多用来表现拗怒激越的声情,文征明仿佛在有意向择调选声的说法挑战,乃以此调表现传统的伤春情结,而且居然写得一派传统风味。陈廷焯《词则·别调集》评曰:"芊绵宛约,得北宋遗意。"和沈周、祝允明、唐寅的词相比,文征明在写作态度上更用心,修辞更熨帖。词中用了不少叠音词，如漠漠、盈盈、淡淡，以及点点、片片之类，更助成了轻淡婉约的艺术风格。如果与宋词相比，自是少了些开阖、顿宕，缺乏一转一深的韵味。但在明人词中，能够写出传统风味，且能够得到陈廷焯的称赞，已经算是难能可贵了。

第五节　吴门词派与《江南春》唱和

明代关于倪瓒《江南春》的唱和，是吴中词坛或诗坛的一件胜事。据嘉靖十八年（1539）袁袠汇刻的《江南春词集》，参与唱和者有：沈周、祝允明、杨循吉、徐祯卿、文征明、唐寅、蔡羽、王守、王宠、王谷祥、钱藉、皇甫涍、文嘉、彭年、袁表、袁袠、袁裳、陆师道、袁裘、沈荆石、文伯仁、袁衮、金世龙、陈沂、顾璘、沈大谟、张之象、王逢元、陈时亿、景爵、顾峙、顾闻、黄寿丘、严宾、景霁、文彭、顾源、马淮、王问、张意、沈应魁、岳岱、胡佑、袁梦麟、袁尊尼、袁梦鲤、顾兰如、李承烈、陆冶、陆川、张凤翼、汤科、陈瀚，凡五十三人。另据叶晔《明词中的次韵宋元名家词现象》一文统计，从明代弘治二年（1489）到明季天启、崇祯一百余年间，至少发起过五轮对《江南春》词的唱和，参与者多达七十四家，唱和之作达一百一十六首。[1]尽管明嘉靖刊本与清代道光年间金武祥刻本不无出入，而在《全明词》及《全清词》（顺康卷）还可以不断发现更多的追和者，这些细节或有待于继续发掘补充，但我们现在已可以得出一个基本判断，即《江南春》的唱和主要是由吴中尤其是苏州文人发起或参与的一个大型的旷日持久的唱和活动，因此也就必然带有地域文化的内涵与特色。文嘉在自记其和作时说："元云林先生尝赋《江南春》二首，……一时名公自石田先生而下皆有和篇，余友袁永之又

---

[1]　叶晔：《明词中的次韵宋元名家词现象》，《中国文化研究》2007年第3期。

请海内诸公和之,遂为江南胜事。"[1]袁褎《江南春词序》中云:"我吴先辈追和厥词,或述宴游,或标风壤,或抒己志,或赋闲情,迭奏金声,积盈缃素。"[2]是的,这的确称得上江南胜事,亦是词坛或诗坛胜事。参与者或不尽为吴人,但苏州的文化名流,吴门词派的主要人物,基本上都参与了该集的唱和,所以谈吴门词派,这似乎是一个不可回避的话题。

关于《江南春词集》的唱和及其相关问题,已经有几位年轻学者作了饶有兴味的探索。其中包括:叶晔《明词中的次韵宋元名家词现象》(《中国文化研究》2007年第3期),余意《〈江南春〉词集版本考略及其相关问题》(《词学》2009年第2期),何丽娜《〈江南春词〉倡和集相关问题考辨》(收入杜桂萍主编《明清文学与文献》第一辑,黑龙江大学出版社2012年版),以及王晓骊《三吴文人画题跋研究》(上海人民出版社2013年版)第四章的相关分析。通过这几位年轻学者细致的梳理、考辨,《江南春》唱和的由来始末、参与人员,以及嘉靖本、道光本的异同等等,已经基本说清楚了。所以在这里,我只想在诸位学者梳理考辨的基础上,就几个具体问题,来说说自己的看法。

一、《江南春》体式考

《江南春》原作究竟是三首、二首还是一首,历来颇有争议。其实数量之异说,原因在于体制认识之纠结。先来录倪瓒原作于下:

汀洲夜雨生芦笋,日出曈昽帘幕静。
惊禽蹴破杏花烟,陌上东风吹鬓影。
远江摇曙剑光冷,辘轳水咽青苔井。
落花飞燕触衣巾,沉香火微萦绿尘。

---

[1] 吴荣光:《辛丑销夏记》卷五,清道光刻本。
[2] 邓子勉辑:《明词话全编》第二册,凤凰出版社2012年版,第936页。

> 春风颠,春雨急,清泪泓泓江竹湿。
> 落花辞枝悔何及,丝桐哀鸣乱朱碧。
> 嗟我胡为去乡邑,相如家徒四壁立。
> 柳花入水化绿萍,风波浩荡心怔营。

据明郁逢庆《郁氏书画题跋记》卷十一著录:"倪云林《山水》,自题《江南春》辞。"又录钱谷题记云:"云林《江南春》辞并画,藏袁武选家,近来画家盛传其笔意,而和其辞者日广。予不敏,亦效颦为之。"据此则倪瓒《江南春》原为题画诗。然而祝允明追和时所见并非倪瓒原画,而是苏州文人许国用所得倪瓒手书"《江南春》三首",末署:"瓒录上求元举先生、元用文学、克用征君教之。"这里所提到的三人,以诗、画、藏书著称,与倪瓒为好友。王宗哲,字元举,中山无极(今属河北)人,至正八年(1348)中状元,且乡试、会试、殿试皆为第一名,所谓"连中三元",以诗文有名于时。"元用"当是其兄弟辈,具体事迹不详。虞堪,字克用,一字胜伯,长洲(今苏州)人。

倪瓒原作,从韵部、内容的转换来看,作二首较好理解,作三首则难于处置。故祝允明于和词之后附记曰:

> 国用得云林存稿,命仆追和。窃起蝇骥之想,遂不终辞。按其音调乃是两章,而题作三首,岂误书耶?弘治己酉二月,长洲祝允明记。

按:弘治己酉为弘治二年(1489)。虽然沈周第一次和作在先,但他在和作之后没有注明时间,于是祝允明所记就成为有确切记载的追和《江南春》的最早时间。据祝允明说,他应该是从许国用那里看到"云林存稿"的。据陈乃乾《室名别号索引》(增订本),许国用为长洲(今苏州市)人,室名"来禽榭"[1]，与沈周、祝允明、文征明等吴门书画家多有交往。陆时化《吴越所见书画录》卷三记有沈周赠许国用《老秸图》。《文征明集》有五言长诗《题画赠许国用》，其中有"启户延故人，一笑慰平隔""惟君鉴赏家，心嗜口不索""君能用君法，吾自适吾适"云云，可知许国用为书画鉴赏家，从"君能用君法"来看，或许亦能画。文征明此诗原题于扇面，原为晚清著名收藏家陈遹声(即畸园主人)故物。[2]诗末署："遗斋冒雨过访，写此为赠，兼赋短句。乙丑三月十日，文璧。"据此则"遗斋"当为许国用别号。

实际上，所谓倪瓒手书《江南春》三首，至今还在，就在上海博物馆藏品中，著录作"元倪瓒楷书江南春词卷"。不过看上去有点令人失望，那字虽像倪云林的书风，又有点软塌塌的。而据著名书画鉴定家徐邦达、傅熹年的看法，这也的确不是倪瓒的真迹，给出的鉴定意见是"倪书旧伪"。[3]许国用当初所得，祝允明、沈周等人所见，应该就是这件作品，所谓"旧伪"，时间也是够早的了。

从倪瓒原作的用韵情况来看，祝允明所谓"按其音调乃是两章"的判断是对的。从宋元时流行的平水韵来看，此作前六句"静""影""冷""井"为上声二十三梗；第七、八句"巾""尘"为平声十一真；以下数句"急""湿""及""邑""立"为入声十四缉("碧"为入声十一陌，与十四缉可以通押)；最后二句"萍"为平声九青，"营"为平声八庚，一般来说，八庚、九青亦可通押。由上可见，《江南春》共用四个韵部，而第七、八句为一韵，最后二句为一韵，两句通常不可能单独成章，故当连上读。所以祝允明所谓"按其音调乃是两章"，就是以前八句为一章，后面部分（如把"春风颠，春雨急"两个三字句看作一个七字句，亦为

[1] 陈乃乾编、丁宁补编：《室名别号索引》(增订本)，中华书局1982年版，第36页。
[2] 陈子凤：《畸园藏明代书画家扇面》，《文物天地》2007年第6期。
[3] 参见杨仁恺：《中国书画鉴定学稿》附录一《元以前传世书画作品专家不同意见》，辽海出版社2000年版，第424页。

八句)为另一章。

也许正因为作为两章来看比较自然,作为三首则难于分割,后来袁表于嘉靖庚寅(1530)追和之后的附记中,又给出了一种新的解释:"枝山先生按云林原唱乃是两章,以为误题三首。仆细观墨迹,本书二首,庸人以阕谬增为三,不可厚诬云林也。"[1] 其实这恐怕也只能是"移的就矢"的心理效应,因为我们反复谛视原稿之影印件,实在看不出来改二为三的迹象。而且据徐邦达、傅熹年先生的鉴定,此件本系作伪,又何须更改。盖倪瓒此作原为题画诗,前四句、又四句及后面部分之间,偶作间隔,或只是出于画面构图需要,而无意于分章,庸人不知,乃自作主张题为"《江南春》三首",遂留下这一重公案,让后人三说三解了。

二、《江南春》诗词辨

关于《江南春》,属诗属词之争与三首、二首之辨两个问题是缠绕在一起的。大约在嘉靖年间,常熟人杨仪在其《江南春·追和倪云林先生韵》词后附记曰:

> 元镇,本锡山富室,惟清介绝俗,晚至无家,多寄居琳宫梵宇。世传其手书《江南春》,必思归之作也。自先生题三首,予按其声即《木兰花令》。前二阕已终,其忧思之怀未尽,故后章作三字句,为过肉,以发其情。祝希哲尝疑其为两章,先生三首为误书,故附其说于此。

杨仪,字梦羽,号五川居士,常熟(今属江苏)人。嘉靖五年(1526)进士,有《南宫集》。杨仪之于词学,本无根柢却敢于立论。所谓"按其声即《木兰花令》",当是指前八句而言。《木兰花令》一般称为《木兰花》,

---

[1] 赵尊岳:《明词汇刊》,上海古籍出版社1992年影印本,第1160页。

此盖与长调《木兰花慢》相对而称《木兰花令》。其实，《江南春》之前八句，也不过七言八句的句格框架与《木兰花》相似而已，与《木兰花》格律相较，不仅平仄多有未合，其后二句之转韵尤不可解释。又所谓"前二阕已终，其忧思之怀未尽，故后章作三字句，为过肉，以发其情"，看来是把前八句每四句视为一阕，而把两个三字句看作过片，于是就弥缝了二章三章之矛盾，全篇就成为一首三叠之词了。但如此一来，前八句也就不是《木兰花》，而全篇作为词调来看，也就不知其伊于胡底了。

然而令人遗憾的是，这种鄙俚浅陋的看法，却被后来很多人接受了。光绪十七年（1891）金武祥《重刻江南春词集序》中写道："此本中或疑三首，或谓二首，其实一首，分上下阕而已"，似乎就正是采纳了明代杨仪的说法。于是从金武祥重刻的《江南春词集》，到赵尊岳采入《明词汇刊》，一直到今日之《全明词》，无论是倪瓒原作，还是历来人追和之《江南春》，就都是按词的上下阕形式来排列的了。

然而，关于《江南春》究竟是诗是词的争议，从明代至今，一直没有止息。就学术而言，有争议是正常现象，然而使我感到惊奇的是，在有些论者那里，说起来似乎振振有词，实际却全无客观标准。如四库馆臣在《江南春词一卷》提要中写道：

> 今考《云林诗集》，惟"春风颠"一首载入七言古体，题作《江南曲》，而无"汀洲夜雨"一首，则后一首是七言诗，而前一首是词耳。然文征明《甫田集》云："追和倪元镇《江南春》"，亦载入诗内，则当时实皆以诗和之。盖唐人乐府，被诸管弦者往往收入诗集，自古而然，固非周之创例矣。

按照四库馆臣的看法，判断一首作品是诗还是词，乃全看作者本集收录情况，收入诗集则为诗，收入词集则为词。事实上如《云林诗集》，本非出于云林手订，无论其入诗入词，皆不足以见出倪瓒本人的态度。明天顺四年（1460）刊行的《倪云林先生诗集》六卷附录一卷，为宜兴蹇曦所编；而收入《四库全书》之《清閟阁集》十二卷，为清康熙五十二年（1713）曹培廉所编。所以无论哪种本子，皆不能代表倪瓒的态度。

又如清代丁绍仪《听秋声馆词话》卷二有云："《江南春》为倪云林高士自度曲，与宋褧《穆护砂》同为元调。虽篇中均七言句，然前后四换韵，换头系三字两句，明明是词非诗，乃《词谱》、《词律》均未收入，后人亦无填用者。"[1]丁绍仪为清代重要词学家，于词学用功甚深，然而这里为《江南春》发覆表微，几乎信口开河。所谓"后人亦无填用者"，表明他于明清人追和《江南春》事一无所知。又其判断《江南春》"明明是词非诗"，根据就是两个形式特征，一是换韵，二是长短句。这就不免显得浅薄而可笑了。又其援宋褧《穆护砂》为例，亦不具有可比性。《穆护砂》本为唐教坊曲名，后用为词调，虽然现存宋元间仅宋褧一首，故《词律》《词谱》取为词例，实际却是唐音或宋调，并不是元代宋褧的自度曲。

事实上，判断《江南春》是词还是诗，既不能取个别人的意见，也不能仅看一些外在的形式特征，而应该建立更为根本的原则或标准。因为倪瓒《江南春》不是唐宋时既有的词调（与寇准《江南春》不是一回事），那么判断它是不是词，关键就在于我们对待自度曲的认定原则。而关于这一点，清代词学家万树、先著等人，已经说得很清楚了。万树《词律·发凡》说："能深明词理，方可制腔。若明人则于律吕无所授受，其所自度，窃恐未能协律。故如王太仓之《怨朱弦》、《小诺皋》，杨新都之《落灯风》、《款残红》、《误佳期》等，今俱不收。"又称新都杨慎、娄东王世贞等人"撷芳可佩，就轨则多歧，按律之学未精，自度之腔乃出，虽云自我作古，实则英雄欺人"，所以《词律》选择例词，"其篇则

---

[1] 唐圭璋辑：《词话丛编》，中华书局1986年版，第2592—2593页。

取之唐宋，兼及金元，而不收明朝自度、本朝自度之腔"。[1] 又先著《词洁·发凡》中云：

> 唐人之作，有可指为词者，有不可执为词者。若张志和之《渔歌子》，韩君平之《章台柳》，虽语句声响居然词令，仍是风人之别体，后人因其制以加之名耳。夫词之托始，未尝不如此，但其间亦微有分别。苟流传已盛，遂成一体，即不得不谓之词；其或古人偶为之，而后无继者，则莫若各仍其故之为得矣。倘追原不已，是太白"落叶聚还散"之诗，不免被以《秋风清》之名而为一调。最后若倪元镇之《江南春》，本非词也，只当依其韵，用其体，而时贤拟之，并入倚声，此皆求多喜新之过也。[2]

按万树《词律》成书于康熙二十六年（1687），先著《词洁》成书于康熙三十一年（1692）。又稍后顾彩《草堂嗣响·例言》亦云："近见有创新调为自度曲者，虽才人不难自我作古，然亦无异于后人杜撰古乐府新名目也。"[3] 可见在清代康熙时期，词学界关于自度曲已形成较为一致的意见。以音乐素质而言，深明词理、精通音律是一个标准；以时间而论，则宋元以下的自度曲一律不予认可。倪瓒当然是元末明初人，一般被视为元人，但他于音律并无研究，而且本人也从未视《江南春》为自度曲，所以把《江南春》看作带有乐府意味的长短句诗，显然比看作词更为允当。

或有人以为，倪瓒《江南春》在明清两代引动那么多人追和，同题作品数以万计，这与依调填词还有什么两样呢？实际上，追和只是和其

---

[1] 万树：《词律》，上海古籍出版社1984年影印本，卷首。
[2] 唐圭璋辑：《词话丛编》，中华书局1986年版，第1329—1330页。
[3] 顾彩：《草堂嗣响》，康熙四十八年辟疆园刻本，卷首。

韵,与按谱填词明显不同。倪瓒原作并未格律化,即于字句平仄没有规定性要求。后来的和作,也只是依其句格(七字句与三字句),用其韵脚而已,故各家和作,平仄全然不同。所以,那些主张《江南春》为词调的人忘了这样一个基本事实。试想于字句平仄全无规定,那还能算是词调吗?至于用韵,词调除了于平声、仄声有所要求之外,于韵部倒是不限的。历来追和《江南春》的人,不仅用同一韵部,又必用同一韵字,所以大受束缚,不少人呈现艰窘之态,与这种韵脚的束缚显然不无关系。

三、《江南春》唱和的文化意味

老实说,在刚开始接触《江南春》唱和这一课题时,我内心对此是充满期待的。试想这么一个充满诗情画意的题目,这么一群个性卓荦、才情烂漫的文人,而且又是同题唱和,同台竞技,应该写出多少锦绣华章来啊!然而不然,及至看了这五十余家一百余首《江南春》,我是多少有点失落乃至失望的。

也许是受原作韵脚的束缚,很多作品读来字句不畅。前后的文字、意象缺少理性或情感的逻辑,而仿佛只是在满足韵脚要求的前提下,把与江南或吴中风光相关的字面凑起来就行了。为了试证诸家和作主题性或逻辑性的匮乏,我们不妨做一个实验,即以二句为单位把各家作品打乱,或者说是用集句方式重新"组装"出一些新的《江南春》来:

江南三月荐樱笋,鸂鶒鸂鶒回塘静。(文　嘉)
绿油画舫杂歌声,杨柳新波乱帆影。(文征明)
吴姬手炙笙簧冷,风飐游丝露金井。(袁　褧)
罗制春衫葛制巾,天堂行乐霏香尘。(沈荆石)

花落多,水流急,随波片片胭脂湿。(钱　籍)

锦帆迎风追莫及，岸草汀蒲异新碧。（袁　褧）
　　江南原是侬乡邑，伤情日落江头立。（袁　袠）
　　春江万里一飘萍，游梁事楚将何营。（彭　年）

再来一组：

　　碧碗春盘荐春笋，春晴江岸蘼芜静。（文征明）
　　荇带牵丝水面长，飞帆遮断青山影。（文伯仁）
　　沉香亭畔苍苔冷，乳乌哑哑啼金井。（钱　藉）
　　越罗制作春衣巾，横塘如画波无尘。（袁　袠）

　　啼莺迟，飞燕急，茂苑烟光翠如湿。（彭　年）
　　江南画船画不及，吴江箴楼纱幕碧。（沈　周）
　　吴王昔日为都邑，离宫别馆当时立。（袁　褧）
　　人生聚散是浮萍，何须日夜苦蝇营。（唐　寅）

如此打乱再作排列组合，我们可以得出一批新的《江南春》。这就像西方的所谓"扑克牌小说"，把基本单元随意抽洗，组合起来仍能成为一篇作品。因为这不是情节性的小说，而是以描写江南风物为内容的韵语，韵脚本身即是一种黏合剂，所以无论怎样打乱组合，依然显得进退有致。这就好比一桌菜，菱角、莲藕、莼菜、茭白、春笋、草头……先上后上，摆东摆西，仍然不改其"江南菜系"。浦江清先生解读李白的《忆秦娥》（萧声咽），说它是"几幅长安素描的一个合订本"，所以它可以忽东忽西，甚至上半阕说春，下半阕说秋，但总是不离于长安，全篇的统一性也就在这里。[1]那么对于《江南春》来说，或亦可作如是观，只要作者写江

---

[1] 参见浦江清：《浦江清文选·词的讲解》，北京大学出版社2010年版，第125页。

南而不写塞北,写江南春天而不是其他节令的风物,就都是合逻辑的。横竖是这一把牌,先出后出都一样。

当然,如果再进一步质疑问难,我以为倪瓒的《江南春》原唱也许算不上太好的作品。它可能只是一篇不错的作品,但是还称不上杰作或经典。这是一篇因画题诗的兴到之作。虽然选用了《江南春》这么一个充满诗情画意的题目,一个容易让人想到"暮春三月,江南草长,杂花生树,群莺乱飞"的充满温馨的题目,可是倪瓒又确实处于抛家别舍、寄身琳宫梵宇的境地,所以文字与意象都充满一种冷色调。曰惊禽,曰落花辞枝,都是他身心不宁的写照;又是青苔,又是绿尘云云,也都是反映负面情绪的。"乱朱碧"三字亦颇有表现力。朱与碧都是原色,是鲜明的调子,但说"乱朱碧",就有点像长吉歌诗的"冷翠烛,劳光彩",或梦窗词中的"映梦窗,凌乱碧",带有颓伤纠结意味了。尤其是后半部分用"入声十四缉",韵味险而急,更强化了抑郁凄厉的意味。当然,后来的江南文人已生活在惬意安乐的环境中,倪瓒是有疾而颦,他们却只是"赋得"而已,所以历来的和作,都在有意无意间抹却了倪氏原作中凄苦不安的情调,呈显的基本上是一派和平之音了。

然而,因为遭逢独特的文化语境,倪瓒的一首普通的题画诗,却因为江南文人的群起追和,成了一种不可取代的文化符号,也就成为一种文学经典了。

当然,事情的起因不无偶然。沈周曾说:"国用爱云林二词之妙,强予曾一和,兹于酒次复从臾继之。"祝允明亦云:"国用得云林存稿,命仆追和。"仿佛这一场声势浩大且旷日持久的唱和,都是由不见经传的许国用一手发起的,而沈周、祝允明却是被动的。实际上,许国用何德何能,他哪里会有这样登高一呼应者云集的号召力。任何事情的发展总有开始,许国用偶得倪瓒手稿不过是一种触媒、一种契机而已,而沈周、祝允明作为吴地文人及书画艺术家,对倪瓒的神往向慕早已是念兹在兹,只待特定情境特定触媒来触发了。

我们不妨这样设想一下，假如许国用或是其他吴地文人（比如说史鉴、朱存理）发现的不是倪瓒的手稿，而是同时代另一位名人的手稿，结果会怎么样？元末明初的文化名人甚多，可供拣选的可以说是大有人在。以词而论，成就最高的应数刘基，其次如同为吴门才子的高启、杨基，也都有相当的成就与影响。假如说许国用发现的手稿不是倪瓒的《江南春》，而是刘基的名篇《水龙吟》（鸡鸣风雨潇潇），或是杨基的《摸鱼儿》（问黄花为谁开晚），或者是高启《沁园春·雁》（木落时来）等等，沈周、祝允明还会因许国用之怂恿而一和再和吗？答案几乎可以肯定：不可能！为什么？因为这几个人尽管才高名大，但他们的人格形象、人生姿态、价值取向、审美追求等等，与沈周、祝允明等吴地文人景仰心折的典范出入甚大。如果对象是他们，不管许国用们如何怂恿，在沈周等人这里也不会奏效的。所以，关键还在于沈周、祝允明等参与唱和的吴地文人，选择权或自主权握在他们手里。试想，沈周、祝允明等人是何等自信自负、个性鲜明，又岂是能受外来差遣屈尊俯就的。

或许还可以作另外一种假设，即许国用发现的倪瓒手稿不是《江南春》，而是另外一些更有名的作品，情形又会怎么样呢？我前面说过，倪瓒《江南春》称不得杰作，而只能说是一篇不错的作品。我这样说不是想否定或贬低倪瓒，而只是想强调，他其实还有不少更好的作品。一般人或以为倪瓒主要以画名世，其诗词不足道，是一种偏见或浅见。倪瓒于词造诣甚深，绝非浅尝者可比。比如他的《人月圆》：

> 伤心莫问前朝事，重上越王台。鹧鸪啼处，东风草绿，残照花开。　　怅然孤啸，青山故国，乔木苍苔。当时明月，依依素影，何处飞来。

这才是堪称经典的名篇。清代著名词学家陈廷焯《云韶集》卷十二评曰：

"此种笔墨,怨壮风流,独有千古。情景兼到,神味无穷,虽令白石着笔,亦不过是。"[1]现代词学家吴梅在其《词学通论》中亦云:"吴彦高以此调得盛名,实不及元镇作也。"[2]陈廷焯说倪瓒这首词的水平不在姜白石之下,吴梅则称此词超过了《人月圆》一调中最有名的吴激(彦高)的作品。宋代以后的词人,能够得到这么高评价的极少。然而,这首词带有太浓郁的遗民色彩。时过境迁,生活在承平时代的沈周、祝允明以及后来的吴地文人,不可能再追和这样的词,即使有人偶一为之,也无法成为多数文人群体的选择。不仅如此,我甚至感觉到,一代又一代追和倪氏《江南春》的人,似乎都在小心翼翼地避开政治色彩,或者说是对倪瓒那种疏离自放的野逸趣味避而不谈,只是去描写江南的自然风物。他们好像对政治漠不关心,其实是非常在意的。

概括来说,吴地文人之所以选择倪瓒的《江南春》(是倪瓒而不是别的诗词名家,是倪瓒的《江南春》而不是其他作品)来作为群体追和的底本,主要也就是出于两个原因或两种考虑:一个是倪瓒人格形象的感召力,一个是"江南春"题目的包容性。

倪瓒是无锡人,无锡与苏州同属吴中地区,所以吴门文人往往把他作为乡先贤视之。倪瓒对于吴地文人的影响,不仅在于诗词或书画艺术,更在于由其诗词书画体现出来的人格风采。从这一点来说,他也是由技而进乎道者。他的字号别署甚多,往往体现着他不同的性格侧面——懒(懒瓒)、散(云林散人、沧浪漫士)、闲(萧闲仙卿)、迂(倪迂)。实际这些看似自我贬损的名目里,都含有清高绝俗、孤标傲世的意味,含有与世俗礼法切割而求自放自适的精神追求。他黄冠野服、扁舟箬笠,往来五湖三泖间,宁愿忍受物质生活的困苦,但求一种独往来于天地山水之间的境界,这是后来吴地文人所神往的。沈周提及倪瓒,每称先生。

---

[1] 孙克强、岳淑珍:《金元明人词话》,南开大学出版社2012年版,第259页。

[2] 孙克强、岳淑珍:《金元明人词话》,南开大学出版社2012年版,第260页。

其《水竹居图跋》云:"予生平最熟先生笔法,寓目几四十余幅,靡不心醉。"更晚一辈的文征明《题倪氏〈水竹居图〉》诗云:"不见倪迂二百年,风流文雅至今传。东城水竹知何处,抚卷令人思惘然。"如果说沈周、祝允明在追和《江南春》时,是怀着景仰追怀之心奔着倪瓒的名头去的,那么后来的文征明等人则是奔着倪瓒—沈周这样一种因承关系而去的,然后倪瓒—沈周—文征明三点一线,就俨然构成一种家法、一种传统、一种师承关系,同时也是一种精神、一种价值取向、一种美学原则了。于是《江南春》就不再是一首简单的诗词作品,而俨然成了倪迂、石翁传下来的精神衣钵、一种价值体系的载体或象征物了,比如说不求仕进,不喜礼节应酬,蔑弃规矩程式,崇尚心灵自由,放旷自适,等等。这些说法或许不可避免地沾染了一些现代意味,但我们把倪瓒、沈周、祝允明、唐寅、文征明等人的作品(包括文学作品与书画作品)读完,能够提取出来的共性元素大概就是这些。及至文征明,《江南春》唱和就不再需要许国用之流来走家串户地动员了,说是同气相求也好,附庸风雅也罢,这时稍有地位的吴地文人,如果不参与《江南春》的唱和,即可谓之不韵或不入流了。

于是我们在《江南春》唱和中发现了第一重文化意味,那就是通过沈周、祝允明、文征明等人的次第追和,吴地文人自觉不自觉地发现或发掘出了带有吴文化性格的精神意脉。这种精神意脉本来就存在于倪瓒、沈周以来的诗词书画作品中,但过去一直是不经意的、潜在的,如今借此《江南春》唱和,这条潜在的线索就被拎出来了。

其次,从"江南春"题目来说,同样具有"拎起"或"勾勒"的功能。"江南"既是一个地理的概念,也是一个人文的概念;"江南春"不仅是写江南的自然风物,同时也是江南文化的载体或符号。江南当然是一个大概念,而吴门或苏州是江南的核心区域。从其他吴地文献可以隐约感觉到,吴门文人颇有一种乡邦文化的自豪感。比较明显的如徐有贞《苏郡儒学兴修记》:"吾苏也,郡甲天下之郡,学甲天下之学,人才甲天下之人才,伟哉!"[1]又如文征明《记震泽钟灵寿崦西徐公》一文中写道:"吾吴为东南望郡,而山川之秀,亦惟东南之望。其浑沌磅礴之声,钟而为人,形而为文章,为事业,而发之为物产,盖举天下莫之与京。故天下言人伦、物产、文章、政业者,必首言吴,而言山川之秀,亦必以吴为胜。"[2]这些文献的字里行间,都透露出吴门文人自重或自负的意味。当然,使吴地文人自重的不仅是山川物产,还有文化与文学。钱谦益《列朝诗集小传》记徐祯卿曰:"昌谷少与唐寅、祝允明、文璧齐名,号吴中四才子。征仲称其才特高,年甚少,而所见最的。其持说于唐名家独喜刘宾客、白太傅,沉酣六朝,散华流艳,文章烟月之句,至今令人口吻犹香。登地(第)之后,与北地李献吉游,悔甚少作,改而趋汉魏盛唐,吴中名士颇有邯郸学步之诮。"[3]按:徐祯卿(昌谷)于弘治十八年(1505)中进士,那时沈周还在,唐寅、文征明都在苏州,杨循吉也已辞官回家。可以想见,以邯郸学步讥诮徐祯卿的"吴中名士",必有以上数公。又那时正是李梦阳、何景明等"前七子"全盛时期,他们的文学观或诗学观可谓当时主流文化或京师文化的代表。徐祯卿本与唐寅、祝允明、文征明并称"吴中四才子",一入京师,乃失其故步,这是地方文化遭遇主流文化最可能发生的变化。而吴中名士相与讥诮,似乎也表明了他们不甘向主流文化臣服的意识。试想:当李、何等"七子"招摇过市,全国上下黄茅白苇、风行草偃的时候,吴中一带的文人却能冷眼旁观、自行其是,他们拥有足够的文化自信,希望苏州不仅在自然物产方面甲天下,在文学艺术上也能成为四海之内的文化地标,或者至少成为一片卓有特色的文化高地。在这种心理与文化背景下,吴地文人对《江南春》的群起唱和,就无异于通过"选边站队""集体发声"的方式,

---

[1] 钱谷辑:《吴都文粹续集》卷三,《景印文渊阁四库全书》。
[2] 文征明著、周道振辑校:《文征明集》补辑卷十九,上海古籍出版社1987年版,第1263页。
[3] 钱谦益:《列朝诗集小传》,上海古籍出版社1959年版,第301页。

昭示着这一"江南文化共同体"的存在，同时也表现了吴地文人拥江南文化以自重，宁作偏裨、自领一队的文化姿态。从这个意义上说，《江南春》唱和本身的水平高低也许并不重要，重要的是它标示着区域文化的崛起以及对主流文化的挑战。明清两代区域文人的割据或繁荣，亦可谓由此拉开了序幕。

第三章 论明词中的台阁体

台阁文学是中国文学史上一种呈规律性、周期性出现的文学现象。一般来说，大都发生在国祚较长的王朝前期，在第二、第三代帝王当政的时候。天下底定，经济恢复，百废俱兴，位居台阁的大臣有较好的文学修养，这些都是台阁体文学产生的基本条件。当然，还有文学家对政治的主动介入。它不是对现实生活的自然反映，而是统治者对文化与舆论进行引导的结果。

明代永乐至成化年间，诗文方面有台阁体，词坛上亦有台阁体。不是另有一班人马，而是同一个台阁文人群体对各种文体有着全面的渗透与制控。当然，并不是诗文中所有台阁体成员同时也是词中台阁体的一分子。一方面如杨溥、王英、金幼孜、夏原吉诸人并不写词，或至少在目前看尚未发现他们有词作存世；另一方面则如王直《抑庵诗余》、胡俨《颐庵诗余》等，并无多少台阁气。但多数成员在诗、文、词三体创作上的倾向是统一的。

第一节 台阁体词风溯源

词中台阁体并非明人之原创。沿波讨源，可以发现，早在两宋时期，台阁体词的格局风貌就已经基本成型了。台阁体词的几种主题或创作契机，如咏节庆、纪祥瑞、庆寿诞、贺盛典等等，在宋代词坛均已出现。而且，因为特定主题与场景的导引限制，连词作中常见的语汇、意象几乎也都出现了。早在二十世纪三十年代，赵尊岳在《惜阴堂汇刻明词提要》中论及杨荣词，即已敏锐地指出，其"词笔亦富丽，多应制之作，犹大晟月节之遗音也"[1]。虽然这还只是一种粗糙的判断，但已足以启发我们去追索思考。

宋代台阁体词的发展，由北宋前期到南渡之后，大致经历了柳永、大晟词人、南渡后馆阁词人三个发展阶段。

一、柳永时代的歌时颂圣

柳永仕途不顺，直到年龄老大才做了个屯田员外郎，因此就其社会身份而言，他与那些位居台阁的词人本非一类。但他作为一个时代的歌手，其《乐章集》中既展示了汴京（开封）、杭州等大城市的繁华景象，又留下了春节、元宵、中秋、重阳等繁盛狂欢的节庆场面，所以宋代文人普遍认为，如果要到词中去寻找北宋的太平景象，就应该到《乐章集》中去找。黄裳《书〈乐章集〉后》写道："予观柳氏文章，喜其能道嘉祐中太平气象，……呜呼，太平气象，柳能一写于乐章，所谓词人盛事之黼藻，其可废耶？"[2]李之仪《跋吴思道小词》中亦云，柳永词中"形容盛明，千载如逢当日"[3]。陈振孙《直斋书录解题》于《乐章集》则云："其词格固不高，而音律谐婉，语意妥贴，承平气象，形容曲尽。"[4]我们一般认为，词的主要功能并不在于反映社会生活，但柳永在词中为北宋的繁华景象留下了一幅幅生动鲜活的剪影，这在南渡之后的文人们读来，

---

[1] 赵尊岳：《惜阴堂汇刻明词提要·杨文敏公词一卷》，载《词学季刊》1994年第二卷第一号。
[2] 黄裳：《演山集》卷三十五，《景印文渊阁四库全书》。
[3] 李之仪：《姑溪居士文集》卷四十，《丛书集成初编》本。
[4] 陈振孙：《直斋书录解题》卷二十一，《丛书集成初编》本。

犹如读《东京梦华录》，很容易勾起他们对承平往昔的怀念。

基于为台阁体词风溯源的特定角度，试从《乐章集》中选录数首。先来看一首《玉楼春》：

> 凤楼郁郁呈嘉瑞，降圣覃恩延四裔。醮台清夜洞天严，公宴凌晨箫鼓沸。　保生酒劝椒香腻，延寿带垂金缕细。几行鹓鹭望尧云，齐共南山呼万岁。

据吴熊和先生《柳永与宋真宗"天书"事件》[1]一文考证，此词当作于宋真宗大中祥符五年（1012）。真宗热衷于求仙访道，乃借其梦虚构出一个"保生天尊大帝"赵玄朗，并尊其为赵宋之始祖，以每年十月二十四日圣祖降临日为降圣节。词中"降圣覃恩延四裔"，即指赵玄朗之仙驾降临于延恩殿，"延寿带"与"保生酒"之类，则为降圣节礼仪所用法物。史载真宗年间祥瑞不断，全国各地所献芝草、嘉禾、瑞兽等等不计其数，实际都是迎合君主、刻意杜撰的产物。柳永以词的形式，为真宗君臣所导演的降圣节留下了一幅剪影。结尾处写大臣们恭敬鹄立，山呼万岁，与台阁体诗词已经道通为一了。

又如《送征衣》：

> 过韶阳。璇枢电绕，华渚虹流，运应千载会昌。罄寰宇、荐殊祥。吾皇，诞弥月，瑶图缵庆，玉叶腾芳。并景贶、三灵眷佑，挺英哲、掩前王。遇年年、嘉节清和，颁率土称觞。　无间要荒华夏，尽万里、走梯航。彤庭舜张大乐，禹会群方。鹓行。望上国，山呼鳌抃，遥蓺炉香。竞就日、瞻云献寿，指南山、等无疆。愿巍巍、宝历鸿基，齐天地遥长。

---

[1] 吴熊和：《吴熊和词学论集》，杭州大学出版社1999年版。

按：宋仁宗赵祯生于大中祥符三年（1010）四月十四日，即位后定是日为乾元节。赵彦卫《云麓漫抄》卷二载："（唐）明皇始置千秋节，自是列帝或置或不置，自五季始立为定制。臣下化之，多为歌词以颂赞之。"[1]柳永此词即是为仁宗祝寿而作。《全宋文》卷三三七有夏竦所作《乾元节贺表》二道，其二写道："伏以燕谋启庆，神告昌期；虹渚流光，天垂景贶。当真圣挺生之旦，乃炎灵累盛之朝。罄率土以倾心，效华封而献寿……"[2]将此贺表与柳永词对读，其中字句多有相似，既印证了柳永此词为皇上贺寿的实质，亦可见柳永的本事不过是把贺表中的谀词化为长短句之韵语而已。

又《醉蓬莱》：

渐亭皋叶下，陇首云飞，素秋新霁。华阙中天，锁葱葱佳气。嫩菊黄深，拒霜红浅，近宝阶香砌。玉宇无尘，金茎有露，碧天如水。　正值升平，万几多暇，夜色澄鲜，漏声迢递。南极星中，有老人呈瑞。此际宸游，凤辇何处，度管弦清脆。太液波翻，披香帘卷，月明风细。

这是一首纪咏祥瑞的词，与柳永仕途进退大有关系。据宋王辟之《渑水燕谈录》卷八记载：

（柳永）皇祐中，久困选调。入内都知史某爱其才，而怜其潦倒。会教坊进新曲《醉蓬莱》，时司天台奏老人星见，史乘仁宗之悦，以耆卿应制。耆卿方冀进用，欣然走笔，甚自得意，词名《醉蓬莱慢》。比进呈，上见首有"渐"字，色若不悦。读至"宸游凤辇何处"，乃

---

[1] 赵彦卫：《云麓漫抄》卷二，古典文学出版社1957年版，第17页。
[2] 曾枣庄、刘琳主编：《全宋文》第八册，巴蜀书社1990年版，第697页。

第三章　论明词中的台阁体

与御制真宗挽词暗合,上惨然。又读至"太液波翻",曰:"何不言'波澄'?"乃掷之于地。永自此不复进用。[1]

柳永精于音乐而昧于人事,只知于音韵律吕上精益求精,却不知君主有这么多的忌讳。曰"宸游",曰"凤辇",本来都是写皇上巡幸的常用词,柳永哪能知道仁宗为真宗所写挽词中已有成句在先呢?上见曲首有"渐"字,色便不悦,其实"渐"字乃慢词中常用领字,用于曲首者亦属常见。如姜夔《长亭怨慢》:"渐吹尽,枝头香絮,是处人家,绿深门户。"吴文英《六丑》:"渐新鹅映柳,茂苑锁、东风初掣。"王沂孙《眉妩》:"渐新痕悬柳,澹彩穿花,依约破初暝。"这些都是以"渐"字作曲首的慢词名篇,至于用于曲中领字者,更是多得数不胜数了。当然,"太液波翻"的"翻"字是不太妥当,虽然柳永意在渲染皇城内外的欢腾景象,确是容易让安于太平的皇上产生不愉快的联想。尽管也有学者极力论证,此处于音韵当用"翻"字,用"澄"字则不协,但这恐怕和柳永当初一样,又犯了书生的"呆气"了。对于台阁体诗词而言,意义永远比音律更重要,皇上高兴比臣下心安更重要。老人星现,盛世呈祥,可说的好话很多,而柳永于此只一语带过,又开头既已曰"素秋新霁",下文又说"玉宇无尘""碧天如水""夜色澄鲜",于此"闲言语"乃三重四复。可见柳永只是一位精通音乐的高水平词人,却不是一位善于揣摩上意的台阁体老手。命运如此眷顾他,给他提供了这么好的机会而他抓不住,也是十分自然的事了。

二、大晟词人的粉饰太平

大晟府是宋徽宗崇宁四年(1105)设立的音乐机构。无论是和此前的真宗、仁宗时代相比,还是就政治、军事、经济状况作客观评价,宋

---

[1] 王辟之:《渑水燕谈录》卷八,中华书局1981年版,第106页。

徽宗时代都远称不上盛世，因此大晟词人那些歌舞升平的歌词创作反被衬得太扎眼太离谱了。人们习称的"大晟词派"，几乎可以说是宋代的台阁词派。当然，我们也注意到，为徽宗王朝歌功颂德最卖力的，倒不是曾任大晟府提举的周邦彦，而是担任制撰协律的晁端礼和万俟咏。

晁端礼词中的应制之作，主要是纪咏祥瑞。如《并蒂芙蓉》：

太液波澄，向鉴中照影，芙蓉同蒂。千柄绿荷深，并丹脸争媚。天心眷临圣日，殿宇分明敞嘉瑞。弄香嗅蕊。愿君王，寿与南山齐比。　　池边屡回翠辇，拥群仙醉赏，凭栏凝思。萼绿揽飞琼，共波上游戏。西风又看露下，更结双双新莲子。斗状竞美。问鸳鸯、向谁留意。

据吴曾《能改斋漫录》卷十六："政和癸巳（1113），大晟乐成，嘉瑞既至。蔡元长京以晁端礼次膺荐于徽宗，诏乘驿赴阙。次膺至都，会禁中嘉莲生，分苞合跗，复出天造，人意有不能形容者。次膺效乐府体属词以进，名《并蒂芙蓉》。上览之称善。"[1]《并蒂芙蓉》的词调，前所未见，可知为晁端礼创调，调即是题，此作即为此调之始辞。首句即言"太液波澄"，仿佛记得柳永轻言"太液波翻"的教训。词中不仅用浓墨重彩描绘了并蒂荷花，又用萼绿华与许飞琼等传说中的女仙作比，皇上（翠辇）则在一群宫廷女官（群仙）的簇拥下临池赏花，场面热烈而喜庆。

晁端礼还有写老人星呈现的《寿星明》，写黄河水变清的《黄河清》，都是即题为调的自度曲。前词中写道："海宇承平，君臣相悦，乐奏徵招初遍。"后词中云："夜来连得封章，奏大河、彻底清泚。"因为古有"圣人出，黄河清"的典故，说是黄河五百年一清，则有圣人受命而出，故三国时李康《运命论》中有"夫黄河清而圣人生"之语。晁端礼以宋徽宗、

---

[1] 吴曾：《能改斋漫录》卷十六，中华书局1960年版，第479页。

蔡京"君臣相悦"为盛世之象，更比宋徽宗为圣人，联想当时政治的昏昧与内忧外患，再对看晁端礼粉饰太平的祥瑞之词，真让人觉得北宋不亡是无天理。

万俟咏亦有应制之作多首。《雪明鸂鶒夜慢》写十二月"预赏灯"盛况：

> 望五云多处春深，开闐苑、别就蓬岛。正梅雪韵清，桂月光皎。凤帐龙帘萦嫩风，御座深、翠金间绕。半天中、香泛千花，灯挂百宝。　圣时观风重腊，有箫鼓沸空，锦绣匝道。竞呼卢、气贯调欢笑。暗里金钱掷下，来待燕、歌太平睿藻。愿年年此际，迎春不老。

又其《三台·清明应制》词中更云"好时代、朝野多欢，遍九陌、太平箫鼓"，把徽宗临朝、蔡京当国的昏暗时代说成"圣时"，把靖康国难之前的数年渲染成"朝野多欢"的"好时代"，台阁体词写到这个份上，看来明人是难以超越了。那样的年月都能称得上"好时代"，还有什么时候不是"好时代"呢！

三、南渡偏安时的馆阁词人

南宋孝宗淳熙年间（1174—1189），皇帝身边聚集了一批以应制见长的词臣。张端义《贵耳集》卷下曾经开列了一串幸臣的名单，其中曾觌、张抡和外戚吴琚，可以说是当时台阁词人的代表。

张抡（生卒年不详），字才甫，自号莲社居士，开封（今属河南）人。娶宗室女，宋高宗绍兴间官至两浙西路马步军副都统总管，迁知阁门事。孝宗淳熙五年进宁武军承宣使。后人辑其词为《莲社词》。兹录其《壶中天慢》一首：

> 洞天深处赏娇红，轻玉高张云幕。国艳天香竞秀，琼苑风光如昨。露洗妖妍，风传馥郁，云雨巫山约。春浓如酒，五云台榭楼

阁。　圣代道洽功成，一尘不动，四境无鸣柝。屡有丰年天助顺，基业增隆山岳。两世明君，千秋万岁，永享升平乐。东皇呈瑞，更无一片花落。

据周密《武林旧事》卷七，此词作于淳熙六年三月十五日，时皇上赵昚、太上皇赵构同游聚景园，故词中称"两世明君"。就在上一年，陈亮诣阙上书，极论时事，为曾觌所抑；就在本年，辛弃疾写下著名的《摸鱼儿》词，末云："休去倚危栏，斜阳正在，烟柳断肠处。"张抡在词中却云"圣代道洽功成""四境无鸣柝"。皇帝及太上皇总是喜欢听好话的，所以《武林旧事》记载："是日知阁张抡进《壶中天慢》云：（其词云云）。赐金杯盘、法锦等物。"[1]

吴琚（生卒年不详），字居父，号云壑，汴（今河南开封）人。高宗吴皇后之侄，乾道九年（1173）添差通判临安府，淳熙四年为淮东提举，淳熙九年迁两浙转运副使。有《云壑集》。录其《水龙吟》一首：

紫皇高宴萧台，双成戏击琼包碎。何人为把，银河水翦，甲兵都洗。玉样乾坤，八荒同色，了无尘翳。喜冰销太液，暖融鸂鶒，端门晓、班初退。　圣主忧民深意。转鸿钧、满天和气。太平有象，三宫二圣，万年千岁。双玉杯深，五云楼迥，不妨频醉。细看来、不是飞花，片片是、丰年瑞。

据周密《武林旧事》卷七，此为淳熙八年正月初一为喜雪应制作。此与张抡上一首词有异曲同工之妙，一方面是"甲兵都洗"，另一方面是瑞雪兆丰年，总之是"太平有象""满天和气"。所以"太上大喜，赐镀金酒

---

[1]　四水潜夫（周密）：《武林旧事》，浙江人民出版社1984年版，第120页。

器二百两、细色段匹、复古殿香羔儿酒等"[1]。一首词竟得如此丰厚的赏赐，此台阁体词无用之大用也。

曾觌（1109—1180），字纯甫，号海野老农，汴京（今河南开封）人。以父任补官。绍兴三十年（1160），以寄班祗候为建王（即后来的宋孝宗）内知客。孝宗受禅，以潜邸旧人除权知阁门事，常侍宴应制。如《阮郎归》（柳阴亭馆占风光）、《柳梢青》（梅粉轻匀），皆为南宋乾道间应制之作。兹录其《壶中天慢》一首：

> 素飙漾碧，看天衢稳送、一轮明月。翠水瀛壶人不到，比似世间秋别。玉手瑶笙，一时同色，小按霓裳叠。天津桥上，有人偷记新阕。　　当日谁幻银桥，阿瞒儿戏，一笑成痴绝。肯信群仙高宴处，移下水晶宫阙。云海尘清，山河影满，桂冷吹香雪。何劳玉斧，金瓯千古无缺。

周密《武林旧事》卷七称此词为淳熙九年中秋时作。并说皇上与太上皇都非常满意。太上皇赵构曰："从来月词不曾用金瓯事，可谓新奇。"因赐金束带、紫番罗水晶注碗一副。皇上赵眘亦赐宝盏古香云云。[2]因为曾觌去世于淳熙七年，《武林旧事》以此系于淳熙九年显然有误，但此事的真实性倒是无可怀疑的。金瓯作为典故，原出《南史·朱异传》，历来被用指国土完整无缺。唐司空图《南北史感遇》诗之五："兵围梁殿金瓯破，火发陈宫玉树摧。"曾觌置沦陷于金人之手的淮河以北广大地区于不顾，硬是扣住中秋月圆，造出"金瓯千古无缺"的谀词来，真的是煞费苦心。而太上皇赵构于曾觌大加赏赐，也表明了他对南宋偏安局面的满足与自得。

---

[1] 四水潜夫（周密）：《武林旧事》，浙江人民出版社1984年版，第123页。
[2] 四水潜夫（周密）：《武林旧事》，浙江人民出版社1984年版，第124页。

由上述可见，经过两宋时期三个阶段的探索发展，台阁体词已经成为一个相对独立的品种或模式了。我们不知道明代的台阁词人是否曾经寻流溯源，或者是否留意过这些作家作品，但这些显然已经构成台阁体词的"前史"，成为我们考察明代台阁体词风的一种背景与参照系了。

第二节　明代台阁体词人述要

明代前期的台阁体词人，可以根据其社会身份分为两个群体。一个是台阁文人群体，主要成员有杨士奇、杨荣、黄淮、胡广、陈循、倪谦、邱濬。另一个是藩邸词人群体，主要包括以戏曲名家的周宪王朱有燉，以及明朝皇帝朱高炽和朱瞻基。兹把明代前期重要台阁体词人简介如下。

杨士奇（1365—1444），名寓，以字行，泰和（今属江西）人。建文二年（1400）以布衣被荐入翰林。建文四年朱棣以靖难为名夺取帝位，因杨士奇、杨荣、胡俨等人有出城拥戴之功，将他们破格升入内阁。累官左春坊大学士，进少傅，卒谥文贞。著作有《东里全集》等。黄淮《少师东里杨公文集序》中称士奇："历事四圣熙洽之朝，凡大议论大制作，出公居多。肆其余力，旁及应世之文，率皆关乎世教，吐辞赋咏，冲淡和平，泬泬乎大雅之音。"[1] 钱谦益《列朝诗集小传》乙集《杨少师士奇》云："国初相业称'三杨'，公为之首，其诗文号'台阁体'。今所传《东里诗集》，大都词气安闲，首尾停稳，不尚藻辞，不矜丽句，太平宰相之风度，可以想见，以词章取之则末矣。"[2] 钱谦益这里说得振振有词，实际显示了《列朝诗集》选人与评诗的双重标准。本来是诗选，是评诗，却让人不要"以词章取之"，而要人通过其作品去想见"太平宰相之风度"，

---

[1] 杨士奇著，刘伯涵、朱海点校：《东里文集》中华书局1998年版，卷首。
[2] 钱谦益：《列朝诗集小传》，上海古籍出版社1983年版，第162页。

不免有借诗存人之嫌。杨士奇的词附《东里诗集》以存。《全明词》仅据《兰皋明词汇选》录其词一首，《全明词补编》复从《东里续集》卷六十二录词二十四首。其词除了歌时颂圣之外，亦多寿词，故从整体来看，艺术性不高。然词之有台阁体，士奇亦堪称代表人物。

黄淮（1367—1449），字宗豫，号介庵，永嘉（今浙江温州）人。洪武三十年（1397）进士，授中书舍人，改翰林侍讲，累官至户部尚书，兼大学士。永乐时曾以事系诏狱十年，故名其狱中所作曰《省愆集》。卒谥文简，有《介庵集》十二卷，清抄本，今有《四库全书存目丛书》影印本。赵尊岳《惜阴堂汇刻明词》从《省愆集》中裁其词十首，题为《省愆词》。《全明词》及《全明词补编》另辑得三首。

胡广（1370—1418），字光大，号晃庵，吉水（今属江西）人。建文二年（1400）举进士第一，帝为更名靖。以迎附成祖，升翰林院侍讲，复名广。累官至文渊阁大学士。卒赠礼部尚书，谥文穆。工书法，尤长于行草。有《胡文穆公文集》二十卷，今有《四库全书存目丛书》影印本，其中卷四附存其词六首。其诗亦属台阁体。黄佐《翰林记》载："永乐中，学士胡广等七人，从上幸北京，每令节燕闲，扈驾登万岁山，侍宴广寒殿，泛太液池以为常。广等多为歌诗以纪之。"[1]其诗如《春日陪驾游万岁山》《重陪驾至太液池》等，皆台阁体，其他文臣多和之。

杨荣（1371—1440），初名子荣，字勉仁，建安（今福建建瓯）人。建文二年（1400）进士及第，授翰林院编修。永乐初年与杨士奇同入内阁，更名荣，官至文渊阁大学士，进少傅、少师。卒谥文敏。有《杨文敏集》二十五卷，明正德刻本。杨荣既是台阁体的主要成员，也是台阁体的重要鼓吹者。他在为黄淮所作《省愆集序》中写道："惟国家戡除暴乱，而开大一统文明之运，人才汇兴，大音复完。自洪武迄今，鸿

---

［1］陈田：《明诗纪事》乙签卷四，上海古籍出版社1993年版，第640页。

儒硕彦,彬彬济济,相与咏歌太平之盛者,后先相望。"[1]又其《重游东郭草亭诗序》中云:"洪惟圣天子在上,治道日隆,辅弼侍从之臣,仰峻德,承宏休,得以优游暇豫,登临既赏而岁复岁,诚可谓幸矣。意之所适,言之不足而咏歌之,皆发乎性情之正,足以使后之人识盛世气象者,顾不在是欤!"[2]在他看来,"相与咏歌太平之盛"与"使后之人识盛世气象",正是台阁文人的责任与使命。杨荣的诗文作品正是这种理论主张的自觉实践。王直所撰《文敏集序》称其"为文章敷阐洪猷,藻饰治具,以鸣太平之盛"[3]。《四库全书总目提要·文敏集》称其"发为文章,具有富贵福泽之气。应制诸作,泂泂雅音。其他诗文亦皆雍容平易,肖其为人"。其词十首,附载集中。赵尊岳以《杨文敏公词》为名,收入《明词汇刊》。《提要》中称其"词笔亦富丽,多应制之作,犹大晟月节之遗音也。《西江月》云云,又《瑞鹤仙》换头下云云,则曾觌、万俟雅言之流音矣"[4]。

陈循(1385—1462),字德遵,泰和(今属江西)人。永乐十三年(1415)进士第一,授修撰。正统中,累进户部右侍郎。景泰中,进华盖殿大学士,兼户部尚书,少保。英宗复位,谪戍铁岭。石亨败后,自贬所上书自讼,释为民。有《芳洲集》二十卷。《全明词》存其词七首,《全明词补编》另辑词三首。

倪谦(1415—1479),字克让,号静存,钱塘(今杭州)人,徙上元(今南京市)。正统四年(1439)以第三人进士及第,授翰林院编修。历侍讲学士,进春坊大学士。天顺三年(1459)主北闱试,黜权贵之子,被诬谪戍开平。宪宗初,诏复旧职,累迁南京礼部尚书致仕。卒赠太子

---

[1] 杨荣:《文敏集》卷十一,《景印文渊阁四库全书》。
[2] 杨荣:《文敏集》卷十一,《景印文渊阁四库全书》。
[3] 杨荣:《文敏集》卷首,《景印文渊阁四库全书》。
[4] 赵尊岳:《惜阴堂汇刻明词提要》,载《词学季刊》1994年第二卷第一号。

少保,谥文僖。有《倪文僖公集》三十二卷,明弘治六年(1493)倪岳刻本。其诗文风格,前后期有所变化。前期供职京师,多应制之作,基本上属于台阁体。如正统十二年(1447)《陪祀三陵唱和诗》、正统十三年(1448)《扈从谒陵十咏》等。天顺三年(1459)以后,有归真返璞之意,风格自然清新。《四库全书总目·倪文僖集》提要曰:"三杨台阁之体,至宏(弘)正之间而极弊,冗塌肤廓,几于万喙一音。谦当有明盛时,去前辈典型未远,故其文步骤谨严,朴而不俚,简而不陋,体近三杨而无其末流之失。"有词十三首,附其集以存。赵尊岳析出为《倪文僖公词》,收入《明词汇刊》,《提要》中称其词"清丽芊绵,丽思稠叠,洵为声党名手"[1]。

邱濬(1418—1495),字仲深,号琼山,琼州(今属海南)人。景泰五年(1454)进士,选庶吉士,授编修,历翰林学士、国子监祭酒、礼部侍郎,官至礼部尚书,加太子太保兼文渊阁大学士,卒赠太傅,谥文庄。有《琼台稿》,版本甚多。其集中附词二十首,赵尊岳《惜阴堂汇刻明词》裁为《琼台词》一卷,盖以其末《行不得也哥哥》及《不如归去》二首为禽言诗而非词,弃去不录。《全明词》则照录二十首,又从《古今词统》辑得《菩萨蛮·秋思回文》二首。

明代前期藩邸词人群中,朱高炽与朱瞻基为父子,与朱有燉为从兄弟。朱高炽为成祖朱棣的长子,朱有燉为朱元璋第五子朱橚的长子。当然,我们把朱高炽与朱瞻基算作藩邸词人,主要是基于他们即位当皇帝之前的一段光景。

朱有燉(1379—1439),号诚斋,又号锦窠老人、全阳道人等,朱元璋之孙,周定王朱橚长子,洪熙元年(1425)袭封周王,谥宪,故世称周宪王。好文辞,兼工书画,尤以杂剧创作知名,有《诚斋乐府》,收杂剧三十一种。李梦阳《汴中元宵》绝句云:"中山孺子倚新妆,赵

---

[1] 赵尊岳:《惜阴堂汇刻明词提要》,载《词学季刊》1994年第二卷第一号。

女燕姬总擅场。齐唱宪王新乐府,金梁桥外月如霜。"词三十二首,附其诗文集《诚斋集》以存。赵尊岳《惜阴堂汇刻明词》裁为《诚斋词》,《全明词》据录。过去人论台阁体诗文,并未把朱有燉算在内。但他生逢其时,身为藩王,词风亦与上述诸人相近,正不妨将之括入台阁体词人群体。

朱高炽(1378—1425),明成祖朱棣长子,永乐二年(1404)被立为皇太子。永乐二十二年(1424)即帝位,以明年为洪熙元年,在位一年卒。庙号仁宗。在东宫时,好文重士,散文学欧阳修,诗尚"选体"。有《御制诗集》二卷,存词八首,赵尊岳《惜阴堂汇刻明词》裁为《仁宗皇帝御制词》,《全明词》据录。其词中除《捣练子·褒武臣》为君主口气之外,其余词中往往有"圣主""御驾"字样,可知系其为太子时所作。

朱瞻基(1398—1435),朱高炽长子,永乐九年(1411)被立为皇太孙,仁宗即位(1425)后被立为皇太子。在位十年,建元宣德,庙号宣宗。工绘画,尤善作散曲。王世贞《艺苑卮言》卷五载:"宣宗天纵神敏,长歌短章,下笔即就。每遇南宫试,辄自草程式文,曰:'我不当会元及第耶?'而一时馆阁诸公,无两司马之才,衡、向之学,不能将顺黼黻,良可叹也。"有《御制乐府》一卷,已佚,今存词二首。

第三节 台阁体词的题材与主题

明代前期台阁体词的创作,继承了宋代柳永、大晟府词人的路数格局,其题材内容与主题指向,仍可大致分为述恩礼、咏节庆、纪祥瑞三个方面。

一、述恩礼

宣德三年(1428)三月,宣宗朱瞻基赐尚书学士等十八人同游西苑万岁山。之所以选定十八人,并非出于级别或亲疏之考虑,而是有意仿效唐太宗"十八学士登瀛洲"故事,以成其盛世明君气象。关于这一恩礼盛事,杨士奇有《清平乐》词十章,杨荣有《赐游万岁山诗》十首并序。杨荣的诗序对这次活动的全程有较为详细的记载,黄佐《翰林纪》等实皆据此剪裁。兹移录于下:

宣德三年三月庚辰,上命尚书臣蹇义等十八人同游万岁山。顷之,中官传旨,许乘马及将从者二人。既入,东上北门,乘马及乾宁门,下马,步出度桥,中官导引登山周览,复赐登御舟泛太液池,赐茶及素羞十余品。而凡荡桨持楫者皆中使,唱和合律。既而抵新建圆殿,地势奇胜,金碧照耀,恍若身在蓬莱宫阙。有间,上乘马至,慰劳甚周。臣等皆叩首称万岁。上大喜,徘徊久之,特召臣士奇、臣荣,谕以天下无事,虽不可流于安逸,而政务之暇,命卿等至此,以开豁心目。庶几古人游豫之乐,不在拘检也。臣士奇、臣荣叩首称谢而退,传谕群臣。方凭槛,观中官拏舟网鱼。复有旨,人赐御酿玉醑一瓯饮。复命乘马游小山。行一里许,上乘马继至,群臣匆促将下马迎,特旨勿下,谕中官人赐钞三千贯,从者人三锭,且令中官陪至小山,饮馔尽醉而归。驾遂回,未半里,遇池中水鸟群飞,上亲发一矢,中一鸟,坠马前。诸臣方入小山门,遥见中官持鸟至,传命赐义等炙食之。群臣望阙叩首谢,遂遍游小山,观二狮子滚球,并睹金龙喷水。水帘及曲水流觞之处,皆雕琢奇异,布置神巧,莫不称赞。良久乃退坐松柏间,享酒馔,皆珍奇之品,中官相与劝酬甚欢。酒未阑,人赐鹦鹉一。将撤,复赐从者酒食,皆醉饱而归。及出西安门,天已暝,抵家更初鼓作。群臣莫不感恩怀德,以为万世之奇逢。翌旦,臣义等方相率诣御前称谢,而中官传旨免谢,群臣不胜惶恐,感戴天恩之至。臣荣窃以为君臣相遇,自古为难,昔唐太宗之世，房玄龄辈十八人得承宠眷，时以为登瀛洲，至今相传以为盛事。臣荣何幸遭际圣明，夙夜兢惕，深以弗克报称为愧。伏蒙圣上不以臣荣不肖为嫌，屡锡宠恩，奖谕甚至。今复得预斯列，恩荣之盛，无以复加，敢不勉尽心力，以图报效于万一乎！因不揆芜陋，谨赋五言律诗十首，以述皇上眷待臣下恩礼之隆，以纪群臣遭际之盛，且使后之为臣者有所劝勉焉。[1]

按：宣德三年（1428）时，朱瞻基刚过而立之年，即位也不过三年，皇帝已当得有模有样。整个活动设计有礼有序，皇上讲的话亦颇为得体。虽然肯定有其智囊团为之设计，仿效唐太宗的用意也十分明显，但应该说，设想的效果已基本达到。

以杨士奇的十首《清平乐》与杨荣的十首五律对读，可以得出两点认识。其一，尽管"二杨"采用文体不同，其构思造语乃至风格几于殊途同归。每首作品皆由两部分内容构成，一部分是描绘皇家园囿的富丽景色，另一部分是每首作品结尾处效忠图报的宣示性表态。而且措辞造语，都是"宸游""蓬莱""太液""仙境"，都是"词臣何幸""恩波浩荡""太平熙皋""千载遭逢"等等。实际上这些内容两人在诗序或词序中都已表达过了，只不过杨荣又把这些"译"成五言诗，而杨士奇则变为长短句而已。第二点认识是，尽管"二杨"皆为著名文臣，朝廷大制作多出于其手，他们的这些应制诗词固然也可称为泱泱雅音，实际二人都不是诗才词才。而且以其序文与诗、词对读，乃觉词不如诗，诗不如文。因为他们所要表达的内容旨趣，实际不是诗词所擅长的抒情，而是一种充满心机的政治伦理或政教修辞。杨荣用诗而不用词，其选择可说是更聪明一些；而杨士奇选择用词体形式，当然也在一定程度上丰富

---

[1] 杨荣：《赐游万岁山诗序》，见陈田编著《明诗纪事》乙签卷三，上海古籍出版社1993年版，第634—635页。

了应制作品的花色品种。兹从杨士奇《清平乐》十首中选录三首，以见一斑：

五云仙岛，海上蓬壶晓。红巇丹崖春正好，香动玉华瑶草。飞龙翠辇初来，翔鸾宝扇齐开。圣主乐同贤辅，愚臣自愧非才。

玉京仙境，瑞气融春永。明主承天天锡庆，雨顺风和嘉应。　讴歌四海丰年，箫韶九奏华筵。圣世均调玉烛，皇图帝寿齐天。

施恩宣化，一统函夷夏。端拱垂衣几务暇，光被普天之下。　簪缨扈从游巡，乾坤万物皆新。荡荡太平熙暤，吾皇万岁千春。

这是台阁体词的典型作品：铺陈祥瑞，歌时颂圣，不胜惶恐中带着做作而夸张的激动，以及知恩图报的效忠之辞。与晁端礼、万俟咏等大晟词人的作品相比，这些词中标语口号式的句子更多，然而也更不像词了。

宣德四年（1429）端午，宣宗朱瞻基仿太宗（朱棣）故事，赐群臣观击球射柳，并赐每人宝扇及长命缕系腰。杨荣有《西江月·端午赐观击球射柳》五首：

芳树海榴吐艳，碧池荷叶铺钱。端阳佳节太平年。百辟咸沾恩宴。　仙仗遥迎瑞日，炉香细袅祥烟。香蒲泛酒艾旗悬。拜舞金銮前殿。

御座正临仙苑，禁林大敞琼筵。臂间长命彩丝缠。何必灵符丹篆。　处处龙舟竞渡，家家箫鼓喧阗。万方无事乐丰年。仰荷圣明恩眷。

内苑场开紫禁，瑶台佩列群仙。两朋骏马总腾骞。玉勒金羁光炫。　　左右分曹决胜，球飞仗击争先。流星一点影回旋。挥霍纷纭万变。

　　箫鼓教坊间奏，锦袍玉佩联翩。彩球击罢听传宣。竞挽雕弓飞箭。　　柳外争夸中白，花前捷报飞传。香尘起处正回鞭。万岁嵩呼舞抃。

　　令节新颁宝扇，嘉言挥洒云笺。香罗细葛叠相鲜。剑佩趋陪金殿。　　臣庶欣逢舜世，华夷共祝尧年。皇图巩固福绵绵。磐石尊安永奠。

杨荣这一组词没有用小序纪事，但词中纪事具体清晰，具有很强的现场感。第一首写端午节风物景象，而以末句"拜舞金銮前殿"引入正题。第二首"御座正临仙苑"，写皇上亲自到皇家园林，与群臣共同看击球射柳。第三首写击球，即打马球的场面，或可作为体育史料来读。第四首写射柳，其法据说是削柳之皮而留白，以箭射之，故词中有"柳外争夸中白"之语。这种活动在宋代犹为军事训练方式，至元明时则成为端午节例行的游艺活动了。明初杨基《端午十咏》中就有专门咏赞射柳的内容。第五首写皇上赐扇及活动结束，且与第一首构成前后呼应之势。《西江月》词调以六字句为主，节奏近乎散文，杨荣写来，虽然诗意无多，却也语意明畅，辞气安闲而无趑趄之态，看来比杨士奇的《清平乐》十首水平要高一些。

　　又如胡广《醉蓬莱·九日陪幸城南登高应制，重九前一日作》：

　　遇人间九日，天上重阳，太平佳景。黄菊垂金，映蓬莱秋影。雨露恩深，翰海无际，总大明疆境。处处丰年，家家乐事，举杯相庆。　　况是黄封，赐酒满酌，玉液琼浆，啖驼酥饼。阊阖风清，觉薄霜微冷。金阙岧峣，晓日弘丽，照紫荧光颖。共贺雍熙，万年天子，至仁神圣。

据胡广词题，此犹为前一日预作，然殊不见佳。盖赐皇家御酒及驼酥饼之类，已是扈从群臣常见的待遇规格，所以虽是预作，总不会有多大出入。胡广的诗，所谓取适性情，和平蕴藉，虽无特出之处，也还合乎大臣气象。然观其词作，则不过例作好语，并把散文割截为长短句而已。

朱高炽与朱有燉的一些词，或亦可归入纪述恩礼盛事一类。如朱高炽《南乡子·喜归奉觐》：

兹喜觐君亲，趋侍天颜及早春。旧日山川增壮丽，氤氲。宫殿新成拥五云。　　归思喜津津，安处青宫奉至尊。眷聚团圆承福庆，情忻。宗社兴隆泰运新。

又其《南乡子·庆贺宫殿》：

皇天眷大明，圣主宏谟肇玉京。四塞山河总环向，晶荧。丽日祥云映五城。　　宫殿耸峥嵘，凤阙龙楼拱帝庭。宗社一新隆家祚，堪称。华盖岧峣耀紫清。

朱高炽存词八首，其中有六首《南乡子》，表明他对这个词调比较熟悉。前一首词中有"安处青宫"句，表明写此词时犹为太子身份。《神异经·中荒经》载：东方之外有东明山，上有一宫殿，高百尺，以青石为墙，门额题为"天地长男之宫"。按五行的说法，东方属木，于色为青，后遂以"青宫"称太子居住的东宫。后一首词中称皇上为"圣主"，也表明那时还是成祖朱棣在位之时。这首词题为"庆贺宫殿"，并没有说明是何宫殿。但我们结合史料记载可知,这首词当写于永乐十八年(1420),而词中所谓"宫殿"正是北京的皇城,也就是现在的故宫。从"四塞山河总环向""丽日祥云映五城"等词句,可以想见这新落成的皇家宫殿给人们带来的惊喜与震慑之感。这两首词既颂美皇上,又对家国宗社表达了美好的祝愿。当然,对于这位太子或储君来说,家祚与国运是一回事,因为朱明王朝就是他的家天下。

又如朱有燉《满庭芳·朝京述景》:

> 花吐红云,麦翻翠浪,榆飘满地青钱。垂杨花细,处处滚香绵。两岸幽禽巧语,风帆稳、千里朝天。闻欢笑,农家捆掌,今岁好收田。　　离怀当此际,白云何处,目断梁园。但归鸦投宿,远树苍烟。报道淮南近也,闲登眺、暂驻龙船。黄金阙,蓬莱宫殿,遥望五云边。

按:朱有燉于洪熙元年(1425)袭封周王,其地一直在河南开封。词题中的"朝京",指赴都城北京觐见天子。从开封到北京,舟行当沿汴河东下,然后入运河北上。词中曰"目断梁园",曰"淮南近也",表明已离河南而尚未入运河。词写暮春景色,渲染出一派和平安乐景象,末以遥望帝京作结。词风清和恬淡,台阁气尚不甚浓。

二、咏节庆

纪咏节庆活动也是台阁体词的一项重要内容,而且比纪述恩礼盛事保有更多的参与空间,因为能够被皇上赏赐接见的人只是少数大臣,而遇到佳节盛典抒发感慨,却几乎是每个人都能做到的事。和宋代诗词中的情况一样,四时八节之中最被看重的还是元宵节,关于其他节日的题咏就少得多了。

朱高炽的《南乡子·庆元旦》,因为其他的附加信息,特别值得我们关注。其词曰：

> 新岁喜辛年，宝历新开甲子元。圣主三朝御新殿，膺乾。百辟山呼玉陛前。　金石列宫县，万舞箫韶九奏全。盛治雍熙开泰运，绵延。天祚皇明万世传。

这首词写于明成祖永乐十九年（1421），本年按干支纪年法为辛丑，所以说"新岁喜辛年"。"三朝"，即指正月初一日，因初一早晨为一年之中岁、月、日的开始，故名"三朝"（"朝"读作 zhāo）。当然，本年之可喜可贺不在其岁属辛丑，而在于这是明王朝由南京迁都北京的第一个元旦，所以这是开历史新纪元的大事。此前多年，北京城以及皇城一直在紧锣密鼓地建设，至永乐十八年（1420）年底大工告竣，于是朱棣诏告中外："自明年正月初一日始，以北京为京师，不称行在。"永乐十九年正月初一日，朱棣在北京奉天殿接受百官和各国使者的朝贺，《皇明通纪》卷八于"永乐十九年"记载：

> 正月甲子朔，上御北京奉天殿，受朝贺。诏曰："朕荷天地祖宗之佑，继承大宝，统驭万方，祗勤抚绥，夙夜无间。乃者效成周卜洛之规，建立两京，为子孙帝王永远之业。爰自经营以来，赖天下臣民殚心竭力，趋事赴工。今宫殿告成，朕御正朝，祗祀天地宗社，眷怀黎庶，嘉兴维新，弘敷宽恤之仁，用洽好生之德，大赦天下。"[1]

按：这里所说的"奉天殿"，就是后来的太和殿，也就是俗语所谓金銮宝殿。这首词，与其说是"庆元旦"，毋宁说是庆贺新皇城的落成与起用。和前面提到的《南乡子·庆贺宫殿》一样，这是关于北京的紫禁城即故

---

[1] 陈建：《皇明通纪》，中华书局2008年版，第497页。

宫的最早的描写。北京城的城建史也从此揭开了新的一页。

关于元宵节的词相对较多，这里选录三首。杨荣有《元宵词》五首，分别用了五个词调，这里选录一首《满庭芳》：

玉殿传宣，金吾弛禁，皇都春意争妍。暝烟初敛，华月吐婵娟。萦陌香尘冉冉，六街上、车马骈阗。争来看、鳌山灯火，晃漾九重天。　圣皇端拱处，千官鹄立，玉笋班联。有歌喉宛转，舞袖蹁跹。清漏迟迟夜永，不妨对、绮席琼筵。嵩呼愿，齐天万寿，同乐太平年。

又如朱有燉《玉女摇仙佩·咏元宵》：

三阳开泰，万象咸新，又值元宵时序。灿烂灯球、团圆皎月，消得恁般佳丽。聒耳笙歌沸。玩良辰美景，应时嬉戏。银花合、交驰火骑。海上鳌山，驾来平地。休遣漏声催，天上人间，赏心乐事。午夜金莲开遍，炫转荧煌，一碧瑶天万里。象管频题，玉箫闲弄，人在水晶宫里。漫把雕阑倚。共心念下土，民情何似？愿四境、民安物阜，年年今夕，咸同欢意。应须记芳辰，不用酕醄醉。

又如黄淮《临江仙·元夕》：

忆昔帝城三五夜，簪缨曾侍宸游。山移鳌背对龙楼。一天星斗下，万丈瑞光浮。　箫鼓声中催赐饮，归来月在帘钩。而今白发叹淹留。寒窗灯影里，飞梦绕瀛洲。

这三首词都是写元宵之夜的游乐盛况，渲染太平盛世气象。相比之下，杨荣的词写得好一些。"圣皇端拱处，千官鹄立，玉笋班联"，写出皇家神圣威严气象。朱有燉以曲见长，故如"消得恁般佳丽""年年今夕，咸同欢意"之类，用口语白话，便有以曲为词意味。黄淮词出于《省愆集》，也就是说，那时他还在御史大牢里，尚未得平反昭雪，所以词中的"寒窗灯影里"，与记忆中侍从皇帝同游元宵的热烈喜庆，构成强烈的反差。当然，在牢狱而念皇恩浩荡，亦未始不是表示效忠以冀复出的一种策略。

题咏重阳的词作，兹录胡广《水调歌头·重九后一日遇雨作》：

> 昨日赏重九，今日雨兼风。登高已罢无事，晴雨任天公。清坐玉堂仙署，遥望广寒琼岛，隐隐画图中。更待稍开霁，登眺扈飞龙。　览群岫，罗翠嶂，叠万重。古今壮丽，山海拥抱帝京雄。犹记前年巡守，遍历郊原村落，清问及田翁。我愧苦无报，忧国愿年丰。

这首词是因重九节日而生发感慨，想到的还是扈从巡游。赞美皇城的雄丽，祈求丰年，总不离台阁词臣的职责。与前面所录的一首《醉蓬莱》相比，好在辞气安闲，雍容和雅，也更切合台阁体的身份气象了。

三、纪祥瑞

纪咏祥瑞也是歌时颂圣的重要手段。在宋真宗时代，祥瑞之事不断，那是因为幸臣们知道，宋真宗求仙访道，偏好此事，所以总是编造出一些祥瑞之事来换取爵禄或封赏。在明代台阁体词中，咏祥瑞的倒并不多见。兹录朱有燉《一剪梅·咏瑞麦》：

> 德化雍熙帝降祥，瑞应吾皇，吉兆吾王。嘉麦五穗献明堂，礼乐辉煌，号令昭彰。　万岁千秋福寿长，享福无疆，祝寿遐昌。民安国泰四时康。青简褒扬，玉叶芬芳。

小麦一般是一株一穗，并不分叉，所以古代把一株多穗的麦子称为瑞麦，以为是吉祥之兆。唐张聿《余瑞麦》诗云："瑞麦生尧日，芃芃雨露偏。两岐分更合，异亩颖仍连。冀获明王庆，宁唯太守贤。仁风吹靡靡，甘雨长芊芊。圣德应多稔，皇家配有年。已闻天下泰，谁为济西田。"《宋史·五行志》云："旧史自太祖而嘉禾、瑞麦、甘露、醴泉、芝草之属，不绝于书，意者诸福毕至，在治世为宜。"[1]因为古人以之为治世之象，所以这就不是一般的自然变异现象，因而值得进献于天子明堂，大书特书了。而且瑞麦两穗、三穗者时或见之，像朱有燉所咏之一株五穗者十分罕见，虽然传说中还有一株九穗者，恐只是以九为数之极，现实中从未见有记载。朱有燉此词，上片是写瑞麦，下片则是借此吉兆生发，表达对于君王和国家的祝颂之意了。

除以上三类常见内容之外，如邱濬《风入松·玉堂即事》二阕，亦应属台阁体之题内之义。其词曰：

九重天上五云深，高处是词林。西昆东壁图书府，文昌近，帝座天心。身世瞻依尧日，笔端挥洒商霖。　龙日暖布清阴，宫漏昼沉沉。丝纶草罢浑无事，黄封酒、花底频斟。但得身常步玉，不须腰有黄金。

玉堂清切倚璇霄，秘阁郁岧峣。清冷风露非人世，祥云拥、瑞霭飘飘。材馆广储杞梓，玉峰群耸琼瑶。　蓬莱浅不通潮，无福也难消。夙生若有神仙分，今生也，自在逍遥。饱听钧天乐奏，不闻凡世尘嚣。

"玉堂"一般指翰林院。《汉书》卷七十五《李寻传》载李寻语曰："臣

---

[1] 脱脱等：《宋史》卷六十一，中华书局2000年版，第891页。

寻位卑术浅，过随众贤待诏，食太官，衣御府，久污玉堂之署。"颜师古注："玉堂殿在未央宫。"王先谦补注引何焯曰："汉时待诏于玉堂殿，唐时待诏于翰林苑。至宋以后，翰林遂并蒙玉堂之号。"欧阳修《会老堂口号》诗："金马玉堂三学士，清风明月两闲人。"黄庭坚《子瞻诗句妙一世，乃云效庭坚体，盖以文滑稽耳》诗："赤壁风月笛，玉堂云雾窗。"这些都是以"玉堂"代指翰林院。邱濬于景泰五年（1454）中进士，入翰林院为庶吉士，景泰七年授编修，成化三年（1467）被擢为侍讲学士，均供职于翰林院。这首词题为"玉堂即事"，就是写他在翰林院的生活。翰林院官未必称得上位高权重，但因为在皇帝身边，后来台阁重臣往往自翰林院出，故历来被视为清要之职。邱濬这两首词也在尽量突出翰林院清切简要、远离凡嚣的环境与风度，字句间充溢着踌躇满志。

第四节　台阁体词的基本特征

　　台阁体词的创作情境，以及主题内容的导向或制约，使之成为一种近乎固定的创作模式。它几乎容不得词人去发挥自己的聪明才智。从唐代应制诗到宋代台阁体词，几百年的薪火相传，写法已成规范。无论你说它是模式也罢，窠臼也罢，反正你不能摆脱它或冲破它，除非你不写这类应制或应景的作品。假如你足够聪明，而且不愿像柳永那样触霉头，那就努力把漂亮话说得更漂亮一些，或者把这种本来已经算不得文学的作品，努力写得更具有文学意味一点。

　　台阁体词的基本特征，主要表现在三个方面。

　　一、吉祥喜庆的调名选择

　　在词乐流行的唐宋词时期，选声择调本来是填词的第一要务。词是一种音乐文学样式，作词要力求调式、旋律与内容相配，声情与辞情相谐，才能使内容得到完美的表现。所以宋代杨缵（守斋）《作词五要》说："第一要择腔。"[1]然而到了明代，词乐既已失传，词调名的音乐背景信息既已散尽，剩下来的就只有字面的意思了。所以我们看宋代的那些台阁体词，如柳永为宋仁宗庆寿所作词，调名为《送征衣》；万俟咏清明应制词，调名为《三台》；曾觌中秋应制词，调名为《壶中天慢》。这些应该都是出于音乐曲调的考虑，所以从调名字面来看并没有太多的讲究。

明代就不同了。明代人不懂词乐，就只能看调名的字面意思。明代的台阁体词，最常用的词调是《满庭芳》和《清平乐》。这里的《满庭芳》，早已脱离了柳宗元"满庭芳草积"或吴融"满庭芳草易黄昏"的衰飒气象，"满"容易使人想到"圆满"，"芳"则有喜庆祥和之意。朱有燉先后写过五首《满庭芳》，陈循也有五首《满庭芳》，杨荣写过《满庭芳·元宵词》。可见此调名在台阁体词中出现的比例或频率是比较高的。而且我们注意到，他们不像宋代秦观"山抹微云"、周邦彦"风老莺雏"等词那样，写的是伤别念远情绪；台阁体词人的《满庭芳》，写来都是祥和安乐，与其调名字面意思是完全相合的。同样，《清平乐》使人想到政治清明与和平安乐，看上去就像是治世之音。杨士奇在受宣德皇帝恩赐从游万岁山时，一口气写下十首《清平乐》，当然并不是因为他特别擅长这个词调。看他词中那么多别扭的句子，可知他已经力竭而踉跄了。他之所以坚持用这个词调一连写了十首，应该就在于"清平乐"似乎有着政治清明、天下太平的隐喻意味。看他小序中"天气清和，风尘不作"，以及第八首中"清世泰和嘉应，圣人道合乾坤"，也让人觉得他是在有意与调名相切。另外可以作为旁证的是，杨荣《上元赐观灯记》诗有句云："讴歌迭奏清平调，词赋争呈白雪

---

[1] 杨缵：《作词五要》，见张炎《词源》附录，收入唐圭璋辑《词话丛编》，中华书局1986年版，第267页。

才。"这里"清平调"三字应是双关的,既可指阁臣们竞赋《清平乐》词,同时也可理解为在歌颂清平盛世。

除了《满庭芳》《清平乐》二调之外,《应天长》《瑞鹤仙》《画堂春》《醉蓬莱》《玉楼春》等词调,也是台阁词人爱用的应景而喜庆的词调名。

二、"曲终奏雅"的结构模式

台阁体词的主要功能不是抒情,而是歌时颂圣;或者说不是词人个体之抒情,而是以"群臣"或"万民"之集合体出现的"政治抒情"。这类词,无论是写节气风光,还是记宴游场面,往往是用大部分篇幅描写百辟咸沾恩泽、处处欢声笑语的场面,而到结尾处则归于对皇上或王朝的美好祝愿。如杨士奇《清平乐》其九"圣世均调玉烛,皇图帝寿齐天",其十"荡荡太平熙皞,吾皇万岁千春"。又如杨荣《满庭芳·元宵词》"嵩呼愿,齐天万寿,同乐太平年",《醉蓬莱·元宵词》"圣寿齐天,年年岁岁,嵩呼罗拜",《应天长·元宵词》"向黼扆,更祝南山,寿觞频劝"。这些词的结尾,有如典礼进行到最后,不可能有别的花样,只能是山呼万岁、共贺太平了。

三、雍容和雅的艺术风格

台阁体词人总希望精心选择一些好看的字眼,编织成一幅看似华丽热烈实际却空无一物的壮丽画面。最常见的字眼有祥、瑞、清、华、嘉、吉、安、泰、雍、熙、昌、庆、和、乐、长、久,最常见的四字句有蓬莱仙苑、五云仙岛、荣光瑞彩、六合皆春、银潢玉宇、瑞禽灵兽、鸾凤来仪、箫韶九奏、太平熙皞、万岁千春、民安国泰、四境清宁、禾黍丰登、钧天乐奏等等。给人的感觉是,写这样的词不必有什么事理或情感的逻辑,只要把这些吉祥喜庆的字眼或词语组合成长短相应的韵语就可以了。

在各类好看好听的字眼或意象中,我们发现,台阁词人们比较爱用蓬莱仙境来形容帝王的居所。如杨士奇《清平乐》组词,前边已用过"西过蓬莱仙苑",后边又说"五云仙岛,海上蓬壶晓"。杨荣《瑞鹤仙·元宵词》曰:"三山浮海上,忽六鳌移来,高耸万丈。""三山"当然也包括蓬莱在内。又黄淮《清平乐·元正》:"风吹隔云声缥缈,应是蓬莱仙岛。"朱有燉《满庭芳·朝京述景》:"黄金阙,蓬莱宫殿,遥望五云边。"词人们如此不约而同,一用再用,看来是拿准了以蓬莱仙境比皇城皇宫是比较讨好的。的确,蓬莱是人们普遍向往的仙境,既有远离凡嚣的神圣感,又常让人起长生不老之想。对于臣下的这种好意,皇上们当然是心领神会的。

第四章 《苏武慢》与理学体

在词的传播与接受史上，因为时代精神与词坛风会的契合，有时会出现对某些名家名篇的群起追和，这不仅构成一种独特的词学现象，也使一些词调俨然具备了某种独特的表现功能。比如说，在明代通俗小说与日用类书中常用来敷衍大意的《西江月》[1]，以及明代前期词人用以表现安时处顺、知足常乐之人生观的《苏武慢》，就属于此种情况。而这些词调也在创作发展过程中获得了特定的表现功能与范式意义。

第一节 《苏武慢》与《鸣鹤余音》

从分调词史的角度来看，《苏武慢》从宋代之创始，到明代前期形成特定的创作范式，元代后期的道士词人冯尊师与文坛领袖虞集，是两座不可或缺的里程碑。

《苏武慢》，又名《选冠子》，一名《选官子》，别称《过秦楼》《惜余春慢》。以《选冠子》为调名，最早见于北宋时张景修词（张景修为治平四年进士），双调，一百一十三字，上片十一句四仄韵，下片十二句四

---

[1] 关于《西江月》，可参见张仲谋《明代话本小说中的词作考论》，载《明清小说研究》2008年第1期。

仄韵。《康熙词谱》以周邦彦"水浴清蟾"一首为正体，一百一十一字，仍叶仄韵。以《苏武慢》为调名，则有蔡伸（1088—1156）、朱敦儒（1081—1159）、侯寘（晁谦之甥）诸人之作。又有李甲"卖酒炉边"一首，一百零九字，叶平韵，因有"双燕来时，曾过秦楼"句，易名《过秦楼》。又有孔夷（鲁逸仲）"弄月余花"一首，名《惜余春慢》。这些作品大同而小异，宽泛一点说，可以视为同调异名或同调异体；也有人认为调名不同，体亦有异，宜各为一调。因为这里不想去讨论词体问题，所以暂作同调异名来看待。

我们注意到，在宋代，无论采用哪个调名，大都是即景言情，而所抒之情则因人而异，总之并没有显示出与其他词调不同的特异之处。为了让读者对此调的初始面貌有些感性认识，以便为后来的发展变化提供一个参照系，同时也想借此让大家比对这些不同调名作品之间的微小差异，故于四个调名下各选一首。蔡伸《苏武慢》：

雁落平沙，烟笼寒水，古垒鸣笳声断。青山隐隐，败叶萧萧，天际暝鸦零乱。楼上黄昏，片帆千里，归程年华将晚。望碧云空暮，佳人何处，梦魂俱远。　忆旧游、邃馆朱扉，小园香径，尚想桃花人面。书盈锦轴，恨满金徽，难写寸心幽怨。两地离愁，一尊芳酒，凄凉危栏倚遍。尽迟留，凭仗西风，吹干泪眼。

张景修《选冠子》：

嫩水挼蓝，遥堤影翠，半雨半烟桥畔。鸣禽弄舌，梦草萦心，偏称谢家池馆。红粉墙头，步摇金缕，纤柔舞腰低软。被和风、搭在阑干，终日画帘高卷。　春易老、细叶舒眉，轻花吐絮，渐觉绿阴成幔。章台系马，灞水维舟，谁念凤城人远。惆怅故国阳关，杯酒飘零，惹人肠断。恨青青客舍，江头风笛，乱云空晚。

周邦彦《过秦楼》：

> 水浴清蟾，叶喧凉吹，巷陌马声初断。闲依露井，笑扑流萤，惹破画罗轻扇。人静夜久凭阑，愁不归眠，立残更箭。叹年华一瞬，人今千里，梦沉书远。　　空见说、鬓怯琼梳，容销金镜，渐懒趁时匀染。梅风地溽，虹雨苔滋，一架舞红都变。谁信无聊为伊，才减江淹，情伤荀倩。但明河影下，还看稀星数点。

孔夷（鲁逸仲）《惜余春慢》：

> 弄月余花，团风轻絮，露湿池塘春草。莺莺恋友，燕燕将雏，惆怅睡残清晓。还似初相见时，携手旗亭，酒香梅小。向登临长是，伤春滋味，泪弹多少。　　因甚却、轻许风流，终非长久，又说分飞烦恼。罗衣瘦损，绣被香消，那更乱红如扫。门外无穷路岐，天若有情，和天须老。念高唐归梦，凄凉何处，水流云绕。

从以上四首不同调名的词来看，彼此句法格律确有微异之处。但大致说来，皆以四四六句法为主旋律，中间插入个别"上一下四"或"上三下四"句法，乃在回旋往复中构成顿挫变化。这种句法节奏，与五七言句式相比，更具有散文意味，而散行中见整饬，故给人步调从容、抑扬中节之感。虽然这些词仍以写景、抒情为主，后来的议论说理手法，以及看破红尘、知足常乐的主题，这时均未见端倪，但我们知道，这种以四六句式为主的词调，其实是更长于说理的。

《苏武慢》由一个普通的词调向布道说理的功能转变，元代道士冯尊师应是始作俑者。冯尊师（生卒年不详），全真教徒。虞集《鸣鹤余音序》说他"本燕赵书生"，游汴，遇异人，得仙学，后居会稽。《全金元词》存其词二十四首，其中《苏武慢》就有二十首。虞集序中说"前十篇道遗世之乐，后十篇论修仙之事"，这种概括大体合乎实际。兹选录二首。
其一：

> 饭了从容，消闲策杖，野望有何凭仗。帆归远浦，鹭立汀洲，千树好花微放。芳草池塘，锦江楼阁，隐隐云埋青嶂。向东郊、极目天涯，不见故人惆怅。　归去也、翠麓崎岖，林峦掩映，消遣晚来情况。幽禽巧语，弱柳摇金，绿影小桥清响。挥扫龙蛇，领略风光，陶写丹青吟唱。这云山好景，物外烟霞，几人能访？

其十二：

> 创建灵坛，初修丹灶，保养太和真命。风上虎啸，火起龙腾，燮理要依时令。金木交并，斗觉天关，旋绕涤除心径。睹玄珠一粒，流霞闪烁，送归金鼎。　壶中景、造化希夷，玄机要妙，点制魄仙魂圣。元中体用，旨里明真，悟得本来真性。还返无穷，渐入清阳，仙境照盈虚静。这一轮明月，年年蒙蔽，豁然开莹。

看来这前后两首词，差别还是很大的。前一首词和宋代邵雍、二程、朱熹等理学家诗风相似，虽有理趣，仍以写景为主，或者说，这是在向普通人说法，故即景述理，展现的是自然界的清新恬淡，实际是在宣扬遗世之乐。后一首可就显露出明显的道士气了，虽然比全真七子那些纯粹阐发教义的词要好一些，仍然有悖于词的抒情本性。如其他词中的紫炁玄珠、黄芽赤髓、离坎相交、玄元成象、太一含真、阴阳反复等等，所谓"仙家活计"，皆可谓"非文学因素"，在后来的虞集及其他文人追和词中，这些也正是"去道士化"的扫除对象。当然，冯尊师词中亦偶有精警动人之处。如"更堂堂、气概摩天，一点浩然寥廓"，如"醉归来，依旧芦花深处，月明幽浦"，每有摆脱絷缚、豁然开朗的意味。虞集所称道的"高洁雄畅""凌云之思",或即指此种境界。

由冯尊师到虞集,《苏武慢》完成了由道士词到文人化的又一次蜕变。虞集(1272—1348),字伯生,号道园,又因其书斋之名而号邵庵。他是南宋丞相虞允文五世孙,祖籍四川仁寿,宋亡后侨居江西临川。元泰定年间(1324—1328)官至翰林直学士兼国子祭酒,是元代后期文坛领袖。著有《道园学古录》五十卷,词存三十首。据《鸣鹤余音序》,虞集和词十二首,约写于元至正元年(1341)到至正四年(1344)之间,那时他已七十多岁,自六十岁谢病辞官,也已经十余年了。经历过官场的升沉荣辱,又有十余年的退处反思,火气消除,杂滓沥尽,进入一种安恬澄明的人生境界,这是虞集追和《苏武慢》的思想感情基础。因为根柢自深,所以并不随道家脚踵,而是以此为创作契机,即体为用,聊以表达自己对人生的感悟。

和冯尊师的词相比,虞集《苏武慢》的文人本色,主要表现在两个方面。

其一,把人生哲理的探寻与个人经历结合起来,既增加了词的个性色彩,又因事理相生而增加了亲切感与说服力。如:"自笑微生,凡情不断,轻弃旧矶垂钓。走马长安,听莺上苑,空负洛阳年少。玉殿传宣,金銮陪宴,屡草九重丹诏。是何年、梦断槐根,依旧一襄江表。"此为第一首上片,基本概括了虞集大半生的仕途经历。也许像他这样担任过翰林学士兼国子祭酒,几乎已达文人最高理想境界然后全身而退的人,才有资格唾弃轩冕,看淡荣辱。其他如"十载燕山,十年江上,惯见半生风雪"(其八),"六十归来,今过七十,感谢圣恩嘉惠"(其十),也都是不由自主地回首平生遭际。这是南宋以来自寿词中常见的口吻思路,是文臣历经宦海风波归处林下,庆幸与知足杂糅的心理反映,而这与《苏武慢》看破红尘、等闲荣辱的主题恰好相合,所以写来自然而亲切。

其二,借助于士大夫熟悉的典故意象与常用话头,唤起对历史上达观文人的经典记忆,从而完成由道士词向文人词的自然转型。如第九首:

>归去来兮，昨非今是，惆怅独悲冥语。迷途未远，晨景熹微，乃命导夫先路。风飏舟轻，候门童稚，此日载瞻衡宇。酒盈尊、三径虽荒，松菊宛然如故。　　聊寄傲、与世相违，旧交俱息，更复驾言焉取。琴书情话，寻壑径丘，倦鸟岫云容与。农人告我，有事西畴，孤棹赋诗春雨。但乐夫、天命何疑，乘化任渠留去。

这一首词实际是檃栝体，是把陶渊明的《归去来兮辞》剪裁为长短句，妙在挥洒自如而不见强行割裁的痕迹。与东坡《哨遍》相比，乃觉东坡之作犹不免有割裂破碎之感。这当然不是因为东坡之才不如虞集，而是因为词调句法之束缚。《哨遍》句格多变，切换频率快，与《归去来兮辞》原有的那种逍遥容与的节奏声情相去较远。而《苏武慢》的四六句格，与《归去来兮辞》的赋体句法较为相近，故觉风调相似。

又如第十二首：

>云淡风轻，傍花随柳，将谓少年行乐。高阁林间，小车城里，千古太平西洛。瞻彼泱泱，言思君子，流水俨然如昨。但清游、天际清阴，未便暮愁离索。　　长记得、童冠相随，浴沂归去，吟咏鸢飞鱼跃。逝者如斯，吾衰甚矣，调理自存斟酌。清庙朱弦，旧堂金石，隐几似闻更作。农人告我事西畴，窈窕挂书牛角。

这也是一种檃栝体，但不是檃栝某一篇作品，而是一种百衲衣式的"集句"之作。首二句出于程颢《春日偶成》："云淡风轻近午天，傍花随柳过前川。时人不识余心乐，将谓偷闲学少年。"以下数句，是表达对于北宋诸子的仰慕之情。司马光退居洛阳十五载，其独乐园即在洛阳。邵尧夫的安乐窝也在那里。此处"太平西洛""瞻彼泱泱"云云，意在向这两位道学前辈致敬。又"天际清阴"二句，亦是化用程颢《禊饮》诗："未须愁日暮，天际是清阴。"下片"童冠相随，浴沂归去"，化用《论语·侍坐章》曾皙所描述的理想境界；"鸢飞鱼跃"本出于《诗经》，宋代程颢及后来的朱熹都喜欢借此表达万物各得其所的欣欣生意。又"逝者如斯"出于《论语·子罕》，"甚也吾衰矣"出于《论语·述而》，末二句则出于陶渊明《归去来兮辞》。如此信手拈来，自然混搭，反有不衫不履、自然而然的洒脱气象。虞集本传中说，他早岁与弟虞槃辟书舍为二室，书陶渊明、邵雍诗于壁，左曰"陶庵"，右曰"邵庵"，于此可见虞集兄弟心仪之人格典范。又虞集以"邵庵"为号，当是于宋代理学家邵雍更为倾心。从这些词也可以看出，虞集之作与宋代理学体诗风道通为一了。当然，虞集对冯尊师的词风也有所继承。比如说，他所偏爱的那种"高洁雄畅"的风格境界，词中就时有表现，如"望清都、独步高秋，风露洞天初晓""归去也，玉宇寥寥，银河耿耿，铁笛一声山裂"。这种手法，仿佛为凡世之人打开仙凡殊隔的大门，指出向上一路，就很有警醒世人的意味。

由于虞集和作的影响，元代后至元年间，道士彭致中辑相关诸作为《鸣鹤余音》，在词史和道教文学史上都产生了一定的影响。《鸣鹤余音》有九卷本和一卷本两种。九卷本为仙游道士彭致中搜辑，内容颇为驳杂。其中收吕纯阳、邱长春、王重阳、冯尊师、虞集以及诸真人、天师等所作，凡三十六家，又女仙二家，计收词五百零八首。冯尊师二十篇及虞集和作十二首，在该书第二卷。今有文物出版社1988年影印明正统道藏刻本。又有《四库全书存目丛书》影印本，是以原北平图书馆藏洪丕烈抄补明抄本为底本。虞集所作序一般题作《鸣鹤余音序》，序之末云："后三年，仙游道士彭致中采集古今仙真歌词，并而刻之，与瓢笠高明共一笑乐也。道园道人虞集伯生叙。"据此观之，亦似为《鸣鹤余音》所作序，然而核以《鸣鹤余音》一书，此序不在卷首，而在虞集所作《苏武慢》组词之前，知虞集所作实为《苏武慢》组词小序。《鸣鹤余音》另有一卷本，所收为冯尊师作《苏武慢》二十首、虞集《苏武慢》十二首及《无俗念》一首，为元至正二十四年（1364）金天瑞辑刻。金氏所作《题鸣鹤余音后》

云:"右《苏武慢》三十二首,《无俗念》一首,全真冯尊师、道园虞先生所共作也。天瑞昔刊《道园遗稿》,而先生所作已附于编。然其所谓冯尊师最传者二十篇,世莫全睹,今复并类编次,以刻诸梓,庶方外高人,便于通览。"从后来流传情况来看,九卷本主要在道教系统内流传,而在世俗间流传的倒是这个单纯简便的一卷本。

《鸣鹤余音》一卷本入明后有续刻本,董其事者为吴中文人朱存理。朱氏《跋鸣鹤余音后》云:

> 右《鸣鹤余音》一卷,所刻冯尊师、虞学士《苏武慢》二家词也。学士从孙字胜伯者,居吴中,有文称于时,里人金伯祥与其子镠从游,胜伯尝刻学士《道园遗稿》,复刊此词,皆镠手书也。镠字南仲,别有巾箱小板之刻,与此无异。胜伯装嵌成册,手书跋后。成化间,予从其家得之,求题于匏庵吴公。公出示项秋官所作,喜为书一过于此册后。他日,又得凌云翰之作附书之。吾友沈润卿购藏金氏刻板,今并二家以寄润卿,俾续刻之。[1]

据朱存理此跋,金伯祥即此前辑刻《鸣鹤余音》一卷本之金元瑞,伯祥为其字,沈润卿正是从他那里购得原刻之板,然后再续刻了凌云翰、项秋官诸家和作《苏武慢》。祝允明《苏武慢》十二首小序云:"初,元人冯尊师作二十篇,虞学士和十二篇。继虞韵者,今凡三五家,朱性父集一册。予阅之,复得此,亦用虞韵,以附朱册之末,惜不称前赏耳。"看来朱存理之于《苏武慢》,正如许国用之于《江南春》唱和一样,亦有揎掇吴中文人群体追和、不断续编的动机。祝允明不知其集元末时已有刻本,故以为是朱存理所集。此《鸣鹤余音》续刻本,今未之见,不知其究竟刻成与否。

---

[1] 朱存理:《楼居杂著》,《景印文渊阁四库全书》。

第二节　明代前期的群体追和

虞集追和冯尊师的《苏武慢》十二首写成于至正四年（1344），那时他已经七十三岁。彭致中辑《鸣鹤余音》九卷本约成书于至正七年（1347），金元瑞（伯祥）辑一卷本成书于至正二十四年（1364）。那时已近元末，国中群雄并起，战乱频仍，所以虞集的影响当时并未显现，而是在酝酿发酵，直到明代前期才在词坛成为一种引人注目的词学现象。关于明人《苏武慢》一调的创作情况，兹据《全明词》《全明词补编》，以及搜览《补编》2007 年出版后的辑补类文献，列成明人追和《苏武慢》情况一览表如下。

词人	生卒年	和词情况	备注
谢应芳	1296—1392	《苏武慢·赠徐伯枢》一首	
凌云翰	1323—1388	《鸣鹤余音》（含《苏武慢》十二首、《无俗念》一首）	据小序，此组词作于元至正十八年（1358）
林　鸿	生卒年不详	《苏武慢》一组八首	
王　骥	生卒年不详	《苏武慢·和曹柱二先生韵》六首	洪武五年（1372）举人
张宇初	1359—1410	《苏武慢·消闲》一首	
韩守益	生卒年不详	《苏武慢·江亭远眺》一首	
王　达	生卒年不详	《苏武慢·和赵先生韵》一首	
林大同	1334—1410	《苏武慢》自寿词三首	洪武四年（1371）进士
刘　醇	生卒年不详	《苏武慢·和韵》一首	
范　再	生卒年不详	《苏武慢·遣怀》一首	
桂　衡	生卒年不详	《苏武慢·胶湄书事》四首	
瞿　佑	1347—1433	《苏武慢·次桂孟平胶湄书事韵》四首、《苏武慢·春游》一首	

续表

词人	生卒年	和词情况	备注
曾棨	1372—1432	《苏武慢》(二十四桥)一首	
朱有燉	1379—1439	《苏武慢·醉后偶成》一首	
顾恁	生卒年不详	《苏武慢·次岑瑛之韵》一首	
顾佝	1418—1505	《苏武慢》六十一首	
叶盛	1420—1474	《苏武慢·述怀》一首	
姚绶	1422—1495	《苏武慢·追和虞道园八首》,又《苏武慢·前简补遗四首》	
张宁	1426—1496	《苏武慢》二首	景泰五年(1454)进士
沈周	1427—1509	《苏武慢》二首	
陆容	1436—1497	《苏武慢》一首	
桑悦	1447—1513	《苏武慢·寓京师四首》	
林俊	1452—1527	《苏武慢·鸣鹤余音,次虞邵庵韵》十四首,另《无俗念》一首	
祝允明	1460—1527	《苏武慢》十二首	有序
蒋冕	1462—1532	《苏武慢》三首	
黄玺	1468—1525	《苏武慢》三首	
毛宪	1469—1535	《苏武慢》二首	
刘节	1476—1555	《苏武慢·和答桂洲阁老》十四首	
陈霆	1479—约1561	《苏武慢·悟俗,用虞邵庵韵》一首,《苏武慢·下第时作,以下共四首,俱用虞邵庵韵》(实存三首)	
夏言	1482—1548	《苏武慢·次虞伯生咏白鸥园》一首、《苏武慢·次虞韵咏明月榭》一首、《苏武慢·次虞韵写怀一十二首》	

续表

词人	生卒年	和词情况	备注
吴子孝	1495—1563	《苏武慢》一首	
崔廷槐	1499—约1560	《苏武慢·七夕集万绿山房》一首	嘉靖五年（1526）进士
赵贞吉	1508—1576	《苏武慢·隆山驿次韵》一首	
邵圭洁	1510—1563	《苏武慢·用韵代赠》二首	
李汛	生卒年不详	《苏武慢·寄白岳山人六首》有序	据小序作于嘉靖六年丁亥（1527）春
熊过	生卒年不详	《合曲苏武慢》一首	嘉靖八年（1529）进士
郭廷序	生卒年不详	《苏武慢·呈相国桂洲夏公》一首	嘉靖二十年（1541）进士
陈士元	1516—1597	《苏武慢·赠程古台》一首	
赵南星	1550—1627	《苏武慢》一首	
李日华	1565—1635	《苏武慢·雪朝即事》一首	
曹元方	1593—1647	《苏武慢·感怀》一首	
王屋	1595—?	《苏武慢·漫兴追和虞道园》六首	
包尔庚	1599—1671	《苏武慢·秋日旅感》一首	崇祯十年（1637）进士
史可程	1606—1684	《苏武慢·感怀》一首	崇祯十六年（1643）进士
朱一是	1610—1671	《苏武慢·赠吕半隐》一首	
屈大均	1630—1696	《苏武慢》一首	
严怡	生卒年不详	《苏武慢·题希夷卧钓图》一首	

关于此表，应加一些必要的说明：

1. 据上表统计《全明词》《全明词补编》等文献共收录《苏武慢》词二百三十四首。另有《惜余春慢》十九首，《过秦楼》十四首。如果视为同调异名,则《苏武慢》同一调式系统共有词二百七十一首。因为《全明词》的辑佚与重编工作仍在进行之中,所以这应是一个不太完备的统计。比如,据朱存理《跋鸣鹤余音后》,吴宽(匏庵)向朱存理出示的项秋官之和作,今即未之见。《全明词》或《全金元词》中皆未见其人。

2. 明人所作之《苏武慢》,大部分是追和虞集之作,少数是个人自发的创作。构成《苏武慢》追和群体的词人词作,主要有:凌云翰十二首、林鸿八首、姚绶十二首、林俊十四首、祝允明十二首、夏言十四首、刘节十四首、王屋六首。此八人中,除了生当晚明的王屋之外,其余七人均在明代前期,所以我们把《苏武慢》的群体追和定位于明代前期词坛的一种词学现象。当然,如韩守益《苏武慢·江亭远眺》、蒋冕《苏武慢·寿李谕德母夫人八十》,以及顾恂连篇累牍的六十一首《苏武慢》,皆是用《苏武慢》一调自作词,与追和一事无关。也有一些词人词作,虽然未标明用虞道园(伯生、邵庵)韵,实际却是直接或间接地在用虞韵。如沈周《苏武慢·五十初度自述,时丙申年》二首,即分别与虞集原作之第三首和第一首同韵。虽然不是严格意义的步韵,韵部则是一样的。又如邵圭洁《苏武慢·用韵代赠》二首,第一首韵脚为过、大、火、我、左、些、那、可,与虞集原作第七首同韵。其中"大"属去声二十一箇,与其他韵字所用的上声二十哿可以通叶。进一步查考可以发现,明代追和《苏武慢》者,如凌云翰、姚绶、林俊、祝允明、夏言等等,此一韵位皆以"大"字叶韵,然后知《全金元词》所收虞集此词"月小水寒星火"之"火"字实为"大"字之误。又其第二首韵脚,即雪、洁、越、绝、发、诀、别、月,亦与虞集原作韵字相同。

3. 如前所说,我们是把《苏武慢》与《过秦楼》《选冠子》《惜余春慢》等看成同调异名的。而在明代词人的创作中,诸调往往间出并用,不加说明,仿佛这些本就不是一个调名似的。如沈周、曹元方词中,既有《苏武慢》,又有《惜余春慢》;夏言、屈大均词中,既有《苏武慢》,又有《过秦楼》；王廷相、曾灿词中，既有《惜余春慢》，又有《过秦楼》；而林大同词中，则《苏武慢》《过秦楼》《惜余春慢》三个调名并存。经过比对我们发现，当他们用其他三个调名时，往往是抒情写景，与其他调名无异；而当他们采用《苏武慢》为调名时，则又同归于看破红尘、知足达观的声态语调了。从这里可以看出冯尊师和虞集的影响十分深远。这一方面表明《苏武慢》的写作已经模式化，同时也表明在明人意识中，《苏武慢》与《过秦楼》《选冠子》《惜余春慢》已不只是有微别，而直是各为一调了。

第三节　追和《苏武慢》的词史意义

明代前期词人对《苏武慢》一调的群体追和，使《苏武慢》从两宋时期一个不起眼的词调，陡然成为一个众所注目的流行词调。据刘尊明、王兆鹏著《唐宋词的定量分析》，宋代存词十首以上的"流行词调"多达六百九十七调（此处所指为词调，同调异名即分别统计），《苏武慢》因仅有五首而不在其中。假如把诸种异名均统计在内，则共为三十三首，在《全宋词》使用频率排名中仅列第九十三位。而在明代，《苏武慢》调名下收词二百三十四首，在《全明词》使用频率中排第三十二位；若连同《惜余春慢》《过秦楼》《选冠子》一起视为同调异名，则共为二百七十一首，在明词用调排行榜中列第二十六位。据王靖懿博士的学位论文《明词特色及其历史生成研究》，明代存词一百首以上的常用词调为五十七调。[1]《苏武慢》不仅得预其列，而且几乎和《贺新郎》《风入松》等调不相上下了。而这种词调地位的升降，其实是由虞集影响下的群体追和造成的。

当然，这也没有什么不正常。明代前期的这种词学现象，是特定历

---

[1] 王靖懿：《明词特色及其历史生成研究》，苏州大学2015年博士学位论文。

史条件与《苏武慢》词调的节奏声情特点彼此融合的产物。首先是因为元代后期的社会动乱,明代前期的宦海风波,催生了士大夫阶层叹世归隐、知足常乐的人生态度;其次是因为《苏武慢》词调那种四四六的句法节奏,给人一种从容舒缓、侃侃而谈的感觉。严格说来,每一种词调的节奏类型,都有与之相应的情感对位。经冯尊师的试练、虞集的改造,人们发现,这样一种达观乐天的主题情调,只有用《苏武慢》这种词调才能得到完美的表现,于是群起仿效,终于使之成为一种格式化的创作。它是一种声情和谐相配的典范,但同时也抹杀或排斥了词人的创作个性。在众多的《苏武慢》追和者中,只有少数词人能够留下自己的创作个性,而大多数词人,比如说凌云翰、林鸿、姚绶、林俊等人,他们追和的《苏武慢》皆以逼近虞集为旨归,而这些作品一旦抹去作者,是很难把它们区分开来而物归原主的。

如果说冯尊师的《苏武慢》还只是金元时期全真道士词的延续,而虞集的和作则显示出道士词向文人词的转型而尚未形成定格,那么经过明代前期词人的群体追和之后,《苏武慢》一调在主题、风格取向诸方面,就完全凝定为一种既成模式了。这种模式主要包含两个方面的规定性,一是主题取向,二是艺术风格。以下试分别阐述。

一、主题取向

明人所作《苏武慢》,大都是对虞集《苏武慢》十二首的追和。如凌云翰、林鸿、姚绶、林俊、祝允明、陈霆、夏言、刘节,一直到晚明时期的王屋。无论称虞道园、虞伯生还是虞邵庵,总之都是虞集。这不仅仅是用韵选择的技术性问题,而且意味着在思想旨趣方面的"选边"站队。追和虞词,就意味着对虞集为人与为词的双重认可,意味着对虞集创作模式的认同与继承。当然,明代的二百多首《苏武慢》,不能也不必去重复虞集的老话头,每个人都会根据自己的理解去调整或补充,去表达对于人生或仕途的反思,抒发悟道的快感以及对众生的悲悯。这是《苏武慢》词系列的主旋律，其他还有种种随手生发的装饰性细节，从而使这一宏大的交响曲因为富有加花变奏而不失之于单调。这给人的感觉是，一旦选择了《苏武慢》这个词调，就同时意味着对虞集创作模式的选择，对人生哲学主题的选择。过去人们打趣说，要写《满江红》就要用岳飞原韵，不用其原韵就不是《满江红》而是《满江黑》。那么我们也可以说，要写《苏武慢》就要用虞邵庵韵，不用虞韵就不是《苏武慢》而是《苏武快》。当然，有人可能是因调而生情，即因为要写《苏武慢》而去主动反思自己的前半生；也有人可能是因情而选调，即因为有类似的人生感慨，所以才想到虞集的《苏武慢》。如朱有燉《醉后偶成》、叶盛《述怀》、沈周《五十初度自述》之类，就是在醉后、解官之后、生日自省等等情境下，才选用《苏武慢》词调的。在这样思路趣味既定的情况下，即使采用别的词调，也仍然会表达同样的情思，然而因为《苏武慢》已成既定范式，所以就自然而然地选择了这个词调。模式既定之后，就会对后来者构成导引启示。我们也注意到，后来者即使不用虞韵，也会自觉不自觉地入此轨辙，表达同样或近似的主题取向。晚明以至清初的词人，如曹元方《苏武慢·感怀》、朱一是《苏武慢·赠吕半隐》、史可程《苏武慢·感怀》等等，并未有意追和虞集之韵，而所作词的思致气象，仍然与三百年前的组词相通相似。

从另一方面来说，人的个性不同或人生观有异，即使他有意于追步虞集，强作达观，也仍然会有不和谐之处。如桑悦《苏武慢·寓京师四首》，从文字表面来看，与明代前期的《苏武慢》系列风格近似，然而在科诨口语之中，仍不掩其狂士的圭角与英气。他人笔下的世俗光景，是看穿与解脱之后的自嘲自慰，而桑悦所表现的是愤激与牢骚，在表面的颓唐旷达之下，仍是一种桀骜不驯的倔强意态。又如夏言《苏武慢·次虞韵写怀一十二首》，写这组词时，夏言已暂时解组投闲，但他实际于热官未能忘情，时刻期盼着东山再起，所以词中虽有白鸥为侣、地偏心远之类的装点之词，实际却多有虚矫之气。词中如"种秫南村，读书象麓，自分放情山水""花木平泉，风烟绿野，不减迂翁西洛"，都是《苏武慢》中常见的情调或意象，这表明夏言也是有意在向虞集原作靠拢的。然而一个人的修养境界是难于作伪的，无论堆砌多少山水田园、旷达闲适字样，其热衷躁进的心思仍是难以掩盖的。

二、艺术风格

梳理元末明初《苏武慢》唱和的发展过程，可以发现一种明显的"离道归儒，上溯伊洛"的发展趋向。这种趋势自虞集和作即初见端倪，在后来追和之作中又一直被延续。这里的"伊洛"，不仅指洛阳籍贯的二程（程颐、程颢），以及退居洛阳的司马光，还兼指北宋以来形成的理学体系和理学体诗风。例如，凌云翰和作的最后一首，和虞集所作之第十二首曲终奏雅一样，也是在向伊洛先贤们致敬：

> 君实园中，尧夫窝内，独乐正同安乐。洓水泱泱，予怀渺渺，西望每思伊洛。草色随车，花香袭履，风景至今犹昨。被杜鹃、啼破天津，便觉市朝萧索。　谁复见、万古龙门，三春桃浪，冲岸紫鳞争跃。月到风来，水流云在，安得二贤同酌。心上经纶，鉴中治乱，叹息儿原难作。笑红尘、逐利争名，总是蝇头蜗角。

这里的"二贤"，当指北宋两位大儒邵雍和司马光。司马光在洛阳有独乐园，邵雍有安乐窝。词中话语意象，亦皆用二公作品事迹编织而成。如《邵氏闻见录》载，洛阳本无杜鹃，邵雍一次与客散步天津桥上，闻杜鹃声而惨然不乐，曰"天下自此多事矣"[1]。词中"被杜鹃、啼破天津"指此。又"月到风来"，用邵雍《清夜吟》"月到天心处，风来水面时。一般清意味，料得少人知"。这当然不是一般的化用前人成句，其意亦不在夺胎

---

[1] 邵伯温：《邵氏闻见录》卷十九，中华书局1983年版，第214页。

换骨,而是借此表示对司马光、邵雍的礼敬之意,也间接表现了对宋代理学家人品与诗风的双重认可。

虞集、凌云翰之后,追和《苏武慢》的词人一直保持着与宋代理学的渊源关系。如林俊词中云:"岁去无能,境清忘寐,慨想二程门雪。"(其七)"续个黄庭,读些素问,看会渊源伊洛。"(其十一)"爱尧夫、云淡风轻,花柳快寻春去。"(其十三)又毛宪《苏武慢》:"一脉濂溪,源头伊洛,吾道本同流裔。"此类表述不绝如缕,事实上揭示了《苏武慢》追和群体与宋代理学及理学体诗风的渊源关系。

一般来说,诗词作品中内容与形式的关系并不是那么如影随形,对应而互动,即同一种思想内容未必指向同样的艺术风格。而理学体则不然。你一旦认可选择了这样一种思想,这样一种人生观,那就决定了一种人生姿态与风度,以及艺术作品的审美境界与艺术风格。无论是诗是词,都会自觉地向邵雍、程颐、程颢、司马光、朱熹等人的诗风靠拢。呈现出来的必然是从容、闲适、静观、省察、旷达、自得,是气度娴雅、无争无竞、圆融无碍。这就是所谓大儒气象。它排斥矜持做作、匠心经营,也排斥锦心绣口、雕章琢句,更远离剑拔弩张、披猖叫嚣。所以《苏武慢》就不仅是一种词调,在虞集之后它成了一种固定的"调性"。无论谁写,读起来都是一种风格、一种味道。至于如前文所说,像桑悦那样戾气太重,像夏言那样机心太重,所以心向往之而有未至。他们可能也在努力向虞集作风靠拢,只是禀性气质相差太远,所以虽然也堆叠了一些相似的语汇意象,风格终究不似。

除了理学体的影响之外,《苏武慢》追和者还从自寿诗、游仙诗、田园诗那里有所取舍借鉴。《苏武慢》是一种宜于老年心境的词调。不惟那种四平八稳、进退夷犹的节奏旋律适于老人,那种看穿世事、宠辱不惊的主题情调,年纪阅历不到者也写不出心平气和的况味。对时光与生命流逝的感慨,对人生历程的省察与自慰,对当下光景的认可与满足,都是《苏武慢》词中常见的思维轨迹,同时也是祝寿庆生之类诗词中常见的主题情调。

《苏武慢》和游仙诗的关系，一是因为由冯尊师倡始，故道教列仙如吕岩（洞宾）、麻姑诸仙，往往成为词中的点缀。再加上仙人王子乔、丁令威，还有不同时代的陶渊明、林和靖、苏东坡等"穿越"而同游，所以与魏晋以来的游仙诗不无相似之处。二是因为《苏武慢》自虞集开始，就注意追求平中见奇。虽然议论说理，虽然与邵雍"击壤体"性分相近，却要避免沉腐说教，避免成为道学体或老婆禅。虞集所指明的创作策略，就是在平旷夷犹中时出奇警，使人精神境界得到提升或净化。这种手法，亦与游仙诗相近。如凌云翰："问雪堂归去何时，江上一犁春雨。"林鸿："指白云深处吾庐，无数野花啼鸟。"姚绶："是伊谁、黄鹤楼前，吹笛泠然而去。"祝允明："大虚空雨散云收，依旧一轮明月。"都是同样的精神思致，同样的修辞手法。

《苏武慢》和山水田园诗的缘分更近一些。或许因为《苏武慢》的作者大都是辞官归田者，不管是主动归隐还是为体制所抛弃者，都必须从自然山水田园中寻求抚慰，寻求安身立命之处。所以陶渊明、白居易、林和靖以及屡遭贬谪的苏东坡，往往会成为《苏武慢》中客串或点缀的常客。而司马光的独乐园、邵雍的安乐窝反复出现，也是因为看中或向往他们退处林下的萧闲境界。所以在《苏武慢》中，有些段落词句或意象境界很像田园诗，是一点也不奇怪的。

第五章 杨慎的艳词创作及其词史意义

对于一般读者来说，提到杨慎词，大都会想到他的《临江仙》(滚滚长江东逝水)。实际那首词无论就明词还是杨慎词而言都算不得杰作，从明代钱允治编选的《类编笺释国朝诗余》，到清代王昶编选的《明词综》，没有哪部词选选过它。清初毛宗岗评改本《三国志演义》把它引为开场词，然后是现代媒体艺术的电视剧《三国演义》选择其作为主题曲，这才使得这首原本寂寂无闻的小词获得经典地位。可以说是通俗文学艺术的流行促成了它的经典化，这在历代词的经典化方面是偶然的个案。

过去词学界对明词了解不多，在扫描艳词的发展轨迹时，往往略过明词，以朱彝尊《静志居琴趣》、彭孙遹《延露词》、董以宁《蓉渡词》等等直接两宋。我相信这是因为对明词了解不够，而不是基于对明词或明代艳词的全盘否定。实际晚明词坛存在着一个以吴中词人群体构成的艳词派，而这个艳词派的前驱就是杨慎。在明代前中期词坛，杨慎几乎是唯一值得关注的艳词作者。也许和他迁谪云南、忧谗畏讥的身世相关，在他传世的三百多首词中，艳词占有较大比重且具有开创意义。他的艳词往往浅易俗艳，这是其缺点，也是其特色。耐人寻味的是，这种缺点、特色及其互为表里的情况，恰好与明词的特色相统一，杨慎亦因此而成为明代艳词发展与"明体词"形成过程中一个里程碑式的人物。艳词历代都有，但明代前期的艳词犹为宋调，是沿袭宋元艳词的风格路数，不是明代艳词之发轫，而是宋元艳词之尾声。而自嘉靖时期开始，在杨慎的影响之下，艳词的发展与"明体词"的演进合流，那些在"明体词"中比较突出的特点，在杨慎艳词中大都有所表现。从这个角度来说，杨慎实开明代艳词或"明体词"的创作模式，杨慎的艳词创作亦因此而具有词史价值。

第一节 杨慎艳词的题材类型

杨慎的艳词创作，可以大致归纳为三种题材类型。其一是描写女性思春怀人的心理情感；其二是描写女性身体、衣饰、容貌、姿态；其三是描写男女的幽期密约、邂逅交欢。这些均是艳词的常见题材或基本路数。自南朝之宫体，扇北里之倡风，迄唐宋艳词大开声色之门，几乎都是如此。而杨慎艳词的特色不在题材本身，而在其创作旨趣，以及相应的手法与细节描写。

一、刻画女性春情闺思

这是唐宋词中的常见题材。因其着重刻画女性声容心态，或亦可称为艳词，但因其用笔雅洁，故与偏重情色描写者构成广义艳词之两极。在杨慎艳词中，亦多以此类为佳。如《南乡子》（油壁香车）、《宫中调笑》（银烛银烛）、《卖花声》（春梦似杨花）、《蝶恋花》（夭似花枝轻似雾）、《锦缠带》（谁家红袖倚江楼）、《浣溪沙》（解唱隋家昔昔盐）等篇，艳而不妖，浅而不俗，均为可读之作。这里来看另一首《浣溪沙》：

> 燕子衔春入画楼，猧儿撼晓动帘钩。一场残梦五更头。　彩凤琴中弹别调，锦麟书里诉离愁。相思相忆几时休。

读这首词，最引人关注的是一只小动物——猧儿，它对于理解这首词，具有重要的提示功能。猧儿就是哈巴狗，一种从西域传入中国的体形较小的宠物狗。之所以在先唐文学中未见此物，那是因为它是在唐代才传入中国的。当时叫"拂菻狗"，长安人叫它"康国猧子"或"白雪猧儿"。[1]因为它体形娇小又善解人意，所以很快成为贵族尤其是女性的宠物，同时也很快成为描写女性生活中常见的点缀物。值得注意的是，在历代诗文中，猧儿往往与鹦鹉呈交互式出现，成为孤独空虚少妇生活的点缀。如《敦煌曲子词·倾杯乐》："年二八久锁香闺，爱引猧儿鹦鹉戏。"元稹《梦游春七十韵》："逡巡日渐高，影响人将寤。鹦鹉饥乱鸣，娇猧睡犹怒。"又明代王彦泓《疑雨集》中《无题四首》其二："鹦鹉自将新律教，猧儿闲取练香熏。"清代黄景仁《倚怀》："栀子帘前轻挪处，丁香盒底暗携时。偷移鹦母情先觉，稳睡猧儿事未知。"另外在周昉名作《簪花仕女图》中，也有一只金毛黑猧儿，因为两个仕女的目光牵引，这只猧儿也成了画面中引人关注的物事了。当然，唐诗中写到猧儿的著名诗篇，当数元稹《春晓》：

半欲天明半未明，醉闻花气睡闻莺。
猧儿撼起钟声动，二十年前晓寺情。

这种点到即止、含而不露的写法才是真正的诗意表达。所谓"二十年前晓寺情"，其背后的故事只宜写在小说《会真记》中，在诗里表达是不相宜的。中国社科院文学所编著的《中国文学史》曾经指出，"元稹作品中最好的是古今体艳诗和悼亡诗"，并在引录此诗之后说："这诗是《会真记》的张本，值得在文学史上着重提出的。"[2]现在我们知道相关章节出

---

[1] 参见蔡鸿生：《哈巴狗源流》，载《唐代九姓胡与突厥文化》下编《西域物种与文化交流》，中华书局1998年版。

[2] 中国社科院文学所：《中国文学史》，人民文学出版社1962年版，第464页。

于王水照先生的手笔。这种钱锺书式的按语,是在博览强记基础上的左右逢源,看似随手点染,却极具启发意义。当然,显而易见的是,杨慎的这首《浣溪沙》,正是祖述元稹《春晓》绝句,师其意不师其辞的结果。他把元稹的一首七言绝句增衍而成为一首《浣溪沙》,意思比原作更显豁一些。但相对于明词普遍的浅显直白,这首词仍以含蓄见长。

二、描绘女性体态声容

杨慎艳词中的女性描写,很少有纯客观的"写真",而是男性角色视野中"猎艳"式的打量,所以刻意突出的不是《诗经·硕人》或《洛神赋》那样的女性美,而是摇曳多姿的性感体态。这方面的代表作是《好女儿》二首:

> 柳似腰肢,月似蛾眉。看千娇百媚堪怜处,有红拂当筵,金莲衬步,玉笋弹棋。 心事一春谁问,同心结,断肠词。叹双鱼不见征鸿远,蕉心绿展,樱唇红满,梅子黄肥。

> 锦帐鸳鸯,绣被鸾凰。一种风流千种态,看雪肌双莹,玉箫暗品,鹦舌偷尝。 屏掩灯斜香冷,回娇眼,盼檀郎。道千金一刻须怜惜,早漏催银箭,星沉网户,月转回廊。

按:宋代词调有《好女儿》,调见晏几道《小山词》和黄庭坚《山谷词》;又有《好女儿令》,调见欧阳修《醉翁琴趣外编》。或以为二者是同调异体,其实句格、声律均有不同。沈际飞《草堂诗余新集》选录杨慎这二首词,题曰"佳人"。评语云:"郑声也,黄山谷常有之。"故或以为杨慎在祖述山谷词,而细按其格律,乃是《好女儿令》。而且在欧阳修《醉翁琴趣外编》中,其艳词远比《山谷词》中为多。或者可以说,欧公所作是本色艳词,山谷不过放浪形骸、插科打诨而已。此录欧阳修《好女儿令》如下:

> 眼细眉长，官样梳妆。靸鞋儿走向花下立。一身绣出，两同心字，浅浅金黄。　　早是肌肤轻渺，抱着了，暖仍香。姿姿媚媚端正好，怎教人别后，从头仔细，断得思量。

这里描绘的女性形象，"眼细眉长"的妆扮，"靸鞋儿"的举动，虽然词调为《好女儿令》，却不像是好女人。显然，这才是杨慎心摹手追的创作蓝本。

杨慎这两首词，着意香艳，刻画径露。前一首词上片写佳人的腰、眉、足（金莲）、手（玉笋），用了一连串的比喻。"柳似腰肢"，当出于元稹《所思二首》其一："庾令楼中初见时，武昌春柳似腰肢。相逢相失还如梦，为雨为云今不知。"玉笋比手，当出于韩偓《香奁集·咏手》："腕白肤红玉笋芽，调琴抽线露尖斜。"当然，以柳比腰肢、以玉笋比手者多矣，何以见得必出于元稹、韩偓？这是因为，一来元稹、韩偓二人乃是唐代的艳诗名家，二来杨慎词中多次化用二公之成句，适可谓屡见而不一见，足征《元稹集》《香奁集》都是杨慎经常光顾剽袭艳冶文辞的渔猎之所。

第二首实不仅写佳人，笔墨趣味，尤在写男女幽期欢会，因为情色意味较浓，所以崇祯本《金瓶梅》将此移用作第二十七回卷首词。[1]杨慎词调因为较为通俗，往往被移用于通俗小说，如清初刊本《三国志通俗演义》卷首《临江仙》（滚滚长江东逝水）即是一例。然而《金瓶梅》第二十七回乃是这部"淫书"中最色情的段落，即"李瓶儿私语翡翠轩，潘金莲醉闹葡萄架"是也。杨慎词不幸而入选于此回，也表明他的艳词确实"艳"到一定程度了。

在杨慎咏佳人体态词的系列中，他似乎对女人足尤感兴趣。前人往往对"佳人口""佳人腰""佳人手"等等部位写得较多，于足不过偶一及

---

[1] 在《金瓶梅词话》中，第二十七回卷首原为"头上青天自凭欺"诗一首，崇祯本始以杨慎词取而代之。

之，杨慎却是一写再写，几至于流连忘返、爱不释手了。如《生查子》：

  两朵活莲花，一对相思卦。裙底耍鸳鸯，巧笑难描画。　春困步苍苔，背立秋千下。心事倩谁传，花落西厢夜。

此首虽无题，实为写"美人足"。"两朵活莲花"，是从"金莲"说法变化来的，"活莲花"即会动的莲花。"相思卦"，或称鬼卦。旧时女子占相思卦，主要是预测丈夫或情人何时归来。唐时多用铜钱或金钗。如于鹄《江南曲》："众中不敢分明语，暗掷金钱卜远人。"刘采春《啰唝曲》："莫作商人妇，金钗当卜钱。"明清时则多用绣鞋占卦，妇人以弓鞋掷上而落地，视其反复分合，仰则夫归，俯则否。李开先《词谑·鞋打卦》云"不来呵跟儿对着跟儿，来时节头儿抱着头。丁字儿满怀，八字儿开手"，正是描写女子用绣鞋占卦的情形。《金瓶梅》第八回"潘金莲永夜盼西门庆"，清代蒲松龄《聊斋志异·凤阳士人》等篇，都有绣鞋占卦的描写。"裙底耍鸳鸯"，意谓裙下一双金莲忽前忽后，乍分乍合，犹如鸳鸯戏水。明代张烁散曲《油葫芦·闲情》云："冷参商数载别，耍鸳鸯一梦觉。"又明代民歌《锁南枝带过罗江怨》云："才成就，又别离，耍鸳鸯刚刚儿一霎时。"这些也都可证明所谓"耍鸳鸯"往往用指男女离别。

  同样题咏美人足的还有《灼灼花》：

  谁把纤纤月，掩在湘裙褶。凤翠花明，猩红珠莹，蝉纱雪叠。颤巍巍一对玉弓儿，把芳心生拽。　掌上呈娇怯，痛惜还轻捻。戏蕊含莲，齿痕斜印，凌波罗袜。踏青回露湿怕春寒，倩檀郎温热。

此首亦无题，但咏美人足是显而易见的。明季潘游龙编《精选古今诗余醉》选此，即题为"美人足"。又《兰皋明词汇选》中顾璟芳评曰："佳人之丽藻，如眼曰秋波，眉曰远山，手曰纤玉，此类甚多。至一钩三寸，更自可人,非艳思如此,未易宜称。"顾璟芳为明末清初人,其趣味口吻,犹可见晚明风习。"痛惜还轻捻","捻"字为多音字,此处当读如"捏",意亦同。"戏蕊含莲",意颇暧昧,虽用比喻,乃不隐而更显。正好《杨慎词曲集》附"杨夫人词曲"中有《南中吕驻云飞》二首:

叠雪香罗,窄窄弓弓玉一窝。凤嘴穿花破,龙脑浓熏过。嗏,洛浦去凌波。笑杀齐奴,枉把香尘涴。掌上擎来暖气呵。

戏蕊含莲,一点灵犀夜不眠。鸡吐花冠艳,蜂抱花须颤。嗏,玉软又香甜。神水华池,只许神仙占。夜夜栽培火里莲。

这两支曲子,在杨慎与其夫人黄峨作品中互见而并存。谢伯阳《全明散曲》亦两存之。实际它们当是杨慎的作品。首先,除"戏蕊含莲"之外,其他如"叠雪""玉弓""掌上擎来暖气呵"等等,皆不仅字面相似,很可能是出于同时创作,不过一曲一词,各呈风采而已。其次,此词既不免情色之玷,此曲更有直接的色情描写。黄峨自是多才,但她毕竟是有身份的闺阁女子,若真是出于她的手笔,则未免过分而无底线了。当然,就杨慎而言,其词已不免曲化之弊,但与其同题材词曲对比,则其曲更为直露放荡,等而下之,这表明在杨慎意识中,词曲还是有所区别的。

三、窥视男女偷期密约

如《巫山一段云》:

背壁羞娇影,回灯脱薄妆。暗中惟觉绣鞋香,解佩玉丁当。 好梦云将结,幽欢夜正长。迟迟懒上郁金床,故意恼檀郎。

在杨慎词中,《巫山一段云》《蝶恋花》往往写男女情事,或可视为咏本

调,即以调为题,或调题合一。这首词亦有渊源所自,其蓝本为韩偓《香奁集·五更》:

> 往年曾约郁金床,半夜潜身入洞房。
> 怀里不知金钿落,暗中惟觉绣鞋香。
> 此时欲别魂欲断,自后相逢眼更狂。
> 光景旋消惆怅在,一生赢得是凄凉。

方回《瀛奎律髓》选录韩偓此诗,评语曰:"前四句太猥,太亵,后四句始是诗。"[1]然而韩偓之为韩偓,或曰"香奁"之为"香奁",正在于前四句大胆出格的描写。方回既称其太猥太亵而仍选之,亦表明此类艳诗自有其存在的价值。而杨慎所看上的也正是前四句。当然,以惆怅、凄凉的灰青色调,去掩映或淡化前文的情色意味,也是韩偓常用的策略,而这一点杨慎似乎并没有学来。因为杨慎词中既保留了"暗中惟觉绣鞋香"原句,同时还保留了带有香艳意味的"郁金床"这个核心意象,所以我们有理由说,杨慎这首词显然不是出于个人情史之艳遇,而是因冬郎(韩偓之乳名)艳诗触发其创作契机。明季卓人月、徐士俊编选《古今词统》,清初顾璟芳等编《兰皋明词汇选》,都选了这首《巫山一段云》,这或者也可表明,杨慎这种艳词作风,在晚明词坛是颇受欢迎的。《古今词统》于"绣鞋"一句评曰:"当是玉香,独见鞋。"[2]详卓人月或徐士俊之意,绣鞋是不可能香的。其实玉亦无香。卓人月如此说,或者是从性心理学角度来说。这是可能的。成语所谓"秀色可餐",《西厢记》中张生唱词曰:"饿眼望将穿,馋口涎空咽。"皆可谓是基于性饥渴的心理错觉。

又如《蝶恋花》:

---

[1] 方回选评、李庆甲集评校点:《瀛奎律髓汇评》,上海古籍出版社1986年版,第288页。
[2] 卓人月、徐士俊编选,谷辉之校点:《古今词统》,辽宁教育出版社2000年版,第170页。

璧月琼枝风韵在，皎皎盈盈，自拗梅花带。一笑倾城迷下蔡，暗香疏影春难赛。　　年纪无多情性快，翠袖金杯，满劝深深拜。禅室散花元不碍，道人还了鸳鸯债。

这首词的情境有点像晏几道《鹧鸪天》(彩袖殷勤捧玉钟)，都是在酒宴上结识一位年轻貌美的女子。但杨慎是"酒不醉人人自醉"，后半乃作非非之想。末二句用释典。宋代叶廷珪《海录碎事》卷十三"鬼神释道部"载："释氏书言：昔有贤女马郎妇，于金沙滩上施一切人淫，凡与交者，永绝其欲。死，葬后，一梵僧来，云：'求吾侣。'掘开，乃锁子骨。梵僧以杖挑起，升云而去。"[1]是即所谓"以淫治淫"或"以淫止淫"。释氏或称马郎妇为锁骨菩萨，或称此即观音菩萨的化身。杨慎《词品》卷二"衲子填词"条，引录宋代寿涯禅师《渔家傲·咏鱼篮观音》云："深愿宏兹无缝隙，乘时走入众生界。窈窕丰姿都没赛。提鱼卖，堪笑马郎来纳败。　　清冷露湿金襕坏，茜裙不把珠缨盖。特地掀来呈捏怪。牵人爱，还尽许多菩萨债。"这里"菩萨债"即"鸳鸯债"，特指男女间的风流宿债。朱有燉套曲《北南吕一枝花·代人劝歌者从良》有云"鸳鸯债何时证本"，意谓鸳鸯债一旦清偿，歌妓就可以从良了。杨慎这里乃故作别解，谓纵情(散花)与修行(禅室)本亦无碍，或者说纵情声色便是修行的一种方式，如此便似为放纵情欲找到了口实，于是也就更加无所顾忌了。

第二节　杨慎艳词的创作策略

假如从南朝齐梁时期宫体诗之流行算起，到杨慎生活的嘉靖时期，大约一千年过去了；即便是从晚唐五代艳词的流行开始算起，到杨慎时也已经过去了五六百年。就艳体诗词创作来说，常用的手法、意象、语

---

[1] 叶廷珪著、李之亮点校：《海录碎事》，中华书局2002年版，第688页。

汇、技巧等等,差不多都被探索、尝试过了,于是后来者便不免会有资源枯竭、思致艰窘之叹。杨慎与一般词人不同的是,他不仅是才子,而且是学者,其记诵之淹博,是当时及后世人们所公认的。这样优越的主观条件,遇上艳词创作难乎为继的客观环境,杨慎便很自然地走上了信手取材、化旧为新的创作道路。他的基本策略有二,一是夺胎换骨,二是点窜改造。不过与贺铸、周邦彦等人不同,他并没有把温庭筠、李商隐、李贺等人作为主要的打劫对象。因为对艳情题材的特别关注,他对中唐诗人元稹、晚唐才子韩偓这样的艳诗高手,以及北宋时的几位艳词作者特别感兴趣。因为贪多求快,不耐琢磨,杨慎在化旧为新方面,没有像黄庭坚或江西诗派那样,在夺胎换骨、点铁成金、师其意不师其辞等等技巧手法方面花费太多的工夫。相比较而言,他的做法更省力、更率意,以至于在集句、檃栝、改写与创作之间几乎没有明确的分界线了。

一、夺胎换骨

这里所谓夺胎换骨,主要表现为从前人诗词中采撷意象或成句融入己作。这方面较为成功的如《浣溪沙》:

步彻香尘倚画阑。丛头合凤尾交鸾。金莲并蒂月双弯。　宋玉东邻芳草软,江淹南浦落花干。抱云勾雪近灯看。

这首词中,"宋玉东邻"犹言美女,"江淹南浦"代指离别,都是常用典故。次句"丛头合凤尾交鸾",当是"凤鸾交"的变化表达。而"凤鸾交"可兼指二义。一是指男女结合成夫妻,如元杂剧《张生煮海》第二折仙姑唱词:"连理枝并蒂开,凤鸾交鱼水谐。"二是指男女交合,如《竹坞听琴》第四折郑彩鸾唱词:"成就了碧桃花下凤鸾交,怕什么出家儿被教门中耻笑。"本词中既说凤鸾交尾,应是指男女交合。这首词中更为新警的词句是"抱云勾雪",而这也不是杨慎自铸之新词,而是从张先《庆金枝》词中借用来的。张先原词为：

> 青螺添远山，两娇靥，笑时圆。抱云勾雪近灯看，妍处不堪怜。今生但愿无离别，花月下，绣屏前。双蚕成茧共缠绵，更结后生缘。

这是《张子野词》中的香艳之作。陆侃如、冯沅君《中国诗史》引录这首词，并指出这里是"以'云'与'雪'代女人的肉体"[1]，应是合乎情理的解说。虽说是写女人的肉体，但毕竟借助于云雪之喻的遮掩，冲淡了一些情色意味，至少从字面上看，比鸾凤交尾要雅一些。像这样的局部借用，应该是可以允许的，也是比较成功的。

二、点窜改造

杨慎词中有不少作品注明为"集句"或"檃栝"之作。如《捣练子·集句·伤乱》六首、《浣溪沙·集句》（洞里仙人碧玉箫）、《忆王孙·落花集句》（绣笣红蒂堕残芳）、《瑞鹧鸪·集句·咏巫山高》（望中孤鸟入销沉）、《忆王孙·集句》（谁家红袖倚江楼）等，都标明为"集句"之作。他如《塞垣瑞鹧鸪·檃栝唐诗以补唐曲》、《满江红·檃栝潜夫词，忆李中溪种玉园梅》，以及《花犯念奴》檃栝朱日藩《清调曲》等，亦皆明示为檃栝之作。这或可表明，杨慎对于前人的"知识产权"，还是有所尊重的。然而除了这些标明"集句""檃栝"者之外，杨慎词中又有相当数量的作品，不同程度地采用或化用前人诗词成句，甚或只是在前人作品基础上稍加点窜改造。按照两宋以来约定俗成之法，"异体相袭"，或无不可。邹祗谟《远志斋词衷》谓："诗语入词，词语入曲，善用之即是出处，袭而愈工。"[2]况周颐《蕙风词话》卷一亦云："两宋人填词，往往用唐人

---

[1] 陆侃如、冯沅君：《中国诗史》，作家出版社1957年版，第625页。
[2] 唐圭璋辑：《词话丛编》，中华书局1986年版，第659页。

诗句;金元人制曲,往往用宋人词句。"[1]这就是说,随着诗、词、曲各体代兴,以旧体之隽句秀语剪裁化用于新体,乃是文体嬗变之常见手法。此即所谓"异体相袭"。与此相应,同一体裁之中,如以前人诗句入诗,或以前人词中成句入词,就会被视为抄袭或剽窃。在杨慎词中,有用前人诗句者,亦有用前人词中语句者。而更大的问题在于他有时不是仅用一句,又往往不仅是化用前人成句,而是诗之整篇或词之一片的改头换面,这就难免剽袭之讥了。

比较极端的例子是《个侬·艳情》一篇。这首词基本上是在南宋廖莹中《个侬》一词基础上改造的。为了说明问题,试把廖莹中原作与杨慎改作一并抄录于下。廖莹中《个侬》:

恨个侬无赖,卖娇眼、春心偷挪。苍苔花落,先印下一双春迹。花不知名,香才闻气,似月下箜篌,蒋山倾国。半解罗襟,蕙薰微度,镇宿粉、栖香双蝶。语态眠情,感多情、轻怜细阅。休问望宋墙高,窥韩路隔。　寻寻觅觅。又暮雨凝碧。花径横烟,红扉映月,尽一刻、千金堪值。卸袜熏笼,藏灯衣桁,任裹臂金斜,搔头玉滑。更恨檀郎,恶怜深惜。尽颤袅、周旋倾侧。软玉香钩,怪无端、凤珠微脱。多少怕晓听钟,琼钗暗擘。

杨慎《个侬·艳情》:

恨个侬无赖,娇卖眼、春心偷挪。苍苔落花,一双先印下,月样春迹。闻气不知名,似仙树御香,水边韩国。罗襦襟解闻香泽,雌蝶雄蜂,东城南陌。何人轻怜痛惜。窥宋玉邻墙,巫山宁隔。寻寻觅觅,又暮云凝碧。良夜千金,繁华一息。楚宫盼睐留客。爱

---

[1] 唐圭璋辑:《词话丛编》,中华书局1986年版,第4419页。

长袖风流,钟情何极。唱道是、凤帏深处附素足。颤袅周旋,恶怜伊尽倾侧。叫檀郎枉春夕。恐佳期、别后青天样,何由再得。

无须逐字逐句比对,杨慎的《个侬》为廖莹中原词之改作,应该是毋庸置疑的。清代丁绍仪《听秋声馆词话》卷十一云:"周美成制《六丑》调,杨升庵嫌其名不雅,改称《个侬》。若不知宋人廖莹中自有《个侬》本调,前后极整齐。……按:莹中字群玉,为贾似道客,乃宋末人。升庵生有明中叶,其为窜易廖词,窃为己作可知。相传升庵未贬时,每阑入渊阁,攘取藏书,妄意似此单词,世无传本,可以公然剽掠,初不料二百年后,原词复行于世。余尝谓升庵得志,决非纯臣,盖自视过高,意天下后世皆可欺,其不为忌惮之小人也几希。"[1]今人王文才辑校《杨慎词曲集》,注云:"此阕乃改廖莹中《六丑》词旧作,并易调名,编集失注。《听秋声馆词话》卷十一谓升庵窃为己有,要非事实。"[2]实际杨慎改窜廖作而不加说明,其攘夺之意显然。这就不是偶然之"失注",而是创作之失范。丁绍仪所谓"升庵得志,决非纯臣",由为词而否定其人,固然不妥,然而王文才先生欲为升庵"洗白",亦大可不必。杨慎《词品》中剽掠前人著述之处甚多。如元代吴师道《吴礼部诗话》、明代田汝成《西湖游览志余》、宋代陈模《怀古录》中的成段文字,皆一字不落地照抄,从无说明[3],足以佐证这是杨慎一贯的作风,而不仅仅是偶然"失注"问题。另外要加说明的是,《个侬》与《六丑》并非同调异名,而且始称《个侬》者也是廖莹中而非杨慎。廖莹中《个侬》虽然大多用周邦彦《六丑》(正单衣试酒)原韵,但因为多处突破原作格律,故当另为一调,其以"个侬"为调名,并未说《个侬》即《六丑》,可见《个侬》为"变旧曲作新

---

[1] 唐圭璋辑:《词话丛编》,中华书局1986年版,第2706页。
[2] 杨慎著、王文才辑校:《杨慎词曲集》,四川人民出版社1984年版,第66页。
[3] 参见张仲谋:《明代词学通论》中卷第三章,中华书局2013年版。

声"之新调名。而杨慎之改作,虽然词句变化不大,却是有意向周邦彦《六丑》原作原韵靠拢。细按其句法格律,廖莹中是变《六丑》为《个侬》,杨慎则保留了《个侬》调名,按格律又返归于《六丑》了。此种缠绕纠结状况,丁绍仪等人并没有梳理清楚。

又如《款残红》:

> 花径款残红,风沼萦新皱。有意惜余春,无计消长昼。香醪泻玉洼,瑞脑喷金兽。谁与共温存,寂寞黄昏后。　频移带眼空,只恁恹恹瘦。不见又思量,见了还依旧。为问频相见,何似长相守。天生并头莲,好结同心藕。

按:《款残红》一般认为是杨慎自度曲,纯为五言句式。款者,留也,爱惜落花之意也。以上所录,究竟是两首还是一首之上下片,历来看法不同。《升庵长短句》卷二、李谊《历代蜀词全辑》及《全明词》均作二首;晚明沈际飞编选《草堂诗余新集》卷三、潘游龙《精选古今诗余醉》卷二、清代沈辰垣等《历代诗余》卷五十,均作为一首。《历代诗余》解题曰:"此杨慎自名调,乃入韵五言古诗,实合《生查子》二调为一调,换头用李之仪《谢池春慢》语。以其独立一调,存之。"[1]而万树《词律》及康熙敕编《词谱》均未收。和前此所举多例一样,杨慎这首《款残红》,很难说是一首独立的真正意义的创作,而是在宋代李之仪《谢池春慢》一词基础上的改造。李之仪原词如下:

> 残寒销尽,疏雨过、清明后。花径敛余红,风沼萦新皱。乳燕穿庭户,飞絮沾襟袖。正佳时,仍晚昼。著人滋味,真个浓如酒。频移带眼,空只恁、厌厌瘦。不见又思量,见了还依旧。为问频相

---

[1] 沈辰垣等:《历代诗余》,上海书店出版社1985年影印本,第703页。

见，何似长相守。天不老，人未偶。且将此恨，吩咐庭前柳。

以杨慎《款残红》与李之仪《谢池春》对读，可以明显看出二者之间的因袭关系，只不过在局部又从李清照《醉花阴》中撷取了"愁永昼""黄昏后""瑞脑销金兽"等字面或意象。由此亦可知，《款残红》即是在李之仪《谢池春》一词基础上的增演放大，所以只能把前后两部分视为一首词的上下片而不应视为二首。

又如《虞美人》：

檀槽凤尾龙香拨，一串骊珠落。风流傅粉媚何郎，解唱春风一曲杜韦娘。　溶溶荫锁梨花院，宋玉愁空断。虚无只少对潇湘，却似满城风雨近重阳。

这首词，初读之便觉字句颇为眼熟，似曾相识，但也只以为是升庵腹笥丰厚，信手拈来，及至逐句查验，乃知其句句皆有出处：

檀槽凤尾龙香拨（辛弃疾《贺新郎》："凤尾龙香拨"）
一串骊珠落（滕玉霄《百字令》："香云卷雪，一串骊珠引"）
风流傅粉媚何郎（欧阳修《望江南》："身似何郎全傅粉，心如韩寿受偷香"）
解唱春风一曲杜韦娘（刘禹锡《赠李司空妓》："春风一曲杜韦娘"）
溶溶荫锁梨花院（晏殊《无题》诗："梨花院落溶溶月"）
宋玉愁空断（李贺《恼公》："宋玉愁空断"）
虚无只少对潇湘（杜甫《即事》："虚无只少对潇湘"）
却似满城风雨近重阳（潘大临断句"满城风雨近重阳"）

以上各句中，或用全句，或于句首加二字，除第三、第五句变化较大（当然也可能是暂未发现其出处）外，其他各句之袭用性质都是较为明显的。这就和"集句"差不多了，然而杨慎并未加注。也许此举带有逞才使气或恶作剧意味，即借此检验后人的记诵功夫，发现了是他的，发现不了便是我的。这从创作原则来说显然是不足为训的。

杨慎在夺胎换骨、化旧为新方面当然也有许多成功的例子。在前面所举各例中，如其《好女儿》之于欧阳修《好女儿令》，虽似有欧词的遗传基因，却又不着痕迹。又如《浣溪沙》袭用张先"抱云勾雪"之警句，《浣溪沙》"猧儿撼晓动帘钩"化用元稹《春晓》之句，皆可谓夺胎换骨，化旧为新，虽能见出承传之迹，总还是杨慎用心之作。至如《巫山一段云》袭用韩偓《香奁集·五更》，《款残红》袭用李之仪《谢池春》，则不免剽掠过甚，有损于才子杨慎的人格与词品了。

第三节 杨慎艳词的艺术特色

考察杨慎艳词的创作特色，可以有两种思维取向：一种是把杨慎艳词放在唐宋以来艳词发展的背景下来看其发展变化，另一种是以杨慎艳词与同时代词人比较以见其个性特色。因为在杨慎所处的明代中期，至少在艳词创作这一方面，没有产生足以与杨慎比长量短的艳词作者，所以我们这里主要立足于纵向考察，看杨慎在艳词发展史上有何新变。

一、创作旨趣：由代言到自娱

杨慎的艳词创作，明显体现出一种自我的或男性中心的视点。无论是描述男女幽期欢会时的贪馋饥渴，还是对女性体态充满情色意味的打量与刻画，都显然是以男性为中心的。所谓爱美之心，人皆有之，对女性美的爱赏，本来是一种正常的、健康的生理或心理现象。但杨慎词中所写，往往不是或主要不在于展示其女性美，而是意在捕捉其性感的一面。这也就是说,杨慎艳词中的女性,主要不是一种审美对象,而是一种性意识的客体。而在唐宋艳词中所常见的"代言体",所谓"男子而作闺音"的现象,在杨慎词中是颇为少见的。

这种创作态度及其手法的变化,或与词的音乐性的蜕化有关。在杨慎所处的嘉靖时期,流行的音乐文学有南曲、北曲和时调民歌,而词的音乐属性早已脱落或蜕变为一种文学形式的底色或背景,词也就成了纯粹的案头文学了。代言体的出现本身就是出于歌女伶人表演的需要,故以《诗经》之国风、汉魏六朝乐府、唐声诗或新乐府,以及宋词、元曲中为多。到了明代,因为词不再是为歌伎、乐工所写的歌词,所以模拟女性声口的"代言体"也就失去了存在的前提,那种以女性为抒情主人公的词作就大为减少了。词作不再是为他人(宋人所谓"敢陈薄技,聊佐清欢"),而是用于自娱自乐,当然也可供其他读者(其中绝大多数为男性读者)欣赏,于是男性词人不再是隐身幕后,而是直接站到了前台。如果说唐宋词中的抒情主人公与词人往往不是一回事,那么到了明代,词人与抒情主人公的叠合统一现象则愈来愈突出了。

二、风格追求:香艳浅俗

创作旨趣的变化带来了词的内容与风格的一系列变化。

首先,从词中描写的女性形象来看,杨慎艳词中的女性,大都似青楼女子,其长相未必不佳,只是欠庄雅耳。如《蝶恋花》:"剪剪秋波灯下见,浅笑轻颦,一似花枝颤。"《菩萨蛮》:"袅袅腰肢浑似柳,碧花茗椀劳纤手。清昼小横陈,阳台梦未真。"《菩萨蛮》:"蛾眉梳堕马,象口熏残麝。浓睡带余醒,翠窗啼晓莺。"《蝶恋花》:"璧月琼枝风韵在,皎皎盈盈,自拗梅花带。""年纪无多情性快,翠裙金杯,满劝深深拜。"《浣溪沙》:"雪里佳人特地来,红裙翠袖小弓鞋。杨花飞处牡丹开。"……这些词中描写的女性,皆不像是良家女子。至于像《好女儿》中"一种风流千种态""回娇眼,盼檀郎",《灼灼花》中"凤翠花明,猩红珠莹,蝉纱雪叠",《赛天香》中"柳裛花停""媚眼射注檀郎"等等,更显然是长于卖弄风情的青楼女子了。

或曰:既然是写艳词,不正当如此写吗?假如说词中女子凛若冰霜,一味矜持,那还能是艳词吗?其实不然。唐宋时期的艳词,除了少数俗词溺于情色,大多数艳词还是有底线、有格调的。譬如张先《谢池春慢·玉仙观道中逢谢媚卿》,其中写道:"尘香拂马,逢谢女,城南道。秀艳过施粉,多媚生巧笑。斗色鲜衣薄,碾玉双蝉小。"这个谢媚卿,无论是从名字来看,还是从她过施粉、多媚笑的做派来看,恐怕只能是花街柳巷中人。单看这几句描写,与杨慎的艳词好像也没有多少区别。可是张先接下来写道:"欢难偶,春过了。琵琶流怨,都入相思调。"这就由前面略带情色意味的描写,一转而化为伤春伤别的绮怨情调了。又如张先《一丛花令》,前面写幽会:"双鸳池沼水溶溶,南北小桡通。梯横画阁黄昏后,又还是、斜月帘栊。"虽然镜头从画阁内的男女向外摇移,去照摄那楼上垂下的软梯,又摇向池中的双鸳,借此把男女交欢情事处理到幕后去了,而读者借助于生活经验或戏曲记忆,仍可想见类似张生与莺莺或潘必正与陈妙常的幽期欢会。然而词的结尾是:"沉恨细思,不如桃杏,犹解嫁东风。"也是由一晌偷欢归之于别后幽怨。吴曾《能改斋漫录》论柳永、张先之别,曰:"子野韵高,是耆卿所乏处。"盖指此类。这倒也不是所谓"发乎情止乎礼",就艳词而言,若是止乎礼,严词峻拒、凛不可犯,那就未免煞风景了。刘熙载《艺概》曰:"温飞卿词精妙绝人,然类不出乎绮怨。""绮怨"二字,大有讲究。盖怨而不绮,则非为艳词;绮而不怨,则有伤格调。张先以绮艳之描写加幽怨之情思,庶几两全其美。相比之下,杨慎一味刻画色相,沉溺于欢情,便觉有失格调,艳而不免于俗了。

其次,与人物形象塑造相关,还有身边器物、意象的点缀渲染。缪钺先生《论词》一文中说:词中所谓语汇、字面,"一句一字,均极幽细精美之能事"。"是以言天象,则微雨、断云、疏星、淡月;言地理,则远峰、曲岸、烟渚、渔汀；言鸟兽，则海燕、流莺、凉蝉、新雁；言草木，则残红、飞絮、芳草、垂杨。"[1]而在杨慎词中，一个显著的变化是自然环境的消隐后退。词人几乎无暇关心天象、地理、鸟兽、草木等等身外之物，兴奋点全在女性容貌与男女情事了。当然杨慎词中也点缀了不少鸟兽草木之美的自然意象，但这些意象几乎都是围绕男女情事来取舍的。于是我们在杨慎艳词中，看到的常见意象是：鸳鸯、蝴蝶、鸾凤、并头莲、同心藕、莺莺燕燕、浪蝶狂蜂、莺闺燕阁、蝶醉蜂痴、雌蝶雄蜂、离鸾别凤。这些在《西厢记》中的老夫人或《牡丹亭》中的塾师陈最良看来，最容易勾起少男少女们思春之情的物事，几乎成了杨慎艳词中不可或缺的点缀或装饰。而与人相关的词语是：佳人、玉人、谢女、檀郎、燕姬、仙娃、巫娥、纤腰、雪肌、风流、妖娆、浅笑轻颦、千娇百媚，还有暗喻男女情事的巫山巫阳、行云行雨、抱云勾雪、弄粉团香之类。于是杨慎艳词中就弥漫着一股挥之不去的荷尔蒙气息。从这里也可以看出杨慎艳词的创作旨趣，不是在精神或审美层面，追求的就是世俗之好与感官刺激。既然是这样的创作心态，那还雅得起来吗？

再从语体风格来说，杨慎似乎也没有刻意远俗的意识。贺裳《皱水轩词筌》曾云："小词须风流蕴藉，作者当知三忌：一不可入渔鼓中语言，二不可涉演义家腔调，三不可像优伶开场时叙述。偶类一端，即成俗劣。"[2]"渔鼓"本是一种乡野间的乐器，这里借指用渔鼓伴奏的"道情"一类说唱艺术。演艺家当指评话艺人，优伶即戏曲演员。总此三者，皆可归入通俗文艺范畴。而我们据此来看杨慎艳词，则几乎三忌全犯。如《好女儿》中"柳似腰肢，月似蛾眉""锦帐鸳鸯，绣被鸾凰""千娇百媚堪怜处""一种风流千种态"，《生查子》中"两朵活莲花，一对相思卦。裙底耍鸳鸯，巧笑难描画"，《蝶恋花》中"璧月琼枝风韵在""年纪无多

---

[1] 缪钺：《诗词散论》，开明书店1948年版，第5页。
[2] 唐圭璋辑：《词话丛编》，中华书局1986年版，第711页。

情性快",《赛天香》中"柳袅花停,莺莺燕燕标格",如此之类,也许很难用贺裳"三忌"之说一一对号入座,但大判断是非常清楚的,即这样的语言,基本上是邻于郑卫,或接近通俗文艺腔调的。

三、语体风格:浅俗俳谐

杨慎的艳词有些过于口语化。如《西江月》:

> 酿造一场烦恼,只因些子恩情。阳台春梦不曾成,枉度雨云朝暝。　燕子那知我意,莺儿似唤他名。消除只有话无生,除却心头重省。

又如《误佳期》:

> 今夜风光堪爱,可惜那人不在。临行多是不曾留,故意将人怪。　双木架秋千,两下深深拜。条香烧尽纸成灰,莫把心儿坏。

作为大学者、大才子的杨慎,写出这种近乎白话的词来,可能带有探索试验意味,也可能创作定位就是通俗歌曲。其实在唐宋词中,多用口语而成为佳作乃至杰作者皆不乏其例。如欧阳修《生查子》(去年元夜时)、李清照《声声慢》(寻寻觅觅)、李之仪《卜算子》(我住长江头)、辛弃疾《丑奴儿》(少年不识愁滋味)等等,皆多用口语白话,而不害其为名篇杰作。可见问题不是出在用口语上,而在于词作本身是否有诗意。杨慎疏于提炼,信口信手,便觉得有如生活中的絮絮叨叨,终不免既浅且俗了。

另外还有语言节奏问题。在语词内容较为中性的情况下,语体风格的庄严、深沉抑或轻松、俳谐,与语言节奏的助成大有关系。杨慎是个大文学家。这里的"大"不仅指他创作的量大,而且兼指其采用文体的丰富多样。他不仅兼擅诗词曲等各体形式，甚至还写过《十七史弹词》这样的通俗文学作品。他尽管存词数百首，给人的感觉却并非本色词人。这好像有点奇怪。他是那么老于文字，只要能想得到，便自然能组织成韵语，在文字或修辞方面，他不会有问题。说他不是本色词人，是说他于词的音乐感及其声韵节奏，有点缺乏感觉；或者说，是因为出手太快，缺乏推敲或打磨。闻一多曾在《歌与诗》一文中指出："在歌里，'意味'比'意义'要紧得多，而意味正是寄托在声调里的。"[1]明代著名词人中，杨慎以及稍后的王世贞，都是老于文字而疏于声调的非本色词人。

为了便于说明问题，试看他的一首《天仙子》：

忆共当年游冶乐，小小池塘深院落。相亲相近不相离，花下约，柳下约，一曲当筵金络索。　　回首欢娱成寂寞，惊散鸳鸯风浪恶。思量不合怨旁人，他也错，我也错，好段姻缘生误却。

《天仙子》词调，晚唐五代时为单调五仄韵，宋时加叠成为双调。因为押仄声韵，韵位较密，其三言、七言句式又皆为单式句，缺少顿宕或变化，所以会有音韵急促之感。但我们诵读宋代张先的名篇"水调数声持酒听"一首，却并没有声韵急促的感觉，这就和词人的音乐素养以及对词体的认识与把握大有关系了。当然，明人笔下的《天仙子》与宋元有所不同，那就是上下片的两个三字句，在宋元时代并不像明人这样呈复叠态势。如张先共有《天仙子》四首，其三字句如"临晚镜，伤流景""风不定，人初静"皆不作叠句。其他词人如周紫芝、李弥逊、吕渭老、冯时行、陈亮、张孝祥，元代词人如卢挚、程文海、梁寅等人，皆有《天仙子》，也都不用叠句。可是不知为什么，一到明代，多数词人几乎不约而同都变成叠句了。如高启《天仙子·怀旧》："莺也换，人也换，不问谁家花惜看""山

---

[1] 闻一多：《闻一多全集》第一册，上海书店出版社1982年版，第183页。

一半，水一半，望眼别肠齐欲断"。瞿佑《天仙子·江宁道中》："山十里，水十里，回首家乡烟雾里""风又起，雨又起，催并行人愁欲死"。当然也有不作叠句的，如顾恤、夏旸、柴奇、李汛诸人所作，但总以叠句者为多。杨慎词中共有三首《天仙子》，皆作叠句，这表明在当时这种写法几乎已成为一种约定俗成了。我们自然不能说这种叠句法一定会造成某种效果，但可以肯定地说，杨慎词中的"花下约，柳下约""他也错，我也错"，以及其他篇中的"金凿落，银凿落""他也误，我也误"之类，至少在一定程度上助成了《升庵词》俳谐打油的"莲花落"意味。包括他好用的仄韵《蝶恋花》，也往往会有一种"顺口溜"意味。

第四节 杨慎艳词创作的词史意义

尽管杨慎在词体创作上取得了一定成就，也形成了某些新变与特色，但在他所生活的嘉靖时期，他周围并没有形成一个词人群体或流派。应该说，杨慎大半生贬居云南，僻处一隅，确实在很大程度上限制了他在文坛的影响力。无论是和烟波画桥的江南相比，还是和金马玉堂的京师相比，当时尚为蛮荒的滇云都不是词体文学理想的生存环境。当时追随他的"杨门六学士"或"杨门七子"，虽然在滇云藉藉有声，大都不长于词。其中张含、杨士云各存词六首，又诗人同道中薛蕙存词一首，后进追随者中朱日藩存词二首。这些围绕在杨慎身边的文人存词既少，亦无从考察其风格路数。所以当初虽然也有关于杨慎词派的学术假设，事实证明是不成立的。

然而，假如把杨慎的艳词放在明词发展进程中，便会立刻呈示出独特的词史意义。

首先，单就艳词一脉的发展来说，杨慎的艳词创作是明代艳词史上一个重要的节点。明代前中期，从明初的杨基、瞿佑，到弘治、嘉靖时期的陈霆、张𫄷，词人笔下时见艳词而鲜有专攻。而杨慎以放废之身，以艳词代醇酒妇人，其创作对晚明艳词的全面蔚兴产生了重要影响。所以鸟瞰明代的艳词发展，杨慎在前中期是一个点，到晚明则是一大片。而从艳词之流变来看，杨慎之前的艳词犹为宋调，是唐宋艳词的一脉流衍。如杨基《蝶恋花》（新制罗衣珠洛缝）、聂大年《卜算子》（杨柳小蛮腰），一直到与杨慎约略同时的陈霆《风入松》（玉京曾记擅风流）、张綖《踏莎行》（芳草长亭）等等，皆可视为唐宋艳词的流风余韵。正所谓佳处在此，短处亦在此。赞之者或称其有唐宋风致，而换个角度看则是尚无自家面目。明代开国百年之久，词坛尚奉前朝正朔，从词的发展来说，因循守旧或模仿重复是不值得肯定的。而自杨慎开风气之先，经吴承恩、高濂诸家至晚明吴中的艳词派，明代艳词熔词曲与民歌于一炉，浅俗而加清新俊快，遂尔自成一体。虽然如吴鼎芳、董斯张诸人从来没有祖述杨慎的说法，但是晚明艳词在世俗化的艳情趣味，以及散曲化、民歌化的风格手法等方面，与杨慎词可谓如出一辙。

其次，从"明体词"的发展来说，杨慎更是一个里程碑式的人物。"明体词"的概念，是肖鹏博士在其《群体的选择——唐宋人词选与词人群通论》一书中首先提出的。在该书增订版第八章《唐宋人词选的明代传播》中，肖鹏博士说：

> 自永乐而下，至明代中叶成化、弘治年间，前后约百年，为明词的沉寂和酝酿时期。……在此期间，明人的词最终舍弃了元词的成分，真正蜕变和凝定为"明体词"：体尊小令，格尚香软，思致浅鄙，语言烂熟。基本特征体现为"浅、小、艳、俗"四字。浅者才识浅薄、意境浅露、语言浅淡，小者观念上词为小道、体裁上崇尚小令、境界上格局狭小，艳者题材内容上追求情色爱欲、艺术风格上追求淫艳香软，俗者词体混淆于曲体、情调鄙俗、语言烂熟、文人俗气。[1]

---

[1] 肖鹏：《群体的选择——唐宋人词选与词人群通论》，凤凰出版社2009年版，第398—399页。

这一段话文字不多，却基本揭示了肖鹏博士对"明体词"的看法。应该说，肖鹏博士具有很强的学术敏感性和判断力，尽管他并不专门研究明词，但不可否认，他对明词的特点或缺点的指认大致准确。我们愿意采用他所拈出的"明体词"的概念，而对于他的判断与论述，则有两点修正意见。其一，肖鹏博士在阐释明体词的基本特征时，曰浅薄、狭小、鄙俗、俗气，嗤点揶揄意味是非常明显的。而我们认为，明词在其特定的历史文化语境下，确实形成了与前之唐宋词、后之清词有以区别的自家面目或自家特色，形成了堪称特色而不仅仅是缺点的"异量之美"。所谓"明体词"，就是对这种典型的明词特色的概括与体认，是明词的特色而不是缺点。其二，关于明体词的形成时间：肖鹏博士认为自永乐而下，至成化、弘治的约百年间，为明体词的蜕变与凝定时期；而我们认为，永乐至成化的近百年间是词坛的衰敝期，弘治、嘉靖时随着词的复兴，词人才开始探索明体词的自家面目。

因为晚明艳词集中体现了"明体词"的基本特征，所以无论谈艳词发展还是"明体词"的形成，杨慎都是一个里程碑式的人物。有了杨慎这样的先行者，然后有王世贞《艺苑卮言》的簸扬鼓吹，有适逢其会的晚明文化语境，此种追求才可能成为词坛群体之选择，才可能产生由吴鼎芳、顾同应、董斯张、施绍莘等吴中词人组成的"晚明艳词派"，"明体词"才算真正定型。所以把艳词发展与"明体词"的形成绾合为一体，鸟瞰整个明词的发展走向，才能更好地彰显杨慎艳词创作的词史意义。

第六章　论晚明艳词派

"艳词",或作"艳情词",具体所指或因不同语境而略有出入,但基本内涵是稳定的。《旧唐书·温庭筠传》说他"能逐弦吹之音,为侧艳之词",《旧五代史·和凝传》称其"长于短歌艳曲",又词史上早有"词为艳科"之说,虽无统一界说,意实相通。在艳词这个宽泛概念中,一端是一般意义的爱情词,另一端则是带有情色意味的狭邪之词。若逼近考察,当然仍可细分种种名目。细分或便于同中求异,而统观亦利于综合考察。此处所谓艳词,即取其通常且宽泛的意义,指以春情、相思、欢爱、慕悦等男女之情为题材的词作。在这里我们想改变那种以宋词为圭臬的思维定式,主要立足于看发展求特色,而不是比优劣论高低。我们认为,不仅一代有一代之词,抑且一代有一代之艳词,如果把特色与缺点分开来说,在晚明特定文化语境中形成的艳词,亦自有其与唐宋艳词不同的特色。

明代社会进入万历年间之后,思想解放,人性张扬,而相与俱来的则是纲常解散,人欲流荡。艳情小说如《金瓶梅》《国色天香》《绣谷春容》;戏曲如演绎杜丽娘、柳梦梅爱情故事的《牡丹亭》,演述潘必正与陈妙常爱情故事的《玉簪记》,以及袁于令《西楼记》、孟称舜《娇红记》,时调民歌如当时文人津津乐道的《挂枝儿》《劈破玉》《打枣竿》等等,一时之间,艳情文学几乎遍染各种文学体裁与文艺形式。晚明艳词的繁荣,首先是由这种特殊的文化语境所决定的。

从创作总量及其所占比例来看,《全明词》和《全明词补编》所收词在二万五千首左右,而进入万历之后的词作至少在一半以上,其中广义的艳词又占了较大的比例。当然这只能是一个基本判断,要量化到具体数字在目前来说是比较困难的。但有一点可以肯定,在晚明词的各种题材中,艳词所占比例应该是最大的。其余如写景、咏物、咏怀、谈艺、节序、应酬(幛词)等等,林林总总,但没有哪一项能达到艳词所占比例。须知在明词题材泛化的背景下,词的题材主题远不像唐宋时期那么单纯专一,艳词能够占到二成三成,比唐宋时期所占比例当然要少,但要和明代万历之前的词坛状况来比,这已经算是很高的比例了。我们看魏之皋(三华居士)《题情词昔昔盐序》中所云:"自乐府之变,而情词艳曲,于今为烈。"[1]《昔昔盐》当然是散曲集,但魏之皋可是以"情词艳曲"相提并论的。又毛晋《花间集跋》中云:"近来填词家辄效颦柳屯田,作闺幨秽亵之语。"[2]此跋具体写作时间不详,然大致在崇祯时期。由这两家序跋来看,晚明时期艳词的兴盛,在时人来说应该是已成共识的。

晚明以至清初,出现了一大批以艳词著称的词人。其中不仅包括我们列入晚明艳词派的吴鼎芳、顾同应、董斯张、施绍莘、单恂、沈谦等人,云间派的陈子龙、李雯、宋征舆、计南阳、宋征璧、宋存标等,都是以香艳缠绵为特色的,同时还应该包括那些由明入清的香艳词人如贺裳、龚鼎孳、邹祗谟、董以宁、吴绮等人。于是我们可以发现这样一个史实:在晚明以至清初那个词学的特定时空,比较知名的词人大都以香艳为特色。香艳词风成为彼时的风会所趋,于此可以得到证明。

本章所论列的晚明艳词派,主要是由万历至崇祯时期(1573—1644)吴中地区即苏州、常州、松江、湖州、杭州一带词人组成。本章将通过考察明代艳词的前后嬗变,分析晚明艳词繁荣的理论基础,初步勾勒出

---

[1] 魏之皋辑:《新刻点板情词昔昔盐》,明万历三十四年刻本,卷首。
[2] 毛晋:《花间集跋》,见《汲古阁书跋》,古典文学出版社1958年版,第112页。

晚明艳词派的基本阵容,并通过对若干代表性艳词作家作品的分析,揭示明代艳词的内涵特色。从特定意义来说,晚明艳词的特色在一定程度上代表着明词特色;如肖鹏先生所拈出的"明体词"概念,也只有在晚明艳词中才能得到较为充分的表现。

第一节 艳词派的前驱

明代艳词的发展,是与嘉靖时期词的复兴同步的。所谓"明词中兴,始于嘉靖",具体到艳词一支,亦可作如是观。当然,嘉靖之前亦有艳词,此正如唐宋以来一直有艳词一样。然而明代前期(主要指明初)的艳词,乃是沿袭宋元艳词的风格路数,与其说是明代艳词之发轫,毋宁说是宋元艳词之尾声。而且总体看来,数量不多,故此处略而不论。嘉靖时期,艳词与词学复兴同步发展。张綖《诗余图谱·凡例》谓词当以婉约为正宗,何良俊《草堂诗余序》称词以婉转妩媚为善,这种主婉约、黜豪放的词学观,客观上成为艳词发展的前提与背景。由嘉靖到万历,艳词创作随着词体的复兴在同步发展。在这一过程中,杨慎是一个里程碑式的人物,因为篇幅稍大,故裁出另立一章。除了杨慎之外,在艳词创作方面值得提及的还有王世贞、吴承恩、高濂等词家。他们一方面在推动着艳词的繁荣,同时也在推动着艳词的"明体化"进程。晚明时期艳词派的兴起,与"明体词"的形成,正是以他们的创作实践为基础的。

王世贞(1526—1590),字元美,号凤洲,别号弇州山人,太仓(今属江苏)人,著有《弇州山人四部稿》,存词八十八首。王世贞的主要身份是诗文大家,或算不得本色词人。但他的《艺苑卮言》(论词部分)是晚明艳词兴起的理论基础,对于晚明乃至清初的艳词创作具有重要影响。可是我们看他的艳词创作,却是心向往之而未能至,求其所谓"一语之艳,令人魂绝,一字之工,令人色飞"者,几乎渺不可得。

先来看一首《浣溪沙·闺思》:

金博山头半吐烟，玉凌波底未舒莲。韶光悄悄恨绵绵。　柔似女蚕春再浴，困如人柳日三眠。细笺心语衬胸前。

上片写女子居处光景。金博山，指香炉。玉凌波，指女足，犹言无有心情踏青赏春。下片借女子体态写其心态。"柔似"二句用了两个不太常见的典故。女蚕典出晋干宝《搜神记》卷十四："旧说太古之时，有大人远征。家无余人，唯有一女，牡马一匹，女亲养之，穷居幽处，思念其父，乃戏马曰：'尔能为我迎得父还，吾将嫁汝。'马既承此言，乃绝缰而去。径至父所。父见马惊喜，因取而乘之。马望所自来，悲鸣不已。父曰：'此马无事如此，我家得无有故乎？'亟乘以归……于是伏弩射杀之，暴皮于庭。父行，女与邻女于皮所戏……马皮蹶然而起，卷女以行……后经数日，得于大树枝间，女及马皮尽化为蚕，而绩于树上。"[1]这就是传说中"女化为蚕"的故事。人柳即似人之柳。宋代《漫叟诗话》云："尝见曲中使柳三眠事，不知所出。后读玉溪生《江之嫣赋》云：'岂如河畔牛星，隔岁止闻一过。不比苑中人柳，终朝剩得三眠。'注云：'汉苑中有柳，状如人形，一日三起三眠。'"[2]王世贞本意是形容女子怀春，柔似春蚕，慵如弱柳，但因为用典稍僻，反而影响了表现效果。

又《南乡子·怨欢》：

薄行总难熬，刚把黄昏醉玉箫。妾似凤凰桥下月，空捞。郎似初三十八潮。　猛见旧鲛绡，几点飞红晕翠涛。点起更筹和泪滴，心苗。火片真情冷地消。

这首词的典型意义在于较早开启了晚明词的民歌化倾向。陈子龙《幽兰

---

[1] 干宝：《搜神记》，岳麓书社2015年版，第128页。
[2] 刘学锴、余恕诚：《李商隐诗文编年校注》附"佚句"，中华书局2002年版，第2300页。

草词序》评明代词，以为值得称道者为刘基（诚意伯）、杨慎（用修）和王世贞（元美）三家："然诚意音体俱合，实无惊魂动魄之处。用修以学问为巧便，如明眸玉屑，纤眉积黛，只为景耳。元美取境似酌苏、柳间，然如'凤凰桥下'语，未免时堕吴歌。"这里所谓"吴歌"，实际是指明代的时调民歌。这首词题为"怨欢"，就很像《挂枝儿》或《山歌》中常见题目。又词中称妾称郎，以及比喻手法等等，都能看出王世贞有意向民歌靠拢的动机。其他如《长相思·闲情》"南高峰，北高峰，两处峰高愁杀侬"，《如梦令·感怀》"行不得哥哥"，《甘草子·四时》"做不痒不疼心绪"之类，亦皆有民歌化意味。

又《玉蝴蝶·拟艳》：

记得秋娘家住，皋桥西弄，疏柳藏鸦。翠袖初翻金缕，钩月晕红牙。启朱唇、含风桂子，唤残梦、微雨梨花。最堪夸，玉纤亲自，浓点新茶。　　嗟呀！颠风妒雨，落英千片，断送年华。海角山尖，不应飘向那人家。惹新愁、高楼燕子，赚人泪、芳草天涯。况浔阳，偶然江上，一曲琵琶。

这首词叙事意味较浓，让人想起晏殊《山亭柳·赠歌者》。王世贞所写的似乎也是一位歌妓。"启朱唇、含风桂子"，当是写其唱歌情景。皋桥作为地名，可指两处。一在苏州市阊门内，架于黄鹂坊河上，相传汉议郎皋伯通居此，因名皋桥。另一处则在王世贞故乡太仓西门街城河上，又称兴福桥、高桥。因为王世贞是太仓人，此或记其家乡事。题称"拟艳"，意谓此为赋得之作，并非实有其人其事，但同时也可能是故意遁开，仿佛现在的电影、电视剧开头的声明——"本故事纯属虚构，如有雷同，纯属巧合"之类。看词中描写颇为真切，倒像是实有其人其事的。王世贞之父王忬在嘉靖三十九年（1560）被严嵩迫害致死，王世贞亦被迫弃官回乡，直至隆庆二年（1568）才被起用为河南按察副使。所以像白居易那样芳草天涯、浔阳琵琶的况味,他是有亲身经历的。

吴承恩(约1500—约1582),字汝忠,号射阳山人,淮安(今属江苏)人,有《射阳先生存稿》四卷,存词九十一首。《天启淮安府志》卷十六称其词"清雅流丽,有秦少游之风"。或不免令人神往。然既见其词,则与秦观词水平风格均相去甚远。盖两宋词人,秦观之名最著,故方志编者夸人词好,便谓之似秦少游,若是女流,则便似李易安矣。似这种泛滥浮夸之词是不能当真的。

一般论及明词,吴承恩或是可有可无之角色;然而从艳词发展的角度来看,吴承恩的词史地位反而显得更为突出一些。这是因为,就词论词,他那种俗艳的作风几乎都是缺点,但就艳词而言,艳乃题中应有之义,即使既艳且俗,亦与明代艳词道通为一了。先来看他的两首《浣溪沙》:

一枕余香绿绾丝,樱桃犹带宿胭脂。小窗睡起泥人时。 无处可藏羞态度,十分倦动弱腰肢。凝眸花影入帘枝。

此写女子睡醒懒起情状。绿绾丝,发也;樱桃,口也。"泥人",用俗语。杨慎《词品》解曰:"俗谓柔言索物曰泥,乃计切,谚所谓软缠也。"[1]一般用以表现小女子撒娇情状,或亦不尽然。如元稹《忆内》诗:"顾我无衣搜荩箧,泥他沽酒拔金钗。"则借昔日对妻软缠无赖之状,极表深情追思。下片"无处"二句作流水对,以白描手法表现其性感,或是小说家法,这在前代词中是较为少见的。

又《浣溪沙》:

双凤悭红印落花,金蝉垂绿闪飞鸦。翠痕分黛月初牙。 春

---

[1] 唐圭璋辑:《词话丛编》,中华书局1986年版,第442页。

恨暗消蝴蝶粉,梦魂偏怯守宫砂。要知心事问琵琶。

此词写女性春情。上片双凤指绣鞋,金蝉指头上饰物,"翠痕"句指眉目。提示女子闺思的关键在"春恨"二句。蝶粉、守宫,均与女子贞节或性事有关。关于蝶粉,一般有两种解释,一种解释就是女性化妆品,往往与蜂黄相提并论。李商隐《酬崔八早梅有赠兼示之作》:"何处拂胸资蝶粉,几时涂额藉蜂黄。"据此则蜂黄用于点额,蝶粉则用于"拂胸",故往往带有情色意味。周邦彦《满江红》"蝶粉蜂黄都褪了,枕痕一线红生肉",是艳词名句,然只是写睡后妆残而已。至于《清平山堂话本·刎颈鸳鸯会》写蒋淑真:"殊不知其女,春色飘零,蝶粉蜂黄都退了;韶华狼藉,花心柳眼已开残。"乃是暗示该女子已非处女了。关于"蝶粉"的另外一种解释见于宋罗大经《鹤林玉露》卷四"蝶粉蜂黄"条:

杨东山言《道藏经》云,蝶交则粉退,蜂交则黄退。周美成词云"蝶粉蜂黄浑退了",正因此也。而读者以为官妆,且以"退"为"褪",误矣。[1]

其实谓此说法出于《道藏经》,亦只是辗转相承,未见原始出处。至于周邦彦,则并无此暗示意味。相比之下,关于守宫砂的说法则一直明确而稳定。据晋张华《博物志》卷四:"蜥蜴或名蝘蜓,以器养之,食以朱砂,体尽赤,所食满七斤,治捣万杵,以点女人支体,终身不灭。唯房室事则灭,故号守宫。"[2]以吴承恩通俗小说作家的知识结构,他对这些说法当然是熟悉的。所谓"梦魂偏怯守宫砂",正见其思春之意。末句"要知心事问琵琶",犹言从其琵琶声中,可以听出伤春怀人之意。张先《一丛

---

[1] 罗大经:《鹤林玉露》,中华书局2008年版,第72页。
[2] 张华著、祝鸿杰译注:《博物志新译》,上海大学出版社2010年版,第120页。

花令》词云"琵琶流怨,都入相思调",或可作为此处注脚。

又《菩萨蛮》:

> 玉台捧出团圆月,回灯照见胸前雪。红锦绣鸳鸯,深深抹软香。　芙蓉对掩扣,彩线松金豆。试问为谁松,低头魇远峰。

这首词所写情境与温庭筠《菩萨蛮》(小山重叠金明灭)相似。玉台即镜台,团圆月指镜子,前二句即"照花前后镜"之意。"红锦绣鸳鸯",即"双双金鹧鸪"也。抹软香,或指抹胸,指女子着于胸前的贴身小衣,类似于今之胸罩,或以为抹胸即肚兜。李煜《谢新恩》:"双鬟不整云憔悴,泪沾红抹胸。"下片金豆即指纽扣,松金豆即解开纽扣也。相比之下,温庭筠《菩萨蛮》是写伤别伤春,含而不露;吴承恩则是写相思,明显带有情色意味了。

吴承恩又似乎把他的小说家法带到了词里,于是我们看到这么一些有人物、有情节的词作。《点绛唇》:

> 拜月亭前,年年欠下相思债。好无聊赖,斜倚阑干待。　待月心情,只恐红儿解。阑干外,乘他不在,小语深深拜。

《蝶恋花》:

> 红粉围墙开小院,杨柳垂檐,齐罩黄金城。斜倚门儿遥望见,见人笑闪芙蓉面。　兽啮铜环肩一扇,香雪娇云,苦被间遮断。忽地一声闻宝钏,隔帘弹出飞花片。

和以前的词不同的是,吴承恩笔下不仅有人物,而且还有名字;而且这名字不是檀郎或谢娘那种从诗学传统一线下来的类型化的名字,而是世俗生活中人物的名字。"红儿"可能是梅香一类的丫鬟，女主人所接触所喜欢的少年郎君只有她最清楚，所以七夕拜月时要刻意避开她。"宝钏"则可能是词中女性的名字，就是那个"见人笑闪芙蓉面"的女孩。于是，因为记住了这名字，记住了这个"杨柳垂檐"的"红粉围墙小院"，就有可能把故事情节展开，或者按照几种不同的发展模式延伸下去。总之，这里展示的是与那种充满士人仕女气息的相思离别词章不同的世俗境界。因为此前曾在《剪灯新话》作者瞿佑词中找到过这种感觉，所以我想，小说家之为词，还是与传统文人有所不同的。

高濂（1527？—1607？），字深甫，号瑞南，钱塘（今杭州市）人，有《遵生八笺》《雅尚斋诗草》《芳芷楼词》及传奇《玉簪记》《节孝记》等。《芳芷楼词》二卷，下卷为"百花词"，收《咏花词百首》。上卷一百零四首，大率以西湖、时令、艳情及花事为题材。其中标为"题情""闺情"的艳情词二十余首。这里选录三首。《浪淘沙·题情》：

心事乱如麻，由我由他。平分只尺是天涯。不了不休长短恨，尽为君家。　流水共飞花，负却年华。夜深低祝月儿斜。银汉鹊桥何日渡，了却嗟呀。

《醉春风·题情》：

娇惹游丝颤，笑掩齐纨扇。水边杨柳暮春时，见，见，见。钿垂金凤，衫剪彩云，裙拖白练。　不住口边念，赤紧心头恋。落花飞絮斗相思，怨，怨，怨。心拴两地，意结三生，情牵一线。

《西江月·题情》：

有恨不随流水，闲愁惯逐飞花。梦魂无日不天涯，醒处孤灯残夜。　恩在难忘销骨，情含空自酸牙。重重叠叠剩还他，都在淋漓罗帕。

如果说吴承恩是以小说家法入词，那么高濂的词则是在一定程度上戏曲化了。此所谓曲化包括两层意思。一是说高濂的词作往往具有戏剧情境。如这里所引录的三首词：《浪淘沙》"夜深低祝月儿斜"则可作《拜月亭》唱词，《醉春风》则可作《玉簪记》中潘必正唱词，《西江月》"梦魂无日不天涯"则俨然《离魂记》中倩女唱词。另一层意思是说，高濂词的语体风格也在一定程度上曲化了：包括"心事乱如麻，由我由他"这样的口语化，包括"不住口边念，赤紧心头恋"这样的戏曲唱词中常见句法、语汇，包括"重重叠叠剩还他，都在淋漓罗帕"，都带有较为浓重的"戏味"。沈璟说"高深甫词独出清裁"，当然是指他的剧本而不是说他的词作。有趣的是，在高濂词、曲二体的创作中，其词的曲化与曲的词化竟是同步的。试看《玉簪记·琴挑》中潘必正唱《懒画眉》：

月明云淡露华浓，欹枕愁听四壁蛩。伤秋宋玉赋西风。落叶惊残梦，闲步芳尘数落红。

就其曲体风格来说，则俨然一词矣。可知晚明时期的文体互动，词曲互渗是一层意，雅俗互动是又一层意。高濂的词字面不脏不亵，不落色相，却终究"未能免俗"，与其词的曲化显然有关系。

第二节　艳词派兴起的理论基础

晚明艳词的繁兴，当然和当时大的文化语境有关。比如说，当时有那么多的艳情小说、艳情散曲，以及《劈破玉》《打枣竿》等时调民歌，几乎都比所谓"艳词"更具情色意味。艳词的发展，一方面是受其他艳情文学形式的裹挟煽动，同时也为整体的艳情文学起到加油添柴的效果。然而，从词学一脉的自身发展来说，晚明艳词之所以能够毫无顾忌、大张旗鼓地普及与传播，亦与当时词学理论的品题鼓吹大有关系。在这方面，王世贞堪称晚明词学体系的奠基者，而他的《弇州山人词评》则成为推动艳词发展的代表作。[1]

一、王世贞词学的理论突破

由嘉靖到万历年间，随着词学的复兴和晚明文化语境的形成，明代词学也逐渐超越了祖述前贤的格局，形成了自己的话语体系，而王世贞的《弇州山人词评》正是明代词学建构的里程碑。以此为观察点，我们可以把包括艳词理论在内的明代词学的发展分为三个阶段，即以嘉靖之前为明代词学体系的滥觞期；由嘉靖到王世贞去世的万历前期，是明代词学体系的形成期；而其后则属于"后王世贞时代"，词学领域基本上处于王世贞的笼罩性影响之下。

如今我们暂且搁置"明代词学体系"的大概念，仅从与艳词发展有关的方面来看，那么在嘉靖时期，对王世贞词学建构有所影响的有两个人，一个是张綖，一个是何良俊。先是张綖在其《诗余图谱·凡例》中说：

> 按词体大略有二：一体婉约，一体豪放。婉约者欲其辞情蕴藉，豪放者欲其气象恢弘。盖亦存乎其人，如秦少游之作，多是婉约，苏子瞻之作，多是豪放。大抵词体以婉约为正，故东坡称少游为今之词手；后山评东坡词虽极天下之工，要非本色。[2]

---

[1] 按：王世贞的词论著作，原出于其《艺苑卮言》附录，故唐圭璋先生辑《词话丛编》，仍以《艺苑卮言》为名；或因其出于《弇州山人四部稿》而称《弇州山人词评》。为避免与十二卷本《艺苑卮言》相混，此处特称《弇州山人词评》。
[2] 张綖：《诗余图谱》卷首，明嘉靖十五年刻本。

这一段话的重要意义在于，它在中国词学史上第一次明确提出婉约与豪放两大体派。虽然宋代李之仪《跋吴思道小词》中说过"大抵以《花间集》中所载为宗"，王炎《双溪诗余自序》中更说过："长短句名曰曲，取其曲尽人情，惟婉转妩媚为善，豪壮语何贵焉。"但总不如张綖如此拈出婉约与豪放两相对待，来得更鲜明也更有概括力。比张綖稍后，何良俊在为顾从敬重编的《类编草堂诗余》所写《草堂诗余序》中指出：

> 乐府以皦径扬厉为工，诗余以婉丽流畅为美。即《草堂诗余》所载，如周清真、张子野、晏叔原诸人之作，柔情曼声，摹写殆尽，正词家所谓当行，所谓本色者也。[1]

何良俊在张綖说法的基础上，进一步提出当行本色之说，更加强化了以婉约为正宗的词学观，加之以当时风行一时的《类编草堂诗余》为载体，影响更大。

张綖《诗余图谱》初刊于嘉靖十五年（1536），何良俊《草堂诗余序》写于嘉靖二十九年（1550），而王世贞《艺苑卮言》初稿成书于嘉靖三十七年（1558），定稿于嘉靖四十四年（1565），彼此之间正好蝉联相接。我们看《弇州山人词评》中说："言其业，李氏、晏氏父子，耆卿、子野、美成、少游、易安，至矣，词之正宗也。温、韦艳而促，黄九精而险，长公丽而壮，幼安辨而奇，又其次也，词之变体也。"其正宗、变体之说，以及所列举宗风的词家，与张綖、何良俊之说显然有着先河后海的递嬗关系。

当然，张綖与何良俊的说法，只能说是词学观中的体性说或风格论，其说法本身与艳词的兴衰无关。艳词未必皆婉约，婉约者也未必皆为艳词。然而主婉约往往会指向女性体态风情，指向十七八女孩儿，指向莺

---

[1] 顾从敬：《类编草堂诗余》，明嘉靖二十九年刻本。

吭燕舌,指向闺幨情事。再加上宋代(主要是北宋)如柳永、张先、欧阳修、晏氏父子、秦观、周邦彦等婉约词家,往往多写刻红剪翠的艳词,于是婉约与艳词之间便不期而然地产生了某种同指性或叠合性效应。因此,张綖、何良俊力主婉约的词学观,就成为王世贞建构艳词观的理论前提与思维材料。它们起到的是跳板作用,从风格论的婉约正宗说到题材论的艳词本色说,一步就跳过去了。

王世贞的理论突破在于,他没有停留在主婉约而轻豪放的风格论,而是试图从词的独特功能去界定其艺术个性。《弇州山人词评》开篇第一则写道:

> 词者,乐府之变也……盖六朝君臣,颂酒赓色,务裁艳语,默启词端,实为滥觞之始。故词须宛转绵丽,浅至儇俏,挟春月烟花,于闺幨内奏之,一语之艳,令人魂绝,一字之工,令人色飞,乃为贵耳。至于慷慨磊落,纵横豪爽,抑亦其次,不作可耳。作则宁为大雅罪人,勿儒冠而胡服也。[1]

这是《弇州山人词评》的第一条,开门见山,开宗明义,王世贞就毫不隐讳地亮出了自己的基本观点。这些说法,初看起来与宋代以来许多词论相通相似,实际却带有时代与个人的印记。王世贞的突破或贡献主要表现在两个方面。

其一,对于词的文体个性有深刻认识。过去人谈及词的艺术个性,往往与诗相比,而比来比去,又往往停留在风格异同之辨。宋代李之仪《跋吴思道小词》曰:"长短句于遣词中最为难工,自有一种风格,稍不如格,便觉龃龉。"[2] 这样的表述当然不能算错,却未为探本之论。王世

---

[1] 唐圭璋辑:《词话丛编》,中华书局1986年版,第385页。
[2] 金启华等:《唐宋词集序跋汇编》,江苏教育出版社1990年版,第36页。

贞认为，词的艺术个性首先在于它独特的表现功能。词就是以描写女性之美、描述男女之情为擅场，以宛转绵丽、浅至儇俏为宗风，以"一语之艳，令人魂绝，一字之工，令人色飞"为追求。这就是词的特色、词的专长，也是词赖以存在的理由。与诗文相比，词的功能不在于明道、宗经、征圣，不在于美刺讽喻，更不在于羽翼政教、化成人伦。假如以为它托体不尊，难言大雅，必欲其重回诗教文统之轨范，那么词的优长将与其不足一并消解，词也就没有存在的必要了。后来清代词学家正襟危坐论词，讲意内言外，讲比兴寄托，讲沉郁顿挫，讲重拙大，试图以种种药石来救治词之便媚婉约的"缺点"，其实都是不尊重词体个性与创作规律的做法，名为尊体，最终却是导致词体个性与审美特质的消解。

其二，倡导张扬一种单纯明朗的创作心态。这一段话的最后两句"作则宁为大雅罪人，勿儒冠而胡服也"，应该具有振聋发聩的警醒效果。无论在晏殊、欧阳修在世的北宋时期，还是在程朱理学更为流行的明代，都有人在艳冶儇俏的小词面前，抱有一种矛盾的或尴尬的心态：一方面为其绮艳的魅力所吸引，另一方面又不敢俪背大雅，既生染指之心，又唯恐有累其清名令德，于是便出现了儒冠而胡服的可笑情景。"大雅罪人"之说，或从宋代黄庭坚本事化来。据惠洪《冷斋夜话》等记载，黄庭坚因多作艳词，法云禅师谓其当下泥犁地狱。黄庭坚《小山词序》亦云："余少时间作乐府，以使酒玩世，道人法秀独罪余以笔墨劝淫，于我法中当下犁舌之狱，特未见叔原之作耶？"[1]意谓假如说我当下犁舌之狱，小晏词中尽是高唐洛神、桃叶团扇之类艳词，更当下地狱。按照传统观点来看，如温庭筠、韦庄、柳永、二晏、欧阳修、张先、秦观之属，都写了许多艳词，皆难免大雅罪人之讥。然而假使没有这许多才子写下这许多风流词章，尽教人作韩维等道貌岸然之辈，整个宋词又当减却多少成色！

---

[1] 金启华等：《唐宋词集序跋汇编》，江苏教育出版社1990年版，第26页。

除了如此一段文字的正面标榜之外，对于如何达至"语艳字工"，令人"魂绝色飞"的效果，王世贞还提出了一系列的技巧与方法。如谓"《花间》以小语致巧"，谓"《草堂》以丽字取妍"，又谓"温飞卿所作词曰《金荃集》，唐人词有集曰《兰畹》，盖皆取其香而弱也"。所谓"小语致巧""丽字取妍""香而弱"，以及后面举例证明的"致语""俊语""丽语"等等，对于词的创作与风格追求，都具有启示意义。

在《弇州山人词评》问世后的万历初年，王世贞是当仁不让的文坛盟主，所以他的理论主张在当时有着举足轻重的地位。如"大雅罪人"之说，他人要么不敢提，要么提而无人响应。王世贞以睥睨一切的气度提出这一观点，其态度之坚决，口气之斩绝，既不左顾右盼亦不容置疑的自负自信，都是其他人所不敢为亦不能为的。何况这种观点又顺应或迎合了万历初年正在兴起的主情文学观，其对词坛的巨大影响是可以想见的。

二、王世贞词学的影响

王世贞的词学主张，在晚明以至清初产生了深远的影响。从万历元年（1573）开始，到康熙十八年（1679）前后，在这大约一百年的词坛上，王世贞词学观念的影响是全方位的。其间产生的词选、词谱、词话、词集序跋等等，都能看到王世贞的身影或《艺苑卮言》的语汇意象。为了便于理解把握，我们试把有关史料按晚明和清初两个阶段来梳理编排。

（一）晚明时期

词选是词学观的重要载体形式，是连通理论与创作的中间环节。一种词学主张如果能够反映在众多选本上，就表明这种词学理论已经被社会接受与应用，并且已经转化成创作之"生产力"了。晚明时期，明显受到王世贞词学影响的词选，至少有以下四种。

一是茅暎《词的》。茅暎（生卒年不详），字远士，吴兴（今浙江湖州）人。茅元仪弟。因为已知茅元仪生于万历二十二年（1594），故可大致推知茅暎生活年代。茅暎《词的·序》中云："盖旨本淫靡，宁亏大雅；意非训诂，何事庄严。"[1]很明显是在发挥王世贞"作则宁为大雅罪人，勿儒冠而胡服"的说法。所谓"旨本淫靡"，就是说"淫靡"本来就是词的文体个性。因为序文为骈体，故又踵事增华，加上"意非训诂，何事庄严"，以与前八字作互文。又其"凡例"第一条云："幽俊香艳，为词家当行，而庄重典丽者次之。故古今名公悉多巨作，不敢阑入，匪曰偏徇，意存正调。"[2]这里以幽俊香艳为词家当行，且视为正调而排斥其他，显然也是在忠实地执行王世贞的词学主张。《词的》既多选艳词，评语亦往往以香艳娇媚之类为赞语。从常用评点语，如"纤艳""新艳""香艳""藻艳"，又如"柔媚撩人""娇怯可思""婉娈多姿""风流蕴藉""秾纤合度""幽怨娇嗔""香弱脆溜，自是正宗"等等，皆可见《词的》实际就是一部艳词选，意在为时人提供一个欣赏与创作的范本。

二是沈际飞《草堂诗余四集》。沈际飞（生卒年不详），字天羽，昆山（今属江苏）人。《草堂诗余四集》是四个选本的合称，亦可视为丛刻。即改编顾从敬《类编草堂诗余》为正集，以毗陵长湖外史（徐常吉）《草堂诗余续集》为续集，又增编《草堂诗余别集》，改编钱允治专选明词的《国朝诗余》为《草堂诗余新集》，并全部加了评点，正、续、别、新四选合刻，遂成为一套前后蝉联的大型选本。这可以说是一部通代词选，但明词显然在其中占了较大的比重。

在《诗余四集序》中，沈际飞有感于前人对词的贬损态度，大作翻案文章："于戏！文章殆莫备于是矣。非体备也，情至也。情生文，文生情，何文非情？而以参差不齐之句，写郁勃难状之情，则尤至也。"[3]这里强调词所特有的抒情功能来为词辩护，采用了与王世贞同样的理论策

---

[1] 茅暎辑：《词的》卷首序，明朱之藩辑刻《词坛合璧》本。
[2] 茅暎辑：《词的》卷首"凡例"，明朱之藩辑刻《词坛合璧》本。
[3] 沈际飞：《诗余四集序》，载卓人月、徐士俊编选《古今词统》，辽宁教育出版社2000年版，卷首，第18页。

略。但他说词"以参差不齐之句,写郁勃难状之情,则尤至也",紧扣词的形式特点,比王世贞的表述更精准更到位。后来朱彝尊《陈纬云红盐词序》云:"盖有诗所难言者,委曲倚之于声,其辞愈微,而其旨益远。"[1]查礼《铜鼓书堂词话》云:"情有文不能达,诗不能道者,而独于长短句中可以委婉形容之。"[2]所说的也都是这个意思,但比沈际飞晚了数十年。接下来,沈际飞也和其他晚明文人一样,把前文泛言之情引向词所擅长表现的男女之情:

> 虽其镌镂脂粉,意专闺阃,安在乎好色而不淫,而我师尼氏删国风,述《仲子》《狡童》之作,则不忍抹去,曰人之情,至男女乃极。未有不笃于男女之情,而君臣、父子、兄弟、朋友间反有钟吾情者。

这也是对王世贞词学观的进一步阐发。王世贞说"作则宁为大雅罪人,勿儒冠而胡服",沈际飞则不无调侃意味地引经据典,以孔子删诗不废郑卫的做法,来论证笃于男女之情乃人伦之根本,所以词之"镌镂脂粉,意专闺阃",岂唯不是大雅罪人,甚且还符合圣人之道呢!

秦士奇为沈际飞所作《草堂诗余四集序》,更明显表现出祖述《艺苑卮言》的痕迹。秦士奇,字公庸,号一水,山东金乡人。他于天启五年(1625)中进士后,即来到沈际飞所在的昆山任知县,正赶上沈际飞在编《草堂诗余四集》,故倩之作序。其序中写道:

> ……唐则有《尊前》《花间》而成调,至集名《兰畹》《金荃》,取其逆风闻薰芳而弱也,则词宁为大雅罪人,必不尚豪爽磊落明

---

[1] 冯乾校辑:《清词序跋汇编》,凤凰出版社2013年版,第233页。
[2] 唐圭璋辑:《词话丛编》,中华书局1986年版,第1481页。

矣。……其词可歌可诵，如李、晏、柳五、秦七，"云破月来花弄影"郎中，"红杏枝头春意闹"尚书，闺彦若易安居士，词之正也。至温、韦艳而促，黄九精而刻，长公骚而壮，幼安辨而奇，又词之变体也。……六朝君臣，颂酒赓色，务裁艳语，宛转僛佻，蔚发词华。……然《花间》皆小语致巧，犹伤促碎，其《草堂》以绵丽取妍六朝，……即淡语、浅语、恒语，极不易工。[1]

秦士奇亦能词，《草堂诗余新集》存其词四首，质量堪称上乘。又其本序中为明词辩护，提出"历朝近代，皆有一种古隽不可磨灭处"，实际是强调"一代有一代之词"，这都表明他是有思想的。然而上引文字片断，大都来源于王世贞《弇州山人词评》，或原文照抄，或稍变其说法（如变"香而弱"为"芳而弱"），既表明他对《词评》内容高度熟悉，同时也表明他对王世贞的词学观完全认同的态度。

在《草堂诗余四集》评点中，沈际飞往往会摘引或转述王世贞《弇州山人词评》中的说法。如《正集》卷二评周邦彦《蝶恋花》（月皎惊乌栖不定）云：

> 美成能为景语，不能为情语，能入丽字，不能入雅字，价微劣于柳。至若"枕痕一线红生玉"，与"唤起两眸清炯炯"，形容睡起之妙，良足动人。

又《续集》卷下评辛弃疾《念奴娇》（我来吊古）云：

> 词至辛稼轩一变，其源实自苏长公，至刘改之诸公而极。抚时之作，意存感慨，然浓情致语，几于尽矣。

---

[1] 祝尚书：《宋人总集叙录》，中华书局2004年版，第230—231页。

熟悉《弇州山人词评》的人，读这几段话会感觉有点眼熟，拿来与《词话丛编》中《弇州山人词评》对读，就发现沈际飞基本上是照抄。又其他如《正集》卷二评和凝《小重山》（春入神京万木芳）曰："《花间》以小语致巧，全首观之，或伤促碎，此政不免。"又同卷评胡浩然《东风齐着力》（残腊将寒）曰："词贵香而弱，雄放者次之，况粗鄙如许乎？然千古并传，不能删去。"可知其评词的标准手眼，往往用世贞家法。这不是抄，而是灵活运用，于此亦可见沈际飞对《弇州山人词评》的熟悉程度。

三是潘游龙《精选古今诗余醉》。此集选王世贞词多达四十七首，超过了明初的刘基（三十七首）和明中叶的杨慎（三十八首），使王世贞成为明词第一家，这无论是从王世贞词的实际水平来看，还是基于明代词家的横向比较，都有点过分了。又前十家中还有陈继儒、王微、顾同应、沈际飞等晚明词家，也都显示了编者的审美取向。管贞乾为该书所写《诗余醉附言》中云："今文台阁体、碎金体、诰诏羽檄体，天才人才鬼才三统之体，毕竟不如风流体为骀荡。"[1]这也是带有晚明清言特色的表述方式。"台阁体"种种固有之，而"天才人才鬼才三统之体"则未之前闻。管氏此说实带有科诨意味，意思是说无论什么体，都不如风流体来得更能怡情悦性，更有魅力。当然，这里所谓"风流体"也是就词而言的。

四是贺裳《词筱》。贺裳（生卒年不详），字黄公，丹阳（今属江苏）人。贺裳于词，用功至勤，过去仅以诗人或诗论家目之，认识有偏。丹阳贺氏家族一门十个词人，其中包括贺裳的三个女儿贺洁、贺禄、贺元瑛，三个儿子贺宽、贺易简、贺对达。这个词人家族的开创者当然非贺裳莫属。在词的创作方面，贺裳有《红牙词》，存词九十三首；在词学理论批评方面，则先后有《词筱》《词榷》《词筌》三书，前二书久佚无传，故世人多不知诸书本来面目。我前数年从贺裳《蜕疣集》中发现其《词

---

[1] 潘游龙辑、梁颖校点《精选古今诗余醉》卷首，辽宁教育出版社2003年版。

榷序》,于是诸书内容面貌大致可见。[1]该序中称:"近世撷词之博,无若《词品》;论词之精,无若《词评》;所谓既博且精,蔑以加矣。"这里以"论词之精"称道《弇州山人词评》,显示了贺裳对王世贞词论服膺的态度。该序中又说:"王氏之言曰:词须宛转绵丽,浅至儇俏,至于慷慨磊落,纵横豪爽,抑亦其次。余尝用其意删辑今古,汇为一编,谓之《词菇》,务求香弱,亦犹《金荃》《兰畹》之意云。"原文中并称此书"止收艳什",可见这是一部专门的艳词选本。也正是为了在艳词之外求全求备,所以又"别辑一编,谓之《词榷》"。据此序可知,《词菇》《词榷》二书,皆为选本。《词榷》专选明词,而且是"虽尚秾纤,兼存骏爽";《词菇》则推本王世贞的论词主张,专选香弱艳丽之作,只可惜这部选本早已失传了。

贺裳的《皱水轩词筌》与其《载酒园诗话》,均为明清之际诗词论著中出类拔萃之作。《词筌》中"昭代"显指明王朝,而"胜国"则指元代,又称"吾友卓珂月"云云,皆足证《词筌》成书于入清之前。晚清沈曾植《菌阁琐谈》于贺裳《词筌》较为关注,并特别指出《词筌》之于《词评》的渊源关系。一则云:"黄公《皱水轩词筌》,亦多俊语,而确守弇州规轨。"再则曰:"弇州云:'温飞卿词曰《金荃》,唐人词有集曰《兰畹》,盖取其香而弱也。然则雄壮者固次之矣。'此弇州妙语。自明季国初诸公,瓣香《花间》者,人人意中拟似一境而莫可名之者,公以'香弱'二字摄之,可谓善于侔色揣称者矣。《皱水》胜谛,大都演此。"[2]末句意思是说,贺裳《皱水轩词筌》中的主要观点,大都是在发挥王世贞"香而弱"的词品观。沈曾植的说法是有根据的。《词筌》中指点分说前人名篇秀句,如论苏轼则云:"苏子瞻有铜琶铁板之讥,然其《浣溪沙·春闺》曰'彩索身轻常趁燕,红窗睡重不闻莺',如此风调,令十七八女郎歌之,岂在

---

[1] 关于贺裳《词榷序》原文,可参见拙著《明代词学通论》,中华书局2013年版,第398页。
[2] 唐圭璋辑:《词话丛编》,中华书局1986年版,第3605页。

'晓风残月'之下。"又评康与之《满庭芳·寒夜》云："一段温存旖旎之致，咄咄逼人。"又说辛弃疾《减字木兰花》"锦字偷裁，立尽西风燕不来"云云，"风致何妍媚也"。可以说都是在发挥弇州"香而弱"的词品观。故就词学流派而言，黄公显然当为弇州附派。

在晚明词集序跋中，王世贞词学的影响亦随处可见。如周永年为葛一龙（震甫）词集《艳雪篇》所作序中写道：

> 《文赋》有之曰："诗缘情而绮靡。"夫情则上溯风雅，下沿词曲，莫不缘以为准。若"绮靡"两字，用以为诗法，则其病必至巧累于理，僭以为诗余法，则其妙更在情生于文。故诗余之为物，本缘情之旨，而极绮靡之变者也。……而当其推襟送抱，候月临花，颂酒赓色，则往往以诗外之别传，为词中之妙趣。[1]

周永年从陆机《文赋》中"诗缘情而绮靡"的命题出发，认为这一命题主要涉及两个关键词，一个是作为诗之本质内涵的"情"，一个是描述诗之艺术风格的"绮靡"。周氏认为，"情"是各种诗歌形式的共同要求，上溯风雅，下沿词曲，都离不开一个"情"字。至于"绮靡"之风，则于诗为缺点，于词来说则适为本色。换个说法就是，"本缘情之旨"表明了词与诗的本质联系；"极绮靡之变"则揭示了词与诗不同的艺术个性。这和《弇州山人词评》中"词须宛转绵丽，浅至儇俏"的说法观点一致，又从逻辑内涵的角度对词的艺术个性作了补充论证。至于以下"推襟送抱"数语，更显然回到王世贞的话语体系中来了。"颂酒赓色"之四字句，为王世贞所熔铸，但见此四字，便可知其来源出处也。

陈子龙《三子诗余序》是为华亭词人徐允贞（丽冲）、计南阳（子山）和王宗蔚（汇升）三人词合集所作序，是宣示云间派词学观点的重要文

---

[1] 周永年：《艳雪集原序》，载赵尊岳辑《明词汇刊》，上海古籍出版社1992年版，第1779页。

献。[1]初看起来，与王世贞词论没有多少联系，但若熟悉《弇州山人词评》，则不难看出其传承的痕迹。所谓"言情之作，必托于闺襜之际"，闺襜，亦犹闺帷，借闺房之帷帐，指女性居处之所。然而前人用"闺帷"者多，用"闺襜"者少，尤其是在词话中，"闺襜"几乎仅见于《弇州山人词评》。于是"闺襜"亦犹前言之"颂酒赓色"，但见此等字眼，便知是祖述世贞话语。又从后面的文字论述来看，所谓"婉弱倩艳""缠绵猗娜"，非世贞所谓"香而弱"之旨乎？又其元亮《闲情》云云，岂非"宁为大雅罪人"之意耶？因为王世贞持论甚高而其词作不足以副之，陈子龙则心手相应，能想到便能实现，所以陈子龙实为弇州功臣。清初词人受王世贞的影响，也往往是通过陈子龙这个中介而实现的。

除上述几种词选与贺裳《词筌》外，在晚明的诗学著作中，亦能看出王世贞词学的影响。譬如许学夷《诗源辨体》，此书在梳理唐代诗体源流时，同时亦试图理清晚唐时代由诗到词的嬗变轨迹，是即所谓"诗余之渐"。如该书卷二十一云："韩（翃）七言古，艳冶婉媚，乃诗余之渐。"卷二十六云："李贺乐府七言，声调婉媚，亦诗余之渐（上源于韩翃七言古，下流至李商隐、温庭筠七言古）。"卷三十五云："商隐七言古声调婉媚，太半入诗余矣（与温庭筠，上源于李贺七言古，下流至韩偓诸体）。"为了配合这些判断，许学夷还摘引诸家许多诗句，以证明诗余之渐的演化轨迹。当然，我们摘引这样一些说法，不是要去梳理诗词嬗变之迹，而是要透过许学夷的说法，来透视晚明诗论家对于词的看法。很明显，在许学夷看来，"艳冶婉媚"或"声调婉媚"，就是词有别于诗的基本特点，这种看法与王世贞的影响应该不无关系。

又如陆时雍的《诗镜总论》（包括《古诗镜》与《唐诗镜》），也显示了与许学夷十分相近的看法。如《古诗镜》卷二十八云："王容《大堤女》及王德《春词》，俱词家体段。凡转诗入词，其径有三：一曰娇媚，二曰

---

[1]陈子龙：《三子诗余序》，载冯乾编校《清词序跋汇编》，凤凰出版社2013年版，第5页。

软熟,三曰猥媟。有此三者,是谓宋人之词。愈娇、愈软、愈猥,加之冗长,是为元人之词。"[1]陆时雍论诗主格调,对词则似有偏见。比如说词中或有猥媟者,然猥媟者并非好词,亦不足以作为词之共性特点;娇媚见词之魅力,猥媟则或近于亵。在《唐诗镜》一集中,陆时雍也注意到了晚唐诗的词化现象。如评薛涛七绝《赠杨蕴中》曰:"语入词家。"评韩偓《横塘》《倚醉》《见花》三首曰:"此三诗是开词曲法门。"又评韩偓七绝《已凉》曰:"末句香嫩,更想见意态盈盈,语却近词。"结合这些诗作来看,陆时雍之所谓"语入词家"者,大都与韩偓《香奁集》路数相近,体现出艳冶、妖媚、香嫩之类的艺术风格。

又如詹景凤(1528—1602)著《詹氏性理小辨》卷三十八,其中既摘引王世贞"词须宛转绵丽"一段,又谈了自己对于词体个性的看法。其说曰:

> 词曲,非诗也,非文也,第为之亦有法。如风骨过雅,则邻于文人诗矣;情致过媟,则沦于诨官语矣;以非其本色也。何元朗谓填词须用本色语,盖雅而非雅,俗而非俗,去丽则之执载,直作浪子风流,斗红角绿,游戏濮上桑间,故趣在情胜态胜,而妙在合情合态,其调在杂方言而用小语以致巧,其色在秾丽妖冶而韵在婉至,而漂洒乃其极则。悲欢叠奏,在萦绪萦情,令人曳曳,无能自禁。亦良难矣。[2]

这一段话可以看作对王世贞"词须宛转绵丽"一段话的补充发挥。"小语以致巧"犹为世贞原话,至如"浪子风流,斗红角绿,游戏濮上桑间",则甘为大雅罪人矣;又其"萦绪萦情,令人曳曳,无能自禁",即令人魂

---

[1] 陆时雍:《古诗镜》卷二十八,《景印文渊阁四库全书》。
[2] 詹景凤:《詹氏性理小辨》卷三十八,明万历刻本。

绝而色飞矣。《詹氏性理小辨》凡六十四卷,有明万历刻本,卷首王世贞序写于万历二十四年丙申(1596),其自序写于万历十八年(1590)。在王世贞词学的传播接受史上,此应属较早的文献。

王世贞《弇州山人词评》的影响,亦可从晚明时期的编辑出版行业情况看出。当时文人或书坊编纂的杂著或类书,但凡涉及词或乐府条目者,往往抄录《词评》。如沈尧中杂著《沈氏学弢》十六卷,卷十四"艺文"之"诗余"部分;孙丕显编纂类书《文苑汇隽》二十四卷,卷十二"文学部"之"词"部分;吴楚材编纂类书《强识略》四十卷,卷十四"音乐部"之"乐府"部分,都在节录《弇州山人词评》。尤其是周子文辑《艺苑谈杂》六卷,其中卷四论词,基本全录《词评》三十四条。还有张璋辑《历代词话》中所收录的高奭《词评》,其主体部分也是照抄《词评》的。这种抄袭拼凑之风当然不值得肯定,但他们对于王世贞词学主张的传播,也起了推波助澜的作用。

(二)清初词坛

王世贞词学的影响并没有因为明清易代而终结。其余波绮丽,一直延续到康熙初年。清初有两部词选,明显带有弇州山人影响的痕迹。一是邹祗谟、王士禛选编的《倚声初集》,二是顾璟芳等编选的《兰皋明词汇选》。

《倚声初集》是清初一部重要的大型词选,体量大,影响也大。邹祗谟序写于顺治十七年(1660),实际刊成于康熙三年(1664)之后。邹、王二人,当然王士禛名气更大一些,但就《倚声初集》而言,邹祗谟实际是主要编者,所以清初人提到《倚声初集》,多举程村(邹之号)之名。邹祗谟早年即与董以宁并以艳词著名,其于艳词实有偏好。邹氏在《倚声初集序》中写道:

《恼公》《懊侬》之曲,《金荃》《兰畹》之编,其源始于《采荇》《弋雁》,其流浚于美人香草,言情之作,原非外篇。揆诸北宋,家习谐声,人工绮语。杨花谢桥之句,见许伊川;碧云红叶之调,共推文正。其余名儒硕彦，标新奏雅，染指不乏。必欲以庄辞为正声，是用《尚书》《礼运》而屈《关雎》《鹊巢》也。[1]

这一段话，无论是从思维取向还是从观点字面来看，都不难看出邹祗谟与王世贞以及沈际飞之间薪火相传的联系。所谓"必欲以庄辞为正声"云云，实际就是王世贞所谓"儒冠而胡服"的意思。邹祗谟认为，无论是《诗经》中的《采苓》《弋雁》，还是《金荃》《兰畹》这样的艳词，同样为正声。故无论是删诗之孔子，还是宋代程颐、范仲淹这样的名儒硕彦，对爱情诗词从来都是肯定的。

从《倚声初集》实际选词情况来看，其偏好香艳的倾向也是十分明显的。况周颐《蕙风词话》卷五就曾说过："词格纤靡，实始于康熙中，《倚声》一集，有以启之。集中所录，小慧侧艳之词，十居八九。"[2]谢国桢先生《江浙访书记》著录《倚声初集》，即径称："《倚声初集》一书是选明清之际词人所作的侧艳之词。"[3]据闵丰博士《清初清词选本考论》一书的统计，《倚声初集》选词超过三十首者十三人。其中邹祗谟一百九十六首，董以宁一百二十首，这两位久负盛名的艳词作家正好占了前两位，既非偶然，也不是因为邹祗谟自己亲操选政的原因，而是按照该书的编选动机，结果必然会如此。其他如陈子龙（六十八首）、宋征舆（六十七首）、龚鼎孳（六十首）、彭孙遹（五十首）、贺裳（三十五首）、计南阳（三十三首）、李雯（三十二首）[4]，也都是以艳词著名的词家。当然，况周颐说词格纤靡始于康熙中并不准确，把晚明与清初打通来看，《倚声初集》显然并不是开先河者，而不过是晚明以来香艳词风的一次集

---

[1] 邹祗谟、王士禛辑：《倚声初集》卷首，清初大冶堂刻本。
[2] 况周颐《蕙风词话》卷五，见唐圭璋辑《词话丛编》，中华书局1986年版，第4510页。
[3] 谢国桢：《江浙访书记》，生活·读书·新知三联书店2007年版，第189页。
[4] 闵丰：《清初清词选本考论》，上海古籍出版社2008年版，第66页。

成展示而已。

顾璟芳、李葵生、胡应宸合编《兰皋明词汇选》八卷,据其卷首序当成书于康熙元年壬寅(1662)。其以"兰皋"冠首,即不免让人想到唐人的《金荃》《兰畹》,想到王世贞"香而弱"之说。卷首李葵生序中云"情非直致,贵托体于缠绵,衷以幽灵,愿分香于律占"[1],亦提示了该选本香艳缠绵的论词祈向。又该书卷一在施绍莘《如梦令》(日约楼阴整整)一词后,胡应宸曰:"顾宋梅尝与余言:词以艳冶为正则,宁作大雅罪人,弗学老成,带出经生气。"胡应宸在这里称引顾璟芳论词之语,于此可见《兰皋明词汇选》三个编者的态度是完全统一的。在力主香艳的同时大反经生气,可见三人虽然已入清初,而审美趣味还完全停留在晚明时代。

清初词话,亦可见出王世贞词学之影响。如邹祗谟《远志斋词衷》。邹祗谟与王士禛同编《倚声初集》,二人词学观相近而未能全同。渔洋(王士禛)门户广大而心思细密,中岁之后又有变化。程村则为一本色词人,其论词亦可谓确守弇州规轨。如《远志斋词衷》称唐允甲(祖命)诸人为王士禛《衍波词》作序,"不独为阮亭之诗余写照,亦可以溯洄词蕴矣"[2]。意谓诸家说法不仅切合王士禛词的特点,亦足以揭示词的文体内涵。但我们看唐祖命所谓"极哀艳之深情,穷倩盼之逸趣,其旖旎而秾丽者,则景、煜、清照之遗也;其纤绵而俊藻者,则淮海、屯田之匹也"[3],如此所举词家风格范式,与王世贞的词学理想几于无不相合。《词衷》又云:"余常与文友论词,谓小调不学《花间》,则当学欧、晏、秦、黄。《花间》绮琢处,于诗为靡,而于词则如古锦纹理,自有黯然异色。"[4]此说

---

[1] 顾璟芳、李葵生、胡应宸编选,曾昭岷审订,王兆鹏校点:《兰皋明词汇选》,辽宁教育出版社1998年版。
[2] 唐圭璋辑:《词话丛编》,中华书局1986年版,第660页。
[3] 唐圭璋辑:《词话丛编》,中华书局1986年版,第660页。
[4] 唐圭璋辑:《词话丛编》,中华书局1986年版,第651页。

与弇州小语丽字之说有异曲同工之妙。又其称道沈谦词曰:"云华词,其抚仿屯田处,穷纤极眇,缠绵儇俏。"又称道彭孙遹说:"词至金粟,一字之工,能生百媚,虽欲怫然不受,岂可得耶!"又称:"文友之儇艳,其年之娇丽。"[1] 其所用语汇字眼,如"儇俏""儇艳""一字之工,能生百媚"云云,似皆从《弇州山人词评》中变化而出之。

再来看彭孙遹《金粟词话》。清初词家中,邹祗谟、董以宁、彭孙遹三家,皆以艳词见长。王士禛亦曾"戏谓彭十是艳词专家"(邹祗谟《远志斋词衷》中语)。故彭氏论词祈向,与王世贞可谓天然相合。《金粟词话》有云:

> 词以艳丽为本色,要是体制使然。如韩魏公、寇莱公、赵忠简,非不冰心铁骨,勋德才望,照映千古。而所作小词,有"人远波空翠""柔情不断如春水""梦回鸳帐余香嫩"等语,皆极有情致,尽态极妍。乃知广平梅花,政自无碍。竖儒辄以为怪事耳。司马温公亦有"宝髻松"一阕,姜明叔力辨其非,此岂足以诬温公,真赝要可不论也。[2]

这里"词以艳丽为本色,要是体制使然",正是《弇州山人词评》第一段话的意思,妙在作正面表述,可谓说出了王世贞想说、该说而没有说出的话。这才是弇州功臣。以下所引词人词句,皆为佐证上面一句断语。如韩琦、寇准、赵鼎以及司马光,因为其艳词丽句与其人的风骨反差较大,历来为人所关注。但此前如宋代俞文豹、明代杨慎等人称引诸例,大都归结为"情之所钟,贤者不免",或"人非太上,未免有情",而彭十乃能目光如炬,一语道破,若谓"情之所钟,贤者不免",何以诸贤者之艳

---

[1] 唐圭璋辑:《词话丛编》,中华书局1986年版,第657—659页。
[2] 唐圭璋辑:《词话丛编》,中华书局1986年版,第723页。

语柔情,诗文中不见端倪,偏于小词而发之耶?于此可见作艳语必以词,正是词之体制使然,是由词的文体个性所决定的。

彭孙遹又有论词妙语,不见于《金粟词话》,而见于《远志斋词衷》诸词话中。如《词衷》记彭孙遹论王士禛《衍波词》云:"其工致而绮靡者,《花间》之致语也。其婉娈而流动者,《草堂》之丽字也。洵乎排黄轶秦,凌周架柳,尽态穷姿,色飞魂断矣。"[1]这里所用字眼,大都从《弇州山人词评》中化出。如王世贞原话为"《花间》以小语致巧""《草堂》以丽字取妍",又"婉娈而近情也",又"一语之艳,令人魂绝,一字之工,令人色飞",节缩之则成"色飞魂绝",彭孙遹稍变之而作"色飞魂断"矣。

《远志斋词衷》还有一段关于彭孙遹的精彩描述:

> 广陵寓舍,一日,彭十金粟雨中过集,读云华、蓉渡诸词曰:"此非秀法师所呵耶!如此泥犁,安得有空日。"又曰:"自山谷来,泥犁尽如我辈,此中便无俗物败人意!"为之绝倒。[2]

这里所举沈谦《云华词》、董以宁《蓉渡集》,皆为明季清初艳词专家,而彭孙遹不无骄傲地引为同调。所谓"泥犁中尽如我辈",亦正是王世贞"宁为大雅罪人"之意也。

从艳词创作实践来说,要想证明晚明清初艳词盛行是王世贞词论影响的结果,本来是一件颇为棘手的事情,然而清初两位大词人"朱陈"(朱彝尊、陈维崧)不约而同地对王世贞大张挞伐,却无意中坐实了这一理论假设。康熙十年(1671),陈维崧与吴逢原、吴本嵩、潘眉四人合辑《今词苑》,由徐喈凤南涧山房刻行。这也是一部可借以窥知清初词坛的重要选本。陈维崧为《今词苑》所写的序叫《词选序》,收录于《陈迦

---

[1] 唐圭璋辑:《词话丛编》,中华书局1986年版,第661页。
[2] 唐圭璋辑:《词话丛编》,中华书局1986年版,第657页。

陵文集》卷二。序中写道:

> 今之不屑为词者固亡论,其学为词者,又复极意《花间》,学步《兰畹》,矜香弱为当家,以清真为本色。神瞽审声,斥为郑卫。甚或爨弄俚词,闺襜冶习。音如湿鼓,色若死灰。[1]

这一段话论当时词风,明显地语带讥刺。一般来说,推崇《花间》或以清真为本色的人多的是,而且这种词学主张也无可非议。但其所谓"矜香弱为当家",以及"闺襜冶习"云云,其矛头所向,显然就是弇州山人王世贞,不点名其实与点名一个样,但毕竟未点其名,也表明陈维崧对王世贞这位旧时的文坛大佬还是留了点面子的。

朱彝尊的一段话见于他为聂先、曾王孙编《名家词钞》中吴绮《艺香词》所写《题词》,其中写道:

> 诗降而词,取则未远。一自词以香艳为主,宁为大雅罪人之说兴,而诗人忠厚之意微矣。窃谓词之与诗,体格虽别,而兴会所发,庸讵有异乎?奈之何歧之为二也。园次之词,选调寓声,各有旨趣,缠绵悱恻,足以兴感,而不失诗人忠厚之意,岂特其词之工也已。[2]

《名家词钞》有康熙二十三年(1684)前后绿荫堂刻本,朱彝尊与汪森合编的《词综》已先此于康熙十七年(1678)刊行,清初词坛风气丕变,那时恐已到了"家白石而户玉田"的境地了。耐人寻味的是,吴绮(1619—1694)本以艳词著名,因其《醉花间》词中有"把酒嘱东风,种出双红豆",人称"红豆词人"。《名家词钞》编者聂先题词中即称"先生

---

[1] 冯乾校辑:《清词序跋汇编》,凤凰出版社2013年版,第61页。
[2] 冯乾校辑:《清词序跋汇编》,凤凰出版社2013年版,第102页。

之词,香艳异常"。朱彝尊为此香艳词人题词而反香艳,可见其有意于黜艳而复雅的词学主张。这些我们且不去管,关键在于朱彝尊认为,晚明清初艳词之流行,皆是受"词以香艳为主,宁为风雅罪人"说法的影响,而为此说者,当然只能是《弇州山人词评》作者王世贞。看来陈、朱二位词坛巨匠有意复雅,都把艳词流行之罪责算到王世贞头上了。其实,晚明清初艳词中多有佳作,应该是特色而不是缺点。与后来的清词相比,晚明艳词虽浅,却与词之本色为近;后来之清词固然渊雅不俗,但与词之本色也相去日远了。总之,我们感兴趣的是,不论是贡献还是罪责,晚明清初艳词之流行,都是与王世贞的词学主张分不开的。

第三节 从晚明"拟艳"词看明人的艳词观

对大多数词人来说,其词学观念未必表现为理论形态,而往往体现于创作实践。比如,我们要想了解明人心目中的"艳词"观念,探求他们对于"艳词"之内涵、标准、风格的看法,在明人所留下的词话、词籍序跋和词集评点中,就很难找到直接或正面的表述或材料支撑。而在《全明词》中,却能看到数十首题为"拟艳"或"艳词"的作品。这些词可以视为明人尤其是晚明时代"艳词"的标本,它们承载着明人关于艳词的内涵、标准、审美理想等质性的全部认知,因此,解读这些词,就为我们理解、把握、还原明人的艳词观念提供了最为直观、感性的实体材料。

当然,即使到了明代,词亦未必皆有题目。就个人感性认识来说,《全明词》中无题者仍应占到半数以上。就是对那些有词题者来说,以艳情为题材旨趣者亦未必尽标"拟艳"或"艳词"之名。这就是说,在《全明词》《全明词补编》所收二万余首作品中,真正的艳词可能数以千计,而具有"拟艳"或"艳词"之类词题者只是极少数。那么,放弃或排斥大量的艳词作品,仅仅抓住这十多位词人的二十几首"拟艳"之作,并将它们视为明人艳词的标本,在思维方法或认识论上,是否犯了孤立、封闭、教条或形而上学的弊端呢?

一般来说,艳词之拟题,大概可以分为五种情况:一是以"闺"字为词根组合而成的词题,如闺思、闺情、闺怨、闺况,或反过来作春闺、秋闺之类;二是以"春"字为词根组合而成的词题,如春思、春情、春怨、春恨,当然也可以反过来成为怀春、感春、伤春、怨春;三是以"情"字为词根,常见词题有闲情、风情、丽情、题情、别情等;四是以"艳"字为词根,常见词题有拟艳、纪艳、艳词、艳情等;五是直接以"美人"入题,主要内容是描写女性身体部位情态,如美人口、美人腰、美人颈、美人目,或月下美人、花下美人、灯下美人、醉美人之类。在以上五类词题中,第四、五两类词显然属于传统意义的艳词。而前述三类词题中,是否为艳词,却不能一概而论,而只能是具体情况具体分析。本来在"情"字题中,如高濂常用之"题情",以及晚明词人采用的"风情",都很接近于"艳情"概念,然而也只是接近而并非完全对应。为了尽可能地避免泛化,防止不周延现象的出现,所以我们这里宁愿不避呆板、教条地"死抠",还是坚持以词题中带有"拟艳""艳词"之类字样者作为讨论的范围。因为这是明人自己贴上的"标签",我们只是从二万五千余首明词中把它找出来,然后抄撮到一块,以见明人之"不约而同"或"约定俗成"的艳词观念。这显然是一种笨办法,却可以避免主观随意、泛滥无归的弊端。

一、明代拟艳词集录

为了对明人提供的艳词标本有更具体感性的认识,这里大致按词人年代先后顺序,把这二十四首词抄录在这里。

杨慎《个侬·艳情》:

> 恨个侬无赖,娇卖眼、春心偷掷。苍苔落花,一双先印下。月样春迹。闻气不知名,似仙树御香,水边韩国。罗襦襟解闻香泽,雌蝶雄蜂,东城南陌。何人轻怜痛惜。窥宋玉邻墙,巫山宁隔。

寻寻觅觅，又暮云凝碧。良夜千金，繁华一息。楚宫盼睐留客。爱长袖风流，钟情何极。唱道是、凤帏深处附素足。颤袅周旋恶，怜伊尽倾侧。叫檀郎莫枉春夕。恐佳期、别后青天样，何由再得。

王世贞《玉蝴蝶·拟艳》：

记得秋娘家住，皋桥西弄，疏柳藏鸦。翠袖初翻金缕，钩月晕红牙。启朱唇、含风桂子，唤残醉、微雨梨花。最堪夸，玉纤亲自，浓点新茶。　　嗟呀！颠风妒雨，落英千片，断送年华。海角山尖，不应飘向那人家。惹新愁、高楼燕子，赚人泪、芳草天涯。况浔阳，偶然江上，一曲琵琶。

卓发之《如梦令·艳情》：

柳眼欲开波溜，鸾鬓乍翻风透。倦体怯罗襦，却与春跌俱瘦。知否，知否？昨夜双蛾半皱。

施绍莘《浣溪沙·艳词》（五首）

手揭帘衣漾晓风，小缸余灿画屏中，有人羞倩拾鞋弓。　　眉学蛾妆黄嫩点，鬓偷雅润绿新笼。耐人瞧觑面微红。

侵早东风刮地吹，小庭纤步怯罗衣，袖笼茉莉捻香归。　　故撒檀郎闲处立，戏教鹦鹉拍笼催。应人呼唤出来迟。

手折花枝玉笋寒，半簪侬鬓半郎冠，一双和笑镜中看。　　波眼泥人随分有，袖香如雾暗漫漫。檀郎生受不寒酸。

衫子偏教窄窄裁，一兜儿大茜红鞋，吹弹得破粉香腮。　　酷慕时新初换髻，自怜薄命近修斋，淡然风韵扑人来。

瞥见春愁不可消，分明全是一团娇，软人心性减粗豪。　　骨里有香无可嗅，偶然微语不关挑。萧郎无奈只心焦。

王屋《沁园春·拟艳》：

几尺花荫，逼浅回廊，藓苔又盈。纵身材弱小，轻如飞燕；鹦笼翠箔，犬带金铃。月出中天，皎心清昼，可道却无半点声。万一被那鹦呼犬觉，独自须惊。　　妖娆泂是多情，但好事终知有日成。耐三朝两晚，单眠独宿，从今一向，尽是前程。岂不怀思，草间多露，此际由来不可行。须珍重，做珠圆玉粹，各抱分明。

钱继章《蝶恋花·拟艳》（二首）：

舍却娇痴贪静懒，琢子声残，更厌亲丝管。灯烬欲残光欲散，欢心怪道灯心缓。　　细雨绵绵来不断，几尺闲庭，苔与春光半。记得履痕存款款，莫教雨久苔痕满。

淡月熹微天耿耿，莫下庭阶，照见愁人影。扶起乱云犹不整，枕香一寸斜侵领。　　总是多情添咽哽，恼杀霜风，偏入离肠冷。无语暗魂销欲尽，黄鹂啼上桃花梗。

宋存标《醉花阴·拟艳》：

香散飞花衣袖窄，浪浴鸳鸯翼。明月爱随人，一缕红云，暗里争颜色。　独立回廊闻太息,梦里曾相识。玉指映柔荑,欲折花枝,睡起娇无力。

陈子龙《醉花阴·拟艳》:

绣幕屏山红影对,两点愁眉黛。消息又黄昏,立遍苍苔,赚得心儿悔。　一缕博山庭院内,人在秋千背。夜久落春星,几阵东风,残月梨花碎。

陈子龙《如梦令·艳情》:

红烛逢迎何处,笑倚玉人私语。莫上软金钩,留取水沉浓雾。难去,难去,门外尺深花雨。

钱谷《醉花阴·拟艳》:

红靥轻匀生百媚,皓腕添微翠。移步出回廊,池上花深,两两鸳鸯睡。　芙蓉帐底沉香细,卷起偷垂泪。风日做残春,不管伤心,蝶粉朝朝褪。

彭孙贻《丑奴儿令·艳情》:

萧娘病起无情绪,睡损唇朱。淡扫文殊,云薄春山黛有余。　梦中归信凝思久,月上方诸。玉滴蟾蜍,懒写萧娘别后书。

彭孙贻《巫山一段云·艳情》:

锦臆婴儿燕，红屏姐妹花。睡痕和梦闪窗纱。梅香唤点茶。　堆枕云三绺，衔梳月一牙。多情薄命薄情他。风前嚏准么。

彭孙贻《月当厅·灯期阻雨，艳情》：

灯期灯市无灯夜，凄凄花坠，兰烬银茎。月黑星桥，不闻马滑人声。故使良宵冷落，想上元、青鸟忒忘情。浑休管，鸦头半涴，鱼目双冥。　红桥断尽扬州路，广寒人、巫山左侧消停。壬红浣夕，连宵恼杀卿卿。雾鬓风鬟花有信，教雨工、偏住山棚。生怕恁，贪灯迷月，勒住春晴。

徐士俊《凤凰台上忆吹箫·纪艳》：

甲午仲春，偶晤乔强、杨赛、陈葵三校书，皆长安花案中榜首也。因次又韩韵，以纪其事。

三里河桥，欣逢彼美，重题花案阳秋。看乔娘风韵，应贮琼楼。当筵羞涩甚，催檀拍、禁住莺喉。秦淮渡，王郎难觅，忽在斋头。春愁。葵花犹早，爱鹅黄搓出，杨柳轻柔。奈烟丝先飐，不为侬留。更访陈姬别院，可强如、赛社名流。三生石，双花半笑，都付银钩。

徐士俊《南乡子·纪艳》：

雁字十三楼，翠袖笙簧彻曙休。一点俗尘都不到，风流。只爱春光不耐秋。　浪说古扬州。幺凤新蝉又上头。不住隔窗呼小字，歌喉。玉拍擎来玉指柔。

毛莹《浣溪沙·艳情》：

绮阁春深夜未央，青衣十五发初长，博山炉暖惯司香。　暗约芳心瞒小妹，故拈闲语恼檀郎。唤伊翻自背灯光。

金是瀛《虞美人·艳情》：

沉香熏罢垂罗幌，月在青苔上。玉人添线绣鸳鸯。帘栊夜半远灯光，透微茫。　醉来偷步红轩下，满架花枝亚。此时何计展殷勤？谢家池馆锁深春，见无因。

查容《御街行·艳情》：

红泥亭子新陪宴，唤未出、重匀面。春情约略似初谙，羞敛双蛾如怨。朱唇欲启，清喉尚咽，一笑停歌扇。　琼筵饮散时回盼，趁月色、偷寻遍。赤阑尽处翠屏深，娇态不胜缱绻。邻鸡三唱，城虬五点，露重花枝卷。

王毓贞《生查子·拟艳》：

鸂鶒翠钿飞，翡翠榴裙嵌。含笑入罗帏，人影灯光蘸。　眠枕听晨鸡，点点铜壶勘。亏得种芭蕉，日闪红窗暗。

以上是我们从《全明词》和《全明词补编》中筛选出来的"拟艳"词，凡十五位词人二十四首词作。其中题为"拟艳"者八首，题为"艳情"者九首，另有"纪艳"二首，"艳词"五首。全文为了表述方便，故皆以"拟艳"指称。在这十五位词人中，虽然其中有些词人入清之后生活甚久,或者在其他著述中被视为清人,这里还是以《全明词》《全明词补编》为范围,故不予剔除。而且从词学观念来说,原不必以朝代更迭为界划,由晚明以至清初顺治乃至康熙前期,在词学史上是连成为一体的。清初几部大型词选如《倚声初集》《瑶华集》等,均把晚明与清初看成同一历史时段,亦正是出于这样的考虑。

二、明代拟艳词的词史意义

通过解读以上十五位词人、十九题、二十四首"拟艳"之作,或可得出以下几点认识。

其一,从"拟艳"词的出现看艳词发展轨迹。以"拟艳"或"艳情"为词题者,最早的是嘉靖时期的杨慎;其次是由嘉靖入于万历的王世贞;其他十三位词人皆生活于万历至明清易代之际。如果有工夫去翻《全清词·顺康卷》二十册加"补遗"四册,在那五万余首词中一定会有相当数量的"拟艳"或"艳情"之类的词题。这种情况对于杨慎或王世贞等个别词人来说或许不无偶然,但从整体来看乃是出于词史发展之必然。"拟艳"类词题的次第出现以至于连点成线,或可从一个侧面表明,明代艳词的发展,是始于嘉靖,盛于晚明,一直到清初康熙前期才渐趋消弭。

其二,晚明"拟艳"词的出现具有重要的词史意义。"拟艳"或"艳情"一类词题,前代很少见到。唐宋时期本多艳词,却未见有人以"艳"字立题,那是因为涉笔艳冶,正是词家体例,是词之为词的题中应有之义,故无须另加标识。欧阳炯《花间集叙》所谓"绮筵公子,绣幌佳人,递叶叶之花笺,文抽丽锦,举纤纤之玉指,拍按香檀。不无清绝之辞,用助妖娆之态",所描述的正是词所赖以生存、发展的社会文化场景。那时词被称为"艳科",凡词必艳,不艳非词,故艳词差不多就是词的全部的或主要的内涵,加"艳"字反为多事。及至明代,伴随着词的题材的泛化与体裁的边缘化,词的个性功能渐趋于淡化乃至消解。一方面是诗文的主体地位无可撼动，另一方面是作为通俗文学的小说、戏曲逐步蔚成大国，词虽然在主动地放低身段以迎合俗文化的消费需求，仍在雅俗文学的对立消长中处于不尴不尬的地位。于是王世贞起而大声疾呼，重申"别是一家"之说，主张词要"浅至僄俏""务裁艳语"，甚至提出"作则宁为大雅罪人，勿儒冠而胡服"的大胆说法。这看起来与推尊词体、黜俗复雅的主张背道而驰，实际却是由个性专擅而求生存的理论策略。"拟艳"类词题的出现，不仅标示着艳词的发展，也是词体向其原初本性复归的表征。

其三，以"拟艳"为词题可以视为一种创作策略。"拟艳"之"拟"，本为仿拟之意。求之于前代诗史，则如"代"，如"拟"，如"赋得"。用"代"者，如鲍照诗有《代东门行》《代放歌行》《代东武吟》《代白头吟》；用"拟"者，如鲍照有《拟行路难》，陆机有《拟古诗》，张载有《拟四愁诗》，庾信有《拟咏怀》；用"赋得"者，如李世民有《赋得临池柳》，杜审言有《赋得妾薄命》，白居易有《赋得古原草送别》，戴叔伦有《赋得长亭柳》等等。然而明词中的"拟艳"之题不仅有拟代之意，又往往具有创作策略意味。具体来说又可分为两种情况。

一种是借"拟艳"之名以求自我开脱。意谓前人例皆如此，吾则聊且尔尔，因为前有车，后有辙，随例而已，故不致玷污清名令德。既称"拟艳"，便非写实，词中所记艳遇，并无本事。此有如今日电影或小说，明明取材于现实经历，却在开篇时申明"本故事纯属虚构，如有雷同，纯属巧合"云云，于是便把言之凿凿的现实事件，化为不可究诘亦不必追问的"空中语"了。纪昀《阅微草堂笔记》卷九记某僧言神仙感遇之事云："古来传记所载，有寓言者，有托名者，有借抒恩怨者，有喜谈诙诡以诧异闻者，有点缀风流以为佳话，有本无所取而寄情绮语，如诗人之拟艳词者，大都伪者十八九，真者十一二。"[1]对明人词中的"拟艳"之作，

---

[1] 纪昀:《阅微草堂笔记》卷九，凤凰出版社2007年版，第150页。

或亦可作如是观。如前文中曾提到的王世贞《玉蝴蝶·拟艳》,秋娘既居于王世贞故乡太仓之皋桥附近,"浔阳琵琶"又暗合王世贞罢官回乡的仕途经历,故其所写,很可能是"纪艳"而非"拟艳",但王世贞为防后人"人肉"式穷究,故以"拟艳"为题先自撇清了。

另一种情况是借"拟艳"之名别有寄托。以上十五家词中,真正借"拟艳"之名而别寓寄托者,是陈子龙、宋存标和钱谷,他们三人的《醉花阴·拟艳》皆出于云间词人唱和词集《倡和诗余》,同时参加唱和的还有一般被视为清人的李雯和宋征舆。因为该集的唱和已在明清易代之后,具体来说则是顺治四年丁亥(1647)的春夏之间。从文体表面来看,这些词仍然在沿袭云间诸子的一贯作风,仍然在写绮罗香泽之态、绸缪婉娈之情,实际则是伤心人别有怀抱,是把故国之感并入艳情。因为"拟艳"之"拟"本有凭借拈连之意,所以陈子龙等人别有寄托者才更为切合题旨。

其四,从"拟艳"之作可以见出明人艳词特色。从题材内容来说,以上二十四首词,大都是写男欢女爱、偎红倚翠、闺思春情、相思离别。这是远观泛论之笼统解会。逼近考察,又可分为三种情况。一为写男女幽期欢会、床笫之乐,如杨慎《个侬·艳情》、彭孙贻《巫山一段云·艳情》、陈子龙《如梦令·艳情》、查容《御街行·艳情》等等皆是。王屋《沁园春·拟艳》虽然有意"反转",塑造了一个发乎情止于礼的女性形象,实际以"拟艳"为题,立意仍在男女幽期一点上。二是写女性体态风情,如卓发之《如梦令·艳情》、施绍莘《浣溪沙·艳情》五首之类。三是描写男女离别相思,如钱继章《蝶恋花·拟艳》、彭孙贻《丑奴儿令·艳情》之类。当然,在有些词中,这三种类型又往往是彼此交叉、难于分切的。

和以前的唐宋艳词相比较,这种题材内容的归纳分类显得没有多少实际意义,因为历来的艳情词乃至艳情诗,也无外乎是在表现这三种情境。然而值得注意的是,晚明艳词之新变,差别不在于题材内容,而在于旨趣风格。譬如说，唐宋艳词中，有很大一部分是"男子而作闺音"，不仅是仿女性声口，而且是采取女性视点，以女性心态去观照、感受。而明代艳词，即使是写"闺思""闺怨"，看上去是在写女性的心理情感，而事实上仍是写男性眼中的女性，带有欣赏、玩味、窥视、占有的性心理意味。所以这里没有爱惜流光、珍惜华年的人生感喟，没有美人迟暮、惆怅自怜的感伤情调，字里行间所散发的乃是一种男性词人的性心理与性意识。如卓发之《如梦令》"柳眼欲开波溜""倦体怯罗襦"，如施绍莘《浣溪沙》"衫子偏教窄窄裁，一兜儿大茜红鞋，吹弹得破粉香腮"，所刻意捕捉与表现的，实际不是婉约妩媚的女性之美，而是在刻意突出其风流性感。这些都是由晚明特定文化语境所决定的。

其五，女性词之"拟艳"尤具别种文化意味。在以上所录十五家词中，王毓贞是唯一的女性词人。王毓贞，字月妹，生平行状不详，是明末清初的扬州女词人。《全明词》《全清词》皆据《众香词》收录其词四首，皆为艳词。《南歌子》："浴罢明肌雪，收残䃿鬓鸦。娇怯欲扶花，花枝扶不得，倚风斜。"颇具风流才情。又其《生查子》："兰沐倚窗凉，红汗酥胸溅。倦倚玉阑干，蜂哑娇花颤。"淫艳极矣，几不类良家女子声口。《明词综》卷十二选其《如梦令》一首，小传中称其为"扬州妓"，殆得其实。因为艳词往往写男女情事，而有文化的女性总不免矜持或有所顾忌，所以女性词人"拟艳"者颇为罕见。我曾在《明词史》（增订版）中谈到女词人黄媛贞题咏美人的词作，认为从其笔墨趣味来看，不是以女性眼光去欣赏女性美，而是仿男性词人去看女人。清代诗人厉鹗《归舟望燕子矶作》诗云："俯江亭上何人望，看我扁舟望翠微"。陈衍《石遗室诗话》卷十五释此二句曰："十四字中作四转折，质言之为：看他在那里看我在这里看他看我也。"黄媛贞与王毓贞在词中写美人或写艳情，也不是出于对同性之美的心悦诚服，而是基于词中艳词传统之惯性，仿男性眼光来看女性，所以尽管女性作者咏女性形象，其中仍有潜在的男性的性意识。用叶嘉莹先生的词学观来解释，这也是一种"双性心态"吧。

第四节　艳词派的主要成员

由晚明万历年间以至清初，艳词创作成为词坛的一种基本倾向。当时涉笔艳词者甚多。本章论列之吴鼎芳、顾同应、董斯张、施绍莘、单恂、徐石麒、莫秉清、彭孙贻、沈谦诸人，皆为苏州、松江、湖州、杭州一带人，彼此多有横向交往或先后传承关系，其词作又以艳词为特色，故打叠一处而论之。

一、极浓艳而又刻入的吴鼎芳

吴鼎芳（1583—1636），字凝父，吴县（今江苏省吴江市）人。世居太湖西洞庭山。性耿介，不事干谒，与范汭（东生）相契。四十岁后出家为僧，名大香，居乌程（今浙江省吴兴市）之霞幕山。有《披襟唱和集》《云外录》等。钱谦益《列朝诗集》丁集录其《竹枝词》《闺中曲》《柳枝词》《青溪小姑曲》等，想见他也是以乐府诗见长的。《列朝诗集小传》丁集中称其"为诗萧闲简远，有出尘之致。与范东生刻意宗唐，刊落凡近，有《披襟唱和集》行世。一时肥皮厚肉、取青妃白之伦望之，人人自远也"[1]。又沈雄《古今词话》引江尚质语曰："吴凝父有《春游曲》云：'雨余芳草绿新齐，亭榭无人绣幕低。忽慢好风传语笑，流莺飞过杏花西。'则诗亦词也。"[2]又如其为人传颂的《西湖竹枝词》："湖心亭下水悠悠，枫叶蓣花面面秋。一段巫云飞不去，夜深和月到楼头。"亦堪称俊逸风流。有的版本改"巫云"为"乌云"，便索然无意趣矣。

吴鼎芳现存词作六十六首，以其天启二年（1622）四十岁出家为界限，分为前后两部分。出家之前的词作，《全明词》及《全明词补编》据各选本辑录三十四首，奠定吴鼎芳词史地位的主要是这些作品。按：沈

---

[1] 钱谦益：《列朝诗集小传》丁集，上海古籍出版社1983年版，第609页。
[2] 唐圭璋辑：《词话丛编》，中华书局1986年版，第1031页。

雄《古今词话》称，吴鼎芳"词止小令三十首，极浓艳而又刻入，载《唵囕集》"。按：《唵囕集》今未见。若谓"极浓艳而又刻入"，当指吴氏出家前之作。但前期之作不尽为小令，亦不当编入出家之后的《唵囕集》，录此俟考。出家之后的词作凡三十二首，见于吴氏出家之后文字合集《云外录》卷十一。这些词主要写出家之后的人生感悟。有些作品尚有审美价值。像《如梦令》："径傍溪边白鹭，坐看桥边红树。不道月濛濛，一宿芦花烟渚。归去，归去，家在万山深处。"虽然是写看破红尘的空幻寂灭之感，却是通过形象与意境来传达其况味，不同于道家青词之类的直说。至如"一自居山，彻底清闲"（《行香子》），"古今几个英雄，一筋斗、跳出樊笼"（《柳梢青》），"浮世得为僧，大梦方醒"（《卖花声》），"百年光景一浮沤，笑指白杨坡下土馒头"，这就和唐代王梵志诗以及金元道教之青词没有多少区别了。所以我们讨论吴鼎芳的词，主要是指其出家之前的词作。

关于吴鼎芳词的风格路数，邹祗谟《远志斋词衷》有一段话颇有启发意义。邹氏曰：

> 阮亭常云：有诗人之词，有词人之诗。诗人之词，自然胜引，托寄高旷，虞山、曲周、吉水、兰阳、新建、益都诸公是也。词人之词，缠绵荡往，穷纤极隐，则凝父、莼僧、去矜诸君而外，此理正难解会。[1]

这一段话由王士禛（阮亭）的话切入，把明代词人分为"诗人之词"与"词人之词"两大类。王士禛的话见于其所作《倚声初集序》，原话说："有诗人之词，唐、蜀、五代诸君子是也；有文人之词，晏、欧、秦、李诸君子是也；有词人之词，柳永、周美成、康与之之属是也；有英雄

---

[1] 唐圭璋辑：《词话丛编》，中华书局1986年版，第656页。

之词，苏、陆、辛、刘之属是也。"[1]王士禛善于梳理归类，这表现了他长于抽象概括的思维能力，而具体说法则未必可靠。邹祗谟把"四分法"简化为"二分法"，用"诗人之词"与"词人之词"来论明清之际的词人，而邹祗谟更感兴趣的显然是"词人之词"。虽然他采用了"两两相形"的对比模式，实际不过是要把少量而特出的"词人之词"从一般的"诗人之词"中摘出而已。因为如钱谦益（虞山）、王显祚（曲周）、李元鼎（吉水）、梁云构（兰阳）、熊文举（新建）、赵进美（益都）诸人，词的创作成就不高，几乎称不得词人。而把吴鼎芳（凝父）、董斯张（遐周）、单恂（莼僧）、沈谦（去矜）诸人之词称为"词人之词"，则确有道理。关于"词人之词"的内涵或许会见仁见智，而这几个人的词，至少在主性情、多写艳词、风格纤艳谐俗、文字新隽流丽等方面，是有着某种共性的。

吴鼎芳前期词作，几乎全是艳词。具体来说，亦展示了不同的风格路数。如《醉公子》：

> 好梦轻抛去，朦胧留不住。莺滑柳丝长，断肠流水香。　斜日穿花醉，无心熏绣被。春染薄罗裳，催人换晓妆。

《南乡子》：

> 待月回廊，微微一炷助情香。渐觉偎偎双玉井，娇羞甚，叫着名儿伴不认。

《薄命女》：

---

[1] 邹祗谟、王士禛：《倚声初集》，清初大冶堂刻本。

> 心怯怯，就影潜来花底月。还了风流业。　　悄声珠帘慢揭，认得湘波裙褶。敛笑凝眸红两颊，故地灯吹灭。

这些短幅小令，往往用早期常用词调，写法上亦尽量追求本色自然、语意清浅而留有余韵。当然，像"莺滑柳丝长，断肠流水香"这样的秀逸之句，无论是宋代的才子晏几道，还是晚明的才子汤显祖，都会大加称赏的。

吴鼎芳另外一些艳词则不同程度带有曲化意味。如《送入我门来》：

> 翠馆歌檀，红楼舞袖，金鞭留醉谁家？数尺游丝，惹恨到天涯。君同秋去春来燕，奈妾似朝开暮落花。　　说与旁人不解，种种凄凄切切，调入琵琶。带孔频移，瘦得这些些。无端今日千行泪，总有分当时一念差。

这一类词，或似传奇之剧曲，或似散曲中的南曲，或似时调小曲。好在略带曲味而不至于过。《倚声初集》卷十四选录此首，邹祗谟评曰："'郎似凤凰桥下月，妾似初三十八潮'，同此谐妙，无此楚恻。"这里"郎似""妾似"云云，出于王世贞《南乡子》，邹祗谟的意思当是说"君同秋去春来燕"二句，与王世贞词一样有民歌风味，而吴鼎芳之作更为凄恻动人。

其他词如《如梦令》(欹枕巫山路便)、《惜分飞》(红界枕痕微褪玉)、《迎春乐》(没来由)等，虽不至于像施绍莘词那样"摹淫写亵"，亦不无情色意味。又如《秋蕊香》"多才天与风流性，自是不禁孤零"，《蝶恋花》"春望不来来又去，多情只为情担误"，《江城子》"愁在眉尖情在眼，拚撇去，又淹留"，《七娘子》"暖受人怜，寒将人赚，香愁粉怨啼妆面"，《凤凰台上忆吹箫》"船儿也，载将人去，不载人还"，这些词，无论是写幽欢怨慕，还是写相思离别，也大都属于艳词的范畴。

第六章　论晚明艳词派

二、幽柔香弱的顾同应

顾同应（1585—1626），字仲从，号宾瑶，昆山人。其祖顾章志为嘉靖三十二年（1553）进士，父顾绍芳为万历五年（1577）进士。顾同应以荫入国子监，七试不售，两中副榜，天启六年（1626）病逝，年仅四十二岁。他是明清之际著名学者和思想家顾炎武的生父，因兄同古早卒，遂把顾炎武（原名绛）过继给同古为嗣。顾同应为人谦让淳简，诺敦行义。初为举子业时，与同邑诸生结遗清堂社，其文海内传之。陈仁锡《无梦园遗集》卷三有《顾仲从制义序》。与叶绍袁、王开美、葛一龙等交游。万历三十六年（1608），吴中大水，作《苦雨行》。又有七绝《决明花》："个个金钱压翠叶，摘食全胜苦茗芽。欲教细书宜老眼，窗前故种决明花。"又七绝《剪秋罗花》诗云："隋宫无梦冷轻纨，几瓣秋花倚泪看。萧瑟罗衣裁不就，却怜中妇剪刀寒。"皆为人传诵。

顾同应体弱多病，其性格亦偏于幽怨感伤，更宜于词。可惜其集散佚，故不多见。《千顷堂书目》卷二十六著录有"顾同应《药房集》，又《秋啸集》"，注曰："字仲从，昆山人。庶子绍芳子，荫入国子监。"《中国词学大辞典》"顾同应"条依据陈乃乾《顾同应传》，谓"清顺治间陈济生辑有《药房词》和《秋啸词》"。陈济生，字皇士，号定叔，为陈仁锡子，顾同应婿。《药房》《秋啸》二集即为其整理编定。而陈济生于康熙三年（1664）病卒之后，因为人告讦，《天启崇祯两朝遗诗》被立案禁毁，顾同应二小集亦当于此时散佚。

因为别集无存，顾同应的词，仅于明季以来词选中零星见之。卓人月、徐士俊《古今词统》收录其词四首；顾璟芳等《兰皋明词汇选》收录其词四首，其中有二首与《古今词统》相同。王昶《明词综》卷五选录其词二首，其中《柳梢青》（六曲宫纱）一首为前两种选本所未有。《全明词》据诸家选本，去其重复，共录七首。令人奇怪的是，《全明词》目录及正文中作者名作"顾众"，小传中称"一名顾同应，字仲从"，却并没有交代顾众之名的来历。而且书后"作者音序索引"中又匪夷所思地误作"顾胐",遂使得一般读者根本就不知道《全明词》中有顾同应这么一个词人。事实上,明季选本中收录顾同应词最多的是潘游龙编的《精选古今诗余醉》,此书刻于崇祯十年(1637),去顾同应之去世时间未远,该书中共收录顾同应词十五首,前述诸选本中所收词七首均见于此集。《古今诗余醉》卷七在顾氏二首词后评曰:"仲从词最新脆,惜不多见。"故其所收十五篇,也许就是当时潘游龙所见到的顾同应的全部词作。

顾同应的词清隽秀逸,而且最得"香而弱"之神韵。如《望江南·别怨》一组三首:

> 人别后,刚有梦见归。私语花阴猥一晌,幽欢屏曲颤多时,明日费寻思。

> 人别后,红泪滴残春。旖旎心情思不尽,娇憨模样记来真,谁似个人人?

> 人别后,漂泊在江城。金屈膝开闲不锁,玉搔头坠腻无声,一向没心情。

这类词写传统的伤春伤别主题,唐宋时名家名篇极多,其私相怨慕光景揣摩殆遍,所以很难推陈出新。顾同应能够写得不落窠臼,清新自然,殊为难得。首章"私语花阴猥一晌,幽欢屏曲颤多时",实写梦中情事,艳而不邪,风调近花间。第三章"金屈膝开闲不锁,玉搔头坠腻无声",天然巧对。金屈膝为黄金铰链。梁简文帝《乌栖曲》有"织成屏风金屈戍,朱唇玉面灯前出",韦庄《菩萨蛮》有"翠屏金屈曲,醉入花丛宿",其中"金屈戍"或"金屈曲"乃一声之转,与此同义。以"金屈膝"对"玉搔头",无论是器物、情调,皆极适于词的风调,而唐宋词人未能发现,留待顾同应成此巧对。后来纳兰性德《浣溪沙》"魂梦不离金屈戍,画图亲展玉鸦叉",应是从顾同应句化出而略作调整。

又《浪淘沙·秋怨》:

孤影对婵娟,人隔秋烟。玉琴应自罢湘弦。香梦不禁鹦鹉舌,憔悴花前。　残月冷金钿,回首堪怜。舞衫歌扇旧因缘。天际碧鸾飞不到,欲问青天。

《浪淘沙·闺思》:

生小弄冰弦,未拨先怜。涩莺娇燕语春烟。一点幽情传未得,残月窥帘。　铜雀锁婵娟,惊数流年。小桃窗下背花眠。谁唱西陵肠断句,梦到君边。

这两首词并非一组,却出现了不少相同的意象,如弦(湘弦、冰弦)、烟(秋烟、春烟)、婵娟、残月,还有花、梦。其实两首词的主人公都是女性,主题也都是写离别相思。如果说有什么区别的话,那就是《秋怨》全篇都在渲染一种冷色调,从中透出一种凄凉与幽怨;而《闺思》中虽有冰弦与残月,却不掩其春情的旖旎情调。"小桃窗下背花眠"一句,尤其会使人想到汤显祖的《牡丹亭》,想到《游园》《惊梦》二出中的杜丽娘。

三、专主性情的董斯张

董斯张(1586—1628),字然明,号遐周,别号借庵,又因"清羸善病",自号瘦居士,室名静啸斋,故别署"静啸斋主人",浙江乌程人。生于世宦之家。祖父董份,嘉靖二十年(1541)进士,官至礼部尚书兼翰林学士。父董道醇,万历十一年(1583)进士,官至南京工科给事中。董斯张为道醇第六子,少孤,仅为国子监生,一生未仕。与周永年、茅维、吴鼎芳及王稚登、王留父子交往唱酬。尤其值得一提的是,他与通俗文学阵营里的冯梦龙、凌濛初,都保持着甚为密切的朋友关系。其集中有《偕冯犹龙登吴山》《凌初成载酒至》《叹逝曲为凌初成赋》诸诗可证。而冯梦龙的套曲《为董遐周赠薛彦生》,记述董斯张与男伶薛彦生的同性恋关系,而这种话题是非挚友不能道的。也许正因为有这样的交往与氛围,其子董说才能成为一位著名的小说家吧。董斯张身体羸弱,自知寿命不永,故以文字为性命。其《朝玄阁杂语》有云:"我怒时出我文而喜,是文者,我妻妾也;我殁时得我文而生,是文者,我云耳也。"[1]"云耳",犹言子孙后裔也。著有《静啸斋存草》十二卷、《静啸斋遗文》四卷,明崇祯刻本,今有《四库禁毁书丛刊》本。又有笔记类《吹景集》十四卷,今有《续修四库全书》本。编著有《广博物志》五十卷、《吴兴备志》三十二卷,与闵元衢、韩千秋合辑《吴兴艺文补》四十八卷。另有《增定唐诗品汇》三十卷,已佚。

  董斯张的文学创作,以专主性情为特色。孙淳《哭遐周社兄十二章序》引其语曰:"诗以性情为主。识得性情二字,一生吟咏事毕。"[2]王稚登《董遐周集序》云:"才本天授,非人力也;情本神来,非学力也。余请以此序《遐周集》。"[3]陈继儒《静啸斋集序》云:"余得董遐周集读而乐之,盖诗人满天下,而性情之音稀矣。"[4]冯梦龙《童痴一弄·挂枝儿》卷三收《喷嚏》一首,末后注曰:"此篇乃董遐周所作。遐周旷世才人,亦千古情人。诗赋文词,靡所不工。其才吾不能测之,而其情则津津笔舌下矣。"[5]如此众口一词,足见董斯张的创作个性是人所共知且久经认

---

[1] 董斯张:《吹景集》卷一,《适园丛书》本。
[2] 孙淳:《哭遐周社兄十二章》,《静啸斋存草》末附,《四库禁毁书丛刊》本。
[3] 按:此数语诸家引录者均称出自王稚登之手,而我翻查《四库禁毁书丛刊》集部第175册所收《王百谷集》十九种三十九卷本、《域外汉籍珍本文库》第二十二册所收《王百谷先生集》十一种二十卷本、《原国立北平图书馆甲库善本丛书》第830册所收《王百谷集》二十一种四十二卷本,皆未见其所自出。书此待查。
[4] 陈继儒:《陈眉公集》卷六,明万历刻本。
[5] 周玉波、陈书录编:《明代民歌集》,南京大学出版社2009年版,第236页。

定的。

董斯张的诗幽秀清隽，在明代有一定地位。陈田《明诗纪事》庚签序中评价万历诗人云："余博览篇章，精核艺薮，若区海目（大相）之清音亮节，归季思（子慕）之澹思逸韵，谢君采（三秀）之声情激越，高孩之（出）之骨采骞腾，并足以方轨前哲，媲美昔贤。汤若士（显祖）、李伯远（应征）、谢在杭（肇淛）、程松圆（嘉燧）、董遐周（斯张）、吴凝父（鼎芳）、孙宁之（镇）、晋安二徐（徐𤊹、徐渤），抑其次也。"[1]虽入次等，能与汤显祖、程嘉燧等人并列，亦见得其诗坛地位不可小觑了。其绝句如《吴门道中》云："柳花片片拂船窗，雪点湖田鹭几双。数到明朝寒食夜，半蓬残照过吴江。"《初夏》云："杨柳荫浓曳碧烟，一溪不雨不晴天。水楼处处凭红袖，吴下新来茉莉船。"《夜泛西湖》云："放棹西湖月满衣，千山晕碧秋烟微。二更水鸟不知宿，还向望湖亭上飞。"选题造境，皆有风味。

董斯张的词作今存四十七首。其《静啸斋存草》卷十一存词三十九首，《全明词》复据诸选本辑词八首。从这些作品来看，董斯张的学力与文字工力比施绍莘、吴鼎芳略逊一筹，但在艳词的风格路数方面则可谓异曲同工。成书于清初的《兰皋明词汇选》，其编者之一顾璟芳（宋梅）在卷六开头有一段总论性质的话。他说：

> 刘、杨、王诸家，为一代词手，尚矣。他若陆文裕之高华，董遐周之工艳，沈君鹿之幽凉，眉道人之萧散；周白川清和而调高，夏玉樊秀媚而善感，大樽意寄题外，琼章情在景中，古堂、蕊园孤奇别俗，浪仙、雪馆冷艳袭人，类烁宋熔元，独标风雅。世咸以明人工举子业，古文、词远不及，故余略述数家，附陈其概于此。[2]

---

[1] 陈田：《明诗纪事》，上海古籍出版社1993年版，第2233页。
[2] 顾璟芳等：《兰皋明词汇选》，辽宁教育出版社1998年版，第122页。

这里列举明代知名词人,大别为两个层次:刘基、杨慎、王世贞为第一层次,或可以为大家;其余如陆深(文裕)、董斯张(遐周)、陈继儒(眉公)、周用(白川)、夏完淳(玉樊)、陈子龙(大樽)、叶小鸾(琼章)、施绍莘(浪仙)等人或可视为名家。沈君鹿疑当为沈君庸(自征)之误,而古堂、蕊园、雪馆则不详其人。顾璟芳所开列的这个名单既不完整也不太妥当,这里且不去管,但说董斯张在明代尤其是晚明词坛有一定地位,应该没有问题。又顾璟芳评其词曰"工艳";胡应宸则称"遐周流艳工巧,是其所长",又称其词"以尖丽胜人"。因为董斯张的词以艳词为多,亦以艳词为当行出色,所以"艳"字没有问题。如果从文辞风格来说,董斯张词刻意生新出奇,故当以胡应宸之说更为妥切。又沈雄《古今词话·词评下卷》引其自作《柳塘词话》云:"浔上董遐周与周永年、茅维为词友,周有《怀想斋词》,茅有《十赉堂词》,而遐周词并不随人口吻。陈黄门大樽谓其风流调笑,情事如见者也。"[1]又《倚声初集》卷五选董斯张《减字木兰花》(谁能消受)一首,邹祗谟评曰:"遐周词每自出新意,风流调笑,真觉情事如见。"[2]邹祗谟显然是在认可陈子龙的说法,但他不仅是说董斯张于男女风情写得真切如见,而且强调他是自出新意,即董斯张不像很多宋以后词人那样,只会在故纸堆里讨生活,匍匐于唐宋才子身影之下,乞灵于名篇佳句,拆补翻新,赋得离别相思,用前人字面意象,组织成篇。这样的作品,骤视之俨然宋词,誉之者谓之可乱楮叶,谛视之则如土偶桃梗,全无自家创意。董斯张致力于从生活中发现、发掘男女情事中的风流调笑的场景细节,剪裁入词,故觉贴近生活,格似不高而真切有味,虽不似古典而不恤也。这是董斯张词的一个重要特色,也是明体词值得肯定之处。

董斯张善于体察女性的微妙心理与举动细节。如《菩萨蛮·闺情》:

---

[1] 唐圭璋辑:《词话丛编》,中华书局1986年版,第1031页。
[2] 邹祗谟、王士禛:《倚声初集》,清初大冶堂刻本。

君还不到春将去,君归无处将春补。梁燕落红泥,打斜簪发犀。　邻家痴姊妹,笑语撩人泪。供得一瓶花,低头呆看他。

这首词写闺情,但不像传统的写法,写女子独处,而是故意拉来一个年龄略小、不谙风情的女孩来做陪衬。上片只是铺垫,写得一般,开头二句尤为呆笨。妙在下片用白描手法,于不动声色中婉转曲达出女儿心思。邻家少女情窦未开,无心笑语,而撩人下泪。这女子却又不顾同伴,忽然无语,只是望着瓶花发呆。其实哪里是看花,乃是一时"走神"。不知是由春归花残想到荡子不归,还是由花事凋零想到美人迟暮。实际就晚明词来说,美人迟暮、众芳芜秽之类的主题虽然高雅却已远去,明人笔下的女性多为小家碧玉、世俗女孩,虽不免浅俗之讥,却充满感性生活气息。如这首词中的女子,当然不是在看花,而是在想念心上人。此种描写,即陈子龙与邹祗谟所谓情事如见也。

又如《虞美人·礼佛》:

妆阑鹦鹉闲相狎,念出弥陀字。双行缠拜梵王前,但见水沉香嫩博山烟。　瓶留第一泉来供,花散黄梅冻。他生若得在西天,愿与萧郎做个并头莲。

亏得董斯张还是一个正儿八经的居士,这里却把色即是空的说法抛到一边去了。这礼佛女子口中念着阿弥陀佛,心里却想着萧郎。佛典中用以表现清澄净洁的莲花意象,在这里也成了男女爱情的载体。就是在董斯张生活的年代,传说中的女子冯小青据说也写过一首《礼观音》(一作《拜慈云阁》):"稽首慈云大士前,莫生西土莫升天。愿为一滴杨枝水,洒作人间并蒂莲。"因为冯梦龙《情史》卷十四《小青传》中也有这首诗,所以可以设想,专主情性的董斯张对小青其人其诗应该是熟悉的。《古今词统》卷八选了这首词,评语曰:"'愿为一滴杨枝水,洒作人间并蒂莲';

小青、遐周,同声相应。"[1]可见晚明词与晚明的传说、晚明的评点,彼此都是心有灵犀的。

四、花影浪仙施绍莘

施绍莘(1588—1640),字子野,号峰泖浪仙,华亭(今上海松江)人。他是晚明的词曲名家,有《秋水庵花影集》五卷,明末刻本。前四卷为散曲,末卷为词。词凡一百九十首,赵尊岳编入《明词汇刊》,亦称《秋水庵花影词》。

关于施绍莘的时代,过去记述多有分歧。《四库全书总目·〈花影集〉提要》云:"是集前三卷为乐府,后二卷为诗余。多作于崇祯中。大抵皆红愁绿惨之词,所谓亡国之音哀以思也。"其实施氏词中所出现的年月,全在万历、天启中,《提要》所谓"多作于崇祯中",不知何所据依。又所谓"红愁绿惨"之词,其实不过沿袭传统的伤春伤别主题而已,亦与亡国之音无涉。赵尊岳或亦受《四库全书总目提要》的影响,其《惜阴堂汇刻明词·〈秋水庵花影词〉提要》亦称"盖明季逸民一流也"。与此相反,刘毓盘《词史》第九章云:"绍莘,隆万时人。《提要》谓其词皆崇祯亡国时作,误。"其实《提要》固有误,称施氏为"隆万时人",亦太早计。李昌集著《中国古代散曲史》,据施氏自撰《乙丑百花生日记》中"予时亦三十八"之语推算,乙丑为天启五年(1625),上推三十八年则当万历十六年(1588)。[2]此说有根有据,一扫历来揣测之词矣。然而李昌集教授亦有小小疏失。《光绪青浦县志》卷十九载:绍莘"字子野。父大谏,字叔星,万历十六年举人。年方二十,不乐仕进,闭户注《老》《庄》,以恬退闻。绍莘少为华亭县学生,负隽才。跌宕不羁,好声伎,工乐府。与华亭沈龙善,世称'施沈'。时陈继儒居东佘,诗场酒

---

[1] 卓人月、徐士俊选编,谷辉之校点:《古今词统》,辽宁教育出版社2000年版,第296页。
[2] 李昌集:《中国古代散曲史》,华东师范大学出版社1991年版,第690页。

座,常与招邀来往。初筑丙舍于西余北,复构别业于南泖西,自号峰泖浪仙"[1]。《中国古代散曲史》转述说:"子野少补诸生,然不乐仕进,年方二十,即弃举子业,闭户注《老》《庄》,以恬退闻。"这就把施绍莘父子二人的生平行状"嫁接"到绍莘一人身上了。

施绍莘也是一个典型的晚明文人。风流俊雅,多才多情,好女色,会生活。一方面是他的家庭条件使他能够这样生活,另一方面是晚明的思想文化氛围也使他可以不顾世俗的导向,凭着自己的生活方式,做一个闲散文人。这样的人生态度和行为方式,也许不值得赞赏,但亦无可厚非。丙舍,本指正室两旁的房屋,又用指墓田之房舍,此处当亦为别墅之属。又施绍莘自述其生活情状云:

> 居山中,凡四时风景及山水花木之胜,皆谱撰小词,教山童歌之。客至,出以侑酒,兼佐以箫管弦索。花影杯前,松风杖底,红牙隽舌,歌声入云。更作一钓船,曰随庵,风和日美,一叶如萍,半载琴书,半携花酒,红裙草衲,名士隐流,或交舄并载。每历九峰,泛三泖,远不过西湖太湖而止。所得新词,随付弦管,兴尽而返,阖门高卧。有贵势客强欲见者,令小童谢曰:"顷方买花归,兹复钓鱼去矣。"[2]

如此人物,刻意模仿六朝,如此文字,则是晚明小品文的路数。虽然不无自我美化,但施氏的人格风采与生活方式,借此亦可见出大概了。

施绍莘《秋水庵花影词》亦以情词或艳词为主。论者每谓晚明文学主情,实际这个情字往往与色或欲密迩相关,与传统的情字实有区别。任半塘先生论绍莘散曲有云:"所犹憾者,在摹淫写亵之篇,每每不免",

---

[1] 赵景深、张增元编:《方志著录元明清曲家传略》,中华书局1987年版,第478页。
[2] 唐圭璋辑:《词话丛编》,中华书局1986年版,第2106页。

"故全集十九为绮语之债。且深玩其人,似乎多情而滥者也"。[1]"多情而滥"四字,堪为施绍莘作考语。其词亦然,只不过因文体之别,稍有收敛而已。施绍莘自认为是一个天生的情种。其《浣溪沙》词中云"可怜生性太多情",又云"此生无计奈情痴",皆为他"自揣"之词。《清平乐》词中则云:"带得三分花酒病,病也有些风韵。"绍莘爱花成癖,散曲作品中有《仙吕人双调·锁南枝·佞花》套曲,词中亦有《江城子·咏花》云:

> 蕊珠宫里掌花仙。为尘缘,债须填。命带花星,日费买花钱。检校人间脂粉籍,亲受记,玉皇前。　　惜花功行满三千。赏花鲜,护花蔫。花落花开,尽得使吾怜。忏悔众花冤业了,同归去,大罗天。

他恍惚觉得他原是天界的司花之神,因尘缘未了,玉皇大帝命他下界来做护花使者,待三千功德圆满之后,他就和众花神一起回到大罗天上去。这是一个男性诗人一厢情愿的幻想,他笔下的花实际是女性的化身。所谓"检校人间脂粉籍",用于花或用于女子皆可。于是他词曲中比比皆是的怜花、惜花、赞花、叹花,实际皆有怜香惜玉的情调。《江城子·旅夜》词中有"一场花梦又匆匆",恐怕不是梦见花而是梦见一如花似玉的女子。由此可见,他幻想自己作为司花之神,拥有对所有名花(实即所有女子)的权利,这是和贾宝玉或拜伦心态颇相类似的。

施绍莘的词,特点是新俊风流,如后生之光鲜卖俏,缺点是意浅味淡。有时不过即目所见,并无情思意趣,亦率尔下笔。有时又逞才使气,夸多斗靡,只求一时喝彩声,实际只是低水平重复,无益于声名流传。这种以才情见长的词人,大都小令优于长调。施绍莘即是如此。他的那些较有情韵而又不流于淫亵的艳词,往往当不得名篇而仍算得上佳作。

---

[1] 李昌集:《中国古代散曲史》,华东师范大学出版社1991年版,第695页。

以下试录数首。《菩萨蛮》：

> 春深加倍心情恶，慵歌懒笑梳妆薄。独自掩窗纱，莺啼诉落花。　梦回刚拭泪，偷立秋千背。风起乱红飞，不知双泪垂。

《谒金门》：

> 春欲去，如梦一庭空絮。墙里秋千人笑语，花飞撩乱处。　无计可留春住，只有断肠诗句。万种消魂多寄与，斜阳天外树。

与施绍莘的大部分词作比起来，这两首词好在言情蕴藉而有格调。径露则浅，荡则无格调，晚明词往往有此二病。

施绍莘词曲兼擅，散曲尤工。吴梅先生论明代散曲，称"要以施绍莘为一代之殿"[1]；任半塘先生亦称他为"明人散曲之大成者"。一般来说，词曲兼擅的人，总是带挈得曲沾光。因为词曲互为晕染，互相渗透，结果是词显近俗而曲显雅化。施绍莘的艳词也在很大程度上带有散曲的味道。如《拜星月慢》：

> 香了寒金，灯昏小盏，月被花筛竹戴。掬水擎来，看丫鬟惊怪。把钗记、不觉移来，寸寸照出，影和人拜。露酿霜花，上西风裙带。　又添些、一刻千金债。忖心头、有个人人在。细数月缺，分离又早团圆快。恼心期、渐被鳞鸿卖。当年记、他在阑干外，曾看我：晚换浓妆，有些些怜爱。

又如《江城梅花引》：

---

[1] 吴梅：《吴梅全集·理论卷上》，河北教育出版社2002年版，第293页。

风风雨雨要清明。恼心情,没心情,满眼韶光,闷闷忆芳尘。信道没情还道有,怕胡认,任奴嗔,枉你心。　　久矣久矣到如今。信不真,梦不成。毕竟毕竟心地忍,忘我叮咛,抛我金炉寒鸭坐孤灯。万一后来重见怎,羞杀也,羞见伊,怎样人。

这两首词都带有浓郁的散曲味。《拜星月慢》下片那种上三下五句式,《江城梅花引》下片"久矣久矣"之类的叠词,当然都在一定程度上助成了散曲化的倾向,但我们看宋人同调词,却仍是词而不似曲。题材内容上的打情骂俏、主题情思的浅浮、语言的直白近俗等等,也都是造成词的曲化的原因。其他如《长相思·秋夜》"好思量,莫思量,是这花荫是这廊。那时曾见娘",《西江月·警悟》"与谁两个挣输赢,怎地不知安分",也都是以曲为词的显例。至于《满江红·旅中七夕》"忙里征夫,几乎忘、今夕何夕。惊人道:昨宵初六,今宵初七",《千秋岁引》"当初谓到而今好。而今悔不当初莫",《薄幸》"说许多宿世今生,一丝誓血亲曾迸。算今岁庚申,当年庚戌,十一年头俄顷",如此之类,既称不得以曲为词,也说不上以文为词,只是把口语点断,强作节奏,而根本算不得严格意义的创作。

五、香丽莼僧单恂

单恂(1602—1671),字质生,一字狷庵,号莼僧,华亭(今上海松江)人。崇祯六年癸酉(1633)中举,崇祯十三年(1640)成进士,官麻城知县。甫二月,乞养归。清兵攻松江,单恂与李待问、章简、张寿孙等分守四门。城破,以父老潜匿,得免。明亡,于华亭东郊袁凯(海叟)墓旁筑白燕庵,隐居不出,自号白燕庵头陀。巡按御史李森先以地方人才荐,不就。时有僧人六如居上海龙珠庵,留寓明季后裔朱光辅,即号称明太子者,知府张羽捕治之,讼词牵连单恂。乃下所司,严刑拷掠备至,后以事无验证释归。事见董含《三冈识略》卷五"松郡大狱"。友人吴伟业曾作《白燕吟并引》纪其事,中有句云:"白燕庵头晚照红,摧颓毛羽诉西风。虽经社日重来到，终怯雕梁故垒空。"对单恂遭际表示同情与慨叹。晚年萧然巾履，栖隐终身。朱彝尊《明诗综》卷六十九、卓尔堪《明遗民诗》卷十四、陈田《明诗纪事》辛签卷二十一，并录载其诗，显然都是把他作为明人看待的。有《枯树斋诗集》，据《一氓题跋》，知为明崇祯九年（1636）刻本。另有《瓶庵集》《竹香庵集》等。沈雄《柳塘词话》、张慧剑《明清江苏文人年表》、李一氓《一氓题跋》之《明崇祯本枯树斋诗集》等，皆称其有《竹香庵词》，今未见。《全明词》据《瑶华集》等录其词二十四首，《全清词》同；《全明词补编》另辑其词一首。

陈田《明诗纪事》辛签卷二十一据《松风遗韵》引陈卧子（子龙）云："质生为人，风流闲茂，举止疏拔，温度雅论，宜于人伦。诗篇明瞻，动以朗洁，至其寓意，雅尚西昆。故绮阁之愁习，香奁之颓遇，一音传怨，丝竹成灰；数言触怀，脂粉遥断。思妇闻之掩心，羁人过而疾首矣。"[1]沈雄《古今词话·词评下卷》引自作《柳塘词话》云："曾见荶僧与同学论词，所尚当行者，选旨遥深，含情丽楚，纵复弦中防露，衿里回文，要不失三百篇与骚赋古乐府之遗意。故其《竹香庵词》工于言情，而藻思丽句，复不犹人也。"[2]单恂的诗词风格，于此可以大致想见。又曹尔堪在为董俞所作《玉凫词序》中有"尚木清华，荶僧香丽"之语，所谓"香丽"二字，与陈子龙、沈雄的说法大旨相合，而用以形容单恂的词风，更为精准。

然而《明词综》编者王昶看法有异，其《西崦山人词话》卷二云："单荶僧恂所作诗率以香奁为宗，词秽亵尤甚，聊存其一。外此若徐野君士俊、卓人月珂、陈善百世祥、程墨仙馥、董遐周斯张、李梅公元鼎、吴凝父鼎芳、茅孝若维、周安期永年、黄奉倩承辈，率粗鄙不堪。不敢甄录，以违别裁伪体之旨。"[3]此为王昶《明词综》编订札记，标明已删而未删。这里开列

---

[1]陈田：《明诗纪事》，上海古籍出版社1993年版，第3298页。
[2]唐圭璋辑：《词话丛编》，中华书局1986年版，第1037页。
[3]王昶著，彭国忠整理：《西崦山人词话》，载《词学》第21辑，华东师范大学出版社2009年版，第294页。

的一个名单，基本上可视为晚明艳词派中人物。至于王昶所谓秽亵或粗鄙，是他秉承浙派醇雅之说的一偏之见，实际是特色而不是缺点。

单恂诗以七言绝句见长。如一般选本多选的《春雨》："杏花红雪覆东墙，玉版初肥箬下香。陡忆断桥清夜烛，潇潇暮雨唱吴娘。"又如《有赠》："花底相逢记隔春，西窗剪烛梦还真。鹅黄柳色鹅黄酒，莫负池塘月待人。"风格的确与韩冬郎《香奁集》相近，然而风流俊逸则有之，所谓秽亵则未之有也。

单恂词与诗同一机杼，或因艳情题材更增妍媚耳。如《浣溪沙·奈何》：

> 豆蔻花红满眼春，小帘帖燕雨如尘。踏青时节又因循。　蓦地一团愁到了，怎生图个不眉颦。冷清清地奈何人。

这首词写少女怀春光景，一字不涉淫亵，却自有慵倦无力、春思撩人的情绪。"蓦地一团愁到了"句，虽直白而富于表现力，把无形之愁绪写得如一团乱麻、一团烟雾，填满胸臆而无可排遣。唐宋人写闲愁，往往借斜阳烟草、流水落花来即景传情，如此用白描手法写愁，前人得未曾有。

又如《浣溪沙·美人纳凉桥上》：

> 雪白菱花水拍塘，绿杨风起唱蝉忙。赤阑桥上泞初凉。　轻曳秃衫余月影，倒携团扇召荷香。小萤飞坠玉簪旁。

《唐多令·雨思》：

> 帘院午荫长，樱桃糁径香。便清明晴了何妨。燕带湿红来上垒，花瘦也，猛思量。　除是好韶光，柳条能系将。软青丝松得春忙。拼却短帆拖着雨，芳草外，醉鹅黄。

我们看这样的词，正可谓含情丽楚，藻思丽句，既远离粗鄙，更谈不上秽亵。《倚声初集》卷十一选录《唐多令·雨思》，王渔洋评曰："云间之有莼僧，正如唐诗中之李才江！"李才江即李洞，以其苦吟炼句与贾岛并称。单恂虽然善于炼字炼句，却不失其清新自然。单恂的才能在于，生当唐宋词名家名篇之后，而善于从生活中，尤其是青年男女的感情纠葛中，发掘出一些富有生活情趣与审美意味的题材，并谱入词中。在晚明的艳词作家中，他比施绍莘的格调要高，而文字功力则高于董斯张，故与吴鼎芳可相伯仲。

又《丑奴儿令·所思》：

> 花筛翠箔钟声小，苦最今番。罗袖痕斑，等个人人逐点看。只愁他也三分瘦，压损蛾弯。手约琼鬟，斜靠残红第几栏。

这首词也是写相思之苦，但含蓄雅洁，与其他艳词不同。首句"翠箔"指帘子。毛熙震《木兰花》"掩朱扉，钩翠箔，满院莺声春寂寞"，似为此句所本。"罗袖"二句，王渔洋在《倚声初集》卷五评曰："较老狐'开箱验取石榴裙'，蕴藉多少！"这里所谓"老狐"，指武则天，她的七言绝句《如意娘》中写道："看朱成碧思纷纷，憔悴支离为忆君。不信比来常下泪，开箱验取石榴裙。"王昶《明词综》选录单恂《浣溪沙·奈何》与《丑奴儿令·所思》二首，然而又自诩高明，大加改动，几于面目全非。如"等个人人逐点看"，"人人"原为宋词中常用口语，实际是所恋女性之昵称；王昶或以为不雅，于是径改为"留待归时逐点看"，实际意味风神大不如原句了。因为改动较大，《全明词》在单恂名下两存之，可以参看。

六、《美人词》作者徐石麒

徐石麒（1612—1670后），字又陵，号坦庵，其祖于明初由浙江鄞县迁至扬州，遂为扬州人。从其父心绎（字纯之）受心斋（王艮）之学，以读书著述为事。据其《坦庵续著书目》，入清之前著述已达四十余种，三百六十卷。清兵破扬州，乃隐居北湖，不应有司试，闭户著述。据焦循《北湖小志》卷三《徐坦庵传》记载，友人吴绮作湖州知府，以书招之，石麒作《浣溪沙·湖中述怀吴园次》词报之，中有"杖履逍遥懒出山"之句。王阮亭（士禛）司理扬州，招致境中名人高士，吴嘉纪、雷士俊、邵潜等皆为网罗，而石麒独不往见。著述甚富，尤以词曲名家。其传奇有《珊瑚鞭》《辟寒钗》《胭脂虎》《九奇逢》等，均佚。杂剧有《买花钱》《大转轮》《拈花笑》《浮西施》。词学方面有《订正词韵》四卷，《诗余定谱》八卷，《词府集统》四十卷。其词作先后结集者有《瓮吟》、《且谣》（刘师培《中国近三百年学术史论》作"旦谣"）、《唾珠》、《癖佳》等。焦循曾编《北湖三家词钞》，收徐石麒与范荃（恒美）、罗煜（然倩）三家词，其中石麒所作称《坦庵词》。另有《坦庵词曲六种》，包括《买花钱》等杂剧四种，以及词集《坦庵诗余·瓮吟》，散曲集《坦庵乐府·烝香集》。《全明词》据《坦庵词》收录其词八十八首，《全清词》又据《倚声初集》补录一首，共八十九首。而《坦庵诗余·瓮吟》有词九十三首，其中有四十七首未见收录，故今可知其词传世者至少已有一百四十八首。

徐石麒的生卒年，旧籍无载。焦循辑《扬州足征录》卷十四收录徐石麒《趋庭训述序》，中云："乃辛未之岁，麒方弱冠，而先君子剧考终矣。"[1] 据徐石麒生活年代可知，此辛未当为明崇祯四年（1631），旧以二十岁为弱冠，前推十九年，知其当生于万历四十年（1612）。又徐石麒之友郭士璟为其作《坦庵订正词韵序》，末署"康熙九年嘉平朔"。嘉平为农历十二月的别称，据此可知，康熙九年（1670）农历十二月初一日，徐石麒当时还在世。

---

[1] 焦循辑、许卫平点校：《扬州足征录》卷十四，广陵书社2004年版，第278页。

与徐石麒同时而略早，另有一徐石麒（1578—1645），字宝摩，号虞求，原籍秦川，后迁浙江嘉兴。天启二年（1622）进士，累官至刑部尚书。清兵南下时，他坚守嘉兴，城破后，在家中"可经堂"朝服自缢而死。有《可经堂集》。亦能词，《全明词》存词十首。因为二人既同名姓亦基本同时，诸书往往将二人相混。

徐石麒善于运用多种不同的文体，来表现他情、意、志、趣的不同侧面。郭士璟《坦庵订正词序》中云："吾扬徐子博物洽闻，多所著述，而以其感愤之怀寄之诗赋，滑稽之致寄之南北剧。其诗余则有《唾珠》、《癖佳》、《瓮吟》诸集，率皆行世已久。"[1]具体到词之一体而言，亦有多种风格。《北湖三家词钞》本《坦庵词》三卷，分《且吟》《且谣》《美人词》各一卷。徐石麒的艳词创作，主要表现在《美人词》一卷。该卷中共收词二十八首。为了使读者有一个基本认识，兹把这二十八首词的调、题与首句列为下表。

词调	词题	首句
浣溪沙	美人	酒渍胭脂共染唇
浣溪沙	郊游美人	得意春来分外姿
浣溪沙	送酒美人	锦瑟红牙玉柱筝
浣溪沙	美人送酒	酒在尊中潋滟波
鹧鸪天	美人写书	坐拂云笺宝翰香
秦楼月	美人足	谁雕琢
秦楼月	美人影	愁无那
秦楼月	美人魂	垂帘幕

---

[1] 焦循辑、许卫平点校：《扬州足征录》卷十四，广陵书社2004年版，第289页。

续表

词调	词题	首句
秦楼月	美人胆	空房怯
解佩令	醉美人	晚妆添染
南乡子	美人浴	晚鬓卸惊鸦
意难忘	美人舞	长袖翩跹
沁园春	美人发	蝶首堆春
沁园春	美人腮	满面娇憨
沁园春	美人腰	袅袅婷婷
沁园春	美人心	一点灵犀
汉宫春	楼上美人	何处惊人
汉宫春	马上美人	划地香尘
汉宫春	船上美人	水滑春融
汉宫春	枕上美人	迟日函窗
木兰花慢	月下美人	惯娇怜软惜
木兰花慢	帘下美人	问湘妃何事
木兰花慢	花下美人	是天公分付
木兰花慢	灯下美人	有谁家榆火
凤凰台上忆吹箫	镜中美人	白玉台前
凤凰台上忆吹箫	梦中美人	灯落花时
凤凰台上忆吹箫	画中美人	招取芳魂
凤凰台上忆吹箫	意中美人	一点常凝

与沈谦《云华词》咏美人十六首相比，徐石麒《美人词》二十八首不仅规模更大，也更富于争奇斗艳的意味。而且，因为已知沈谦那一组词是作于晚年，作于《倚声初集》刊行之后的康熙初年，徐石麒的这一组词很可能还在沈谦之前呢。

徐石麒的《美人词》，名义上是咏美人，实际是在抒写好色之徒的冶情艳思。就是说，作者不是单纯地孤立地描写或欣赏女性之美，而是毫不掩饰他男性本位的歆羡慕悦与占有之心。所以这些词，或者是上片刻画女性的身体发肤，下片便是男性观者的非非之想；或者是用大部分篇幅描写女性，而结尾总要归结到男女交欢的旨趣上来。如《解佩令·醉美人》：

> 晚妆添染，不消粉渍，正天然、一行霞起。微笑生涡，渐有依回人意。鲜金钗、向郎肩倚。　　朦腾送眼，娇讹道字，吐不真、喁喁情事。正好欺他，做一段、风流佳致。拥行云、翠红乡里。

此词写醉美人，看她两颊绯红，金钗滑溜，确是醉态。洪昇《长生殿》第二十四出"惊变"写贵妃醉酒之状，"一会价软哈哈柳鲜花欹，困腾腾莺娇燕懒"，与此有异曲同工之妙。但在这醉美人旁边，还有个伺机而动的多情郎君呢！"微笑生涡"，徐石麒在另一首《沁园春·美人腮》中已用过，"见桃花潋滟，含羞添晕，梨云浮动，微笑生涡"，可知这微笑已有春心荡漾之意。下片"朦腾送眼，娇讹道字"，写女子乘醉撒娇泥人之态，真切如见，于是词人自难免作非非之想。"风流佳致"，是艳情词曲中常用说法，实即男女交欢之隐语。

又《南乡子·美人浴》：

> 晚鬟卸惊鸦，促办温泉屑木瓜。俯向灯前开绣袹，羞他。一手斜牵小婢遮。　　春水浸梨花。香雾侵人胜馆娃。自是深闺人不见，

棂纱。更有春光漏一些。

温泉屑木瓜，即用木瓜屑置温泉中，浴之可以护肤祛斑。绣袒，指女子贴身小衣，又称胸衣，亦即抹胸、肚兜。棂纱，一种用来糊窗棂的彩色皮纸，特点是透光而能隔视线，多用于女性居所。词题作"美人浴"，已有足够吸引男性目光的地方。作者又故作顿宕，"俯向灯前开绣袒"，是显露；"一手斜牵小婢遮"，是遮挡。棂纱糊窗，是隔；"更有春光漏一些"，是漏。这一开一遮、一隔一漏之间，充分表现了男性词人引导读者窥视闺帏秘辛的性心理。潘光旦评霭理士《性心理学》，多引中国古代文学作品为注脚，盖未及见此也。

这种始于审美而终于狭邪的结构模式，在其他词中也大多如此。如《秦楼月·美人足》下片："软红巧样真难学，阿郎寸指闲相谑。闲相谑，消魂被底，一钩盈握。"《秦楼月·美人魂》下片："睡乡写勾相思约，黄鹂窗外休轻薄。休轻薄，巫山正稳，不须惊觉。"《沁园春·美人发》结尾："难忘底，是鸳鸯枕上，香雾飘飘。"《沁园春·美人腰》："醉倚人娇，笑凭人软，须觅交红被底眠。偎郎语，道花枝欲弹，莫浪风颠。"又如看到"楼上美人"，便想着"安得似，归飞燕子，随风挨入雕梁"。看到"花下美人"，便想着"检取梦魂归去，飞红散作相思"。看到"月下美人"，便想着"恋此清光不寐，孤帏想也情多"。看到"灯下美人"，便想着"只待兰膏尽也，将人催上巫山"。至于《凤凰台上忆吹箫》写到"梦中美人"和"意中美人"，因为已由客观描绘转向主观意念，所以词的旨趣不是写美人，而是写登徒子的花月春梦了。

七、蕴藉雅洁的莫秉清

莫秉清（1612—1690），字紫仙，号葭士，又号月下五湖人，云间（今上海松江）人。少嗜诗古文辞，二十岁后始补博士弟子员。入清后易以道士装。卓尔堪《明遗民诗》卷十四收录其《甲申四月晤陈卧子》

七绝一首："不谓今逢板荡时,千秋血泪海棠枝。九门失陷为阉竖,巷战谁提一旅师。"盖以明遗民视之。生平以耻自厉,因题其居曰"耻庵"。晚居海滨,以笔墨给薪水。卒后门人私谥曰贞白。著有《傍秋庵文集》四卷,《采隐草诗集》二卷,其子孙藏于家中,清亡后始付梓。封面署作"华亭莫葭士先生遗稿"。集后附有及门吴征棐撰《贞白先生墓志铭》。集中存词六十五首,赵尊岳题为《采隐诗余》,辑入《明词汇刊》,跋语中称:"裁其诗余,合诸翁山、二陆之林,胥明季词林之大师也。"

关于莫秉清的家世与生卒,诸书多有讹误之处。

其一,莫秉清与明代著名书法家莫是龙为祖孙关系,而诸书往往误作父子关系。莫是龙(1537—1587),字云卿,更字廷翰,能诗文,善书画。莫秉清之书法即得力于家学渊源。著有《石秀斋集》《莫廷翰遗稿》。因为莫是龙与莫秉清的生卒年过去皆不清楚,诸书遂将其祖孙关系误成父子关系。如赵尊岳《明词汇刊》,今本《中国词学大辞典》《全明词》等,皆称莫秉清为莫是龙子,其实二人年代漫不相接。又清人杨宾《大瓢偶笔》卷九"论国朝人书"有云:"莫紫仙法其父云卿而少拘。"云卿为莫是龙字,可知把莫秉清误为莫是龙之子,自清代已然。其实,莫秉清《傍秋庵文集》中有《家传》,其中载其世系及年代一目了然。其曾祖莫如忠(1509—1589),字子良,学者称"中江先生"。祖父莫是龙(1537—1587),父亲莫后胤(1584—1653),入清后去发为僧。后人以讹传讹,盖未睹其本集而然。

其二,关于莫秉清的生卒年。吴征棐撰《贞白先生墓志铭》云:"岁庚午,年七十有九。……除夕竟尔辞世。呜呼,天何吝一夕而不使满八十耶?"按:庚午为康熙二十九年(1690),据是年七十九岁上推,可知莫秉清生于明万历四十年(1612)。然而,江庆柏先生《清集作者疑年考录》依据同一资料,却推算莫秉清生于天启二年(1622),正好相差十年。因为庚午除夕按中西历换算则为公元1691年1月28日,所以系莫秉清生卒年为1622—1691[1]。果真如此,莫秉清卒时就只有七十岁了。又何冠彪著《明清人物与著述》,以其生卒年作1622—1690[2],似乎也在年龄推算上出了同样的问题。

莫秉清的词走的是传统的路子。如果和施绍莘、董斯张等人的词相比,他显得用笔雅洁,风度矜持。如果说施、董之词如风尘女子,往往多情而滥,那么莫秉清之词则如有身份女子,虽然也是花容月貌,风姿绰约,却让人感觉不可轻亵。在晚明艳词派中,莫秉清或与顾同应相近,既得香而弱之神韵,却不染情欲之俗趣。

从题材与主题来说,莫秉清的词大都属于闺怨一体。无论其题为闺况、闺情,还是春怨、春闺、春愁、春睡,其实都是一回事。因为很少写男女幽期欢会,那个虚拟的"阮郎"虽然偶尔出现,往往也只是出现在女性的想象之中,这种情境与画面的选择与处理,就先天地规避了色情镜头。如《浣溪沙》:

鹦语无端促晓妆,弄晴杨柳半拖黄。此时何事费思量。　春水正盈涵浅绿,燕泥新补带余香。天涯帆影忆潇湘。

这样的词从词心到词境,从字面意象到整体风格,都逼似宋词,尤其是闺怨题材的婉约词。它不像一般的明人词那么直白径露,而是深得宋词含蓄之秘。整首词中几乎没提到人,更没有明显的抒情字眼。"此时何事费思量"一句,提缀点醒。因为有杨柳半黄比喻春色渐老,以燕泥余香见花事凋零,总见得是韶光易逝,美人迟暮。末句乃以"天涯帆影"之飘忽一瞥,微微透露出这晓妆女子的心头悸动,也算是对上片末句的"何事"做了一点弱弱的回应。这种写法,盖有如李清照《凤凰台上忆吹箫》

[1] 江庆柏:《清集作者疑年考录》,载《中国典籍与文化论丛》第八辑。
[2] 何冠彪:《明清人物与著述》,香港教育图书公司1996年版,第123页。

之"新来瘦,非干病酒,不是悲秋"。钱锺书谓之"说而不说,不说而说",是"遮言"而非"表言"。[1]因为婉转曲达,所以含蓄蕴藉。

又如《南乡子·春愁》:

> 春日等闲长,一段巫云隔异乡。孤影娟娟魂点点,回廊。细雨轻风约海棠。 帘幕散红芳,钿盒虽开厌晚妆。欲上弄珠楼上望,茫茫。流水胡麻住阮郎。

这首词题为"春愁",其实就是闺怨。因为有"巫云",有"阮郎",这首词也有了点艳情韵味,但其实词人依旧坚守含蓄雅洁的美学准则。弄珠楼在浙江平湖,位于词人故乡松江的南面,晚明人王异有传奇剧本《弄珠楼》,即以该楼为背景,而且其中的女子名霏烟,男子为阮翰(阮郎)。因为弄珠楼不同于一般的秦楼或谢娘家,不同于泛设,再加上又确有一个以弄珠楼为故事发生地的戏曲故事,所以莫秉清也很可能是以此传奇为背景,或者说是借此显示了一点词曲的互动。末句"流水胡麻住阮郎",本来只是把传说中刘晨、阮肇入天台,见流水中有胡麻饭屑之故事节缩为韵语,但因为有"欲上弄珠楼上望"一句设问振起,显得特别秀异而有韵致。

其他如《浣溪沙·闺情》:"翠湿重门露未温,殢人春色易黄昏,香泥招得落花魂。"《清平乐·咏雨》:"西泠桥畔谁家,垂杨湿尽栖鸦。灯下谢娘眉妩,泪妆应似梨花。"《蝶恋花·忆旧》:"寂寞熏笼香几许,纱窗又洒黄昏雨。"《朝中措·新柳》:"一缕相思摇曳,芳姿争奈残阳。"均能见出《采隐诗余》刻意追求雅洁蕴藉、逼近宋词的风格路数。

莫秉清有《沁园春》咏美人二首,一题"美人手",一题"美人声"。因为咏手者较为常见,此录《沁园春·美人声》一首:

---

[1] 钱锺书:《管锥编》第二册,中华书局1979年版,第554页。

解语名花，临风启齿，种种生怜。喜牵情此际，频呼小玉，泥人数刻，强问双钿。似燕伤春，疑莺恋母，换羽移宫字字妍。冰绡内，却倩谁扶枕，一笑云偏。　　芳心拖逗当年。悄低诉、愁衷暮雨前。痛花痕红浅，吟悲楚些，蝶魂香杳，唤醒愁缘。酒后盟言，梦回尔妆，毕竟倩教细语传。仍何事，还挑灯絮数，不尽缠绵。

《沁园春》词调，上下片之中段整饬如骈文，故长于铺排而短于流动。对莫秉清而言，因为文字工力可以，所以写来中规中矩，不懈不复。但相比较而言，还是他的小令写得更加精彩生动。因为是咏"美人声"，毕竟与咏"美人腰""美人颈"者有所不同，然而既写到闺帷之内，泥人细语，同样可以在艳情细节上做文章。比如说让施绍莘或沈谦来写此题目，便不会如此矜持，而一定会由娇声细语带入艳情冶思去。由此可知艳词风调之把握，其实不在题材的制约，而在词人的审美趣味。

八、追步北宋俗词的彭孙贻

彭孙贻（1615—1673），字仲谋，一字羿仁，号茗斋，嘉兴海盐（今属浙江）人。明太仆寺卿彭期生之子，彭孙遹从兄，明崇祯间选贡生。期生以抗清殉难于赣州，孙贻因国难家仇，入清不仕，蔬食布衣二十余年。有《茗斋集》二十三卷，民国二十三年（1934）商务印书馆据海盐张氏涉园所藏手稿、刊本、写本影印，收入《四部丛刊》续编。卷一至卷二十为编年诗，收明天启七年至康熙十二年（1627—1673）诗一千五百三十三首，内数卷诗后附词，总计二百三十一首。其词集单行者称《茗斋诗余》，有道光间《别下斋丛书》本，民国间收入《丛书集成初编》。《全明词》《全清词》所收词皆为二百三十一首。

彭孙贻生卒年间有异说。《中国词学大辞典》称其"生卒年不详"，夏承焘、张璋《金元明清词选》称其"约1637年前后在世"，《中国历史大辞典》"史学史卷"则径称其为"明末清初"人。《张元济全集》卷九有《景印手稿本配刻本、钞本〈茗斋集〉跋》，其中明言："先生生明万历四十三年岁在乙卯（1615），殁清康熙十二年岁在癸丑（1673）。"[1]其言之凿凿，可以信从。

关于彭孙贻与彭孙遹的关系，亦有误解。《明诗纪事》《清史稿》《清诗纪事初编》等等，皆以彭孙遹作彭期生之子，彭孙贻之弟。实际二人为从兄弟。彭孙遹之父为彭宗孟次子彭原广，彭孙贻之父为宗孟三子彭期生。[2]陈田《明诗纪事》辛签卷十二选录彭孙贻诗二十八首，小传后按语云："余阅羡门《松桂堂集》，无一语及其兄仲谋，并无一语及其父太仆公。天下岂有无父之国哉！兴亡之际，难言之矣。"[3]其责彭孙遹（羡门）无父无兄，或未免过激。当然，即使彭期生为其叔父，彭孙贻为其从兄，又同为文苑词场中人，竟无一语及之者，亦不合人之常情。岂出处不同，道不同不相往来耶？抑或惧罹祸患而有意与之切割耶？

《茗斋诗余》大致按调编排，与《茗斋集》中诗编年者不同。因为词多"空中语"，距现实较远，故系年不易。然而不妨提出一个大的判断，即以甲申（1644）国难或以丙戌（1646）家难为界，把彭孙贻的词作划分为前后两个时期。那么他的绝大部分艳词，应该写于国难尤其是家难之前；而如《满江红·和鄂忠武韵》《满江红·次文山和王昭仪韵》《雪梅香·吴山风雪，怀信弦弟客五羊》《水调歌头·吴山怀古》《汉宫春·和伯旃客感》《桂枝香·金陵怀古，用半山韵》，以及其他与程村（邹祇谟）、阮亭（王士禛）唱和者，则当写于甲申之后。当然，说彭孙贻的艳词大都写在国难家难之前，或许会受到质疑，因为如陈子龙以及其他云间词人，在国变后并未改其故步，依然保持着旖旎的艳词风调。然而，陈子龙诸人的艳词前后期同中有异，前期艳在情调趣味，后期艳在意象

---

[1] 张元济：《张元济全集》第九卷，商务印书馆2010年版，第241页。
[2] 具体可参见张映丽《清词人彭孙遹家世考述》，《中国韵文学刊》2010年第3期。
[3] 陈田：《明诗纪事》第五册，上海古籍出版社1993年版，第3073页。

词句，用周济《宋四家词选》之说法，正是将身世之感打并入艳情。而彭孙贻的艳词走的是北宋俗词一路，文字表里只是一层，并无寄托。其中颇多艳语，如《传言玉女·咏双蝶和刘文成》"向花深处，恣情交叠"，《满路花·和朱希真风情韵》"恣意相兜，几曾容霎时卧"之类，在父死国难之后，是不可能如此涉笔艳冶的。也正因为有这样的国难家仇背景，人们见《茗斋诗余》中有这么多的侧艳之词，便不免觉得有违忠孝之旨，乃曲为之说。蒋光煦《茗斋诗余跋》说："间有闲情侧艳之作，亦属词家之常。"[1]赵尊岳《惜阴堂汇刻明词提要》于《茗斋诗余》则云："诗余则侧艳芬芳，淫思古意，以俊爽药慵下，以婉约运清空，惟开清初神韵之途，则亦未能遽免尔。"[2]蒋光煦说是词家之常，赵尊岳说是彼时风会大都如此，彭孙贻只是未能遽免尔。其实《茗斋诗余》存词二百三十一首，艳词乃在半数以上，岂是"间有"？若如上述按国难为界分前后期，则此种现象就是可以理解的了。

彭孙贻的艳词，承北宋俗词家法，通过追和北宋柳永、黄庭坚、秦观、康与之诸家艳词，在次韵的同时，向诸家词风靠拢。如《河传·戏两和少游、山谷》："瞥时半面。意中心上，梦里如经惯。月闭云低，好杀人儿勾干。"《归田乐·次山谷韵》："促织儿、无端絮聒，聒得心儿碎。不是我恨你，你须念我，甚的情怀方教是。"《满园花·次少游怨情韵》："此事人知久，掐断伊衫袖。问是谁先肯，从伊就。倒不如和伊说，先是奴心有。"《江城梅花引·闺情，用康伯可韵》："可又瘦也瘦不上，鸳扣交叉，减退罗衣多半不争差。"《爪茉莉·春夜，戏用屯田秋夜韵》："云沉雨重，不晓那、鸡声琐碎。"这些词的特点是，多用白话口语，同时亦多用白描手法，刻画男女相思欢会的神情或心理细节。然而对于宋代柳耆卿或秦七、黄九来说，是为歌妓或乐工填词，逢场作戏，有流行曲调

---

[1]彭孙贻:《茗斋诗余》卷首，清道光间蒋氏《别下斋丛书》本。
[2]赵尊岳:《惜阴堂汇刻明词提要》，《词学季刊》1994年第一卷第三号。

为载体,是歌而不是词,是供人听而不是给人看,故其文辞之俚俗俳谐,皆不成问题。而在晚明时代,词已不再能唱,只是案头文学,以此俚俗口语,写艳情邪思,便觉美感不足而科诨有余。又其剪裁口语入词,往往过犹不及。如"恁"字用得偏多;又如"害杀那遭呵"之类,以语气虚词押韵,皆有负面效应。

彭孙贻词中最艳者,是那些追随宋人俗词风格的作品。如《忆帝京·次山谷韵》:

一点相思如梅豆。酸滴滴、心头有。蓦地得相逢,索不恁、难抛手。多谢落花风,滚软蓐、相团就。　花鸣哑,蜂身酥透。恨残更,晓河明灭,如洗露华浓于酒。这腰肢、一霎柳条儿瘦。恐那回别后,又不比、今僝僽。

又如《满路花·和朱希真风情韵》:

花低月影那,雨歇云身破。浓欢贪未足、烧心火。羞眉艳目,一半憨装裹。吹罢灯儿妥。恣意相兜,几曾容霎时卧。　一从别后,使性都成左。重门金屈戌、休教锁。寻欢梦里,好放情人过。只孤单的我。不奈他何,害杀那遭呵。

在《茗斋诗余》中,二词堪称艳词之尤,且与北宋俗词口吻逼肖。如"花鸣哑,蜂身酥透""恣意相兜,几曾容霎时卧"之类,已只是风情或艳情,而是直入色情之域矣。"这腰肢、一霎柳条儿瘦""一半憨装裹",用俗语而清新有致,后一词"重门金屈戌"数句,意思极妙,意谓情人居所庭院深深,重门休锁,好叫梦里情人潜入时方便。其实既是梦里,锁与不锁何异。此等痴语,谬上加谬,歪理歪推,所谓叠谬术也。然而我颇怀疑这是彭孙贻的创造。因为晚明曲家丁惟恕的《南商调黄莺儿》末句即云"告知音,重门休锁,魂梦得相亲",与此思致相同。只是丁惟恕生卒年不详,只知大致与彭孙贻同时,竟不知孰先孰后尔。而且此等伎俩,很可能出于民歌,发明权可能不是此二子,而是民间无名艺人呢!

彭孙贻艳词中格调较高的作品,是那些处于艳词与一般意义的爱情词交叉临界的作品。如《唐多令·西楼感旧》:

> 道是不销愁,凭栏阁泪流。倚东风、重到西楼。三十年前心上事,只今夕,聚眉头。　　红烛语难休,三更值女牛。暖罗衾、再爇香篝。总是不眠思旧梦,怕重梦,少年游。

因为词中有红烛、女牛(织女星与牵牛星)、罗衾、香篝等等,所以这和元稹《离思》《春晓》等诗一样,亦可划入艳情诗词的范畴。但因为有时间、距离的间隔效应,便显得情思幽深。当年的罗衾香篝,红烛夜话,少年男女面对牵牛织女双星的喁喁情思,在当下悲凉情韵的笼罩下,闪回叠映,尤觉情韵悠长。而且,以彭孙贻生年推算,甲申那年他刚好三十岁,这首词中说"三十年前心上事",也间接表明这是明清易代之后的作品了。如此把一己之悲欢置于家国之难的大背景,也增加了小小情词的感情张力。

彭孙贻《浣溪沙·闺怨》:

> 云母屏深睡鬓鸦,被池春重玉交叉。羁人何苦不思家。　　梦里断云收雨足,床头单枕即天涯。薄情夫婿奈何他。

唐宋词人写闺怨春情,往往写花前月下、楼头或妆台,彭孙贻则如王世贞所言,善于从闺帏内挖掘细节。这首词写女子单枕孤眠,实际写的是一场花月春梦。"被池",今少用,指被头外加的一段布头,为的是保持被子盖在上身的一头不沾污垢。唐颜师古《匡俗正谬·池毡》:"池者,缘饰之名，谓其形象水池耳。左太冲《娇女诗》云'衣被皆重池'，即其证也。今人被头别施帛为缘者，犹谓之被池。"[1]玉交叉，看起来颇有性感意味，实际当指女子玉臂交叠。上片写春睡春梦，下片写梦醒思人。"梦里断云收雨足"，用巫山云雨典故而变化出之，犹言梦里云雨才罢，故醒来后见床头单枕，始悟薄情郎远在天涯也。

九、甘入泥犁之沈谦

沈谦（1620—1670），字去矜，号东江，浙江仁和（今杭州）人。明崇祯十五年（1642）补县学生员。入清不仕，以行医为生。而肆力于诗古文，尤工词。晚筑东江草堂，因自号东江渔父，潜心著述。应㧑谦《东江沈公传》称："所著《东江集》，有诗赋二十一卷，文十卷，词学十二卷，共四十三卷，行于世。又有《词韵》《词谱》《南曲谱》《古今词选》《沈氏族谱》诸书，未梓。"[2]今传本为《东江集钞》九卷，卷一至卷五为诗，卷六为序记，卷七为书，卷八为论，卷九为杂说。另有《东江别集》五卷，为词曲，其词别集或称《东江词》，或称《云华词》。《全明词》存其词二百零一首，《全清词》存词二百一十九首。卓尔堪《明遗民诗》卷十三录其诗二首，陈田《明词纪事》辛签卷二十八录其诗十三首。

尽管沈谦博学多能，诗、文、词、曲俱工，但就其成就来看，主要还在词学方面。王晫《今世说》称沈谦"六岁能辨四声"，表明他于音韵之学有良好的禀赋。沈谦《填词杂说》中称："予少时和唐宋词三百阕，独不敢次'寻寻觅觅'一篇，恐为妇人所笑。"[3]这也表明他青少年时期便打下了坚实的词学基础，故一出手便有唐宋风味。他有词集（创作），有词选（《古今词选》），有词韵（《词韵》，今传本称《词韵略》），有词谱

---

[1] 颜师古：《匡俗正谬》，《丛书集成初编》本，中华书局1985年版，第90—91页。
[2] 应㧑谦：《东江沈公传》，沈谦《东江集钞》附，康熙十五年刻本。
[3] 唐圭璋辑：《词话丛编》，中华书局1986年版，第633页。

(今不传),有词论(《填词杂说》)。这不仅表明他具有多方面的成就,作为一个词人来看,也表明他具有良好而全面的综合素质。

沈谦论词,与其创作旨趣相统一,皆以香艳婉约为宗。其《答毛稚黄论填词书》云:"六朝君臣,赓色颂酒,朝云龙笛,玉树后庭,厥惟滥觞,流风不泯。迨后三唐继作,此调为多。飞卿新制,号曰《金筌》,崇祚《花间》,大都情语、艳体之尚,由来已久。"[1]这一段话,无论是字面还是观点,皆可见出王世贞《弇州山人词评》影响的痕迹。又其《填词杂说》中云:"山谷喜为艳曲,秀法师以泥犁吓之,月痕花影,亦坐深文,吾不知似何罪侍谗诡之辈。"[2]又云:"彭金粟在广陵,见予小词及董文友《蓉渡集》,笑谓邹程村曰:泥犁中皆若人,故无俗物。夫韩偓、秦观、黄庭坚及杨慎辈,皆有郑声,既不足以害诸公之品,悠悠冥报,有则共之。"[3]冥报之说固不可信,但自黄山谷以来,久已成为对艳词作者抨击或辩护的一种说辞。沈谦这里前一则是为山谷鸣不平,后一则是表示自己若能与韩偓、秦观、黄庭坚、杨慎等才子文人共入泥犁,乃深以为幸之意。

沈谦词作,以艳词著称,清代词家对此已成共识。如邹祗谟《远志斋词衷》曰:"《云华词》,其抚仿屯田处,穷纤极眇,缠绵儇俏。"[4]又在《倚声初集》卷八评沈谦《醉花阴·睡起》一词曰:"去矜诸词,率从屯田、待制两家浸淫而出,言情沉至,不欲多留余秘,意得处,直欲据秦、黄之垒。"[5]毛先舒《与沈去矜论填词书》云:"足下《云华词稿》一编,妙丽缠绵,俯睨盛宋,清弹朗歌,穷写纤隐,于古靡所不合,而微指所向,

---

[1] 沈谦:《东江集钞》卷七,康熙十五年刻本。
[2] 唐圭璋辑:《词话丛编》,中华书局1986年版,第634页。
[3] 唐圭璋辑:《词话丛编》,中华书局1986年版,第635页。
[4] 唐圭璋辑:《词话丛编》,中华书局1986年版,第657页。
[5] 邹祗谟、王士禛辑:《倚声初集》卷八,清初大冶堂刻本。

则祢祀柳七。"[1]后来陈廷焯《云韶集序》中称沈谦"列名西泠十子,填词最称,然亦只以香奁见长,去宋元已远"[2]。以上诸家说法,或褒或贬,褒之者以为是沈谦专长,贬之者以为是其局限。总之是说他取径柳永,以香奁见长,从事实认定的角度来说是毫无异议的。

沈谦存词二百余首,其中艳词约占十之八。其中比较引人注目的是咏美人一组十五首。分词调排列则依次为:《点绛唇》一调四首,分咏美人耳、美人鼻、美人眉、美人颈;《菩萨蛮》一调三首,分咏美人额、美人臂、美人背;《青玉案》一调四首,分咏美人眉、美人目、美人手、美人足;《沁园春》一调四首,分咏美人发、美人面、美人口、美人腰。据沈谦《东江集钞》卷六《云华别录自序》:"近晤毗陵邹程村,贻予《倚声集》,得俞右吉咏耳词,乃董文友咏鼻、咏肩二首,上下千百年,数词落落于天地间,有若启闳披帏,芳容渐露。吾老矣,久不作艳想,忽欲一见其全,遂撰十六章。"[3]据此可知,沈谦这一组词乃晚年所作,亦为同时所作。因其词集是由短到长分调编排,所以我们现在看到的本子,这些词是各依其调而散见于前后的。又沈谦说是十六首,今所见乃只有十五首,不知是哪一首佚去了,遂致美人肢体残缺。其实,咏美人肢体之某一部位,原是南朝宫体诗之剩技。以词而言,如李煜《一斛珠》(晚妆初过)即咏美人口也,此后历两宋以至元明,亦可谓不绝如缕。晚明时声色大开,乃有乌程闵正中(毅甫)、麻城曾汝鲁(得卿)二人,专咏美人,合为一集,即题为《美人诗》。[4]陈继儒为其作序,称二君"携管城子及墨卿入香窟中","闺中逸韵,为两君漏泄殆尽"。然据其诗题,乃不仅有《新浴起》《束纤腰》之类,且有《帐中喘》《秘戏图》以及《双乳》

---

[1] 邹祗谟、王士禛:《倚声初集》前编卷二,清初大冶堂刻本。
[2] 陈廷焯:《云韶集》,同治十二年稿本,南京图书馆藏。
[3] 沈谦:《东江集钞》卷六,康熙十五年刻本。
[4] 按:《美人诗》有民国时辑刊《国学珍本文库》本,中央书店1935年版。另有清人顾元晋编撰《美人诗》,有上海东篱书屋1930年印本。

《私处》等等，乃知曾、闵二子手眼及趣味与韩冬郎、王次回不可同日而语，而直入狭邪恶趣了。另据况周颐《眉庐丛话》，况氏曾"撰录宋以来美人词为《寸琼词》，约一百七十阕，凡前人未备之题，皆自作以补之"[1]。《寸琼词》一名《绘芳词》，其书今未见，但况氏所作十六首则并存其词集中，可知《眉庐丛话》之所谓周笙颐（夔）实为况氏托名。尽管是生当乱世，所谓"不为无益之事何以遣有涯之生"，然而咏美人而至于美人胸、美人腰、美人脐、美人肉，亦未免有伤《蕙风词》的格调。沈谦这一组美人诗，毕竟是暮年所写，激情与才思并退，往往铺排典故，故虽艳而不动人。

沈谦与董以宁、邹祇谟等艳词作者为明清易代之际人，和吴鼎芳、董斯张等上一代艳词作者相比，他们在情欲色相的描写上显得更为大胆直露一些。沈谦词中如《点绛唇·夏日闺情》："鬓横钗坠，汗透酥胸腻。"如《归去难·离情》："云香雨嫩，蓦地巫山远。"在前代词人那里，写到鬓横钗坠就完了，就该把扫描镜头摇到屏上双鸂鶒或屋外双鸳鸯了，可是沈谦还要再向前跨出一步，这一步跨出去就收不回来，《东江词》亦因此而减价。至如《师师令·风情》写男女交欢，以女性口吻而"怪檀郎恁促"或"怪檀郎恁毒"，更不是檀郎而是色狼，其意不在审美而在纵欲了。

沈谦艳词亦有佳作。如《点绛唇·孜孜》：

> 香暖衾窝，背他好梦孜孜地。刺桐花底，小语东风细。　步步提防，难把离魂系。重门闭，雨偷云孖，元在罗帏里。

这里所写的也是一场花月春梦。以"孜孜"为词题，历来少见或仅见。此之"孜孜"，当然不是言孜孜追求的勤勉执着，而是专门用以表现男子对女子性饥渴的贪婪形象。晁端礼有《殢人娇》词云："旋剔银灯，高褰

---

[1] 况周颐原著，孙克强辑考：《蕙风词话　广蕙风词话》，中州古籍出版社2003年版，第422页。

斗帐,孜孜地、看伊模样。"用法似与此相通。柳永《十二时》:"夜永有时,分明枕上,觑着孜孜地。烛暗时酒醒,元来又是梦里。"此数语更似沈谦创作之蓝本。这首词与那些追随北宋俗词作风的艳词不同,短小而有余味。"刺桐花底,小语东风细",尤为晚明词中俊语。

其他摘句如《鹧鸪天·夜怨》"口衔莲子兼红豆,尝遍相思苦在心",借用民歌手法,活色生香而又不俗气。又其《踏莎行·旅梦》云:"野桥南去不逢人,蒙蒙一片杨花雪。"[1]沈雄《古今词话》评曰:"此即小山'梦魂惯得无拘检,又踏杨花过谢桥'也。"甚是。而沈谦造境炼意,亦堪称俊语。

第五节 艳词派的创作特色

晚明艳词体现出与宋代截然不同的审美趣味。宋代艳词重在情,晚明艳词偏于性。宋代艳词言情恳挚,深沉婉曲,虽是写男女之情,却每可用于人生理想之追寻或永恒企慕之境界;明代艳词偏重写女性的性感体态,言语间每有傻角小生猎艳之意。宋之艳词仍不失典雅,而晚明之艳词则更近世俗。宋之艳词以情调动人,晚明之艳词以性感撩人:轻者微涉意淫,重者摹淫写亵;雅洁者自见明词特色,狭邪者则屡遭后人诟病。缺点与特色缠绕在一起。本节即尝试把晚明艳词的特色与缺点剥离开来。

一、世俗化的香艳情调

明代艳词中确有俗艳过度而有损格调者,但其在明词中是极少数。就其绝对值而言,比五代或两宋都要少得多,比顺治及康熙前期也要少

---

[1] 按:《全明词》本下句"蒙蒙"作"朦胧",而沈雄《古今词话》引作"蒙蒙",比较而言,作"蒙蒙"义较胜。

得多。为了让读者有感性印象,试拔其尤者如次。杨慎咏美人足之《灼灼花》:

> 谁把纤纤月,掩在湘裙褶?凤翠花明,猩红珠莹,蝉纱雪叠。颤巍巍,一对玉弓儿,把芳心生拽。　　掌上呈娇怯,痛惜还轻捻。戏蕊含莲,齿痕斜印,凌波罗袜。踏春回、露湿怕春寒,倩檀郎温热。

彭孙贻《满路花·和朱希真风情韵》:

> 花低月影那,雨歇云身破。浓欢贪未足、烧心火。羞眉艳目,一半憨装裹。吹黑灯儿妥。恣意相兜,几曾容霎时卧。　　一从别后,使性都成左。重门金屈戍、休教锁。寻欢梦里,好放情人过。只孤单的我。不奈他何,害杀那遭呵。

沈谦《师师令·风情》:

> 花茵宝褥。更龙涎馥馥。春宵会合凤鸾俦,怀抱着、娇香柔玉。再四央求松袙复。怪檀郎恁促。　　含羞几度嫌明烛。把红鸳轻蹴。郎言留着看娇容,云髻軃、芙蓉肌肉。勉强因循还闭目。怪檀郎恁毒。

把《全明词》和《全明词补编》及增补辑佚类文章翻检一遍,明词中"最艳"者,不过如此矣。像这样的艳词,宋词中所在多有,明代不过十数首而已。一般人不可能遍阅明词,仅凭只鳞片爪,或凭《金瓶梅》之类艳情小说去生发想象,正不知明词俗艳到何等地步。

事实上明代词人还是有底线的。词毕竟是韵文,而且是音韵格律规定甚细的精致韵文,不是以记录描绘生活场景为擅场的白话小说;词人毕竟是有名有姓有身份的文人，不是"兰陵笑笑生"之类的虚拟假名。所以，真正看了明代诸家艳词，就会知道，明词不仅比那些艳情小说要雅洁得多，也比《挂枝儿》《山歌》中的"私情部"要含蓄得多。而且，熟悉唐宋艳词的人也会有判断，明代的艳词其实并不比唐宋更出格。比如欧阳炯《浣溪沙》：

相见休言有泪珠，酒阑重得叙欢娱，凤屏鸳枕宿金铺。　兰麝细香闻喘息，绮罗纤缕见肌肤，此时还恨薄情无。

又如李煜《一斛珠》：

晚妆初过，沈檀轻注些儿个。向人微露丁香颗。一曲清歌，暂引樱桃破。　罗袖裛残殷色可，杯深旋被香醪涴。绣床斜凭娇无那。烂嚼红茸，笑向檀郎唾。

又如欧阳修《醉蓬莱》：

见羞容敛翠，嫩脸匀红，素腰裊娜。红药阑边，恼不教伊过。半掩娇羞，语声低颤，问道有人知么。强整罗裙，偷回波眼，伴行伴坐。　更问假如，事还成后，乱了云鬟，被娘猜破。我且归家，你而今休呵。更为娘行，有些针线，诮未曾收啰。却待更阑，庭花影下，重来则个。

这几首艳词，各有偏至。试问明代艳词，还能比欧阳炯"兰麝细香闻喘息"更加刻露吗？还能比李后主笔下"微露丁香""绣床斜凭"之女子更加妖冶娇荡吗？还能比欧阳公写幽期偷欢之细节更加生动如见吗？像欧阳炯那样的词，连况周颐都认为"自有艳词以来，殆莫艳于此矣"。况氏并引半塘僧鹜（王鹏运）之语云："奚翅艳而已，直是大且重。"[1]王鹏运的说法自不免故作高深，实是曲为之论。但据此诸例可知，这些偶尔出格或偶一为之的艳词，既不足以影响诸公词品，更不足以玷污其人品。而明人在艳情描写方面，实际并不比唐宋人更过火或更不堪。虽然有思想解放、人性张扬的大背景，虽然有艳情小说或民歌的铺垫与诱惑，明代词人并没有把精力与才情用到这方面，而是别有追求。

晚明艳词的特色，不在艳情描写的得寸进尺或情欲的泛滥，而在于对性感情趣的细节挖掘。王世贞所谓"一语之艳，令人魂绝，一字之工，令人色飞"，正是晚明艳词用力处。如果说直露的色情描写是不适当或不健康的，那么晚明词人对于性感情趣的表现应该是被允许的，是特色而不是缺点。因为性感不仅无害，而且本身即具有一定的人性意味与审美价值。

先来看吴鼎芳的艳词。沈雄《古今词话》评其词，谓之"极浓艳而又刻入"。所谓"刻入"，当指其写艳情不涉亵秽而能细致入微。如《如梦令》：

> 欹枕巫山路便，蛱蝶双飞双倦。脸际艳红潮，堕髻凤钗犹罥。花片，花片，搅破醉魂一线。

此词切调名而写梦，写的是一个怀春少女的春梦。首句"欹枕巫山路便"，亦犹晏几道《鹧鸪天》词"梦魂惯得无拘检，又踏杨花过谢桥"，"巫山"即云雨之代称，"路便"乃熟门熟路之意。因为做了这样一场男女幽会的春梦，所以醒来后既倦且羞，凤钗欲堕未落，脸际红潮涌起。于是反怪窗外飘来的片片落花，搅扰了这一场好梦。卓人月《古今词统》卷三选

---

[1] 唐圭璋辑：《词话丛编》，中华书局1986年版，第4424页。

录此词，评曰："末句可比汤若士《枕中记》'印透春痕一缝'。"[1]按："印透春痕一缝"出于汤显祖《紫箫记》第十六出《协贺》中霍小玉的唱词《莺啼序》，卓人月或徐士俊记载微误。

又如《惜分飞》：

> 红界枕痕微褪玉，唤起自禁幽独。好鸟啼春足，归期不准花须卜。　尽日眉峰双凝绿，十二绣帘低轴。人在阑干曲，杨花却羡无拘束。

此词首句如上一词末句，皆词人花费心思处。写女子睡起，酥颈圆白如玉而枕痕红一线。《古今词统》卷六评曰："何减周美成'枕痕一线红生玉'？"[2]事实上吴鼎芳此句，正是从周邦彦词句变来。近人姚华《菉猗室曲话》卷一写道：

> 美成有"枕痕一线红生玉"之句，曲家袭之。……明吴凝父鼎芳《惜分飞》词："红界枕痕微褪玉"，《词统》评云："何减美成！"予谓此特剪裁全句，非自具锤炉，亦美成云仍耳。[3]

"云仍"犹言子孙后裔，这里是说吴鼎芳不过从周邦彦原句变化而来，并无新创。但以此句联系"搅破醉魂一线"及汤显祖"印透春痕一缝"等等来看，吴鼎芳对这类近距离审视女性体态且带有性感气息的词句特别敏感，应该说在一定程度上体现了他的创作追求与审美趣味。

董斯张的艳词，亦长于刻画营造性感细节。摘句如《桃源忆故人·春

---

[1] 卓人月、徐士俊编选，谷辉之校点：《古今词统》，辽宁教育出版社2000年版，第80页。

[2] 卓人月、徐士俊编选，谷辉之校点：《古今词统》，辽宁教育出版社2000年版，第217页。

[3] 姚华：《菉猗室曲话》卷一，见任中敏编著《新曲苑》，凤凰出版社2014年版，第477页。

怨》:"软红骨节支春昼,轻薄桃花妆就。"这两句描写少女的风流体态,极尽刻画而又生新出奇。"软红骨节"四字,盖如今之所谓"骨感",与丰满相对而更具"香而弱"韵致。又如《踏莎行·春望》:"藕丝衫子扣鸳鸯,闪将半面教人瞥。"这里"藕丝衫子"即今之所谓肉色,而鸳鸯当指女子双乳,这样的描写当然也是以性感为追求的。又如《菩萨蛮·闺情》"佯恨咬郎肩,落红三月天",《减字木兰花·对镜》"一样盈盈,只少娇娇怯怯声",如此之类,可见董斯张艳词风格之一斑。假如说唐宋的艳情词更近于南朝之宫体诗,那么如董斯张等人的艳词则离宫体诗渐行渐远,倒与南朝民歌之《子夜歌》,以及晚明的时调小曲越来越近了。

施绍莘的《秋水庵花影词》,更是在刻画女子性感情状方面用足了功夫。如《浣溪沙》:"衫子偏教窄窄裁,一兜儿大茜红鞋,吹弹得破粉香腮。"衫子剪裁得偏瘦,是为了塑造女性圆润性感的体态。茜红鞋在现在看来,似与性感无关,然而在《金瓶梅》中的色情描写段落,往往成为激发西门庆色欲之道具。这三句写女子长相,并不在面部描写用力,而纯从性感角度出发,这就不是一般的爱美之心所可解释,而半入性心理学的研究范围了。又如《生查子》:"故意发娇嗔,一脸风流怒。"怒而不掩风流,是对风流的加一倍写法。又《青玉案》词"饿眼看人饱",使人想起《西厢记》中张生的唱词"饿眼望得穿,馋口涎空咽",不止秀色可餐,而是迹近下流了。又如《满庭芳》:"柔梦萦魂,淫香浸骨,半痕朝日帘栊。妖慵懒起,带睡划鞋弓。檀钮全松未扣,影微微,一线酥胸。乌云侧,淡霞斜泛,印枕晕儿红。"用笔设色,刻意性感。"淫香浸骨"之"淫",当然可解作"淫雨""淫威"之淫,即所谓"浓香"也。然不曰浓香、奇香而偏曰"淫香",亦有意追求误读效果矣。下面刻画女子慵态或性感,具体而微,真切如见,一看知有生活基础,非泛设佳人。又《念奴娇》:"暗地里、一种温柔偷入,困住佳人腰肢。浑觉道、无些气力。"此不落色相之淫,所谓意淫是也。

又如彭孙贻《巫山一段云·艳情》:

> 锦臆婴儿燕，红屏姊妹花。睡痕和梦闪窗纱，梅香晚点茶。堆枕云三绺，衔梳月一牙。多情薄命薄情他，风前嗔准么？

词调为"巫山一段云"而词题曰"艳情"，其实就是"本意"。首句"锦臆"，本指雉鸡、鹡鸰一类禽鸟美丽的胸脯羽毛。庾信《斗鸡》诗："解翅莲花动，猜群锦臆张。"倪璠《庾子山集注》云："言翅若莲花，膺色如锦也。"婴儿燕，即乳燕。姊妹花，即并蒂花，旧称一蓓多花者为姊妹花。首句当是指女子肚兜或抹胸上绣有乳燕双飞的图案，虽然只是一件小衣，却加意渲染，写得颇具性感意味。

二、生活化的喜剧情境

晚明艳词与唐宋艳词的一大区别是，把原来词中弥漫的感伤情调一变而为喜剧风格。刘熙载《艺概》中曾说："温飞卿词精妙绝人，然类不出乎绮怨。"[1]实际绮怨的不止温词，唐宋时期的闺情词、艳情词，大都以伤春伤别为基本调性。主旋律一定，则意象、境界、风格、情调皆随之而定。与此同时，另一个区别是，唐宋词在民歌基础上渐趋雅化，而雅化在一定程度上意味着与世俗生活拉开距离，超凡脱俗，冰清玉洁，不食人间烟火。明人则把词重新引入世俗，力求贴近生活，贴近日常生活中饮食男女的感性细节。艳词中的男女情感纠葛，亦因此而上演着具有嘻乐意味的人间喜剧。

如吴鼎芳《迎春乐》：

> 没来由，断送春无价。一种种、莺花谢。芳心且付秋千耍，汗湿透、芙蓉衩。　　整备着、兰汤浴罢，悄立向、木香棚下。蓦地罗裙吹起，笑把春风骂。

---

[1] 唐圭璋辑：《词话丛编》，中华书局1986年版，第3689页。

正如李清照《如梦令》(昨夜雨疏风骤)、《点绛唇》(蹴罢秋千)等词往往从韩偓《香奁集》夺胎一样,吴鼎芳这首词亦有所本。南朝乐府民歌《子夜歌》写道:"揽裙未结带,约眉出前窗。罗裳易飘飏,小开骂春风。"吴鼎芳的《迎春乐》显然是从这首《子夜歌》衍化而来的,只不过增加了一些细节描写。说这个女子因为荡秋千,汗水把荷花红色的裤衩都湿透了;于是她浴罢兰汤,遍体清爽,便套上罗裙,悄立木香棚下;不想一阵春风把罗裙吹起,虽然没人看见,还是不免窘急,于是既笑且骂。我们知道,不管前面有多少细节铺垫,吴鼎芳着意渲染的还是末句略带情色意味的喜剧效果。这是晚明文人普遍追求的趣味,也是"明体词"中一种常见的性感"色素"。

又如董斯张《虞美人》:

缃桃几点红如酒,凭着雕阑久。娇波半合午归房,自笑无端鬖乱鬓边凰。　梦中伊对双鬟笑,从不妨他到。醒时不比梦时真,急唤双鬟跪倒问来因。

这首词犹如一个戏曲片段,一种戏剧情境。上片只是铺垫,推出女主人公而已。下片写她梦中见其郎君对着侍女一笑,醒后寻思,不禁心生醋意,于是气急败坏地叫侍女来审问,而侍女当然不知其缘由。这是写女子因爱生妒,因妒生嗔,将梦作真,虽然无理,生活中倒是有可能发生的。《古今词统》卷八选录此词,评曰:"此必闺中实有此事,董即代为谱之。"[1]意思是说,此等事若非实有,作者是很难杜撰出来的。事实上,在明代时调小曲中,类似情境可谓屡见而不一见。这种逼近世俗生活的细节描写,本来也是宜入时调而不宜入词的。而晚明艳词把民歌之擅场纳入词的创作,既增加了词的波俏与机趣,也造成了与唐宋艳词有别的

---

[1] 卓人月、徐士俊编选,谷辉之校点:《古今词统》,辽宁教育出版社2000年版,第297页。

艺术风味。

又如单恂《菩萨蛮·重见》：

> 别时月晕梨花夜，如今芍药和烟谢。好是忆成痴，伊家全不知。犹将身分做，恰像生疏个。停会始低声，多时郎瘦生。

此词所写亦近于戏曲情境。视点在男子一方，在小生角色。终于和心上人重见了，本想上前表达相思之苦，无奈"伊家"碍于闺秀身份，乃像崔莺莺、杜丽娘一样"有许多假处"，矜持做作，有意与之保持距离。直到一旁无人，才低声问小生：你多时瘦成这模样了？此种情境，唐宋词中似未曾有，却恰似戏曲中的一折或一出。词之曲化，或在语汇意象，或在主题情调，而此种乃以戏曲情境入词，亦是曲化的一种形式。

三、民歌化的情境风味

如果说词的诗化或曲化是宋元以后历代都有的词学现象，那么词的民歌化几乎可以说是明代尤其是晚明时期特有的现象。民间不可无歌，历朝历代都有民歌。唐、宋、元三代的民歌看似断档，实际是被兴盛一时的唐诗、宋词、元曲遮蔽的结果。到了明代，伴随着雅文学的衰落和俗文学的崛起，民歌便有如"春风吹又生"的野草，呈现出一种令雅文学阵营惊叹的反弹现象。在民歌那种原始的野性的魅力和生机的映衬之下，讲究规矩、格调的诗文显得沉腐老旧奄奄无生气。一时间连雅文学阵营的文人们也觉得自惭形秽，也在对民间的《劈破玉》《打枣竿》极尽赞美了。

民歌一直是以表现艳情题材擅场的。明代民歌因为有冯梦龙等有识文人的收集保存，较好地保留了原始本真状态，不像《诗经》之《国风》或南朝民歌那样经过文人加工改造，所以在男女情爱方面表现得也更为突出一些。尽管有些民歌稍显直露粗俗，但就总体而言，在表现"食色"

之"色"的本性方面,仍有其超越雅俗之辨的魅力。就词而言,初起时原为胡夷里巷之曲,即与民歌有着同根同宗的关系。唐宋时期,曲子词虽然呈现出由民间底层向上流社会蔓延的态势,仍然时时可见其民歌的原始基因。如温庭筠《南歌子》:"手里金鹦鹉,胸前绣凤凰。偷眼暗形相,不如从嫁与,作鸳鸯。"韦庄《思帝乡》:"春日游,杏花吹满头。陌上谁家少年,足风流。妾拟将身嫁与,一生休。纵被无情弃,不能羞。"以及牛希济《生查子》"终日劈桃穰,人在心儿里",李之仪《卜算子》"我住长江头,君住长江尾"之类,皆可见出词与民歌的远亲或近邻关系。既有如此渊源,再加上晚明时期艳情文学流行,可谓适逢其会,艳词的民歌化就是非常自然的了。

在艳词的民歌化方面,王世贞亦可谓开先河者。如前面曾经引录的《南乡子·怨欢》(薄行总难熬),就显然有意向民歌寻求借鉴。陈子龙《幽兰草题词》历评刘基、杨慎、王世贞诸家词,其中称:"元美取境似酣苏、柳间,然如'凤凰桥下'语,未免时堕吴歌。"[1]即指此词而言。事实上,王世贞亦岂止"时堕吴歌",其词中有不少都显示出民歌渗透的痕迹。如《长相思》:"东陌头,西陌头,陌上香尘粘碧油。见花花自羞。 南高峰,北高峰,两处峰高愁杀侬。行云无定踪。"《甘草子》:"轻暖软寒相劚刹,做不痒不疼心绪。"《生查子》:"人是此生人,债是前生债。"如此等等,皆有民歌风味,可见其不是"时堕",而直是念兹在兹、心摹手追了。

冯梦龙所编民歌集《挂枝儿》中,就收录了多首文人所作的拟民歌。如编入"想部"的《喷嚏》:

对妆台忽然间打个喷嚏,(想是)有情哥思量我寄个信儿。难道他思量我刚刚一次。自从别了你,日日泪珠垂,(似我这等)把你思

---

[1] 冯乾校辑:《清词序跋汇编》,凤凰出版社2013年版,第1页。

量也,(想你的)喷嚏儿常似雨。

编者冯梦龙于该曲词后注曰:"此篇乃董遐周所作。遐周旷世才人,亦千古情人,诗赋文词,靡所不工。其才吾不能测之,而其情则津津笔舌下矣。愿言则嚏,发于诗人,再发于遐周,遂使无情之人,喷嚏亦不许打一个。可以人而无情乎哉!"[1]除此首之外,又如《欢部·打》(几番番要打你莫当是戏),为米万钟(仲诏)作;《怨部·是非》(俏冤家进门来缘何不坐),为黄方胤作;《咏部·骰子》(骰子儿我爱你清奇骨格),为金沙李元实作;还有《山歌》集中的《私情四句·捉奸》(古人说话弗中听),为苏子忠作。这些赖有编者冯梦龙的附注说明,我们才知道是文人所作,否则淹没在市井民歌里,倒真的是楮叶难辨啊。于此可见文人于民歌濡染既久,已达声口毕肖的境界了。

晚明艳词的民歌化,是沿着内在情境与外在风格两条路线齐头并进的。所谓内在情境,是指偏重民歌化的情境情趣,而不是在外部语言风格上用力。如前引董斯张《虞美人》(缃桃几点红如酒)写女子的嗔妒与误解,单恂《菩萨蛮·重见》(别时月晕梨花夜)对生活细节场景的生动刻画,皆是显例。又如吴鼎芳《薄命女》:

心怯怯,就影潜来花底月,还了风流业。 悄声珠帘慢揭,认得湘波裙褶。敛笑凝眸红两颊,故把灯吹灭。

又如董斯张《减字木兰花·荡桨》:

吴菱将老,拾翠相邀湖淑好。小拨回塘,冷碧浅裙玉汗香。 绿蒲深处,笑趁双鸳同往往。见有人来,故意兰桡拢不开。

---

[1] 周玉波、陈书录编:《明代民歌集》,南京大学出版社2009年版,第236页。

单从语言风格来看,这样的词与民歌并不接近。它们共同的特点是,都具有一种戏剧化情境。吴鼎芳《薄命女》写的是明代民歌中最常见的幽期欢会情境,董斯张的词则具有更强的戏剧性,而且富于喜剧意味。像这样的片断,搬到舞台上去也是比较讨好的。

外在风格是由字面、意象、修辞手法和语体风格等因素构成的。对于熟悉传统民歌尤其是明代民歌的人来说,这种风格多由显性因素构成,一读便可感知,具体分析几乎都是多余的。如林章《长相思·春思》:

> 江南头,江北头,水满花湾花满洲,花间是妾楼。　郎东头,妾西头,妾处春波郎处流。劝郎休荡舟。

高濂《杨柳枝·闺怨》:

> 西风一枕雁呀呀,怨无涯。花荫扶日上窗纱,泪如麻。　十里红楼杨柳树,情到处。不知郎去向谁家,总由他。

王屋《两同心》:

> 侬唱莲歌,郎唱菱歌。虽则共,水村长养,不曾惯,江上风波。急回桡,郎住塘坳,侬住林阿。　潮平并流如梭,转个陂陀。恰小妹,提筐索藕,正情哥,挽棹求荷。指西头,落日教看,来日晴多。

单恂《长相思·风情》:

> 竹打棂,花打棂,月溜重门锁未成。流苏响一声。　酒才醒,梦才醒,索性和郎说到明,更儿闰不成。

其他摘句如吴鼎芳《送入我门来》:"君同秋去春来燕,奈妾似朝开暮落花。"董斯张《虞美人·礼佛》:"他生若得在西天,愿与萧郎做个并头莲。"沈谦《鹧鸪天·夜怨》:"口衔莲子兼红豆,尝遍相思苦在心。"皆可谓民歌化的俊语。

四、清新俊快的语体风格

晚明坊刻词集多有评点。其中如汤显祖评《花间集》,茅暎编刻评点《词的》,沈际飞《古香岑批点草堂诗余四集》,卓人月、徐士俊《古今词统》等,皆具有一定代表性。这些与当时流行的小说、戏曲或古文评点一道,构成晚明文学批评的一大特色。其理论价值并不高,却有一定的认知价值,即借此可见晚明人的审美趣味。晚明人的词集评点中,最常用的字眼有俊(隽)、娇、妖、媚、韵、致、倩、慧等。娇有娇媚、娇憨、娇痴、娇怨、娇警、娇荡;俊有俊字,有俊句,又有通体皆俊,有新俊、奇俊、小俊、细俊,有俊爽、俊俏。又慧有玄慧、细慧、大慧,倩有幽倩、倩艳。这些字眼或话头散落各处并不引人注意,合而观之则可见晚明艳词的审美趣向。与这些正面评价的字眼相对,还有一些常用的否定性评价字眼,如呆、腐、肥、村、蠢、拙、寒酸、粗鄙等等,这些与前面列举的肯定性字眼一起,相反相成,共同构成晚明词学批评人的话语方式和话语体系。如试图加以整合概括,则如茅暎《词的》中所谓"幽俊香艳为词家当行""香弱脆溜,自是正宗",或沈际飞评语中所谓"浅至俊俏",庶几近之。

语体风格不同于某种单一的艺术手法,而是由字面、意象、典故、修辞以及字法、句法、章法等多种因素造成的统觉效果。为便于体察晚明艳词的语言特色,除前面所举例词之外,这里再来选录数首。顾同应《浣溪沙·所欢》:

玉韵花情描不成,琐窗小语杂流莺。鬓残襟皱也娉婷。　　曾戏嘱卿卿莫忆,忆侬侬不忆卿卿。卿言奴只是关情。

这首词在明季诸家词选中入选频率颇高,而且颇受称道。沈际飞《草堂诗余新集》评曰"散发乱头俱好",又"宛乎对语"。[1]意谓此词宛然少男少女唧唧对语,词人只是捕捉剪裁而已。卓人月、徐士俊《古今词统》卷四评曰:"后半妙在一气如话。"[2]事实上和顾同应其他词相比,这首词更多世俗气息,也更接近《劈破玉》《打枣竿》等时调风情。从正统词学观来看,这首词似乎不够典雅,但也正因为它的谐俗与民歌风味,它也许更接近"明体词"的理想格调。沈际飞、卓人月和潘游龙等选家对它别加青眼,也许正是出于这方面的因素。

又如董斯张《虞美人·映水》:

不曾认得春江水,自道娇无比。照来试问妾如何,但觉澄波为眼眼为波。　　晴涛微飐钗鸾曲,看杀心难足。君情倘得似春流,也有玉奴眉眼在心头。

这首词写女子临流自照,自美自得。初看是以女子为描写对象,且模拟女子口吻,而事实上画面之外皆有一个"小生"在。这女子卖弄身段是因为有意中人从旁欣赏,她的娇嗔或嗲气也是因为有那"傻角"的默许鼓励。"晴涛微飐钗鸾曲",是说水面风来,晴波微飐,所以水中女子头上的鸾钗也因水波颤动而曲折,细节传神,写出了"映水"与"对镜"的不同。生动活泼,口吻调利,风格近晚明时调小曲。《倚声初集》卷九选了这首词,王士禛评曰:"巧极,无刻划之痕,故是绝调。"[3]看来在

---

[1] 沈际飞:《草堂诗余新集》卷一,《古香岑批点草堂诗余四集》本,明崇祯间吴门童涌泉刻本。
[2] 卓人月、徐士俊编选,谷辉之校点:《古今词统》,辽宁教育出版社2000年版,第132页。
[3] 邹祗谟、王士禛辑:《倚声初集》,清初大冶堂刻本。

编选《倚声初集》的顺、康之际,在清初词坛风会转向之前,王士禛对这种词风还是颇为赞许的。

又如施绍莘《浣溪沙》二首:

> 愁卧寒冰六尺藤,懒添温水一枝瓶。乱鸡啼雨要天明。等得梦来仍梦别,甫能惊觉又残灯。西江别路绕围屏。

> 半是花声半雨声,夜分淅沥打窗棂。薄衾单枕一人听。密约不明浑梦境,佳期多半待来生。凄凉情况一孤灯。

施绍莘颇长于《浣溪沙》词调。上片写景,下片言情,精力所注,尤在下片的对句。这些词与宋人比自然犹隔一尘,然在晚明词坛上,也算得较好的篇什了。"密约不明浑梦境,佳期多半待来生",颇有曲化意味,但不是散曲,而是剧曲。试把此词移植入汤显祖"临川四梦",会有浑然一体之感。

明人词中亦有相当数量的隽语秀句,现在之所以不太流传或不被人知,那是因为明词为宋词所掩,同时也是因为关于明词的选本或推介文字不多,一些名篇名句还没有来得及完成其自身经典化的过程。当然,要想勾勒或评价晚明艳词的语言特色,亦可借宋词为参照系,不过在这方面,我们想强调的是,可以论差别而不必分优劣。宋词中因佳句而得名之显例,如"红杏尚书""三影郎中""山抹微云秦学士,露花倒影柳屯田",以及李清照"绿肥红瘦""宠柳娇花"之类,大多属于修辞炼字之例。而明人志不在此。他们所追求的是趣、韵,是带有感性细节的生活情趣。如顾同应《望江南》写梦,"私语花阴猥一响,幽欢屏曲颤多时",可谓艳冶极矣,而不落色相。与欧阳炯"兰麝细香闻喘息,绮罗纤缕见肌肤"相比,不惟含蓄蕴藉,直是韵致有别。又林章《意难忘·别恨》下片:"月明山色苍苍。怪昨宵恁短,今夜偏长。枕欹蛩响乱,衾薄露华凉。应有梦到伊傍，又迷却那厢。记门前一湾流水，蘸着垂杨。"这一段写梦中去与情人幽会，意乱神迷，不觉迷路，但却恍惚认得美人所居，门前有一湾流水，水畔有垂杨拂水。"记门前一湾流水，蘸着垂杨"，写痴情男子梦中境界，既真切，又绰有风致。与《聊斋志异·王桂庵》篇中"门前一树马樱花"颇堪作比。又如莫秉清《朝中措·新柳》"一缕相思摇曳，芳姿争奈残阳"，以新柳柔条比相思之情，遂使情思随物赋形，造语新颖而有韵致，此之谓倩语、致语。又沈谦《点绛唇·孜孜》："香暖衾窝，背他好梦孜孜地。刺桐花底，小语东风细。"这也是记梦。梦中有许多情事都是模糊漫漶的，独有这"刺桐花底，小语东风细"的场景，真切而富有情致。

其他又如沈自炳《玉楼春》"年年同嫁与东风，只有小楼红杏树"，茅维《阮郎归·春思》"碧潭花溅紫骝嘶，楼头香雾迷"，郑以伟《满江红》"巴水迢迢，扁舟在、子规声里"，皆为俊逸风流的名句，不愧前人。吴鼎芳《醉公子》写莺啼是"莺滑柳丝长，断肠流水香"，用"滑"字摹写莺声，妙不可言。单恂《浣溪沙·晓妆》写女子明眸是"惊人全泻满眶秋"。至于施绍莘《点绛唇》"蘋蓼滩头，鹭鹚脚踏孤霞影"，虽然也是慧心巧思，然稍觉费力矣。

我想，在谈及词的语言或语体风格时，我们没有必要坚执雅与俗二元对立的思维模式，仅用一个"俗"字就把明词给否定了。雅与俗不应当成为作品的标签，更不该成为对词肯否褒贬的唯一口实。经过唐宋数百年的创作实践，词已经形成了一种审美规范，与之相配的语汇意象，唐宋人已经发掘殆遍。于是对后代词人而言，就只有两条路可供拣选。一条路是仍然采用宋人常用的字面意象，重新排列组合，这样的词读起来宛然宋词风调，实际却如同檃栝或集句，并没有新的实际贡献。如陈铎遍拟《草堂诗余》，张杞逐首追和《花间集》，所形成的便是此类"格式化"的词作。另一条路就是大胆抛开久成套路的话语体系，吸收流行的活的文学语体，从而完成词体语言风格的转型或重塑。晚明词人的贡献正在于此。对于嘉靖以后的词人来说,宋词似乎已成"古典",而那些名篇佳句更已成为"经典",这种古典、经典固然让人们尊崇、膜拜,但同时也构成隔膜与疏离,失去了它当初的魅力与活力。而晚明词人把词置于大的文学生态环境中,从相邻的民歌与戏曲(南戏)中汲取借鉴,遂造成一种词、曲、民歌互融互渗的词体风格。陈子龙说王世贞词"未免时堕吴歌"[1],陈廷焯则称杨慎词"时杂曲语"[2],虽然均有否定意味,却道出了一种事实。这或许也可以说是一种"破体出位"吧。这种语体风格固然与宋词有很大不同。批评者会说他们"词语尘下",或"视宋人尚远",其实明人并不是在追步宋人,甚至可以说是着意在与宋人拉开距离。他们离古典渐远,离经典更远,却与世俗生活更近,更接地气。宋词语言是美,明词语言是俊;宋词如大家闺秀,举止得体,雍容典雅,明词则如乡野村姑,无所拘束,而活力四射。这是别一种语体风格,而不是缺点。当然,我们在肯定明词风格特色的时候,是以那些好的作品为论述对象的,晚明艳词中亦有俚俗之词,如果列举那些差劣之作来否定整个明词,当然也是不妥当的。

---

[1] 冯乾校辑:《清词序跋汇编》,凤凰出版社 2013 年版,第 1 页。
[2] 陈廷焯:《白雨斋词话》卷三,人民文学出版社 1959 年版,第 57 页。

第七章　晚明柳洲词派考论

当代著名词学家吴熊和先生自二十世纪九十年代开始从事"明清之际词派"的系列研究，已完成的论文《〈柳洲词选〉与柳洲词派》《〈西陵词选〉与西陵词派》《〈梅里词辑〉与浙西词派的形成过程》，均已收入《吴熊和词学论集》，并在研究视野与方法上给我们提供了很多有益的启示。吴熊和先生认为：明清易代与以往的朝代更迭多有不同，"不仅没有打断原来文学发展的链条，推迟其进程，反而使它在这场沧桑巨变中触发或激活了新的生机。……因此在文学上，尤其在词史上，有必要把天启、崇祯到康熙初年的五十年间，作为虽然分属两朝，但前后相继、传承有序的一个相对独立的发展阶段来研究"[1]。具体到明清之际词派的形成与发展，吴熊和先生说："清初的一些词派，其源概出于明末。"[2]这些词派"兼跨明清，一波两浪，前呼后应"[3]，构成了明清易代前后词史发展的独特景观。

在兼跨明清两代的词派中，柳洲词派创立最早且历时较长。它滥觞于万历末期而形成于崇祯年间，当王屋、钱继章、吴熙（亮中）、曹尔堪

---

[1] 吴熊和：《吴熊和词学论集》，杭州大学出版社1999年版，第371页。
[2] 吴熊和：《吴熊和词学论集》，杭州大学出版社1999年版，第372页。
[3] 吴熊和：《吴熊和词学论集》，杭州大学出版社1999年版，第371页。

等"柳洲四子"的词别集于崇祯八年（1635年）一起付刻时，柳洲词派就已经形成并且成为东南词学的一方重镇了。吴熊和先生关于明清之际词派的系列研究以柳洲词派为开篇，当然不是没有缘由的。

第一节　柳洲词派的形成

柳洲词派是一个地域性词派，按地理区域实际应该叫嘉善词派。嘉善县城北门（即熙宁门）外有一处名胜叫柳洲，其地建有柳洲亭，崇祯十年与十一年（1637—1638）间，钱继振、郁之章、魏学濂、魏学洓、魏学渠、吴熙（亮中）、曹尔堪、蒋玉立等在此结社唱和，称"柳洲八子"。后乃有《柳洲诗集》与《柳洲词选》，柳洲词派遂名著东南。

作为柳洲词派的文献载体，《柳洲词选》共收录嘉善词人一百五十八家，词作五百三十五首。它不像《柳洲诗集》那样，卷首诸序明确揭示了该集编成付刻在顺治十六年，《柳洲词选》的编刊年代不详。根据李康化博士的考证，《柳洲词选》卷首姓氏录分为前后两部分，前一部分为"先正遗稿姓氏"，此书编集时词人皆已作古；后一部分为"名公近社姓氏"，编集时词人尚在世。因为"先正遗稿姓氏"中已有吴亮中，而吴氏去世于顺治十四年丁酉，因此《柳洲词选》的编刊年代至少应在此年之后。又顺治十七年大冶堂刻本《倚声初集》于《柳洲词选》已多有称引，可知《柳洲词选》当刊行于该年之前。这样就把《柳洲词选》的刊刻年代基本锁定在顺治十五年至顺治十六年。可以延伸一下推想，《柳洲诗集》与《柳洲词选》这一诗一词两部总集，很可能出于同一个区域性文人群体的统一构思。《柳洲诗集》编者八人，按原书卷首排列顺序依次为：毛蕃、蒋琜、陈增新、李炳、李炜、魏允枚、魏允楠、曹鉴平。《柳洲词选》编者四人，顺序依次为：钱瑛、戈元颖、钱士贲、陈谋道。这些人都是嘉善的世家子弟。如钱瑛为钱士晋之孙，钱士贲为钱继章之子，陈谋道为陈龙正之孙；魏允枚为魏学濂之子，魏允楠为魏学洢之子，曹鉴平为曹尔堪之子。这些年轻编者在整理乡邦文献的同时，本身即体现了区域文化的薪火相传。而且我们注意到，《柳洲诗集》的编者八人，同时也都是《柳洲词选》中的作者，而《柳洲词选》四位编者的诗作，也同时收入了《柳洲诗集》。据此我们可以推想，这两部同一区域总集的编选既出于统一构思，也可能基本是同时完成的。佐之以李康化君的考证，我们说《柳洲词选》刊刻于顺治十六年，应亦不中不远矣。

关于柳洲词派，词学界已经取得了一系列重要研究成果。吴熊和先生的论文《〈柳洲词选〉与柳洲词派》导夫先路，他的两位弟子续有拓展。李康化博士《明清之际江南词学思想的研究》之第四章《〈柳洲词选〉与柳洲词派词学思想》，金一平博士在学位论文基础上完成的专著《柳洲词派——一个独特的江南文人群体》，已经作了较为全面深入的研究。这里想要发覆表微的是柳洲词派的"前史"，即它在明清易代之前的基本阵容与创作实绩。

关于柳洲词派的形成时间，传统的看法是以顺治十六年（1659）前后《柳洲词选》的刊刻为标志，而事实上正如吴熊和先生所指出的那样，柳洲词派"兼跨明清，一波两浪"，顺康之际的兴盛不过是承前而兴起的后一个波浪而已。《柳洲词选》卷首所列"先正遗稿姓氏"凡四十一人，基本上可以视为明代词人。其中除元末之吴镇，明初之孙询，以及万历之前的姚绶、陆埙、朱愚、袁仁、沈爔诸人之外，其余生活、创作在万历以至崇祯时代的三十余人，皆可视为前期柳洲词派之群体人物。其中生卒年可考，去世于明清易代之前或稍后抗清殉明者有：袁黄（1533—1606）、支大纶（1534—1604）、魏大中（1575—1625）、钱士升（1575—1652）、徐石麒（1577—1645）、陈龙正（1585—1645）、曹勋（1589—1655后）、夏允彝（1596—1646）、钱栴（1597—1647）、魏学濂（1608—1644）、曹尔坊（1619—1654）、夏完淳（1631—1647）。其他一些词人，如沈师昌、朱延旦、支如玉、支如璔、孙茂芝、朱颜复、朱曾省、魏学洙等，虽暂时未能考出其生卒年，但从其世系、科第、交游等可知，其生活与创作年代，亦均在明清易代之前。由此可见，早在万历后期与崇祯年间，嘉善县区已经拥有五十多位词人，故所谓柳洲词派，在那时已经基本形成了。

尤其值得注意的是，前期柳洲词派中各有专集且存词数量较多的四位词人，王屋（1595—1665后）、钱继章（1605—1674后）、吴熙（1612—1657）、曹尔堪（1617—1679），因为入清之后活了较长时间，吴熙（亮中）和曹尔堪且在入清之后应举为官，所以他们一般被视为清代词人，然而具体考察他们的创作历程与传世词作，就会发现其现存词作中，绝大部分写于明清易代之前。王屋《草贤堂词笺》十卷，存五百八十三首，《蘖弦斋词笺》一卷，存词六十四首；钱继章《雪堂词笺》一卷，存词七十六首；吴熙（亮中）《非水居词笺》三卷，存词一百六十七首；曹尔堪《未有居词笺》五卷，存词三百零九首。这四家词别集皆为明崇祯八年至九年间吴熙刊本，今国家图书馆有藏本。参照"柳洲八子"或"云间三子"的说法，正不妨称此四家为"柳洲四子"。

这里还想顺便提出一种设想。嘉善著名学者陈龙正作有《四子诗余序》，时间亦正当崇祯八年乙亥，但他没有像陈子龙《三子诗余序》那样，注明是为计南阳等三位同乡而作。文中只提到"初闻四君以诗余相唱和"，却未明言此四子究为哪四人。按：陈龙正（1585—1645）长王屋十岁，比钱、吴、曹三子长二三十岁，他是高攀龙的弟子，在东南一带颇负人望，而《四子诗余序》又正好写于王屋等四人词集付刻的崇祯八年。综合这些因素来看，我们推测《四子诗余序》是为王屋、钱继章、吴熙、曹尔堪这四位同乡后进词人而作，应该是合情合理的吧。那么，"柳洲四子"群体并称的出现，以及四家词集的同时付梓，应该说是晚明词坛的一个标志性事件，既标志着前期柳洲词派的形成，亦在客观上彰显了柳洲词派的创作实绩。

在明清之际兼跨两朝的词派中，柳洲词派的形成与云间词派基本同时或略早。云间派的主要成员陈子龙（1608—1647）、李雯（1608—

1647）、宋征舆（1618—1667），即"云间三子"，比柳洲词派的第一代词人魏大中、钱士升、徐石麒、陈龙正、曹勋等晚了一辈，而与"柳洲四子"即王屋、钱继章、吴熙、曹尔堪的年辈相当。从各家词的创作年代来看，"柳洲四子"中，王屋的年齿较长，创作亦起步较早。曹勋为其所作《草贤堂词笺序》（《曹宗伯全集》卷七作《无名氏诗余序》）写于崇祯四年可证；曹尔堪年齿最幼，其《未有居词笺》中标明年代最早者为崇祯三年，最晚亦不会迟于崇祯八年；钱继章、吴熙的创作时间大约同时而略早。而云间诸子之唱和，主要在崇祯七年至十年，陈、李、宋三子的唱和词集《幽兰草》三卷，亦当刊刻于崇祯八年至十年。如果以《幽兰草》的结集与陈子龙《幽兰草题词》作为云间词派形成的标志，亦与前述"柳洲四子"词集的刊刻基本同时。因此，某些词学论著中把柳洲词派与西陵词派一样看作云间派的附庸或分支，是不符合词史的客观情况的。

第二节 前期柳洲词派成员考述

关于柳洲词派的人员构成，因为有《柳洲词选》这样一个文本载体，相对来说较好把握。《柳洲词选》目录后有词人姓氏录，共收录词人一百五十八家，其中"先正遗稿姓氏"下四十一人，即顺治末年编录本集时人已去世；"名公近社姓氏"下收录一百一十七人，即当时健在者。这可以说是为柳洲词派成员提供了一个基本名单。因为《柳洲词选》也可能有所遗漏，而且在成书之后的一段时间，柳洲词人队伍还在不断发展壮大，所以吴熊和先生及其两个弟子李康化、金一平，又从稍后问世的几部大型词选中做了搜寻遗逸的工作。如稍后成书的《倚声初集》，其姓氏爵里表所载词人五百一十二家，其中收录的柳洲词人一百一十七家，有十家不见于《柳洲词选》；康熙二十五年（1686）成书的《瑶华集》共选词人五百零六家，其中有柳洲词人三十六家，而不见于《柳洲词选》

者为二十家。这样诸书互参，去其重复，可知柳洲词人已达一百八十余家，而且其中还不含女性与方外词人，据此可知邹祗谟《远志斋词衷》所谓"词至柳洲诸子，凡二百余家，可谓极盛"，洵非虚语。（这里提供的文字，系据吴熊和先生《〈柳洲词选〉与柳洲词派》一文，李康化《明清之际江南词学思想研究》、金一平《柳洲词派》等书中所提到的数字与此有所出入。）

当然，本研究重点考察的是前期柳洲词派，即按吴熊和先生的说法，柳洲词派是"兼跨明清，一波两浪"，我们这里重点考察的是"两浪"中的前一个浪头，所以必须对这个近二百人的词人名单作一些具体的考辨分析。前期柳洲词派是一个特定历史时空的产物。从时代来说，主要是指晚明万历至崇祯时期。所以一方面在"先正"词人中，如吴镇为元代人，孙询、姚绶、陆埐（嘉靖五年进士）、朱愚（嘉靖时贡生）、袁仁、沈爔（嘉靖四年举人）等皆为万历之前人，故不拟阑入。从时代下限来说，凡崇祯十七年甲申（1644）时尚未成年，或主要创作活动在入清之后的词人，亦不拟列入。而对于那些兼跨明清的词人，则应作具体分析。要么其创作活动主要在甲申之前，要么如"柳洲四子"（王屋、钱继章、吴亮中、曹尔堪），虽然其创作一直持续到入清以后，但因为诸家在甲申前均有词集刊行，故当前后分别论之。另外从空间或词人籍贯来说，本来也可以"人非柳洲而词皆柳洲"也，但作为一个郡邑词派，似以遵守词人本贯为妥当。所以如夏允彝、夏完淳父子，其本贯为华亭人，以占籍嘉善而入《柳洲词选》，但按照一般的看法，亦当归入云间派。

根据以上的界定，前期柳洲词派的成员有五十余家。现把除"柳洲四子"之外的其他词人生卒创作简况，考述如次。

袁黄（1533—1606），字坤仪，号了凡，嘉善人。万历十四年（1586）进士，历官宝坻知县，兵部职方司主事。曾拜阳明弟子王畿为师，著有《阴骘录》，主因果报应之说。另著有《两行斋集》《了凡四训》等。《柳洲词选》选其词一首。

支大纶（1534—1604），字心易，号华平，嘉善人。万历二年（1574）进士，由南昌教授擢泉州府推官，终于奉新县知县。著有《支华平先生集》四卷、《世穆两朝信史》六卷，均为支氏清旦阁刻本。《柳洲词选》选其词二首。

陈于王（1558—1615），字伯襄，一字用宾，号颖亭，嘉善人。陈山毓、陈龙正父。明万历十四年（1586）进士。知魏县，迁刑部主事，仕至福建按察使。《全清词》存词一首。按：陈于王卒于甲申（1644）之前，不当入《全清词》。

顾际明（1562—1638），字良甫，号海旸，嘉善人。万历十七年（1589）进士，选庶吉士，改云南道御史。天启初起太仆少卿，魏忠贤擅权，引疾归。《兰皋明词汇选》卷三选其《踏莎行》一首。

魏大中（1575—1625），曾用名廷鲠，字孔时，号廓园，中试后改名大中，嘉善人。魏学洢、魏学濂、魏学洙父。万历四十四年（1616）进士。累迁至吏科给事中。因弹劾魏忠贤，遇害于狱中。忠贤诛，追谥"忠节"。著有《藏密斋集》二十五卷等。《柳洲词选》选其《临江仙》四首。《全明词》仅录词一首。

钱士升（1575—1652），字抑之，号御冷，晚号塞庵、息园老人。嘉善人。钱栻、钱棅父，钱棻嗣父。明万历四十四年（1616）状元，授翰林院修撰，累官至礼部尚书兼东阁大学士。著有《赐余堂集》《周易揆》《庄子诠》等。《明词综》选其《满庭芳·次东坡韵》一首。据其中"坐见新亭洒泪，空回首麦秀兴歌"句，当是甲申易代之后作。

徐石麒（1578—1645），字宝摩，号虞求，嘉善人。与《坦庵词曲六种》作者徐石麒非为一人。天启二年（1622）进士，授工部主事。以忤魏忠贤削籍。崇祯间起用，累官至刑部尚书。清兵陷嘉兴，朝服自缢于其家之可经堂。著有《可经堂集》，今存词十一首。

陈龙正（1585—1645），字惕龙，号龙致、几亭，人称几亭先生，嘉善人。陈于王子,陈山毓弟。明崇祯七年(1634)进士,授中书舍人,历顺天同考官、吏部御史,后左迁南京国子监丞,键门著书。北都之变,愤恨呕血,绝食而亡。著有《几亭全书》,词附,惜阴堂裁为《几亭诗余》。《柳洲词选》选其词六首。《全明词》存词八首。

曹勋(1589—1655后),字允大,号峨雪,嘉善人。曹尔堪父。明崇祯元年(1628)进士,官至礼部右侍郎兼翰林院侍读学士。晚年隐居东干,自号东干钓叟。著有《曹宗伯集》《学易初编》等。《柳洲词选》存其词二首。

王慎德,字遂初,嘉善人。万历八年(1580)进士,官至御史。与顾际明为儿女亲家,其女嫁顾朝枢为妻。《兰皋明词汇选》选其《霓裳中序第一·燕子矶怀古》一首。

沈士立,字元礼,号贞石,嘉善人。其父沈爃为明嘉靖四年(1525)举人,有诗集《石联稿》。《柳洲词选》选沈爃词二首,选沈士立词一首。

凌斗垣,字丽天,嘉善人。如升、如恒之祖父。明诸生。著有《宜园集》。《柳洲词选》选其词二首。《全清词》存词二首。

顾朝桢,字以宁,嘉善人。顾际明子,与朝枢、朝衡为兄弟。与曹勋为儿女亲家,其三女嫁曹勋子曹尔堪。著有《匏园初集》。《兰皋明词汇选》选其《菩萨蛮·次尔斐韵》等四首。尔斐为钱继章字。

朱廷旦,字尔兼,号梅隐,又号旅庵(或作旋庵),嘉善人。天启间副贡。少师袁黄,传其学,编纂有劝善类书《捣坚录》二十四卷。另著有《旅庵集》等。《倚声初集》卷十四选其《祝英台近·数花轩即事》一首。

支如玉,字宁瑕,号德林,嘉善人。支大纶长子。明万历二十八年(1600)举人,崇祯初谒选为洧川教谕,后弃官归养。室名半衲庵。著有《半衲庵集》。《柳洲词选》选其词一首。

支如璔("璔"字或作"增"),字美中,号小白,一号砚亭,嘉善人。支大纶少子。明崇祯三年(1630)副榜贡生。秉承家学,尤工制艺文。天启二年(1622)撰《小青传》,后收入郑元勋编《媚幽阁文娱》,在明季颇为流传。《柳洲词选》选其词一首。《全明词》存词二首。

钱继登（1594—1672），字尔先，号龙门，晚号簣山翁。嘉善人。钱继振、钱继章兄，钱士升从叔。明万历四十四年（1616）进士，累官右佥都御史，巡抚淮阳。入清后隐居。著有《罄专堂集》等。《柳洲词选》选其词七首，《全明词》存词五首。

钱栴（1597—1647），字彦林，一字钝庵，号檀子、丰村，嘉善人。钱士晋子，钱棻兄，钱默父，夏完淳岳父。明崇祯六年（1633）举人，南明弘光间授兵部职方司主事、郎中。顺治四年（1647）抗清被捕，与婿夏完淳等三十四人被害于南京。著有《白门集》等。《柳洲词选》选其词三首，《全明词》存词一首。

沈泓（1598—1648），字临秋，一作邻秋，号悔庵。其籍贯有异说。《柳洲词选》选其词二首，《魏塘诗存》卷九收录其诗，是皆以其为嘉善人。或疑其为华亭人，或疑其为娄县人。沈文炤子，沈文浩侄，沈龙从兄。崇祯十六年（1643）进士，官刑部主事。遭国变，削发为僧。著有《东山遗草》《怀谢轩诗文集》等。《全明词》据《兰皋明词汇选》存其词二首。

钱继振（1601—？），字尔玉，嘉善人。钱继登仲弟，钱继章之兄。《柳洲词选》选其词三首，《全明词》存词一首，《全明词补编》存词三首。

李标，字子建，嘉善人。李奇珍（？—1636）子，李炜父。明崇祯时赠明经。曾参史可法幕，见事不可为，驰归故里。闻史殉节，渡江葬其衣冠于梅花岭，人钦重之。明亡，隐居不出，号东山遗民。著有《东山遗稿》。《柳洲词选》选其词六首，《全清词》存词四首。

李栋，字子隆。嘉善人。明崇祯十五年（1642）副贡。善倚声，著有《水南词谱》，今未见。《全明词》据《倚声初集》存词二首。

冯盛世，字念罗，嘉善人。天启元年（1621）贡生，官镇海卫训导。天启间与卞洪勋、支如玉等结为文社，称"魏塘七子"。其兄冯盛典与陈龙正兄陈山毓为儿女亲家。《兰皋明词汇选》等皆选其《感皇恩·咏镜》词一首。

徐白（1605—1681），字介白，号笑庵，嘉善人。明诸生。甲申后徙居吴江，故或视为吴江人。后隐居灵岩山，种树艺果以自给。题其室曰："白发前朝士，青山半屋云。"诗画皆佳。著有《贞白斋诗集》十卷，《竹啸庵诗钞》一卷，《寒秀亭词》一卷。《全明词》据《松陵绝妙词选》录其词十首。

魏学濂（1608—1644），字子一，号内斋、容斋，嘉善人。魏大中次子，魏学渭弟，魏学洙兄，崇祯十六年（1643）进士，官检讨。工诗，善画山水，为"柳洲八子"之一。著有《后藏密斋集》《芳橼集》等。《柳洲词选》选其词九首。《全明词》存词五首，《全明词补编》存词一首。

殳丹生（1609—1678），字彤实（一作彤宝），号贯斋，嘉善人。崇祯二年（1629）补邑诸生，甲申后弃去，授徒自给。工词曲，著有《贯斋集》三十卷。卓尔堪《明遗民诗》等皆以遗民视之。《全明词》据《瑶华集》存其词二首。其妻陆少君，女殳默，皆能诗词。

陈舒（1612—1682），字原舒，又字自云、鸣迁，号道山，嘉善人。寓居江宁（今南京）。陈于王孙，陈山毓子。明崇祯六年（1633）举人，清顺治六年（1649）进士，官至布政使参议。工诗善画，尤以花鸟草虫著称。著有《道山诗钞》。《倚声初集》选其词二首。

潘炳孚（1612—1640），字大文，嘉善人。崇祯三年（1630）应乡试，主考黄道周拟擢为第一，不果，遂废于酒。为人矜奇傲举，名行自砥。著有《珠尘遗稿》一卷。同里钱继章辑入《人琴录》。《全明词》存词五十一首。《柳洲词选》选其词四首。

刘芳，字墨仙，嘉善人。少孤，抚于祖。年三十跻身士林。既而游金陵，疽发于背而卒。与潘炳孚交好。据其《凤凰台上忆吹箫·哭大文》一词，知其卒年当在崇祯十三年（1640）潘炳孚去世以后。有《清唤斋遗稿》，存词三十四首。

周丕显，字知微，号梅居士，嘉善人。天启元年（1621）亚魁，然七上公车不第。为人重气节，读书广博。《柳洲词选》选其词一首。

朱颜复，字克非，号无怀，嘉善人。国望长子。天启七年（1627）举于乡。年三十七病卒。著有《鹿柴咏》《秫陵游草》等。《柳洲词选》选其《苏幕遮·夜雨宿蓟州闻雁有感》一首。

孙圣兰（1620—？），字子操，号心斋。嘉善人。崇祯七年（1634）进士，遭乱不仕，隐居二十年。著有《晓传堂集》《兼山草堂集》《长溪诗话》等。《柳洲词选》选其词二首。

朱曾省，字鲁参，号退谷，嘉善人。朱颜复之弟。崇祯九年（1636）举人。甲申国变，痛悼不欲生。作《自祭文》以卒。有《退谷集》。《柳洲词选》选其词二首。

沈懋德，字云嵩，嘉善人。生活年代约当天启、崇祯间。有《湖目斋词》。《明词综》等皆选其《菩萨蛮·江游》（江声汹汹鱼龙老）一首。《全明词》存词四首。

蒋玉立，字亭彦，嘉善人。蒋芬子。少从张溥游，入复社。崇祯九年（1636）副贡，顺治十一年（1654）拔贡。崇祯间与钱继振、郁之章等结社会文，称"柳洲八子"。诗词文兼擅。与弟蒋会贞、蒋璚，从弟蒋睿，皆为柳洲词派重要词家。著有《泰茹堂集》。《柳洲词选》选其词三首。《全明词》仅据《词综补遗》录其词一首。《全清词》存词四首。

魏学洓（1614—1640），字子闻，嘉善人。魏大中少子。邑廪生，勤勉博学。亦为复社成员。性至孝，侍母疾，心力交瘁，母愈，竟以是殒，卒年二十七。黄宗羲为撰墓志铭。著有《素水居遗稿》一卷。《柳洲词选》选其词二首。《全明词》存词十七首。

徐远，字道招，又字届甫，嘉善人。少孤力学。崇祯十六年（1643）进士。著有《遥集编》三卷。《全明词》仅据《明词综》录词一首，《柳洲词选》选其词六首。其子徐之陵，亦入《柳洲词选》。

钱棅（1619—1645），字仲驭，号约庵、镇朴，嘉善人。钱士升次子，钱栻弟。明崇祯十年（1637）进士，官至广东按察使佥事。清顺治二年（1645）抗清殉国。著有《文部园诗》《南园唱和诗集》《新儒园诗文集》。《柳洲词选》选其词三首。《全明词》据《兰皋明词汇选》及《明词综》存词四首，而《瑶华集》所选《念奴娇·送幼光还白门》（半天红叶）一首尚不在其中。曹尔堪《南溪词》中有《念奴娇·送幼光还白门同仲驭二调》，知钱棅之作为原唱。幼光为桐城人钱澄之的字，时居南京（白门）。

钱棻，字仲芬，号涤山，别号八还道人，嘉善人。钱士晋子，钱士升嗣子，钱栴弟，钱黯父。明崇祯十五年（1642）举人。入清不仕。构园名萧林，种梅百本，著书作画以终老。著有《萧林初集》《读易绪言》《庄子绪言》等。《柳洲词选》选其词六首。《全明词》存词十三首，《全明词补编》存词十八首。

沈师昌，字仲贞，号长浮，嘉善人。沈士立长子，诸生。筑北山草堂，自号北山主人。不得意，游北雍，卒于京邸。有《北山草堂集》。《柳洲词选》选其词一首。

魏允楠，字交让，嘉善人。魏学洢子。明诸生，明亡，高蹈不出，以吟咏自娱。著有《维风集》《诗玉》《诗谷》。《柳洲词选》选其词四首。《全明词》仅存词一首，《全清词》存词五首。

计善，字廉伯，嘉善人。其祖父计元勋（字明葵）为万历三十五年（1607）进士。计善兄弟六人，依次为善、能、敬、正、法、辨。皆能文善画，时称"嘉善六计"。其昆仲诗词中题画之作甚多。计善性孝友倜傥，潜心理学。卒年五十。著有《宜园集》。《柳洲词选》存其词八首。

计能，字无能，嘉善人。计善之弟。《槜李诗系》称其与计善"诗才亦相伯仲"。戈元颖《读无能新诗》中有"散病樽前司马赋，感时箧里贾生书"，以贾谊、司马相如作比，可以想见其书生意气。《柳洲词选》存其词五首。

计敬，字勖丹，嘉善人。计善、计能之弟。明诸生。《柳洲词选》存其词六首。

戈止，字永清，嘉善人。贡生，官松江府教谕。著有《饴谷堂集》。

《柳洲词选》选其《风入松·饴谷堂漫兴》一首。

孙绍祖，字君裘，嘉善人。明诸生。由廪生例游北雍，大司农倪元璐深器之。以孝行著称于时。著有《琦称堂集》。《柳洲词选》选其词一首。

孙缵祖，字昭令，号霄客，嘉善人。绍祖弟。年十三补弟子员，性好交游，与沈泓尤契。甲申后沈泓削发为僧，孙缵祖亦遁迹岩壑。著有《隆略堂诗》等。《柳洲词选》选其词二首。

周珽，字上衡，嘉善人。有《疑梦词》。《柳洲词选》选其词八首。《全明词》仅据《明词综》存词二首。

董升，字昼人，嘉善人。幼有大志，常慕陈亮为人。为诸生，意殊不屑。南明弘光朝覆亡，弃家浮海而去，不知所终。《倚声初集》所选《虞美人》（东风醉舞娇无力），当是与钱继章、魏学濂诸公同题唱和之作。

曹尔坊（1619—1654），字子闲，嘉善人。曹勋次子，曹尔堪弟。髫年应试，宿儒不能及。工诗，亦善绘事。其诗文与其兄尔堪有"元方、季方"之誉。于顺治十一年病故，故《柳洲词选》卷首入"先正遗稿姓氏"，选其词四首。

顾士林，字文叔，号岱舆。吴熊和先生在《〈柳洲词选〉与柳洲词派》一文中，据《倚声初集》卷首"爵里"以之为嘉善人，《全明词》等指其为嘉兴人。《兰皋明词汇选》选顾士林词四首，编者顾璟芳于卷一顾士林《长相思》词后评曰："先大父赋此词不下数阕，惜虫鱼剥蚀，未能备登也。"可知顾士林为顾璟芳祖父。而顾璟芳一直被视为嘉兴人。然而同书卷二有顾朝桢《后庭花·次钱尔斐韵》一首，顾璟芳评曰："先从祖《匏园集》，词有数阕，要皆争新竞艳作也。"据此则顾朝桢与顾士林为兄弟行，而顾朝桢则是地道的嘉善人。于此可知嘉善、嘉兴毗邻，兄弟之间或占籍不同。《全明词》收录顾士林词四首。

以上所列词家，加上"柳洲四子"，凡五十五人。这些词人皆为嘉善本邑作者，时代则大致在万历后期到甲申易代前后。因为有些词人缺乏基本资料，有些词人时代或籍贯有异说，暂不列入，所以这只能说是前期柳洲词派的一个基本名单。其中除"柳洲四子"之外，如刘芳、潘炳孚、徐石麒、魏学濂、魏学洙、钱棻、钱栴、钱棅、徐白、蒋玉立、计善、殳丹生等十余家，都是有相当造诣的词人，而非偶尔弄笔存词一二首者可比。故即此已可知柳洲词派在晚明时期已然形成，亦足以改变人们视柳洲词派为清初词派或云间附派之传统偏见了。

第三节　柳洲四子

在前期柳洲词派成员中，王屋、钱继章、吴熙（亮中）、曹堪（尔堪）四人堪称中坚与代表。一方面是他们四人各有词集，而且又有充分的版本依据，足证其词集刊刻于崇祯八年至九年，所以这四人虽然皆由明入清，曹尔堪入清之后的词作成就还更大些，但因为这些明刊词集具在，就为我们作前后期的切割分论提供了难得的文本依据。再加上陈龙正《四子诗余序》又间接给出了"柳洲四子"的说法，适与"云间三子"相匹配，故以"柳洲四子"作为前期柳洲词派的代表人物，实在是历史机缘造成的最佳人选。

一、前期柳洲词派巨擘王屋

王屋是早期柳洲词派的中坚，也是明季东南词坛的一位重要词人。其《草贤堂词笺》十卷与《蘖弦斋词笺》一卷，存词多达六百余首，而且其中不乏佳作。故无论就其词的数量与质量，还是就其在柳洲词派的地位而言，他都是一位不应被忽略的重要词人。

王屋（1595—1665后），初名畹，字孝峙，又字蕙蘖、鲜民、无名等，浙江嘉善人。与魏学濂、钱继章、曹尔堪等出身于嘉善世家大族的词人不同，他出身贫寒且终生未仕。其少时曾佣书为业，过目能诵，即能诗文。邑诸生顾艾（病己）荐于魏大中，魏叹赏其诗，命魏学濂、魏学渠诸子兄事之，遂与魏氏昆仲终生为友。大中罹难，王屋作长歌哭送，随护千里。朱彝尊《静志居诗话》载:"孝峙以诗受知魏忠节,因与忠节一门群从和酬,诗类刘改之,词学辛幼安。尝过同里曹学士斋,学士曰:'先生尚能著屐远步耶?'应曰:'有太史公,不可无牛马走。'乡里传为新语。"[1]这里"同里曹学士"当指嘉善曹尔堪。曹尔堪之父曹勋在明为学士,曹尔堪入清为学士,然曹勋长王屋六岁,曹尔堪小王屋二十二岁,此处于王屋称先生,故当指曹尔堪。

王屋的生卒年旧籍不载。《全明词》作者小传称其"生于明万历二十三年(1595),卒年不详"。据王屋《十拍子》词小序:"余年十七,始一至西湖。今年三十有七,盖二十年不至也。因禅客有游于斯也,作此调寄南屏印公。是岁辛未。"据王屋生活年代判断,此"辛未"当为明崇祯四年(1631),由此可推知其生于明万历二十三年(1595),《全明词》作者小传的说法是可信的。关于王屋卒年,马兴荣先生据其《闲闲令·癸亥九月荻秋庵夜咏》,认为此癸亥当为康熙二十二年(1683),王屋是年八十九岁,卒年当在此之后。[2]郑海涛博士则以为此"癸亥"当是天启三年(1623),是年王屋才二十九岁而不是八十九岁。因为王屋的这些词皆出于《草贤堂诗笺》或《蘖弦斋词笺》,而这两种词集刊行于崇祯八年至九年,所以郑海涛博士的判断是对的。然而郑海涛另据王屋《临江仙·与妓人罗姗》二首小序,称王屋顺治五年尚在世[3],则犯了同样的错误。崇祯八年付刻词集哪里会收录入清之后的词作呢?王屋今存词中可系年者,尚未发现有崇祯九年之后的作品,所以要依据本人作品推断其卒年,看来是不可行的。

王屋诗词兼擅。朱彝尊《静志居诗话》说他有《学可斋诗笺》,今未见。《明诗别裁集》等古近选本多选其《子夜歌》三首,卓尔堪《明

---

[1] 朱彝尊:《静志居诗话》卷十九,人民文学出版社1990年版,第565页。
[2] 马兴荣:《读明词札记》,《楚雄师院学报》2006年第1期。
[3] 郑海涛:《明词人王屋生卒年考》,《中华文史论丛》2009年第4期。

遗民诗》卷十三选其《秋风辞》《陌上桑》等。这表明他在诗作方面长于乐府歌诗，这一点与俞彦、卓人月等都很相拟。或者可以说，打通古乐府与近体乐府的联系，正是晚明部分词人的自觉追求。王屋的词集有《草贤堂词笺》十卷，存词五百八十三首；又有《蘖弦斋词笺》一卷，存词六十四首。《草贤堂词笺》卷首有钱继登、曹勋、魏学濂、徐伯龄、夏缁、支允坚、董升七人序及王屋自序。其《自序》中云："词凡千二百有奇，削其七而存其三分，甲乙等十集，集成序而名之《草贤堂词笺》。"王屋《自序》作于"崇祯八年六月十七日"，而钱继登序作于"崇祯八年冬十二月"。

在早期柳洲词派的词人群体中，王屋年辈较长。他于魏大中为后辈，于曹勋为兄弟辈，而在几位以词名家者之中，则长于钱继章、吴熙和曹尔堪。而且他终生不仕，是一位地道的布衣词人，也可以说是一位专业词人。所以在崇祯八年、九年同时刊行的几部词集中，未及弱冠的曹尔堪的词作或不免稚嫩青涩，而王屋的文字功力与词学造诣均显示出很高的专业水准。当然，生活阅历的局限也在一定程度上限制了他作品的视野与力度。

细读王屋传世的六百余首词，会感到朱彝尊所谓"词学辛幼安"云云，乃是一种比较粗糙的归类思维。即使和其他词人相比，他也只是有相当数量的非婉约词而已。而这些词既称不得豪放，和辛幼安相提并论亦显得拟于不伦。一个布衣词人的旷放洒脱与英烈词人的豪宕感激是不好相比的。试选几首词以见一斑。《青玉案·漫兴》：

十年河海无同调。归去也、君休笑。指怨眉功两不报。一犁春雨，一竿秋水，一曲渔家傲。　　沧浪到处堪垂钓。何必桐江慕高蹈。八尺橛头三尺棹。白鸥波劲，黄芦风紧，且泊潭西澳。

《玉楼春·观舞伎》：

延云曼袖长难度，浪折波旋挈不住。锦江六月斗晴雪，巫峡三春披晓雾。　须臾散作霞无数，急鼓连催惊脱兔。翩然返袂入西廊，四座寂寥风满树。

《临江仙·顾四城北新居》：

独访柴门深竹里，板桥流水斜通。渔舟泊处暮云空。数家横浦上，一径入烟中。　丛木暗妨樵路远，鹭鸶飞破霞红。轻雷忽过小池东。藕花娇著雨，菱蔓弱牵风。

《清平乐·村居闲咏》：

松间月皎，梦醒窗阴晓。蝴蝶帐中飞缥缈，迷入邯郸古道。　凭谁唤止霜钟，老夫位望方隆。无奈城头急鼓，转身一笑尘空。

这里选了王屋四首"非婉约"之作，也许在朱彝尊看来，这些词即是王屋"词学辛幼安"的例证，实际它们不过展示了一个布衣词人旷达自适的人生姿态而已。《青玉案·漫兴》一首，"一犁春雨，一竿秋水，一曲渔家傲"，三句相排而出，巧妙借用"渔家傲"的曲名与意象，尽显逍遥旷放之态。《玉楼春·观舞伎》一首，显然受到杜甫《观公孙大娘弟子舞剑器行》的启发，歇拍二句，以静衬动，静中有动，具有很强的艺术表现力。《临江仙》一首是王昶《明词综》及各选本多选的作品，全词以景写人，以顾四其人新居之幽僻深远，烘托主人萧散绝俗的胸襟气度。《清平乐》一首，把唐代沈既济传奇《枕中记》黄粱一梦的典故，与庄周梦蝶的典故绾结起来，蝴蝶既能从梦里飞入帐中，又能迷入另一故事背景的邯郸古道，真是迁想妙得，化腐朽为神奇。总起来看，这些词虽然与传统的婉约词不同，与幼安体亦无瓜葛。王屋能自出手眼，写自己的所思所感，正如写诗不求宗唐宗宋一样，其态度是可取的。而朱彝尊拘泥于粗放认知，实无助于对词人风格的准确把握。

王屋词还有两个值得注意的特色。一是其词的民歌化倾向，二是他的时事词。

晚明词的民歌化是一种普遍而又复杂的词学现象。有的是向乐府民歌的顾盼与回归，有的是对晚唐五代拟曲子辞的借鉴模仿，还有的是受时调小曲的渗透影响。王屋和俞彦属于第一种情形。诗词二体的创作，在王世贞等人那里，诗是诗，词是词，各有其功能与规范；而在王屋或俞彦这里，诗作是古体乐府，词作则是近体乐府，彼此虽有时代阻隔，在乐府精神上却可以道通为一。试看王屋的"拟乐府"之词。《忆王孙》：

去年十五发初长，今日相逢二八强。夜夜中庭拜月光。露花香。愁杀潘郎鬓上霜。

《玉楼春·征妇怨》：

启窗瞥见双桃树，正是撩人肠断处。闺中忆得种他时，妾抱柔柯郎筑土。　要令根本千年固，谁道斯言非实据。郎游瀚海不归来，妾对秾华相伴住。

《菩萨蛮》：

柔肠一寸常千结，结分肠绝情难灭。郎性出山泉，妾心离灶烟。泉流不复转，烟断还缱绻。写尽忆郎诗，何曾郎得知。

《梦游仙·和夏雪子》：

> 欢不见，梦断绮窗西。手摘小梅将作弹，海棠枝上打黄鹂。怪杀五更啼。　　幽梦断，云冷合欢床。梦里觅郎郎不见，起行芳径恰逢郎，花底学鸳鸯。

《两同心》：

> 侬唱莲歌，郎唱菱歌。虽则共、水村长养，不曾惯、江上风波。急回桡，郎住塘坳，侬住林阿。　　潮平并泛如梭，转个陂陀。恰小妹、提筐索耦，正情哥、挽棹求荷。指西头，落日教看，来日情多。

王屋这一类词，读来如南朝民歌之吴声西曲，其中顶真拈连、谐音双关等等，亦皆乐府民歌故技。与王屋自己所作《子夜歌》《陌上桑》等相比，形式上的不同在于齐言、杂言之别，其乐府风味则是完全一致的。当然，对于王屋这样深于文字的作家来说，这也只能是"拟乐府"而已。与真正的乐府民歌相比，其清俊流丽时复过之，而真挚朴拙则不能及。

　　以时事入词，两宋金元时期偶尔一见，因为总体数量无多，故不足以构成对词体个性的冲击。明清之际时事词的大量出现，一方面构成词史上的特异现象，同时也对清代时事词的创作产生了重要影响。王屋本来只是一介布衣，国家兴衰，自有肉食者谋焉，可是他毕竟是在著名直臣魏大中扶持下成长起来的士人，所以他的词集中，既有继承词学传统的绮艳之词，有描写个人生活情趣的田园词，也有不少指摘时弊、激浊扬清的时事词。如《沁园春》（壮志犹存）一首，据小序可知，是为遭魏忠贤陷害而冤死狱中的著名军事家熊廷弼作不平之鸣；又《沁园春·赠吴人马云翽同子一》二首，记述天启七年（1627）在苏州发生的颜佩韦等"五人墓"故事。《意难忘·录感》（霍氏家奴）一首，虽未明言所讽之事，但开头"霍氏家奴，有子都豪横，调笑当垆"云云，应是讽喻权贵家奴横行不法之事，时人应知其所指。《小秦玉·时兴》一组十首，作于崇祯帝朱由检登基之次年。小序中云："今神圣在御，伉颜之臣，排肩而出，抑郁骚屑之士，始得畅其胸臆。愚不佞，生际盛朝，而不幸汩于皂圉之贱，不获建明于时，而中怀蓄蕴，亦遂闻而不宣，则愚之罪也已。用是忘其僻陋，敬述所闻为若干篇，命曰《时兴》，论而不议，夫亦庶人之义然耳。"看来朱由检即位之后，颇有励精图治之慨，朝野上下皆受其鼓舞，连王屋这样的布衣文人也感时抚事，冀其有补于政教。这十首七绝体《小秦玉》，以时事入词，一吟悲一事，其颂美刺恶，与唐代新乐府精神相合。词本来就是乐府之一体，王屋以诗为词，以乐府为词，可谓以复古为新变。晚年所作《沁园春·汶阳感秋赠逆旅主人》，下片写道："金紫盈朝，豺狼遍野，七十衰翁奚所求。"鞭挞现实深刻有力。王屋的这些时事词，单从艺术性来看或称不得佳作，修辞或不免粗糙，言情亦不够含蓄，但它们或突破或丰富了词的功能，对于清代词人亦具有积极的影响。

总体来看，王屋的词总量甚大，亦不乏佳篇，但也因为自负才情，或不免贪多求快。其《蝶恋花·长夏村居》词中云"墨沈三升屏八面，新词一一凌云翰"，又《瑞鹧鸪·草贤堂即兴》云"五十万笺挥洒尽，不曾一指觉些酸"，皆有自负身手、顾盼自雄之意。然而词是一种最讲究精粹的文体形式，容不得信手挥洒，泥沙俱下。即使是像王屋这样功力很深的词人，当他自鸣得意地说"不曾一指觉些酸"时，此句即已见其拾凑了。

二、钱继章及其《雪堂词笺》

钱继章（1605—1674后），字尔斐，号菊农，钱继登、钱继振之弟。崇祯九年（1636）举人，入清不仕，以词名于浙西词坛。他是嘉善钱氏家族最优秀的词人，也是柳洲词派的代表人物之一。虽然一般论著都把他视为清初词人,实际其现存词作九十余首,绝大部分作于入清之前。《全明词》《全明词补编》共存其词九十七首,其中有二首前后重出,故实存九十五首。已知其《雪堂词笺》与王屋《草贤堂词笺》、吴熙《非水居词笺》等皆为崇祯八年、九年刊本,其中存词七十六首。而《古今词统》所收《减字木兰花》(月家何处)、《谒金门》(晨光促)、《谒金门》(斜阳促)、《怨王孙》(山远月小)等四首,虽不见于《雪堂词笺》,但因为《古今词统》刊刻于崇祯六年,所以这四首词自然也是其早期作品。其余十五首词作虽然不便准确系年,但其中或有词作写于崇祯九年至崇祯十七年间亦未可知。由此看来,钱继章现存词作中,写于入清之后的词作数量与比例都是很小的。

钱继章的著作,据《槜李诗系》则有《溪默集》,据清雍正间编纂《浙江通志》则有《雪堂自删集》二十卷,今皆未见传本。王屋《蘖弦斋词笺》中有《南乡子·读友人诗》一组,品题"平昔所好者"十四家诗稿,其中第六家即为"钱尔斐继章",中有"冰雪噗人寒,一种幽光拟最难",想见其诗在当时已自成家,而后来既以词名家,其诗名乃为词名所掩。其词集明刊本为《雪堂词笺》一卷,国家图书馆有藏本。清刊本为《菊农词》,今未见传本。沈雄《柳塘词话》云:"魏里钱尔斐,五十三年填词手也。曾贻我《菊农长短句》,见其编以岁月,感慨系之,其词亦整而有法。"[1]康熙十三年(1674),陈继崧往访嘉善名人时,曾专门拜访过钱继章。别后所填《贺新郎·魏塘舟中读钱尔斐先生〈菊农词稿〉》一阕,极表叹赏之意。其中有句云:"垫巾野服神飘洒。句清圆、诸般易及,一清难画。""垫巾",即"林宗巾",用东汉郭泰(字林宗)故事。"垫巾野服"一句,活画出钱继章入清后野逸绝俗的人格风貌,而"清圆"二字则力图勾勒《菊农词》的词品个性。先师严迪昌先生在其《清词史》中指出:"《菊农词》立意造句都不落程式窠臼,自抽机杼,在清初足称名

---

[1] 唐圭璋辑:《词话丛编》,中华书局1986年版,第1034页。

家,其风格无愧为柳洲派的典型。"[1]对于宋代以后的词人来说,所谓立意造句不落程式窠臼,确实是一种难能可贵的境界,乃是对词人造诣的极高评价。

钱继章的词,最为人称道的是《鹧鸪天·酬王孝峙见示近作》:

> 发短髯长眉有棱,病容突兀怪于僧。霜欺雨打寻常事,仿佛终南石裹藤。　闲倚杖,戏临罾。折腰久矣谢无能。熏风未解池亭暑,捧出新词字字冰。

这首词在二十世纪所编词选及各类鉴赏辞典中入选频率颇高,实际却多郢书燕说之弊。或因佚去词题而以为是钱继章的自画像,或因不明时代而谓此词体现了与清廷不合作的态度。实际这首词见于崇祯八年(1635)刊刻的《雪堂词笺》,距离甲申、乙酉国变还有近八九年的时间;而词中所描绘的也不是钱继章自己,而是他的好友、嘉善著名词人王屋(字孝峙)。当然,即使把这首词放在明季词坛背景下来看,它也仍然是一篇奇作。那种奇崛险怪的人物造型,粗犷有力的笔触,都与笔触纤细、色调旖旎的婉约词风构成极大的反差,在《雪堂词笺》中也显得较为"格色"。值得关注的还有钱继章的词学观。王屋称道其诗是"冰雪噀人寒,一种幽光拟最难",钱氏则称王屋之词是"熏风未解池亭暑,捧出新词字字冰",皆以清空幽寒为赞语。盖清者雅也,与浊者、俗者、迂者、腐者相对也。这和王世贞等人一味追求倩艳风流不可同日而语。又邹祗谟《远志斋词衷》引王士禛语曰:"不纤不诡,一往熨贴,则柳洲词派尽矣。"[2]事实上,明季清初的柳洲词派时见圭角权牙,并不总是那么"一往熨贴"的。试看钱继章《满庭芳·次王孝峙韵》八首,咏残灯、蒲团、秃颖、酒瓢

---

[1]严迪昌:《清词史》,人民文学出版社2011年版,第45页。
[2]唐圭璋辑:《词话丛编》,中华书局1986年版,第657页。

之类，颓唐横恣，又何尝"熨贴"？

《雪堂词笺》中有《虞美人·咏虞美人花》十首，几于每首皆佳。兹录二首：

幽魂欲化心难化，愿复生垓下。冥曹应悯妾心真，几度运来原是此花身。　花开花谢还归土，只有精诚苦。八千子弟觅无从，奈此柔肢不住斗春风。（其四）

菊名隐逸莲君子，大抵前身耳。漆园曾梦蝶飞来，栩栩绕篱今有蝶花开。　酝愁酿恨调成色，妾死花生日。螺青蛾绿黛安黄，凭仗楚歌四面为催妆。（其五）

据沈雄《柳塘词话》载："柳洲诸公寄情于《虞美人》者，不下百家。而魏学濂为最。词曰：'君王羞见江东死，何事侬来此。最悲亭长古人风，载得一船红泪过江东。　江东父老深怜我，栽我千千朵。至今留取好容颜，为问重瞳却复向谁看？'其词悲，其心苦矣。"[1]沈雄所谓"不下百家"，当是概言。今检点明清之际词家作品，调与题作《虞美人·虞美人花》者除魏学濂、钱继章之外，尚有陈子龙、宋征舆、宋征璧、尤侗诸家，题作《虞美人·本意》者有钱荣、黄周星、王士禛、董元恺及女词人季淑贞、钱凤纶等。幸好在《四库未收书辑刊》钱荣《萧林初集》卷七中有《虞美人花词跋》，可以使我们略窥明季词坛以"虞美人花"为题的唱和活动的大致情形。其文曰：

吾友子一，忠希屈氏，性僻行吟，气压弥（祢）生，愤时骂坐。恒握瑾以表洁，每披荔而逞芬。爰腾雅奏，如闻幄里残香；曲写旧

---

[1] 唐圭璋辑：《词话丛编》，中华书局1986年版，第810页。

容,似睹花开欲语。家尔斐冰雪为肌,云霞在手,溪光竹色,静悟禅心;花气鸟言,尽归笔浪。乃以同怀,赓此佳什。

钱棻的这篇跋文骈四俪六,虽显辞藻却有碍叙述,但大致情形还是看得出来的。即关于"虞美人花"的词集,是魏学濂(子一)为原唱,钱继章(尔斐)为和作。因为钱继章的《虞美人·咏虞美人花》十首、《虞美人·咏虞美人花影》十首,皆见于崇祯八年刊刻的《雪堂词笺》,所以唱和当在此之前,而陈子龙、宋征舆乃至尤侗、王士禛的同调同题之作,当然应是其后的追和之作了。作于甲申之后的或不免易代之悲,而魏学濂、钱继章皆写于崇祯八年之前,本来只是对美好事物的哀挽叹赏,却不期而然成了提前预作的大明王朝的挽歌,这应该是钱继章等人所始料未及的。

三、吴熙(亮中)及其《非水居词笺》

吴熙(1612—1657)[1],字止仲,后改名亮中,字寅仲[2],号易庵,嘉善人。"柳洲八子"之一。清顺治九年壬辰(1652)进士[3],历户部主事,至刑部侍郎,顺治十四年丁酉卒于京。吴熙入清后中进士而为郎官,按传统看法当然应视为清人,但目前所见其词凡一百六十七首,全部见于明崇祯八年至九年吴熙自刊本《非水居词笺》三卷。《全清词》据《瑶华集》《柳洲词选》等清初选本辑其词九首,亦全部见于《非水居词笺》,并非集外佚词。想来他于崇祯九年至顺治十四年二十年间应该还有词作,可

---

[1] 吴熙(亮中)生年,《全明词》作者小传谓其"生卒年不详",《全清词》作者小传说他"生于明万历四十年(1612)";吴熊和先生《〈柳洲词选〉与柳洲词派》一文中说:"顺治二年(1645)清兵下江南时……吴亮中、曹溶三十三岁。"据此推算则吴熙当生于万历四十一年(1613),录此俟考。
[2]《柳洲词选》"先正遗稿姓氏"中"吴亮中"小传云:"吴亮中,字寅仲,原名熙,字止仲,顺治己丑进士,官部曹,有《词笺》行世。丁酉卒于京师。"
[3]《柳洲词选》称吴亮中为顺治己丑(1649)进士,有误。今据《明清进士题名碑录》,实为顺治九年壬辰科(1652),与曹尔堪为同榜进士。

惜未见流传。从其词的创作与流传情况来看，把他视为明季词坛尤其是早期柳洲词派的重要词人，应该没有问题。

在早期柳洲词派或"柳洲八子"中，吴熙不仅以其创作实绩提供了重要支撑，还在物质基础等方面做出了重要贡献。徐世昌《晚晴簃诗汇》载："寅仲少与同里钱尔玉、郁光伯、魏子一、子闻、子存昆仲、曹顾庵、蒋亭彦为文字饮，称'柳洲八子'。酒脯笔札，寅仲主之。构来问堂，键户力学。在官有政声。"[1]这里所谓"酒脯笔札，寅仲主之"八字，于文学风雅之事，似乎说了便俗，实际却是群体流派聚会唱酬的物质基础。后来如杭州赵氏之小山堂，扬州马氏兄弟之小玲珑山馆，对于清代文学生态的构成皆具有重要的支撑作用。另外，我们现在之所以能够提出与认定"早期柳洲词派"的概念，主要是基于明崇祯八、九年间刊行的王屋、钱继章、曹尔堪、吴熙诸家词集。这些词集不仅保留了这个年轻的词人群体在入清之前的大部分词作，客观上也起到了"立此存照"的作用。没有这些明刻本词集，吴熙、曹尔堪都会被视为清代词家，"早期柳洲词派"也就不成立了。而这些词集也都是由吴熙主事与出资刊刻的。

吴熙因为四十余岁即病逝，其著述无人收拾，所以与同期词人相比，声名不彰，但从其《非水居词笺》来看，虽然只是其年轻时的作品，实际表现出较高的艺术水准。

吴熙的词有两个特点。一是较为合律，音韵谐婉，很少有硬字、浊字，故读来俊逸便娟，风韵可人。吴熙后来曾为钮少雅、徐于室编著的《南曲九宫正始》作序，其中写道："夫词为诗之变，曲又为词之变，屡变而终非始义矣。所以令变而还正，终而复始者，则有律在。苟徒骋其花上盈盈，桑中袅袅，而律不随焉，或亦播之桔槔牛背间可耳，何至辱我桃花扇底、杨柳楼头耶？"[2]此文不仅是曲学文献，亦可作词论看。吴

---

[1]《晚晴簃诗汇》卷二十五，中华书局1990年版，第824页。
[2] 吴亮中：《南曲九宫正始序》，见蔡毅编《中国古典戏曲序跋汇编》，齐鲁书社1989年版，第88页。

熙对词曲音韵格律的强调,在明清之际格律废弛的背景下,显然具有补偏救弊的积极意义。

二是词多写景,其结构与设色往往富于画意。读其词即有画面感,有景深,有层次,色调明快,搭配和谐。这是因为吴熙本人就是一个山水画家。《三秋阁书画录》等记载他曾于崇祯十五年(1642)为雪声上人作山水册页,俞剑华《中国美术家人名辞典》等书皆有著录。这里选三首词以见其特点。

《减字木兰花·舟行》:

荫溪乔木,无限清阴涵水绿。一树丹枫,墙角遥分落照红。　炊烟四野,秋雁一行飞欲下。点点霜花,夹岸芙蓉直到家。

这首词就像一幅山水画。虽然是"舟行",视野是开放的或流动的,但中国画本来就是"散点透视",所以即使移步换形,并没有打破整体的画面感。上片以清溪涵绿渲染出澄明空静的大色块,以"一树丹枫"作点缀,形成红绿对比、整体明快的色调,亦间接传达出词人爽然自适的愉悦心情。下片以斜飞欲下的秋雁造成构图的变化,又以轻舟缘溪而行所见"夹岸芙蓉"突破三维画面的限制。读之如在画前又如在境中,画面感与舟行之感都表现得很真切。

又如《唐多令·春游》:

芳树绿芊芊,微云露远山。掠青莎、孤鹤翩翩。野岸茨菇开未展,蘋叶小、正如钱。　携酒到花间,花间听杜鹃。醉忘醒、醒又忘年。双板桥南修竹里,曾记得、挽渔船。

这首词以写景为主,下片有旷放出尘之意,但写得比较含蓄。"醉忘醒、醒又忘年",无论是忘了年月还是忘了年龄,皆不无夸张,而末句"曾记得、挽渔船"暗承前后,见得词人是有选择地遗忘,即有忘有记。忘醒忘年,不是昏聩糊涂,而是逸世出尘;不忘桥南修竹,不忘挽渔船的细节画面,则表现了词人对自然野趣的偏好。结合整部《非水居词笺》来看,善用"忘"字,乃是吴熙表现情志取向的常见手法。如《武陵春·漫兴》:"忘却归来夜几何,东岸动渔歌";《如梦令·答友人索饮》:"洗盏欲呼朋,忘却酒人名姓";《水调歌头·自题小像》:"陶然一醉,忘却我意竟何为";《鹧鸪天·春夜对酒感赋》:"醉中万事都抛却,犹剔孤灯读楚骚。"词人时醉时醒,有忘有不忘,这是生存策略,也是艺术表现的策略。实际词人的醉与醒、忘与记,皆是出于理性选择的结果。

再来看《明词综》所选的《临江仙·村居》:

> 日里闲门聊自适,短墙薜荔深深。五株高柳覆清阴。心孤闻远磬,愁剧理瑶琴。　点点落英娇着地,行来寂寂空林。伊人此地爱高吟。平郊新湿雨,一径野花深。

此处所录据《全明词》,亦即据明刊本《非水居词笺》。王昶《明词综》所选此首,文字改动较多,亦抄录于此,以资比较:

> 醉里衡门聊自适,短垣松竹萧森。日斜罗幕掩清阴。心孤闻远磬,愁重理瑶琴。　几点落英寒着地,行来寂寞空林。有人闲坐爱微吟。平桥新涨水,一径野云深。

据叶晔博士的研究,王昶《明词综》所收词,凡与明刊本不同者,往往出于王昶之改动。[1]在多数情况下,王昶的改作要比原作更好一些。但

---

[1] 参见叶晔:《清代词选集中的擅改原作现象——以〈明词综〉为中心的考察》,载《中国文化研究》2006年春之卷。

就这首词来看，王昶刻意求雅而不免做作。"闲门"而必曰"衡门"，"薜荔"而改作"松竹"，皆无必要。原作中"五株高柳"化用陶渊明典故，改作"罗幕"则不类男性居处之所。末二句改后或者更类王、孟诗境或隐逸趣味，但同时也失去了"村居"之野趣与现场感了。

四、曹尔堪及其《未有居词笺》

曹尔堪（1617—1679），字子顾，浙江嘉善人。曹勋之子。兄弟五人，尔堪居长，以下次第为尔坊(字子闲)、尔垣(字彦师)、尔埏(字彦博)、尔埴（字彦范）。明崇祯年间与同里钱继振、郁之章、魏学濂、吴亮中、魏学洙、魏学渠、蒋玉立等，每月于嘉善城北门外柳洲亭会文，时称"柳洲八子"。清顺治九年（1652）登进士，选庶吉士，授编修，升侍讲学士。顺治十八年（1661）以事牵系下狱，事后罢归。其诗与宋琬、施闰章、王士禛等称"海内八家"，吴之振《八家诗选》卷二收录其诗二百余首。有明刊词集《未有居词笺》和清刊词集《南溪词》等，存词近六百首。其生平行状主要见于施闰章《翰林院侍讲学士曹公顾庵墓志铭》，及尤侗《赠曹顾庵学士序》。

关于曹尔堪的生平与创作，有几个细节值得辨析。

其一，曹尔堪与其父曹勋仕履之混淆。《全清词·顺康卷》曹勋小传中云："（曹勋）字允大，号峨雪，浙江嘉善人。尔堪父。明崇祯元年（1628）进士，历官礼部右侍郎。入清后，复官翰林侍讲学士。"[1]末句所说显然是错的，是把曹尔堪的官职加到了乃父曹勋的名下。其实曹勋只在明代为官，入清后不仕。孙静庵《明遗民录》卷二十三在曹勋小传中写道："癸巳（清顺治十年，1653），清诏求遗老，一至京，不就职，即归。"《全清词》之误，在于误读了施闰章为曹尔堪所作《墓志铭》。其中写道："君考讳勋，崇祯戊辰举会试第一，官礼部右侍郎兼翰林院侍读学

---

[1]《全清词·顺康卷》，中华书局2002年版，第21页。

士，所谓峨雪先生者也。有子五人，君为长，复官本朝翰林院侍讲学士。父子以文名天下，世论荣之。"[1]很明显，施闰章之所以在曹尔堪《墓志铭》中提到其父曹勋在明任侍读学士，目的在于以其父子在明清两代为学士，来证明"父子以文名天下"。正如尤侗《赠顾庵学士序》中所云："其承宗伯峨雪先生家学，复以高第入玉堂，海内翕然，有谈迁、彪固之目。"[2]这就是说，曹勋、曹尔堪父子两代为翰林学士，正如司马谈、司马迁或班彪、班固父子一样。《全清词》编者相连而下，快读致误，此在学术为小事，却累致曹勋为贰臣，故不可不辨。

其二，曹尔堪与其父曹勋在室名、集名等方面多有交集。如曹勋有《未有居近诗》二卷，崔建英等编著《明别集版本志》著录，故宫博物院有藏本，明崇祯刻本，卷端题"武水曹勋允大父著，宜城刘若宰胤平父阅"；而曹尔堪有《未有居词笺》，即吴熙（亮中）明崇祯九年刻本，国家图书馆有藏本。又曹勋有《南溪诗草》七卷本或四卷本，清顺治刻本，卷端题"武水曹勋允大父著"，且有曹勋《自序》，上海图书馆有藏本；而曹尔堪则有《南溪文略》二十卷、《南溪词略》二卷，既见于施闰章为其所作《墓志铭》，且其《南溪文略》一卷本，上海图书馆有藏本。其《南溪词》，既有清初孙默辑《国朝名家诗余》二卷本，又有聂先、曾王孙辑《名家词钞》之一卷本。"未有居"当是室名，"南溪"则似别号，父子二人相袭并用，在前代别集中鲜见其例。

其三，曹尔堪原名曹堪，字子顾，其改名尔堪，当在崇祯十年之后。国家图书馆所藏明崇祯九年吴熙（亮中）刊《未有居词笺》五卷，即署名曹堪，卷端题："曹堪字子顾，嘉善人。"钱继登崇祯八年乙亥所作序之结尾云："子顾之尊人峨雪，今之晏元献也。"既为曹勋（峨雪）之子，又字子顾，足证《未有居词笺》的作者曹堪，即后来《南溪词》

---

[1] 施闰章：《学余堂文集》卷二十八，《景印文渊阁四库全书》。
[2] 尤侗：《赠顾庵学士序》，嘉善《曹氏族谱》卷首。

的作者曹尔堪。然而《全明词》作者小传中称"(曹堪)字子顾,嘉兴人。生卒年不详。与王屋、钱继章、吴熙过往甚密。有明刊《未有居词笺》五卷",看来并不知此曹堪即入清后词名藉甚的曹尔堪。《全清词》小传中亦止言其入清之后的交往与《南溪词》,看来亦不知曹尔堪曾名曹堪,且有明刊词集《未有居词笺》五卷。尤其耐人寻味的是,无论是曹尔堪自己的序跋文字,还是施闰章所撰《墓志铭》,均不曾提及其入清之前的创作,仿佛那部收有二百零九首词的《未有居词笺》及其作者曹堪不曾存在过似的。于是曹尔堪少年时期的这一段创作历程,也就被人为地抹杀了。

曹尔堪入清时二十八岁,与清初其他著名词家相比,长陈继崧八岁,长朱彝尊十二岁,长王士禛十七岁,所以清初词家视其如前辈。然而在前期柳洲词派群体中,他是初入词坛的后进少年。即使是到了崇祯八年诸家词集付刻时,王屋已四十一岁,钱继章三十一岁,吴熙(亮中)二十四岁,而曹堪只有十九岁。所以在甲申前后的词坛,曹尔堪的身份地位发生了很大的变化。朱彝尊《振雅堂词序》中云:"崇祯之际,江左渐有工之者,吾乡魏塘诸子和之,前辈曹学士子顾雄视其间。守其派者,无异豫章诗人之宗涪翁也。"[1]这是朱彝尊在康熙年间瞻顾以往的想象之词,实际在崇祯年间,曹尔堪还是初入词坛的后生小子呢!

在曹尔堪现存的近六百首词中,约有三分之二写于入清之前。《未有居词笺》共收词三百零九首,其中词题中标明年代的有庚午(1630)、辛未(1631)、壬申(1632)、癸酉(1633)、甲戌(1634)。最早者为崇祯三年庚午(1630)初夏,最晚者为崇祯七年甲戌(1634),而钱继登序作于崇祯八年乙亥(1635),可知最晚的作品或写于崇祯八年(1635),这是曹尔堪十四岁至十九岁之间的作品。从后来《南溪词》中标明年代者来看,写于崇祯年间的有《捣练子·乙亥冬暮晓行》

---

[1] 朱彝尊:《杨寄鲍振雅堂词序》,《曝书亭集》卷四十七,《四部丛刊》。

（崇祯八年乙亥，1635）、《点绛唇·丙子夏日村墅》（崇祯九年丙子，1636）、《满庭芳·丁丑初冬过智胜禅院》（崇祯十年丁丑，1637）、《望江南·戊寅初夏》《浪淘沙·戊寅十二月二日……》（崇祯十一年戊寅，1638）、《昭君怨·己卯二月……》《汉宫春·己卯冬日……》《沁园春·己卯冬日，寒斋感兴》（崇祯十二年己卯，1639）。这表明《南溪词》与《未有居词笺》在年代上是前后相接的。另外在崇祯十二年至十七年之间，也还有未标明年代的作品。如《南溪词》中所收《念奴娇·送幼光还白门，同仲驭二调》，词后有钱继章评语云："癸未冬，幼光还金陵，吾辈俱作词祖行。顾庵词特为杰出。"据此，则此二首词作于崇祯十六年癸未。

与后来《南溪词》的炉火纯青、天然高妙相比，《未有居词笺》自不免青涩之感。然而观其少作，首先当肯定其才气。其较早的作品如《阮郎归·庚午初夏》：

高桐垂影绿溪边，荫浓扫素笺。傍门孤柳一鸣蝉，晚风声细传。　新竹下、落花前，松萝当户煎。双飞燕子带雏还，呢喃惊昼眠。

这是崇祯三年庚午的作品，那时曹尔堪虚龄十四岁，已经写得颇为出色了。除了"松萝当户煎"的"煎"字下得未免生硬，略有凑韵之感，整体来说清新俊逸，就艺术性而言也超过了不少明人的作品。另外，如《浣溪沙·赠人十首》以及稍后次韵之十首，一连二十首词，同调、同题，又全用"六麻"韵，写来不重不复，亦不见艰窘之态，亦足证少年的曹尔堪才气过人。

与其他词人相比，《未有居词笺》中写景词所占比例较大。如《望江南·池上六首》《望江南·秋残六咏》，以及春夏秋冬四时景色之类，写来景物清新，色调明快。我们不知道这是出于理性的选择还是自然取向，但客观上显示了少年曹尔堪借此弥补自己生活阅历不足的创作策略。同时，另一个值得关注的倾向是，曹尔堪并不像唐宋词人那样偏爱春景，在《未有居词笺》近半数的写景词中，描写秋冬景色的多达九十余首。如《望江南·秋残六咏》之一：

> 秋山冷。顿觉气孤清。一缕残钟知过树，千岩幽响不离灯。人似住庵僧。[1]

又如《减字木兰花·冬景》：

> 同云弥漫，一夜西风吹不断。残雪犹飞，人似闲鸥立钓矶。　满庭孤冷，独伴寒梅修竹影。隔岸凄清，只听荒芦野荻声。

这些词写秋冬景色，选孤清意象，用冷淡色调，使得画面清简如文人画。对于这种现象也许不必求之过深，但应该说在一定程度上反映了曹尔堪偏爱孤清简淡的艺术个性。尤侗《南溪词序》说曹尔堪词风"如桐露新流，松风徐举，秋高远唳，霁晚孤吹"，邹祗谟《远志斋词衷》说曹尔堪近于诗家"王、孟、储、韦一派"，都充分肯定了他清新萧散的词风。那么，以秋冬气象之高洁冷淡，来反春景之绮靡甜俗，也许正是曹尔堪早期词作的艺术追求吧。

由于年龄太小，阅历有限，少年曹尔堪亦不免"为赋新词强说愁"。如《长相思·客至》写道："典青衣，买村醨，去切霜蔬略点饥，且教乘月归。"其实，以嘉善曹氏这样的世家大族，曹尔堪这样的贵介公子，来客何须典衣，喝酒未必村醨，曹尔堪这里应非写实，而只是借此渲染清疏之气而已。

---

[1] 按：此处引录自《全明词》。《全清词》据《清平词选》录入，次句改作"苔石气崚嶒"。见于《清平词选》者六首，大都有改动。不知是曹尔堪本人所改，还是《清平词选》编者所为，待考。

第四节　柳洲、云间异同论

柳洲词派是一个典型的郡邑词派。它是以嘉善的几个文化家族——魏氏、钱氏、曹氏、柯氏、支氏等家族词人群体为骨干，由纯粹本邑词人构成的一个词派。编成于清初的郡邑词集《柳洲词选》，既为这一词派提供了文献载体，同时也划清了该派的边界范围。这和诗史上的江西诗派或晚明的竟陵诗派不同，这些诗派标目中的地名只是点明该派首领的籍贯，却并不代表地理方域的限制。南宋时杨万里所作《江西宗派诗序》云："江西宗派者，诗江西也，人非皆江西也。人非皆江西而诗曰江西者何？系之也。系之者何？以味不以形也。"[1] 这就是说，判断某人是否属于江西诗派，不是凭其籍贯，而是看其诗味与江西诗派是否相合。这里所说的"味"也就是今之所谓风格。

那么我们会问，柳洲词派中人除了共同拥有嘉善县籍之外，他们的词作有没有一个共同的风格指向呢？这个问题不能不回答，但又确实不太容易回答。对此，《柳洲词派》一书的作者金一平博士说："作为一个郡邑词派，柳洲词派的面目显然有别于那些以相同或相近的旨趣、风格等连接起来的文学社团或流派。它的创作面貌多种多样，不容易以简单的勾勒说清。"[2] 这种说法可以理解，因为在我来说亦可谓感同身受。我在接触柳洲词派的数年间，也有过同样的困惑。然而这种说法又不能让人满意；或者说，这并不是问题的最终答案。因为，假如没有相同或相近的旨趣、风格，它就不能被视为一个地域性的词人群体，而称不上一个词的流派了。

一、史料说：一波两浪，前后不同

本来，按照传统的思维与操作方法，要探讨柳洲词派的风格特色，

---

[1] 杨万里：《诚斋集》卷六十七，《景印文渊阁四库全书》。
[2] 金一平：《柳洲词派》，同济大学出版社2002年版，第58—59页。

也要先来做一番文献清理,看一下前人在这方面已经做了哪些工作,或者说,已经有了哪些可资借鉴的说法。可是我在对清人说法做了汇辑浏览之后,才发现清人所说的柳洲词派,基本上是在说其入清之后的理论或创作,间或上溯到晚明,亦多有引后证前、"以今例古"之病。前引朱彝尊论曹尔堪的说法即是一例。又王士禛亦云:"柳洲风雅极东南之美,实子顾、子存、子更数公倡导之。"[1]这是把曹尔堪(子顾)、魏学渠(子存)、陈增新(子更)看成柳洲词派的倡始者。实际上在柳洲词派初起时,此三子犹为小字辈。曹尔堪彼时还不叫曹尔堪,而是叫曹堪。在"柳洲四子"中,王屋不仅比他长二十余岁,且据曹尔堪之父曹勋为王屋所作《草贤堂词笺序》,早在崇祯四年(1631)时,王屋已经编成其词集了。即使是往来较多的钱继章,也不仅是比曹尔堪长八岁,而且与曹勋为儿女亲家,钱继章三子钱士贲的妻子,就是曹勋之女,曹尔堪之妹。这就是说,从乡里姻亲辈分来说,曹尔堪比钱继章犹晚一辈。所以,即使不与老一辈词人如魏大中、曹勋,以及撰写《四子诗余序》的陈龙正相比,就是在"柳洲四子"之中,曹尔堪也只能是追随其后的小弟。

因为我们这里所要探讨的是易代之前的早期柳洲词派的特色,在词学史料的发掘与使用过程中,尤其要注意区分前后不同时期、不同背景的说法,避免把所有材料一锅煮。为便于说明,此处仍以曹尔堪的相关说法为例。如尤侗为曹尔堪所作《南溪词序》中云:"予惟近日词家,烘写闺襜,易流狎昵;蹈扬湖海,动涉叫嚣,二者交病。顾庵独以深长之思,发大雅之音,如桐露新流,松风徐举,秋高远唳,霁晚孤吹,第其品格,应在眉山、剑南之间。"[2]又陈维崧《念奴娇·读顾庵先生新词兼酬赠什即次原韵》:

---

[1]《倚声初集》卷七,魏学渠《桃园忆故人》(平郊二月东风度)词后评语。
[2] 冯乾:《清词序跋汇编》,凤凰出版社2013年版,第71页。

老颠欲裂，看盘空硬句，苍然十幅。谁拍袁绹铁绰板，洗净琵琶场屋。击物无声，杀人如草，笔扫兔毫秃。较量词品，稼轩白石山谷。　　记得戏马长杨，割鲜下肚，天笑温堪掬。玉靶角弓云外响，捎动离宫花木。银海鸟飞，铜池鲸舞，月黑孤臣独。江潭遗老，一声寒喷霜竹。

尤侗把曹尔堪词品拟于苏轼（眉山）、陆游（剑南）之间，陈维崧则把曹氏词风拟于黄庭坚、辛弃疾、姜夔之间（词句把山谷置后当是出于叶韵之考虑）。这些都不能算错，但这只能用来品评顾庵后期词风；而且不仅是入清之后，而应在其罢官之后。据施闰章撰《曹尔堪墓志铭》[1]，曹尔堪于顺治十七年（1660）以讹误镌级（降职），十八年又以族侄罹奏销案而牵连罢官南归。适其童仆与县卒口角，触县尉怒，竟为有司罗织罪状，拟谪关外，赖朝中友人以"营建"例赎之，此后即遨游南北。康熙十年（1671）入京师"结案"，故友如龚鼎孳等欲建白复其官，以受阻未果。曹尔堪亦掉头兴尽，曰："六十老人岂复梦金马门哉！"这种惨痛遭际，尤侗《南溪词序》中只用"忽以细故，下吏放归草庐"十字带过。而我们熟悉清初政治形势之后，乃知这些遭遇既非"细故"，亦非偶然，而是汉人、南人尤其是江浙一带士人普遍遭受打击之一例而已。《南溪词》二卷原为康熙六年（1667）孙默留松阁刊《国朝名家诗余》本，尤侗之序当是此时所写。我们看序中先是回顾"二十年前与顾庵相乐"之"少时之极致"，然后写到"下吏放归"，写到"顾庵出所著新词"，可知这里描绘的"近日"词坛状况，已是康熙初年之事，而这里对曹尔堪词风的描述品评，也是针对曹氏近著之"新词"而发的。同样，陈维崧《念奴娇》词原题中已经指明，这是因读顾庵新词而发的。开头"老颠欲裂"句，是用杨慎的典故。王世贞《艺苑卮言》卷六载，杨用修贬官云南之

---

[1] 施闰章：《翰林院侍讲学士曹公顾庵墓志铭》，见《学余堂文集》卷二十八，《景印文渊阁四库全书》。

后，流连花酒，"有规杨用修者，答书云：文有仗境生情，诗或托物起兴。如崔延伯，每临阵则召田僧超为壮士歌；宋子京修史，使丽竖燃椽烛；吴元中起草，令远山磨隃糜。是或一道也。走岂能执鞭古人，聊以耗壮心，遣余年，所谓老颠欲裂风景者，良亦有以。不知我者不可闻此言，知我者不可不闻此言"[1]。陈维崧是拿杨慎作比，认为曹尔堪之新词，不仅是借以"耗壮心，遣余年"，而这种硬语盘空、境界苍然的词风，亦是其胸中块垒有以致之的。所以，无论是把曹尔堪词风比作眉山、剑南，还是比作山谷、稼轩、白石，抑或邹祗谟、王士禛把他比作王、孟、储、韦，比作渭南老人，都是针对其后期词风而言的。我们看曹尔堪崇祯八年结集的《未有居词笺》，尚显青涩，至于苏、黄、辛、陆词品，何曾梦见。于此可见曹尔堪词风前后期变化之大，更可悟运用这些词学史料当分期编年，精准对位，否则引后证前，就难免方枘圆凿之嫌。

同样，要考察前期柳洲词派的词学观念，对于柳洲词家所写词集序跋等论词文字，亦当区别对待。如钱继章为魏学渠所作《青城词序》及魏学渠《自序》，曹尔堪为尤侗作《百末词序》，为董俞作《玉凫词序》，为汪懋麟作《锦瑟词序》等，大都写于康熙初年，其中所反映的创作心态、价值取向，皆与甲申之前有所不同，而带有清初政治、文化背景下因应变化之痕迹。因此，我们现在分析前期柳洲词派的词学观念，仍拟坚守甲申断限，即以柳洲词人写于甲申之前的论词文字为主要依据。据此，我们目前所能看到的只有十篇序跋，即王屋《草贤堂词笺》卷首所收钱继登、曹勋、魏学濂、徐柏龄、夏缵、支允坚、董升七人序和王屋自序，另外还有陈龙正所作《四子诗余序》及钱棻作《虞美人花词跋》。钱棻之跋仅记述有关"虞美人花"唱和始末，无词学思想可言，故虽已进入视野而无可取，略而不论可也。

---

[1] 王世贞著，罗仲鼎校注：《艺苑卮言校注》，齐鲁书社1992年版，第319—320页。

二、词学观：云间主情，柳洲尚意

尤侗《月湄词序》中云："吾吴诗余，自云间发源，武塘分派，西湖溯其流，毗陵扬起波。"[1]这个说法有点道理，又有点似是而非。好像柳洲词派（武塘）、西陵词派（西湖）、阳羡词派（毗陵）都是云间词派影响下的产物，这就把云间派的影响有所夸大了。当然，柳洲词派与云间词派不能说没有一点关系。嘉善与松江毗邻，很多地方闻人彼此都认识。我们看曹尔堪为云间词人，他为华亭董俞所写《玉凫词序》中云："吾党之词，见称于海内者，陈（子龙）、李（雯）前驱，辕文（宋征舆）骖驾，俱已玉树长埋，宿草可悼矣。尚木（宋征璧）清华，茝僧（单恂）香丽，而或乘五马以徙鳄鱼，投三桮而栖白燕，近制寥寥，未易多得也。如子璧（钱谷）、嵚文（王宗蔚）、子山（计南阳）、丽冲（徐允贞）皆有专稿，为艺林脍炙，独樗亭（董俞）之词出，而同人退舍，莫与颉颃。"[2]这一段话，几如"云间词坛点将录"，足见曹尔堪对云间词人是相当熟悉的。即使倒退三十年，回到崇祯时代，两地的少年才子都还在崭露头角的时代，也一定是彼此知闻、互相倾慕的。然而又毕竟属于不同的方域，各自有其不同的乡邦文化背景，后来的合流自是风会所趋，至少在崇祯十年前后，两个词派还是有所不同的。

把词学观念与创作实践相结合，柳洲词派与云间词派的主要区别，可以理解为创作旨趣的差别，即云间主情，柳洲尚意。

说云间主情，应是词学界公认的看法。而这里所谓"情"，不是指一般宽泛意义的情感，而是特指男女之间的爱恋之情。陈子龙《三子诗余序》中云："夫风骚之旨，皆本言情；言情之作，必托于闺襜之际。"[3]这就在上溯风骚的同时，把一个宽泛无定指的"情"字引申到了男女之情

---

[1] 冯乾校辑：《清词序跋汇编》，凤凰出版社2013年版，第205页。
[2] 冯乾校辑：《清词序跋汇编》，凤凰出版社2013年版，第85页。
[3] 冯乾校辑：《清词序跋汇编》，凤凰出版社2013年版，第5页。

这个具体而私密的情感领域。仔细推敲一下，陈子龙的推理逻辑本来是有问题的。事实是，早期言情之作，"每"托于闺襜之际；后来言情之作，亦"或"托于闺襜之际，总之并非"必"托于闺襜之际。陈子龙故意说得斩截自信，目的在于为其艳词作风张本。又如彭宾《二宋倡和春词序》中回忆：

> 大樽每与舒章作词最盛，客有哂之者，谓得毋伤绮语戒耶？大樽答曰："吾等方年少，绮罗香泽之态，绸缪婉娈之情，当不能免。若芳心花梦，不于斗词游戏时发露而倾泻之，则短长诸调与近体相混；才人之致不得尽展，必至滥觞于格律之间，西昆之流渐为靡荡，势使然也。故少年有才，宜大作于词。"[1]

陈子龙这段话是应对他人之哂笑，意谓多作艳词不是目的，而是确保诗文格调的一种手段。后来焦循《雕菰楼词话》所谓"人禀阴阳之气以生，性情中所寓之柔气，有时感发，每不可遏，有词曲一途分泄之，则使清纯之气，长流于诗古文"[2]，或即从此处夺胎。但在陈子龙来说，"言情之作，必托于闺襜之际"，似不免强词夺理，而此处作艳词为崇诗格之说法，亦不免曲为之说。总之无论横说竖说，不过是为其大写艳词寻找理论依据而已。和陈子龙相似，宋征璧《倡和诗余序》，推本《楚辞·九辩》中"惆怅兮私自怜"一语，曰："词之旨本于私自怜，而私自怜近于闺房婉娈。"[3]也是在推本风骚的同时把词引向闺房绮语一路。而其从风骚中一眼觑定"私自怜"三字，用来比况词之旨趣，亦可谓才人伎俩，谈言微中。

---

[1] 彭宾：《彭燕又先生文集》卷二，清康熙刻本。
[2] 唐圭璋辑：《词话丛编》，中华书局1986年版，第1491页。
[3] 宋征璧：《倡和诗余序》，《倡和诗余》卷首，清顺治刻本。

说柳洲词派"尚意",实际是指老一辈的柳洲词人,在为词体辩护的时候,特别强调词的思想内容。王屋《草贤堂词笺》卷首诸序中,曹勋之序写于崇祯四年,是诸序之中写得最早的。其序中写道:"古人如屈宋之骚,班扬之赋,汉魏之乐府,唐人之近体,辛稼轩之诗余,关汉卿、王实甫之曲,虽时变体更,要莫不有性情之寄。故其至处,可以异世同符,而正亦不必兼举众体,以博长才之誉于天下后世。"[1]也许是有感于王屋以词为专擅的事实,同时也有为词体辩护的意味,曹勋此序的核心观点,是说文体差异并不重要,关键在于其中的"性情之寄"。后来清代常州词派力主"寄托说",如欲考镜源流,此或为"寄托说"之早期滥觞。如果说王世贞的词学是遥承李清照,强调词"别是一家",曹勋等柳洲词家则是遥承宋人"诗词一理"之说。一个是强调文体的个性功能,一个是强调文学本体的性情之寄,理论策略不同,却各有各的道理。

钱继登《草贤堂词笺序》和陈龙正《四子诗余序》均写作于崇祯八年,二人在为词体辩护时亦采取了与曹勋相类似的论证策略。钱继登序中云:

> 黄鲁直好为小词,秀铁面呵之为犯绮语戒。夫人苦不情至耳,有至情必有至性。歌词之道微矣,谓忠臣孝子之慨慷,羁人怨女之喁切,有性与性之分,知道者不作是歧观也。[2]

陈龙正《四子诗余序》云:

> 物有体,体有贵贱。文至于四六,体斯降矣,然而随物赋形,苏子于抽青媲绿中见之,而古今推大文人者归焉,不以体贱之也。

---

[1] 王屋:《草贤堂词笺》卷首,明崇祯刻本。
[2] 王屋:《草贤堂词笺》卷首,明崇祯刻本。

> 诗至于排律、七律，体斯降矣，然精微缥缈，卓荦沉雄之概，子美率于近体见之，而古今推诗宗者必归焉，不以体贱贬也。诗有降而有余，诗之尽，曲之初也。然亦问其所存者何志，所赋者何意。若志存乎洁身，而意主乎移风，虽古昔先生，九歌是劝，皇极是训，是使辅翼而行，又何嫌乎体之降哉。[1]

"柳洲四子"之中，王屋《草贤堂词笺》中艳词稍多，故钱继登从"至情至性"切入，具有为绮语辩护的意味。意谓"忠臣孝子之慨慷，羁人怨女之喝切"，同为人性人情，没有高下正邪之分。曹勋之序意在破除文体形式之差异，强调作品中的真性情，钱继登意在泯除人物身份之差别，强调作品中的至情至性。论证策略和价值取向都是一致的。同样，陈龙正在反驳文体代降的说法时，亦与曹勋的说法相似。文体有古今先后，但无高下优劣，关键是看"所存者何志，所赋者何意"。此三子不约而同，都在强调"性情之寄"，强调"至情至性"，强调作品中所寄寓的"志"或"意"。可以说，这就是早期柳洲词派的词学观念和价值取向。

总起看来，早期柳洲词派与云间词派差异甚为明显。从主体精神或人格形象来说，云间词人更多文人气、才子气，风流倜傥，才华艳发，其秉性气质与词之绮怨品格正好相合。而早期柳洲词派之先驱，如陈龙正、曹勋、钱继登，多生于万历前中期，比云间诸子早一辈；从人品风度来说，多刚方之士，有儒者气象。陈龙正师事高攀龙，传朱子、阳明之学，《明史》入《理学诸臣传》。据《几亭外书》所载《家矩》，可见其治家教子之严。钱继登为人矜气亢节，留心经史，尤邃于易学。曹勋由天启经魁到崇祯元年会元，为官清正有声。从早期柳洲词家的著述来看，多在经、史、子三部，尤其是易学与庄学。如曹勋有《学易初编》，支大纶有《世穆两朝编年史》，钱士升有《周易揆》《南宋书》《逊国逸书》《明

---

[1] 王屋：《草贤堂词笺》卷首，明崇祯刻本。

表忠记》,钱棻有《读易绪言》《庄子绪言》,孙茂芝有《四书臆》《读经疑》。至如袁黄《皇都水利》、陈龙正《救荒策会》、钱继登《经世环应编》、朱廷旦《捣坚录》等,更是志在经世致用。可见嘉善(柳洲)与松江(云间)虽然毗邻,其乡邦文化传统还是有差别的。早期柳洲词派的骨干人物,如魏氏、曹氏、钱氏诸家族词人群体,在艳词创作方面表现得较为矜持,可见这种乡邦文化传统还是颇有约束力的。当然从词学内部的理论命题而言,云间词人显得更为专精一些。柳洲诸前辈多从文学本体立论,重内容,尚志意,对文体形式则不甚措意。这可以说是探本之论,但从词学本体来说尚在门外。耐人寻味的是,隆、万之后,王世贞词学影响遍天下,云间诸子的词学观,大都是王世贞词学影响之下的衍生物。而嘉善同为三吴之地,却几乎看不到王世贞的影响。不知是柳洲词家自外于词学圈子呢,还是其乡邦文化对于指向艳词的理论具有排异性或免疫力?

三、风格论:清越是武塘词派

关于柳洲词派的创作风格,吴熊和先生曾经有过探索。在其《〈柳洲词选〉与柳洲词派》一文中,吴熊和先生说:"王士禛以'清越'二字举概柳洲词派的共有词风,我认为比较恰当。柳洲词人百余,词风各有所偏,但无论柳洲'先正'或'近社名公',可以广泛听到这种清越之风的回响,曹尔堪则是此中翘楚。"[1]吴先生的确是学养深厚,故能具有此学术敏感性。我于柳洲词派参悟三年,乃觉吴先生的提法确是不刊之论。和其他人视野所及全在入清之后者不同,吴先生既看到甲申前后柳洲词派"一波两浪"之前后有别,同时也注意捕捉其流变过程中前后一以贯之的要素。如今,我们结合柳洲诸子甲申前的词作,对吴先生提出的这

---

[1] 吴熊和:《吴熊和词学论集》,杭州大学出版社1999年版,第400页。按:吴先生此处记忆微误,"清越是武塘词派"一语,见于《倚声初集》卷三陆树骏《点绛唇·夜宿溪边》一词评语,评点者是邹祗谟而非王士禛。

一命题，试作补充论证。

　　首先，从总体印象来说，柳洲诸子前期词作，虽说是万有不齐，但求同存异，其风格上的最大公约数，实不脱一个"清"字。在不同作者的不同作品中，这个"清"字或可引申细分为清雅、清淡、清疏、清空、清秀、清越，但无不以"清"字为词根，实即以"清"字为主调。以"柳洲四子"而论，在崇祯八、九年间刊行的四家词集，存词约一千二百首，"清"也是诸家共有共通的主导风格，或者说是其风格范畴中的主导要素。因此时尚为承平光景，未经国变，词中少有变徵之音，故或不足以言"清越"，但"清"字根基已固；甲申之后，悲凉之气遍布东南，词风不自觉而变。故通前后而言之，"清越"二字乃不可易也。如果说，清初诸家说曹尔堪词清淡萧散或是就其后期之《南溪词》而言，陈维崧关于钱继章词的评价可是据其《菊农词稿》整体而发的。其《贺新郎·魏塘舟中读尔斐先生菊农词稿》写道：

　　　　笔补娲天罅。笑词场、止贪浓腴，谁餐龙鲊。只有菊农词一卷，竹翠梧光团射。向楮墨、蒙蒙欲下。爽胜哀梨清橄榄，更险如雪栈宵行怕。快瀑布，炎窗挂。　垫巾野服神飘洒。句清圆、诸般易及，一清难画。把向鸳鸯湖上读，涧水奔，浑似马。雪又向、篷窗乱打。好琢琉璃为砚匣，架霜毫、床用珊瑚者。还倩取，锦绫藉。

　　陈维崧这首词作于康熙十三年，钱继章是年整好七十岁。据前文分析，钱继章入清之后的词作不多，所以这里提到的《菊农词》，差不多可以说是钱继章的全部词作了。陈维崧形容钱氏词作风格，采用了传统的博喻之法。说钱氏词风，像竹翠、梧光那般清爽，像哀梨那么清脆，像橄榄那么青涩而耐回味，像宵行雪栈那么清冽，像夏日炎窗前挂瀑布那般清凉。后边又不避同字重出，曰"句清圆"，曰"一清难画"，真是清到家了。《菊农词》未见传本，但我们凭借其《雪堂词笺》中所收词七十六首，以及《全明词》据《历代诗余》增辑之十四首，可以感知陈维崧的艺术感觉是相当准确的。当然，如我们前文中分析的《鹧鸪天·酬王孝峙见示近作》，其中着力刻画王屋清奇古怪的畸人形象，似乎非一个"清"字了得，但那如同画像写真、客观写实而已，和语体风格不是一回事。总之，"柳洲四子"之词，钱继章词或可谓之清丽，吴熙词可谓之清疏，曹尔堪词可谓之清峭。只有王屋的词，量大，风格也较为多样，其中艳词也稍多一些，似乎用一个"清"字不足以举概其词风，但这不足以影响关于前期柳洲词风的总体判断。

其次，从词作取材来看，前期柳洲词派多写自然风光，少写艳词，应是形成其"清越"词风的重要因素。正如上一章所分析的那样，在明词题材泛化的背景下，晚明时期的艳词一枝独盛。这和王世贞"宁为大雅罪人"的词学理论的鼓煽有关，也和晚明时期艳情小说、艳情民歌等等遍地艳帜高张的文化环境有关。柳洲词人取材广泛，不专一隅，这本属正常，但在晚明词坛艳词滔滔的背景下，就显得有所坚守或有其别择了。与云间三子同时期的"春令"之作相比，就显出两个词派的创作路径明显不同。当然，艳词未必格调不高。如陈子龙写于丁亥暮春的《湘真阁存稿》，仍然采用传统的男女相思离别的框架背景，却因为故国黍离之悲更增其感染力。我们这里只是想说明，柳洲词派在题材内容方面的有所为有所不为，乃是造成其清越风格的重要因素。邹祗谟说曹尔堪等人词"俱以闲淡秀脱为宗，不作浓情致语"[1]，故与诗家之王、孟、储、韦相近；王士禛说"曹实庵不为闺襜靡曼之音，而气韵自胜，其淡处绝似宋人"[2]。这都表明，"清"与"淡"相邻，而"浓情致语""闺襜靡曼"则与"淡"相违，也就与"清"无缘了。

其三，清越风格的形成，关键在于创作旨趣，在于柳洲诸子已成默

---

[1] 邹祗谟：《远志斋词衷》，《词话丛编》本，中华书局1986年版，第655页。
[2] 冯金伯：《词苑萃编》卷八，《词话丛编》本，中华书局1986年版，第1935页。

契的美学原则。这用流行话语来说,就是关键不在于写什么,而在怎样写。因为我们在前期柳洲词派的作品中,也能看到一定数量的艳词或"春令"之作,而这些作品却与云间诸子以及晚明众多艳词表现出不一样的美学风貌。这里试从中选录几首词作,以见其风格指向。先来看钱继章的《浣溪沙·闺情》:

> 睡损眉黄澹未添,凤屏残麝透花尖。下阶幽梦背人占。　柳束狂莺频欲断,竹妨归燕戏相黏。斜风细雨隔疏帘。

吴熙《清平乐·春情》:

> 海棠依旧,曲水垂新柳。两袖藏花香欲透,怕见绿肥时候。　画楼紫燕归来,小鬟早把帘开。昼睡呢喃惊觉,花间拾起金钗。

曹尔堪《倦寻芳·春情》:

> 金兽香消,玉钩人静,小阁清晏。风老残红,惊落不容成片。嫩绿初匀新鸭嘴,轻红欲上雏鸳面。倦寻芳,却偷闲到了,谢娘庭院。　寒和暖、那堪憔悴,细检恩情,撇过如电。怕有人窥,揾住东风泪眼。啼鸟惊将春梦醒,落红钓住游丝线。檄花神,梦酣时,召伊相见。

魏学濂《浣溪沙·题画美人》:

> 漠漠微寒到水滨,半秋无恙似初春。鸳鸯来啄影中人。　柳拂浪痕轻似梦,苔沿屐步细于尘,养成闲恨为谁颦。

从词题可知，这些都是传统的艳词题材，据"论晚明艳词派"一章中词例可知，同样的题材，在他人写来，必是另一番光景。可是在早期柳洲词人笔下，这里没有"浓情致语"，没有"闺襜靡曼"，词人用幽、淡、清、静、细、小、轻、微等字眼，淡化了题中应有之脂粉气，用斜风细雨、疏帘新柳之类意象，造成一种阻隔效果或距离感，使如花美眷也只留下缥缈的身影，使缱绻春情也化作一帘幽梦。于是化秾丽为清丽，化绮艳为清疏，虽然为柳洲词派增添了一些风雅妩媚的气息，却依旧没有越出其清越风格的大范畴。

第八章　晚明地域词人群体分布考察

我在多年前曾与弟子王靖懿合写过一篇论文《从文化生态学看词的艺术个性》，曾经借助生态学理论，把词称为"一种生态价较低的狭生性文体形式"，就是说它在选择生存的文化环境时，比其他任何文体都具有更强的偏嗜性或别择性。[1]比如说，散文与诗的生态价较高，随处可生，随处可见；在中国幅员辽阔的土地上，几乎凡是有文人的地方就有散文，有诗，而词却有如白蘋红蓼、金荃兰畹，只有在东南温润的水乡里才显得生机盎然。这种情况在宋代已然形成，而发展至明清时期则更加畸重于吴中地区。在宋代，江西、福建尤为文化重镇，四川、安徽也有相当数量的词人。而到了明代，词人集聚地进一步向江、浙、沪收缩，尤其是松江、嘉兴、杭州、苏州、常州各府，其地约占国中百分之一，而拥有词人词作几占天下之半。这种高密度的词人分布，无论是就其他时代还是其他文体而言，都是颇为罕见的。当然，我们之所以不惮花费很大的气力去梳理统计，不是要借助于大数据来证明这种人所共知的词学现象，而是想借此展示晚明的词坛格局，并借此见出晚明时已然形成的区域性词人群体对清初词坛流派蔚起的铺垫作用。比如说，那些在晚明时已萌芽由蘖、朕兆渐露，在明清之际渐次形成的词学流派，如杭州的西

---

[1] 张仲谋、王靖懿：《从文化生态学看词的艺术个性》，《江海学刊》2009年第1期。

陵派，华亭（松江）的云间派，嘉善的柳洲派，以及稍晚形成的以杭、嘉、湖地区为主的浙西词派，以苏州为中心的吴中词派，以常州为中心的常州词派等等，几乎皆与晚明时期词人萃聚之地相对应。考镜源流，这当然不是偶然的。

第一节 宋元明三代词人分布之比较

王兆鹏、刘学在论文《宋词作者的统计分析》中，曾以两宋有籍贯可考的词人为对象做了具体统计，并制成《宋词作者地域分布表》（如下）。[1]

表1 宋词作者地域分布表

省份		北宋人	词作量	南宋人	词作量	时代不详	词作量	合计				进士人数
								人数	占百分比(%)	词作量	占百分比(%)	
南方	浙江	48	1336	107	1694	45	567	200	22.7	3597	20.1	95
	江西	47	1757	91	2093	45	485	183	20.8	4335	24.2	92
	福建	32	902	78	1003	30	192	140	15.9	2097	11.7	79
	江苏	31	753	32	693	20	47	83	9.5	1493	8.3	43
	四川	27	498	19	284	11	180	57	6.5	962	5.4	34
	安徽	20	484	14	449	6	29	40	4.5	962	5.4	20
	湖北	7	162	2	37	6	35	15	1.7	234	1.3	3

[1] 王兆鹏、刘学：《宋词作者的统计分析》，《文艺研究》2003年第6期。

续表

省份		北宋人	词作量	南宋人	词作量	时代不详	词作量	合计				进士人数
								人数	占百分比(%)	词作量	占百分比(%)	
南方	湖南	2	33	9	22	2	3	13	1.5	58	0.3	5
	广东	1	2	6	104	0	0	7	0.8	106	0.6	6
	广西	1	1	2	2	0	0	3	0.3	3	0	2
	上海	0	0	2	81	3	11	5	0.6	92	0.5	1
北方	河南	39	1226	23	480	7	46	69	7.8	1752	9.7	21
	山东	20	461	11	875	5	148	36	4.1	1484	8.3	12
	陕西	6	97	6	401	1	1	13	1.5	499	2.8	3
	山西	9	90	0	0	0	0	9	1.0	90	0.5	6
	河北	4	166	1	1	1	1	6	0.7	168	0.9	3
	北京	1	1	0	0	0	0	1	0.1	1	0	0
合计		295	7969	403	8219	182	1475	880	100	17933	100	425
籍贯不详		30	149	75	262	436	837	541		1248		15

据唐圭璋先生辑撰《全金元词》，其中共收录元代词人二百一十二人，有籍贯可考者为一百五十八人，分布在全国的十五个省份，其地域分布情况可以制成《元词作者地域分布表》（如下）。

表2 元词作者地域分布表

排名	省份	词人数（人）	占词人总数的百分比	排名	省份	词人数（人）	占词人总数的百分比
1	浙江省	37	17.5%	9	上海	7	3.3%
2	江苏省	19	9.0%	10	湖南省	6	2.8%
3	江西省	18	8.5%	11	陕西省	5	2.4%
4	河北省	18	8.5%	12	北京	4	1.9%
5	河南省	11	5.2%	13	新疆	3	1.4%
6	山东省	10	4.7%	14	福建省	2	0.9%
7	山西省	8	3.8%	15	朝鲜	2	0.9%
8	安徽省	7	3.3%	16	湖北省	1	0.5%
	不详	54	25.5%		总计	212	

据《全明词》《全明词补编》以及《全明词补编》出版后发表的部分明词辑佚论文，已知明代共有词人一千九百七十人，除籍贯不详的一百九十三人外，其余一千七百七十七人分布在明代的两京十二省。据此可以制成《明词作者地域分布表》（如下）。[1]

表3 明词作者地域分布表

排名	地区（省）	词人数量（人）	占收录词人的百分比	排名	地区（省）	词人数量（人）	占收录词人的百分比
1	南直隶	805	41%	3	江西省	101	5.1%
2	浙江省	492	25%	4	福建省	82	4.2%

[1] 以上二表皆取自门弟子孟瑶《明代词人地域分布研究》，江苏师范大学2012年硕士论文。

续表

排名	地区（省）	词人数量（人）	占收录词人的百分比	排名	地区（省）	词人数量（人）	占收录词人的百分比
5	湖广省	62	3.2%	11	山西省	22	1.1%
6	山东省	42	2.1%	12	陕西省	21	1.1%
7	广东省	37	1.9%	13	云南省	13	0.7%
8	河南省	36	1.8%	14	广西省	3	0.15%
9	北直隶	29	1.5%	15	贵州省	1	0.05%
10	四川省	25	1.3%		不详	193	9.8%
	总计	1964					

把明代词人地域分布情况与宋元时期加以对比，可以得出以下两点基本认识。

第一，历经两宋金元至明代的发展变迁，词人的地域分布经历了一个由分散趋向集中的过程，并且逐步形成了"词萃江南"的基本格局。已知明代共有词人一千九百六十四人，除籍贯不详的一百九十三人外，其余一千七百七十一人，分布在明代的两京十三省。其中排在第一位的是南直隶，共有词人八百零五人，约占明代词人总数的百分之四十一。排在第二位的是浙江省，共有词人四百九十二人，占词人总数的百分之二十五。再加上排在第三、四、五位的江西省（一百零一人）、福建省（八十二人）和湖广省（六十二人），合计为一千五百四十二人，约占全部词人总数的百分之八十七。若以今天的行政区划来说，词人最为集中的江苏（五百九十七人）、浙江（四百九十二人）、上海（一百一十三人）、安徽（九十五人）四省市，合计词人高达一千二百九十七人，占全国词人总数的百分之六十六。这也差不多相当于吴熊和先生所说的"环太湖文化区"的概念了。王兆鹏在《宋词作者的统计分析》一文中，通过对两宋词人籍贯的统计分析说:"几乎可以说宋词并不是'宋代'全境的人写出来的,而是宋代八省的人写出来的,作者地域的分布极不平衡。"[1]这句话应用在明词上似乎也同样适用,只不过词人更加集中于江、浙、沪地区了。

第二,政治中心与文化中心的离合变化。对比三朝词人地域分布的变化来看,政治中心的因素对词人地域分布的影响作用逐渐减弱。北宋时期,在词的"南方化"大背景下,河南作为一个北方省份,在词人数量上直逼浙江,无疑与汴京(开封)作为国都的政治地位有关。而宋室南渡,浙江省的词人数量由北宋的四十八人猛增至一百零七人,河南则由三十九人下降至二十三人,都充分说明政治中心地位对文学发展的促进作用。然而到了元明时期,尽管元代以大都为京师,明代洪武之后即迁都北京,政治中心由南而北,但南直隶并未像宋代的河南那样因迁都而动摇其词学中心地位,北京也没有像杭州那样因其国都地位而词人倍增。这表明,与宋代相比,元明时期政治中心的转移对词学或文学的影响力量明显减弱,词之中心已然扎根于江南沃土,不再随政治中心的转移而消长。总而言之,对比两宋和明代的词人分布情况可以看出,江南一带作为词人集聚之地,经历了一个由分散趋向集中,由不稳定趋向稳定的过程。尽管词人聚拢于东南的情况于宋代就已显现,但真正形成稳定的"词萃江南"的格局应是在明代。

第二节 晚明江南五府之词人群体

考察区域性词人群体的分布,以两直隶或十三省为单位未免太大了。或者可以说,分省考察,可以在全国范围内大致看出词人的分布状况,但在那么大的空间范围内,词人之间的交往唱酬均会受到限制。且传统所说的郡邑类诗、词、文集,以及郡邑类诗词流派,一般与之对应的也

---

[1] 王兆鹏、刘学:《宋词作者的统计分析》,《文艺研究》2003年第6期。

往往不是省,而是府、州乃至县。有鉴于此,下面我们将从两个方面作进一步的逼近考察。一是把目光聚焦于特定的晚明时期,二是着眼于二级行政区划,看晚明时期词人分布最为密集的有哪些州府。

首先从整个明代来看,词人分布最为密集的府州,排在前十位的依次是:苏州、嘉兴、杭州、松江、常州、绍兴、应天、宁波、扬州、湖州。兹把具体情况列为下表(见表4)。

表4　明代词人分布最为密集的十府一览表

序号	府	词人数(人)	序号	府	词人数(人)
1	苏州府	307	6	绍兴府	88
2	嘉兴府	139	7	应天府	71
3	杭州府	116	8	宁波府	66
4	松江府	113	9	扬州府	61
5	常州府	108	10	湖州府	36

以上十府的词人总数为一千一百零五人,约占有籍贯可考的一千七百七十七人总数的百分之六十二。这十个州府按明代行政区划来说,苏州、松江、常州、应天、扬州五府隶属于南直隶,嘉兴、杭州、绍兴、宁波、湖州则隶属于浙江;而按今天的行政区划来说则统属于江、浙、沪地区。在词人分布最为密集的十府中,南直隶共有词人六百六十人,浙江省共有词人四百四十五人,其中苏州一府的词人数量遥遥领先,围绕其周围的嘉兴、杭州、松江、常州四府,如众星拱月般构成了一个璀璨耀眼的词学中心。1995年,在上海举行的海峡两岸词学讨论会上,吴熊和先生曾提出"环太湖文化区"的概念以概括词的创作、研究与地域文化的联系,得到多数与会者的认同。对明代词人籍贯的统计,更进一步证实了吴先生在词学领域提出的"环太湖文化区"的地缘性概念。

到了晚明时期，词人分布的地域性特征进一步突显。这里所说的晚明，是指从万历元年（1573）至崇祯十七年（1644）这七十年左右的特定时期。这一时期，词人最为集中的前五个府，依次为苏州府（一百五十三人）、嘉兴府（一百一十一人）、杭州府（一百零四人）、松江府（七十三人）、常州府（五十三人），是之谓江南五府。为了充分展示这些州府乃至县区的词坛状况，兹不惮烦琐，把所有词人及词作存世情况列表为下（见表5至表9）。

表5 晚明苏州府词人（153人）一览表

序号	姓名	性别	生卒年	籍贯	存词	备注
1	文 嘉		1501—1583	长洲	5	
2	文伯仁		1502—1575	长洲	1	
3	陈 鎏		1508—1581	吴县	12	
4	孙 楼		1515—1584	常熟	16	
5	梁辰鱼		1520—1580	昆山	1	
6	金世龙		生卒年不详	昆山	2	嘉靖二十年（1541）进士
7	王世贞		1526—1590	太仓	90	
8	张凤翼		1527—1613	长洲	21	
9	张名由		1527—1604	嘉定	27	
10	袁 黄		1533—1606	吴江	2	
11	王锡爵		1534—1610	太仓	9	
12	赵用贤		1535—1596	常熟	1	
13	王世懋		1536—1588	太仓	8	
14	瞿汝稷		1548—1610	常熟	39	
15	张 新		生卒年不详	太仓	3	万历五年（1577）进士

续表

序号	姓名	性别	生卒年	籍贯	存词	备注
16	严澂		生卒年不详	常熟	12	万历时人
17	沈璟		1553—1610	吴江	4	
18	范允临		1558—1641	吴县	7	
19	沈瓒		1558—1612	吴江	3	
20	朱柔英	女	生卒年不详	昆山	37	顾懋宏妻
21	黄承圣		生卒年不详	太仓	7	万历间诸生
22	杨彻	女	生卒年不详	吴县	7	杨廷枢（1595—1647）之姊
23	杨征	女	生卒年不详	吴县	6	杨彻之妹
24	薄少君	女	生卒年不详	太仓	2	万历间人
25	瞿寄安	女	生卒年不详	常熟	2	状元韩敬室
26	翁孺安	女	？—1627	常熟	3	
27	郭諤	女	生卒年不详	长洲	3	适同邑顾氏
28	归湘	女	生卒年不详	常熟	4	王祐商室
29	孙继登		生卒年不详	常熟	9	与冒襄交往唱酬
30	张小莲	女	生卒年不详	吴县	2	万历、崇祯时人
31	陶祝胤		生卒年不详	吴江	1	《松陵词选》
32	韩洽		生卒年不详	长洲	4	明季诸生
33	周琼		生卒年不详	吴江	3	有《借红亭词》
34	颜绣琴	女	生卒年不详	吴江	3	适吴江叶氏
35	叶文	女	生卒年不详	吴江	2	《众香词》
36	徐媛	女	1560—1619	吴县	12	
37	吴大经		1561—？	常熟	4	

续表

序号	姓名	性别	生卒年	籍贯	存词	备注
38	王衡		1564—1607	太仓	7	
39	葛一龙		1567—1640	吴县	27	
40	俞琬纶	女	1576—1618	长洲	10	
41	周永年		1582—1647	吴江	11	
42	钱谦益		1582—1664	常熟	4	
43	范壶贞	女	生卒年不详	吴县	13	胡畹生妻
44	魏浣初		生卒年不详	常熟	2	万历四十四年（1616）进士
45	刘广		生卒年不详	长洲	16	万历至崇祯年间在世
46	殷时衡		生卒年不详	吴县	16	万历至崇祯年间在世
47	潘有功		？—1635	吴江	10	
48	吴有涯		生卒年不详	吴江	4	天启七年（1627）举人
49	吴鼎芳		1583—1636	吴县	66	
50	沈自晋		1583—1665	吴江	2	
51	顾同应		1585—1626	昆山	7	
52	沈自继		1585—1651	吴江	3	
53	叶绍袁		1589—1648	吴江	13	
54	沈宜修	女	1590—1635	吴江	190	
55	沈静专	女	生卒年不详	吴江	8	沈璟幼女
56	沈智瑶	女	？—1644	吴江	1	
57	沈自征		1591—1641	吴江	13	
58	袁于令		1592—1674	吴县	4	
59	沈自友		1594—1654	吴江	2	

续表

序号	姓名	性别	生卒年	籍贯	存词	备注
60	张倩倩	女	1594—1627	吴江	3	
61	毛莹		1594—1670后	吴江	64	
62	沈自籍		1595—1670	吴江	3	《松陵绝妙词选》卷二
63	徐国瑞		1596—1644	吴县	2	
64	毛晋		1599—1659	常熟	6	
65	赵士春		1599—1675	常熟	9	
66	龚贤		1599—1689	昆山	12	寓居江苏南京
67	王泰际		1599—1675	嘉定	1	
68	沈自炳		1602—1645	吴江	18	
69	金俊明		1602—1675	吴县	2	
70	沈圣揆		生卒年不详	吴江	2	崇祯六年（1633）举人
71	徐籀		生卒年不详	长洲	164	崇祯六年（1633）举人
72	孙永祚		生卒年不详	常熟	7	崇祯八年（1635）贡生
73	陆世鎏		生卒年不详	昆山	1	崇祯十二年（1639）举人
74	归起先		生卒年不详	常熟	10	崇祯十六年（1643）进士
75	钱履		？—1645	常熟	5	有《愚公集》
76	蔡箫		生卒年不详	吴县	1	《七十二峰足征集》卷八七
77	陈志浚		生卒年不详	吴县	6	《七十二峰足征集》卷八七
78	杨信圭		生卒年不详	吴县	1	《七十二峰足征集》卷八七
79	魏惇征		生卒年不详	吴县	3	《七十二峰足征集》卷八七
80	叶树廉		生卒年不详	吴县	2	《七十二峰足征集》卷八七
81	许霖		生卒年不详	吴县	4	《七十二峰足征集》卷八七

续表

序号	姓名	性别	生卒年	籍贯	存词	备注
82	许振光		生卒年不详	吴县	1	《七十二峰足征集》卷八七
83	汤承彝		生卒年不详	吴县	1	《七十二峰足征集》卷八七
84	席后沆		生卒年不详	吴县	1	《七十二峰足征集》卷八七
85	余弘道		生卒年不详	吴县	1	《七十二峰足征集》卷八七
86	王正格		生卒年不详	吴县	1	《七十二峰足征集》卷八七
87	陆燕喆		生卒年不详	常熟	6	《七十二峰足征集》卷八八
88	庞秉道		生卒年不详	吴江	4	《松陵绝妙词选》卷一
89	翁逊		生卒年不详	吴江	2	《松陵绝妙词选》卷二
90	周永言		生卒年不详	吴江	5	《松陵绝妙词选》卷二
91	杨弘		生卒年不详	吴江	2	《松陵绝妙词选》卷二
92	杨旭		生卒年不详	吴江	1	《松陵绝妙词选》卷二
93	杨稠		生卒年不详	吴江	1	《松陵绝妙词选》卷二
94	陈昌言		生卒年不详	吴江	2	《松陵绝妙词选》卷二
95	沈肇开		生卒年不详	吴江	1	《松陵绝妙词选》卷二
96	吕起		生卒年不详	吴江	1	《松陵绝妙词选》卷二
97	周国新		生卒年不详	吴江	1	《松陵绝妙词选》卷二
98	赵广		生卒年不详	吴江	2	《松陵绝妙词选》卷二
99	尤汝雷		生卒年不详	吴江	1	《松陵绝妙词选》卷二
100	吴梅		生卒年不详	吴江	1	《松陵绝妙词选》卷二
101	葛弥光		生卒年不详	吴县	1	《倚声初集》卷六
102	沈国治		生卒年不详	吴江	3	《词的》卷三
103	顾湄		生卒年不详	太仓	3	顾梦麟(1585—1653)之子

续表

序号	姓名	性别	生卒年	籍贯	存词	备注
104	汤豹处		生卒年不详	吴江	1	明诸生
105	吴锵		生卒年不详	吴江	2	明诸生
106	沈静筠	女	生卒年不详	吴江	2	天启间人
107	顾信芳	女	生卒年不详	太仓	13	程锺室
108	顾蕙	女	生卒年不详	昆山	2	顾锡畴之女
109	顾湜	女	生卒年不详	昆山	2	顾锡畴之女
110	朱隗		生卒年不详	长洲	1	天启、崇祯间人
111	申蕙	女	生卒年不详	长洲	1	申时行女孙
112	顾道喜	女	生卒年不详	吴江	3	顾自植之女
113	王道通		生卒年不详	嘉定	9	有《简平子集》
114	周慧贞	女	生卒年不详	吴江	1	周文亨之女
115	汪膺		1604—1634	长洲	9	
116	黄淳耀		1604—1645	嘉定	2	
117	沈自骃		1606—1645	吴江	1	
118	吴伟业		1609—1672	太仓	118	
119	叶纨纨	女	1610—1632	吴江	50	
120	陆世仪		1611—1672	太仓	22	
121	吴乔		1611—1685	昆山	1	
122	邹枢		？—1681后	吴江	9	
123	汪价		1611—1678后	嘉定	97	
124	吴易		1612—1646	吴江	21	
125	沈自南		1612—1666	吴江	1	

续表

序号	姓名	性别	生卒年	籍贯	存词	备 注
126	顾氏	女	生卒年不详	吴江	1	沈自南室
127	卜舜年		1613—1644	吴江	2	
128	陈尧德		生卒年不详	吴县	13	与卜舜年交往唱酬
129	归庄		1613—1673	昆山	2	
130	徐增		1613—1673	吴县	29	
131	顾炎武		1613—1685	昆山	6	
132	叶小纨	女	1613—1655后	吴江	15	
133	沈永令		1614—1698	吴江	38	
134	顾樵		1614—?	吴江	8	
135	侯汸		1614—1677	嘉定	1	
136	吴权		生卒年不详	吴江	61	有《冰壶词》
137	吴绡	女	1615—1695后	长洲	56	
138	叶小鸾	女	1616—1632	吴江	94	
139	李玉照	女	1617—1679	吴江	4	沈自征继室
140	尤侗		1618—1704	长洲	310	
141	顾有孝		1619—1689	吴县	4	
142	汤传楹		1620—1644	吴县	35	
143	释行悦		1620—1684	太仓	34	
144	沈关关	女	生卒年不详	吴江	1	沈自继之女
145	沈宪英	女	生卒年不详	吴江	6	沈自炳长女
146	沈华鬘	女	生卒年不详	吴江	2	沈自炳次女
147	沈永启		1621—1699	吴江	24	沈自继之子

续表

序号	姓名	性别	生卒年	籍贯	存词	备注
148	宋实颖		1621—1705	长洲	5	
149	沈永禋		1637—1677	吴江	12	沈自友之子
150	吴 琪	女	生卒年不详	长洲	10	管勋室
151	杜文焕		生卒年不详	昆山	34	陕西延安籍
152	沈 雄		生卒年不详	吴江	75	明末清初在世
153	沈际飞		生卒年不详	昆山	14	明末清初在世

表6 晚明嘉兴府词人（111人）一览表

序号	姓名	性别	生卒年	籍贯	存词	备注
1	冯敏效		生卒年不详	平湖	16	隆庆元年（1567）前后在世
2	袁 黄		1533—1606	嘉善	1	万历十四年（1586）进士
3	支大纶		1534—1604	嘉善	2	万历二年（1574）进士
4	周履靖		1542—1632	秀水	265	
5	李 培		约1547—1621后	秀水	38	
6	沈士立		生卒年不详	嘉善	1	沈燫（嘉靖四年举人）子
7	陈于王		1558—1615	嘉善	1	
8	顾际明		1562—1638	嘉善	1	万历十七年（1589）进士
9	李日华		1565—1635	嘉兴	11	
10	岳和声		1569—1629	桐乡	5	
11	唐世济		1570—约1649	桐乡	161	
12	魏大中		1575—1625	嘉善	1	
13	钱士升		1575—1652	嘉善	1	

续表

序号	姓名	性别	生卒年	籍贯	存词	备注
14	徐石麒		1578—1645	嘉兴	10	
15	凌斗垣		生卒年不详	嘉善	2	凌如升、如恒祖父
16	毛蕃		生卒年不详	嘉善	9	《柳洲词选》
17	沈师昌		生卒年不详	嘉善	1	沈士立长子
18	王慎德		生卒年不详	嘉善	1	万历八年（1580）进士
19	支如玉		生卒年不详	嘉善	1	万历二十八年（1600）举人
20	缪崇正		生卒年不详	嘉兴	2	万历间处士
21	项兰贞	女	生卒年不详	秀水	6	万历间人
22	姚青娥	女	生卒年不详	秀水	5	万历间人
23	陈龙正		1585—1645	嘉善	8	
24	彭绍贤		生卒年不详	海盐	1	万历间人
25	郑士奇		生卒年不详	嘉兴	1	万历四十六年（1618）举人
26	孙茂芝		生卒年不详	嘉善	2	天启元年（1621）副贡
27	冯盛世		生卒年不详	嘉善	1	天启元年（1621）贡生
28	黄修娟	女	生卒年不详	秀水	2	黄汝亨之女
29	陆锡明		生卒年不详	平湖	1	天启五年（1625）进士
30	朱颜复		生卒年不详	嘉善	1	天启七年（1627）举人
31	支如增		生卒年不详	嘉善	2	崇祯三年（1630）副贡
32	钱应金		？—1645	嘉兴	6	崇祯间诸生
33	刘芳		生卒年不详	嘉善	34	《柳洲词选》
34	周丕显		生卒年不详	嘉善	1	《柳洲词选》
35	李福谦		生卒年不详	嘉善	3	《兰皋明词汇选》

续表

序号	姓名	性别	生卒年	籍贯	存词	备注
36	顾士林		生卒年不详	嘉兴	4	《兰皋明词汇选》
37	胡友华		生卒年不详	嘉兴	1	《兰皋明词汇选》
38	曹勋		1589—1655	嘉善	3	崇祯元年（1628）进士
39	李天植		1591—1672	平湖	5	
40	曹元方		1593—1647	海盐	360	亦作"曹元芳"
41	钱继登		1594—1672	嘉善	5	万历四十四年（1616）进士
42	王屋		1595—1665后	嘉善	647	
43	钱栴		1597—1647	嘉善	3	
44	高承埏		生卒年不详	秀水	1	崇祯十三年（1640）进士
45	朱廷旦		生卒年不详	嘉善	1	天启间副贡
46	黄淑德	女	生卒年不详	嘉兴	3	参政黄承昊从妹
47	黄双蕙	女	生卒年不详	嘉兴	2	参政黄承昊之女
48	顾飏		生卒年不详	嘉兴	1	崇祯间在世
49	胡之遇		生卒年不详	嘉兴	1	《兰皋明词汇选》
50	褚廷玉		生卒年不详	嘉兴	1	《兰皋明词汇选》
51	褚醇		生卒年不详	嘉兴	1	明诸生
52	顾大芳		生卒年不详	嘉兴	1	《兰皋明词汇选》
53	董升		生卒年不详	嘉善	1	《倚声初集》
54	范路		生卒年不详	嘉兴	4	《梅里词选》
55	魏允楠		生卒年不详	嘉善	1	明诸生
56	顾朝祯		生卒年不详	嘉兴	4	顾璟芳从祖
57	李炜		生卒年不详	嘉善	6	曾入汐社

续表

序号	姓名	性别	生卒年	籍贯	存词	备注
58	李 炳		生卒年不详	嘉善	6	李炜从弟
59	李 栋		生卒年不详	嘉善	2	崇祯十五年（1642）副贡
60	李 标		生卒年不详	嘉善	1	明诸生
61	朱茂稠		生卒年不详	秀水	2	明诸生
62	陆 野		生卒年不详	平湖	4	与彭孙遹为友
63	蒋玉立		生卒年不详	嘉善	1	崇祯九年（1636）副贡
64	朱曾省		生卒年不详	嘉善	2	崇祯九年（1636）举人
65	孙绍祖		生卒年不详	嘉善	1	明诸生
66	沈懋德		生卒年不详	嘉善	4	有《湖月斋词》
67	陈增新		生卒年不详	嘉善	6	陈龙正子
68	蒋 睿		生卒年不详	嘉善	4	蒋英子，曹勋婿
69	徐 远		生卒年不详	嘉善	10	崇祯十六年（1643）进士
70	钱继振		1601—?	嘉善	4	钱继章之兄
71	王 翃		1603—1653	秀水	166	
72	徐 白		1605—1681	嘉善	1	明诸生
73	钱继章		1605—1674后	嘉善	97	
74	王 庭		1607—1693	秀水	276	
75	魏学濂		1608—1644	嘉善	6	
76	殳丹生		1609—1678	嘉善	2	迁寓吴江震泽镇
77	潘炳孚		1612—1640	嘉善	51	
78	陈 舒		1612—1682	嘉善	1	陈龙正侄
79	彭孙贻		1615—1673	海盐	231	

续表

序号	姓名	性别	生卒年	籍贯	存词	备注
80	钱栋		1619—1645	嘉善	4	
81	钱棻		生卒年不详	嘉善	31	崇祯十五年（1642）举人
82	沈亿年		生卒年不详	嘉兴	90	明末清初在世
83	吴熙		1612—1657	嘉善	167	
84	曹溶		1613—1685	秀水	282	
85	魏学洙		1614—1640	嘉善	17	魏大中之少子，魏学濂弟
86	俞汝言		1614—1679	秀水	4	
87	吴晋昰		1615—1641	海盐	10	
88	陆瑶林		1616—1688后	平湖	268	
89	曹尔堪		1617—1679	嘉善	592	
90	柳是	女	1618—1664	嘉兴	34	一作江苏吴江人
91	曹尔坊		1619—1654	嘉善	4	
92	柯耸		1619—1679	嘉善	3	
93	孙圣兰		1620—?	嘉善	2	
94	周筼		1623—1687	嘉兴	35	
95	吴芳	女	生卒年不详	嘉兴	2	吴昌时之女
96	彭琬	女	生卒年不详	海盐	3	彭期生之妹
97	彭琰	女	生卒年不详	海盐	2	彭琬之妹
98	黄媛介	女	生卒年不详	秀水	17	黄德贞从妹
99	黄媛贞	女	生卒年不详	秀水	108	黄媛介姊
100	黄德贞	女	生卒年不详	秀水	16	黄媛介从姊
101	钱涓	女	生卒年不详	嘉兴	5	钱泮之妹

续表

序号	姓名	性别	生卒年	籍贯	存词	备注
102	归淑芬	女	生卒年不详	嘉兴	14	有《静斋诗余》
103	徐梗		生卒年不详	嘉兴	17	与王翙等唱和
104	沈榛	女	生卒年不详	嘉善	45	进士钱黯妻
105	陆世楷		生卒年不详	平湖	7	曾任平阳府通判
106	魏学渠		生卒年不详	嘉善	405	顺治五年（1648）举人
107	彭孙婧	女	生卒年不详	海盐	3	彭孙遹姊
108	周宸藻		生卒年不详	嘉善	1	周宗文子
109	周珽		生卒年不详	嘉善	9	周宗文子
110	曹伟谟		1624—？	嘉善	5	
111	魏允札		1629—？	嘉善	3	明诸生

表7 晚明杭州府词人（103人）一览表

序号	姓名	性别	生卒年	籍贯	存词	备注
1	高濂		1527？—1606？	钱塘	205	
2	郭子直		生卒年不详	海宁	1	隆庆五年（1571）进士
3	胡文焕		生卒年不详	钱塘	19	万历二十四年（1596）前后在世
4	马邦良		1557—？	富阳	95	
5	沈朝焕		1562—1616	仁和	7	
6	沈宣		生卒年不详	仁和	2	万历中岁贡生
7	梁玉姬	女	生卒年不详	仁和	2	万历间人
8	成岫	女	生卒年不详	钱塘	3	董其昌室
9	田玉燕	女	生卒年不详	钱塘	3	田艺蘅之女

续表

序号	姓名	性别	生卒年	籍贯	存词	备注
10	吴 柏	女	生卒年不详	钱塘	2	有《柏舟集》
11	李端卿	女	生卒年不详	钱塘	3	《众香词》
12	冯 娴	女	生卒年不详	钱塘	2	冯仲虞之女
13	张 琮	女	生卒年不详	钱塘	1	陈子襄室
14	顾之琼	女	生卒年不详	钱塘	12	钱开宗室
15	钱贞嘉	女	生卒年不详	钱塘	6	有《听潮吟》
16	朱玉树	女	生卒年不详	钱塘	1	《众香词》
17	王元寿		生卒年不详	钱塘	16	万历至崇祯年间在世
18	张文宿		生卒年不详	钱塘	2	《东白堂词选》
19	邵泰宁		生卒年不详	仁和	1	《古今词统》
20	丁奇遇		生卒年不详	仁和	2	《古今词统》
21	田 彻		生卒年不详	海宁	1	明诸生
22	陆 钰		生卒年不详	海宁	48	万历四十六年(1618)举人
23	吴本泰		1573—1662后	海宁	2	
24	桂 姐	女	生卒年不详	杭州	1	西湖名妓
25	卓发之		1587—1638	仁和	7	
26	陆云龙		1587—1666	钱塘	7	一说作江苏无锡人
27	张大烈		生卒年不详	钱塘	23	天启七年(1627)举人
28	沈士矿		生卒年不详	钱塘	2	《明词综》
29	翁 箐		生卒年不详	仁和	2	《词觏》
30	朱 绸		生卒年不详	仁和	1	《词综补遗》
31	刘 建	女	生卒年不详	钱塘	3	有《听梭楼词》

续表

序号	姓名	性别	生卒年	籍贯	存词	备注
32	袁袾		生卒年不详	海宁	2	字丹六
33	顾若璞	女	1592—1681	钱塘	10	
34	周蕉	女	生卒年不详	钱塘	3	吴近思妾
35	陆进		生卒年不详	仁和	438	有《巢青阁词集》
36	陆隽		生卒年不详	仁和	2	陆进弟
37	翁与淑	女	生卒年不详	钱塘	3	陆进室
38	邵斯贞	女	生卒年不详	钱塘	2	陆进继室
39	朱万花		生卒年不详	钱塘	3	《西陵词选》
40	杨琇	女	生卒年不详	仁和	8	沈丰垣妾
41	顾若群		生卒年不详	钱塘	2	顾若璞弟
42	黄字鸿	女	1596—1631	钱塘	4	顾若群室
43	查继佐		1601—1677	海宁	4	
44	徐士俊		1602—1681	仁和	202	
45	陈之遴		1605—1666	海宁	99	
46	徐灿	女	生卒年不详	海宁	101	陈之遴继室
47	陈之暹		生卒年不详	海宁	2	陈之遴弟
48	陈洁	女	生卒年不详	海宁	5	陈之遴妹
49	卓人月		1606—1636	仁和	95	
50	朱一是		1610—1671	海宁	171	
51	潘云赤		生卒年不详	钱塘	3	有《桐鱼新扣词》
52	陆繁弨		生卒年不详	仁和	1	有《善卷堂集》
53	徐灏		生卒年不详	仁和	4	徐士俊弟

续表

序号	姓名	性别	生卒年	籍贯	存词	备注
54	徐之瑞		生卒年不详	仁和	7	崇祯九年（1636）举人
55	江 广		生卒年不详	仁和	1	《兰皋明词汇选》
56	沈 捷		生卒年不详	仁和	1	崇祯十三年（1640）进士
57	关 键		生卒年不详	仁和	1	崇祯十六年（1643）进士
58	沈宗塙		生卒年不详	仁和	7	崇祯十六年（1643）进士
59	张竞光		1611—1685	钱塘	1	张丹（纲孙）叔祖父
60	丁文策		1614—1674	钱塘	1	明诸生
61	金 堡		1614—1680	仁和	468	
62	陆 圻		1614—？	钱塘	1	
63	陆 培		生卒年不详	钱塘	1	陆圻之弟
64	陆 堦		生卒年不详	钱塘	1	陆圻之弟
65	陆 堵		生卒年不详	钱塘	1	陆圻从弟
66	徐继恩		1615—1684	仁和	18	
67	陆鸣皋		生卒年不详	钱塘	3	明诸生
68	孙瑶英	女	生卒年不详	钱塘	4	钱兆元室
69	沈 璇		生卒年不详	仁和	1	见《词觏》
70	顾长任	女	生卒年不详	钱塘	4	林以畏室
71	顾 姒	女	生卒年不详	钱塘	15	顾长任之妹
72	柴贞仪	女	生卒年不详	钱塘	1	柴世尧长女
73	柴静仪	女	生卒年不详	钱塘	4	柴世尧次女
74	梁孟昭	女	生卒年不详	钱塘	1	茅九成室
75	钟 青	女	生卒年不详	仁和	6	适吴氏，有《寒香集》

续表

序号	姓名	性别	生卒年	籍贯	存词	备注
76	钟韫	女	生卒年不详	仁和	11	钟筠姊,查慎行母
77	赵承光	女	生卒年不详	钱塘	17	有《闲远楼稿》
78	武文斌		生卒年不详	仁和	2	《词综补遗》
79	吴芳华	女	生卒年不详	钱塘	1	《众香词》
80	朱尔迈		生卒年不详	海宁	1	有《西陵词选》
81	余一淳		生卒年不详	杭州	1	《瑶华集》
82	胡介		1616—1664	钱塘	47	
83	柴绍炳		1616—1670	仁和	1	
84	李因	女	1616—1685	钱塘	22	一作浙江绍兴
85	严渡		生卒年不详	余杭	12	严沆从兄
86	严沆		1617—1678	余杭	14	
87	王芳舆	女	生卒年不详	仁和	2	严沆室
88	陆塏		1619—1701	钱塘	1	陆圻从弟
89	张丹		1619—1700后	钱塘	20	原名张纲孙
90	张振孙		生卒年不详	钱塘	2	张丹(纲孙)弟
91	沈谦		1620—1670	仁和	219	
92	毛先舒		1620—1688	仁和	182	
93	陆嘉淑		1620—1689	海宁	91	
94	王嗣槐		1620—?	钱塘	3	
95	丁澎		1622—1685	仁和	243	
96	陈祚明		1623—1674	仁和	52	
97	仲恒		1623?—1694后	仁和	997	

续表

序号	姓名	性别	生卒年	籍贯	存词	备注
98	丁一揆	女	生卒年不详	钱塘	2	丁澎之妹
99	钟筠	女	生卒年不详	仁和	34	仲恒室
100	张戬		生卒年不详	钱塘	5	张台柱之父
101	傅静芬	女	生卒年不详	钱塘	1	张戬室
102	卓回		生卒年不详	仁和	1	卓发之次子,卓人月弟
103	陆宏定		1624—1668	海宁	61	

表8 晚明松江府词人（73人）一览表

序号	姓名	性别	生卒年	籍贯	存词	备注
1	徐阶		1503—1583	华亭	8	
2	莫是龙		1537—1587	华亭	23	
3	许乐善		1548—1627	华亭	4	
4	董其昌		1555—1636	华亭	4	
5	陈继儒		1558—1639	华亭	61	
6	宋楙澄		1569—1620	华亭	12	
7	施绍莘		1588—1640	华亭	190	
8	杨继礼		生卒年不详	青浦	1	万历二十年（1592）进士
9	李凌云		生卒年不详	华亭	1	万历三十二年（1604）进士
10	雷迅		生卒年不详	青浦	1	万历三十四年（1606）举人
11	王坊		生卒年不详	华亭	1	万历四十年（1612）举人
12	王元瑞		生卒年不详	华亭	1	万历四十一年（1613）进士
13	许誉卿		生卒年不详	华亭	1	万历四十四年（1616）进士

续表

序号	姓名	性别	生卒年	籍贯	存词	备注
14	杨汝成		生卒年不详	华亭	1	天启五年（1625）进士
15	冯鼎位		生卒年不详	华亭	14	崇祯元年（1628）贡生
16	包尔庚		生卒年不详	上海	1	崇祯十年（1637）进士
17	夏允彝		1596—1646	华亭	1	崇祯十年（1637）进士
18	张天滉		生卒年不详	华亭	11	崇祯十二年（1639）副贡
19	李待问		1603—1645	华亭	1	崇祯十六年（1643）进士
20	张䎖之		生卒年不详	华亭	1	崇祯十六年（1643）进士
21	朱积		生卒年不详	华亭	1	崇祯十六年（1643）进士
22	沈龙		生卒年不详	华亭	79	崇祯十六年（1643）进士
23	董孝初		生卒年不详	华亭	1	万历、崇祯间在世
24	顾开雍		生卒年不详	华亭	1	万历、崇祯间在世
25	周裕度		生卒年不详	华亭	1	万历、崇祯间在世
26	张宝臣		生卒年不详	华亭	1	万历、崇祯间在世
27	朱谷		生卒年不详	华亭	1	万历、崇祯间在世
28	王宗蔚		？—1669	华亭	4	
29	杨士修		生卒年不详	青浦	1	字长倩
30	张积润		生卒年不详	华亭	4	崇祯二年（1629）作《双真记》
31	张肯堂		（？—1652）	华亭	1	
32	徐尔铉		生卒年不详	华亭	44	后居浙江嘉兴
33	沈麖		生卒年不详	华亭	13	有《籁阁词笺》
34	张安茂		生卒年不详	华亭	1	张以诚（1568—1615）子
35	冯樾		1597—？	华亭	1	《清平初选》

续表

序号	姓名	性别	生卒年	籍贯	存词	备注
36	沈泓		1598—1648	华亭	2	沈龙从兄
37	单恂		1602—1671	华亭	25	
38	董如兰	女	生卒年不详	华亭	11	孙志孺室
39	吴朏	女	生卒年不详	华亭	7	嘉善曹焜室
40	吴桢		生卒年不详	华亭	3	字永锡
41	李长苞		生卒年不详	华亭	10	崇祯九年（1636）举人
42	陈子龙		1608—1647	华亭	87	
43	李雯		1608—1647	华亭	129	
44	宋存标		生卒年不详	华亭	31	崇祯十五年（1642）副贡
45	宋征璧		生卒年不详	华亭	55	崇祯十六年（1643）进士
46	钱谷		生卒年不详	华亭	29	有《倡和香词》
47	沈龙		生卒年不详	华亭	78	崇祯十六年（1643）进士
48	朱灏		生卒年不详	华亭	8	崇祯时官延平通判
49	莫秉清		1612—1690	华亭	65	
50	金是瀛		1612—1675	华亭	10	
51	蒋平阶		生卒年不详	华亭	62	明诸生
52	周积贤		生卒年不详	华亭	77	明末清初在世，卒时年仅30岁
53	周积忠		生卒年不详	华亭	3	周积贤之弟
54	周茂源		1613—1672	华亭	35	
55	陆庆臻		1613—1693	青浦	2	
56	曹垂灿		1614—1688	上海	38	

续表

序号	姓名	性别	生卒年	籍贯	存词	备注
57	卢元昌		1616—1695	华亭	4	
58	董黄		1616—?	华亭	1	
59	宋征舆		1618—1667	华亭	103	
60	吴骐		1620—1695	华亭	99	
61	计南阳		1620—1686后	华亭	36	
62	徐允贞		生卒年不详	华亭	16	与计南阳交往唱酬
63	张锡怿		1622—1691	上海	35	
64	陆振芬		1622—1693	华亭	1	
65	彭师度		1624—?	华亭	55	
66	田茂遇		生卒年不详	青浦	79	顺治十四年（1657）举人
67	方文席		生卒年不详	青浦	1	《明词综》
68	邵梅芳		生卒年不详	青浦	12	《明词综》
69	邵嶙		生卒年不详	青浦	1	《明词综》
70	郁大山	女	生卒年不详	青浦	2	倪永清母
71	蒋守大		生卒年不详	华亭	5	蒋平阶长子
72	蒋无逸		生卒年不详	华亭	4	蒋平阶次子
73	夏完淳		1631—1647	华亭	42	

表9　晚明常州府词人（53人）一览表

序号	姓名	性别	生卒年	籍贯	存词	备注
1	黄正色		1500—1576	无锡	8	
2	万士和		1516—1586	宜兴	10	

续表

序号	姓名	性别	生卒年	籍贯	存词	备注
3	顾起纶		1517—1587	无锡	3	
4	安绍芳		1548—1605	无锡	2	
5	储昌祚		生卒年不详	宜兴	1	万历十七年（1589）进士
6	吴兖		生卒年不详	武进	2	万历二十八年（1600）举人
7	吴宗达		1575—1635	武进	2	
8	夏树芳		1553—1632后	江阴	127	
9	汤兆京		1565—1616	宜兴	1	
10	储懋端		1582—1671	宜兴	2	
11	孙源文		1590—1644	无锡	1	
12	辛升		1592—？	无锡	1	
13	吴奕		生卒年不详	武进	9	万历二十八年（1600）进士
14	贡修龄		生卒年不详	江阴	11	万历四十七年（1619）进士
15	张玮		生卒年不详	武进	1	万历四十七年（1619）进士
16	李应昇		1593—1626	江阴	1	
17	陈于泰		1596—1649	宜兴	1	
18	卢象升		1600—1638	宜兴	7	
19	王永积		1600—1660	无锡	3	
20	吴洪化		生卒年不详	宜兴	5	崇祯九年（1636）举人
21	曹玑		生卒年不详	江阴	1	崇祯十年（1637）进士
22	路迈		生卒年不详	宜兴	1	崇祯七年（1634）进士
23	唐宇昭		生卒年不详	武进	1	崇祯十二年（1639）举人

续表

序号	姓名	性别	生卒年	籍贯	存词	备注
24	戴元韶		生卒年不详	宜兴	2	崇祯十二年（1639）举人
25	谢 瑛	女	生卒年不详	武进	2	徐可先室
26	薛 琼	女	生卒年不详	无锡	17	李崧室
27	徐遵汤		生卒年不详	江阴	1	崇祯时贡生
28	周世臣		生卒年不详	宜兴	8	崇祯十三年（1640）进士
29	吕 阳		生卒年不详	无锡	1	崇祯十三年（1640）进士
30	陈震生		生卒年不详	武进	1	崇祯十六年（1643）进士
31	吴刚思		生卒年不详	武进	8	崇祯十六年（1643）进士
32	储福畴		1510—1658	宜兴	1	崇祯十七年（1644）副贡
33	储福观		生卒年不详	宜兴	2	《瑶华集》
34	储福宗		生卒年不详	宜兴	22	《瑶华集》
35	张龙文		？—1645	武进	1	《倚声初集》
36	顾 氏	女	生卒年不详	无锡	11	侯麟勋之母
37	鲁 钊		生卒年不详	武进	4	《瑶华集》
38	曹 忱		1609—？	宜兴	4	《荆溪词初集》
39	许大就		生卒年不详	无锡	1	明副贡生
40	秦翰先		生卒年不详	无锡	1	《明词综》
41	黄锡朋		1608—1687后	宜兴	13	
42	陈大成		1614—1685后	无锡	29	
43	蒋永修		1616—1682	宜兴	3	蒋景祁父
44	史惟圆		1619—1692	宜兴	309	

续表

序号	姓名	性别	生卒年	籍贯	存词	备注
45	周季琬		1620—1668	宜兴	13	
46	任绳隗		1621—?	宜兴	86	
47	徐喈凤		1622—1689	宜兴	246	
48	顾贞立	女	1623—1699	无锡	169	
49	黄 永		1621—?	武进	138	顺治十二年(1655)进士
50	释弘伦		生卒年不详	无锡	77	顺治后期流寓宜兴
51	严绳孙		1623—1702	无锡	100	
52	潘瀛选		1624—1668	宜兴	2	潘眉父
53	侯 杲		1624—1675	无锡	7	

对于以上苏州、嘉兴、松江、杭州、常州五府词人、词作的统计表，必须加以具体说明与分析。

其一，前文称以"晚明"为特定历史区间，而在具体统计时，仍须对上下时限作明确规定。为了避免把简单的事情复杂化，或者说是力求把复杂的问题简单化，此处规定：词人创作活动须在万历元年（1573）之后、崇祯十七年甲申（1644）之前，故上限以词人卒年论，凡卒年在万历元年（1573）之后者皆予收录；下限以词人生年论，凡生于天启四年（1624）之前，即甲申易代时年满二十周岁者，皆予收录。这是着眼于词人创作的实际情况，与词人的朝代归属是两回事。所以在上列各表中看到那么多的"清代词人"，并不奇怪。另外也有个别特殊之例，如夏完淳生于崇祯四年（1631），顺治四年（1647）被捕殉难时也只有十七岁，按上述标准本不应收录，然而无论从哪个角度来说，夏完淳当然应为明代词人。

其二，上列各表统计各府州词人，皆依明代行政区划，故与今之情况多有不同。具体情况为：苏州府辖吴县、长洲、常熟、吴江、昆山、嘉定六县及太仓州；嘉兴府辖嘉兴（秀水）、嘉善、海盐、平湖、桐乡、石门六县；杭州府辖钱塘、仁和、海宁、富阳、余杭、临安、於潜、新城、昌化九县；松江府辖华亭、上海、青浦三县；常州府辖武进、无锡、宜兴、江阴、靖江五县。因为各府大小不等，所辖县区数量悬殊，仅以府级行政区划来说，有关数字统计与前后排序并不足以反映词人密度的实际情况。比如说，松江府在宋代仅辖华亭一县，元代至元二十七年（1290）始割华亭县东北五乡，置上海县；明嘉靖二十一年（1542）始从华亭、上海二县析出部分地区，新设青浦县。至于娄县、奉贤、金山、南汇等县，更是入清之后才次第分切出来的。所以晚明时的松江府名为一府三县，实际地理空间仅相当于一个较大的县区。上列各表的数量及排序，只是基于彼时的行政区划之统计，并不足以反映词人密度之等差。

其三，上列各表更深层次的意义或在于，这五个词人密集的府均集中在苏、沪、杭一带，已足以显示晚明以来国中词学重心之所在。关于苏州府，清代顾祖禹《读史方舆纪要》描述其方位四至曰："东至海岸百五十里，东南至松江府百八十里，南至浙江嘉兴府百三十里，西南至浙江湖州府二百十里，西北至常州府百九十里，北过江至扬州府通州二百七十里。"[1]这里的具体道里数字未必准确，但大致方位不差，可见这五个府事实上是连成一片的。吴熊和先生所说的"环太湖文化区"当然是一个更大的文化圈，但这五个府州显然构成了其中词人、词作、词学萃聚的核心区域。

第三节 晚明地域词群与词坛格局

根据前文的分析，我们认为，要考察词人的密度与群体的交往，重心还要进一步下移。即大的城市以市为单位（如杭州、苏州，虽然各分

---

[1] 顾祖禹：《读史方舆纪要》卷二十四"南直六"，中华书局2005年版，第1155页。

为二县，实际为同一个城市，所以不再分拆），一般地理空间则以三级行政区划的县为单位。这样综合利用此前各表，可以把词人分布较为集中的十个市县，梳理列为下表（见表10）。

表10 晚明时期词人密集市县一览表

所在省	府	县	词人数	词作数	重要词人
浙江省	杭州府	杭州市（钱塘＋仁和）	80（48＋32）	3523（498＋3025）	高濂、徐士俊、卓人月、金堡、胡介、张丹、沈谦、毛先舒、丁澎、仲恒
南直隶	苏州府	苏州市（吴县＋长洲）	43（29＋14）	896（280＋616）	葛一龙、徐媛、吴鼎芳、徐籀、徐增、吴绡、尤侗
南直隶	松江府	华亭县	65	1547	陈继儒、施绍莘、单恂、陈子龙、李雯、宋存标、宋征璧、莫秉清、蒋平阶、周积贤、宋征舆、吴骐、计南阳、夏完淳
浙江省	嘉兴府	嘉善县	60	2238	王屋、钱继章、吴熙、曹尔堪、魏学渠
南直隶	苏州府	吴江县	63	831	周永年、沈宜修、叶纨纨、吴易、吴棆、叶小鸾、沈雄
南直隶	常州府	宜兴县	21	737	任绳隗、徐喈凤、史惟圆
浙江省	嘉兴府	嘉兴县	21	248	沈忆年、周筼
浙江省	嘉兴府	秀水县	16	1192	王翃、王庭、曹溶、黄媛贞
南直隶	苏州府	常熟县	17	139	
南直隶	苏州府	无锡县	15	431	顾贞立、释弘伦

应该说，无论是府州一级还是市县一级，这里所开列的词人与词作数量都是很不完备的。我们注意到，与这些词人汇聚的府或县相对应，曾经出现过一批引人注目的郡邑词选。比如，与嘉善对应的有《柳洲词选》，与吴江对应的有《松陵绝妙词选》，与杭州对应的有《西陵词选》，与宜兴对应的有《荆溪词初集》，与华亭对应的有《清平初选后集》。尽管这些郡邑词选不约而同地抛弃了本地当时的行政区划名称，其对应关系还是显而易见的。由于这些词选过去多作为善本收藏，《全明词》或《全明词补编》的编者亦或未能寓目，故词选中所收词人词作，有不少未能收载其中。以《柳洲词选》为例，从存词数量来看，该选本收录钱继登词七首，而《全明词》仅存五首；收录钱继振词四首，《全明词》仅存一首；收录钱枻词三首，《全明词》仅存一首；收录魏学濂词九首，《全明词》仅存六首。以词人家数来看，《柳洲词选》中所收词人，如"先正遗稿姓氏"中的沈师昌、周丕显、沈受祉、凌如升，皆当为明人，而《全明词》与《全明词补编》中皆不见其踪影。这就足以说明，尽管我们在梳理提取编制前述各表时相当努力，这些表仍不足以全面反映江南各郡邑词坛的实际状况。下面，我们试对清初编集的几种郡邑词选作简要分析，以便与前录各表互补互证。

1.《柳洲词选》六卷，钱瑛、戈元颖、钱士贲、陈谋道合辑，初刊于顺治十六年（1659）前后，是清初郡邑类词选中较早的一部。此书编选范围明确，就是晚明清初嘉善一县词人之选集。卷首有词人姓氏录，分两部分，前者为"先正遗稿姓氏"，凡四十一人，此书编辑时皆已过世；后者为"名公近社姓氏"，凡一百一十七人，此书编辑时尚在世。合为一百五十八家。李康化博士《明清之际江南词学思想研究》又从《倚声初集》等其他选本中钩稽出明清之际嘉善词人二十八家，合为一百八十六家。再加上《柳洲词选》未予收录的方外与闺秀之词，可以想见邹祇谟《远志斋词衷》所谓"词至柳洲诸子，几二百余家，可谓极盛"，是有依据而且可信的。

2.《松陵绝妙词选》四卷，清初周铭辑，有康熙十一年（1672）刻本。松陵本为吴江古镇，此处用作吴江别称。清初潘柽章撰《松陵文献》，实即相当于《吴江人物志》；又王鲲有《松陵见闻录》，袁景辂有《国朝松陵诗征》，凌淦有《松陵文录》，皆为吴江文献。故或以为《松陵绝妙词选》是苏州地方词选，实际是一种误解。据李康化博士的梳理统计，《松陵绝妙词选》共收录晚明清初吴江词人一百零五家，再加上沈时栋《古今词选》所收十七家，以及诸选本未收之尤侗、吴兆骞、徐釚等，可知明清之际吴江词人亦在一百二十五家以上。

3.《西陵词选》八卷，陆进、俞士彪编选，康熙十四年（1675）刻本。除书前《宦游词选》一卷所收非杭籍官员词人十家之外，正文八卷共收录杭州词人一百八十四家[1]。李康化《明清之际江南词学思想研究》又从佟世南《东白堂词选》等选本中钩稽出明末清初杭州词人四十七家，合为二百三十一家。

4.《清平初选后集》（又名《清平续选》《词坛妙品》）十卷。此选为张渊懿编选，田茂遇参评，卷首有计南阳康熙十七年（1678）序。据《凡例》："是选分前后两集，启、祯以前为前集，本朝诸家为一集。有词名最著而此选不及者，概登前集。"看来编者的初衷是像南宋黄昇《花庵词选》那样分为两集，即以晚明天启、崇祯时期词人为一集，曰《清平初选》或《清平初选前集》；以清初词人为一集，曰《清平续选》或《清平初选后集》。然而后集先成，而前集讫未成书。宣统三年（1911）石印本易名《词坛妙品》，殊失本义。此选所录虽不尽为云间（华亭）词人，而实以云间词人为主，故施蛰存先生视为云间派之结集。其《北山楼词话》曰："吾邑自陈子龙、夏完淳、李雯、宋存标昆季，以《花间》《尊前》之雅音，振明词之衰敝，建立云间词派。明末清初，三吴两浙词人，多

---

[1] 此据李康化《明清之际江南词学思想研究》、谷辉之博士论文《西陵词派研究》、王兆鹏《词学史料学》之统计与此有出入。

宗其旨。张、田两家，为郡中后起之秀，计南阳亦云间词派中坚，其纂辑此书，实云间词派之结集也。"[1]此书共收清初词人三百一十八家，词一千一百六十二首。李康化君从中钩稽出云间词人凡七十四家。又从其他词选中钩稽出明末清初云间词人九十七家，合为一百七十一家。

5.《荆溪词初集》七卷，清曹亮武、蒋景祁、潘眉、陈维崧辑，有康熙十七年（1678）南耕草堂刻本。荆溪为宜兴县南的一条溪流，此处用作宜兴之别称。曹亮武《荆溪词初集序》述其编选缘起曰："今年春，中表兄其年客玉峰（昆山），邮书于余曰：今之能为词遍天下，其词场卓荦者，尤推吾江浙居多，如吴之云间、松陵、越之武陵、魏里，皆有词选行世。而吾荆溪虽蕞尔山僻，工为词者多矣，乌可不汇为一书，以继云间、松陵、武陵、魏里之胜乎？子其搜辑里中前后诸词，吾归当与子篝灯丙夜，同砚而论定之。"于此可见，具体操选政者是曹亮武，而谋划其事者还是他的表兄、阳羡词派的领袖陈维崧；而所谓"吴之云间、松陵，越之武陵、魏里"，适可见此前次第成书的《清平初选后集》《松陵绝妙词选》《西陵词选》《柳洲词选》等郡邑词选的影响。《荆溪词初集》共选录晚明清初宜兴词人九十六家，除"名宦"四人外，含"流寓"者共九十二家。再加上《瑶华集》诸选本所录而未见于《荆溪词初集》者九家，合为一百零一家。与其他几种郡邑词选有所不同的是，《荆溪词初集》所收绝大多数为清初词人，其中当属明代者仅吴俨（1457—1519）、吴炳（1595—1648）、卢象升（1600—1639）、路迈（崇祯七年进士）等数人，这也表明宜兴词坛虽然起步稍晚，而爆发力是惊人的。吴本嵩《今词苑序》所谓"上下一十余载，约略百四十家"，亦主要是就清初宜兴词坛而言的。

以上五种清初词选，《清平初选后集》所收，以华亭（云间）词人为多，但还不是真正意义的郡邑词选，而《西陵词选》《柳洲词选》《松陵绝妙词选》《荆溪词初集》，皆为郡邑词选，且分别与明清之际词人萃聚的杭

---

[1] 施蛰存：《施蛰存全集》第七卷《北山楼词话》，华东师大出版社2012年版，第154页。

州、嘉善、吴江、宜兴等市县相对应。相比之下，倒是人文荟萃的苏州市，词人甚多，却没有人来编一部《吴门词选》或《吴都词萃》之类的郡邑词集，有点奇怪而令人遗憾。而苏州郊县的吴江，词人甚多，词风极盛，却没有形成一个与《松陵绝妙词选》相对应的松陵词派或笠泽词派，亦同样令人遗憾。这或许是缺少词坛宗主的原因所致吧。而在其他地区，与上述各部郡邑词选相对应，则分别形成了西陵词派、柳洲词派、云间词派和阳羡词派。郡邑词群、郡邑词选、郡邑词派的三位一体，充分证明高密度聚集的词人群体，既是词的普及繁荣的重要表现，亦是词派产生的重要条件。

第九章 晚明清初家族词人群体考察

家族性与地域性是明清文学的两大特点,这在词的发展史上表现得同样突出。明代以前,词人群体的构成往往以同僚、同门居多,而晚明以降,地域性(郡邑)词人群体、家族性词人群体快速发展,成为江南地区词学繁盛、词派蔚起的重要原因。家族性与地域性密切关联,地域性词人群体往往是以乡邦文化为背景,由若干个家族词人群体通过家族、联姻等方式而形成。为了使晚明以来词的家族性得到落实与彰显,本章将不嫌词费,对晚明至清初的家族词人群体一一考述,以便为相关的分析论述提供具体切实的基础数据。

这里先就相关概念作简单界定。所谓"晚明清初",特指明万历元年(1573)以下至清康熙三十年(1691)之前。当然这只是一个大致的时间断限,即要求本章所论列的家族词人群体主要活动在这一时段。因为同一家族词人群体可能绵延数代,故某些家族成员中,高曾祖或在万历之前,而后裔或在康熙三十年之后,应该是可以理解的。所谓"家族",亦有宽严之别。传统说法往往限定在"五服"即五世之内,即以同一高祖者为一家族。在本章中亦偶有突破。关于女性词人,本拟统一归于夫姓家族,但在具体操作时发现亦未可一律,比如有的才女未嫁而卒,有的因早寡或其他原因主要生活在娘家。而与此相对的另外一种情况是,有的女性本来不善词作,但嫁到夫家之后,婆媳妯娌之间往来唱酬,朝夕熏染，乃渐成行家里手。所以这里顺其自然，未作严格区分。又所谓"群体"，这里在数量上把握同一家族中词人在三人以上者。过去或以父子、兄弟、夫妻二人者为群体，在两宋词坛因为词人群体较少或可从宽，在明清则应适当从严，何况三人以下亦称不得群体。

参照上述标准，根据现有文献资料作梳理统计，晚明清初词坛共有家族词人群体一百一十八例，以下试作具体考述分析。

第一节 晚明清初家族词人群体考述

明清时期的行政区划有所不同，这里试按明代两直隶十三省的一般顺序，就各地家族词人群体考述如下。

一、北直隶

真定府

1. 真定梁氏家族（三人）：梁清远、梁清标、梁允植。

梁清远（1608—1684），字迩之，号葵石，直隶真定（今河北正定）人。梁清标兄。清顺治三年（1646）进士，历官刑部主事、吏部侍郎、光禄寺少卿、通政司参议。著有《袚园集》。《全清词·顺康卷》存词十九首。

梁清标（1620—1691），字玉立，号蕉林，一号苍严，直隶真定（今河北正定）人。崇祯十六年（1643）进士。入清历官礼部侍郎、兵部尚书、保和殿大学士。著有《棠村词》。《全清词·顺康卷》存词三百七十七首。

梁允植，字承笃，号冶湄，直隶真定（今河北正定）人。梁清远子，梁清标侄。清顺治拔贡，授钱塘知县。康熙三年（1664）闽变，迁袁州府同知，擢福建延平府知府。著有《柳村词》。《全清词·顺康卷》存词五十八首。

二、南直隶

应天府

2. 上元纪氏家族（三人）：纪映钟、纪映淮、纪松实。

纪映钟（1609—1681后），字伯紫，一字檗子，号憨叟，江苏上元（今南京市）人，移居仪征。明诸生。曾参加复社，领袖群英。明亡后躬耕养母，自称钟山遗老。著有《真冷堂集》《檗堂诗钞》等。《全明词》存词二十九首，《全清词·顺康卷》存词二十九首，《全清词·顺康卷补编》存词四首。

纪映淮（女），字冒绿，小字阿男，江苏上元（今南京市）人。纪青女，纪映钟妹，莒州杜李妻。清康熙十六年（1677）前后尚在世。著有《真冷堂词》。《全明词》存词五首，《全清词·顺康卷》存词七首。

纪松实（女），字多零，江苏上元（今南京市）人。纪映钟女，王易妻。幼敏慧，工诗词。三十七岁卒。著有《怀孟堂诗词》。《全明词》存词六首，《全清词·顺康卷》存词六首。

3. 上元王氏家族（三人）：王概、王蓍、王臬。

王概（1645—1707），字安节，浙江秀水籍，长期寓居江苏上元（今南京市）。王之辅子。笃行嗜古，与弟王蓍、王臬并工绘事，《芥子园画谱》主要由其三兄弟绘制。著有《山飞泉立草堂集》。《全清词·顺康卷》存词六首。

王蓍（1649—？），字宓草，号湖村，浙江秀水籍，长期寓居江苏上元（今南京市）。王概弟。善隶书，工画。与曹溶、李渔等唱和。雍正十年（1732）尚为高凤翰作松石幛子。著有《畹浙楼集》。《全清词·顺康卷》存词十一首。

王臬，初名孽，字司直，一字参景，又字汝陈，浙江秀水籍，长期寓居江苏上元（今南京市）。王蓍弟。善古文诗词。画水石人物、花卉翎毛，尤著盛名。《全清词·顺康卷》存词七首。

扬州府

4. 江都徐氏家族（三人）：徐石麒、徐元端、徐元美。

徐石麒（1612—1670后），字又陵，号坦庵，江苏江都（今扬州市）人。少承父学，精研明理，隐居不应试。工诗善画，尤精于词曲。入清之前已有著述多种。其词有《翁吟》《且谣》《美人词》各一卷，总称《坦庵诗余》。《全明词》存词八十八首，《全明词补编》存词一首，《全清词·顺康卷》存词八十九首，《全清词·顺康卷补编》存词四十五首。

徐元端（女），字延香，江苏江都（今扬州市）人。徐石麒女，范荃女甥。性聪慧，幼即能诗。通音律，兼工填词。其《绣闲集·诗余》一卷，由其族兄徐元美辑入《徐氏一家词》。《全明词》存词二十九首，《全清词·顺康卷》存词二十九首。

徐元美，原字懿公，字松岑，江苏江都（今扬州市）人。徐石麒兄宗健子。清顺治十四年（1657）举人，官淮安府学教授，擢国子监丞。著有《蕊珠词》。《全清词·顺康卷》存词十首。

5. 江都郑氏家族（六人）：郑元勋、郑侠如、郑熙绩、郑吉士、郑蚪、郑叔元。

郑元勋（1604—1645），字超宗，号惠东，先世由歙徙扬，隶籍江都（今扬州市）。崇祯十六年（1643）进士。甲申闻变，破产招义旅守土，后为扬州乱民所误杀。著有《媚幽阁诗余》，今未见。《全明词补编》存词一首。

郑侠如（1610—1673），字士介，号休园。江苏江都（今扬州市）人。郑元勋弟。明崇祯十二年（1639）入贡，授工部司务。辞归，筑休园，以著述自娱。著有《休园词》。《全清词·顺康卷》存词五十一首，《全清词·顺康卷补编》存词一首。

郑熙绩（1650—1705），字懋嘉，江苏江都（今扬州市）人。郑为光子，郑侠如孙。清康熙十七年（1678）举人。著有《含英阁诗草》十卷。其《晚香词》《蕊栖词》等，以"查有违碍谬妄感愤语句"，在乾隆间被列目禁毁。《含英阁诗余》三卷,今尚存世。《全清词·顺康卷》存词二百零二首。

郑吉士,江苏江都(今扬州市)人。郑熙绩族人。《全清词·顺康卷》存词三首。

郑蚪,江苏江都(今扬州市)人。郑熙绩族人。《全清词·顺康卷》存词二首。

郑叔元,江苏江都(今扬州市)人。郑熙绩族人。《全清词·顺康卷》存词二首。

6. 江都吴氏家族(四人):吴绮、黄之柔、吴寿潜、贺字。

吴绮(1619—1694),字园次,一字丰南,号听翁,一号菰叟,人称"红豆词人",江苏江都(今扬州市)人。清顺治拔贡,授中书舍人,官至湖州知府。著有《林蕙堂集》《艺香词》。《全清词·顺康卷》存词三百六十一首。

黄之柔(女),字静宜,江苏江都(今扬州市)人。吴绮妻。著有《玉琴斋集》。《全清词·顺康卷》存词三首。

吴寿潜,字彤本,江苏江都(今扬州市)人。吴绮次子。诸生。著有《琴移词》。《全清词·顺康卷》存词十一首,《全清词·顺康卷补编》据《词苑丛谈》存词三首。

贺字(女),字乃文,江苏丹阳人。贺天游女,吴寿潜妻。《全清词·顺康卷》存词二首。

7. 泰兴季氏家族(五人):季开生、季振宜、季公琦、季娴、季式祖。

季开生(1627—1659),字天中,号冠月,江苏泰兴人。吏部主事季寓庸子。清顺治六年(1649)进士,选庶吉士,官礼科给事中。顺治十二年(1655)谏买扬州女子,几置之法,遣戍尚阳堡。著有《憨臣诗稿》。《全清词·顺康卷》存词三首。

季振宜(1630—1671),字诜兮,号沧苇,江苏泰兴人。季寓庸子。清顺治四年(1647)进士,授兰溪令,历官刑、户两曹,擢监察御史。

康熙九年（1670）编修刘志纪劾督抚贪纵不法，振宜居间消弭，夺职归，未几即殁。《全清词·顺康卷》存词四首。

季公琦，字希韩，江苏泰兴人。季谨庸子，季寓庸侄。与陈维崧等唱和。《全清词·顺康卷》存词十二首。

季娴（女），字静姎，一字戾月，号元衣女子，江苏泰兴人。季寓庸女，兴化李长昂妻。清顺治十年（1653）编次己作为《雨泉龛诗选》。《全明词》存词六首，《全清词·顺康卷》存词五首。

季式祖，字孚公，江苏泰兴人。季奋庸子，季寓庸侄。清顺治监贡，授浙江钱塘县丞，康熙十年(1671)署昌化县事。著有《西湖吏隐词》。《全清词·顺康卷》存词九首，《全清词·顺康卷补编》存词八首。

8. 如皋冒氏家族（十二人）：冒愈昌、冒襄、冒坦然、冒禾书、冒丹书、冒褒、冒裔、冒禹书、邓繁桢、冒殷书、冒德娟、冒纶。

冒愈昌，字伯麟，江苏如皋人，冒襄曾祖。著有《绿蕉馆诗集》《飞英集》《半塘集》。《全明词》存词四首。

冒襄（1614—1696），字辟疆，号巢民，又号朴巢，江苏如皋人。晚明进士冒起宗长子。明崇祯十五年（1642）副贡，官浙江台州府推官。与方以智、陈贞慧、侯朝宗并称明季"四公子"。入清不仕。著有《朴巢诗文集》《水绘园集》等。《全明词》存词十四首。

冒坦然，字公履，号鹿樵，江苏如皋人。冒襄弟。长于音韵之学，后人编其集为《鹿樵集苴》。《全清词·顺康卷补编》存词一首。

冒禾书（1635—？），字谷梁，号珠山，后改名为嘉穗，江苏如皋人。冒襄长子。著有《寒碧堂稿》。《全清词·顺康卷》存词一首。

冒丹书（1639—？），字青若，号卯君，江苏如皋人。冒襄次子。著有《枕烟堂集》《西堂集》。《全清词·顺康卷》存词二首。

冒褒（1645—1727），字无誉，号铸错老人。江苏如皋人。冒襄弟。著有《铸错轩诗草》。《全明词》存词一首（今按：冒褒、冒裔及冒襄女德娟等生于甲申易代之后，皆不当入《全明词》）。

冒裔（1651—？），字爱及，号君苗，江苏如皋人。冒襄弟。《全明词》存词三首。

冒禹书，字玉简，江苏如皋人。冒襄长子。著有《倩石居遗草》。《全清词·顺康卷》存词十首。

邓繁桢（女），字墨娴，江苏如皋人。冒禹书妻。著有《静漪阁词草》。《全清词·顺康卷》存词七首。

冒殷书，字文足，号何文，江苏如皋人。冒襄子。著有《黎雨堂春浮集》《何文居诗存》。《全清词·顺康卷》存词九首。

冒德娟（女），字嬿婉，江苏如皋人。冒襄女，石巨开妻。著有《自怡轩词》（又名《水绘庵词》）。《全明词》存词八首。

冒纶，字弥若，江苏如皋人。冒坦然子。《全清词·顺康卷》存词一首。

9. 泰州黄氏家族（三人）：黄云、黄阳生、黄泰来。

黄云（1621—1702），字仙裳，一字旧樵，江苏泰州人。著有《樵青集》《桐引楼集》。《全清词·顺康卷》存词二十一首，《全清词·顺康卷补编》存词三首。

黄阳生，字纪怀，江苏泰州人。黄云子，黄泰来兄。贡生。事祖母至孝，以诗自娱。著有《月舫集》《念祖集》《郁李集》《吴越集》《桐花集》《草阁集》。《全清词·顺康卷补编》存词一首。

黄泰来，字交三，一字竹舫，号石闾，江苏泰州人。黄云次子，宗元鼎婿。承家学，工诗文，喜交游，南北知名士无不纳交。著有《洗花词》。《全清词·顺康卷》存词七首，《全清词·顺康卷补编》存词一首。

10. 泰州宫氏家族（四人）：宫伟镠、宫梦仁、宫昌宗、宫鸿历。

宫伟镠（1611—1673后），字紫阳，一字紫悬，又作子元，别号桃都漫士，江苏泰州人。明崇祯十六年（1643）进士，授检讨。入清，以荐举起用，援独子终养例乞休。有《春雨草堂集》，词一卷附集中。《全清词·顺康卷》存词六十三首。

宫梦仁，原名弘宗，字宗衮，一字定山，号定庵，江苏泰州人。宫伟镠长子。康熙十二年（1673）进士，官至右副都御史，巡抚福建。卒年八十二。有《夫移阁词》。《全清词·顺康卷》存词一首。

宫昌宗（1634—？），字武承，号毅庵，江苏泰州人。宫伟镠次子。清顺治八年（1651）贡生，廷试得县令，复考授弘文院中书舍人。著有《九云书房诗文集》四卷。《全清词·顺康卷》存词二首。

宫鸿历（1656—1718），字友鹿，号恕堂，江苏泰州人。宫伟镠第八子。康熙四十五年（1706）进士，改庶吉士，授编修。著有《恕堂诗钞》及《墨华词》一卷。《全清词·顺康卷》存词一百零二首。

苏州府

11. 吴县袁氏家族（五人）：袁表、袁袠、袁裘、袁褧、袁裳。

袁表（1488—1553），字邦正，号实华山人，江苏吴县（今苏州市）人。与诸弟并称"袁氏六俊"。以太学生授西城兵马司指挥，升临江通判。为人耿介，曾以事忤权贵系狱。长于诗。《全明词》存词一首。

袁袠（1499—1548），字补之，自号谷虚子，江苏吴县（今苏州市）人。袁表弟。明嘉靖十七年（1538）进士，授卢陵知县。后擢礼部仪制司主事，转员外郎，引疾归。著有《袁礼部集》，惜阴堂裁其词为《袁礼部词》。《全明词》存词三首，《全明词补编》存词一首。

袁褧（1495—1560），字尚之，晚号谢湖，江苏吴县（今苏州市）人。袁表弟。太学生。著有《石湖春泛稿》《田舍集》等。《全明词》存词一首。

袁裘（1502—1547），字定之，号横塘，又号胥台山人，江苏吴县（今苏州市）人。袁表弟。嘉靖五年（1526）进士，选庶吉士，历南兵部员外郎，出为广西提学佥事。著有《胥台集》十二卷。《全明词》存词三首。

袁裳（1509—1558），字绍之，号志山，江苏吴县（今苏州市）人。

袁表从弟。诸生。晚岁始循资贡礼部,未仕而卒。著有《志山诗集》。《全明词》存词二首。

12. 吴县杨氏家族(四人):杨彻、杨征、杨芝、杨芬。

杨彻(女),字朝如,江苏吴县(今苏州市)人。解元杨廷枢(1595—1647)姊,诸生韩君明妻。著有《蟾香楼词》。《全明词》存词七首。

杨征(女),字元卿,江苏吴县(今苏州市)人。杨彻妹,徐廷栋妻。著有《鹊巢阁集》。《全明词》存词六首。

杨芝(女),江苏吴县(今苏州市)人。杨廷枢孙女,杨无咎(1636—1724)与女诗人张学典之女,女诗人杨芬姊,平湖汪霦妻。著有《淑芳集》。《众香词》选录其词三首。

杨芬(女),字瑶季,江苏吴县(今苏州市)人。张学典次女,杨芝妹。《全清词·顺康卷》存其词三首。

13. 长洲文氏家族(四人):文征明、文彭、文嘉、文伯仁。

文征明(1470—1559),初名璧,字征明,后更字征仲,号衡山居士,江苏长洲(今苏州市)人。正德末,以岁贡荐授翰林院待诏。诗文书画皆工,而画尤胜。著有《莆田集》三十五卷。《全明词》存词四十六首,《全明词补编》存词二首。

文彭(1498—1573),字寿承,号三桥,江苏长洲(今苏州市)人。文征明长子。以明经廷试第一,授秀水训导,擢南京国子监博士。能诗,工书篆刻。著有《博士集》二卷。《全明词》存词五首,《全明词补编》存词七首。

文嘉(1501—1583),字休承,号文水,江苏长洲(今苏州市)人。文征明次子,文彭弟。以诸生贡太学,授乌程训导,擢和州学正。能诗善画,尤善画山水。著有《和州集》。《全明词》存词一首。

文伯仁(1502—1575),字德承,号五峰,江苏长洲(今苏州市)人。文征明从子。诸生。善画山水人物。《全明词》存词一首。

14. 长洲许氏家族(七人):顾道喜、许虬、许定需、许心榛、许心碧、许心檀、许心澧。

顾道喜（女），字静帘，江苏吴江人。明万历二十年（1592）进士顾自植女，诸生许季通妻，许虬母。著有《松隐庵词》。《全清词·顺康卷》存词三首。

许虬，字竹隐，江苏长洲（今苏州市）人。清顺治十五年（1658）进士，官思州府推官，终永州知府。其父母弟妹子女皆工于诗。著有《万山楼诗集》。《全清词·顺康卷》存词一首，《全清词·顺康卷补编》存词二十五首。

许定需（女），字硕园，江苏长洲（今苏州市）人。许虬妹，陆素丝妻。著有《锁香楼词》。《全清词·顺康卷》存词三首。

许心榛（女），字山有，幼字阿秦，江苏长洲（今苏州市）人。许虬长女，陆升枚妻。《全清词·顺康卷》存词三首。

许心碧（女），字阿莼，江苏长洲（今苏州市）人。许虬次女。《全清词·顺康卷》存词一首。

许心檀（女），字阿苏，江苏长洲（今苏州市）人。许虬第三女。善诗，兼工书。《全清词·顺康卷》存词二首。

许心澧（女），字阿芬，江苏长洲（今苏州市）人。许虬第四女。《全清词·顺康卷》存词一首。

15. 长洲蒋氏家族（五人）：蒋德埈、蒋文澜、蒋埴、蒋杲、蒋之逵。

蒋德埈（1630—1677），字公逊，江苏长洲（今苏州市）人。天津兵备道参议蒋灿侄。清顺治十八年（1661）举人，康熙十四年（1675）岁大饥，乃倾家赈济。临殁以庄田赡族人及助育婴堂。《全清词·顺康卷》存词一首。

蒋文澜，字葭友，号紫峰，江苏长洲（今苏州市）人。蒋灿孙。清康熙十六年（1677）举人，官兵部主事。《全清词·顺康卷》存词一首。

蒋埴，字旷生，号肃斋，江苏长洲（今苏州市）人。康熙二十四年（1685）进士，官乐清知县。以文学著称于时。《全清词·顺康卷》存一首。

蒋昊,字子遵,江苏长洲(今苏州市)人。蒋文涵第四子,蒋灿四世孙。清康熙五十二年(1713)进士,历户部郎中,出知廉州府,以讳误罢用。《全清词·顺康卷》存词一首。

蒋之逵,字云九,江苏长洲(今苏州市)人。诸生。官知县。著有《佚圃词》。《全清词·顺康卷》存词一首。

16. 苏州张氏家族(七人):张学雅、张学仪、张学典、张学象、张学圣、张学贤、张桓少。

张学雅(女),字古什,原籍山西太原,寓居于苏州。贡生张佚长女,许字金坛于中汜,年二十二未嫁而卒。著有《绣余草》。《全明词》存词十一首,《全清词·顺康卷》存词十五首。

张学仪(女),字古容,原籍山西太原,寓居于苏州。贡生张佚第三女,适金坛于中汜。其姊张学雅卒后,曾集其遗稿《绣余草》。著有《滋兰集》《艳树词》。《全明词》存词四首,《全清词·顺康卷》存词五首。

张学典(女),字古政,号羽仙,原籍山西太原,寓居于苏州。贡生张佚第四女,适吴县诸生杨易亭。工诗善画,著有《花樵集》。《全明词》存词十首,《全清词·顺康卷》存词十四首。

张学象(女),字古图,原籍山西太原,寓居于苏州。贡生张佚第五女,适洞庭沈载公。早寡且贫,依其姊学典为生,诗名与其姊相埒。著有《砚隐集》。《全明词》存词五首,《全清词·顺康卷》存词八首。因康熙十年(1671)问世的《林下词选》已收录学雅、学象之词,故可想见张氏姊妹皆为明清之际人。

张学圣(女),字古诚,原籍山西太原,寓居于苏州。贡生张佚第六女,适金坛于廷机。著有《瑶草集》。《全明词》存词三首。

张学贤(女),字古明,原籍山西太原,寓居于苏州。贡生张佚第七女,适金坛诸生于星纬。著有《华林集》。《全明词》存词四首。

张桓少(女),字克君,原籍山西太原,寓居于苏州。张佚次子延邵次女，适太学潘景曜。幼奉祖父及诸姑教，工古文诗词。《全清词·顺康卷》存词三首。

17. 吴江吴氏家族（三人）：吴洪、吴锵、庞蕙纕。

吴洪（1448—1525），字禹畴，江苏吴江人。成化十一年（1475）进士，官至南京刑部尚书，卒赠太子太保。《全明词》据《笠泽词征》存词八首。

吴锵，字闻玮，一字玉川，江苏吴江人。尚书吴洪五世孙。明诸生。著有《复复堂集》。《全明词》据《笠泽词征》存词二首。

庞蕙纕（女），字纫芳，一字小畹，江苏吴江人。庞霂妹，吴锵妻。著有《唾香阁集》。《全明词》据《笠泽词征》存词八首。

18. 吴江沈氏家族（三十人）：沈璟、沈瓒、沈智瑶、沈静专、沈自晋、沈自继、沈自征、沈自友、张倩倩、沈自籍、沈自炳、沈自驹、沈自南、沈静筠、沈永令、李玉照、顾氏、沈永启、沈士潢、沈永禋、沈蓰纫、沈关关、沈肇开、沈宪英、沈华蔓、沈树荣、沈时栋、沈友琴、沈御月、沈丹栣。

沈璟（1553—1610），字伯英，号宁庵，又号词隐，江苏吴江人。沈奎五世孙。万历二年（1574）进士，授兵部主事。官至光禄寺丞。告归，家居二十年，致力于词曲研究与创作。著有《南九宫十三调曲谱》《古今词谱》等。《全明词补编》存词四首。

沈瓒（1558—1612），字子勺，一字孝通，号定庵，江苏吴江人。沈奎五世孙，沈璟弟。万历十四年（1586）进士，授南京刑部主事。自郎中出为江西按察司佥事。告归，起补广东按察司佥事。著有《静晖堂集》。《全明词补编》存词三首。

沈智瑶（？—1644）（女），又名淑女，字少君，江苏吴江人。沈玧第六女，沈宜修妹。本县陈国珽妻。幼工诗词，著有《绣香阁集》。《全明词》存词一首。

沈静专（女），字曼君，江苏吴江人。沈璟幼女，沈宜修从妹，嘉兴诸生吴昌逢妻。著有《适适草》一卷，词附。《全明词》存词八首。

沈自晋（1583—1665），字伯明，一字长康，号西来，晚号鞠通生，江苏吴江人。沈璟侄。诸生。明亡后，隐居不仕。善度曲，精音律，从事词曲研究与创作。著有《南词新谱》。《全明词补编》存词二首。

沈自继（1585—1651），字君善，号宝威，别号碍影居士，江苏吴江人。沈玠次子。明诸生。明亡隐居于平邱，后作浮屠，镌一私印曰"江东沈姓第三僧"。著有《平邱集》。《全明词》存词三首，《全明词补编》存词四首。

沈自征（1591—1641），字君庸，江苏吴江人。沈玠第三子，沈璟侄。工曲，有杂剧《渔阳三弄》，另有《集中集》抄本，惜阴堂裁其词为《君庸先生词》。《全明词》存词十一首，《全明词补编》存词二首。

沈自友（1594—1654），字君张，江苏吴江人。沈珣之子，沈璟从侄。国子监生。著有《三余堂诗稿》。《全明词补编》存词二首，《全清词·顺康卷补编》存词二首。

张倩倩（1594—1627）（女），江苏吴江人。同邑沈自征妻，沈宜修表妹。艳色清才，年三十四而殁，遗作仅存一二。《全明词》存词三首。

沈自籍（1595—1670），字君嗣，号啸阮，江苏吴江人。沈琦第四子。官教谕。《全明词补编》存词三首。

沈自炳（1602—1645），字君晦，号闻华，江苏吴江人。沈玠第五子，沈璟侄。博学，工文词，在复社号为眉目。福王立，献赋阙下，以恩贡授中书舍人。参扬州史可法幕。归与吴易举义军抗清。及败，与弟自騆均赴水死。著有《丹棘堂集》。《全明词》存词十五首，《全明词补编》存词三首。

沈自騆（1606—1645），字君牧，江苏吴江人。沈玠第八子，沈自征、沈自炳弟。诸生。性跌宕任侠。抗清失败，与弟自炳均赴水死。《全明词补编》存词一首。

沈自南（1612—1666），字留侯，号恒斋，江苏吴江人。沈奎六世孙，沈玠第十子。清顺治十二年（1655）进士，知蓬莱县，因故被劾。著有《恒斋诗稿》。《全清词·顺康卷》存词一首。

沈静筠（女），字玉霞，江苏吴江人。沈自征女，吕律妻。与叶纨纨等为表姊妹。著有《橙香亭词》。《全明词》存词二首，《全清词·顺康卷》存词二首。

沈永令（1614—1698），字闻人，号一枝，又号一指，江苏吴江人。沈士哲次子。清顺治五年（1648）副贡，初知韩城县，后知高陵县，以事归里。工诗词。著有《嘒霞阁词》。《全清词·顺康卷》存词三十八首，《全清词·顺康卷补编》存词一首。

李玉照（1617—1679）（女），字洁尘，浙江会稽（今绍兴市）人。吴江沈自征继妻。《全明词》存词四首，《全清词·顺康卷》存词四首。

顾氏（女），江苏吴江人。顾有孝姊，沈自南妻。《全清词·顺康卷》存词一首。

沈永启（1621—1699），字方思，号旋轮，江苏吴江人。沈自继子。性颖敏，诗、文、词皆工。师事郡人金采（圣叹）。清顺治十八年（1661）金采以事株累被刑，永启并殓葬之。著有《逊友斋集》。《全明词》存词二十四首，《全清词·顺康卷》存词二十四首。

沈士潢（1629—1691），字茂宏，一字耕道，江苏吴江人。明诸生。沈肇开长子。以琴书自娱，工于书法。著有《钓梭集》《枫江峦影词》。《全明词》存词一首。

沈永禋（1637—1677），字克将，一字醒公，号渔庄，江苏吴江人。沈自友次子。明诸生。清康熙八年（1669）自南京下第还，遂淡于进取，筑室湖干，啸歌自尚以终。著有《选梦亭诗》《聆缶词》（一名《渔庄词》）。《全清词·顺康卷》存词十二首，《全清词·顺康卷补编》存词四首。

沈蘤纫（女），字蕙贞，江苏吴江人。沈永令次女，诸生吴梅妻。《全清词·顺康卷》存词一首。

沈关关（女），字宫音，江苏吴江人。沈自继女。工发绣山水人物，尝为顾茂伦刺《雪滩濯足图》，尤侗、朱彝尊、陈维崧等均有题咏。《全清词·顺康卷》存词一首。

沈肇开，字令贻，江苏吴江人，沈瓒子。著有《语石轩稿》。《全明词补编》存词一首。

沈宪英（女），字惠思，号兰支，江苏吴江人。沈自炳长女，叶绍袁第三子叶世偯妻。与沈宜修为嫡姑侄。著有《惠思遗稿》一卷。《全明词》存词六首，《全清词·顺康卷》存词六首。

沈华鬘（女），字端君，一作端荣，字兰余，又作兰英，江苏吴江人。沈自炳次女，沈宪英妹，诸生丁彤妻。工诗词，兼善绘事。著有《端荣遗稿》。《全明词》存词二首。

沈树荣（女），字素嘉，江苏吴江人。沈永祯与叶小纨女，叶学山妻。承母教，工诗词。著有《希谢稿》《月波词》。《全明词》存词五首。

沈时栋，字成厦，一字城霞，号焦音，又号瘦吟词客，江苏吴江人。沈永启子。著有《瘦吟楼词》，编有《古今词选》。《全清词·顺康卷》存词一百二十三首。

沈友琴（女），字参苓，江苏吴江人。沈永启长女，沈时栋姊，周钰妻。著有《静闲居词》。《全清词·顺康卷》存词八首。

沈御月（女），字纤阿，江苏吴江人。沈永启次女，沈时栋次姊，皇甫锷妻。著有《空翠轩词》。《全清词·顺康卷》存词七首。

沈丹楸，字凤岐，号井同，江苏吴江人。沈时栋从弟。《全清词·顺康卷》存词一首。

19. 吴江叶氏家族（十人）：叶绍袁、沈宜修、叶纨纨、叶小纨、叶小鸾、叶燮、叶舒颖、叶舒崇、叶舒璐、颜绣琴。

叶绍袁（1589—1648），字仲韶，号粟庵，又号鸿振，别号天寥道人，江苏吴江人。天启五年（1625）进士，官工部主事。乞养归。乙酉之变，弃家为僧。与妻沈宜修及五子三女，皆有文藻。著有《迁聊集》。《全明词》存词九首，《全明词补编》存词四首。

沈宜修（1590—1635）（女），字宛君，江苏吴江人。沈珫长女，沈璟侄女，叶绍袁妻。幼擅文翰，好吟咏。三女纨纨、小纨、小鸾，皆工诗词。夫妇偕隐汾湖，与子女刻意诗词自娱。著有《鹂吹集》，叶绍袁辑入《午梦堂集》。《全明词》存词一百九十首。

叶纨纨（1610—1632）（女），字昭齐，江苏吴江人。叶绍袁与沈宜修夫妇之长女。能诗工书。著有《芳雪轩遗集》，又名《愁言》。《全明词》存词五十首。

叶小纨（1613—约1657）（女），字蕙绸，江苏吴江人。叶绍袁与沈宜修夫妇之次女，沈璟之孙沈永祯妻。《全明词》存词十五首，《全清词·顺康卷》存词十五首。

叶小鸾（1616—1632）（女），字琼章，一字瑶期，江苏吴江人。叶绍袁与沈宜修夫妇之季女。十七岁未嫁而卒。著有《疏香阁集》，又名《返生香》。《全明词》存词九十四首。

叶燮（1626—1703），原名世倌，字星期，一字已畦，号横山，江苏吴江人。叶绍袁第六子。清康熙九年（1670）进士，官宝应知县，在职仅有一年半，解官落职。寓居横山，筑二弃草堂，授徒说诗。著有《已畦集》。《全清词·顺康卷》存词二首，《全清词·顺康卷补编》存词一首。

叶舒颖（1631—？），一作叶舒胤，字学山，江苏吴江人。叶绍袁侄孙。清顺治十四年（1657）副贡生。与叶燮、叶舒崇并称于时。著有《叶学山诗集》。《全清词·顺康卷》存词九首。

叶舒崇（1644—1679），字元礼，号谢斋，别号宗山，江苏吴江人。叶燮侄。清康熙十五年（1676）进士，官中书舍人。十八年（1679）荐举博学鸿词，至京病卒。著有《宗山集》《谢斋词》。《全清词·顺康卷》存词十二首，《全清词·顺康卷补编》存词一首。

叶舒璐（1663—1735），字镜泓，一字景鸿，江苏吴江人。叶绍颙孙。贡生。《全清词·顺康卷补编》存词十一首。

颜绣琴（女），字清音，江苏吴县（今苏州市）人。适吴江叶氏。有词《长相思·忆叶昭齐表妹》，昭齐系叶纨纨字，故其所嫁当为叶纨纨、叶燮之兄弟行。《全明词》据《众香词》御集存词三首。

20. 吴江吴氏家族（三人）：吴兆宽、吴兆骞、吴文柔。

吴兆宽，字弘仁，一字弘人，江苏吴江人。吴晋锡长子，吴兆骞兄。顺治中与弟兆宫、兆骞等创慎交社，大会于虎丘。著有《爱吾庐诗稿》。《全清词·顺康卷补编》存词三首。

吴兆骞（1631—1684），字汉槎，江苏吴江人。清顺治十四年（1657）中举。以科场案遣戍宁古塔（今黑龙江宁安）二十年。著有《秋笳集》。《全清词·顺康卷》存词三首。

吴文柔（女），字昭质，江苏吴江人。吴兆骞妹，解元杨廷枢长子杨焯妻。著有《桐听词》。《全清词·顺康卷》存词三首。

21. 昆山顾氏家族（六人）：顾恂、顾鼎臣、顾潜、顾梦圭、顾谠、顾蕙。

顾恂（1418—1505），字维诚，号桂轩，江苏昆山人。著有《桂轩先生全集》《顾桂轩啖蔗余甘词》。《全明词》存词一百三十八首。

顾鼎臣（1473—1540），字九和，江苏昆山人。顾恂子。弘治十八年（1505）进士第一，授修撰，累官至礼部尚书兼文渊阁大学士，入参机务。卒于官，谥"文康"。著有《未斋集》二十二卷，词附，惜阴堂裁为《顾文康公词》。《全明词》存词十首，《全明词补编》存词三首。

顾潜（1471—1534），字孔昭，江苏昆山人。顾恂孙，顾宜子。弘治九年（1496）进士，官至直隶提学御史，因忤尚书刘宇，出为马湖知府，未任罢归。著有《静观堂集》十四卷，词附，惜阴堂裁为《静观堂词》。《全明词》存词二十二首。

顾梦圭（1500—1559），字武祥，号雍里，江苏昆山人。顾潜子。嘉靖二年（1523）进士，授刑部主事，累官至江西右布政使。著有《疣赘录》。《全明词补编》存词五首。

顾諟（女），字天孙，江苏昆山人。顾锡畴（顾恂六世孙）女，武进董玉虬妻，早卒。著有《浮螺轩词》。《全明词》存词二首，《全清词·顺康卷》存词二首。

顾蕙（女），字又苏，江苏昆山人。顾锡畴女，顾諟妹，适乌程沈氏。约明崇祯间在世。著有《萝月轩词》。《全明词》存词二首，《全清词·顺康卷》存词二首。

22. 昆山叶氏家族（六人）：叶国华、叶奕苞、叶宏绁、叶宏绶、叶李晫、张芸。

叶国华（1584—1669），字德荣，号白泉，江苏昆山人。叶奕荃、叶奕苞父。明季历官刑部、工部主事。入清不仕。有《白泉诗》。《全清词·顺康卷补编》存词一首。

叶奕苞（1629—1686），字九来，号二泉，江苏昆山人。国华子，叶奕荃弟。康熙十八年（1679）曾应博学鸿词试，不第。有《经锄堂诗稿》等。《全清词·顺康卷》存词四十一首。

叶宏绁（女），字书城，号晓庵，江苏昆山人。叶奕荃孙女，阚宗宽妻。聪敏端淑，能诗善词。年八十三卒。著有《绣余词草》。《全清词·顺康卷》存词一百二十二首。

叶宏绶，字韦叔，江苏昆山人。叶奕荃孙。康熙三十年（1691）进士。官至叙州知府。《全清词·顺康卷》存词一首。

叶李晫，字篆鸿，江苏昆山人。叶奕荃孙，宏绁弟。官泾县训导。著有《雁木词》。《全清词·顺康卷》存词八首。

张芸（女），江苏昆山人。诸生张吉如女，康熙三年（1664）武进士叶豹文妻。有凤慧，为诗不近香奁体。有《偶存草》。《全清词·顺康卷》据《众香词》录词五首。

23. 太仓王氏家族（四人）：王世贞、王世懋、王昊、王曜升。

王世贞（1526—1590），字元美，号凤洲，又号弇州山人，江苏太仓人。嘉靖二十六年（1547）进士，官至刑部尚书。著有《弇州山人四部稿》

《续稿》等，赵尊岳裁其词为《弇州山人词》。《全明词》存词八十八首，《全明词补编》存词二首。

王世懋（1536—1588），字敬美，江苏太仓人。王世贞弟。嘉靖三十八年（1559）进士。历陕西、福建提学副使。再迁太常少卿。著有《王奉常集》，赵尊岳裁其词为《王奉常词》。《全明词》存词八首。

王昊（1627—1679），字惟夏，江苏太仓人。王世懋孙。"太仓十子"之一。清康熙十八年（1679）以文学荐于朝，就试不遇，扶疾归。内阁大学士重其才，合词启奏，乞予以官，特授内阁中书舍人。命下而昊已先卒。著有《硕园词稿》。《全清词·顺康卷》存词十二首，《全清词·顺康卷补编》存词四首。

王曜升，字次谷，号荼庵，江苏太仓人。王昊弟。"太仓十子"之一。跌宕文史，尤精音律。顺治十八年（1661）以"奏销案"除生员籍，悒悒不得志。后游京师卒。著有《荼庵诗稿》。《全清词·顺康卷》存词一首。

24. 太仓王氏家族（五人）：王锡爵、王衡、王时敏、王摅、王遵岵。

王锡爵（1534—1610），字元驭，号荆石，江苏太仓人。嘉靖四十一年（1562）进士第一，历官吏部尚书，建极殿大学士，后为内阁首辅。卒谥文肃。著有《王文肃集》。《全明词》存词九首。

王衡（1564—1607），字辰玉，号缑山，别署蘅芜室主人，江苏太仓人。王锡爵子，画家王时敏父。万历二十九年（1601）进士，入翰林为编修。负才早卒。著有《缑山集》。《全明词》存词七首。

王时敏（1592—1680），原名赞虞，字逊之，号烟客，晚号归村，世称西田先生，江苏太仓人。王锡爵孙，翰林王衡独子。累官太常寺少卿，崇祯十三年（1640）以病归。著有《王烟客先生集》。《全清词·顺康卷补编》存词一首。

王摅（1636—1699），字虹友，号汲园，江苏太仓人。王锡爵曾孙，王衡孙，王时敏第七子。贡生。为"太仓十子"之一。游食贫婆，诗最有声。著有《步檐集》《芦中集》等。《全清词·顺康卷》存词一首。

王遵岷（1668—1734），字箴六，号秋涯，一号问狂，江苏太仓人。王时敏孙，王扶子。康熙五十一年（1712）进士，选庶吉士，授检讨。有《秋涯词稿》一卷，《全清词·顺康卷补编》据《秋涯词稿》录词二十三首。

松江府

25. 华亭董氏家族（四人）：董其昌、董黄、董含、董俞。

董其昌（1555—1636），字元宰，号思白，江南华亭（今上海市）人。卒谥文敏。长于书画，著有《容台集》《画禅室随笔》等。《全明词》存词三首，《全明词补编》存词一首。

董黄（1616—？），字律始，一字德仲，自称白谷山人，江南华亭（今上海市）人。董其昌再从子。初学诗于陈继儒，转师陈子龙。康熙十一年（1672）后刻《白谷山人诗集》。《全明词》存词一首。

董含（1625—？），字阆石，号涵九，江南华亭（今上海市）人。董俞兄。与董其昌为同宗。董含、董俞之祖父董羽宸为董其昌从侄。清顺治十八年（1661）进士。著有《艺葵草堂诗稿》。《全清词·顺康卷》存词一首。

董俞（1631—1688），字苍水，号樗亭，别号莼乡钓客，江南华亭（今上海市）人。诗文与钱芳标齐名，时称"钱董"。清顺治十七年（1660）举人。坐奏销案除名。著有《玉凫词》，一名《盟鸥草阁词》。《全清词·顺康卷》存词一百六十一首。

26. 华亭高氏家族（三人）：高层云、高不骞、高曛。

高层云（1633—1689），字二鲍，号谡苑，晚号菰村，江南华亭（今上海市）人。清康熙十五年（1676）进士，授大理寺左评事，擢吏科给事中，迁通政司左参议，升太常寺少卿。著有《改虫斋集》。《全清词·顺康卷》存词二十八首，《全清词·顺康卷补编》存词二首。

高不骞（1656—1743），一名骞，字查客，又作槎客，号小湖，江南华亭（今上海市）人。高层云子。康熙四十四年（1705）南巡，召试献赋，赐官翰林院待诏，充国史馆收掌官。著有词集《罗裙草》。《全清词·顺康卷》存词一百三十五首。

高曛，字远修，江南华亭（今上海市）人。高不骞子。清康熙二十四年（1685）进士，改庶吉士，授编修。《全清词·顺康卷》据《瑶华集》录其词一首。

27. 华亭蒋氏家族（三人）：蒋平阶、蒋守大、蒋无逸。

蒋平阶，字大鸿，一字斧山，别号杜陵生，江南华亭（今上海市）人。明诸生。初在几社，明崇祯十五年（1642）与同邑周宿来、陶冰修组织似雅堂文会。乙酉（1645）赴闽事唐王，授兵部司务，晋升御史。丙戌（1646）闽破，遂改名换道装，漫游齐、鲁、吴、越，以堪舆术谋生。辑有《东林始末》，与弟子沈忆年、周积贤合著有词集《支机集》。《全明词》存词六十二首，《全清词·顺康卷》存词六十九首。

蒋守大，字曾策，江南华亭（今上海市）人。蒋平阶长子。《全明词》存词二首，《全清词·顺康卷》存五首。

蒋无逸，江南华亭（今上海市）人。蒋平阶次子。《全明词》存词二首，《全清词·顺康卷》存词四首。

28. 华亭林氏家族（八人）：林子卿、林子威、林子宁、林子襄、林子仪、林企俊、林企忠、林企佩。

林子卿，字安国，江南华亭（今上海市）人，明诸生。自曾祖林景旸起为松江望族。兄弟五人皆能诗词。少颖异，精天文地舆律吕典制之学。著有《素园诗稿》《续松江府志》。《全清词·顺康卷》存词一首。

林子威（1627—？），字武宣，江南华亭（今上海市）人，林子卿弟。诸生。著有《贞娱草堂词》。《全清词·顺康卷》存词十首，《全清词·顺康卷补编》存词十九首。

林子宁，字定远，江南华亭（今上海市）人，林子卿弟。曾游幕岭南。《全清词·顺康卷》存词十首。

林子襄，字平子，江南华亭（今上海市）人，林子卿弟。明诸生。入清，终身隐居。后客游岭南，病归道卒。《全清词·顺康卷》存词七首。

林子仪，字季度，一作元度，江南华亭（今上海市）人，林子卿弟。诸生。以清初奏销案除名，卒年仅三十余。《全清词·顺康卷》存词五首。

林企俊，字宫升，江南华亭（今上海市）人。诸生。林子威长子。著有《楚粤吟草》附词。《全清词·顺康卷》存词二首。

林企忠，字中水，号寓园，江南华亭（今上海市）人。林子威子。尝幕游楚地。著有《翠露轩诗余》。《全清词·顺康卷》存词二百三十三首。

林企佩，字鹤招，号寄亭，江南青浦（今上海市松江县）人。企忠从兄。著有《龙江集》。《全清词·顺康卷》存词二首。

29．华亭陆氏家族（三人）：陆振芬、陆祖琳、陆凤池。

陆振芬（1622—1693），字令远，号俟庵，本姓林，江南华亭（今上海市）人。弱冠入几社。清顺治六年（1649）进士。官广东惠潮道副使。顺治十年（1653）因病告退，优游林下四十年。《全清词·顺康卷》存词一首。

陆祖琳，字孝谷，号希庵，江南华亭（今上海市）人。陆振芬季子。与张彦之、陶尔穟等唱和。著有《澹香词》。《全清词·顺康卷》存词一首。

陆凤池（1685—1711）（女），字元宵，号秀林山人，江南华亭（今上海市）人。陆振芬孙女，陆祖琳兄祖彬之女。曹一士（谔庭）继室。长于诗词。著有《梯仙阁余课》，存诗五十五首，词十一首，附刻于曹一士《四焉斋集》后。《全清词·顺康卷》存词十一首。

30．华亭宋氏家族（八人）：宋楸澄、宋存标、宋征璧、宋征舆、宋思玉、宋泰渊、宋祖年、宋大麓。

宋楙澄（1569—1620），字幼清，号稚源，一作自源，江南华亭（今上海市）人。宋征舆、宋敬舆父。万历四十年(1612)举人。著有《九籥集》。《全明词补编》存词十二首。

宋存标（约1601—1666），字子建，号秋士，别署蒹葭秋士，江南华亭（今上海市）人。宋楙澄侄，宋征舆从兄。明崇祯十五年（1642）副贡，候补翰林院孔目。入清不仕。著有《秋士香词》《翠娱阁集》。《全明词》存词三十一首。

宋征璧（约1602年—1672），字尚木，又字让木，号幽谷朽生，别署歇浦村农，江南华亭（今上海市）人。宋楙澄侄，宋征舆从兄。明崇祯十六年癸未（1643）进士，授中书舍人，充翰林院经筵展书官。入清，官至潮州知府。著有《三秋词》《歇浦唱和香词》等。《全清词·顺康卷》存词五十五首。

宋征舆（1618—1667），字辕文，一字直方，号林屋，别号佩月主人，江南华亭（今上海市）人。宋楙澄子，宋征璧从弟，与宋敬舆为同父异母兄弟。清顺治四年丁亥（1647）进士，官至左副都御史。明末与陈子龙、李雯倡几社，称"云间三子"，三人合撰词集《幽兰草》。著有《海闾唱和香词》《林屋文稿》。《全清词·顺康卷》存词一百零三首。

宋思玉，字楚鸿，江南青浦人。宋存标长子。著有《棣萼轩词》。《全清词·顺康卷》存词二十二首。

宋泰渊（1635—1665），字河宗，江南华亭（今上海市）人。宋征舆长子，娄县贡生，因征舆之兄敬舆无子，遂以为后。著有《棣萼轩唱和词》，今佚。《全清词·顺康卷》存词十四首。

宋祖年，字子寿，江南华亭（今上海市）人。宋征舆次子，过继从兄征璧为嗣子。清顺治十一年（1654）举人。负隽誉，早卒。《全清词·顺康卷》存词一首。

宋大麓，字舜纳，江南华亭（今上海市）人。与张渊懿、宋泰渊等唱和。《全清词·顺康卷》存词十首。

31. 华亭章氏家族（三人）：章有湘、章有渭、章有娴。

章有湘（？—1671）（女），字玉筐，又字令仪，自号橘隐居士，江南华亭（今上海市）人。章简之次女，孙中麟妻。与姊章有淑，妹章有渭、章有源、章有澄、章有泓皆工吟咏，后人辑诸女之作为《章氏六才女诗集》。著有《澄心堂集》。《全明词》存词三首。

章有渭（女），字玉璜，江南华亭（今上海市）人。章简第三女，章有湘妹，侯研德妻。清顺治二年（1645）遭难，夫妇遁迹偕隐，事定归里。著有《淑清遗草》（一名《燕喜楼草》）、《淇园集》。《全明词》存词二首。

章有娴（女），字媛贞，江南华亭（今上海市）人。章简之弟章旷（1611—1647）长女，杨芍妻。著有《寒碧词》。《全明词》存词二首。

32. 华亭张氏家族（三人）：张天湜、张李定、张传。

张天湜，字止鉴，江南华亭（今上海市）人。张明化孙。明崇祯十二年（1639）副贡，清顺治十一年（1654）举人。《全明词》存词一首，《全清词·顺康卷》存词十一首。

张李定，字慧晓，江南华亭（今上海市）人。张天湜子。诸生。曾为周稚廉《容居堂词钞》作序。《全明词》存词一首，《全清词·顺康卷》存词二首。

张传（女），字汝传，江南华亭（今上海市）人。张天湜女，徐基妻。著有《绣余稿》。《全清词·顺康卷》存词三首。其女徐贤，亦能诗词，有《续绣余稿》。

33. 华亭张氏家族（三人）：张安茂、张世定、张世绥。

张安茂，字子美，号莪匪，江南华亭（今上海市）人。其父张以诚（1568—1615）为万历二十九年（1601）辛丑科状元。安茂为清顺治四年（1647）进士，授工部主事，历官至陕西布政使。《全清词·顺康卷》存词一首。

张世定，字持远，江南华亭（今上海市）人。张安茂子。清康熙二十年诸生，以拔贡廷试授教谕。著有《招鹤楼诗稿》。《全清词·顺康卷》存词二首。

张世绥，字紫垂，号瞿父，江南华亭（今上海市）人。张安茂之弟安豫第三子。清康熙二年（1663）举人。知河南洧川县十四载，多善政，卒于官，民立培风书院以祀之。《全清词·顺康卷》存词一首。

34. 华亭周氏家族（四人）：周茂源、周纶、周稚廉、周稚炳。

周茂源（1613—1672），字宿来，号釜山，江南华亭（今上海市）人。清顺治六年（1649）进士，官至浙江处州知府。著有《鹤静堂诗余》，一名《壁上词》。《全清词·顺康卷》存词三十五首。

周纶，字鹰垂，江南华亭（今上海市）人。周茂源子，周稚廉父。少有隽才，然十赴秋试不第。清康熙初以贡生廷试得候补国子监学正。曾为王士禛门下弟子。著有《不碍云山楼稿》，词集为《柯斋诗余》。《全清词·顺康卷》存词一百三十一首，《全清词·顺康卷补编》存词三十一首。

周稚廉（约1666—1694），字冰持，号可笑人，江南华亭（今上海市）人。周茂源孙，周纶子。清康熙十二年（1673）诸生，援例应试不遇。赋性颖敏，才名藉甚。著有《容居堂词》。《全清词·顺康卷》存词二百零九首。

周稚炳，字怀蓼，江南华亭（今上海市）人。周稚廉弟。清雍正元年（1723）恩贡，官英山训导。著有《琼靡词》。《全清词·顺康卷》存词一首。

35. 华亭王氏家族（四人）：王广心、王顼龄、王鸿绪、王九龄。

王广心（1611—1691），字伊人，号农山，江南华亭（今上海市）人。王顼龄、王九龄、王鸿绪之父。少年时参与几社活动，与陈子龙、李雯、夏允彝等交往唱酬。清顺治六年（1649）进士，官至御史。有《兰雪堂稿》。《全清词·顺康卷》存词二首。

王顼龄（1642—1725），字颛士，一字容士，号瑁湖，晚号松乔老人，江南华亭（今上海市）人。王广心长子。康熙十五年（1676）进士，官至礼部侍郎。著有《世恩堂集》三十五卷，其中《诗余》二卷。《全清词·顺康卷》录其词五十四首，《全清词·顺康卷补编》另辑得四十首，合为九十四首。

王鸿绪（1645—1723），字季友，号俨斋，江南华亭（今上海市）人。王顼龄弟。康熙十二年（1673）进士，官至户部尚书。有《横云山人集》。《全清词·顺康卷》存词三首。

王九龄（？—1709），字子武，号薛澨，江南华亭（今上海市）人。王顼龄弟。康熙二十一年（1682）进士，官至都察院左御史。有《懒云书屋诗稿》及《松溪诗余》。《全清词·顺康卷》存词二十七首。

36．娄县张氏家族（四人）：张集、张梁、张荣、华浣芳。

张集，字殿英，号曼园，江苏娄县（今上海松江）人。张照从父，张淇子。康熙十五年（1676）进士，授行人，擢御史，历官吏部左侍郎、兵部左侍郎。《全清词·顺康卷》据《瑶华集》录词一首。

张梁，字大木，一字奕山，号幻花，江苏娄县（今上海松江）人。张彙子，张集弟，张照从父。《全清词·顺康卷》系其生卒为1657—1739，《全清词·顺康卷补编》改为1683—1756后。康熙五十二年（1713）进士，官行人司行人。会裁缺别补，遂归。著有《澹吟楼诗钞》《幻花庵词钞》。《全清词·顺康卷》存词二百三十五首，《全清词·顺康卷补编》又辑得二首。

张荣（1659—？），字景桓，号空明，江苏娄县（今上海松江）人。张照从父。康熙三十年（1691）拔贡。曾任崇明县儒学训导。有《空明子诗余》。《全清词·顺康卷》存词一百四十一首。

华浣芳（1695—1717），祖籍梁溪（今无锡市），寄籍苏州，张荣侧室。著有《挹青轩诗余》。《全清词·顺康卷》存词六十二首。

常州府

37．武进黄氏家族（四人）：黄永、黄京、浦映渌、周姗姗。

黄永（1621—？），字云孙，号艾庵，江苏武进（今常州市）人。清顺治十二年（1655）进士，官刑部员外郎。顺治十八年（1661）以奏销案罢归。著有《溪南词》。《全清词·顺康卷》存词一百三十八首，《全清词·顺康卷补编》存词六十首。

黄京，字初子，江苏武进（今常州市）人。黄永弟。著有《续花间词》。《全清词》存词十七首。

浦映渌（女），字湘青，江苏无锡人。黄永妻。著有《绣香草》。《全清词·顺康卷》存词七首。

周姗姗（女），字小姗，黄永聘妾，未嫁而亡。《全清词·顺康卷》存词一首。

38．无锡顾氏家族（四人）：顾贞观、顾贞立、顾景文、顾衡文。

顾贞观（1637—1714），字华峰，号梁汾，江苏无锡人。清康熙五年（1666）顺天举人，擢秘书院典籍。著有《弹指词》。《全清词·顺康卷》存词二百四十二首，《全清词·顺康卷补编》存词二首。

顾贞立（1623—1699）（女），原名文婉，字碧汾，自号避秦人，江苏无锡人。顾贞观姊，同邑侯晋妻。清康熙二十四年（1685）尚在世。工诗词，常与王朗唱和。著有《栖香阁词》。《全明词》存词一百六十九首，《全清词·顺康卷》存词一百六十首，《全清词·顺康卷补编》存词三首。

顾景文（1629—1692），字景行，号鲍园，江苏无锡人。顾宪成曾孙，顾贞观长兄。著有《鲍园词》。《全明词》存词一首，《全清词·顺康卷》存词四首，《全清词·顺康卷补编》存词六首。

顾衡文，字倚平，号清琴，江苏无锡人。顾贞观弟。著有《清琴词》。《全清词·顺康卷》存词二首。

39. 无锡侯氏家族（十二人）：侯昪、侯晰、侯文灿、侯文耀、侯文爌、侯文熺、侯文灯、侯文照、侯承垕、侯承基、侯承埼、侯桂。

侯昪（1624—1675），字仙蓓，号霓峰，江苏无锡人。侯晰兄。顺治六年（1649）进士，官至礼部郎中。著有《玉岩草》《亦园诗稿》等。子六人：文灿、文耀、文鼎、文爌、文灯、文烈。《全清词·顺康卷补编》存词七首。

侯晰（1654—1720），字粲辰，江苏无锡人。附监生，考授州佐。工隶篆，善山水。著有《惜轩词》。《全清词·顺康卷》存词二十七首，《全清词·顺康卷补编》存词五首。康熙三十一年（1692）辑《梁溪词选》，选录清初无锡词人二十余家，有康熙间侯氏醉书阁刊本。

侯文灿（1647—1711），字蔚霰，江苏无锡人。侯昪子，文耀兄。助万树编《词律》。选唐宋名家词，编成《十名家词集》。编刊《亦园词选》，选明末清初词人约二百家，词九百二十三首。为清初词坛重要人物。《全清词·顺康卷补编》存词一首。

侯文耀（1648—?），字夏若，江苏无锡人。侯昪子。著有《鹤闲词》（或作《鹤涧词》）、《丁丑川游纪程词》。《全清词·顺康卷》存词四十七首，《全清词·顺康卷补编》存词十二首。

侯文爌，字象于，江苏无锡人。侯昪子。《全清词·顺康卷补编》存词一首。

侯文熺（1656—1711），字浴日，号蘅皋，江苏无锡人。康熙二十三年（1684）举江南乡试，会试屡不第，就教职。《全清词·顺康卷补编》存词三首。

侯文灯，字伊博，江苏无锡人。侯昪子。著有《回雪词》。《全清词·顺康卷补编》存词四十三首。

侯文照，江苏无锡人。《全清词·顺康卷补编》存词一首。

侯承垕，字学如，江苏无锡人。《全清词·顺康卷补编》存词三首。

侯承基，字大如，江苏无锡人。侯文灿子。《全清词·顺康卷补编》

存词二首。

侯承垿，江苏无锡人。贡生。清康熙三十七年（1698）任四川渠县知县。《全清词·顺康卷补编》存词一首。

侯桂，江苏无锡人。《全清词·顺康卷补编》存词四首。

40. 锡山秦氏家族（六人）：秦夔、秦镗、秦瀚、秦保寅、秦松龄、秦清芬。

秦夔（1433—1495），字廷韶，号中斋，江苏无锡人。秦旭长子。天顺四年（1460）进士，授南京兵部主事，累官至江西右布政使。其家族为秦观后裔，寄畅园即为秦家园林。著有《五峰遗稿》等。《全明词补编》存词七首。

秦镗（1466—1544），字国和，号乐易，自号类樗子，江苏无锡人。秦旦子，秦夔侄。弘治十七年（1504）举人，嘉靖中授南京都察院都事。著有《樗林摘稿》等。《全明词补编》存词二首。

秦瀚（1493—1566），先字会洋，号艾斋，改字叔度，号从川，江苏无锡人。秦镗第三子。廪生。后以子秦梁贵，封通政司参议。曾与俞宪等人结为诗社。《全明词》存词一首，《全明词补编》存词十首。

秦保寅（1628—1690），初名鸿，字乐天，自号石漆山农，江苏无锡人。与秦松龄同族。中岁弃举子业，习医。与严绳孙等结诗社，为诸子之冠。著有《石农稿》。《全清词·顺康卷》存词三首。

秦松龄（1637—1714），字留仙，一字汉石，号次淑，又号对岩，江苏无锡人。秦德澄子，秦仲锡孙。清顺治十二年（1655）进士，授检讨。历官至左春坊、右谕德，告归里居。著有《苍岘山人集》及《微云词》等。《全清词·顺康卷》存词三十七首。

秦清芬(女)，江苏无锡人。同邑诸生顾文炌妻。《全明词》存词一首，《全清词·顺康卷》存词一首。

41. 宜兴曹氏家族（三人）：曹亮武、曹湖、曹臣襄。

曹亮武（1637—？），字渭公，号南耕，江苏宜兴人。陈维崧表弟，词亦与迦陵齐名。阳羡词派重要成员。著有《南耕词》《荆溪岁寒词》等。《全明词》存词二十四首，《全清词·顺康卷》存词三百零一首，《全清词·顺康卷补编》存词十三首。

曹湖，字二隐，江苏宜兴人。曹亮武胞兄。著有《柰香亭词》，一名《青山草堂词》。《全清词·顺康卷》存词九首。

曹臣襄，字思赞，号秋坪，后改名在丰，字湛斯，江苏宜兴人。曹亮武子。诸生。以书画著称。著有《月舫词》。《全清词·顺康卷》据《瑶华集》存词二首。

42. 宜兴陈氏家族（九人）：陈于泰、陈维崧、陈维岱、陈维嵋、陈维岳、陈长庆、陈宗石、陈枋、陈履端。

陈于泰（1590—1650），字大来，号谦茹，江苏宜兴人。明崇祯四年（1631）进士，殿试第一，官翰林院修撰。明亡后为僧。著有《绣胸斋稿》。《全明词》存词一首，《全清词·顺康卷》存词一首。

陈维崧（1625—1682），字其年，号迦陵，江苏宜兴人。陈于泰从孙，陈贞慧子。清康熙十八年（1679）荐应博学鸿词科，试列一等，授翰林院检讨，与修明史。生前刻有《乌丝词》，殁后蒋景祁刻天藜阁本《陈检讨词》，《湖海楼词集》三十卷本系其四弟陈宗石所编定。陈维崧生前尚编纂有《今词苑》《妇人集》。《全清词·顺康卷》存词一千六百六十四首，《全清词·顺康卷补编》存词六首。

陈维岱（1636—？），字鲁望，号石闾，江苏宜兴人。明顺天府知事陈贞达子，陈维崧从弟。清康熙二十六年（1687）尚在世，卒年不详。父死于国难，维岱终身不仕。工诗、古文，著有《石闾词》。《全清词·顺康卷》存词十七首。

陈维嵋（1630—1672），一名文鹭，字半雪，江苏宜兴人。陈维崧仲弟。邑庠生。著有《亦山草堂遗稿》。《全清词·顺康卷》存词四十六首。

陈维岳（1635—1712），字纬云，晚号苦庵，江苏宜兴人。陈维崧三弟。著有《红盐词》，朱彝尊为作序，然未及刊刻即散佚。《全清词·顺康卷》存词四十五首，《全清词·顺康卷补编》存词一首。

陈长庆，字其白，江苏宜兴人。陈维崧从弟。自幼居北京历三十年。官知县。《全清词·顺康卷》存词一首。

陈宗石（1643—?），字子万，号寓园，江苏宜兴人。陈维崧季弟。监生。十四岁入赘商丘侯方域家为婿，遂籍焉。历官山西黎城县丞，升直隶安平县知县，迁户部陕西司员外郎。清康熙三十二年（1693）尚在世。《全清词·顺康卷》存词二首。

陈枋（1656—1692），字次山，江苏宜兴人。陈于泰曾孙，陈维崧从侄，邹祗谟甥。诸生。工诗词、古文。著有《香草亭词》《水榭诗稿》。《全清词·顺康卷》存词五十二首，《全清词·顺康卷补编》存词二首。

陈履端，字求夏，一字晚耘，江苏宜兴人。陈维嵋子，吴湛婿，嗣于陈维崧。庠生。著有《爨余词》。《全清词·顺康卷》存词九首，《全清词·顺康卷补编》存词一首。

43. 宜兴储氏家族（九人）：储昌祚、储懋端、储欣、储福畤、储福观、储福宗、储贞庆、储方庆、储右文。

储昌祚，字肩宇，江苏宜兴人。储氏家族以唐代储光羲为始祖，昌祚为储光羲二十七世孙。明万历十七年（1589）进士，历官四川按察司佥事。《全明词》存词一首。

储懋端（1582—1671），字孔规，号象岩，江苏宜兴人。储昌祚长子。性好书，尤喜三唐诗。著有《倚云楼集》《留都见闻录》等。《全明词》存词二首。

储欣（1631—1706），字同人，号梅隐，江苏宜兴人。储昌祚孙，储懋端子。康熙二十九年（1690）举人，时已六十岁。试礼部不遇，遂归，杜门不出，著书教授以终。著有《在陆草堂集》。《全清词·顺康卷》存词二首。

储福畤（1610—1658），字九旂，江苏宜兴人。储懋端次子。著有《画峰楼集》《秋色亭词》。《全明词》存词一首，《全清词·顺康卷》存词一首。

储福观，字观大，一字耀远，江苏宜兴人。储福宗从兄。著有《笯云词》。《全明词》存词一首，《全清词》存词二首。

储福宗，字天玉，江苏宜兴人。有《岳隐词》。《全明词》存词二首，《全清词·顺康卷》存词二十二首。

储贞庆（1629—1678），字雪持，江苏宜兴人。储昌祚曾孙，储福畤长子。诸生。著有《雨山词》。《全明词》存词二首，《全清词·顺康卷》存词十七首，《全清词·顺康卷补编》存词一首。

储方庆，字广期，号遁庵，江苏宜兴人。储福畤第三子。清康熙六年（1667）进士，授山西清源县知县。十八年（1679）应博学鸿词科试，报罢，以原官用，遂告归。《全清词·顺康卷》存词一首。

储右文，字云章，江苏宜兴人。储昌祚玄孙，储方庆长子。清康熙十六年（1677）举人，初授湖广京山县知县，后以知州衔知福建宁德县事六年，请养疾归。著有《敬义堂集》《垂露词》。《全清词·顺康卷》存词四首。

44. 宜兴蒋氏家族（三人）：蒋永修、蒋景祁、蒋运昌。

蒋永修（1616—1682），字纪友，号慎斋，江苏宜兴人。蒋景祁父。清顺治四年（1647）进士，累官至陕西参政。早年与陈维崧同为"秋水社"盟友。著有《四垣疏稿》等。生平参见蒋景祁撰《大参公年谱》。《全清词·顺康卷》存词三首。

蒋景祁（1646—1695），初字次京，改字京少，又作荆少，江苏宜兴人。蒋永修次子。贡生，官府同知。著有《东舍集》《梧月词》《罨画溪词》，又辑《瑶华集》等。《全清词·顺康卷》存词一百四十七首，《全清词·顺康卷补编》存词三首。

蒋运昌，字开泰，江苏宜兴人。蒋景祁子。康熙二十五年（1686）

曾协助其父景祁抄校《瑶华集》。《全清词·顺康卷》据《瑶华集》存词一首。

45. 宜兴潘氏家族（四人）：潘瀛选、潘廷选、潘眉、潘祖义。

潘瀛选（1624—1668），字仙客，号梅庵，江苏宜兴人。潘眉父。清顺治六年（1649）进士，授中书，迁兵部郎中，出知河间府，以原籍钱粮诖误降调宁波同知，迁青州司理，卒于官。《全清词·顺康卷》存词二首。

潘廷选，字晓山，江苏宜兴人。潘眉叔父。晚年与同邑周立五、徐喈凤、陈维崧等联吟结社。著有《斗映楼文集》《双桂轩诗集》。《全清词·顺康卷》存词一首。

潘眉（1644—？），字原白，号莼庵，江苏宜兴人。潘瀛选子。以附贡生教习镶白旗，授湖南溆浦县知县，官至福建兴化府知府，卒于任。著有《桴年集》，词附。与陈维崧同选《今词苑》，后参与选编《荆溪词初集》。《全清词·顺康卷》存词四十九首。

潘祖义，字行廉，江苏宜兴人。潘眉子。廪贡生。受业于储欣，参与《瑶华集》考订事。《全清词·顺康卷》存词三首。

46. 宜兴徐氏家族（四人）：徐喈凤、徐翙凤、徐瑶、徐玑。

徐喈凤（1622—？），字鸣岐，更字竹逸，号荆南山人，江苏宜兴人。清顺治十五年（1658）进士，官云南永昌府推官，十八年（1661）以奏销案降调，告归，复自号荆南墨农。著有《荫绿轩词》初集、续集等。《全清词·顺康卷》存词二百四十六首，《全清词·顺康卷补编》存词八首。

徐翙凤（1628—1684），字声岐，号竹虚，又自号馌亭老农，江苏宜兴人。徐喈凤弟。《全清词·顺康卷》存词十首。

徐瑶，字天璧，江苏宜兴人。徐喈凤子。岁贡生。著有《离墨词》（又称《桂子楼词》），《名家词钞》所收则名为《双溪泛月词》。《全清词·顺康卷》存词五十四首，《全清词·顺康卷补编》存词六首。

徐玑，字天玉，别字畏山，江苏宜兴人。徐翙凤之子。诸生。工诗文，与从兄徐瑶齐名。著有《湖山词》。《全清词·顺康卷》存词四十四首。

47. 宜兴路氏家族（六人）：路迈、路遴、路念祖、路传经、路有声、路锦程。

路迈，字子就，号广心，江苏宜兴人。明崇祯七年（1634）进士，授暨阳知县。迁吏部员外郎，旋告归以养亲。有《天香阁遗集》。《全清词·顺康卷》存词二首。

路遴，字子将，号屺望，江苏宜兴人。路迈弟。清顺治九年（1652）进士。官至直隶永平知府。卒于任。有《望古斋集》《种玉楼诗》。《全清词·顺康卷》存词二首。

路念祖，字敬止，号耐庵，江苏宜兴人。路迈子，路传经兄。《全清词》存词六首。

路传经，字岁星，江苏宜兴人。路迈子，路念祖弟，徐喈凤婿。《全清词·顺康卷》据《百名家词钞》本《旷观楼词》录词三十五首。

路有声，字声似，江苏宜兴人。《全清词·顺康卷》存词五首。

路锦程，号若瞻，江苏宜兴人。善画，尤工花鸟。《全清词·顺康卷补编》存词一首。

48. 宜兴吴氏家族（四人）：吴洪化、吴本嵩、吴梅鼎、吴逢原。

吴洪化，字以蕃，号贰公，江苏宜兴人。明崇祯九年（1636）举人。入清官教谕。著有《屑云词》，一名《惜云词》。《全清词·顺康卷》存词五首。

吴本嵩，原名玉麟，字天石，江苏宜兴人。吴洪化子。著有《都梁词》。《全清词·顺康卷》存词三十八首，《全清词·顺康卷补编》辑词四首。

吴梅鼎，原名雯，字天篆，江苏宜兴人。吴洪化子，本嵩弟。康熙二十七年（1688）序贡。工诗词，善书画。著有《醉墨山房赋稿》《醉墨山房词稿》。《全清词·顺康卷》存词二十八首。

吴逢原，字枚吉，江苏宜兴人。吴梅鼎同族弟。梅鼎词中有《解踟蹰·广陵旅次送枚吉弟之彭城》。《全清词·顺康卷补编》存词十一首。

镇江府

49. 丹阳贺氏家族（十人）：贺裳、贺洁、贺禄、贺元瑛、贺宽、贺易简、贺对达、贺国璘、贺宿、贺巽。

贺裳，字黄公，号檗斋，江苏丹阳人。明诸生。工于词，著有词别集《红牙词》，词话《皱水轩词筌》，词选《词旃》《词榷》等。《全明词》存词十首，《全清词·顺康卷》存词九十三首。

贺洁（女），字靓君，江苏丹阳人。贺裳女，溧阳史左臣妻。著有词集《愁人集》，一作《潄水词》，又名《亦政堂词》。《全明词》存词五首。《全清词·顺康卷》存词五首。

贺禄（女），字宜君，江苏丹阳人。贺裳女，贺国璘从妹。《全明词》存词一首，《全清词·顺康卷》存词七首。

贺元瑛（女），字赤浦，名舒霞，江苏丹阳人。贺裳女，贺宽妹。出家为尼，称尼舒霞。《全清词·顺康卷》存词三首。

贺宽（1627—？），字瞻度，号拓庵，江苏丹阳人。贺裳子。清顺治九年（1652）进士。官大理寺评事。著有《山响斋词稿》。《全清词·顺康卷》存词十二首。

贺易简，字位成，又作渭城，江苏丹阳人。贺裳子。贺国璘从弟。与弟贺对达合刊《皱水轩词同怀稿》。《全清词·顺康卷》存词六首。

贺对达，字兼山，江苏丹阳人。贺裳子。贺易简弟。与兄贺易简合刊《皱水轩词同怀稿》。《全清词·顺康卷》存词十首。

贺国璘（1632—？），字天山，号遯庵，江苏丹阳人。顺治时诸生。官州同知。著有《天山文集》四卷，《飞鸿阁诗余》《楚江诗余》合稿。《全清词·顺康卷》存词五十首。

贺宿,字天士,号客星,江苏丹阳人。工诗词,与贺国璘齐名,有"二贺"之称。著有《括香集》《仙舟诗文集》等。《全清词·顺康卷》存词三首。

贺巽,字申如,号孤村,江苏丹阳人。贺国璘侄孙。著有《此光楼诗余》,又名《孤村诗余》。《全清词·顺康卷》存词四十七首。

50. 金坛王氏家族(三人):王樵、王彦泓、王朗。

王樵(1521—1599),字明远,号方麓,江苏金坛人。嘉靖二十六年(1547)进士,授行人司行人。历官至南京刑部右侍郎,右都御史。卒谥恭简。著有《方麓集》。《全明词补编》存词一首。

王彦泓(约1593—1642),字次回,江苏金坛人。都御史王樵孙。官华亭县训导。喜作艳体小诗,多而工。词不多作,而善改昔人词。著有《疑雨集》。《全明词》存词二首,《全明词补编》存词九首。

王朗(女),字仲英,自称羼提道人,又曰无生子,江苏金坛人。王彦泓女。约生于崇祯元年(1628)。无锡秦松龄继母。著有《古香亭词》。《全明词》存词三首,《全明词补编》存词四首。

庐州府

51. 合肥龚氏家族(五人):龚鼎孳、顾媚、龚士稹、龚士稚、龚志旦。

龚鼎孳(1615—1673),字孝升,号芝麓,庐州合肥人。崇祯元年(1628)进士,历官兵科给事中、太常寺少卿、左都御史,官至礼部尚书。谥号端毅。著有《香严词》,亦名《定山堂诗余》。《全清词·顺康卷》存词二百零三首,《全清词·顺康卷补编》存词四首。

顾媚(1619—1664)(女),字眉生,改徐姓,名横波,一字智珠,又字眉庄,又号善材君,江苏上元人。龚鼎孳侧室。著有《柳花阁稿》。《全清词·顺康卷》存词三首。

龚士稹,字伯通,安徽合肥人。龚鼎孳长子。《全清词·顺康卷》存词八首。

龚士稚,安徽合肥人。龚鼎孳次子。拔贡生。《全清词·顺康卷》存词一百零七首。

龚志旦,安徽合肥人。龚士稚侄。《全清词·顺康卷》存词一首。

安庆府

52. 桐城方氏(十人):方以智、方中通、方中发、方正瑹、方亨咸、吴榴阁、张鸿庞、姚凤翙、方笙、方佺。

方以智(1611—1671),字密之,号鹿起,安徽桐城人。方孔照子。明崇祯十三年(1640)进士,官检讨。与冒襄、陈贞慧、侯方域等并称"明季四公子"。明亡,为报国寺僧,名弘智,字愚者,一字无可,人称药地和尚。著有《浮山集》,词附。《全明词》存词三十一首。

方中通(1634—1698),字位白,号陪翁,安徽桐城人。方以智子。尝问学于西人,精历算之学。著有《陪集》十一卷,《续陪》四卷,词附集中。《全清词·顺康卷》存词五十首。

方中发(1639—1731),字有怀,号鹿湖,安徽桐城人。方以智从子。幼孤,侍祖隐居白鹿山五十年。善真草隶书。著有《白鹿山房诗文集》。《全清词·顺康卷》存词一首。

方正瑹,字玫士,号寓安,安徽桐城人。方以智孙,方中德次子。廪贡生,尝客于红兰主人蕴端家多年。《全清词·顺康卷》存词一首。

方亨咸,字邵邨,安徽桐城人。方拱乾子。清顺治四年(1647)进士,官至御史。《全清词·顺康卷》存词五首。

吴榴阁(女),字允宜,安徽桐城人。方拱乾之孙方云骏妻。《全清词·顺康卷》存词三首。

张鸿庞(女),字淑舟,当涂人。张中严女,方念祖妻。著有《案廊闲草》《纸阁初集》。《全明词》存词三首,《全清词·顺康卷》存词三首。

姚凤翔（女），字季羽，安徽桐城人。姚孙棐次女，方云旅妻。著有《赓噫集》。《全清词·顺康卷》存词九首。

方笙（女），字豫宾，安徽桐城人。方拱乾孙女，方育盛次女，祥符周在建妻。《全清词·顺康卷》存词二首。

方佺（女），字允吉，安徽桐城人。方拱乾孙女，方育盛幼女，吴芃妻。《全清词·顺康卷》存词二首。

徐州府

53. 彭城张氏家族（五人）：张胆、张翃、张彦圣、张彦琦、张彦瑗。

张胆（？—1691），字伯量，江苏彭城（今徐州市）人。张竹坡伯父。幼习举业，文场不售，转攻兵书。与其父张垣同中崇祯癸酉科（1633）武举。史可法镇守淮扬，题授河南归德府城守参将。父殉难后降清，官至督标中军副将，加都督同知。顺治十一年（1654）解甲归田。著有《归田词》。道光刊本《清毅先生谱稿》收录其《浪淘沙》词二首。

张翃（1643—1684），字季超，号雪客，江苏彭城（今徐州市）人。张竹坡父。著有《山水友》《惜春草》等。乾隆四十二年（1777）刊本《张氏族谱》中存其词四首。

张彦圣（1685—1702），字伦至，江苏彭城（今徐州市）人。张竹坡从侄。能诗工书，闾里咸以异才称。著有《学古堂诗集》。《全清词·顺康卷》存词一首。

张彦琦（1667—1730），字次韩，号逸园，江苏彭城（今徐州市）人。张胆长孙，张竹坡从侄。幼而沉毅聪慧，坚欲科举，而数困棘闱，遂绝意进取，沉酣于诸子百家，晚年尤深究性命之旨。著有《凌虹阁词集》。《全清词·顺康卷》存词三首。

张彦瑗（女），字清婉，江苏彭城（今徐州市）人。张竹坡侄女。著有《娴猗草》。《全清词·顺康卷》存词八首。

三、浙江省

杭州府

54. 钱塘陆氏家族（四人）：陆圻、陆培、陆阶、陆寅。

陆圻（1614—？），字丽京，号景宣，又号讲山，浙江钱塘（今杭州市）人。崇祯时贡生。与毛先舒、柴绍炳、沈谦等唱和，称"西泠十子"。明亡，不知所终。著有《威凤堂集》。《全明词》存词一首。

陆培，字左城，浙江钱塘（今杭州市）人。陆圻弟。诸生。为文沉博，有类诸兄。家道中落，远游幕府。著有《丹凤堂集》。《全明词》存词一首。

陆阶（1619—1701），字梯霞，浙江钱塘（今杭州市）人。陆圻叔弟，明兵部郎中陆鸣时嗣子。崇祯十二年（1639）举人。少与兄圻、培为复社之冠，称"陆氏三龙门"，又与陈子龙相友善。明亡，隐于河渚，后讲学于万松书院。著有《白凤楼集》。《全明词》存词一首。

陆寅（1648—1690），字冠周，浙江钱塘（今杭州市）人。陆圻子。康熙二十七年（1688）进士。父远出不归，一身事母。母殁后，徒步访父，终不得见，呕血而卒。著有《玉照堂集》《暗香词》。《全清词·顺康卷》存词四首。

55. 钱塘顾氏家族（五人）：顾若璞、顾若群、黄鸿、顾长任、顾姒。

顾若璞（1592—1681）（女），字和知，浙江钱塘（今杭州市）人。晚明上林署丞顾友白女，仁和黄茂梧妻。二十八岁即寡，抚育二子四孙成人。幼聪慧，能古文辞。清康熙十九年（1680）八十九岁时为其孙媳钱凤纶序《古香楼集》。著有《卧月轩合集》。《全明词》存词八首，《全明词补编》存词二首。

顾若群，字石公，又字不党，号超士，浙江钱塘（今杭州市）人。顾若璞弟。诸生。入清后落发为僧。著有《石公稿》。《全明词》存词二首，《全清词·顺康卷》存词二首。

黄鸿（1596—1631）（女），字鸿辉，浙江钱塘（今杭州市）人。黄克谦之女，顾若群妻。能文词，著有《广寒集》《闺晚吟》。《全明词》存词四首，《全清词·顺康卷》存词三首，《全清词·顺康卷补编》存词三首。

顾长任（女），字重楣，号霞笈仙姝，浙江钱塘（今杭州市）人。青浦少尹顾笨云女，称顾若璞为祖姑，同邑林以畏妻。工诗词，与表妹钱凤纶、小姑林以宁等结社唱和。著有《谢庭香咏》《霞笈仙姝词》。《全明词》存词四首，《全清词·顺康卷》存词四首。

顾姒（女），又作仲姒，字启姬，浙江钱塘（今杭州市）人。顾笨云女，顾长任妹，同邑诸生鄂曾（字幼舆）妻。工倚声，与其姊长任及林以宁、钱凤纶、柴静仪等结社唱和。著有《静御堂集》《由拳草》《翠园集》。《全明词》存词十五首，《全清词·顺康卷》存词十五首。

56. 钱塘钱氏家族（七人）：顾之琼、钱静婉、钱凤纶、钱元修、钱肇修、林以宁、钱来修。

顾之琼（女），字玉蕊，浙江钱塘（今杭州市）人。顾若璞侄女，钱开宗（绳庵）妻，元修母。工诗词，与徐灿、柴静仪等结诗社，号"蕉园五子"。著有《亦政堂集》。《全明词》存词十二首，《全清词·顺康卷》存词十二首。

钱静婉（女），字淑仪，浙江钱塘（今杭州市）人。顾之琼长女，元修、肇修姊。著有《天香楼集》。《全明词》存词一首，《全清词·顺康卷》存词一首。

钱凤纶（1641—1705）（女），字云仪，浙江钱塘（今杭州市）人。顾之琼次女，黄弘修妻。工诗词，与弟妇林以宁，姊钱静婉，表嫂顾长任、柴静仪，以及冯娴、李瑞芳结社湖上之蕉园，有"蕉园五子""蕉园七子"的雅称。著有《古香楼集》。《全清词·顺康卷》存词二十五首。

钱元修，字安侯，浙江钱塘（今杭州市）人。顾之琼长子，钱凤纶弟。清顺治十五年（1658）进士。《全清词·顺康卷》存词一首。

钱肇修（1652—1705），字石臣，号杏山，浙江钱塘（今杭州市）人。

顾之琼次子。康熙三十年（1691）进士。初授洛阳县令，凡七载，擢陕西道御史。著有《石臣诗钞》《檗园诗余》。《全清词·顺康卷》存词一百二十五首。

林以宁（1655—？）（女），字亚清，浙江钱塘（今杭州市）人。进士林纶女，钱肇修妻。能诗词，为"蕉园七子"之一。著有《墨庄诗钞》《凤箫楼集》。《全清词·顺康卷》存词三首。

钱来修，字幼鲲，浙江钱塘（今杭州市）人。钱肇修弟。由明经授贵阳郡丞。《全清词·顺康卷》存词七首。

57. 钱塘沈氏家族（三人）：柴静仪、沈用济、沈沨。

柴静仪（女），字季娴，浙江钱塘（今杭州市）人。柴世尧（云倩）女，同里沈镠（汉嘉）室。工书画，与林以宁、顾长任、钱凤纶、冯娴等称"蕉园五子""蕉园七子"。著有《凝香室诗钞》，词附。《全明词》存词四首，《全清词·顺康卷》存词四首。

沈用济，字方舟，一名宏济，原名溁，浙江钱塘（今杭州市）人。沈镠与柴静仪子，女诗人朱柔则夫。监生。少时与弟沈沨晨夕唱和，合撰《荆花集》，丁澎为之序。后贫老无子而终。著有《方舟集》《玉树楼词》。《全清词·顺康卷》存词六首。

沈沨，一名遘洄，字溯原，浙江仁和（今杭州市）人。沈用济弟。与兄溁（用济）皆工诗，尝合刻《荆花集》。《全清词·顺康卷》存词二首。

58. 钱塘俞氏家族（三人）：俞士彪、俞美英、俞璩。

俞士彪，原名珮，字季瑮，浙江钱塘（今杭州市）人。诸生。曾官崇仁县丞。与毛先舒、徐士俊、丁彭、毛奇龄、张台柱、洪昇等唱和。著有《玉蕤词钞》。《全清词·顺康卷》存词二百一十六首。

俞美英，原名珣，字璿伯，浙江钱塘（今杭州市）人。俞士彪兄，张纲孙婿。工诗词，与诸虎男、张砥中等唱和。有《渔浦词》。《全清词·顺康卷》存词七首。

俞璥（女），字宜宜，浙江钱塘（今杭州市）人。俞士彪妹，同邑沈丰垣（遹声）妻。著有《柳花词》。《全清词·顺康卷》存词三首。

59. 钱塘徐氏家族（四人）：徐旭旦、徐旭升、徐旭昌、徐德音。

徐旭旦（1656—?），字浴咸，号西泠，别署圣湖渔父，浙江钱塘（今杭州市）人。先以副贡充康亲王尚善幕。历官兴化知县，官至连平知州。殁于康熙五十二年（1713）后。著有《世经堂词》。《全清词·顺康卷》存词五百三十首，《全清词·顺康卷补编》存词六十八首。

徐旭升，字上扶，号东皋，浙江钱塘（今杭州市）人。徐旭旦弟。清初诸生。精医术，工诗词。著有《东皋草堂诗集》，又与弟旭昌等合刻《东皋草堂唱和词》。《全清词·顺康卷》存词二十五首。

徐旭昌，号北溟，浙江钱塘（今杭州市）人，徐旭升弟。能诗文。《全清词·顺康卷》存词一首。

徐德音（1681—1758）（女），字淑则，浙江钱塘（今杭州市）人，徐旭旦从兄旭龄女，江都许迎年妻。"蕉园诗社"核心成员。长于诗。有《绿净轩诗钞》。亦能词。查礼《榕巢词话》录其《浣溪沙·题西湖图卷子》词一首。

60. 钱塘张氏家族（三人）：张纲孙、张振孙、张昊。

张纲孙（1619—?），原名丹，字祖望，号秦亭，浙江钱塘（今杭州市）人。清康熙三十九年（1700）尚在世。工诗词，为"西泠十子"之一。著有《从野堂诗余》，一名《秦亭词》。《全清词·顺康卷》存词二十首，《全清词·顺康卷补编》存词二首。

张振孙，字祖定，浙江钱塘（今杭州市）人。张纲孙弟。隐居以终。《全清词·顺康卷》存词二首。

张昊（1645—1668）（女），字玉琴，号云楼，浙江钱塘（今杭州市）人。举人张壇长女，张纲孙从妹。自幼喜读书，通文理，能诗词。"蕉园诗社"主要成员。著有《趋庭咏》《琴楼合稿》。《全清词·顺康卷》存词二首。

61. 钱塘张氏家族（三人）：张戬、傅静芬、张星耀。

张戬，字晋侯，浙江钱塘(今杭州市)人。张星耀父，傅静芬夫。《全明词》存词五首，《全清词·顺康卷》存词五首。

傅静芬（女），字孟远，浙江钱塘（今杭州市）人。张戬室，张星耀母，柴静仪、静娴表姐。《全明词》存词一首，《全清词·顺康卷》存词一首。

张星耀，原名台柱，字砥中，浙江钱塘（今杭州市）人。张戬子。沈谦弟子，洪昇密友。诸生，官内阁中书。与陆进、佟世南辑《东白堂词选》，著有《洗铅词》。《全清词·顺康卷》存词一百三十八首。

62. 仁和丁氏家族（四人）：丁澎、丁潆、丁一揆、丁介。

丁澎（1622—1685），字飞涛，号药园，浙江仁和（今杭州市）人。清顺治十二年（1655）进士，官刑部主事，调礼部郎中。十五年（1658）充河南乡试副考官，以科场案牵系，谪徙尚阳堡五载。著有《扶荔堂词》。《全清词·顺康卷》存词二百四十五首。

丁潆，字素涵，号天庵，浙江仁和（今杭州市）人。与兄丁澎、丁景鸿合称"盐桥三丁"。著有《青桂堂集》《采翟词》。《全清词·顺康卷》存词七首，《全清词·顺康卷补编》存词六首。

丁一揆(女)，号自闲道人，浙江仁和(今杭州市)人。丁澎妹。女尼，栖雄圣庵。著有《茗香词》。《全清词·顺康卷》存词二首。

丁介，字于石，号欧冶，浙江仁和(今杭州市)人。丁澎从子。诸生。著有《螺亭集》，附《问鹂词》。《全清词·顺康卷》存词一百零七首，《全清词·顺康卷补编》存词二首。

63. 仁和陆氏家族（四人）：陆进、陆隽、翁与淑、邵斯贞。

陆进，字荩思，浙江仁和（今杭州市）人。约生于明天启五年（1625），清康熙三十六年（1697）尚在世。贡生，官温州府学训导。著有《巢青阁集》，其中有词四卷。编有《西陵词选》，合编有《东白堂词选》。《全清词·顺康卷》存词三百九十四首，《全清词·顺康卷补编》

存词四十首。

陆隽,字升璜,浙江仁和(今杭州市)人。陆进弟。著有《延芳堂集》。《全清词·顺康卷》存词一首,《全清词·顺康卷补编》存词一首。

翁与淑(女),字登子,浙江仁和(今杭州市)人。陆进妻。其诗词附《巢青阁集》以存。《全明词》存词三首,《全清词·顺康卷》存词三首。

邵斯贞(女),字静娴,浙江余杭(今杭州市)人。陆进继室。著有《巢青阁遗集》。《全明词》存词二首,《全清词·顺康卷》存词二首。

64. 仁和毛氏家族(三人):毛先舒、毛媞、毛宗彙。

毛先舒(1620—1688),字稚黄,后更名骥,字驰黄,浙江仁和(今杭州市)人。明诸生。为"西泠十子"之一。与毛际可、毛奇龄齐名,人称"浙中三毛"。明亡后,不求仕进。精于音韵之学,能诗文。著有《韵学通指》《南曲正韵》《填词名解》《鸾情词选》等。《全明词》存词四首,《全清词·顺康卷》存词一百四十二首,《全清词·顺康卷补编》存词二首。

毛媞(1642—1681)(女),字安芳,浙江仁和(今杭州市)人。毛先舒女,同邑诸生徐邺妻。与夫合刻《静好集》。《全清词·顺康卷》存词四首。

毛宗彙,字山颂,号南屏,浙江仁和(今杭州市)人。毛先舒族孙。监生。清康熙十七年(1678)前后在世。著有《凝霜阁诗》。《全清词·顺康卷》存词二首。

65. 仁和沈氏家族(三人):沈谦、沈圣昭、沈圣清。

沈谦(1620—1670),字去矜,号东江,浙江仁和(今杭州市)人。明诸生,崇祯十五年(1642)补县学生。崇祯末与丁澎等称"西泠十子"。好诗赋古文,尤工于词,著有词集《东江别集》三卷。《全清词·顺康卷》存词二百一十九首,《全清词·顺康卷补编》存词三首。

沈圣昭,字弘宣,浙江仁和(今杭州市)人。沈谦次子。能诗文,工书画，尤善山水。著有《兰皋集》。《全清词·顺康卷》存词五首。

沈圣清，字叔义，浙江仁和（今杭州市）人，沈谦侄。《全清词·顺康卷》存词一首。

66. 仁和卓氏家族（十二人）：卓发之、卓人月、卓回、卓麟异、卓天寅、卓允域、卓允基、卓令式、卓长龄、卓松龄、卓龄、卓灿。

卓发之（1587—1638），一名能儒，字左车，号莲旬、无量，浙江仁和(今杭州市）人。卓人月父。明崇祯六年(1633)以乡荐为副贡。著有《水一方诗草》、《漉篱集》二十五卷、《漉篱遗集》一卷、《卓氏遗书》二卷。《全明词》存词三首，《全明词补编》存词四首。《全清词·顺康卷》存词三首。其卒年在甲申之前，《全清词》收录不当。

卓人月（1606—1636），字珂月，一字蕊渊，浙江仁和(今杭州市）人。崇祯八年（1635）拔贡。工诗文，擅词曲，著有《晤歌》《蕊渊集》，赵尊岳裁其词为《蕊渊词》。又与徐士俊合编《古今词统》十六卷。《全明词》存词九十四首，《全明词补编》存词一首。

卓回，字寒氏，号方水，别号休园，浙江仁和（今杭州市）人。卓人月弟。明崇祯贡生。善诗文，喜倚声，辑有《古今词汇三编》，著有《休园集》《东皋集》《休园长短句》。《全明词》存词一首，《全清词·顺康卷》存词一首。

卓麟异（1629—1668），字子孟，浙江仁和（今杭州市）人。卓彝子。清顺治十一年（1654）北科举人。康熙十七年（1678）前后曾助其从父卓回纂辑《古今词汇》。《全清词·顺康卷》存词八首。

卓天寅（1627—1695），字火传，号亮庵，初名大丙，浙江仁和（今杭州市）人。卓人月子。清顺治十一年（1654）副贡。问业于黄道周。著有《传经堂集》《静镜斋集》《芋庵北归诗草》。《全清词·顺康卷》存词一首。

卓允域，字永瞻，浙江仁和（今杭州）人。卓天寅长子。清康熙五年（1666）副贡。著有《思斋诗钞》，即《思斋堂集》。《全清词·顺康卷》

存词一首。

卓允基,字次厚,浙江仁和(今杭州市)人。卓天寅次子。清康熙十七年(1678)副贡生,官浙江衢州教谕。著有《履斋诗钞》。《全清词·顺康卷》存词二首,《全清词·顺康卷补编》存词一首。

卓令式,字孝则,浙江仁和(今杭州市)人。卓回从子。清康熙十八年(1679)助卓回辑《古今词汇》。《全清词·顺康卷》存词七首。

卓长龄(1658—1711),字蔗村,浙江仁和(今杭州市)人。卓回从孙。监生。康熙十八年(1679)曾助卓回校辑《古今词汇》,著有《高樟阁诗集》。《全清词·顺康卷》存词七首。

卓松龄,字嗣留,浙江仁和(今杭州市)人。卓回从孙。清康熙十八年(1679)曾助卓回校辑《古今词汇三编》。《全清词·顺康卷》存词八首。

卓龄,字号未详。浙江仁和(今杭州市)人。卓回孙辈。《全清词·顺康卷》存词五首。

卓灿(女),字文媖,浙江仁和(今杭州市)人。卓麟异女,适海宁监生陈奕昌。生而明慧,好读书。著有《俯沧楼集》。《全清词·顺康卷》存词四首。

67. 余杭严氏家族(十人):严渡、严沆、王芳舆、严曾榘、严曾业、严曾埶、严曾杼、严曾相、严曾模、严怀熊。

严渡,字子岸,浙江余杭(今杭州市)人。其父严调御与严武顺、严敕兄弟三人,万历后期结小筑社,称"余杭三严"。严渡与武顺之子沆、严敕之子津为从兄弟,皆为复社成员。严渡年四十以明经终。《全清词·顺康卷》存词十二首。

严沆(1617—1678),字子餐,号颢亭,浙江余杭(今杭州市)人。严武顺子,严渡从弟。明崇祯十二年(1639)举人,清顺治十二年(1655)进士,官至户部右侍郎。与宋琬、施闰章、丁澎等唱和,为"燕台七子"之一。著有《皋园诗文集》《古秋堂词》。《全清词·顺康卷》

存词十四首。

王芳舆（女），字芳从，浙江仁和（今杭州市）人。侍郎严沆妻。著有《纫余集》《玉树楼词》。《全清词·顺康卷》存词二首。

严曾榘（1639—1700），字方贻，号柱峰，浙江余杭（今杭州市）人。严沆长子。清康熙三年（1664）进士，选庶吉士，与其父同朝。官至兵部右侍郎。著有《德聚堂集》。《全清词·顺康卷》存词十首。

严曾业，浙江余杭（今杭州市）人。严沆次子。清康熙间举明经，官蒲台知县，升西城兵马司指挥。《全清词·顺康卷》存词一首。

严曾槷，字定隅，浙江余杭（今杭州市）人。严沆第五子。幼随父兄居京师，入太学，考授同知。与汤右曾、查慎行等唱酬。著有《雨堂诗余》。《全清词·顺康卷》存词四首。

严曾杼（女），幼名繁，浙江余杭（今杭州市）人。严沆女，同邑沈长益妻。幼随父兄居京师，得家学，能诗词。卒年二十四岁。著有《素窗遗咏》。《全清词·顺康卷》存词十首。

严曾相，字右君，浙江余杭（今杭州市）人。父严渤早卒，依从父严沆成人。清初诸生。《全清词·顺康卷》存词五首。

严曾模，字予正，浙江余杭（今杭州市）人。清康熙间举明经，官州同。《全清词·顺康卷》存词二首。

严怀熊（女），字芷苑，浙江余杭（今杭州市）人。严沆女孙。钱塘明经吴磊妻。著有《揽云楼词》。《全清词·顺康卷》存词九首。

68. 余杭仲氏家族（三人）：仲恒、仲嗣瑠、钟筠。

仲恒（1623？—1694后），字道久，号雪亭，晚号渔隐道人，浙江仁和（今杭州市）人。明诸生。与同里丁介、金长舆、金之坚等友善。著有《词韵》二卷、《雪亭词》十六卷。《全清词·顺康卷》存词九百九十七首。

仲嗣瑠，一名陈清，字田叔，浙江仁和(今杭州市)人。仲恒子。《全清词·顺康卷》存词四首。

钟筠（女），字贲若，浙江仁和（今杭州市）人。钟化民孙女，同邑诸生仲恒妻。其姊钟韫为海宁查慎行之母。著有《梨云榭诗余》。《全清词·顺康卷》存词三十四首。

69. 海宁陈氏家族（八人）：陈之遴、徐灿、陈之暹、陈洁、陈敱永、陈成永、陈仲永、陈慈永。

陈之遴（1605—1666），字彦升，号素庵，浙江海宁人。陈祖苞子，徐灿夫，吴梅村亲翁。明崇祯十年（1637）进士，授翰林院编修。入清，历官翰林院侍读学士、礼部左侍郎、都察院左都御史、礼部尚书、户部尚书等。著有《旋吉堂集》《浮云集》等。《全清词·顺康卷》存词九十九首。

徐灿（女），字湘苹，号深明，江南吴县（今苏州市）人。陈之遴继室。善填词，工绘事。顺治十五年（1658），之遴遣谪辽海，家产籍没，全家移徙盛京。之遴殁后五年，湘苹疏请归骨，获允。著有《拙政园诗余》。《全清词·顺康卷》存词九十九首，《全清词·顺康卷补编》存词二首。

陈之暹，字次升，号定庵，浙江海宁人。陈之遴弟。明崇祯九年（1636）丙子科举人。著有《定庵文集》。《全清词·顺康卷》存词二首。

陈洁（女），字汗心，浙江海宁人，陈之遴妹。《全清词·顺康卷》存词五首。

陈敱永（1627—1681），字雍期，号学山，浙江海宁人。陈之暹子，陈之遴侄，庠生。清顺治十二年（1655）进士，任国子祭酒，历左都御史，官至工部尚书。著有《丹墀奏议》二十卷。《全清词·顺康卷》存词一首。

陈成永，字元期，号仪山，浙江海宁人，寓居钱塘。陈之暹子，陈之遴侄。清康熙三十三年（1694）进士。善诗词，工绘事，擅篆刻。著有《攸好德堂集》。《全清词·顺康卷》存词六首。

陈仲永，字昌期，浙江海宁人。陈成永仲弟。诸生。《全清词·顺康卷》存词七首。

陈慈永,字贞期,浙江海宁人。陈成永季弟。官中书。《全清词·顺康卷》存词十首。

70. 海宁陆氏家族(三人):陆钰、陆嘉淑、陆宏定。

陆钰,又名荩谊,字忠夫,又字真如,晚号退庵,浙江海宁人。明万历四十六年(1618)举人。遭逢甲申之变,未几绝食而卒。其著作皆烬于火,无复留存。《全明词》存词四十八首,《全清词·顺康卷》存词三首。其词多与陆嘉淑词相混,张仲谋《明词史》有考辨。[1]

陆嘉淑(1619—1689),字孝可,后更名冰修,号射山,晚号辛斋,浙江海宁人。陆钰长子,陆宏定兄。明诸生。入清,隐居不仕。著有《辛斋遗稿》《陆射山诗钞》《射山诗余》。《全明词》存词九十首,《全清词·顺康卷》存词九十首,《全清词·顺康卷补编》存词二十三首。

陆宏定(1628—1668),字紫度,号纶山,一号蓬叟,浙江海宁人,陆钰次子,陆嘉淑弟。诗与兄齐名,有"二陆"之称。不求仕进,以布衣终老。著有《宁远堂集》《凭西阁长短句》。《全明词》存词六十一首,《全清词·顺康卷》存词二十四首,《全清词·顺康卷补编》存词七十首。

71. 海宁查氏家族(十一人):查继佐、钟韫、查容、赵氏、查慎行、查嗣瑮、查升、查基、查开、查为仁、查礼。

查继佐(1601—1677),字伊璜,号东山,一字敬修,号与斋,晚号钓叟、朴园先生,浙江海宁人。查慎行族叔。崇祯六年(1633)举人,为兵部职方郎中。明亡后不复出。著有《罪惟录》等。《全清词·顺康卷补编》存词四首。

钟韫(女),字眉令,浙江仁和(今杭州市)人。海宁诸生查崧继(后更名遗)妻,查慎行母。著有《长绣楼词集》,不存,后由其子查慎行追录成《梅花园诗余》。《全清词·顺康卷》存词十一首。

---

[1] 张仲谋:《明词史》(修订版),人民文学出版社2015年版。

查容（1636—1685），字韬荒，号浙江，浙江海宁人。与查继佐为同宗。少弃举子业，从表兄朱彝尊出游四方。工诗文。著有词集《浣花词》，凡一百零五首，今人陈乃乾辑入《海宁三家词》。《全清词·顺康卷》存词一百零六首，《全清词·顺康卷补编》又补一首。

赵氏（女），浙江钱塘（今杭州市）人。赵云岑女，查容妻。《全明词》据《瑶华集》存词一首。

查慎行（1650—1727），字悔余，初名嗣连，字夏重，晚号初白老人，浙江海宁人。与朱彝尊为中表兄弟。少从黄宗羲学文，受诗法于钱秉镫。康熙四十一年（1702）应召入职南书房，次年赐进士出身，授编修。五十二年（1713）长假归。雍正五年（1727）以三弟查嗣庭案系狱，得幸免南归，一月后即病卒。著有《余波词》。《全清词·顺康卷》存词二百三十三首，《全清词·顺康卷补编》存词一首。

查嗣瑮（1652—1733），字德尹，号查浦，浙江海宁人。查慎行仲弟。康熙三十九年（1700）进士，改庶吉士，授编修，官至侍讲。雍正五年（1727），弟嗣庭获罪，受牵累遣戍陕西，十一年（1733）卒于戍所。著有《查浦诗钞》。《全清词·顺康卷》存词八首。

查升（1650—1707），字仲韦，号升山，浙江海宁人。与查慎行同宗。康熙二十七年（1688）进士，累官少詹事。诗文负盛名，尤工书法。《词综补遗》录其词三首。

查基，字履璇，浙江海宁人。查嗣瑮长子，查慎行侄。乾隆元年（1736）召试博学鸿词科。《词综补遗》录其词一首。

查开，字宣门，号香雨，浙江海宁人。寓居海盐，晚居魏塘。查嗣瑮次子，查慎行侄。诸生。曾任河南武陟知县。有《吾匏亭诗》一卷。《词综补遗》录其词一首。

查为仁（1693—1749），字心谷，号莲坡，浙江海宁人。侨居顺天宛平（今属河北），后移居天津水西庄。康熙五十年（1711）举顺天乡试第一，因事牵连下狱。出狱后以吟咏著述为事。著有《蔗塘未定稿》

及《押帘词》一卷等,并与厉鹗合著《绝妙好词笺》行世。《全清词·雍乾卷》收其词五十八首。

查礼(1715—1783),原名为礼,字鲁存,号俭堂,浙江海宁人。侨居顺天宛平(今属河北),后移居天津水西庄。查为仁弟。官至湖南巡抚。著有《铜鼓书堂遗稿》三十二卷,其中有词三卷。又词话一卷,即《铜鼓书堂词话》。《全清词·雍乾卷》收其词一百四十七首。

嘉兴府
72. 嘉兴王氏家族(四人):王庭、王翃、王元珠、王沆。
王庭(1607—1693),字迈卿,号言远,又号迈人,浙江嘉兴人。明崇祯九年(1636)举人,清顺治六年(1649)进士,官至江西右布政使。著有《秋闲词》。《全清词·顺康卷》存词二百七十六首,《全清词·顺康卷补编》存词一首。

王翃(1603—1653),字翀父,号介人,浙江嘉兴人。诗名藉藉。与同里徐梗等唱和,有梅里派之称。词作三千多首,清顺治九年(1652)赣州舟次遇盗,皆没于水。后入粤,复作二百余首,又为鼠啮。其从弟王庭为辑刻《槐堂词存》。《全明词》存词一百七十四首,《全明词补编》存词一首,《全清词·顺康卷》存词一百六十五首,《全清词·顺康卷补编》存词一首。

王元珠(女),字淑龄,一字餐霞,浙江嘉兴人。王庭幼女,孝廉徐刚振妻。幼承庭训,能诗词,著有《竞秀阁小稿》。《全清词·顺康卷》存词一首。

王沆,字宋臣,浙江嘉兴人。王庭侄。清康熙八年(1669)府学生。任乐清训导,有佳绩,擢山东莱阳县丞。《全清词·顺康卷》存词一首。

73. 嘉兴李氏家族(三人):李绳远、李良年、李符。
李绳远(1633—1708),字斯年,一字寻壑,自号樵岚山人,又号补黄村农,浙江嘉兴人。明诸生,考授州同知。入清为僧,法号灵表。著有《寻壑外言》。《全明词》存词一首，《全清词·顺康卷》存词一首。

李良年（1635—1694），字武曾，号秋锦，初名法远，浙江嘉兴人。李绳远弟，李符兄。少有隽才，与兄绳远、弟符齐名，时称"三李"。著有《秋锦山房词》。《全清词·顺康卷》存词一百一十首。

李符（1639—1699），字分虎，号耕客，浙江嘉兴人。李绳远、李良年弟。早年学业于同里曹溶，曾与朱彝尊结诗社，相互吟咏。工词与骈文，与兄斯年、良年共负文名。词为"浙西六家"之一。著有《香草居集》《耒边词》。《全清词·顺康卷》存词一百八十一首。

74. 嘉兴孙氏家族（四人）：黄德贞、孙兰媛、孙蕙媛、陆宛棂。

黄德贞（女），字月辉，浙江嘉兴人。明琼州司理黄守正孙女，嘉兴孙曾楠妻。二女孙兰媛、孙蕙媛俱能诗词。著有《雪椒草》《劈莲词》，辑有《名闺诗选》《彤奁词选》。《全明词》存词十五首，《全清词·顺康卷》存词十五首，《全清词·顺康卷补编》存词九首。

孙兰媛（女），字介畹，浙江嘉兴人。孙曾楠与黄德贞长女，陆宙肩妻。著有《砚香阁集》。《全明词》存词九首，《全清词·顺康卷》存词九首，《全清词·顺康卷补编》存词四首。

孙蕙媛（女），字静畹，浙江嘉兴人。黄德贞次女，庄国英妻。著有《愁余草》《挽什百花词选》。《全明词》存词八首，《全清词·顺康卷》存词八首，《全清词·顺康卷补编》存词六首。

陆宛棂（女），字端毓，浙江嘉兴人。孙兰媛女，黄德贞外孙女，同邑刘郎妻。《全清词·顺康卷》存词六首，《全清词·顺康卷补编》存词一首。

75. 嘉兴顾氏家族（四人）：顾士林、顾朝祯、顾璟芳、顾琦芳。

顾士林，字文叔，浙江嘉兴人。或作嘉善人。《全明词》据《兰皋明词汇选》录词四首。《兰皋明词汇选》卷一顾士林《长相思·秋闺》后顾璟芳评曰："先大父赋此调不下数阕，惜虫鱼剥蚀，未能备登也。"据此知顾士林为顾璟芳祖父。

顾朝祯，字以宁，浙江嘉兴人。与嘉善钱继章交往唱酬。有《鲍园集》。《全明词》据《兰皋明词汇选》录词四首。《兰皋明词汇选》卷二顾朝祯《后庭花·次钱尔斐韵》后顾璟芳评曰："先从祖《鲍园集》词有数阕，要皆争新竞艳作也。"据此可知顾朝祯与顾士林为兄弟。

顾璟芳（生卒年不详），字宋梅，号铁崖，浙江嘉兴人。与李葵生、胡应宸合编《兰皋明词汇选》，自编有《唐词蓉城汇选》四卷，有康熙十二年（1673）刻本。《全清词·顺康卷》据《兰皋诗余近选》录其词二十四首，另辑得一首。

顾琦芳（生卒年不详），字闻西，浙江嘉兴人。璟芳弟。舍选生。官魏县县丞。《全清词·顺康卷》据《兰皋诗余近选》录其词十九首。

76. 秀水朱氏家族（四人）：朱茂晭、朱彝尊、朱彝爵、朱昆田。

朱茂晭（1626—？），字子蓉，浙江嘉兴人。朱国祯孙，朱大启第六子。县学生。擅诗文，亦工书法。清顺治七年（1650）与朱彝尊同赴十郡大社。著有《东溪草堂诗余》。《全清词·顺康卷》存词九十五首。

朱彝尊（1629—1709），字锡鬯，号竹垞，又号金风亭长，晚号小长芦钓鱼师，浙江秀水（今嘉兴市）人。朱茂曙长子，朱大竞孙。康熙十八年（1679）以布衣举博学鸿词，授翰林院检讨，充明史纂修官。诗与王士禛齐名，时称"南朱北王"。词与陈维崧并称"朱陈"，为清代浙西词派开创者。著有《眉匠词》《江湖载酒集》《静志居琴趣》《茶烟阁体物集》《蕃锦集》，总称《曝书亭词》。《全清词·顺康卷》存词六百五十六首。

朱彝爵（1668—1708），字宁臣，浙江嘉兴人。朱茂时子，朱彝尊从弟。年十四为诸生，后困场屋，久不得志。以贡生谒选，司训杭州。著有《鹤洲残稿》，诗词各一卷。《全清词·顺康卷》据之录词二十二首。

朱昆田（1652—1699），初名德寿，字文盎，号西畯，浙江秀水（今嘉兴市）人。朱彝尊次子。诸生。著有《笛渔小稿》。《全清词·顺康卷》存词一首，《全清词·顺康卷补编》另辑得一首。

77．秀水盛氏家族（三人）：盛枫、盛禾、盛本楠。

盛枫（1661—1707），字黼辰，号丹山，浙江嘉兴人。康熙二十年（1681）举人，官浙江安吉州学正。著有《梨雨选声》。《全清词·顺康卷》存词一百首。

盛禾，字玉山，号稼村，浙江嘉兴人。盛枫弟。贡生。官天台县训导。雍正三年（1725）盛枫、盛本楠已殁，盛禾辑兄弟三人词为《棣华乐府》，乾隆二年（1737）刻成时则已下世，年七十余。著有《稼村填词》二卷。《全清词·顺康卷》存词一百三十六首。

盛本楠，字让山，浙江嘉兴人。盛禾弟。约生于清康熙初。年未三十而殁。著有《滴露堂小品》。《全清词·顺康卷》存词七十四首。

78．秀水黄氏家族（七人）：黄媛介、黄媛贞、黄淑德、黄双蕙、沈纫兰、项兰贞、周慧贞。

黄媛介（女），字皆令，浙江嘉兴人。黄德贞从妹，黄洪宪族女，杨世功妻。以诗词名。乙酉（顺治二年）逢乱被劫，转徙吴中。著有《离隐歌》《湖上草》《越游草》《如石阁漫草》。《全明词》存词十六首，《全明词补编》存词一首，《全清词·顺康卷》存词十六首，《全清词·顺康卷补编》存词五首。

黄媛贞（女），字皆德，浙江嘉兴人。黄德贞从妹，黄媛介姊，朱国祚侄孙朱茂时妾。万历至崇祯年间在世。著有《卧云斋诗稿》。《全明词补编》存词一百零八首。

黄淑德（女），字柔卿，浙江嘉兴人。参政黄承昊从妹，屠耀孙妻。著有《遗芳草》。《全明词》存词三首，《全清词·顺康卷》存词三首。

黄双蕙（女），字柔嘉，浙江嘉兴人。黄承昊女，黄洪宪孙女。早卒。《全明词》存词二首，《全清词·顺康卷》存词二首。

沈纫兰（女），字闲静，秀水人。黄承昊妻。明万历间在世。幼攻书史，雅喜临池，以孝行闻。著有《效颦集》《浮玉亭词》。《全明词》存词三首。

项兰贞（女），字孟畹，秀水人。贡生黄卯锡妻，从夫姑黄淑德学诗。著有《裁云草》。《全明词》存词六首，《全清词·顺康卷》存词五首。

周慧贞（女），字挹芬，江苏吴江人。周亨女，秀水黄凤藻妻。著有《腾玉篇》《霞光集》。《全明词》存词一首，《全清词·顺康卷》存词二首。

79. 桐乡汪氏家族（四人）：汪文桂、汪森（文梓）、汪文柏、汪娴。

汪文桂（1650—1731），初名文桢，字周士，号鸥亭，原籍安徽休宁，自其祖父汪可镇迁居浙江桐乡，遂为桐乡人。以贡生考授内阁中书。与其弟汪森（初名文梓）、汪文柏合著有《汪氏三子诗》，黄宗羲为之序。自著有《鸥亭漫稿》。《全清词·顺康卷》存词一首，《全清词·顺康卷补编》辑词一首。

汪森（1653—1726），初名文梓，字晋贤，号碧巢，浙江桐乡人。文桂弟，文柏兄。康熙十一年（1672）入贡，历临桂、永福、阳朔知县，迁桂林通判，转太平知府。擢知郑州，会丁母忧，未赴。服阕补刑部员外郎，迁户部郎中。著有《小方壶存稿》，词集有《月河词》《桐扣词》《碧巢词》。并助朱彝尊编纂《词综》。《全清词·顺康卷》存词一百五十二首，《全清词·顺康卷补编》又辑得二首。

汪文柏（1659—1725），字季青，号柯亭，又号篔溪，浙江桐乡人。汪森弟。附贡生，官东城兵马司指挥，调北城，改行人司行人。著有《柯亭余习》十二卷，词附。《全清词·顺康卷》据《柯亭余习》录词五十六首。

汪娴（女），浙江桐乡人。文桂、汪森（文梓）、文柏之妹，许字戴氏子，年十四未嫁而卒。著有《瓣香楼词》，今不传。《全清词·顺康卷》存词二首。

80. 嘉善魏氏家族（十二人）：魏大中、魏学濂、魏学洙、魏学渠、魏允楠、魏允枚、魏允札、魏允桓、魏晳嗣、魏坤、魏儒照、魏儒勋。

魏大中（1575—1625），曾用名廷鲤，字孔时，号廓园，中式后改名大中，浙江嘉善人。魏学洢、魏学濂、魏学洙父。万历四十四年（1616）进士，累迁至吏科给事中。因弹劾魏忠贤，遇害于狱中。忠贤诛，追谥忠节。著有《藏密斋集》二十五卷等。《全明词》存词一首。

魏学濂（1608—1644），字子一，号内斋、容斋，浙江嘉善人。魏大中次子，魏学洢弟，魏学洙兄，魏允桓、魏允札、魏允枚父。崇祯十六年（1643）进士，官检讨。工诗，善画山水，为"柳洲八子"之一。著有《后藏密斋集》《芳椽集》等。《全明词》存词五首，《全明词补编》存词一首。

魏学洙，字子闻，浙江嘉善人。魏大中少子。邑廪生，勤勉博学。性至孝，侍母疾，心力交瘁，母愈，竟以是殒。著有《素水居遗稿》一卷。《全明词》存词十七首。

魏学渠，字子存，号青城，浙江嘉善人。魏廷荐子。清顺治五年（1648）举人，康熙十八年（1679）举博学鸿词科，授成都推官，官至刑部主事。为"柳洲八子"之一。著有《青城山人集》《青城词》三卷。《全清词·顺康卷》存词四百零五首。

魏允楠，字交让，浙江嘉善人。魏学洢子。明崇祯荫生，明亡不出，以吟咏自娱。著有《维风集》《诗玉》《诗谷》。《全清词·顺康卷》存词五首。

魏允枚，字卜臣，号功父，自称壶领山人，浙江嘉善人。魏学濂子，魏儒烈、魏儒焘、魏儒燕、魏儒熊父。清顺治五年（1648）举人，屡上公车不利，晚授西安教谕，未仕而卒。著有《楚游集》《壶领山人集》等。《全清词·顺康卷》存词七首，《全清词·顺康卷补编》存词一首。

魏允札（1629—？），字州来，又名少野，字东老，号东斋居士，浙江嘉善人。魏学濂子，魏允枚弟。诸生。卒于清康熙中，年八十余。著有《东斋词略》四卷。《全明词》存词三首，《全清词·顺康卷》存词一百八十一首。

魏允桓，字虎臣，浙江嘉善人。魏学濂子，魏允枚弟。清康熙时补邑庠生。《全清词·顺康卷》存词一首。

魏晳嗣，字孝仪，号束园，浙江嘉善人。魏学渠子。贡生，官昌化教谕。有《涉园诗钞》。《全清词·顺康卷》存词一首。

魏坤（1646—1705），字禹平，号水村，浙江嘉善人。魏廷相孙，魏学渠堂侄。康熙三十八年（1699）举于乡。著有《倚晴阁诗钞》《秦淮杂咏》《水村琴趣》等。《全清词·顺康卷》存词十七首。

魏儒照，字超宗，浙江嘉善人。魏允楠子。与弟魏儒勋、魏儒焕称"三俊"。《全清词·顺康卷》存词一首。

魏儒勋，字景书，浙江嘉善人。魏允楠子，魏儒照弟。有《芦浦鲜民稿》。《全清词·顺康卷》存词一首。

81. 嘉善曹氏家族（十二人）：曹勋、曹尔堪、蔡蓉、曹尔坊、曹尔垣、曹尔埏、曹尔埴、曹伟谟、曹鉴平、曹鉴章、曹鉴微、曹鉴伦。

曹勋（1589—1655），字允大，号峨雪，浙江嘉善人。曹尔堪父。明崇祯元年（1628）进士，官至礼部右侍郎兼翰林院侍读学士。晚年隐居东干，自号东干钓叟。著有《曹宗伯集》十六卷等。《全明词》存词一首，《全清词·顺康卷》存词二首。

曹尔堪（1617—1679），原名堪，字子顾，号顾庵、南溪，浙江嘉善人。曹勋长子，曹鉴平、曹鉴章父。清顺治九年（1652）进士，官至翰林院侍读学士。有明崇祯时刊《未有居词笺》三卷，收词三百零九首，因当时署名曹堪，人多未知。又有清刊《南溪词》二卷，收词二百三十首。《全清词·顺康卷》存词二百八十三首，《全清词·顺康卷补编》存词十六首。

蔡蓉（女），字雏文，江苏吴县（今苏州市）人。曹尔堪侧室。善画兰竹，能诗词。著有《宝砚斋词》。《全清词·顺康卷》存词四首。

曹尔坊（1619—1654），字子闲，浙江嘉善人。曹勋次子，曹尔堪弟。《全清词·顺康卷》存词四首。

曹尔垣，字彦师，号中郎，浙江嘉善人。曹勋第三子，曹尔堪弟。清初诸生。《全清词·顺康卷》存词五首。

曹尔埏，字彦博，号博庵，浙江嘉善人。曹勋第四子，曹尔堪弟。清初诸生。著有《岭云集》《道逵堂集》。《全清词·顺康卷》存词四首。

曹尔埴，字彦范，一字季子，号范庵，浙江嘉善人。曹勋第五子，曹尔堪弟。著有《绿野春深堂类稿》，并与兄弟合刻《三子诗余》。《全清词·顺康卷》存词四首。

曹伟谟（1624—？），字次典，号南陔，浙江嘉善人。其父曹溪与曹勋同为曹文豫六世孙，与曹尔堪为兄弟行。《全清词·顺康卷》据《柳洲词选》录其词五首。

曹鉴平，字掌公，号桐旸，浙江嘉善人。曹尔堪长子，曹鉴章兄。清康熙十一年（1672）举人，官内阁中书舍人。著有《南溪集》。《全清词·顺康卷》存词二十六首，《全清词·顺康卷补编》存词十一首。

曹鉴章，字达夫，浙江嘉善人。曹尔堪次子。以杭州府学生入国子监，改知县候选。《全清词·顺康卷》存词五首。

曹鉴微，字微之，号云谷，浙江嘉善人。曹尔埴子，曹尔堪侄。布衣。著有《红药园集》《白石楼集》等。《全清词·顺康卷》存词四首。

曹鉴伦（1655—1718），字彝士，号蓼怀，一字岙斋，浙江嘉善人。曹尔坊子，曹源祁、曹庭枢祖父。年幼父殁，依伯曹尔堪成人。清康熙十八年（1679）进士，历官内阁学士、兵部侍郎、吏部左侍郎。著有《岙斋集》。《全清词·顺康卷》存词一首，《全清词·顺康卷补编》存词一首。

82. 嘉善钱氏家族（十三人）：钱士升、钱继登、钱栴、钱继振、钱继章、钱棅、钱菜、钱士贵、钱黮、沈榛、钱㻞、钱炯、钱烘。

钱士升（1575—1652），字抑之，号御冷，晚号塞庵、息园老人，浙江嘉善人。钱栻、钱棅父，钱菜嗣父。明万历四十四年（1616）状元，授翰林院修撰，累官至礼部尚书兼东阁大学士。著有《赐余堂集》等。《全明词》存词一首。

钱继登（1594—1672），字尔先，号龙门，晚号簧山翁，浙江嘉善人。钱继振、钱继章兄，钱士升从叔。明万历四十四年（1616）进士，累官右佥都御史，巡抚淮阳。入清后隐居。著有《銎专堂集》等。《柳洲词选》选其词七首，《全明词》存词五首。

钱栴（1597—1647），字彦林，一字钝庵，号檀子、丰村，浙江嘉善人。钱士晋子，钱棻兄，钱默父，夏完淳岳父。明崇祯六年（1633）举人，南明弘光间授兵部职方司主事、郎中。顺治四年（1647）抗清被捕，与婿夏完淳等三十四人被害于南京。著有《白门集》等。《柳洲词选》选其词三首，《全明词》存词一首。

钱继振（1601—？），字尔玉，浙江嘉善人。钱继章兄。《柳洲词选》选其词三首，《全明词》存词一首，《全明词补编》存词三首。

钱继章（1605—1674），字尔斐，号菊农，浙江嘉善人。钱士贲、钱士壮父。明崇祯九年（1636）举人。与曹尔堪、沈擎等交。著有《雪堂词笺》《菊农词》《玉霍亭诗》。《全明词》存词九十首，《全明词补编》存词七首。《全清词·顺康卷补编》不知其入清之前已有词集《雪堂词笺》，仅据诸选本录词二十三首。

钱棅（1619—1645），字仲驭，号约庵、镇朴，浙江嘉善人。钱士升次子，钱栻弟。明崇祯十年（1637）进士，官至广东按察使佥事。清顺治二年（1645）抗清殉国。著有《文部园诗》《南园唱和诗集》《新懦园诗文集》。《全明词》存词四首。

钱棻，字仲芳，号涤山，别号八还道人，浙江嘉善人。钱士晋子，钱士升嗣子，钱栴弟，钱黯父。明崇祯十五年（1642）举人。入清不仕。著有《箫林初集》等。《全明词》存词十三首，《全明词补编》存词十八首。

钱士贲（1636—？），字岩烛，浙江嘉善人。钱继章子。少承家学，怡情诗酒，有晋人之风。与弟士壮皆善诗词。著有《珮璐轩词》。《全清词·顺康卷》存词十四首。

钱黯（1631—1729），字长孺，一字书巢，一作书樵，号墨樵，浙江嘉善人。钱士晋孙，钱棻长子。清顺治十二年（1655）进士，授池州府推官。家居肆力经史，以书画自娱。著有《洁园存稿》。《全清词·顺康卷》存词一首。

沈榛（女），字伯虔，一字孟端，浙江嘉善人。沈德滋女，钱黯妻。年五十二卒。著有《松籁阁诗余》。《全清词·顺康卷》存词四十六首。

钱㻎，字介子，浙江嘉善人。钱棻次子。清康熙时太学生，授州同。《全清词·顺康卷》存词四首。

钱炯，字尚子，浙江嘉善人。钱楞长子。少孤，砥砺为名诸生，与煐时称"二难子"。入邑庠，授徒自给，非其力不食。《全清词·顺康卷》存词六首。

钱煐，字蔚宗，号愚谷，浙江嘉善人。钱楞次子。诸生。累试不售。后以子贵显，赠资政大夫、右通政。寿八十一而卒。著有《息深斋集》。《全清词·顺康卷》存词十三首，《全清词·顺康卷补编》存词一首。

83. 嘉善陈氏家族（十一人）：陈于王、陈龙正、陈增新、陈舒、陈钺、陈喆伦、陈昌、陈谋道、陈秉、陈哲庸、陈学谦。

陈于王（1558—1615），字伯襄，一字用宾，号颖亭，浙江嘉善人。陈山毓、陈龙正父。明万历十四年（1586）进士。知魏县，迁刑部主事，仕至福建按察使。《全清词·顺康卷》存词一首。按：陈于王纯为明人，不当入《全清词》。

陈龙正（1585—1645），字惕龙，号龙致、几亭，人称几亭先生，浙江嘉善人。陈于王子，陈山毓弟。明崇祯七年（1634）进士，授中书舍人，历顺天同考官、吏部御史，后左迁南京国子监丞，闭门著书。北都之变，愤恨呕血，绝食而亡。著有《几亭全书》，词附，赵尊岳裁为《几亭诗余》。《全明词》存词八首。

陈增新，字子更，浙江嘉善人。陈龙正子。清顺治五年（1648）举人，官湖北安仁知县。工诗，著有《高菽堂集》，与人合编《柳洲诗集》。《全清词·顺康卷》存词六首。

陈舒（1612—1682），字原舒，一字自云，又字鸣迁，号道山，浙江嘉善人，寓居江宁（今南京）。陈山毓子，陈龙正侄。明崇祯六年（1633）举人，清顺治六年（1649）己丑科进士。官至陕西河西道御史。工诗善画，著有《道山诗钞》。《全清词·顺康卷》存词一首。

陈鈇，字云铭，浙江嘉善人。陈增新子，陈龙正孙。太学生。《全清词·顺康卷》存词一首。

陈喆伦，字安让，浙江嘉善人。陈龙正孙。廪生。性狷介，授徒自给。晚退处先祠，于纸窗木榻间吟咏不辍。著有《慎微堂稿》。《全清词·顺康卷》存词六首。

陈昌，字汉彬，浙江嘉善人。陈龙正孙。清康熙十一年（1672）顺天副榜贡生，官处州云和训导。《全清词·顺康卷》存词五首。

陈谋道，字心微，浙江嘉善人。陈龙正孙，陈修子。《柳洲词选》编者之一。《倚声初集》选其《临江仙·春景》，王士禛称其"数枝红杏斜阳"句胜于宋祁，时有"红杏秀才"之誉。《柳洲词选》录其词十一首。《全清词·顺康卷》存词十二首。

陈秉，字夏臣，浙江嘉善人。陈龙正孙，陈揆次子。顺治八年（1651）以弱冠之年中举。因痛父早逝，以哀毁致病而夭。著有《广识轩遗稿》。《柳洲词选》录其词一首。

陈哲庸，字孔益，浙江嘉善人。陈龙正孙，与陈谋道为从兄弟。《全清词·顺康卷》存词六首。

陈学谦，字廷益，浙江嘉善人。陈于王曾孙，陈山毓孙，陈龙正侄孙。《全清词·顺康卷》存词三首。

84. 嘉善蒋氏家族（五人）：蒋玉立、蒋睿、蒋光祖、蒋会贞、蒋璪。

蒋玉立，字亭彦，浙江嘉善人。蒋芬子。少从张溥游。崇祯间"柳洲八子"之一。清顺治十一年（1654）拔贡。著有《泰茹堂集》。《全明词》存词一首，《全清词·顺康卷》存词四首。

蒋睿，字正言，浙江嘉善人。蒋英子，蒋玉立从弟，曹勋女婿。著有《听鸿楼集》。《全清词·顺康卷》存词四首。

蒋光祖，字孝培，一字岵民，浙江嘉善人。蒋莳子，蒋睿从弟。康熙二十五年（1686）以诸生游北雍，授知县未就。有词集《杜陵绮语》。《全清词·顺康卷》存词五十四首。

蒋会贞，原名云翼，字鸣大，浙江嘉善人。蒋玉立弟。清顺治十一年（1654）举人。官江南泾县知县。《全清词·顺康卷》存词二首。

蒋璩，一名玉章，字禹书，又字篆鸿，浙江嘉善人。蒋玉立弟。清顺治八年（1651）副榜贡生。著有《三径草》《威灵集》。《全清词·顺康卷》存词四首。

85. 嘉善柯氏家族（七人）：柯耸、柯崇朴、柯维桢、柯煜、柯炳、柯煐、柯刚灿。

柯耸（1619—1679），字素培，号岸初，又号霁园，浙江嘉善人。柯元芳子，柯崇朴、柯维桢、柯宏本父。明崇祯十二年（1639）举人，清顺治六年（1649）进士，历官枣阳县令、通政司左参议。著有《存古堂集》《霁园诗集》等。《全清词·顺康卷》存词三首。

柯崇朴，字寓匏，号敬一，浙江嘉善人。柯元芳孙，柯耸长子，曹尔堪婿。早年殚心经籍制义，尤工古学。清康熙十八年（1679）与弟维桢同举博学鸿词，丁外艰未与试，后官中书舍人。工词，曾助朱彝尊编订《词综》，自著有《振雅堂词》《鼓应初编》。《全清词·顺康卷》存词四首，《全清词·顺康卷补编》存词一百四十七首。

柯维桢，字翰周、子翰，一字缄三，自号小丹丘，浙江嘉善人。柯耸第三子，柯崇朴弟。清康熙十四年（1675）举人。清康熙十八年（1679）与兄崇朴同举博学鸿词，以丁外艰未与试。著有《纪游草》《澄烟阁诗》等。《全清词·顺康卷》存词四首，《全清词·顺康卷补编》

存词三首。

柯煜（1665—1735），字南陔，号实庵、石庵，浙江嘉善人。柯耸孙，柯宏本长子，柯崇朴、柯维桢侄。清康熙六十年（1721）进士，以磨勘黜落。雍正元年（1723）复举进士，官湖北宜都知县，改衢州府学教授。著有《石庵樵唱》《月中箫谱词》等。《全清词·顺康卷》存词一百八十六首。

柯炳，字纬昭，浙江嘉善人。柯耸孙，柯宏本子。诸生。著有《月波词》。《全清词·顺康卷》存词三首。

柯煐，字惕闻，浙江嘉善人。柯耸孙。著有《青翻词》。《全清词·顺康卷》存词四首。

柯刚灿，字斗威，浙江嘉善人。著有《蓉笙词》。《全清词·顺康卷》存词二首。

86. 嘉善李氏家族（九人）：李标、李栋、李炜、李炳、李炯、李煃、李光尧、李应机、李鄂。

李标，字子建，浙江嘉善人。李奇珍（？—1636）子。明崇祯时赠明经。曾参史可法幕，见事不可为，驰归故里。闻史殉节，渡江葬其衣冠于梅花岭，人钦重之。明亡，隐居不出。著有《东山遗稿》。《全清词·顺康卷》存词四首。

李栋，字子隆，浙江嘉善人。明崇祯十五年（1642）副贡。善倚声，著有《水南词谱》。《全明词》存词二首，《全清词·顺康卷》存词二首。

李炜，字赤茂，号阁斋，浙江嘉善人。李奇珍孙，李标子。明诸生。著有《圃趣偶存》。《全明词》存词六首，《全清词·顺康卷》存词六首。

李炳，字令文，号烛昆，浙江嘉善人。李炜从弟。明诸生。工诗词，善画兰。《全明词》存词五首，《全清词·顺康卷》存词五首。

李炯，字盈川，浙江嘉善人。李奇珍孙。清康熙三十六年（1697）恩贡。《全清词·顺康卷》存词二首。

李煊,字暗上,浙江嘉善人。李公柱子,李奇玉孙。太学生,授知县。《全清词·顺康卷》存词一首。

李光尧,字巢来,浙江嘉善人。李炜长子。与弟李应机俱师事陆陇其,后为太学生,授州同。诗与弟齐名。《全清词·顺康卷》存词一首。

李应机(1650—?),字密斋,浙江嘉善人。李炜次子。累踬名场,遂弃举子业,究心经世之学。著有《圃隐词》。《全清词·顺康卷》存词二首,《全清词·顺康卷补编》存词一百三十一首。

李鄂,字伟生,浙江嘉善人。《全清词·顺康卷》存词二首。

87. 嘉善毛氏家族(五人):毛蕃、毛椰、毛楠、毛穗、毛羽宸。

毛蕃,字稚宾,浙江嘉善人。清顺治五年(1648)副榜贡生。两修邑乘,人以博赡称之。《柳洲词选》选其词八首。《全清词·顺康卷》存词九首。

毛椰,后改名正学,字羲上,浙江嘉善人。毛蕃从弟。弱冠补增广生。精研理学,出入经史。《全清词·顺康卷》据《柳洲词选》存词二首。

毛楠,字让木,浙江嘉善人。诸生。检身谨行,与从兄蕃齐名。《全清词·顺康卷》据《柳洲词选》存词一首。

毛穗,字茂裔,浙江嘉善人。《全清词·顺康卷》据《柳洲词选》存词二首。

毛羽宸,字公阮,浙江嘉善人。与邹祗谟游。著有《画荻笺词》。《全清词·顺康卷》存词七首。

88. 嘉善沈氏家族(五人):沈爌、沈士立、沈师昌、沈受祉、沈受祐。

沈爌,字伯远,一字世明,号石联,浙江嘉善人。明嘉靖四年(1525)举人。著有诗集《石联稿》。《柳洲词选》选其《八拍蛮》二首。

沈士立,字元礼,别号贞石,浙江嘉善人。沈爌子。《全明词》存词一首。

沈师昌,字仲贞,号长浮,浙江嘉善人。沈士立长子,诸生。著有

《北山草堂集》。《柳洲词选》选其词一首。

沈受祉，字止伯，亦号止庵，浙江嘉善人。沈师昌子。著有《蘡园吟草》。《全清词·顺康卷》存词一首。

沈受祜，字古叔，浙江嘉善人。沈师昌子。《全清词·顺康卷》存词二首。

89. 嘉善孙氏家族（五人）：孙绍祖、孙缵祖、孙蕆、孙金永、孙雯镜。

孙绍祖，字君裘，浙江嘉善人。孙朝宁次子。廪生。深于文学，倪元璐甚器之。《全清词·顺康卷》存词二首。

孙缵祖，字昭令，号霄客，浙江嘉善人。孙绍祖五弟。贡生。著有《明心录》。《全清词·顺康卷》存词二首。

孙蕆，字芳嵓，浙江嘉善人。孙缵祖子。以子燕贵，考授奉政大夫，广东廉州府同知。《全清词·顺康卷》存词一首。

孙金永，字古喤，号征庵，浙江嘉善人。孙世芳从子。清顺治五年（1648）举人，官府学教谕。顺治十八年（1661）进士，历官广东潮州府通判。著有《词意》。《全清词·顺康卷》存词十一首。

孙雯镜，字静涵，号藻亭，浙江嘉善人。孙棨子，孙绍祖从孙。由县尹升四川绵州知州。著有《鸾啸轩稿》。《全清词·顺康卷》存词二首。

90. 嘉善郁氏家族（三人）：郁褒、郁荃、郁自振。

郁褒，字子弁，号逊庵，浙江嘉善人。郁之章子。清顺治十四年（1657）副贡。官江西峡江知县。《全清词·顺康卷》存词一首。

郁荃，又名广，字远心，浙江嘉善人。郁褒弟。拔贡，曾任景宁教谕。《全清词·顺康卷》存词一首。

郁自振，字玄处，浙江嘉善人。《全清词·顺康卷》存词二首。

91. 嘉善支氏家族（六人）：支大纶、支如玉、支如增、支隆求、支遵范、支毓祺。

支大纶，字心易，号华平，浙江嘉善人。万历二年（1574）进士，由南昌教授擢泉州府推官，终于奉新县知县。著有《支子余集》《华萃集》。《全明词》存词一首，《全明词补编》存词一首。

支如玉，字宁瑕，浙江嘉善人。支大纶子。明万历二十八年（1600）举人，官刑部主事。著有《半衲庵集》。《全明词》存词一首。

支如璔（璔一作增），字美中，号小白，又号砚亭，浙江嘉善人。支大纶子，支隆求、支遵范父。明崇祯三年（1630）副贡。著有《砚亭集》《砚亭小品》等。《全明词》存词二首。

支隆求，字武侯，号经魁，浙江嘉善人。支大纶孙，支如璔子。清顺治十七年（1660）举人。曾任山东沂水令。晚年著书讲学，寿八十四而卒。著有《泊庵集》。《全清词·顺康卷》存词二首。

支遵范，字文侯，浙江嘉善人。支如璔子，支隆求弟。《全清词·顺康卷》存词二首。

支毓祺，字修龄，浙江嘉善人。《全清词·顺康卷》据《柳洲词选》存词四首。

92. 嘉善丁氏家族（三人）：丁潢、丁颖淦、丁裔沆。

丁潢，字夏玉，浙江嘉善人。诸生。《全清词·顺康卷》以其名作丁璜，并据《柳洲词选》录其词二首。

丁颖淦，字兹免，浙江嘉善人。丁矿子。康熙四十四年（1705）举人，官余杭教谕。《全清词·顺康卷》据《柳洲词选》存词五首。

丁裔沆，字涵巨，浙江嘉善人。诸生。丁颖淦弟。清康熙十八年（1679），徐乾学荐举博学鸿词试，以亲老辞。著有《香湖草堂集》。《全清词·顺康卷》存词三首。

93. 嘉善周氏家族（六人）：周宏藻、周宸藻、周珽、周振璜、周振瑷、周珂。

周宏藻，字丙仲，浙江嘉善人。周宗文子。清顺治八年（1651）副贡。《全清词·顺康卷》存词二首。

周宸藻，字端臣，号质庵，浙江嘉善人。周宗文子。清顺治十二年（1655）进士，由庶吉士改御史，视两淮盐政，谪归。著有《柿叶斋集》等。《全清词·顺康卷》存词一首，《全清词·顺康卷补编》存词一首。

周珽，字上衡，一字无瑕，号青羊，浙江嘉善人。周宗文子。明诸生。入清弃举业。善画葡萄，工吟咏。年八十二卒。著有《越梦词》《疑梦编》《唐诗选脉会通评林》。《全清词·顺康卷》存词九首。

周振璜，字渭扬，浙江嘉善人。周宗宜子，周振瑗兄，周宸藻从弟。清康熙二十三年（1684）府学贡生。官浙江乐清县训导。《全清词·顺康卷》存词五首。

周振瑗，字蓬玉，浙江嘉善人。周振璜二弟。清康熙三年（1664）进士，历官浙江西安、江西玉山县令。《全清词·顺康卷》存词一首。

周珂，字越石，浙江嘉善人。振璜三弟。清康熙十七年（1678）岁贡。《全清词·顺康卷》存词九首，《全清词·顺康卷补编》存词一首。

94. 嘉善凌氏家族（三人）：凌斗垣、凌如升、凌如恒。

凌斗垣，字丽天，浙江嘉善人。凌如升、凌如恒祖父。明诸生。著有《宜园集》。《全清词·顺康卷》存词二首。

凌如升，字曰旦，浙江嘉善人。凌斗垣孙，凌如恒兄。早卒。《全清词·顺康卷》存词一首。

凌如恒，字欲上，浙江嘉善人。凌斗垣孙，凌如升弟。《全清词·顺康卷》存词七首。

95. 嘉善计氏家族（三人）：计善、计能、计敬。

计善，字廉伯，浙江嘉善人。其祖父计元勋为万历三十五年（1607）进士。计善兄弟六人，依次为善、能、敬、正、法、辨。皆能文善画，时称"嘉善六计"。计善性孝友倜傥，潜心理学。卒年五十。有《宜园集》。《柳洲词选》存其词八首。《全清词·顺康卷补编》仅录二首。

计能，字无能，浙江嘉善人。计善弟。《槜李诗系》称其与计善"诗才亦相伯仲"。《全清词·顺康卷补编》据《柳洲词选》存其词五首。

计敬，字勖丹，浙江嘉善人。计善弟。诸生。《柳洲词选》存其词六首。《全清词·顺康卷补编》录词五首。

96．嘉善朱氏家族（三人）：朱颜复、朱曾省、朱遹成。

朱颜复，字克非，号无怀，浙江嘉善人。朱国望长子。明天启七年（1627）举孝廉。著有《鹿柴咏》《秫陵游草》。《柳洲词选》选其词一首。

朱曾省，字鲁参，号退谷，浙江嘉善人。朱颜复弟，时人比朱氏兄弟为眉山兄弟。明崇祯九年（1636）举人。著有《退谷集》。《全明词》据《柳洲词选》存其词二首。

朱遹成，字求仲，浙江嘉善人。朱颜复子。诸生。《全清词·顺康卷》存词三首。

97．嘉善曹氏家族（四人）：吴胐、曹重、李怀、曹鉴冰。

吴胐（女），字华生，又字凝真，号冰蟾子，江南华亭（今上海市）人。吴叔纯女，嘉善诸生曹焜（字允明）妻。曹重母。工诗词，善绘事。著有《忘忧草》《采石篇》《风兰独啸》等集。其诗与儿媳李玉燕、孙女曹鉴冰三人诗合编为《三秀集》。《全明词》存词七首，《全清词·顺康卷》存词六首，《全清词·顺康卷补编》存词一首。

曹重，初名尔陵，字十经，号南垓，浙江嘉善人。吴胐子，李玉燕夫，曹鉴冰父。以父乙酉（1645）遇害，遂绝意进取。工诗词，善绘事。著有《濯锦词》。《全清词·顺康卷》存词二首。

李怀（女），字玉燕，江南华亭（今上海市）人。曹重室，吴胐媳，曹鉴冰母。能诗善画。著有《问花吟》。《全清词·顺康卷》存词十三首。

曹鉴冰（女），字苇坚，号月娥，浙江嘉善人。曹重、李怀女，吴胐孙女。自幼得其祖母吴朏、母李玉燕之训，工诗词。适同邑张殷六，家贫，授徒自给。著有《清闺吟》。《全清词·顺康卷》存词十八首。

98. 海盐彭氏家族（六人）：彭琬、彭琰、彭孙婧、彭孙贻、彭孙遹、彭贞隐。

彭琬（女），字玉映，浙江海盐人。彭期生妹，彭孙遹从姑。适马氏。与妹彭琰称"双璧"。著有《挺秀堂集》，一名《萝月轩集》。《全明词》存词三首，《全清词·顺康卷》存词三首。

彭琰（女），字幼玉，浙江海盐人。彭期生、彭琬妹，彭孙遹姑母，朱化鹏妻。著有《闲窗集》《彭幼玉遗集》。《全明词》存词二首，《全清词·顺康卷》存词二首。

彭孙婧（女），字奕如，浙江海盐人。彭孙遹姊，陈龙孙妻。著有《盘城游草》。《全明词》存词三首。

彭孙贻（1615—1673），字仲谋，号羿仁，浙江海盐人。彭孙遹从兄，彭期生次子。明崇祯十六年（1643）拔贡。著有《茗斋集》《茗斋诗余》。《全清词·顺康卷》存词二百三十一首。

彭孙遹（1631—1700），字骏孙，号羡门，又号金粟山人。浙江海盐人。彭孙贻从弟。清顺治十六年（1659）进士，累官至吏部右侍郎兼翰林院掌院学士。著有《延露词》三卷、《金粟词话》一卷及《松桂堂集》三十七卷等。《全清词·顺康卷》存词二百一十五首，《全清词·顺康卷补编》存词二首。

彭贞隐(女)，字玉嵌，浙江海盐人。彭孙遹孙女，陆烜妻。著有《鼓瑟集》，又有《铿尔词》二卷。《全清词·雍乾卷》存词五十二首。

湖州府

99. 乌程董氏家族（六人）：董份、董斯张、董汉策、董衡、董炳文、董师植。

董份（1510—1595），字用均，一字体化，号浔阳山人，又号泌园，浙江乌程（今湖州）人。嘉靖二十年（1541）进士，官至礼部尚书兼翰林学士。著有《泌园集》。《全明词》存词四首。

董斯张（1586—1628），字遐周，自号瘦居士，浙江乌程（今湖州）人。董份孙，董道醇幼子，董嗣成、董嗣茂之弟。与周永年、茅维为词友。著有《静啸斋存草》十二卷及《静啸斋词》一卷。《全明词》存词二十三首，《全明词补编》辑补二十四首。

董汉策（1623—1691），字帷儒，一字芝筠，号榴龛居士，又号松壑云涛居士，浙江乌程（今湖州）人。董嗣成孙，董廷勋子。诸生。康熙十一年（1672）应才品优良山林隐逸之举，以科道员缺试用，因事落职。著有《蓝珍词》《董词》《董词二集》等。《全清词·顺康卷》存词一百五十首，《全清词·顺康卷补编》存词二首。

董衡，字楚望，号岱南，浙江乌程（今湖州）人。董式次子，董嗣茂孙。清顺治十一年（1654）举人。《全清词·顺康卷》存词一首，《全清词·顺康卷补编》存词一首。

董炳文，字耿光，号霞山，浙江乌程（今湖州）人。董衡少子。清顺治十一年（1654）举人。著有《百花词》。《全清词·顺康卷补编》存词一百首。

董师植（1657—？），字圣衣，号汾园，浙江乌程（今湖州）人。董汉策子。著有《汾园集》。《全清词·顺康卷》存词三首。

100. 乌程韩氏家族（六人）：瞿寄安、韩智玥、韩纯玉、韩裴、韩献、韩云。

瞿寄安（女），江苏常熟人。乌程（今湖州）韩敬妻，韩纯玉、韩智玥母。《全明词》存词二首。

韩智玥（女），字洁存，浙江乌程（今湖州）人。状元韩敬女，金坛于銮妻。著有《晨凤堂集》。《全明词》存词五首，《全清词·顺康卷》存词二首。

韩纯玉（1625—1703），字子蘧，号蓬庐，浙江乌程（今湖州）人。

韩敬子。明诸生。著有《蓬庐诗》《蓬庐词》。《全清词·顺康卷》存词八十六首，《全清词·顺康卷补编》存词六首。

韩裴，字晋度，号莱园，浙江乌程（今湖州）人。韩纯玉侄。清康熙九年（1670）进士，官湖北知县。著有《莱园诗集》，附诗余。《全清词·顺康卷》存词二十九首。

韩献，字希一，浙江乌程（今湖州）人。韩纯玉子。清康熙三十五年（1696）副榜贡生。著有《楚游草》。《全清词·顺康卷》存词四首。

韩云，字自为，号怡园，浙江乌程（今湖州）人。韩纯玉次子。清康熙初贡生。著有《怡园诗钞》《天台纪游》等。《全清词·顺康卷》存词六首。

101. 乌程沈氏家族（三人）：沈尔燝、沈尔煜、沈淑兰。

沈尔燝（1630—1689），一作沈尔璟，字凤于，号冀昭，浙江乌程（今湖州）人。沈彦章子，沈尔煜、沈淑兰兄。兄弟姊妹十人俱以能诗文名。清康熙二十一年（1682）进士，官公安知县。有《祓园集》八卷，其词有《月团词》。《全清词·顺康卷》录词一百八十六首，《全清词·顺康卷补编》又辑得二首。

沈尔煜，浙江乌程（今湖州）人。沈尔燝弟，沈淑兰兄。曾为其妹沈淑兰集《黛吟草》作弁言。《全清词·顺康卷补编》存词一首。

沈淑兰（1652—1714后），字清蕙，号吴兴内史，浙江吴兴（今湖州）人。沈尔燝、沈尔煜妹，归安诸生吴方牧妻。著有诗词合集《黛吟草》，有康熙间浣花轩写刻本。《全清词·顺康卷补编》据《黛吟草》录词五十八首。

102. 归安沈氏家族（三人）：沈三曾、沈涵、沈树本。

沈三曾（？—1706），字允斌，又字怀庭，浙江归安人。康熙十五年（1676）进士，改庶吉士，授翰林院编修。擢詹事府赞善大夫。著有《十梅书屋集》和《水晶词》。《全清词·顺康卷》存词五十七首。

沈涵，字度柱，号心斋，浙江归安人。康熙十五年（1676）与其兄沈三曾同榜进士，官至内阁学士兼礼部侍郎。有《赐砚斋集》。《全清词·顺康卷》存词一首。

沈树本，字厚余，号曼真，又号轮翁，浙江归安人。沈三曾子。康熙五十一年（1712）进士，官翰林院编修。有《竹溪诗略》《玉玲珑山阁词》。《全清词·顺康卷》存词五十首。

绍兴府

103. 山阴祁氏家族（五人）：祁承勋、祁彪佳、商景兰、祁象佳、祁班孙。

祁承勋（1572—？），字祖蒙，又字尔雅、尔器，号梅源，浙江山阴（今绍兴市）人。祁彪佳从父。崇祯元年（1628）选贡，授山西布政司都事，迁潼川州同知。卒于清初。《全明词补编》存词七首。

祁彪佳（1603—1645），字宏吉，一字幼文，号虎子，浙江山阴（今绍兴市）人。天启二年（1622）进士，授兴化府推官。崇祯时为御史，巡按苏松，为群小所诋，移疾去。南都失守，彪佳绝食而死。著有《祁彪佳集》。《全明词》存词五首，《全明词补编》存词二首。

商景兰（1605—1675）（女），字媚生，一作眉生，浙江山阴人。吏部尚书商周祚女，祁彪佳妻。与女弟商景徽，三女祁德渊、祁德琼、祁德茵，二媳张德蕙、朱德蓉唱和。著有《锦囊诗余》。《全明词》存词五十六首，《全清词·顺康卷》存词五十六首。

祁象佳，字子音，号翁艾，浙江山阴（今绍兴市）人。祁彪佳弟。监生。《全明词补编》存词一首。

祁班孙（1635—1673），字奕禧，小字季郎，浙江山阴（今绍兴市）人。祁彪佳次子。著有《紫芝轩集》。《全清词·顺康卷》存词一首。

104. 山阴王氏家族（三人）：王思任、王静淑、王端淑。

王思任（1575—1646），字季重，号遂东，又号谑庵，浙江山阴（今绍兴市）人。万历二十三年（1595）进士，官至礼部尚书。绍兴为清军所破，弃家入山，绝食而死。著有《王季重十种》等。《全明词补编》存词二首。

王静淑（女），字玉隐，号隐禅子，浙江山阴（今绍兴市）人。王季重长女，陈树勤妻。早寡。著有《青藤书屋集》。《全明词》存词三首，《全清词·顺康卷》存词三首。

王端淑（女），字玉映，浙江山阴（今绍兴市）人。王季重次女，王静淑妹，丁肇圣（字睿子）妻。著有《玉映堂集》，辑有《名媛文纬》《名媛诗纬》等。《全明词》存词九首，《全清词·顺康卷》存词九首，《全清词·顺康卷补编》存词一首。

105. 山阴吴氏家族（四人）：吴兴祚、吴棠祯、吴秉钧、吴秉仁。

吴兴祚（1632—1698），字伯成，号留村，浙江山阴（今绍兴）人。其祖占籍辽东清河卫，入清为正红旗籍。累官至两广总督。著有《留村诗钞》及《留村词》一卷。《全清词·顺康卷》存词二十五首。清季吴隐辑有《州山吴氏词萃》，收录其先世吴兴祚《留村词》、吴秉钧《课鹉词》、吴秉仁《摄闲词》和吴棠祯《凤车词》各一卷，况周颐等为序。

吴棠祯（1644—1692），字伯憩，号雪舫，浙江山阴（今绍兴）人。吴兴祚族弟。由邑庠补太学生，终身不遇，以幕宾书记终。长于词曲。有传奇《宋玉》及杂剧《赤豆军》《美人丹》，均佚。词集有《吹香词》《凤车词》。《全明词》存词二十首。实际吴棠祯生于甲申，《全明词》不当收。《全清词·顺康卷》存词一百六十七首。

吴秉钧（1664—1697），字琰青，浙江山阴（今绍兴）人。吴兴祚长子。一直随侍吴兴祚幕府，与万树等幕府文人友善，参订《词律》。著有《课鹉词》等。《全清词·顺康卷》存词三十首。

吴秉仁（生卒年不详），字子元，号慎安，浙江山阴（今绍兴）人。

诸书或称其原籍江苏江都,且为吴绮从兄,实无所据。吴隐辑《州山吴氏词萃》收录其词,当是吴秉钧之兄弟行。有《慎安词》《摄闲词》等。《全清词·顺康卷》存词七十九首。

106. 山阴何氏家族(三人):何嘉延、何鼎、何思。

何嘉延,字奕美,别字五园,浙江山阴(今绍兴)人。明季御史何宏仁子。少为诸生。明亡,游幕四方,康熙二十三年(1684)返里。与宗元鼎交。有《花钿词》。《全清词·顺康卷》存词五首,《全清词·顺康卷补编》存词二首。

何鼎,字夏九,又字宪四,号晴山,浙江山阴(今绍兴)人。何嘉延侄,何思兄。康熙五年(1666)举人。历官安庆知府、嘉兴知府等。有《香草词》。《全清词·顺康卷》存词一百零七首。

何思(1651—?),字双山,一字珥恭,亦作珥公,浙江山阴(今绍兴)人。何嘉延侄,何鼎弟。有《玉艳词》一卷,聂先、曾王孙辑入《百名家词钞》。《全清词·顺康卷》失收,《全清词·顺康卷补编》存词八十三首。

107. 萧山毛氏家族(四人):毛奇龄、毛万龄、毛远公、张阿钱。

毛奇龄(1623—1716),又名甡,字大可,号西河,人称西河先生。浙江萧山人。明末诸生。清康熙十八年(1679)荐举博学鸿词,授翰林院检讨,充《明史》纂修。著有《毛翰林词》六卷、《词话》一卷。《全清词·顺康卷》存词三百四十七首,《全清词·顺康卷补编》存词一首。

毛万龄,字大千,号东壶,浙江萧山人。毛奇龄兄。清顺治七年(1650)拔贡,授推官,例改仁和教谕。著有《彩衣堂集》。《全清词·顺康卷》存词四首。

毛远公,字季连,一字骥联,浙江萧山人。毛奇龄从子。清康熙十六年(1677)举人。著有《菽畹集》《琼枝词》。《全清词·顺康卷》存词六首,《全清词·顺康卷补编》存词一首。

张阿钱（女），字曼殊，直隶河间（今属河北）人。毛奇龄妾。诗词无脂粉气。《全清词·顺康卷》存词二首。

金华府

108. 兰溪李氏家族（四人）：李渔、李淑昭、李淑慧、李将开。

李渔（1611—1680），字笠翁，一字笠鸿、谪凡，号觉世稗官，亦称湖上笠翁，浙江兰溪人。著有《风筝误》等传奇十种，另有《闲情偶寄》《耐歌词》《窥词管见》《李氏词韵》等。《全明词》存词三百五十九首，《全清词·顺康卷》存词三百五十四首，《全清词·顺康卷补编》存词三首。

李淑昭（女），字端明，浙江兰溪人。李渔长女。与"蕉园五子"为闺友，与冯娴称妹。《全清词·顺康卷》存词三首。

李淑慧（女），字端芳，浙江兰溪人。李渔次女。《全清词·顺康卷》存词三首。

李将开，字信斯，浙江兰溪人。李渔次子。《全清词·顺康卷》存词一首。

四、山东省

济南府

109. 新城王氏家族（四人）：王士禄、王士禧、王士祜、王士禛。

王士禄（1626—1673），字子底，号西樵山人，山东新城（今桓台县）人。王士禛兄。清顺治十二年（1655）进士，曾任吏部员外郎。著有《十笏草堂诗选》《炊闻词》等。《全清词·顺康卷》存词一百七十四首，《全清词·顺康卷补编》存词二十七首。

王士禧（1627—1697），字礼吉，山东新城（今桓台县）人。王士禛仲兄。崇祯十五年（1642）补诸生。著有《抱山诗选》，附诗余。《全清词·顺康卷》存词六首。

王士祜（1632—1681），字子侧，号东亭，山东新城（今桓台县）人。

王士禛兄。康熙九年（1670）进士，未及授一官，抑郁无聊以卒。诗文与兄士禄、弟士禛齐名，时称"三王"。《全清词·顺康卷》存词一首。

王士禛（1634—1711），字子真，一字贻上，号阮亭，别号渔洋山人，山东新城（今桓台县）人。清顺治十五年（1658）进士，官至刑部尚书。著有《衍波词》《阮亭诗余》等，并与邹祗谟选辑《倚声初集》。《全清词·顺康卷》存词一百三十四首。

青州府
110. 安丘曹氏家族（六人）：曹贞吉、曹濂、曹霂、曹霈、曹湛、曹淑。

曹贞吉（1634—1698），字升阶，又字升六，号实庵，山东安丘人。清康熙三年（1664）进士，官至湖广学政。著有《珂雪词》。《全清词·顺康卷》存词二百五十六首，《全清词·顺康卷补编》存词三首。

曹濂，字廉水，山东安丘人。曹贞吉长子。县学生。《全清词·顺康卷》存词一首。

曹霂，字掌霖，山东安丘人。曹贞吉次子。以其叔申吉恩荫贡生。著有《黄山纪游词》。《全清词·顺康卷》存词三十二首，《全清词·顺康卷补编》存词八十四首。

曹霈，字旸若，又字叔甘，山东安丘人。曹贞吉第三子。清康熙十一年（1672）例贡。《全清词·顺康卷》存词一首。

曹湛，字湛霈，又字季冲，山东安丘人。曹贞吉第四子。清康熙十一年（1672）例贡，清康熙二十年（1681）举人。《全清词·顺康卷》存词一首。

曹淑，字湘邻，山东安丘人。曹贞吉弟申吉之子。著有《虫吟草诗余》。《全清词·顺康卷补编》存词七首。

莱州府
111. 即墨黄氏家族（三人）：黄坦、黄壖、黄垍。

黄坦（1607—1689），字朗生，号省庵，自号秋水居士，山东即墨人。

黄宗昌子。副榜贡生,官浙江浦江知县。常与从弟塨、垍相互唱和。著有《紫雪轩诗余》。《全清词·顺康卷》存词九十一首。

黄塨,字子明,山东即墨人。黄宗庠(镜严居士)子。著有《修竹山房诗草》,词附。《全清词·顺康卷》存词五十一首。

黄垍(1629—?),字子厚,号澄庵,山东即墨人。黄宗庠子,黄塨弟。清康熙二年(1663)举人。著有《露华亭词》《夕霏亭诗集》《白鹤峪集》。《全清词·顺康卷》存词四百零五首。

兖州府

112. 曲阜孔氏家族(三人):孔毓埏、孔传铎、孔传志。

孔毓埏,字钟舆,又字宏舆,山东曲阜人。第六十六代衍圣公孔兴燮次子,孔毓圻弟。少为博士弟子员。清康熙十年(1671)承袭为翰林院五经博士。三十六年(1697)入都,寻归,以疾卒。著有《蕉露词》。《全清词·顺康卷》存词一百九十九首。

孔传铎(1673—1735),字振路,号牖民,山东曲阜人。孔毓圻子。雍正元年(1723)袭衍圣公。著有《红萼词》。《全清词·顺康卷补编》存词五百三十首。

孔传志(1678—?),字振文,号西铭,一号蝶庵,山东曲阜人。孔毓圻子。袭翰林院五经博士。著有《蝶庵词》《清涛词》。《全清词·顺康卷补编》存词五百零一首。

五、河南省

开封府

113. 祥符周氏家族(三人):周亮工、周在浚、周在建。

周亮工(1612—1672),字元亮,号栎园,又号减斋,河南祥符人。崇祯十三年(1640)进士。入清,官至户部右侍郎。著有《赖古堂集》。《全清词·顺康卷》存词一首。

周在浚（1640—？），字雪客，河南祥符人。周亮工长子。夙承家学，淹通史传。著有《梨庄词》《花之词》，并辑有《秋水轩唱和词》。《全清词·顺康卷》存词二百四十三首。

周在建（1655—？），字榕客，河南祥符人。周亮工第四子。国子监生。著有《顾曲亭词》。《全清词·顺康卷》存词三十六首。

六、江西省

广信府

114. 铅山费氏家族（四人）：费宏、费寀、费懋贤、费元禄。

费宏（1468—1535），字子充，江西铅山人。成化二十三年（1487）进士第一，世宗时官至首辅。卒谥文宪。著有《费文宪集选要》七卷。《全明词》存词二十首。

费寀（1483—1549），字子和，号钟石，江西铅山人。费宏从弟。正德六年（1511）进士，官至礼部尚书。卒谥文通，著有《费钟石先生文集》。《全明词补编》存词二十五首。

费懋贤（1500—1545），字民献，号少湖，江西铅山人。费宏子。嘉靖五年（1526）进士，官至南京礼部郎中。著有《费礼部少湖先生摘集》。《全明词补编》存词十首。

费元禄（1575—1640），字无学，一字学卿，江西铅山人。费宏曾侄孙，费懋文孙，费尧年子。著有《甲秀集》。《全明词》存词一首。

吉安府

115. 吉安李氏家族（三人）：李元鼎、朱中楣、李振裕。

李元鼎（1595—1670），字吉甫，号梅公，江西吉水县人。天启二年（1622）进士，授行人，升光禄少卿。入清，擢兵部右侍郎，转左侍郎充殿试读卷官。顺治十六年（1659）落职归里。著有《石园全集》。其词与妻朱中楣（远山夫人）词合刻为《随草诗余》，单行为《文江词》。《全清词·顺康卷》存词三十九首。

朱中楣（1621—1672）（女），原名懿则，字远山，江西南昌人。明宗室，李元鼎侧室，大司空李振裕生母。著有《随草诗余》，附载于《石园诗集》。《全清词·顺康卷》存词七十四首，《全清词·顺康卷补编》存词一首。

李振裕（1642—1710），字维饶，号醒斋，江西吉水人。李元鼎子。清康熙九年（1670）进士，官至户部尚书。著有《白石山房集》。《全清词·顺康卷》存词一首。

七、辽宁省

奉天府

116. 抚顺佟氏家族（五人）：佟国器、佟国鼐、佟国玛、佟世南、佟世思。

佟国器，字思远，号汇白，原籍辽东襄平，移居江苏南京，隶汉军正蓝旗。贡生，清顺治二年（1645）授浙江嘉湖兵备道，历官至浙江巡抚。著有《芰亭词》《燕行草》。《全清词·顺康卷》存词六首。

佟国鼐，字怀东，辽阳人，隶满洲正蓝旗。官至福建巡抚。著有《闽行小草》。《全清词·顺康卷》存词一首。

佟国玛，字碧枚，盛京（今辽宁沈阳）人，隶满洲正蓝旗。驻防江宁。与佟国鼐、佟国器为兄弟行。《全清词·顺康卷》存词十一首。

佟世南，字梅岑，原籍辽东襄平，移居江苏南京，隶汉军正蓝旗。佟国器子。与陆进、张星耀等选定《东白堂词选》，著有《东白堂词》。《全清词·顺康卷》存词六十二首，《全清词·顺康卷补编》存词一首。

佟世思（1651—1692），字俨若，一字葭沚，号退庵。汉军镶蓝旗人。以荫生官广西思恩县（今属广西壮族自治区）知县。著有《与梅堂遗集》。《全清词·顺康卷》存词六十二首。

八、福建省

兴化府

117. 莆田林氏家族（三人）：林云铭、蔡捷、林瑛佩。

林云铭（1628—1697后），字西仲，福建晋安人。清顺治十五年（1658）进士，官徽州通判。后为耿精忠叛军所执。释后居建溪七年，晚居杭州。著有《挹奎楼选稿》，附诗余。《全清词·顺康卷》存词三十八首。

蔡捷（1635—1682）（女），字羽仙，福建闽县人。林云铭妻。贤德有声，亦能词，词附林云铭《挹奎楼选稿》。《全清词·顺康卷》存词三首。

林瑛佩（1660—？）（女），字悬藜，福建莆田人。林云铭女，闽县诸生郑郏妻。著有《林大家词》。《全明词》存词八首，《全清词·顺康卷》存词八首。因其生于甲申后，不当入《全明词》。

九、湖广省

汉阳府

118. 汉阳张氏家族（三人）：张叔珽、江兰、徐如蕙。

张叔珽（1666—1734），字方客，号鹄岩，湖北汉阳人。张三异子，张伯琮、张仲璜弟。由明经任江南徽州同知。著有《漆啸集》。《全清词·顺康卷》存词三首。

江兰（1667—1696）（女），字贞淑，湖北汉阳人。副宪江道殷女，江蘩、江藻妹，张叔珽妻。少富才思，为时所称。著有《倚云楼词钞》。《全清词·顺康卷》存词二十三首。

徐如蕙（女），字瑶草，湖北汉阳人。张叔珽妾。时与嫡夫人江兰相酬唱，著有《厂云楼诗钞》。《全清词·顺康卷》存词十首。

第二节　家族词人群体之地域分布

据上节考述可知，晚明清初家族词人群体共有一百一十八例。限于资料等原因，这应该还是一个不太完备的数据。因为每一次的复查检索，总会有新的发现，这表明该数据仍有挖掘补充之余地。但以《全明词》《全明词补编》和《全清词·顺康卷》《全清词·顺康卷补编》等基本文献作为下文讨论的基础应该是可以的了。另外这里还要说明的是，明王朝宗室家族词人，自明初之朱元璋、朱允炆，至晚明之朱厚煜、朱盛藻，计有十二位之多，但考虑到其既超出"五服"以上，绵延近三百载，与其他家族词人群体亦无可比性，所以暂不列入。

晚明清初家族词人群体的繁兴，为明清词学的家族性特点提供了有力的佐证。如果坚持本章既定的家族词人群体概念，据唐圭璋先生《两宋词人占籍考》统计，两宋时期籍贯可考并且有词流传至今的家族词人群体，只有十一例（同样不含宗室赵氏）。即：

吴县范氏（范仲淹、范纯仁、范周）

临川王氏（王益、王安石、王安国、王安礼、王雱）

南丰曾氏（曾巩、曾布、曾肇、曾纡、曾惇、曾协）

新喻孔氏（孔平仲、孔武仲、孔文仲）

眉山苏氏（苏轼、苏辙、苏过）

澶州晁氏（晁端礼、晁补之、晁说之、晁冲之、晁公武）

分宁黄氏（黄大临、黄庭坚、黄叔达）

高邮秦氏（秦观、秦觏、秦湛）

明州史氏（史浩、史隽之、史弥远、史弥宁、史弥巩）

婺源洪氏（洪皓、洪适、洪迈）

庐陵李氏（李洪、李漳、李泳、李洤、李浙）

另据唐圭璋先生《全金元词》统计，除去宗室词人契丹耶律氏（耶律履、耶律楚材、耶律铸）和女真完颜氏（完颜亮、完颜雍、完颜璟、完颜璹、完颜从郁），金元时期的家族词人群体仅有二例，即：

  湖州赵氏（赵孟頫、管道昇、赵由儇、赵雍）

  汤阴许氏（许有壬、许有孚、许桢）

基于历时性的发展比较，晚明以降家族词人群体的大量涌现，已明显构成一种度越前代的词学现象，明清词学的家族性特点已是极为明显的了。

当然在这里，我们关注的不是家族词人群体的纵向增长，而是在晚明清初的特定历史时空，家族词人群体的空间分布情况。为了便于分析，兹据上节之考述，把晚明清初家族词人群体的地域分布列为下表：

表11　晚明清初家族词人群体地域分布简表

省份	州府	家族词人群体数量及县区分布	词人数
北直隶	真定府	1（真定）	3
南直隶	应天府	2（上元）	6
	扬州府	7（江都3、泰兴1、如皋1、泰州2）	37
	苏州府	14（吴县2、长州3、苏州1、吴江4、昆山2、太仓2）	99
	松江府	12（华亭11、娄县1）	50
	常州府	12（武进1、无锡3、宜兴8）	68
	镇江府	2（丹阳1、金坛1）	13
	庐州府	1（合肥）	5
	安庆府	1（桐城）	10
	徐州府	1（彭城）	5
浙江省	杭州府	18（钱塘8、仁和5、余杭2、海宁3）	93
	嘉兴府	27（嘉兴4、秀水3、桐乡1、嘉善18、海盐1）	153

续表

省份	州府	家族词人群体数量及县区分布	词人数
浙江省	湖州府	4（乌程3、归安1）	18
	绍兴府	5（山阴4、萧山1）	19
	金华府	1（兰溪）	4
山东省	济南府	1（新城）	4
	青州府	1（安丘）	6
	莱州	1（即墨）	3
	兖州	1（曲阜）	3
河南省	开封府	1（祥符）	3
江西省	广信府	1（铅山）	4
	吉安府	1（吉安）	3
辽宁省	奉天府	1（抚顺）	5
福建省	兴化府	1（莆田）	3
湖广省	汉阳府	1（汉阳）	3
合计		118	620

由上表可知，晚明清初的家族词人群体一百一十八例，共分布在南北两直隶及七省之中。十三省中，山西、陕西、广东、广西、云南、贵州六省为空缺。其中，南直隶（基本相当于今之江苏、上海、安徽）拥有家族词人群体五十二例，浙江省拥有五十五例，合为一百零七例，占全国家族词人群体总数的百分之九十一。这也就是说，两京十三省中，北直隶加上十一省，总共只占全国总数的百分之九。从州府一级来看，排名在前五位的仍然是江南五府，即嘉兴（27）、杭州（18）、苏州（14）、松江（12）、常州（12），此五府共拥有家族词人群

体八十三例，占全国总数的百分之七十。这和此前展示的地域词人分布情况是高度统一的。

其中当然有很多不确定因素。比如说，信息不对称，统计亦不尽精确；江南文人好事者多，郡邑类词集的选编保存了较多的词学文献等等。但这些因素加起来，不过是统计数据上的小有出入而已，应该不足以影响关于晚明清初词坛格局的大判断。这江南五府（或再加上紧随其后的扬州）就是当日的词学重镇，明清之际的词坛大事基本上都发生在这一区域，明清之际的词学走向，也基本上是在这一区域酝酿确定的。而在这中间，家族词人群体的密集程度与活跃程度，显然是决定当时词坛风会的重要因素。

当然，考察家族词人群体，不仅要关注数量，还应对其贡献率作具体评估。在这一百一十八例家族词人群体中，有一些体量甚大的群体，更在区域性群体流派中拥有举足轻重的地位。如果以同一家族词人群体中拥有八位以上词人者为标准，这样的大型家族词人群体共有十九例，而且毫无意外仍旧分布在传统意义的江南地区。其中南直隶十例，浙江省九例。为了突出直观效应，这里再把这十九个家族词人群体简列如下：

南直隶十例：
扬州府属有：如皋冒氏家族（十二人）：冒愈昌、冒襄、冒坦然、冒褒、冒裔、冒禾书、冒丹书、冒禹书、邓繁桢、冒殷书、冒德娟、冒纶。

苏州府属有：吴江沈氏家族（三十人）：沈璟、沈瓒、沈智瑶、沈静专、沈静筠、沈自晋、沈自继、沈自征、沈自友、张倩倩、沈自籍、沈自炳、沈自驷、沈自南、沈永令、李玉照、顾氏、沈永启、沈士潢、沈永禋、沈㳺纫、沈关关、沈肇开、沈宪英、沈华鬘、沈树荣、沈时栋、沈友琴、沈御月、沈丹楸。

吴江叶氏家族（十人）：叶绍袁、沈宜修、叶纨纨、叶小纨、叶小鸾、叶燮、叶舒颖、叶舒崇、叶舒璐、颜绣琴。

松江府属有：华亭宋氏家族（八人）：宋楙澄、宋存标、宋征璧、宋征舆、宋思玉、宋泰渊、宋祖年、宋大麓。

华亭林氏家族（八人）：林子卿、林子威、林子宁、林子襄、林子仪、林企俊、林企忠、林企佩。

常州府属有：无锡侯氏家族（十二人）：侯杲、侯晰、侯文灿、侯文耀、侯文熺、侯文熺、侯文灯、侯文照、侯承垩、侯承基、侯承埩、侯桂。

宜兴陈氏家族（九人）：陈于泰、陈维崧、陈维岱、陈维嵋、陈维岳、陈长庆、陈宗石、陈枋、陈履端。

宜兴储氏家族（九人）：储昌祚、储懋端、储欣、储福畴、储福观、储福宗、储贞庆、储方庆、储右文。

镇江府属有：丹阳贺氏家族（十人）：贺裳、贺洁、贺禄、贺元瑛、贺宽、贺易简、贺对达、贺国璘、贺宿、贺巽。

安庆府属有：桐城方氏家族（十人）：方以智、方中通、方中发、方正瑈、方亨咸、吴榴阁、张鸿庥、姚凤翔、方笙、方佺。

浙江省九例：

杭州府属有：仁和卓氏家族（十二人）：卓发之、卓人月、卓回、卓麟异、卓天寅、卓允域、卓允基、卓令式、卓长龄、卓松龄、卓龄、卓灿。

余杭严氏家族（十人）：严渡、严沆、王芳舆、严曾榘、严曾业、严曾槩、严曾杼、严曾相、严曾模、严怀熊。

海宁陈氏家族（八人）：陈之遴、徐灿、陈之暹、陈洁、陈敔永、陈成永、陈仲永、陈慈永。

海宁查氏家族（十一人）：查继佐、钟韫、查容、赵氏、查慎行、查嗣瑮、查升、查基、查开、查为仁、查礼。

第九章　晚明清初家族词人群体考察

嘉善魏氏家族（十二人）：魏大中、魏学濂、魏学洙、魏学渠、魏允枚、魏允札、魏允桓、魏允楠、魏晢嗣、魏坤、魏儒照、魏儒勋。

嘉善曹氏家族（十二人）：曹勋、曹尔堪、蔡焘、曹尔坊、曹尔垣、曹尔埏、曹尔埴、曹伟谟、曹鉴平、曹鉴章、曹鉴微、曹鉴伦。

嘉善钱氏家族（十三人）：钱继振、钱继章、钱继登、钱士升、钱士贡、钱荣、钱棣、钱栴、钱黯、沈榛、钱爣、钱炯、钱煐。

嘉善陈氏家族（十一人）：陈于王、陈龙正、陈增新、陈舒、陈钺、陈喆伦、陈昌、陈谋道、陈秉、陈哲庸、陈学谦。

嘉善李氏家族（九人）：李标、李栋、李炜、李炳、李炯、李煃、李光尧、李应机、李鄂。

这些词人家族大都为地方世家望族，在区域文化建构中本身即起着举足轻重的作用。其中虽然不排除少数家族词人数量虽多而质量一般的情况，但大多数家族均对当时词学的发展具有一定贡献。如嘉善一县的魏、曹、钱、陈、李五大家族，显然构成柳洲词派的主干力量；常州的无锡侯氏、宜兴陈氏和储氏三大家族，亦对阳羡词派的形成具有重要作用。其他如吴江沈氏和叶氏家族，显然占了《松陵绝妙词选》或《笠泽词征》的相当份额；华亭宋氏家族的俊彦相从，亦构成云间词派的骨干力量。其他如丹阳贺氏、仁和卓氏、海宁陈氏、海宁查氏等，各是一门词人，前后相继，虽历易代而宗风不坠，均对当时词坛产生了一定的影响。清初词的崛起与繁荣，亦与这种家族的传承接力大有关系。

第三节　家族词人群体中的女性词人

据前列各表可知，晚明清初的一百一十八个家族词人群体中，共有六百二十位词人,其中女性词人共有一百二十九位,占总数之比为百分之二十一。这个比例不算大,而且我们也认为这个数字及比例并不足以反映女性词人在当时词坛的实际情况。因为像《柳洲词选》等清初词选,往往不收录女性词人词作,而女性词作的保存与流传比男性词人更为困难,因而也更容易湮灭无传。尽管如此,在我们梳理出来的家族词人群体中,仍然透露出一些重要的信息。其中如吴县杨氏家族(杨彻、杨征、杨芝、杨芬)、苏州张氏家族(张学雅、张学仪、张学典、张学象、张学圣、张学贤、张桓少)、华亭章氏家族(章有湘、章有渭、章有娴)、秀水黄氏家族(黄德贞、黄媛介、黄淑德、黄双蕙、沈纫兰、项兰贞、周慧贞),皆为一门闺秀词人。另外还有一些女性居多数的词人家族,亦可见晚明清初女性文化水平与社会地位的提升,以及词学的普及程度。

接下来我们想要讨论的是那些女性主导型的家族词人群体。在这些家族中,词人有男有女,也可能绵延数代,但奠定其基础或居于核心地位的,则是这一家族中年高德劭的某一位知识女性。她是这一家族的风雅主持,甚或是老幼数代的文学教头。这个家族之所以能在明清词坛占有一席之地,正是由这样一位女性所决定的。这应是明清时期才有的文化现象。

著名女词人沈宜修是一个典型的例子。在教导闺门女子诗词创作方面,沈宜修显然发挥了比男性家族成员更为重要的作用。在其娘家沈氏和夫家叶氏两大家族里,众多的女性词人几乎无不受她的影响。沈氏家族有词人多达三十位,其中女性十四位。沈珫女宜修、智瑶,沈璟女静专,以及宜修弟媳、沈自征原配张倩倩,继室李玉照,沈自南妻顾氏,此六人为一辈;沈自征女静筠、沈自继女关关,沈自炳女宪英、华蔓,此四人为一辈;沈永祯女树荣,沈永令女蒫纫,沈永启女友琴、御月,此四人为一辈。在这三代共十四位女词人中,沈宜修不仅年龄、辈分居长,且以文学才能广受推崇,她对后进晚辈的影响是可以想见的。

我们看沈宜修《蝶恋花·和张倩倩有所思》《玉蝴蝶·思张倩倩表妹》等词作,可以想见她们的联系是颇为密切的。而在叶氏家族中,其夫叶绍袁固然是文采风流,足与宛君相配,然而吴江叶氏一门风雅相继,骈萼连珠,更大程度上得益于沈宜修深厚的文学造诣。叶绍袁词作不多,《全明词》收录其词仅九首,而其妻子沈宜修著有《鹂吹集》,《全明词》存其词一百九十首。他们家的三个才女——纨纨、小纨、小鸾的诗词才能,显然得力于其母宛君为多。钱谦益《列朝诗集小传》"沈氏宛君"写道:"仲韶偃蹇仕宦,跌宕文史。宛君与三女相与题花赋草,镂月裁云。中庭之咏,不逊谢家;娇女之篇,有逾左氏。于是诸姑伯姊,后先娣姒,靡不屏刀尺而事篇章,弃组纴而工子墨。松陵之上,汾湖之滨,闺房之秀代兴,彤管之诒交作矣。"[1]这就是说,沈宜修的影响实不限于沈、叶二大家族,整个吴江一带的女子都受其感染,抛开针黹女红,来学写诗词歌赋了。

又如顾若璞。她是晚明上林署丞顾友白之女,仁和黄茂梧妻。在长期守寡的六十余年间,她一直充当着贤母和良师的双重角色,抚育二子四孙成长成才。尤其是在家族女性的文学教育上,顾若璞发挥的作用更为突出。她是钱塘顾氏和黄氏两大家族中女性后辈的文学导师,也是"蕉园诗社"成员的精神领袖。在其教导下,祖孙三辈闺秀频出,几于人人有集。弟妇黄鸿能文辞,著有《广寒集》《闺晚吟》;侄女顾之琼是"蕉园诗社"创始人,著有《亦政堂集》;侄孙女顾长任有《谢庭香咏》《霞笈仙姝词》。孙妇姚令则(黄时序室)于定省之余向顾若璞执经问字,晨昏讨论力学有年,她所居住的半月楼是顾若璞所居住的卧月轩之侧楼,得祖母教导尤多。直到耄耋之年,顾若璞还曾为其孙媳钱凤纶《古香楼集》作序。

又如祁彪佳之妻商景兰,在山阴祁氏家族中,也是一位德高望重的

---

[1] 钱谦益:《列朝诗集小传》,上海古籍出版社1959年版,第753页。

闺门风雅主持。顺治三年（1646）清兵下江南，祁彪佳自沉殉国，此后一家人的教养成才，全靠商景兰之力。朱彝尊《静志居诗话》记载："祁商作配，乡里有金童玉女之目。伉俪相重，未尝有妾媵也。公（按：指祁彪佳）怀沙日，夫人年仅四十有二，教其二子理孙、班孙，三女德渊、德琼、德茝，及子妇张德蕙、朱德蓉。葡萄之树，芍药之花，题咏几遍。经梅市者，望之若十二瑶台焉。"[1] 梅市，即山阴县梅市乡，在绍兴旧城西，此特指祁彪佳居处之地。经明清易代板荡之余，祁氏家族能保持宗风不坠，与伯商夫人的令德重望是分不开的。

又如在长洲许氏家族中，一共有七位词人，而处于核心地位的，则是这一家的主母顾道喜。她的公公许自昌，丈夫许元方（字季通），诚然都是读书人，却皆无词传世。而顾道喜的儿子许虹，女儿许定需，以及许虹的四个女儿，即顾道喜的孙女许心榛、许心碧、许心檀、许心澧，并皆能词。许虹有子名心宸（字丹臣），继承了其家喜好藏书的传统，亦能诗，但不能词。其家女性皆能词而男性多不能词，应和顾道喜的影响不无关系。

综观上述，如吴江沈宜修、钱塘顾若璞、山阴商景兰、长洲顾道喜等，在其各自的文学家族或词人家族中，都具有不可替代的核心地位。而这种情况，在晚明之前是极为少见的。过去可能产生蔡琰、谢道韫、李清照、朱淑贞那样的才女诗人，但往往是一枝独秀，或因罕见而尤显杰出，但也因为世不多见而未能蔚成气候。像沈宜修等女性词人能这样成为一个文化家族中的风雅主持，也许只有在晚明以降的文化语境中才可能出现。

---

[1] 朱彝尊：《静志居诗话》卷二十三，人民文学出版社1990年版，第727页。

主要参考书目

闻一多：《闻一多全集》，上海书店出版社 1982 年版。
吴梅：《吴梅全集》，河北教育出版社 2002 年版。
张元济：《张元济全集》，商务印书馆 2010 年版。
陆侃如、冯沅君：《中国诗史》，作家出版社 1957 年版。
谢国桢：《江浙访书记》，生活·读书·新知三联书店 2007 年版。
浦江清：《浦江清文选》，北京大学出版社 2010 年版。
缪钺：《诗词散论》，开明书店 1948 年版。
钱锺书：《管锥编》，中华书局 1979 年版。
潘光旦：《明清两代嘉兴的望族》，上海书店出版社 1991 年版。
赵景深、张增云：《方志著录元明清曲家传略》，中华书局 1987 年版。
张慧剑：《明清江苏文人年表》，上海古籍出版社 1986 年版。
何冠彪：《明清人物与著述》，香港教育图书公司 1996 年版。
梁昆：《宋诗派别论》，商务印书馆 1939 年版。
李一氓：《一氓题跋》，生活·读书·新知三联书店 1981 年版。
施蛰存：《施蛰存全集》，华东师范大学出版社 2012 年版。
郑骞：《从诗到曲》，商务印书馆 2015 年版。
胡文楷编著，张宏生增订：《历代妇女著作考》（增订本），上海古籍出版社 2008 年版。
徐朔方、孙秋克：《明代文学史》，浙江大学出版社 2006 年版。
徐朔方：《晚明曲家年谱》，浙江古籍出版社 1993 年版。

罗宗强:《明代文学思想史》,中华书局2013年版。
吴熊和:《吴熊和词学论集》,杭州大学出版社1999年版。
严迪昌:《清词史》,人民文学出版社2011年版。
严迪昌:《阳羡词派研究》,齐鲁书店1993年版。
严迪昌:《严迪昌自选论文集》,中国书店2005年版。
吴熊和、严迪昌、林玫仪:《清词别集知见目录汇编》,"中央研究院"中国文哲研究所筹备处1997年版。
刘世南:《清诗流派史》,台北文津出版社1995年版。
陈伯海:《近四百年中国文学思潮史》,东方出版中心1997年版。
刘扬忠:《唐宋词流派史》,福建人民出版社1999年版。
王兆鹏:《词学史料学》,中华书局2004年版。
杨镰:《元诗史》,人民文学出版社2003年版。
杨镰:《元代文学编年史》,山西教育出版社2005年版。
李昌集:《中国古代散曲史》,华东师范大学出版社1991年版。
蒋寅:《古典诗学的现代诠释》(增订本),中华书局2009年版。
陶子珍:《明代词选研究》,台湾秀威资讯科技股份有限公司2003年版。
江庆柏:《明清苏南望族文化研究》,南京师范大学出版社1999年版。
肖鹏:《群体的选择——唐宋人词选与词人群通论》,凤凰出版社2009年版。
蔡鸿生:《唐代九姓胡与突厥文化》,中华书局1998年版。
刘继才:《中国题画诗发展史》,辽宁人民出版社2010年版。
黄卓越:《明中后期文学思想研究》,北京大学出版社2005年版。
李康化:《明清之际江南词学思想研究》,巴蜀书社2001年版。
邓红梅:《女性词史》,山东教育出版社2002年版。
金一平:《柳洲词派》,同济大学出版社2002年版。
徐雁平:《清代文学世家姻亲谱系》,凤凰出版社2010年版。
姚蓉:《明清词派史论》,广西师范大学出版社2007年版。
雷磊:《杨慎诗学研究》,中国社会科学出版社2006年版。
周焕卿:《清初遗民词人群体研究》,上海古籍出版社2008年版。
闵丰:《清初清词选本考论》,上海古籍出版社2008年版。
江合友:《明清词谱史》,上海古籍出版社2008年版。

余意:《明代词学之建构》,上海古籍出版社2009年版。

余意:《明代词史》,北京大学出版社2015年版。

[美]高彦颐著、李志生译:《闺塾师:明末清初江南的才女文化》,江苏人民出版社2005年版。

张仲谋:《明词史》(修订版),人民文学出版社2015年版。

张仲谋:《明代词学通论》,中华书局2013年版。

张仲谋:《宋词欣赏教程》(修订版),南京大学出版社2015年版。

张仲谋、王静懿:《明代词学编年史》,高等教育出版社2015年版。

谷辉之:《西陵词派研究》,杭州大学1996年博士学位论文。

王靖懿:《明词特色及其历史生成研究》,苏州大学2015年博士学位论文。

曾枣庄、刘琳主编:《全宋文》第8册,巴蜀书社1990年版。

李灵年、杨忠主编:《清人别集总目》,安徽教育出版社2000年版。

柯愈春:《清人诗文集总目提要》,北京古籍出版社2001年版。

崔建英辑:《明别集版本志》,中华书局2006年版。

何文焕辑:《历代诗话》,中华书局1981年版。

丁福保辑:《历代诗话续编》,中华书局1983年版。

郭绍虞、富寿荪辑:《清诗话续编》,上海古籍出版社1983年版。

邓之诚:《清诗纪事初编》,上海古籍出版社1965年版。

龙沐勋主编:《词学季刊》,上海书店出版社1985年影印本。

施蛰存主编:《词籍序跋萃编》,中国社会科学出版社1994年版。

金启华等主编:《唐宋词集序跋汇编》,江苏教育出版社1990年版。

黄裳:《来燕榭书跋》,中华书局2011年版。

蔡毅辑:《中国古典戏曲序跋汇编》,齐鲁书社1989年版。

冯乾校辑:《清词序跋汇编》,凤凰出版社2013年版。

张綖:《诗余图谱》卷首,明嘉靖十五年刻本。

顾从敬:《类编草堂诗余》,明嘉靖二十九年刻本。

王世贞:《艺苑卮言》,凤凰出版社2009年版。

钱谦益:《列朝诗集小传》,上海古籍出版社1959年版。

朱彝尊:《静志居诗话》,人民文学出版社1990年版。

万树:《词律》,上海古籍出版社1984年影印版。

焦循辑、许卫平点校：《扬州足征录》，广陵书社2004年版。
陈廷焯：《白雨斋词话》，人民文学出版社1959年版。
陈田：《明诗纪事》，上海古籍出版社1993年版。
唐圭璋辑：《词话丛编》，中华书局1986年版。
朱崇才辑：《词话丛编续编》，人民文学出版社2010年版。
葛渭君编：《词话丛编补编》，中华书局2013年版。
屈兴国编：《词话丛编二编》，浙江古籍出版社2013年版。
张寅彭选辑，吴忱、杨焄点校：《清诗话三编》，上海古籍出版社2014年版。
蔡毅辑：《中国古典戏曲序跋汇编》，齐鲁书社1989年版。
胡玉缙撰，吴格整理：《续四库提要三种》，上海书店出版社2002年版。
孙静庵：《明遗民录》，浙江古籍出版社1985年版。
朱保炯、谢沛霖：《明清进士题名碑录索引》，上海古籍出版社1980年版。
陈乃乾编：《室名别号索引》（增订本），中华书局1982年版。
孙克强、岳淑珍辑：《金元明人词话》，南开大学出版社2012年版。
孙克强、裴喆编著：《论词绝句二千首》，南开大学出版社2014年版。
邓子勉编：《宋金元词话全编》，凤凰出版社2008年版。
邓子勉编：《明词话全编》，凤凰出版社2012年版。
曾昭岷等编著：《全唐五代词》，中华书局1999年版。
唐圭璋等辑：《全宋词》，中华书局1999年版。
唐圭璋辑：《全金元词》，中华书局1979年版。
饶宗颐初纂，张璋总纂：《全明词》，中华书局2004年版。
周明初、叶晔编：《全明词补编》，浙江大学出版社2007年版。
南京大学中文系《全清词》编纂研究室：《全清词·顺康卷》，中华书局2002年版。
张宏生主编：《全清词·顺康卷补编》，南京大学出版社2008年版。
张宏生主编：《全清词·雍乾卷》，南京大学出版社2012年版。
赵尊岳辑：《明词汇刊》，上海古籍出版社1992年影印版。
谢伯阳辑：《全明散曲》，齐鲁书社1994年版。
冯梦龙等：《明清民歌时调集》，上海古籍出版社1986年版。
周玉波、陈书录辑：《明代民歌集》，南京师范大学出版社2009年版。
方回选评，李庆甲集评校点：《瀛奎律髓汇评》，上海古籍出版社1986年版。

彭致中辑:《鸣鹤余音》,文物出版社1988年影印本。

钱允治辑、陈仁锡笺释:《类编笺释国朝诗余》,《续修四库全书》影印明万历刻本。

沈周等:《江南春词集》,清光绪十一年刊本。

茅暎辑:《词的》,明刻《词坛合璧》本。

沈际飞辑:《古香岑批点草堂诗余四集》,明崇祯刻本。

卓人月、徐士俊辑:《古今词统》,辽宁教育出版社2000年版。

潘游龙辑:《精选古今诗余醉》,辽宁教育出版社2003年版。

陈子龙等:《云间三子新诗合稿·幽兰草·倡和诗余》,辽宁教育出版社2000年版。

叶绍袁编:《午梦堂集》,中华书局1998年版。

卓尔堪辑:《明遗民诗》,中华书局1961年版。

顾璟芳等辑:《兰皋明词汇选》,辽宁教育出版社1998年版。

周铭辑:《松陵绝妙词选》,清康熙十一年刻本。

邹祗谟、王士禛辑:《倚声初集》,清初大冶堂刻本。

钱煐等辑:《柳洲词选》,清顺治刻本。

陆进、俞士彪辑:《西陵词选》,康熙十四年刻本。

蒋景祁等辑:《瑶华集》,中华书局1982年影印本。

曹亮武等辑:《荆溪词初集》,康熙十七年刻本。

陈维崧等辑:《今词苑》,清康熙十年南涧山房刻本。

张渊懿辑:《清平初选后集》,清康熙刻本。

顾彩辑:《草堂嗣响》,康熙四十八年辟疆园刻本。

沈辰垣等辑:《历代诗余》,上海书店出版社1985年影印本。

王昶辑:《明词综》,辽宁教育出版社1997年版。

林葆恒编、张璋整理:《词综补遗》,上海古籍出版社2005年版。

朱祖谋辑:《彊村丛书》,上海古籍出版社1989年影印本。

王鹏运辑:《四印斋所刻词》,上海古籍出版社1989年影印本。

叶恭绰选辑、傅宇斌点校:《广箧中词》,人民文学出版社2011年版。

徐世昌辑:《晚晴簃诗汇》,中华书局1990年版。

徐乃昌:《小檀栾室汇刻闺秀词》,南陵徐氏刊本。

谢应芳:《龟巢词》,《彊村丛书》本。
梁寅:《石门词》,《彊村丛书》本。
舒頔:《贞素斋诗余》,《彊村丛书》本。
邵亨贞:《野处集》,《景印文渊阁四库全书》,台湾商务印书馆。
邵亨贞:《蚁术词选》,《四印斋所刻词》本。
贡师泰:《玩斋集》,《景印文渊阁四库全书》,台湾商务印书馆。
杨维桢:《东维子文集》,《四部丛刊》。
陶宗仪:《南村诗集》,《景印文渊阁四库全书》,台湾商务印书馆。
王逢:《梧溪集》,《知不足斋丛书》本。
倪瓒:《清闷阁集》,西泠印社出版社2010年版。
黄淮:《省愆词》,赵尊岳《明词汇刊》本。
凌云翰:《柘轩集》,《景印文渊阁四库全书》,台湾商务印书馆。
林鸿:《鸣盛集》,《景印文渊阁四库全书》,台湾商务印书馆。
方孝孺:《逊志斋集》,明正德十五年刻本。
杨士奇:《东里文集》,中华书局1998年版。
杨荣:《文敏集》,上海古籍出版社1991年版。
刘珏:《重刻完庵刘先生诗集》,明万历二十二年刻本。
徐有贞:《武功集》,上海古籍出版社1991年版。
沈周:《石田先生集》,明万历刻本。
史鉴:《西村集》,明嘉靖八年刻本。
祝允明:《怀星堂集》,明万历刻本。
唐寅:《唐伯虎全集》,清嘉庆六年唐仲冕辑本。
文征明:《文征明集》,周道振辑校,上海古籍出版社1987年版。
吴宽:《匏翁家藏集》,《四部丛刊初编》。
《匏庵词》,赵尊岳《明词汇刊》本。
王鏊:《震泽集》,上海古籍出版社1991年版。
杨循吉:《松筹堂集》,《四库全书存目丛书》影印本。
杨慎著、王文才辑校:《杨慎词曲集》,四川人民出版社1984年版。
杨慎:《升庵长短句》,明嘉靖刻本。
高濂:《芳芷楼词》,赵尊岳《明词汇刊》本。

吴承恩著，刘修业辑校：《吴承恩诗文集笺校》，上海古籍出版社 1991 年版。
王世贞：《弇州山人四部稿》，《景印文渊阁四库全书》，台湾商务印书馆。
王九思：《碧山诗余》，《续修四库全书》影印本。
陈淳：《陈白阳集》，明万历刻本。
董斯张：《静啸斋存草》，《四库禁毁书丛刊》影印本。
施绍莘：《秋水庵花影集》，《续修四库全书》影印本。
王屋：《草贤堂词笺》，明崇祯刻本。
钱继章：《雪堂词笺》，明崇祯刻本。
吴熙（吴亮中）：《非水居词笺》，明崇祯刻本。
曹堪（曹尔堪）：《未有居词笺》，明崇祯刻本。
莫秉清：《华亭莫葭士先生遗稿》，民国二十年铅印本。
贺裳：《蜕疣集》，《四库未收书辑刊》影印明鸢桨阁刻本。
陈龙正：《几亭全集》，《续修四库全书》影印本。
陈子龙：《安雅堂集》，《续修四库全书》影印本。
彭宾：《彭燕又先生文集》，清康熙刻本。
彭孙贻：《茗斋诗余》，清道光刻本。
沈谦：《东江集钞》，《四库全书存目丛书》影印本。
钱谦益：《初学集》，《四部丛刊初编》。
朱彝尊：《曝书亭集》，《四部丛刊》。
施闰章：《学余堂文集》，《景印文渊阁四库全书》，台湾商务印书馆。
王辟之：《渑水燕谈录》，中华书局 1981 年版。
吴曾：《能改斋漫录》，中华书局 1960 年版。
邵伯温：《邵氏闻见录》，中华书局 1983 年版。
罗大经：《鹤林玉露》，中华书局 2008 年版。
周密：《武林旧事》，浙江人民出版社 1984 年版。
叶廷珪：《海录碎事》，中华书局 2002 年版。
王鏊：《姑苏志》，《景印文渊阁四库全书》本。
叶盛：《水东日记》，中华书局 1980 年版。
黄瑜：《双槐岁钞》，《丛书集成初编》本。
顾起元：《客座赘语》，中华书局 1987 年版。

文震孟：《姑苏名贤记》，《四库全书存目丛书》影印本。
郑若曾：《郑开阳杂著》，《景印文渊阁四库全书》，台湾商务印书馆。
王琦：《寓圃杂记》，中华书局 1977 年版。
朱存理：《楼居杂著》，《景印文渊阁四库全书》，台湾商务印书馆。
何良俊：《四友斋丛说》，中华书局 1959 年版。
吴荣光：《辛丑销夏记》，清道光刻本。
钱谷：《吴都文粹续编》，《景印文渊阁四库全书》，台湾商务印书馆。
李栩：《戒庵老人漫笔》，中华书局 1982 年版。
李日华：《六砚斋二笔》，《景印文渊阁四库全书》，台湾商务印书馆。
张丑：《清河书画舫》，上海古籍出版社 2011 年版。
郁逢庆：《郁氏书画题跋记》，《景印文渊阁四库全书》，台湾商务印书馆。
姜绍书：《无声诗史·韵石斋笔谈》，华东师范大学出版社 2009 年版。
顾麟士：《过云楼续书画记》，江苏古籍出版社 1999 年版。
黄佐：《翰林记》，《丛书集成初编》本。
钱谦益：《国初群雄事略》，中华书局 1982 年版。
赵翼著，王树民校证：《廿二史札记校证》，中华书局 1984 年版。
陈建：《皇明通纪》，中华书局 2008 年版。
张廷玉等：《明史》，中华书局 1974 年版。
周道振、张月尊：《文征明年谱》，百家出版社 1998 年版。
孙静庵：《明遗民录》，浙江古籍出版社 1985 年版。
顾祖禹：《读史方舆纪要》，中华书局 2005 年版。
纪昀：《阅微草堂笔记》，凤凰出版社 2007 年版。
阮元：《两浙輶轩录》，《续修四库全书》影印本。
谭献：《复堂日记》，河北教育出版社 2001 年版。

后　记

自从 1997 年我所申报的江苏省社科规划项目"明词史研究"获准立项以来,我在明词研究这一狭小领域已经耕耘二十年。后来又陆续获得立项的有全国高校古委会项目"明代词学资料汇编"(2002),国家社科基金项目"明代词学研究"(2005)、"明代词人群体流派研究"(2012),教育部社科基金后期资助项目"明代词学编年史"(2011)等。二十年前的明词研究还很少有人关注,那时做明词研究颇有拾荒意味。等到 1999 年严迪昌先生与刘扬忠、钟振振、王兆鹏诸先生联名倡导明词研究(参见《传承、建构、展望——关于二十世纪词学研究的对话》,载《文学遗产》1999 年第 3 期),我有关明词的第一本论著《明词史》已经基本写完了。也正因为相关研究的拓荒性质,学界前辈与同道总是对我勖勉有加。《明词史》2008 年获第四届"夏承焘词学奖"一等奖;《明代词学通论》入选 2012 年国家"哲学社会科学成果文库",2015 年获第七届高等学校科学研究优秀成果(人文社会科学)三等奖。我心里明白,这些既是对我研究工作的肯定,更是对学术创新的鼓励。如果说我在二十年前初涉明代词学研究领域时还有些误打误撞的意味,那么这二十年来持续不懈的努力劳作,确实是和前辈学者及同道的鼓励分不开的。

关于本专题的研究构想,我在绪论中提出:本书试图从群体流派的研究视角对明词作一次清理考察，系统勾勒出明代词史上具有较大成就或影响的词人群落与词学流派，使原本看上去一片混沌的明代词坛显出主次分明、群落清晰的格局，为更进一步的细化研究提供新的坐标谱系。这实际是我2012年申报课题时自定的学术目标，而现在看来，限于精力与学力，这种理想化的追求并没有完全实现。

明代词学研究还有很多可做的题目，包括明词与其他文体乃至其他艺术形式的互动，晚明词坛地域性、家族性词人群体的个案研究，以及晚明女性词人群体的专题研究，都是值得进一步深入探索的。若以唐宋词的精耕细作或精雕细刻为参照，明词研究还有很长的路要走。虽然我的《明词史》已经由原来的二十八万字增订到四十五万字，缺略之处仍多。余意教授的《明代词史》后来居上，在很多方面构成对《明词史》的订补与超越，读之令人叹服。而才华横溢的小友叶晔近年来有关明代词学的一系列论文，几乎每一篇都给我们带来惊喜，他将在吴熊和先生《唐宋词通论》、陶然教授《金元词通论》之后，推出全新的《明词通论》，从而构成浙江大学词学研究的经典系列，乃是词学界同人翘首期盼的。作为明词研究的先行者，看到学科建设与人才队伍同步发展，确实令人欣慰。

2017年6月，我申报的国家社科基金重点项目"清词编年史及相关文献整理与研究"已获准立项，这也意味着我将在花甲之年，再作一次学术"转场"。近年来从管理岗位退下来之后，觉得一下子轻松得不能适应：每天不再需要在管理与学术两种思维模式间来回"切换"，不需要在满脑子都是论文构思或得意想法时去应对教学管理与评估的棘手问题，甚至是晚上写到得意处也要强行刹车，因为明早有个重要会议……现在好了，我可以自主安排作息时间，自主决定工作节奏。虽然年齿渐长，身体精力感觉还可以。我想，如果能有二十年投入清词研究，我相信会在先师严迪昌先生开创的清词研究领域做出一些成绩来。

清词与唐宋词明显不同。虽然我在二十年前做过有关清代浙派诗的学位论文，现在系统研读清词，仍让我时有新鲜或错愕之感。我从事宋词教学三十余年，对宋词的风格路数名家名篇朝夕讽诵，现在一家一家地读清词，感觉反差甚大。虽然词调格式俨然依旧，而功能旨趣则大相径庭。万云峻先生论词，说"伤春伤别是唐宋词的基本主题"；浦江清先生说"凡词曲多代言体"；田同之《西圃词说》论词，说是"男子而作闺音"。可是这些皆不可移用于清词。清词不再是音乐文学，伤春伤别不再是清词的基本主题，刻红剪翠不再是清词的常态，男性词人不再或不屑于拟作闺音，抒情主人公和词人基本就是一回事。过去曾试图为宋词编年，而苦于宋人生活遭际与词作主题几无关联；清词则大不相同，可以知人论世，可以顺藤摸瓜，因为词和诗的功能已经渐趋叠合统一了。本来明词总体看成就不大，但明人仍然在尽可能地追步宋人，他们是心向往之而未至，而清人则是有意摆脱宋人另辟蹊径，甚或是有意颠覆宋词传统而重构了。我们看清人的提法，所谓"尊体"，就是要词向诗看齐；以词为词无异于自轻自贱，向诗看齐就是自尊自重。朱彝尊主雅反俗，陈维崧主张诗有史词亦有史，陈廷焯主张沉郁顿挫，晚清四大家讲求重拙大，都是以诗教诗风律词。可以说，诗化，是清人词论的基本指向，同时也是清人对词学传统颠覆与重构的技术路线。当然，我们愿意采取四库馆臣对待东坡词的评价方式，以此分正变但不以此论优劣。清词颠覆了唐宋以来的词学传统，以尊体求自重，向诗学诗法靠拢，在消解词体个性的同时，也扩大了词的题材范围与表现力，并因此形成了一代清词的面貌与特色。

2016年冬天，当我手头的课题即将收尾，同时酝酿新的课题时，我曾向师弟马大勇教授征询意见。他近年来一直在作近百年词史研究，在清代人文生态与诗词研究方面很有想法。他认为，鉴于我在唐宋词和明词方面的学术积淀，如果来作"清词的发生与成立"这样的课题，应该是切实可行的。我深然其说。这个课题既具有很高的学术价值，同时也具有很高的难度系数。我现在所作的清代词学编年及相关文献清理,实际是为清词研究系统工程所作的前期铺垫,而最终指向的是这个富于挑战性的课题。有了较为丰富的学术阅历,有充足的时间,又于职称名利等等一无所求,可以从容地做自己喜欢的事情,这可能是做学问的最佳境界。我也因此对自己的桑榆晚景充满期待。

  真的是不知老之将至。多少年来,总是为新的学术愿景所吸引,总是在为刚完成的一本书写后记时又不由自主地去眺望远处的风景。前不久我们刚举行过恢复高考暨入学四十周年的返校聚会,得知七七级的同窗大多已退休,每天看同学群中晒他们游山玩水的照片也不无歆羡。可是我更醉心于纸上烟霞,更迷恋于诗词之美,也更适应这种书斋里的生活节奏与生存姿态。据说顺性自适是养生之要义,那就这样继续自得其乐吧。

张仲谋
丁酉冬日于彭城